Michel Folco, reporter photographe et écrivain, est l'auteur de quatre romans *Dieu et nous seuls pouvons*, *Un loup est un loup*, prix Jean-d'Heurs du roman historique 1995, *En avant comme avant!* et *Même le mal se fait bien*.

Michel Folco

MÊME LE MAL SE FAIT BIEN

ROMAN

Stock

TEXTE INTÉGRAL

ISBN 978-2-7578-1036-1
(ISBN 978-2-234-06096-8, 1re publication)

© Éditions Stock, 2008

Au biau Lucifer,
qui fait toujours bien ce qu'il fait.

PROLOGUE
(long)

*Peu importe ce que nous faisons
si notre intention était de bien faire.*

Emmanuel Kant

Mercredi 14 juillet 1813.
Cathédrale Saint-Jean-Baptiste.
Chef-lieu de Turin. Département du Pô.

– Oui, je le veux, dit Giulietta en bon français sans accent.

Sa voix fraîche résonna sous la voûte séculaire de la cathédrale. La nef centrale était bondée. La plupart des invités, des militaires en grande tenue, avaient conservé leurs couvre-chefs et papotaient nonchalamment. Quelques sous-officiers du 1er de discipline se déplaçaient entre les travées en laissant traîner (*râââââââââââââââââck*) le dard de leurs sabres sur le dallage. Allergique aux senteurs dominantes de l'encens, le jacobin Hippolyte Martingal, maréchal des logis-chef à la 1re compagnie du 2e peloton, avait allumé son brûle-gueule et pétunait en méditant sur la situation, encore ébaudi de se retrouver dans un tel endroit sans avoir eu à le dévaster. La réunion de ces uniformes composait une palette de couleurs vives qui concurrençait le chatoiement des vitraux du XVe.

Dehors, sur le parvis, la canicule sévissait dans un ciel bleu vide de nuages. Une foule de civils et de militaires désœuvrés attendait la volée des cloches qui annoncerait la fin de la cérémonie et la sortie des mariés. Des maraîchers poussaient leurs voiturettes à bras en proposant leurs fruits et légumes. Fuyant l'épaisse chaleur, des abeilles – en provenance des ruchers de l'évêché – s'étaient faufilées à l'intérieur de la cathédrale et voltigeaient au-dessus des shakos et des colbacks empanachés (*bzzzzzzzzzzzzeuuuuuuh*), hésitant à les butiner.

– Et maintenant, monsieur le général-baron Tricotin, voulez-vous prendre Giulietta Benvenuti pour légitime épouse selon le rite de notre sainte mère l'Église ?

Le marié hocha la tête. Le plumet écarlate qui surmontait son colback en loutre battit l'air : deux mouches s'en envolèrent.

– Mmmm.

– *Scusi ?*

– Mouais.

– Mouais ?

– Mouais veut dire oui, Carmelini, et tu le zais, alors, arrête de faire l'imbézile.

Faisant mine de l'ignorer, Son Éminence le cardinal Giuseppe Di Carmelini engloba le couple d'un geste bref et le déclara uni par les liens très sacrés du mariage. *Amen !*

– Z'est pas trop tôt, macarel !

Âgé d'un demi-siècle (il avait trente et un ans de plus que sa promise), Charlemagne Tricotin était revêtu de sa grande tenue de général de cavalerie légère. Deux longues cadenettes tombaient sur sa poitrine et sa queue de huit pouces (vingt-deux centimètres) était liée sur la nuque par un large ruban d'acier qui avait pour vocation d'amadouer les coups de sabre. Une croix rouge sang de commandant dans l'ordre de la Légion était

8

épinglée à l'une des trente-six tresses dorées qui barraient sa pelisse verte. Ayant proscrit la très collante culotte hongroise – il la jugeait par trop inconfortable – il portait un ample pantalon de cheval à grand pont doublé à l'entrejambe de basane brun marron ; cousus sur chaque côté, dix-huit boutons en argent brillaient dans la demi-pénombre. Ses bottes noires, dépourvues d'éperons, signalaient son respect pour l'espèce chevaline. Le long de sa jambe gauche, celle qui était raide comme une planche depuis Wagram, pendait un sabre droit de grosse cavalerie au fourreau cabossé. Seules, deux étoiles en argent épinglées sur son colback signalaient que l'on avait devant soi un général de brigade de la Grande Armée.

En retrait, près d'un pilier du XVe siècle, se tenait Fernand Bonjanvier, le domestique-ordonnance du général depuis le camp de Boulogne, un faux bossu né pratiquement sans cou qui avait les épaules à la hauteur des oreilles. Fagoté dans un justaucorps civil aux grandes poches toujours pleines, il dissimulait son crâne en pain de sucre dans un bonnet d'écurie vert pomme incliné sur les sourcils. Ses jambes arquées s'enfonçaient dans des bottes fortes qu'il avait butinées en Espagne sur un dragon de la King's German Legion pas encore mort. Bonjanvier n'avait pas de sabre, mais il arborait à son ceinturon une paire de pistolets de gendarmerie qui en imposait. Tout en écorchant une orange et en laissant tomber la peau sur le dallage, il ne quittait pas son maître du regard.

Au premier rang derrière les mariés, Romulus, Angela et Olivia Benvenuti, respectivement le père, la mère et la sœur de Giulietta, gardaient les yeux baissés pour cacher leur profond embarras. Romulus Benvenuti estimait que l'attitude de son gendre dépassait l'entendement. Comment pouvait-on traiter ainsi *Su Eminenza* le cardinal Di Carmelini – neveu de Sa Sainteté qui plus était – et ne pas être foudroyé sur l'instant par l'archange de service ! Toutefois, Romulus accordait des circonstances atténuantes à son gendre car, dans un premier temps, le haut prélat avait refusé de célébrer ce mariage.

Romulus avait accompagné Charlemagne lorsque celui-ci s'était invité à l'improviste au palais Carmelini. Le cardinal l'avait pris de très haut.

– Ne vous leurrez point, général, votre réputation vous suit partout, telle une mauvaise odeur… et vos exactions d'antan, en Vendée comme en Espagne, sont parfaitement connues du Saint-Père, avait soupiré *Su Eminenza*, dans son français teinté d'accent romain. À propos, général, savez-vous seulement combien d'églises vous avez brûlées, combien de prêtres vous avez assassinés dans votre sinistre carrière ?

Charlemagne avait affiché un air modeste qui lui allait plutôt mal.

– Eh ! Ze l'ignore, moi. Z'était mon frère Dagobert qui tenait les livres comptables en ze temps-là. Lui, aurait pu vous répondre, au mort près…

Pourtant il fit mine de compter sur ses doigts.

– D'abord, il est inzuste que vous ne menzionniez que les prêtres, il y a eu auzi des zapelains, des vicaires, des moines, des zacristains, des bedeaux, une tripotée d'évêques, plein de bonnes zœurs et même quelques enfants de chœur qu'on a cuits au court-bouillon… En revanze, pas de cardinaux, mais z'est que zes vilains pleutres s'étaient tous escampés en Angleterre…

Se frottant le menton, Charlemagne avait pris un air méditatif qui lui allait aussi mal que l'air modeste.

– Tu pourrais être mon premier, Carmelini… zi tu ne nous maries pas, bien zûr.

L'entrée d'un petit abbé parfumé à la violette et visiblement effrayé contracta le front et les sourcils de Di Carmelini.

Tout en parlant, l'abbé se tordit les mains comme s'il voulait se casser les doigts.

– Les Français occupent la chapelle du *Santo Sudario*. Leur capitaine m'a dit de vous dire qu'il vous le rendrait seulement après que vous aurez marié leur général, monseigneur.

– Me rendre quoi ?

– Le saint suaire, monseigneur, ils l'ont emporté sans vouloir dire où.

Pâle comme la mort, Di Carmelini avait secoué sa tête perruquée en signe d'incrédulité. Pour la première fois dans sa belle existence, il se trouvait dans la même pièce qu'un authentique barbare, un vrai mécréant, un prêt-à-tout avec une préférence pour le pire. Même en 1798, lorsque le roi Charles-Emmanuel IV avait lâchement abandonné Turin, aucun des Français qui avaient mis à sac la capitale n'avait osé s'en prendre à la très sainte relique.

Un second petit abbé, à peine plus âgé que le premier mais parfumé au jasmin, était entré et avait annoncé sur un ton ému que les Français qui occupaient la chapelle du *Santo Sudario* venaient d'allumer un feu de bois sur les dalles et se faisaient cuire un ragoût d'agneau.

Le jeune abbé s'était signé avant d'ajouter :

– Ils prennent l'eau des bénitiers pour faire leur tambouille, monseigneur, c'est à croire qu'ils ne savent plus quoi inventer pour profaner.

Charlemagne avait eu un sourire désarmant qui modifiait sa physionomie et le rajeunissait.

– Eh ! Qui veut la fin, ze donne les moyens. Ze te rendrai ton vieux çiffon après le mariage, z'est tout ! Alors, Carmelini, tu nous maries ou pas ?

***

11

La messe qui suivit la bénédiction nuptiale s'étirait en longueur.

– Active tes bondieuzeries, Carmelini, tu lambines.

Au moment de l'élévation, Charlemagne fit un signe de la main à Bonjanvier qui lui présenta une gourde pleine de café au lait froid et bien sucré.

Le visage rouge brique et la patience proche de l'implosion (*grrrrrrrrrrrrr*), le cardinal prit sur lui pour continuer sa messe en dépit des ricanements qu'il suscitait chaque fois qu'il se signait ou s'agenouillait devant l'autel.

La cérémonie terminée, le bedeau alla sonner à toutva les énormes cloches de la *Giovanni Battista*. Les mariés, au bras l'un de l'autre, remontèrent lentement l'allée centrale, saluant de la tête ceux et celles qui les complimentaient.

Arrivé sur le parvis ensoleillé, le couple marqua un temps d'arrêt. La foule applaudit et des civils agitèrent leurs couvre-chefs au bout de leurs cannes. Les cent neuf hommes montés de la compagnie d'élite au colback et plumet entièrement noirs, sabre au clair, formèrent une haie d'honneur qui s'étira jusqu'à la fanfare et la berline noir et vert du général-baron.

Près du véhicule, monté sur un bai-brun, le sergent-major porte-guidon Jean Eudeline brandit l'étendard de la compagnie d'élite ; brodé en fil d'argent sur fond noir, on lisait : *PLUS DE MORTS MOINS D'ENNEMIS*.

Cette énergique devise avait été choisie par Pépin Tricotin en 1791, date à laquelle la Convention avait autorisé Charlemagne à lever, à ses frais, une légion de trois cent cinquante cavaliers appelée à devenir la funeste – mais ô combien efficace – légion franche des maraudeurs Tricotin.

Les régiments de la Grande Armée dits *de discipline* n'ayant jamais reçu leurs aigles (du coup, ils n'avaient jamais eu à prêter serment à l'Empereur), Charlemagne avait suppléé à cet infamant oubli en commandant sur sa cassette au bronzier Thomire – celui-là même qui fondait les aigles impériales – la tête de loup brisant une épée dans ses crocs présentement fixée sur la hampe.

À la vue des mariés qui approchaient, la fanfare – huit trompettes-majors et quatre timbaliers chamarrés – attaqua un entraînant *On va leur rentrer dans le flanc*.

Séduite, la foule redoubla d'applaudissements.

Tout à coup, plus rien n'alla et adieu la vie !

Sur les toits alentour de la cathédrale, une quarantaine de partisans sardes ouvrirent un feu nourri sur la noce et les invités. Ils étaient armés de Baker, des fusils anglais qui tiraient des balles de trente grammes à une vitesse inouïe ; en sus, leurs canons rayés garantissaient une redoutable précision.

Touché trois fois – à la poitrine, à l'abdomen et dans l'aine –, Charlemagne s'écroula, entraînant Giulietta dans sa chute. Une balle frappa la façade et projeta des éclats de marbre ; l'un d'eux se ficha dans la croupe de la jument du maréchal des logis Jules Lagagne qui, vidé de sa selle, cria en se brisant la clavicule sur le pavé turinois. La fanfare cessa de jouer. Les cloches se turent. Le trafic s'interrompit. On courut dans toutes les directions. Des femmes hurlèrent ; des chevaux hennirent ; des enfants appelèrent à l'aide sur un mode aigu ; des chiens aboyèrent ; l'un d'eux, bousculé, jappa de douleur.

Une balle pénétra de haut en bas dans le dos du porte-étendard Jean Eudeline et termina sa course à l'intérieur du foie. En une seconde son visage vira au vert, un vert profond semblable à celui d'une prairie. Le sergent-major lâcha son guidon et glissa de sa selle. Sa botte resta accrochée à l'étrier. Dressé au vacarme des batailles, son bai-brun ne broncha pas.

Les musiciens de la fanfare coururent se mettre à couvert, tandis que les cavaliers de la compagnie d'élite démontèrent et se protégèrent derrière leur chevaux ; on sortit les mousquetons des gaines et on s'efforça de loger les tireurs.

Aux cris répétés *À BAS L'OPPRESSEUR !* les partisans lancèrent plusieurs bombes bourrées de clous de tapissier qui firent de nombreuses victimes et provoquèrent un sauve-qui-peut général. Des attelages s'emballèrent, portant la confusion à son comble. Un cheval sans cavalier galopa droit devant lui, le flanc couvert de sang.

Au lieu de se replier comme convenu, les Sardes, ivres de poudre de la première qualité, s'offrirent le luxe d'une seconde rafale, tout aussi nourrie que la première et qui craqua avec son bruit habituel de toile déchirée.

– Je les vois, là-haut sur le toit, s'écria Aristide Laventure, le lieutenant en premier de la compagnie d'élite.

– À MOI MA COMPAGNIE, J'Y VAIS ! gueula-t-il sans vérifier s'il était suivi – certain de l'être.

Le mousqueton dans la main droite, le fourreau du sabre dans la gauche, il s'élança, courbé en deux, zigzaguant entre les morts, les flaques de sang, les blessés, les nombreux obstacles.

***

Charlemagne n'était pas encore mort.

Allongé sur le dos, les yeux fixés sur un ciel uniformément azur, il se vidait de son sang à la vitesse d'un hyménoptère pourchassant une blatte. Son ouïe, sa vision, son odorat, semblaient intact, mais il était inquiet de ne ressentir aucune douleur (*Si j'ai mal c'est que je suis encore vivant*)… Que se passait-il ? Que lui était-il encore arrivé ? Il savait juste que c'étaient des Baker qui avaient tiré ; il avait reconnu la détonation si particulière de la poudre anglaise, plus fine, plus puissante que la française.

L'esprit s'efforçait de nier la gravité de son état en lui soumettant des leurres qui avaient la forme de vieux souvenirs. Il se rappelait de la dernière fois où il avait perdu connaissance, à Wagram, dans un champ de blé du Marchfeld, après qu'un boulet autrichien avait arraché la tête de son cheval. En s'écroulant sur le sol couvert d'épis mûrs, le percheron de sept cents kilos avait broyé sa jambe.

Comme Charlemagne ne pouvait plus commander à ses paupières – le soleil lui brûlait les yeux –, cela lui rappela l'Espagne lorsque, en représailles, à la perte d'une patrouille de six hommes éventrés vifs par les moines d'un monastère d'Estrémadure, il avait dépaupiérisé trente et quelques de ces moines avant de les abandonner attachés sur le dos, les bras en croix, le visage badigeonné de miel et, *por supuesto*, le tout à proximité d'une fourmilière.

– Za va mal, se dit-il lorsque le joli minois de Giulietta se pencha au-dessus de lui et cacha l'astre solaire et le beau ciel bleu.

***

Indemne, le coude à peine écorché dans sa chute, Giulietta dégagea son bras et se releva, le cœur tressautant pareil à un cœur de laitue dans un panier à salade.

Charlemagne vivait toujours ; elle voulait le mettre à l'abri.

Indifférente aux balles qui vrombrissaient dans l'air chaud (*bzziiiiim! dziiiiiim! tsssiiiiiing! plok!*), elle agrippa son bien-aimé aux épaules et le traîna à l'intérieur de la cathédrale. Ses efforts déployés pour haler les soixante-dix-huit kilos du moribond empourprèrent et déformèrent ses traits juvéniles. Ce faisant, elle refusait de voir la traînée sanglante sur le dallage et détourna son regard lorsqu'elle reconnut son père, sa mère et sa sœur allongés dans une mare de sang vermillon que la chaleur noircissait déjà.

Bonjanvier proposa son aide et se fit sèchement rembarrer.

– Ne le touche pas, il est mien, dit Giulietta, la voix fraîche comme une boule de neige.

Dehors, des explosions à répétition retentissaient, faisant vibrer les vitraux dans leurs écrins de plomb.

**

À part une certaine pression sur la poitrine qui lui embarrassait la respiration, Charlemagne demeurait insensible à la douleur. Cependant, il savait qu'il perdait du sang et que Giulietta aurait mieux fait de cesser de le trimballer ainsi.

Bien qu'il fît sombre dans la cathédrale, il voyait avec netteté la voûte noircie par des siècles de poussières et de fumées d'encens. Son esprit persistait à nier l'évidence en lui soumettant en rafales toutes sortes de représentations triviales tirées de sa petite enfance, de cette époque lointaine où il n'avait pas encore été séparé de ses frères et de sa sœur.

Dehors, une seconde salve de Baker retentit. Il se souvint alors qu'il était détenteur d'une information capitale. Il s'appliqua à émettre quelques sons.

Giulietta s'immobilisa.

– *Que dice, amore mio ?*

– Ze... zont... des... Baker...

Bonjanvier s'approcha.

– Qu'est-ce qu'il dit, mam'zelle Juliette ?

– Je ne comprends pas... il a dit : *Ce sont des bakair* ???

Sécrétées en trop grande abondance, des larmes char-

16

gées de sel, de poussières et de débris de mucus débordaient des yeux de Bonjanvier et roulaient sur ses joues.

Cette pâleur, ce regard flou, cette physionomie apaisée, il avait trop vu de mourants pour se tromper ; il savait que son maître s'éteignait.

La voix perçante du lieutenant en premier Aristide Laventure se fit entendre jusque dans la nef.

– Je les vois, là-haut sur le toit !

Les lèvres de Charlemagne remuèrent. Giulietta approcha son oreille de sa bouche et recueillit *in extremis* ses derniers mots.

Bonjanvier ne tenait plus en place.

– Qu'est-ce qu'il dit, mam'zelle Juliette ?

L'œil éteint, la chevelure en chaos, sa belle robe de mariée maculée de sang, Giulietta se redressa.

– Il a dit : *Tuez-les tous*.

– Oh ça, ils le seront, mam'zelle… pour sûr qu'ils le seront tous.

Giulietta montra son alliance.

– C'est madame qu'il faut dire maintenant, pas mademoiselle.

Bonjanvier grimaça pour montrer qu'il avait compris.

– Laissez-moué vous aider, mam'dame, je sais c'qui faut faire maintenant qu'il n'est plus.

Giulietta s'insurgea.

– Non et non ! Je ne veux pas qu'on l'enterre. C'est mon mari, il est à moi et je le garde.

Le faux bossu renifla ses larmes, racla sa gorge, déglutit, dit :

– C'que j'sais, moué, c'est qu'il disait qu'ça lui aurait ben chanté d'être embaumifié pareil à ces vieilles momies d'Égypte.

Giulietta hocha la tête, de haut en bas et inversement. Alors, Bonjanvier sortit de la nef et revint quelques instants plus tard, poussant devant lui une voiture à bras

17

vidée de ses marchandises. Il avait ramassé le guidon de la compagnie d'élite qui traînait sur le pavé et l'avait étalé sur le fond.

– Prenez les pieds, mam'dame Juliette, je prends les épaules.

Dehors, régnait un désordre de champ de bataille ; des chaussures, des chapeaux, un landau renversé, des ombrelles, des corps sans vie jonchaient le parvis et la place. Près d'un lampadaire, une poignée de gosses haillonneux butinait un mort ; plus loin, un cheval renversé agonisait avec des bruits étranges, ventre ouvert, organes sortis en pagaille.

Des militaires avaient pris en charge l'organisation des premiers secours. Les avariés les plus touchés étaient transportés sur des brancards de fortune (deux fusils enfilés dans les manches d'un justaucorps) vers les hôpitaux proches de la *Santa Famiglia* et de la *Misericordia* ; la plupart des blessés avaient les chairs lardées de clous de tapissier qui empestaient l'ail. Des civils s'efforçaient de rétablir la circulation en dégageant les obstacles.

Impassibles devant les regards questionneurs, Bonjanvier tirait la voiture à bras tandis que Giulietta la poussait. Ils traversèrent la place et brinquebalèrent jusqu'à la *via di Po* avant de s'arrêter devant le laboratoire de l'*illustrissimo maestro* Pietro Falchetto, un embaumeur-empailleur célèbre à Turin pour son cabinet original des créatures empaillées de ce monde et d'ailleurs.

***

– Vous faites bien de me l'apporter avec autant de promptitude. Plus le client est frais, meilleure est la qualité de mon œuvre, approuva maître Falchetto avec la mine doucereuse d'un chat en train de s'oublier dans la sciure.

Enturbanné façon mamelouk, une bague à chacun de ses doigts, sauf les pouces, le maître embaumeur était revêtu d'une longue robe-soutane mauve qui soulignait son rond bedon, et d'où dépassait une paire de coûteuses babouches en cuir d'hippopotame nilote. Alban Izzo, son apprenti, l'aida à transporter Charlemagne dans le laboratoire. Ils étaient suivis de près par Bonjanvier et Giulietta ; cette dernière serrant contre sa poitrine rebondie le lourd colback et le sabre de son époux que Bonjanvier avait décroché du ceinturon pour éviter qu'il ne traînât.

Le laboratoire était spacieux, clair, et tout ce qui s'y trouvait était utile. Une fresque murale – signée Julius Imparato – égayait l'endroit par des motifs aux couleurs vives qui reproduisaient les différentes étapes de la momification selon le rituel de l'Ancien Empire. Le connaisseur attentif notait avec indulgence que le visage d'Osiris ressemblait à s'y méprendre au propriétaire des lieux.

Charlemagne fut déposé sur une table de marbre noir pourvue de plusieurs rigoles qui menaient à des ouvertures sous lesquelles attendaient des seaux vides. Tandis que l'apprenti passait la serpillière sur l'égouttage sanglant laissé par le cadavre dans le couloir, maître Falchetto remua ses grandes mains aux doigts bagués.

– Voici les faits, madame. Je vous donne le choix entre une momification à trois mille francs et un embaumement à sept mille cinq cents.

Les sommes étaient considérables ; maître Falchetto les justifiait en expliquant les différences entre les deux traitements. Avec une momification, le corps se desséchait et finissait par donner à la peau un aspect vieux cuir qui altérait les traits et supprimait la ressemblance. Avec un embaumement, la peau gardait sa pigmentation d'origine tout en maintenant une étonnante apparence de vie.

– Et ne me demandez point comment je m'y prends car je ne vous le dirai pas. C'est un secret.

Né dans une famille de négociants installée depuis un siècle dans le souk du Caire, rue Allâhou Akbar, Pietro Falchetto avait quatorze ans lorsqu'il était parti faire son apprentissage de momificateur auprès de ces Égyptiens de Louksor qui persistaient à momifier leurs morts à l'ancienne. Trois années durant il avait dû apprendre par cœur les deux cent sept formules pour *sortir au jour* du *Pert em bru*, tout en s'initiant aux techniques d'embaumement consistant essentiellement à combattre les animalcules sournois qui, en dévorant les chairs des morts, provoquaient leur décomposition. Enlever toute l'humidité au cadavre était l'étape essentielle du processus ; ce processus devenait effectif lorsque lesdits animalcules ne pouvaient plus se développer, faute d'eau. Effet secondaire non désiré, le corps déshydraté rétrécissait énormément et la peau prenait cet aspect de cuir racorni qui nuisait tant à la ressemblance.

Après vingt-deux ans d'intenses cogitations et un nombre considérable d'expérimentations, maître Falchetto avait mis au point l'ingénieux procédé d'embaumement qui faisait sa renommée et sa fortune. L'invention consistait à détremper le corps, non pas dans du natron selon l'ancienne méthode, mais dans un subtil mélange d'arsenic et de lait de magnésie qui avait pour effet merveilleux de conserver la peau douce et rose. Si les antiques momificateurs ne faisaient que prolonger la mort, le procédé Falchetto, lui, faisait durer la vie.

Des décennies de pratique l'ayant accoutumé aux requêtes les plus saugrenues, le maître embaumeur ne se formalisa point lorsque la jeune veuve exprima le désir d'avoir son époux embaumé les yeux ouverts.

– Voilà qui est bien naturel, *signora*. J'ai ici un

assortiment d'yeux qui ne peut faire que votre bonheur… choisissez, je vous en prie.

Falchetto lui exposa une centaine d'yeux de verre mis en valeur sur des présentoirs de bijoutier recouverts de velours. Bien que ceux du défunt aient été châtaigne bien mûre, Giulietta sélectionna des yeux bleu de cobalt, d'un bleu si bleu qu'ils persistaient à briller dans l'obscurité.

Le *maestro* Falchetto ôta une à une ses bagues (huit) et les déposa délicatement dans une coupe de cristal de Bohême. Pendant qu'il nouait autour de sa taille un grand tablier de cuir, Alban Izzo allumait d'une main tremblante une cassolette d'encens supposée supplanter les mauvaises odeurs exhalant déjà du cadavre.

Alban avait treize ans et le spectacle de la mort l'impressionnait encore. Ce général français ensanglanté était son deuxième client (le premier avait été une fillette de six ans tombée accidentellement dans un puits).

Falchetto protesta lorsqu'il comprit que Giulietta avait l'intention d'assister aux opérations d'embaumement.

– Voyons, madame, vous n'y songez point. Cela ne se fait jamais. Je ne donne pas de représentations.

Il eut un coup de menton avertisseur vers une desserte sur laquelle étaient alignés les instruments nécessaires à son art : scalpels forts, brucelles, couteaux à lame rabattue, longues aiguilles, cure-crâne, scie à coupe en travers, scie à refendre, marteau à broquettes, clystères à solutions…

Sans grimaces, sans sanglots, sans bruit, sans même bouger la tête, Giulietta pleura.

– Je ne m'en irai pas, monsieur le maître embaumeur. Je ne veux pas le quitter dans un tel moment.

– Et moué aussi, j'm'en va point, déclara Bonjanvier en croisant les bras au-dessus de ses deux pistolets.

À l'instar de la jeune fille, il renâclait à l'idée de

s'éloigner de celui qui avait été son maître et sa raison de vivre ces vingt dernières années.

– Fort bien, mais vous l'aurez voulu.

Il y eut un instant de silence durant lequel tous ceux présents dans le laboratoire entendirent les tic-tac-tic-tac-tic-tac d'une montre. Bonjanvier désigna le colback que Giulietta tenait serré contre elle.

– C'est sa montre, il la range toujours là.

Giulietta la trouva glissée à côté d'une blague à tabac, d'une bouffarde de bruyère, d'un briquet à amadou, d'une gourde plate pleine de laudanum, d'une paire de lorgnons.

Sur un signe du *maestro*, Alban entreprit le déshabillage du mort en commençant, comme son maître le lui avait enseigné, par les bottes. Les pieds ayant gonflé, il dut utiliser des cisailles pour trancher le contrefort jusqu'au talon ; brisant le cœur de Bonjanvier qui les avait si souvent cirées.

La veuve intervint lorsqu'il voulut découper aussi les manches de la pelisse.

– Épargne l'uniforme. Je veux qu'il le porte dans son cercueil.

– *Certo, signora, certo.*

La chaleur retardant la rigidité, le cadavre se laissa facilement dévêtir. Giulietta récupéra chaque pièce de vêtements, ainsi que le corset de cuir que Charlemagne laçait autour de sa jambe raide.

La vision de cette jeune fille en robe de mariée, étalant avec des gestes de lavandière sur les tomettes du laboratoire l'uniforme sanguinolent de son mari resterait gravée à jamais dans les tracés mnésiques du *maestro* Falchetto ; pas plus qu'il n'oublierait la vision de cette même jeune fille contemplant les génitoires de son bien-aimé exposées au grand jour, tout en léchant d'un air songeur le sang séché sur ses doigts fins.

Quand le cadavre fut entièrement nu, Bonjanvier

s'approcha, désireux de voir par où son maître était mort. Il compta une entrée de balle dans le plexus solaire, une entrée à la hauteur du nombril et une troisième entrée, de la taille d'un écu de cinq francs, dans l'aine droite.

L'embaumeur bascula le corps sur le flanc et tous virent le dos intact signifiant que les trois balles étaient encore à l'intérieur.

Bonjanvier gratta son gros nez piqué de points noirs.

– C'est sûr qu'avec tout ça, il a pas eu le temps de souffrir.

Deux minutes, peut-être trois, s'étaient écoulées entre l'instant du triple impact sur le parvis ensoleillé et celui du décès dans la nef obscure.

– Regardez, mam'dame, il a retrouvé sa bonne tête d'y a vingt ans…

La détente complète des muscles faciaux avait effacé les rides du visage, le rajeunissant considérablement. Maître Falchetto retira les rubans de plomb tordus en spirale qui maintenaient par leur poids les cadenettes en avant des oreilles, puis il enleva le ruban métallique de la queue et remit le tout à Giulietta.

Le corps fut alors soigneusement lavé avec des éponges trempées dans de l'eau fraîche vinaigrée. Le mélange de sang, d'humeurs et d'eau s'évacua par les rigoles et dégoulina dans les seaux (*gliouuu gliouuu gliouuu*).

Après s'être essuyé les mains sur le devant de son tablier, le maître embaumeur recouvrit pudiquement d'un linge blanc à rayures bleues les généreux organes de la génération du décédé, puis il se munit d'un long cure-crâne en acier et le montra à Giulietta.

– Je suis sûr, madame, que vous ne souffrirez point d'assister à ce qui va suivre.

– Je vous en prie, *maestro*, allez-y et ignorez-moi.

– Cela m'est infiniment difficile, madame.

Mais voilà qu'un bruit pétaradant annonça que Charlemagne vidait ses tripes *post mortem*.

Une forte odeur merdique gâta l'atmosphère. Giulietta pâlit.

– Sainte Vierge Marie, il vit toujours !

Il y avait une telle espérance dans son cri que la température chuta de plusieurs degrés dans le laboratoire.

– Évidemment non, madame ! J'ai le regret de vous décevoir, mais ce ne sont que des phénomènes mécaniques qui se manifestent parfois…

L'apprenti évacua ces nouvelles souillures, puis il renouvela l'encens dans la cassolette, tandis que son maître, non sans un dernier regard appuyé vers la jeune femme (je vous aurais mise en garde), introduisait l'aiguille-crochet dans la narine droite de Charlemagne, puis, vissant, poussant, forçant son passage jusqu'au cerveau, retira un petit morceau grisâtre qu'il déposa dans une assiette creuse.

– Jésus, Marie, Joseph en diligence ! s'exclama sobrement Bonjanvier.

Pendant qu'il extrayait bout après bout ce qui avait été le siège de la pensée de Charlemagne, le maître embaumeur fit la leçon à son apprenti.

– En raison des coins et des recoins de la boîte crânienne, je ne peux pas tout enlever, aussi, je vais devoir faire fondre ce qui reste avec une préparation spéciale que je t'enseignerai lorsque nous serons seuls.

Ce disant, Falchetto coula un regard méfiant vers la veuve et son drôle de bossu.

Lorsque le curetage de la cervelle fut terminé, le maître embaumeur troqua le cure-crâne pour un scalpel antique à la lame d'obsidienne noire qu'il utilisa pour ouvrir d'un geste décidé le flanc gauche de Charlemagne, de l'aisselle à la taille.

Pâle comme son tablier gris, l'apprenti souleva les bords de l'incision afin que maître Falchetto glissât ses deux mains à l'intérieur et délivrât le corps de ses viscères, commençant toujours par le cœur qu'il déposa dans une autre assiette de faïence.

Surprise, Giulietta prit l'organe dans ses mains et fut scandalisée de découvrir qu'un vrai cœur n'en avait pas la forme. Si la cervelle était le siège des pensées, le cœur était celui des sentiments. C'était donc dans ce gros morceau de boucherie inerte que s'était tenu l'amour que Charlemagne lui avait porté ?

– Vous êtes certain que ceci est son cœur ?

Maître Falchetto ne daigna pas répondre. Il était trop occupé à détacher l'estomac qui contenait le copieux en-cas avalé une heure avant la cérémonie et qui baignait dans le café au lait pris durant l'élévation.

Les fortes puanteurs dégagées par ces opérations supplantèrent les senteurs d'encens.

Bonjanvier retira son bonnet d'écurie et prit dedans son brûle-gueule, sa blague à tabac et ses allumettes soufrées. Il bourra la pipe, l'alluma, et, *puff, puff, puff*, il se sentit un peu mieux.

La première balle fut retrouvée aplatie dans la colonne vertébrale. Bonjanvier l'examina, la soupesa, décréta :

– C'est une *Goddam*.

Il allait l'empocher quand Giulietta tendit sa paume ouverte.

– Rends-la, elle est mienne.

Bonjanvier obtempéra de mauvaise grâce.

– C'est la preuve que ce sont ben les Anglais qui sont derrière ces Sardes, mam'dame. C'est ça qu'il vous disait quand il parlait des Baker tout à l'heure.

Giulietta ne l'écoutait pas. Elle regardait maître Falchetto qui venait d'ôter les reins et avait trouvé la deuxième balle logée dans le rein gauche, en pleine pyramide de Malpighi. Elle tendit la main. L'apprenti rinça la balle de trente et la lui remit en rougissant, incapable de ne pas reluquer dans son décolleté.

25

Après avoir détruit le nerf crural, les ganglions inguinaux, l'artère abdominale, l'artère circonflexe, l'artère honteuse, l'artère fémorale et la veine du même nom, le troisième projectile avait terminé sa course dans la tête du fémur, l'éclatant en esquilles. Giulietta récupéra la balle déformée et la joignit aux deux autres.

Prenant un air inspiré, le maître embaumeur introduisit ses mains jusqu'aux coudes dans la poitrine de Charlemagne et retira successivement les poumons, le foie, la rate. Il dévida ensuite le côlon et l'intestin grêle et aggrava de plusieurs degrés la puanteur ambiante.

L'esprit perturbé de Giulietta se borna à constater l'incroyable longueur du tube à crottes de son bien-aimé ; un plein seau débordant. Mazette !

L'éviscération générale achevée, le *maestro* confia à son apprenti le soin de rincer l'intérieur et l'extérieur du corps avec une éponge trempée dans une soupière remplie d'eau-de-vie pure.

– Madame, sauf votre respect, mais ce qui va suivre relève du secret professionnel intégral et absolu, aussi, vous ne pouvez prétendre demeurer plus longtemps ici. Si malgré tout vous persistiez, je suis au regret de vous dire que je mettrais fin au processus…

Bonjanvier, qui devinait plus qu'il ne parlait l'italien, demanda une traduction.

– Il veut que nous partions. Il dit que sa façon d'embaumer est si secrète qu'elle ne souffre aucune présence. Au fait, Bonjanvier, je veux que tu transfères *via* Marco Polo toutes les affaires de Charlemagne…

– Même ses armes ?

– Je veux tout ce qui lui appartient au palais Razzo.

Les appartements privés du général-baron occupaient les deuxième et troisième étages du palais réquisitionné, tandis que l'état-major de la brigade était installé au rez-de-chaussée et au premier étage.

– Même ses chevaux ?

– Tout.

– C'est que tout, c'est beaucoup, mam'dame Juliette. Et pis y a aussi les fourgons et tout le toutim dedans…

– Le toutim ?

Bonjanvier regarda son brûle-gueule comme pour lire sa réponse dans le tabac rougeoyant.

– Vous savez ben mam'dame, c'est la part du lion des six derniers mois.

Non, Giulietta ne savait pas, mais elle voulait savoir ce qu'était la part d'un lion.

Bonjanvier baissa la voix pour ne pas être entendu de l'embaumeur qui les regardait d'un air dubitatif.

– C'est sa part de général… cinq fourgons.

– Et que contiennent ces fourgons ?

– Oh, un peu de tout ; des meubles, des tableaux, des objets d'art, des machins religieux…

– Donc, ce un peu de tout est désormais mien.

Bonjanvier montra ses dents, elles étaient jaunes.

– C'est que, mam'dame, normalement, ces fourgons y doivent partir pour Racleterre. Vous savez ben que c'est avec ça qu'il finance ses Invalides.

Giulietta ne savait rien de tout ça. Elle connaissait peu de chose sur le défunt… elle pensait avoir la vie entière pour combler ses lacunes.

***

Leur première rencontre remontait au 14 juillet de l'an passé, à la fête offerte par l'état-major de la brigade dans les jardins du palais Razzo.

Charlemagne, cet après midi-là, était de fort mauvais poil. Il portait son bras droit en écharpe. Il devait sa blessure à sa maîtresse du moment, Victoire Escartefigue (née de Monzac), l'épouse du payeur général, qui l'avait maladroitement poignardé au moment où il sortait du

27

Déduit de Vénus, l'un des bordels très crapoteux de la basse ville.

– C'est lui, Olivia, c'est lui, j'en suis sûre… Je le sens partout en moi, avait déclaré Giulietta, animée par cette entière conviction de ceux que la vie n'a pas encore eu le temps de décevoir, et qui pensent qu'il suffit de désirer quelque chose très fort pour l'obtenir.

– Tu es complètement dérangée, ma pauvre fille ! s'était exclamée Olivia, inquiète des joues anormalement rouge pivoine de sa petite sœur. C'est un débauché ; on dit les pires horreurs sur son passé… et puis il est très vieux… et puis regarde, il boite… Allons, Giulietta, tu n'y songes point !

– Au contraire… et je me fiche de ce qu'il est ou de ce qu'il a fait, je te dis que c'est LUI. Je ne peux pas me tromper.

Charlemagne ne desserrait les dents que pour vider verre après verre en lançant des regards assassins autour de lui. Son intention était de s'enivrer puis de provoquer une querelle qui, il l'espérait, le distrairait de cette lancinante frustration qui l'oppressait depuis qu'il avait lu dans *Le Petit Farceur* (surnom donné au *Bulletin de la Grande Armée*) que Bonap avait franchi le Niémen et marchait sur Moscou. Et lui était ici, à Turin, mis à l'écart de la campagne suite à un désaccord d'appréciation avec ce mauvais coucheur qui se faisait appeler empereur (Charlemagne prétendait qu'à Essling, Bonap avait pris la tripotée).

Remarquant enfin l'attention que lui portaient les sœurs Benvenuti, Charlemagne donna une pichenette à sa cadenette avant d'approcher, arborant un sourire carnassier qui rappelait le rictus du léopard reniflant la chair fraîche.

– Les femmes mariées ne lui suffisent plus, voilà qu'il s'attaque aux pucelles, persifla à voix basse la femme d'un haut magistrat lorsqu'elle vit le général-baron clopiner vers les deux jeunes filles.

Contrairement à son intention première qui était de les ridiculiser dans l'espoir qu'un frère, un cousin, un soupirant, voire même un père, s'il n'était pas trop vieux, veuille bien s'interposer, Charlemagne s'était montré d'une parfaite urbanité et les curieux qui passaient à proximité, l'oreille tendue, en avaient été pour leurs frais : aucune grivoiserie ou moquerie dans les propos du général-baron, mais un échange d'aimables généralités zozotantes.

Le lendemain, 15 juillet 1812, un mercredi, Charlemagne se présentait *via* Marco Polo au domicile de Romulus Benvenuti, l'un des principaux fournisseurs aux armées de la capitale, et lui faisait part de son intention d'épouser la plus jeune de ses filles.

***

Giulietta désigna ce qu'il restait de Charlemagne sur la table.

– Quand comptez-vous me le rendre ?

– Dans quarante jours, madame, pas un de moins, pas un de plus... À ce propos, je vous invite à choisir un cercueil et à le faire délivrer ici pour les ajustements de dernière minute. Je vous recommande de faire appel à un maître du bois qui soit familier avec cette branche particulière de la menuiserie.

Giulietta remua sa frimousse dans le sens de la négation.

– Je veux le voir tous les jours, et je veux le voir en entier. Aussi, c'est un verrier qu'il me faut, *maestro* Falchetto.

Le visage du maître embaumeur s'éclaira. Bien sûr, un cercueil transparent ! Quelle fine idée ! Enfin, l'une de ses œuvres allait demeurer visible au-delà des funérailles.

Il s'empressa de recommander Guido Iluminato, un maître miroitier œuvrant via Murano, dans le quartier de *San Baudolino*.

– C'est lui qui a fabriqué les vitrines de mon Cabinet des Curiosités.

Giulietta eut un geste qui engloba le colback, le sabre dans son fourreau, les vêtements étalés sur les tomettes, le guidon maculé de sang.

– Quand mon mari sera prêt, passez-lui son uniforme et sa gaine de jambe… pour ses bottes découpées, je vous délivrerai une paire neuve dès demain.

***

Cheveux au vent, retenant sa robe de mariée à deux mains, insouciante aux passants qui se signaient, Giulietta marcha d'un pas décidé jusqu'à la *via* Marco Polo où s'élevait l'hôtel particulier du ci-devant exilé marquis de Vermenagna ; un petit palais néogothique décrété dès 1800 bien national par l'administration française, et que Romulus Benvenuti avait acheté pour une bouchée de brioche pour en faire son domicile principal.

Lucien Dilouis, lieutenant en second au 3e escadron, faisait les cent pas devant le porche encore décoré des armoiries de l'ancien propriétaire. D'habitude crâne et faraud, l'officier subalterne transpirait d'abondance, le blanc de ses yeux était rouge-chagrin et sa joue droite, noircie par la poudre, attestait qu'il venait d'utiliser plusieurs fois de suite son mousqueton.

Après avoir présenté ses condoléances, il se mit au garde-à-vous et annonça le décès d'Angela sa mère et d'Olivia sa sœur, s'empressant d'ajouter :

– Mais votre père survivra, mademoiselle Juliette. Nous l'avons transporté à l'hôpital de la *Misericordia*.

Giulietta parut indifférente. Trop de malheurs simultanés engourdissaient ses sentiments, émoussaient ses émotions.

Le lieutenant relâcha sa position.

– Sauf votre respect, mademoiselle, mais peut-être savez-vous où a été transporté notre général ? On le cherche, nous.

– Je le fais embaumer et tous ceux qui voudront l'honorer n'auront qu'à se présenter rue du Pô, chez le *maestro* Falchetto.

– Maître Falchetto, celui des curiosités empaillées ?

– Oui.

– Bonap en babouches ! Vous avez fait empailler notre général ?

– Non, je l'ai fait embaumer, c'est bien plus beau.

– Eh !

Giulietta sourit tristement.

– Sachez, monsieur le lieutenant, que ses dernières paroles furent un ordre donné à ses hommes.

– Et quel était cet ordre, mademoiselle ?

– Il a dit : *Tuez-les tous !*

Les larmes du lieutenant Dilouis roulèrent le long de ses joues et disparurent dans ses grosses moustaches.

– Oh ça, c'est déjà fait, mademoiselle Juliette. Tous les Sardes de l'embuscade sont morts à l'heure qu'il est… Juré craché, pas un seul n'a survécu… J'y étais… Et ceux que nous n'avons pas pistolérisés ou sabrés, nous les avons balancés des toits afin qu'ils aient le temps de se voir mourir, ces étrons humains.

Il essuya ses larmes d'un revers de main sale et renifla un bon coup.

– La brigade se regroupe en ce moment même, et je peux vous assurer qu'il ne fait pas bon être sarde, aujourd'hui, à Turin… Ah ça non…

Comme pour confirmer ses dires, des coups de feu retentirent du côté de *Gran Madre di Dio*, le quartier sarde de la capitale.

– Ça y est, ça a commencé, mademoiselle, j'y cours… et encore mes sincères condoléances.

Giulietta lui montra son annulaire bagué.

– *Madame*, monsieur le lieutenant, vous dites *madame* lorsque vous vous adressez à une veuve.

L'entrée de Giulietta dans le hall mit la domesticité en ébullition.

– *Ah, signorina Giulietta ! Ma che grande disgrazia !* s'écria Graziela la chambrière en découvrant la robe de mariée et les doigts barbouillés de sang. Vous êtes blessée, *signorina* ?

– Non.

Giulietta montra une fois de plus son alliance.

– Il faut m'appeler *signora*… désormais, je suis veuve…

La chambrière l'invita à monter dans sa chambre pour se changer.

– J'ai mieux à faire.

Elle entra dans le cabinet de son père et s'assit derrière le grand bureau en acajou. Reprenant ses pleurs silencieux, elle ouvrit l'écritoire et rédigea une brève à l'intention du maître miroitier Guido Iluminato :

> *Sur les conseils de l'illustre maestro Falchetto, je veux que vous fabriquiez un cercueil translucide, imbrisable et capable de résister jusqu'au Jugement dernier. Ce cercueil est destiné à mon défunt mari, le général-baron Charlemagne Tricotin de Racleterre, présentement en cours d'embaumement dans le laboratoire du maestro Falchetto…*

Toc toc toc contre la porte.

– Oui ?

Le majordome Silvio Orlando apparut.

– Euuuh… *signora*, nous avons plusieurs militaires dans la cour qui déchargent des fourgons.

Bonjanvier le bouscula pour se montrer.

– C'est moué mam'dame. Où voulez-vous qu'on les mette les malles du général ?

– Dans ma chambre.

– Et le reste ?

Elle haussa les épaules comme lorsqu'elle était petite fille.

– Où vous voudrez. Ce n'est pas la place qui manque ici… Orlando, attendez.

Elle plia sa brève, inscrivit le nom et l'adresse du destinataire et la confia au majordome.

– Je veux que son destinataire la reçoive aujourd'hui.

Seule à nouveau, Giulietta écrivit une deuxième brève destinée à Paolo Spelli, le chef comptable des Établissements Benvenuti. Elle lui donna l'ordre de verser la somme de sept mille francs de Piémont au bénéfice du *maestro imbalsamatore* Pietro Falchetto. En *addenda*, elle lui confia l'organisation des obsèques de sa mère et de sa sœur.

Puis elle écrivit une troisième brève pour sa grand-mère Gloria, restée au village pour cause de rhumatismes articulaires.

> *Mon mari est mort, maman et Olivia aussi. Viens t'occuper de papa qui n'est que grièvement blessé. Moi, je suis trop malheureuse pour tout ça…*

Elle sortit du cabinet lorsque Beppe Santorre, le *capo* des écuries, vint à sa rencontre, chapeau bas.

– *Signorina Giulietta… scusi, signora Giulietta*, les militaires nous laissent cinq chevaux et le bossu dit qu'ils sont à vous maintenant.

– Certes, ils le sont.

Beppe Santorre secoua la tête, pas convaincu.

– C'est que ce sont des chevaux de guerre, *signorina* Giulietta, qu'est-ce qu'on en fait, nous ? Et y a ce gros percheron qu'a mauvais caractère... il a déjà essayé de me mordre.

Giulietta versa quelques larmes supplémentaires.

– C'est Maximilien, son cheval préféré.

Charlemagne nommait ainsi tous ses chevaux de guerre, même les juments, en hommage à son bon camarade Robespierre.

Beppe Santore se permit quelques ronchonnements et même une grimace.

– Et puis y a aussi le bossu qu'arrête pas de me parler en français, et moi j'y entends *niente* à son charabia.

Giulietta le suivit à travers la cour ensoleillée jusqu'aux écuries. Une fois ses yeux ajustés à la pénombre, elle contempla l'impressionnant colosse de neuf cents kilos qui tirait sur sa longe avec humeur.

– Prenez garde, *signora*, il a les oreilles dans le poil.

Treize ans d'âge, six pieds au garrot, gris pommelé, la crinière tressée, Maximilien était couturé de vieilles cicatrices comme autant de graffitis belliqueux ; traces d'éclats d'obus et de shrapnells sur le chanfrein, l'encolure et les épaules ; coups de sabre sur les flancs et en travers de la croupe ; l'oreille gauche épointée par une balle d'escopette madrilène, l'oreille droite trouée par une balle de pistolet prussien.

Avant qu'ils ne deviennent des chevaux de labour, les percherons du Moyen Âge étaient des destriers capables de charger l'ennemi en supportant deux cent vingt-cinq kilos de caparaçon et de cavalier en armure. En créant un escadron de deux cent dix percherons, Charlemagne avait redonné à la race sa fonction première de cheval de guerre. Qui n'avait vu l'escadron Tricotin prendre le galop et charger en muraille un carré d'infanterie hérissé de baïonnettes n'avait rien vu. Lorsque trois mille tonnes de chairs vives, de cuir et d'acier s'ébranlaient, le sol tremblait sur plusieurs milliers de pas en amont et faisait vibrer les semelles de l'ennemi, provoquant, une fois sur trois, une débandade contagieuse.

Bonjanvier vint au-devant de Giulietta.

– Vous faites ben d'être là, mam'dame Juliette, parce que vot'goujat d'écurie, y comprend pouic de pouic à ce que j'lui dis, et ce que je dis c'est que Maximilien y supporte pas d'être le nez au mur. C'est pourtant pas difficile à comprendre ! Si ses yeux sont dans l'obscurité y voit rien de c'qui s'passe et il est en défiance de tout c'qu'il entend, et il entend bien, Maximilien… C'est pour ça qu'y faut l'tourner face à la porte et à la lumière.

Tout ce qu'il savait des chevaux lui venait de son maître, le seul être humain à sa connaissance capable d'entendre et de dialoguer avec presque toutes les bêtes de la création. Bonjanvier avait encore en tête ce jour, en Prusse-Orientale, où le général leur avait imité les cinq hennissements constituant la base du langage équin : hennissement d'allégresse, hennissement d'amour, de colère, de crainte, hennissement de douleur.

– Cela faisait longtemps qu'il l'avait ce cheval ?

– Plus de dix ans, mam'dame… on était au camp de Boulogne en c'temps-là… ah oui, dites encore à votre goujat que c'te bête, elle mange pas n'importe quoi et qu'elle est habituée à la meilleure avoine… ah oui, et qu'elle aime beaucoup les carottes, mais seulement de saison.

Giulietta sécha ses larmes, puis elle essuya ses doigts mouillés sur sa robe en choisissant les endroits tachés de sang.

Pauv' pitchoune, son couvercle a sauté ! songea Bonjanvier en hochant sa tête sans cou.

– Reprends-le. Il te connaît et il sera mieux avec toi…

– Je peux aussi reprendre les selles et les couvertures ?

– Oui, et aussi les quatre autres.

***

Ce soir-là, Giulietta se coucha sans se dévêtir, sans même ôter ses escarpins ; il lui suffit de fermer les yeux pour tomber dans un sommeil sans rêve qui ressemblait à s'y méprendre à la mort.

***

Le mercredi 29 septembre 1813, en fin de matinée, une berline militaire verte et noire lourdement chargée se présenta au bac de San Coucoumelo. Le Pô traversé, la berline brinquebala sur ce qu'il restait de l'ancienne chaussée romaine. Après trois kilomètres bordés de châtaigniers aux branches pliées par le poids des bogues hérissonnées, la voiture s'engagea dans la grand-rue (le cardo) qui traversait le village du nord au sud et s'immobilisa devant une belle *villa* à étage.

Les villageois en sabots accoururent de toutes parts (*ploc cloc ploc clop ploc clop*). Le conducteur serra le frein, sauta à terre, déplia le marchepied, ouvrit la portière : Giulietta apparut dans une robe noire décolletée qui en surprit plus d'un(e). Tout le monde nota et commenta son regard vide et ses yeux cernés.

Policarpo Castagna, le *capo di tutti capi* du chai et des coconnières Benvenuti, son épouse Honorine, entourés de leurs cinq enfants (trois couillus, deux garces), présentèrent leurs sincères condoléances, sans oublier de s'enquérir de la santé du *stimate padrone* Romulus.

– Il se rétablit. Il a quitté avant-hier l'hôpital et il est de retour *via* Marco Polo ; c'est grand-mère Gloria qui prend soin de lui, désormais.

À sa manière, le couple Castagna ne manquait pas d'allure, lui, avec sa longue chevelure intégralement blanche à la mode patriarche, et son habit à la française démodé, elle, laide comme sa mère, prognathe à grandes dents, le visage crotté de taches de rousseur, grassouillette façon chapon, rouquine comme son père et comme une botte de carottes.

– Votre chambre est prête, euh, *signora* Giulietta, dit Honorine avec une courbette.

Depuis leur installation dans la capitale, les Benvenuti venaient chaque année au village passer l'été au frais. Saison après saison, les Castagna avaient vu les deux sœurs se métamorphoser en deux jolies jeunes filles, rieuses, insouciantes, espiègles, appétissantes, surtout la cadette… et maintenant…

– La chambre que j'occupais avec Olivia ?

– Oui, celle-là.

Giulietta eut un geste vers la berline poussiéreuse et son imposant chargement.

– Je ne viens pas ici en vacances, je viens ici vivre pour toujours avec mon mari ; aussi, nous nous installerons dans la grande chambre.

Des huit chambres de l'étage, la grande chambre était la seule à posséder une porte-fenêtre et un balcon à balustrade qui donnait sur le cardo, l'église, la place, le village… Certains matins, quand le ciel avait été purifié par une averse, on apercevait les deux rives du Pô ainsi qu'un bout de la maison du passeur.

Giulietta désigna la longue forme rectangulaire solidement arrimée sur l'impériale.

– Mon mari est dedans, prenez-en soin lorsque vous le transporterez.

Trois échelles et dix adultes, dont Policarpo, ne furent pas de trop pour descendre sans incident le pesant cercueil de verre serti d'argent et de bronze contenant le corps impeccablement embaumé de Charlemagne Tricotin de Racleterre.

Une fois les matelas et les couvertures ôtés, la vision du mort au regard bleu de cobalt et aux joues roses et lisses de jeune homme sidéra les villageois qui s'éloignèrent en se signant, un mauvais signe assurément.

Assistée de ses deux filles, Nina et Pinta, âgées de vingt et un et dix-sept ans, Honorine prépara le lit dans la grande chambre tandis que Giulietta supervisait le transport des cinq grosses malles, dont quatre avaient appartenu à la momie.

Nina fut la première à comprendre que la tenue de deuil si décolletée de la jeune veuve était une robe de mariée teinte en noir.

***

Le sang du curé Ugo Papi fit une circonvolution complète en entendant ses ouailles prononcer devant lui les mots de *momie militaire*, *cercueil transparent*, *chambre à coucher*, *robe de mariée noire*, *décolletée jusqu'au nombril*.

Le curé passa sa pèlerine et se rendit promptement à la *villa* Benvenuti où l'attendait le spectacle de cinq grosses malles ouvertes et d'un immense cercueil transparent posé à côté du lit sur quatre tabourets. Deux mètres vingt sur un mètre trente ; un vrai grand cercueil, pour sûr.

Attablée à une table-bureau aux pieds torsadés, Giulietta tentait d'écrire une lettre à son père. Comme rien ne lui venait à l'esprit, pour se stimuler, elle buvait du vin d'Asti dans un beau calice en vermeil.

Le curé qui n'avait pas ses besicles, s'approcha et eut un haut-le-cœur en croisant le regard luciférien du mort.

– *Ma che affare è questo ?*

– Voici le général-baron Charlemagne Tricotin de Racleterre, monsieur le curé, voici mon mari.

Ugo Papi vit une petite coupe de cristal contenant trois plombs de trente, dont un était aplati.

Les manières du curé devinrent brusques, ses gestes se firent presque menaçants. Rien ne lui plaisait dans ce qu'il voyait.

– Tu ne peux en aucune façon laisser ce… cette… euh… cette chose sans sépulture. Il te faut l'enfouir au plus vite.

Giulietta se versa un nouveau calice de vin avant de hocher sa jolie frimousse triste.

– Je vais lui faire construire un mausolée dans le cimetière, mais en attendant, il reste ici… Je veux le voir tous les jours, même mort… C'est toujours mieux que de ne plus le voir du tout.

Le curé se tapota le front avec deux doigts.

– Non seulement tu déraisonnes, mais tu es pompette, ma pauvre fille… Et puis si le récipient dans lequel tu bois est bien ce que je pense, cela fait de toi une blasphématrice.

Giulietta fit tourner entre ses doigts le bel objet sacerdotal du XIIe siècle.

– Bonjanvier m'a raconté qu'il vient d'Espagne et qu'il est très très ancien. C'est mon bien-aimé qui l'a trouvé dans le tabernacle de la cathédrale de Burgos…

Giulietta vida le calice et eut un petit claquement de langue pour remercier le breuvage.

– Mon père et ma grand-mère seraient fâchés de vous savoir ici, monsieur le curé. Ils vous en veulent toujours, et pas qu'un peu, croyez-moi.

Giulietta eut un geste vague vers le bout de corde toujours noué par un nœud de bouline double à la poutre maîtresse.

Quand trop est trop, c'est trop. Avec un regard appuyé sur l'impudique robe de mariée noire, le vieux curé retourna dans son presbytère méditer (le poing sur le front) sur ce qu'il venait de voir et d'entendre.

Treize ans auparavant, le *padrone* d'alors, Domenico Benvenuti, père de l'actuel, s'était pendu dans la grande chambre. On avait trouvé épinglé sur sa chemise un mot d'adieu dans lequel il expliquait qu'il se retirait la vie uniquement parce qu'il se savait syphilitique en période secondaire ; autrement dit, les lésions cutanées qui s'étaient formées çà et là sur son corps suintaient des humeurs hautement contaminantes. Il conseillait charitablement à ceux qui le dépendraient d'être précautionneux avec sa dépouille et il les enjoignait de l'enterrer au plus profond afin que la monstruosité qui le rongeait n'ait aucune possibilité de remonter à la surface. Dans un post-scriptum qui laissa perplexes tous ceux qui le lurent, Domenico expliquait que si l'étymologie du mot syphilis venait du grec *sus*, pourceau, et *philein*, aimer, il jurait sur la tête du pied de son lit qu'il n'avait <u>jamais</u> commis le très dégoûtant péché de bougrerie.

Lorsque la veuve Gloria Benvenuti et son fils Romulus, le nouveau padrone, s'étaient présentés au presbytère pour organiser l'enterrement, le curé Ugo Papi avait été intraitable.

– Non, non et renon. La vie est un don de Dieu, la rejeter est Lui faire offense. Un suicidé s'auto-excommunie, donc jamais un excommunié ne sera enterré dans mon *camposanto*, fût-il le *stimate padrone* !

Tout le monde savait qu'en s'étranglant par le cou, un suicidé interdisait à son âme de s'échapper par la bouche comme elle en avait l'habitude. L'âme trouvant l'issue naturelle obstruée cherchait une autre sortie, et immanquablement finissait par s'évader par le bas. Qui pouvait ignorer que se présenter devant saint Pierre en dégageant, en guise de bienvenue, un fumet de bran, était certain d'être recalé. Une âme ainsi souillée était condamnée à demeurer entre ciel et enfer pour l'éternité.

Avant de quitter le presbytère, Gloria Benvenuti avait pointé son index vers l'homme en noir.

– Tant que vous serez le curé de cette paroisse, nous ne nous montrerons plus dans votre église… et vous pouvez rayer désormais le nom de notre famille de la liste de vos bienfaiteurs.

Sitôt rentrée à la *villa*, Gloria ordonnait à Policarpo de récupérer les bibles et les prie-Dieu des Benvenuti qui se trouvaient dans l'église depuis deux siècles.

– Et j'en fais quoi, *signora* Gloria ?

– Tu les oublies au grenier.

– Bien, madame.

***

Ce même jour, en début d'après-midi, trois fourgons bâchés vert et noir aux couleurs du 1er de discipline, escortés par la compagnie d'élite au complet (cent neuf cavaliers) firent une bruyante entrée dans le village. Les fourgons contenaient les trois cinquièmes de la part du lion du général-baron ; trois sur cinq, car sur l'insistance de Bonjanvier, la veuve avait accepté que deux fourgons partent pour Racleterre, village natal du défunt.

Bouche bée, les villageois assistèrent au déchargement de beaux meubles, d'objets d'art, d'épais tapis arabisants, de coûteuses bondieuseries, que les militaires entreposèrent dans la *villa* Benvenuti.

Avant de repartir pour Turin, la compagnie d'élite rendit un hommage émouvant à la dépouille de son ancien chef. La grande chambre ne l'étant pas assez pour accueillir cent neuf militaires lourdement armés, le cercueil de verre fut transporté dans la cour intérieure. Giulietta n'avait jamais vu autant d'hommes pleurer.

– Tes derniers mots ont été *Tuez-les tous*, mon général, eh bien c'est fait, et ç'a été foutrement bien fait ! gronda le chef d'escadron Bernard Coutouly en déchargeant vers les nuages son mousqueton, aussitôt imité par la compagnie entière.

Le vacarme de la salve d'honneur fut tel qu'il éparpilla tous les villageois ; ceux-ci s'enfermèrent chez eux et n'en sortirent qu'une fois les Français partis.

***

Le lendemain après-midi, une berline de louage remonta jusqu'à la place du Martyre. Quoi encore ?

– La *villa* Benvenuti ? s'enquit le conducteur avec un accent turinois.

– Remontez le cardo jusqu'à cette belle maison qui a du lierre sur la façade.

Trois hommes redingotés descendirent du véhicule et furent reçus par la rouquine Honorine qui les conduisit dans le salon du rez-de-chaussée.

– Je vais prévenir la *signora* de votre arrivée.

Honorine monta l'escalier et s'engageait sur le palier lorsqu'elle entendit le bourdonnement d'une conversation en provenance de la grande chambre. C'était la *signora* Giulietta qui bavardait encore avec sa momie de mari. La malheureuse ! La douleur lui avait tout éberlué l'esprit.

***

L'animal vit au jour le jour et n'a aucune richesse car il ignore le travail, producteur d'économies, de réserves et de biens, et c'est parce que l'animal ignore le travail, que l'animal ignore la guerre.

Giulietta faisait la lecture à Charlemagne.

Elle marchait de la fenêtre au cercueil en lisant à voix haute *Réflexions sur la guerre et sur la manière de la faire*, un ouvrage de six cent trente-cinq pages écrit par le très savant général-comte Maximilien-Alexandre de Bruck. La dédicace sur la page de garde rappelait l'époque où de Bruck était cadet gentilhomme à l'École royale militaire en même temps que Bonap et les frères Tricotin.

> *Or les seuls animaux qui connaissent la guerre à la façon des hommes sont les rats, les termites, et surtout les fourmis. Vous remarquerez que ce sont aussi les seuls dans le monde des bêtes qui sont propriétaires, qui possèdent d'abondantes réserves et d'innombrables biens, tous bons à butiner.*

Depuis ce terrible 14 juillet, Giulietta avait perdu tout intérêt pour le monde extérieur. Seul l'intéressait ce qui pouvait se rapporter à son Charlemagne. Aussi, passait-elle ses journées à farfouiller dans les malles du défunt à la recherche d'émotions. Elle était ainsi tombée sur l'ouvrage du général de Bruck et s'était émue aux larmes en découvrant que la page 25 avait été cochée par le pouce graisseux de son bien-aimé qui avait laissé une belle empreinte digitale. Ses larmes séchées, elle avait aussitôt entrepris de contrecarrer le destin en lisant au mort les six cent dix pages restantes.

De tout temps, Charlemagne avait trimballé des livres. Au début, en Vendée, il les serrait dans son portemanteau, mais avec le nombre grandissant de châteaux pillés – beaucoup possédaient de belles et grandes bibliothèques –, il les transportait dans des fourgons régimentaires. Lire, chez lui, n'avait jamais été une activité passive. Il suffisait de consulter les ouvrages de sa bibliothèque de campagne pour voir qu'il les avait quasiment réécrits à coups de copieux commentaires en marge, de généreux soulignages, d'épaisses ratures capable de caviarder des paragraphes entiers.

> *... ô combien il est tristounet d'imaginer que le premier art inventé par les hommes ait été précisément celui de se nuire, et que, depuis le commencement des siècles, on ait combiné plus de moyens pour détruire l'humanité, que pour la rendre heureuse...*

Giulietta cessa de lire ; une berline de louage venait d'apparaître en bas du cardo. Le véhicule s'arrêta devant la *villa* et trois hommes en descendirent avec des mines de grands courbaturés. Elle reconnut le peintre Julius Imparato, l'architecte Gaetano Fringuello et le maître maçon Giovanni Saluzzi.

Elle poursuivit sa lecture.

> *... le général von Clausewitz m'a dit un jour qu'on ne saurait introduire un principe modérateur dans la philosophie de la guerre sans commettre une absurdité. La guerre est un acte de violence et il n'y a pas de borne à la manifestation de cette violence. Bref, dans une affaire aussi dangereuse que la guerre, les erreurs dues à la bonté d'âme sont précisément la pire des choses. Ainsi, on a parfaitement le droit de bombarder les hôpitaux puisqu'ils remettent sur pied ceux que les armes ont mis hors de combat... ainsi il est absolument licite d'exterminer jusqu'au dernier les enfants de l'ennemi, futurs ennemis de la patrie et graines de revanchards... comme il est tout naturel d'exterminer les femmes de l'ennemi pondeuses des mêmes mentionnés plus haut.*

Des coups discrets contre le battant l'interrompirent. Elle ferma le livre et le déposa sur le bord du cercueil.

– *Signora* Giulietta, vous avez de la visite, dit Honorine en entrouvrant la porte.

***

D'un geste précis qui démontrait une longue expérience, l'architecte Fringuello déroula sur la table le plan d'un mausolée aux lignes rappelant celles d'un arc de triomphe romain.

Giulietta le contempla et pleura.

– *Va bene…* et maintenant, je veux qu'il s'élève sur une butte au milieu du *camposanto*.

L'architecte leva le doigt pour objecter.

– *Scusi, signora*, mais nous avons visité le cimetière en venant et je n'ai vu aucune butte. Le terrain est plat comme une sole.

– Je sais, aussi il faudra en faire une. La moitié de la vallée nous appartient, vous n'aurez aucun mal à trouver la terre nécessaire.

L'architecte prit des notes.

– De quelle hauteur la voulez-vous cette butte, *signora* ?

– Assez haute pour que l'on puisse voir le mausolée d'ici, et assez profonde pour que vous puissiez creuser une crypte dessous… une crypte d'une dizaine de places.

Giulietta tapota son index sur le plan en s'adressant au peintre Julius Imparato.

– Là, je veux une grande mosaïque, et là, là, là et là, je veux des vitraux… et mon mari doit figurer sur chacun d'eux.

Elle voulait aussi que le peintre exécutât un grand tableau la représentant à la sortie de la cathédrale, au bras de Charlemagne.

– Et peignez-nous tout sourire… car ce fut notre dernier instant de pur bonheur, monsieur l'artiste.

Julius Imparato offrit son mouchoir afin que Giulietta épongeât les larmes sur ses joues de pêche. Ô divine surprise, avant de le lui rendre, la jeune veuve se moucha dedans avec un bruit de trompette céleste.

– Disposez-vous, madame, d'un portrait du défunt d'après lequel je pourrais m'inspirer ?

Giulietta opina du chef.

– Mon mari se trouve là-haut. Vous n'aurez qu'à vous en inspirer. Nous irons le voir lorsque nous en aurons fini ici… Et vous, maître Saluzzi, de quoi avez-vous besoin pour me bâtir ce mausolée ?

***

Une lune plus tard, quinze chars à bœufs chargés de *marmo statuario* – un marbre de Carrare noir et blanc veiné de rouge au grain très fin – prenaient le bac et traversait le Pô. Le char de tête s'immobilisa à la hauteur du *camposanto*. Le chef du convoi se rendit dans le cimetière où quatre apprentis maçons et le maître maçon Giovanni Saluzzi, travaillaient aux fondations d'une crypte souterraine de dix places.

Après s'être assuré que la qualité de la cargaison était conforme au bon de commande, le maître maçon indiqua aux convoyeurs l'auvent, le long du mur, sous lequel ils devaient décharger la belle roche métamorphique.

Cette arrivée de marbre suscita maintes spéculations chez les Coucouméliens. Des paris s'engagèrent sur le prix exact du mausolée, sur celui du cercueil de verre, et, tant qu'à faire, sur le coût de l'embaumement.

***

46

On était en novembre et il faisait déjà si froid que les poules avaient arrêté de pondre. Giulietta montait les escaliers lorsqu'elle fut prise d'un malaise qui lui coupa la respiration et la fit tomber à genoux sur les marches.

– Madame, madame, que vous arrive-t-il ?

Mais Giulietta était trop occupée à chercher son souffle pour répondre.

Honorine appela à l'aide ses deux filles qui accoururent des cuisines et l'aidèrent à transporter Giulietta dans la grande chambre.

– Je vais délacer votre corset qui m'a l'air bien trop serré, *signora*.

Honorine ôtait le troisième et dernier jupon lorsqu'elle se prit la tête à deux mains, signe de surprise chez elle.

– *Santa Maria*, *signora*, mais vous êtes grosse !

– Prions Dieu que tu aies raison, murmura Giulietta avec un large sourire, le premier depuis le tragique 14 juillet.

L'extraordinaire nouvelle divisa aussitôt le village en deux camps. Il y eut ceux qui pensaient que le sacrement du mariage ayant été célébré, l'enfant ne pouvait être considéré comme un enfant du péché de chair ; il y eut ceux qui pensaient que ce mariage n'ayant pas eu le temps d'être consommé, l'enfant avait forcément été conçu avant la cérémonie, donc en parfait état de péché mortel.

Pour le père Ugo Papi, ce fut la goutte d'eau qui fit déborder le bénitier. En chaire, il se décréta partisan de la seconde possibilité et déclara d'une voix vibrante qu'il préférait devenir animiste en Patagonie plutôt que de baptiser le produit d'une telle *porcheria*.

***

Apprenant qu'il allait être grand-père, Romulus Benvenuti avait rajeuni de vingt ans. Bien que sa

47

convalescence fût loin d'être terminée, il quitta Turin en compagnie de l'*illustre professore* Salvatore Bicou delle Bicou qui reçut pour consigne d'examiner la primipare.

Après avoir mesuré son gros ventre, reniflé ses orifices, tâté ses selles et goûté ses urines, le professeur avait décrété Giulietta enceinte de cinq mois minimum. Il avait ajouté que si elle était physiquement saine comme une pouliche d'un an, il s'autorisait à émettre des réserves quant à sa santé mentale ; dénonçant les symptômes pathogènes que représentaient la robe de mariée noire, le cercueil transparent à côté du lit, la momie aux yeux ouverts, le mausolée en construction aux proportions pharaoniques.

– *Scusi, illustre professore*, mais moi je suis convaincu au contraire que cette naissance va la guérir de sa bile noire. Et mille *grazie* pour ce chaud lapin de Français qui n'a pas attendu sa nuit de noces pour la consommer. Alléluia !

Levant les yeux au ciel, Romulus implora :

– *Dio mio*, faites que ce soit un garçon.

***

Le jeudi 10 février 1814, à sept heures du matin, Dieu exauça Romulus Benvenuti en faisant tomber au monde, tête la première, un gros *bimbo* de trois kilos quatre cents que l'on prénomma Carolus.

PREMIÈRE PARTIE

1

Mais sois assuré de ceci
faire le bien ne sera jamais notre tâche;
faire le mal sera toujours notre délice.

Lucifer rassurant Belzébuth sur ses projets d'avenir.

Dimanche 31 décembre 1899.
Villa Tricotin.

Les aiguilles de l'horloge Universelle piquaient neuf heures vingt du matin lorsque l'ulcère gastro-duodénal du Dr Carolus Tricotin perfora son péritoine.

Une forte crampe le raidit sur le fauteuil; il lâcha son Waterman, son front se perla de sueur tandis que ses mains et ses pieds se refroidirent. Palpant son abdomen, il le trouva dur, ballonné, douloureux à la pression, autant de vilains signes.

Il se traîna jusqu'au laboratoire qui jouxtait le cabinet de consultation; les murs et le plafond laqués de blanc donnaient l'impression de pénétrer dans une lumineuse bouteille de lait; une double porte-fenêtre s'ouvrait sur la cour intérieure et le verger.

La neige tombait depuis la veille et la tombe sans croix de Domenico Benvenuti, le pendu de la famille, disparaissait sous une accumulation de milliards de flocons à six branches. En partant plus tôt que d'habitude, les hirondelles n'avaient point menti ; le dernier hiver du siècle était particulièrement rude.

Gêné dans ses manipulations par l'arthrite qui lui déformait les doigts, il réussit à diluer dix grammes de bismuth dans de l'eau pure et les avala d'une seule déglutition (*gloup*). Mais son estomac troué n'en voulut point ; il vomit dans l'évier de marbre.

Les yeux brouillés par les larmes, il réajusta ses lorgnons et examina ses déjections ; la vue du sang rouge vif mêlé au blanc du pansement gastrique et au jaune et noir de l'omelette aux champignons avalée plus tôt, fit bondir son pouls à cent vingt pulsations par minute : cette fois c'était la fin ! Et comme si cela ne suffisait pas, une irrésistible pulsion à déféquer lui laissa tout juste le temps d'abaisser son pantalon et d'expulser sur le carrelage immaculé un chapelet de selles dures, nauséabondes, noires comme le deuil.

L'idée de mourir l'indignait.

Il avait consacré un demi-siècle de son existence à rechercher la clé qui ouvrirait le coffre-fort recelant le mystère de la mort, et maintenant, parvenu au seuil de sa vie, il n'avait pas la moindre idée de ce qui allait lui arriver lorsque son esprit se détacherait de son corps. Entendrait-il un bruit feutré, un déclic perçant, un craquètement confus, un chuintement avertisseur, un miaulement nasillard, une formidable déflagration, ou peut-être le claquement sec d'un élastique qui se rompt ; allait-il tomber dans un trou noir avec rien en dessous, ou, au contraire, verrait-il une forte lumière blanche au bout d'un tunnel ? Athéiste pratiquant, Carolus écartait d'autorité l'éventualité d'entendre une voix, ou un rire.

Il réajustait son pantalon lorsqu'une nouvelle crampe le transperça de bas en haut, comme une broche. Il poussa un grognement digne d'un sanglier servi au pieu, et, une fois de plus, il admit volontiers que la seule douleur qu'il se sentait capable de supporter sans broncher était celle de ses patients.

Il prit dans l'armoire à pharmacie une boîte stérilisée contenant une seringue et trois aiguilles creuses de longueurs différentes. Choisissant la plus fine, il la fixa à l'embase de la seringue et la remplit de quinze milligrammes de morphine qu'il s'injecta dans la veine radiale courant sur le dos de sa main gauche.

L'effet fut instantané, quasiment miraculeux ; ses muscles noués se détendirent, la douleur disparut, laissant place à un bien-être cotonneux. Il vit son reflet dans la vitre et s'en désola. Sa peau avait pris une teinte grise de très mauvais aloi qui faisait ressortir les balafres rituelles barrant ses joues, souvenirs de ses années estudiantines viennoises.

Il fourra dans ses poches une autre boîte stérilisée, trois flacons de morphine suisse et trois flacons de cocaïne des laboratoires Merck de Darmstadt.

Revenu dans son cabinet de consultation, il se crut obligé de soupirer en lançant un dernier regard sur les vitrines protégeant ses collections d'oiseaux taxidermisés. Il soupira en songeant au temps consacré à la recherche des spécimens, à leur capture, toujours difficile, à leur délicate naturalisation, à l'étiquetage, au transport (*Peut-être que plus souvent au bordel, j'aurais dû aller*).

À droite de la cheminée, sur une colonnade ionique, se tenait le spécimen le plus spectaculaire de sa collection de vertébrés ovipares : une harpie féroce de l'Oriente équatorien.

Haute d'un mètre, perchée sur une fausse branche, la harpie retenait crocheté dans sa serre un bébé sapajou habillé en mousse de la marine. Taxidermiste avisé autant que naturaliste expérimenté, Carolus avait su restituer l'expression méprisante du rapace comme celle, pathétique à force d'être humaine, du jeune singe sur le point d'être dévoré vif. Quelques traces de faux sang sur le haut du crâne rappelaient que la harpie commençait toujours son repas par la cervelle de ses proies.

C'était l'un de ses guides, Pepito, un Achuar fraîchement évangélisé, qui l'avait aperçue dans son aire bâtie à la cime d'un arbre géant. L'indigène l'avait tuée d'une seule flèche – pointe imprégnée de curare – tirée à partir d'un long tuyau appelé sarbacane. Carolus avait traité la harpie sur place au savon arsenical ; cela expliquait son bel état de conservation quarante-trois ans après les faits.

À gauche de la cheminée sur une seconde colonnade ionique, *La Sirène d'Ulysse sur son rocher* ; une composition où l'artiste avait greffé le tronc d'un chimpanzé femelle du Congo sur la queue d'un gros mérou pêché au large de Ventimiglia. Le travail était si réussi que la toujours délicate jointure poils-écailles était invisible. Afin d'accentuer le réalisme, le primate était coiffé d'une perruque de cheveux blonds bouclés et ses babouines étaient laquées en rouge écrevisse.

La grande pendule Universelle sur le manteau de la cheminée sonna la demie de neuf heures. Elle était flanquée d'un buste de Thalès de Milet, l'inventeur de la curiosité scientifique, et d'une statuette d'Anubis, le dieu à tête de chacal, le maître des Bandelettes.

Se déplaçant à petits pas précautionneux pour ne pas alerter la douleur, Carolus sortit du cabinet de consultation ; sa respiration hachée fuma dans l'air froid du vestibule.

Le mur de gauche était décoré d'une grande panoplie d'armes qui avaient appartenu à son père. On y voyait un long sabre droit effilé, modèle colonel-général, qui avait beaucoup servi, deux sabres Solingen dans leurs fourreaux cabossés, deux pistolets modèle an IX dans une double gaine de fabrication turque. Il y avait également des raretés comme cette carabine allemande, Grafenstein, munie d'une embouchure tromblon vouée au lancement de grenade, ou encore ce féroce Volley Gun de Henry Nock à sept canons qui tirait une salve dévastatrice de sept coups à la fois. Il y avait, itou, un fusil à canon rayé, un Baker modèle officier butiné à la bataille de la Corogne.

Carolus avait ajouté à la panoplie sa paire de colts Walker à six coups, son fusil Henry à seize coups et son fusil Bench, achetés à San Francisco avant sa mémorable traversée du continent américain d'ouest en est. Le Bench était muni d'une lunette de visée télescopique qui le rendait efficace à des distances impressionnantes : lors du franchissement des Rocky Mountains, il avait foudroyé un grizzli d'une balle dans l'oreille à une distance de deux cents pieds. Ramenées à grand-peine, la peau et la gueule ouverte du formidable plantigrade avaient été étalées devant la cheminée du salon.

Sur le mur opposé, le guidon de la compagnie d'élite du 1er de discipline était déployé au-dessus d'une armoire vitrée Biedermeier. Sa mère lui avait raconté que les taches brunâtres qui maculaient lc drapeau étaient le sang de son père.

Dans l'armoire vitrée, Romulus Benvenuti, son grand-père maternel, avait entassé des antiquités romaines – la plupart du Bas-Empire – exhumées lors de la construction de la villa en 1784. Il y avait des monnaies d'argent à l'effigie d'Auguste, de Claude, de Tibère, des morceaux de céramique sigillée, quelques jolies statuettes de Minerve, de Junon, de Jupiter. Les étagères du bas supportaient un bel assortiment d'outils lithiques d'Homo habilis – nucléus, bifaces, grattoirs, racloirs, burins – qui affleuraient au fond de la vallée.

Si depuis toujours la chronique familiale racontait que les Benvenuti descendaient des Celtes du général Brennus – ceux-là même qui, après leur mise à sac de Rome en –390, avaient préféré coloniser la vallée au lieu de retourner en Gaule –, la première trace attestant la présence des Benvenuti dans la région se trouvait dans le premier registre paroissial instauré par le père Aureliano Coucoumelo en 1526.

> *Au jour d'hui, 8 août de l'an mil cinq cent vingt-six, nous est né en notre bon village d'Aquaviva, Giacomo Benvenuti, fils légitime de Luigi Benvenuti, vigneron propriétaire, et d'Amanda Benvenuti, née Falcone, sa légitime épouse.*

***

Carolus monta l'escalier en s'aidant de la rampe à balustres. Il entendit Gianello pleurer dans sa chambre et la voix doucereuse de Maria le consoler. Pour avoir soigné une quantité d'enfants de tous âges, il savait distinguer à l'ouïe les pleurs d'un vrai malade de ceux d'un simulateur ; présentement, Gianello n'avait d'autre motif de pleurer que celui d'être cajolé, et en entrant dans son jeu sa mère l'incitait à recommencer. Bien qu'il l'ait maintes fois mise en garde, Maria ne semblait pas comprendre et le marmot était en passe de devenir ingouvernable.

Le front couvert d'une sueur glacée, Carolus arriva dans sa chambre, tension à neuf, souffle court.

Il vida ses poches sur la table de nuit à côté d'un bougeoir en forme de faune dressé sur ses sabots antérieurs, d'une boîte d'allumettes soufrées, et d'une clochette représentant une danseuse faisant des pointes : il fallait la renverser pour découvrir qu'elle était nue sous sa tarlatane de bronze.

Le moribond se dévêtit en abandonnant ses vêtements là où ils tombaient, s'irritant après ses doigts déformés qui avaient peine à saisir les boutons. En chemise, il se hissa difficilement sur le lit dans lequel il était né quatre-vingt-six ans plus tôt. Non sans amertume, il songea que jamais plus il ne reposerait les pieds sur le tapis de prière mahométan qui lui servait de descente de lit.

Une fois allongé, il secoua la clochette en regardant la corde au nœud coulant à laquelle s'était pendu son arrière-grand-père Domenico. Elle n'avait jamais été enlevée de la poutre maîtresse. Le temps lui donnait le statut de relique laïque.

Quelques instants plus tard, Filomena Tronchoni (née Malariccia) entrait dans la chambre. La vieille domestique portait un tablier de grosse toile bleue signifiant qu'elle faisait le ménage, donc qu'on la dérangeait. Elle eut un discret haut-le-corps en découvrant son maître alité.

– Donne-moi deux oreillers, ranime le feu et va chercher Marcello.

La voix rauque de Carolus s'aggravait d'une pointe d'accent tudesque.

Filomena sortit les oreillers de l'armoire et les recouvrit d'une taie parfumée à la lavande. Elle aida ensuite son maître à caler son dos contre, puis elle tisonna avec énergie les braises dans la cheminée. Carolus lui envia tant de vigueur.

Née à San Coucoumelo en 1821, l'âge ne l'avait pas encore voûtée. Filomena était grande pour une Piémontaise et ses longs membres osseux rappelaient ceux d'un insecte, tandis que sa mâchoire proéminente lui prêtait un air chevalin. Elle avait vingt ans lorsqu'elle était devenue la bonne de Giulietta Tricotin-Hartmann, et elle en avait vingt-trois lorsqu'elle s'était mariée avec Giuseppe Tronchoni, un sergent d'infanterie qui allait être tué d'une balle dans la tête pendant le siège de Sébastopol en 1855. Filomena avait pris son deuil et ne l'avait plus quitté. Sa seule fantaisie dans l'existence était d'ordre vestimentaire et consistait à se fabriquer des tabliers : elle possédait un tablier de toile mauve pâle pour le service matinal et les petits nettoyages, un tablier de grosse toile bleue pour les grosses besognes, un tablier de toile blanche pour la cuisine, un joli tablier de percale pour servir à table, tous ces tabliers comportaient une élégante bavette de protection au-dessus de la ceinture.

Bientôt le feu crépita dans la cheminée et la chambre se réchauffa. Filomena ajouta une bûche, rangea le tisonnier et entreprit de regrouper les vêtements épars sur le plancher avec des gestes de glaneuse.

Carolus l'interrompit.

– Laisse donc ! Va plutôt me chercher Marcello, le temps presse. Trouve également Alfonso et demande-lui de monter l'Universelle ici.

Filomena sortit sans avoir soufflé un mot : c'était son genre.

Carolus dosa quinze nouveaux milligrammes de morphine et se tint prêt. Il n'avait pas mal, mais il devinait la douleur aux aguets, attendant le déclin de l'antalgique pour mieux revenir en force. Pourquoi souffrir lorsqu'il était possible de faire autrement ? Souffrir altérait l'esprit et il avait besoin de toute sa lucidité pour régler les dispositions de son décès. Son cercueil par exemple : il voulait en discuter avec Benito le menuisier… Il devait aussi se choisir une épitaphe et, plus délicat encore, il devait décider de ses dernières paroles, car il était exclu de trépasser en disant n'importe quoi.

On gratta discrètement contre le battant.

– *Herein.*

Maria entra, Gianello dans ses bras, suivie d'Aldo et de Carlo qui se tenaient par la main.

Les gamins s'intéressèrent aussitôt aux nombreuses bestioles à plumes, à poils et à écailles exposées un peu partout sur les meubles. C'était la première fois qu'ils entraient dans la chambre de leur grand-père.

Maria le dévisagea de ses yeux verts globuleux ; son

père, Attilio Castagna, que le grand Cric le croque, possédaient les mêmes, et Carolus exécrait Attilio.

– Filomena dit que ça ne va pas trop bien ce matin ?

– Pas trop bien est un gracieux euphémisme.

Son ton désinvolte sonnait faux. Détournant les yeux de la belle peau lisse et des joues roses et fraîches de sa belle-fille, il croisa le regard par en dessous de Gianello qui suçait son pouce l'air appliqué. Les deux autres s'étaient approchés de la commode où étaient exposés une belette en costume tyrolien et un lapereau en uniforme d'étudiant autrichien. Dressée sur ses pattes arrière, la belette, dissimulée derrière un buisson en carton-pâte, tenait entre ses griffes un fusil miniature et semblait crier quelque chose au lapereau qui, insouciant, avançait sur un chemin également de carton-pâte. L'ensemble était fixé sur un socle doté d'une plaquette de cuivre sur laquelle se lisait :

Premier Prix
Vienne 1838.
Chasseur imitant
le cri de la carotte
pour attirer le lapin.

– Voulez-vous que j'envoie chercher le Dr Pietrapozzo ? proposa Maria.

– Surtout pas, il serait capable de m'achever avant l'heure. C'est Tempestino qu'il faudrait aller chercher ; mais avec toute cette neige il ne pourra jamais venir à temps.

Vittorio Tempestino, le notaire des Tricotin, vivait à Riccolezzo, une bourgade industrieuse à vingt-quatre kilomètres au sud de San Coucoumelo, de l'autre côté du Pô.

Filomena entra sans frapper. Elle avait changé sa robe noire de tous les jours pour sa robe noire du dimanche et elle portait son plus beau tablier du dehors, festonné, brodé, garni de dentelles. Elle tenait son missel et son chapelet serré contre sa poitrine plate.

– Je n'ai pas trouvé Marcello et je dois aller à la messe.

Carolus prit sa bru à témoin d'une voix faussement outragée.

– J'agonise littéralement et tout ce qu'elle a en tête c'est de ne pas rater le début de sa messe.

Maria désigna le plafond au-dessus duquel s'étendaient les combles de la *villa*.

– Marcello, il est au grenier avec ses aragnes.

Filomena sortit en claquant la porte derrière elle.

Les maladies étaient des châtiments divins : un rhume punissait un petit péché, une phtisie un très gros. Or, si Dieu pouvait donner des maladies, Dieu pouvait les guérir par des miracles ; aussi, lorsqu'on avait une telle faveur à extirper au Seigneur, autant ne pas l'indisposer en arrivant en retard à la grand-messe.

2

Giacomo s'arrêta à la lisière de la toile et observa Crudela de ses huit petits yeux ronds comme des lentilles.

Crudela achevait la spirale centrale qu'elle avait tendue entre les deux citronniers en pots. Elle semblait ne pas avoir vu Giacomo ; en apparence seulement.

Après un long moment d'immobilité absolue, Giacomo avança le long de la branche et s'arrêta à proximité du maître-câble supportant toute la toile. Un autre long moment s'écoula. Partagé entre un désir impérieux et une méfiance héréditaire à l'égard des femelles – ô combien justifiée –, Giacomo tenait à s'assurer que son désir amoureux serait partagé avant de s'engager plus avant : une femelle qui a faim n'était point encline à la tendresse. Pour évaluer son appétit, Giacomo devait capter son attention et analyser ses réactions. Si Crudela réagissait à son signal comme à un signal émanant d'une proie – dressant la patte, par exemple –, il faudrait fuir très vite et très loin. En revanche, si elle ne bougeait pas, cela pouvait signifier un encouragement à poursuivre sa cour ; mais cela pouvait être une ruse ; aussi, Giacomo garda ses distances et entreprit de se déplacer autour de la toile afin de repérer les issues de secours.

Statufié sur son tabouret d'observation, Marcello approuvait chacune des précautions prises par le

Latrodectus mâle : il était de tout cœur avec lui. Ce n'était point un hasard si la femelle *Latrodectus* était communément appelée veuve noire.

Marcello avait reproduit sur son carnet la toile orbiculaire de Crudela. Il avait tracé au crayon rouge les déplacements de Giacomo et minutait ses temps d'arrêt avec une montre de gousset qui marquait les secondes. À portée de main, une forte loupe, une gomme, un canif taille-crayon côtoyaient un bocal de *Fannia canicularis*. Trompées par la chaleur tropicale qu'entretenait un gros poêle de fonte, les mouches d'élevage survivaient à l'hiver et continuaient à se reproduire dans le grenier.

Giacomo étendait l'une de ses pattes velues sur le maître-câble lorsque la sonnerie d'une clochette retentit à l'étage.

Marcello trouva insolite que son père fût encore dans sa chambre à une heure aussi tardive du matin, puis il n'y songea plus, captivé par ce qui se déroulait sur la toile.

Giacomo secoua le maître-câble. Crudela se tétanisa. Les fils qui glissaient de son gros abdomen noir et rouge se tarirent. Giacomo récidiva en se postant de profil afin d'afficher ses propres taches rouges qui l'identifiaient comme membre des *Latrodectus*. Encouragé par l'absence de réaction, le séducteur s'engagea sur la spirale extérieure.

Marcello retint son souffle.

Grâce à la sudation que produisait en permanence sa peau noire, Giacomo put avancer sans s'engluer sur les fils de soie poisseux. Il marqua une nouvelle pause à la limite de la zone libre, un secteur où les rayons n'étaient plus reliés entre eux et permettaient de passer d'un côté à l'autre de la toile. Quinze centimètres le séparaient de la femelle. Une distance à haut risque pour quelqu'un mesurant six millimètres confronté à une partenaire qui en mesurait quinze.

Il était dans les ambitions de Marcello d'élucider les origines de cet important dimorphisme sexuel. Il comptait également découvrir ce qui incitait les femelles à dévorer le mâle une fois l'acte procréateur accompli, allant parfois jusqu'à le manger *avant*.

Contrairement aux abeilles, aux fourmis ou aux papillons, les arachnides ne suscitaient guère l'enthousiasme des chercheurs. Marcello expliquait ce désintéressement par la révulsion atavique qu'inspiraient les araignées. Il étayait son raisonnement en soulignant que, à sa connaissance, il n'avait jamais existé de dieu Araignée dans l'histoire des religions. Son père, évidemment, était d'un avis différent. Pour lui, les araignées déplaisaient aux chercheurs parce qu'elles n'étaient pas zoologiquement des insectes et donc ces chercheurs ne savaient pas où les classer : une notion insupportable pour des gens dont la raison de vivre était la classification. Un insecte était doté d'une tête, d'un thorax, et d'un abdomen à six pattes, tandis que l'araignée possédait un thorax sans tête et un abdomen à huit pattes.

Bien que reconnues utiles et inoffensives, personne ne les aimait. Comme moi, déplorait Marcello. Pour des raisons similaires, il éprouvait de la sympathie envers les mouches, les frelons, les cloportes, les chauves-souris, les scorpions, les vers solitaires, les termites…

Si son père avait accepté avec amusement que son fils aménage une partie des combles en serre expérimentale, il n'en avait pas été de même avec Filomena pour qui toile d'araignée était synonyme de coup de balai. Qu'on s'intéressât à de telles horreurs lui était inconcevable et qu'en plus on aille jusqu'à monter sur des chaises pour leur attraper des mouches dépassait son entendement. Quant à Maria, elle se pâmait à la vue d'une simple *Tegenaria domestica* de plafond. Seuls les enfants ne montraient aucune peur, ce qui, en passant, n'avait pas manqué d'ébranler son concept de révulsion atavique.

Au fil des ans, Marcello s'était procuré une saltique au pelage gris et noir, connue pour ne pas tisser de toile mais pour sauter sur ses proies comme un chat sur une souris. Il possédait une *Scytose* jaune à taches marron qui aimait chasser les insectes volant en leur projetant dessus un long jet de venin gluant, et une épeire fasciée noire et jaune, qui, hélas, dépérissait et négligeait sa toile. Dans un grand vivarium rempli de terre, vivait une mygale maçonne originaire du Mexique qui s'était creusé une tanière à trois pièces : salle à manger, garderie pour les bébés, refuge en cas d'inondation.

Récemment, Marcello avait acquis le couple de *Latrodectus*, Crudela et Giacomo, l'une des rares familles au venin dangereux pour l'homme. Le caractère solitaire et atrabilaire de l'araignée interdisant toute cohabitation, il les avait installées dans des enclos finement grillagés qui couvraient une partie du grenier. Une chance pour le genre humain que la Nature n'ait point décidé de leur offrir la taille d'une vache.

Crudela ne bougeant pas, Giacomo franchit la zone libre et s'insinua sur la spirale intérieure, le domaine réservé, fait de filins rigides et secs. Arrivé devant l'énorme femelle qui le fixait de sa double rangée d'yeux brillants, Giacomo étira sa patte droite jusqu'à lui toucher délicatement l'abdomen. Crudela bougea. Aussitôt, Giacomo battit en retraite à l'autre bout de la toile et disparut derrière les feuilles du citronnier.

Avalant sa salive, Marcello jeta quelques notes sur le carnet.

– Méfie-toi, mon ami, on dirait qu'elle a faim.

Le mâle réapparut, porteur d'une charge qu'il déposa près de Crudela avant de retraiter promptement au-delà de la zone libre. Marcello identifia une punaise fraîchement encoconnée mais encore vivante. La femelle contempla l'offrande, la saisit entre ses palpes et la porta à sa plaque labiaire. Après l'avoir tué de son venin, l'araignée malaxa l'insecte avec ses lames maxillaires tout en crachant dessus une abondante salive. Une fois l'intérieur de la punaise rendu à l'état de pulpe, Crudela enfonça dedans sa pompe aspirante et se régala.

À peine achevait-elle son repas que Giacomo, plus fringant que jamais, était de retour sur la spirale intérieure et se livrait à une étrange danse aux mouvements saccadés, répétitifs, voire hypnotiques. L'attitude de la femelle devint, elle aussi, excentrique.

Marcello la vit se retenir par les tarses avant à l'un des haubans arrimé au maître-câble pour exécuter une surprenante culbute arrière qui la laissa sur le dos, ventre à l'air, l'orifice génital offert. Giacomo s'empressa d'aller le tapoter de son palpe gauche à l'extrémité saturée de sperme.

– Marceeeeeeello, tu es là ?

La voix rêche de Filomena retentit dans la cage d'escalier.

– Je le suis, répondit-il sans bouger, contrarié d'être dérangé à un tel moment.

– Ton père est mourant et il veut te voir avant.

Déjà, elle était repartie en claquant la porte.

Marcello ne put qu'admirer la concision du style pour annoncer la nouvelle. Cela faisait des années que son père souffrait de l'estomac et c'était bien dans sa nature de finir un jour comme aujourd'hui.

Il quitta le grenier à regret, l'esprit encore plein du rusé Giacomo et de son étonnant cadeau. Cette punaise rangée à proximité de la toile signait la préméditation, et préméditer signifiait décider d'avance après réflexion ! Qu'une araignée soit capable de réflexion était une notion aussi dérangeante qu'excitante.

Il descendit l'escalier menant au couloir. Ses godillots résonnèrent sur les marches. À l'approche de la grande chambre son dos se raidit, modifiant sa démarche, lui donnant cet air emprunté et balourd qui le faisait sous-estimer par ceux qui le rencontraient pour la première fois. De tous les adultes mâles du village, Marcello était, avec le curé, le seul à ne porter ni moustache, ni barbe.

Il avait six ans révolus lorsque Carolus avait glissé des bouts de bois entre chacune de ses dents de façon que l'espace entre elles s'élargisse. Le résultat obtenu quelques années plus tard était qu'aucune de ses trente-deux dents ne se touchait, ce qui rendait leur nettoyage d'une grande efficacité et portait à 0,01 pour cent les risques de carie ; effet secondaire imprévu, Marcello souriait sans desserrer les lèvres.

Il marqua un temps d'arrêt devant la porte et tenta de réguler sa respiration puis il entra et se vit avancer vers le lit, prendre un air concerné et dire, le regrettant aussitôt :

– On dirait que ça ne va pas fort ce matin.

– La perspicacité de ton diagnostic est confondante.

Marcello regarda ailleurs.

Carolus eut un geste vers sa bru.

– Laisse-nous, Maria, et que personne ne nous dérange.

La jeune femme regroupa les enfants et sortit sans se faire prier.

L'instant que Carolus différait depuis soixante ans était venu ; et cette fois, impossible de le remettre à plus tard, il ne disposait plus de plus tard.

– Assieds-toi et écoute.

Marcello se vit prendre la chaise d'un geste trop brusque. L'un des pieds heurta le tiroir de la commode et raya la marqueterie. Il s'entendit bredouiller une excuse puis il se vit poser la chaise et percuter le dossier contre la table de nuit, ébranlant les flacons de morphine et de cocaïne qui s'entrechoquèrent (*diling diling diling*).

– *Scusi*, répéta-t-il en s'asseyant trop près, cognant

ses genoux contre le bâti du lit, faisant grimacer son occupant. *Scusi, ancora*.

Carolus soupira. Autant de maladresse dans un seul individu confinait au pathologique ; que l'individu fût son fils unique n'arrangeait rien. C'était d'autant plus navrant que Marcello avait bénéficié, dès son plus jeune âge, des méthodes éducatives les plus avant-gardistes. Qu'elles aient été appliquées les unes après les autres, certaines contredisant radicalement les précédentes, n'expliquait pas tant de balourdise.

– Parfois, Marcello, tu me donnes l'impression navrante qu'entre tes deux oreilles, l'air est pur et la route large.

Marcello frotta ses genoux avec appréhension, persuadé de s'être brisé les ménisques, au mieux fêlé. Il aurait voulu les ausculter mais il n'osait pas retrousser son pantalon devant son père.

– Écoute-moi, je vais mourir aujourd'hui, au plus tard demain matin, et je te prie de m'épargner ta mine navrée. Je tiens d'abord à ce que tu saches que je regrette de t'avoir critiqué lorsque tu as renoncé à la médecine pour devenir instituteur… J'ai cru qu'il s'agissait d'un désaveu personnel.

L'apprentissage de la médecine consistant en palpages de chairs malodorantes, en examens rapprochés de crachats polychromes, en inspections de selles encore fumantes ou en dégustation d'urines rarement limpides, Marcello avait abandonné l'*Accademia* et s'était présenté à l'examen d'admission de la *Societa d'istruzione e d'educazione* de Turin.

– De même, je regrette les jugements négatifs portés sur ton mariage… mais Maria est la fille de ce phlegmon humain qui va hélas me survivre.

Le *phlegmon humain*, Attilio Castagna, était l'actuel maire de San Coucoumelo et les Castagna étaient les

67

ennemis juré-craché des Tricotin depuis trois générations.

– À son propos, je te mets en garde une ultime fois ; défie-toi de cet individu comme d'un coup de soleil en hiver, et surtout n'oublie pas ce qu'il veut faire de la Table-aux-Grues, ce microbe… Il vendrait du venin à un serpent s'il le pouvait… ou de la mayonnaise à un homard…

Marcello se demandait où son père voulait en venir. Un aussi long préambule n'était pas dans ses habitudes. Il baissa la tête et vit la descente de lit sur laquelle était tissée la Kaaba de la Grande Mosquée de La Mecque… puis il vit le vase de nuit qui dépassait de sous le lit. Un grand œil bleu était peint au fond et il était écrit en français au-dessus de la paupière : *Je te vois, petit coquin*. Encore un échantillon de l'humour qu'affectionnait son père et auquel Marcello était résolument hermétique ; par exemple, Le chasseur imitant le cri de la carotte était consternant : tout le monde savait qu'une carotte relevait de l'ordre végétal, donc incapable de pousser un cri. Où était alors la drôlerie ? Mais la composition la plus pénible restait sans doute l'imposant ragondin vêtu d'un bonnet et d'un grand tablier d'interne d'hôpital français. L'animal portait des lorgnons et brandissait à deux pattes un thermomètre à mercure aussi grand que lui.

Deuxième Prix
Vienne 1858.
Désormais, la médecine
peut aller au fond des choses.

Marcello frémissait à l'idée de ce qu'avait pu être le premier prix.

– Entends-moi bien, je ne suis pas contre le fait que tu te sois marié, au contraire, mais je pensais, et continue de penser, que tu aurais pu te donner le temps d'enrichir ta *Weltanschauung*.

Le sujet de sa *perception du monde* ayant été maintes et maintes fois évoqué, Marcello resta silencieux. Le goût de son père pour les voyages lui échappait. Il n'en saisissait pas l'utilité pratique. Qu'avait-il rapporté de si remarquable de ses périples autour du monde sinon des fièvres récurrentes, des bestioles empaillées, ainsi qu'une quantité en apparence illimitée d'anecdotes capables d'endormir un bout de bois ?

Un grognement lui fit lever les yeux. Son père grimaçait en étendant le bras pour saisir la seringue sur la table de nuit. Confus, Marcello se leva et fit quelques pas dans la chambre, vérifiant au passage l'état de ses ménisques pendant que son père s'injectait quinze milligrammes de morphine. Il s'approcha de la fenêtre, essuya avec ses doigts la buée sur la vitre, contempla les flocons qui tombaient en rangs serrés sur le village ; il neigeait tant que les fumées des cheminées avaient du mal à s'élever au-dessus des toits.

– Reviens, ordonna Carolus la voix raffermie.

Marcello s'assit, baissa la tête, retrouva la mosquée sur la descente de lit et l'œil bleu au fond du pot de chambre.

– Voilà, il y a longtemps de cela, j'ai commis un acte parfaitement méprisable. Si méprisable qu'en cet instant où pourtant tout devrait m'être indifférent, j'ai encore de la vergogne à l'avouer.

Plus gêné par l'embarras qu'il percevait chez son père que par l'aveu d'un *acte parfaitement méprisable*, Marcello garda la tête baissée, aussi il ne vit pas son père fermer les yeux pour dire d'une traite :

– Tu as un frère, Marcello, et il s'appelle Aloïs.

Et voilà ! Le secret honteux était enfin lâché. Carolus se sentit presque bien. S'il n'avait été médecin, il aurait pu croire aller mieux.

L'absence de réaction de son fils l'inquiéta. Il rouvrit les yeux.

– Tu as compris ce que je viens de te dire ?

– Oui, père, j'ai compris. Mais je le sais que j'ai eu un frère. Il est au cimetière, avec ma mère et les autres.

– Ce n'est pas de lui qu'il s'agit, mais d'un autre, né en Autriche.

Marcello cette fois releva le front.

– J'ignorais que mère avait été en Autriche.

Morte en le poussant au monde, il ne l'avait pas connue. C'était le village qui s'était chargé de faire son éducation sur ses origines et sur sa qualité d'*autentico figlio de puttana*.

Carolus entrait dans sa cinquante-sixième année lorsqu'il s'était marié civilement à Turin. San Coucoumelo l'avait vu revenir à la Pentecôte 1870, accompagné d'une égrillarde quadragénaire aux allures très dégagées : fardée, décolletée, souriante, la taille prise dans un corset qui déguisait un léger excès d'embonpoint ; elle tenait dans ses bras potelés un gros chat noir qui répondait au nom de *signore* Mac.

Carolus avait présenté sa femme à la ronde : *Mia sposa, la signora Vittoria Tricotin.*

Bientôt, on avait su que Mme Tricotin n'était autre que Vittoria Bruzzi, la pensionnaire la plus âgée (certains disaient la plus expérimentée) du *Tutti Frutti*, un lupanar turinois de la via Fra Angelico.

Vittoria avait accouché neuf mois plus tard d'un enfant mâle que Carolus avait prénommé Aloïs, refusant d'expliquer ce choix à sa femme qui eût préféré Marcello, en souvenir de son premier proxénète.

Quelques heures après l'heureuse naissance, alors que la mère et l'enfant se remettaient de leurs émotions en dormant, et que Carolus recevait les félicitations dans le salon-bibliothèque du rez-de-chaussée, M. Mac avait sauté d'un mouvement souple dans le berceau.

Après avoir reniflé méticuleusement le nouveau-né, le gros chat noir s'était couché en boule sur son visage et s'était endormi en ronronnant.

Seuls, quelques longs poils noirs accrochés aux langes permirent à Carolus de comprendre comment son enfant était mort. Malgré les demandes de grâce de sa maîtresse, le matou fut formolisé vif, naturalisé sommairement, déposé dans le cercueil avec sa petite victime.

Deux lunes se succédèrent dans le ciel de San Coucoumelo avant que Vittoria déclarât triomphalement être à nouveau *prise*.

Marcello naquit neuf mois plus tard, dans la nuit de la pleine lune du jeudi 12 au vendredi 13 août 1872, et bien d'autres anomalies présidèrent à son apparition sur terre.

Carolus avait été appelé ce soir-là au chevet du fils Mureno, un métayer qui avait eu la rate et le foie éclatés par une ruade de son mulet. Apaisé par la morphine, l'homme avait longuement agonisé, pressé de questions par un *dottore* toujours en quête d'informations de première main sur l'Au-delà et ses alentours.

Quand il était rentré chez lui, la minuit passée de deux heures, Carolus avait trouvé la *villa* Tricotin en effervescence. L'enfant était né en bonne santé, mais sa mère, victime d'une rupture des varices génitales provoquée par la sage-femme, s'était vidée comme une outre percée et ne respirait plus : son sang avait traversé le matelas et formait flaque sur le plancher.

– C'est l'arrière-faix qui venait pas, *stimate dottore*, alors j'ai été le chercher.

Toutes sortes de rumeurs circulèrent quant aux circonstances de cette naissance. La sage-femme était formelle : à l'instant exact où elle avait enfoncé sa main pour décoller le placenta, elle avait entendu une chouette hululer et un coup de vent avait subitement soufflé toutes les bougies, plongeant la chambre dans l'obscurité. La matrone interprétait ces faits comme autant de mauvais présages et allait jusqu'à prédire que l'avenir de cet enfant serait résolument voué aux catastrophes, sans toutefois préciser s'il les provoquerait ou s'il en serait la victime. Certaines commères, en revanche, assuraient que tous les signes réunis – la pleine lune, le vendredi 13, la chouette, l'obscurité, l'holocauste maternel – annonçaient une existence agitée, infiniment négative et d'une extrême longévité. Pour le malheur de plus d'un, toutes ces prédictions se révélèrent exactes, absolument toutes, sans exception.

**

– Vittoria n'a jamais été à Vienne. La mère de ton frère s'appelait Maria Anna et elle était autrichienne. Je l'ai connue en 1833... à l'époque j'étais *Schüler*... j'avais à peine dix-neuf ans.

Il toucha machinalement les cicatrices sur sa joue, en se gardant de préciser le lieu et les circonstances de cette rencontre.

– Maintenant, fais-moi le serment de respecter inconditionnellement la clause résolutoire de mon testament.

– Quelle clause résolutoire ?

– C'est une longue histoire et les forces me manquent pour te la conter. Ton parrain Vittorio te donnera les détails le moment venu. Ceci dit, prête serment et n'en parlons plus.

Marcello fut pris d'une quinte de toux. Une fois celle-ci apaisée, il bredouilla en se tordant les mains.

– Eh bien euuuuuh... que faut-il que je dise ?

– Tu dis simplement : *Je fais le serment inviolable de respecter la clause résolutoire du testament de mon défunt père.*

Il obéit sans conviction. De nombreux détails lui

déplaisaient dans cette prestation. Cette clause avait-elle un rapport avec ce frère sorti de nulle part ?

– *Gut*, maintenant va dire à Benito de venir au plus vite.

Marcello mit un certain temps à comprendre.

– Ne pensez-vous pas que ce soit prématuré ?

– Va et hâte-toi… j'ignore encore combien de temps je vais pouvoir tenir.

Désignant le carnet et le crayon qui dépassaient de sa poche, il ordonna :

– Donne, j'en ai besoin.

Marcello les lui tendit à regret mais laissa échapper le crayon qui roula sur la descente de lit. Se penchant pour le récupérer, son front heurta le rebord de la table de nuit, ébranlant les flacons une fois de plus (*diling diling diling*).

– Je suppose que tu t'entraînes en cachette ?

Quasiment certain cette fois de s'être fracturé l'occipital dans le sens de la longueur, Marcello quitta la chambre en se palpant le haut du crâne.

Il croisa dans le couloir Alfonso Tetti, l'homme à tout faire, qui portait à deux mains la pesante Universelle. Son visage était rouge et contracté par l'effort et la responsabilité. Tout Coucoumelo connaissait cette horloge à sept cadrans qui trônait au centre du cabinet de consultation. Deux cadrans marquaient, l'un en chiffres romains les secondes, les quarts, les heures du jour et de la nuit, l'autre en chiffres arabes le quantième du mois et les jours de la semaine. Les cinq autres cadrans donnaient les phases de la Lune, le lever et le coucher du Soleil, les mouvements de la Terre et, pour le même prix, tous les signes du Zodiaque. La face cachée du balancier illustrait une scène sacrilège à caractère zoophilique impliquant la Vierge Marie et un mammifère à longues oreilles voisin du cheval mais plus petit. Le mécanisme était signé *Gebelle le Jeune à Paris*, la sonnerie était de Breguet : la gravure licencieuse du balancier était anonyme. Remontée à fond, l'Universelle fonctionnait trois cents jours sans interruption. C'était une belle horloge.

Exécutant scrupuleusement l'ordre de son maître, Alfonso la déposa sur le tablier de la cheminée, face au lit, et, quelques instants plus tard, elle sonnait les onze heures du matin, bientôt imitée – avec quelques secondes de décalage – par l'horloge de l'église.

Encore treize heures avant la fin du XIXe siècle.

3

– *Ita missa est*, déclara le père Cesario Zampieri.

– *Deo gratias*, répondit l'assistance en se pressant vers la sortie, impatiente d'aller se réchauffer.

Il faisait si froid que Cesario avait dû briser à coups de poing l'eau bénite dans les bénitiers.

Niccolo Avanti, le bedeau, sonna la fin de la grand-messe et courut se réfugier dans la sacristie où un poêle tiédissait l'atmosphère. Pia, la bonne du curé – elle était aussi sa sœur –, faisait chauffer une casserole de *bicerin*, mélange de chocolat noir et de café au lait sucré que les Turinois affectionnaient. Pia était l'une des femmes les plus détestées de la commune, *ex æquo* avec Lucia Castagna, la femme du maire. Parce qu'elle usait de sa langue comme d'un dard on l'avait baptisée *La Vespa*.

Le père Zampieri et les deux enfants de chœur se collèrent devant le poêle en frottant vigoureusement leurs mains l'une contre l'autre. Cesario dit jovialement :

– Voilà bien vingt ans que nous n'avons pas eu un hiver pareil.

– Tu as dis la même chose l'an passé, le moucha sa sœur en soulevant la casserole pour verser le breuvage brûlant dans les bols alignés sur la table.

Elle ignora celui du bedeau qui dut attendre qu'elle eût reposé le récipient pour se servir lui-même. Sans se changer, les enfants s'attablèrent pour boire tandis que

75

Cesario ôtait ses vêtements sacerdotaux et les rangeait dans l'armoire aux chasubles, évitant durant l'opération de croiser le regard de La Guêpe.

Il enfila une douillette en peau de mouton par-dessus sa soutane et alla s'attabler. Comme à l'accoutumée, sa sœur avait rempli son bol à ras bord, comme à l'accoutumée il ne put qu'en renverser sur la table en le soulevant et, comme à l'accoutumée, il se fit vertement qualifié de *sporcaccione*.

On frappa à la porte. Niccolo alla ouvrir. Une poignée de femmes emmitouflées jusqu'aux yeux dans leurs châles entrèrent dans la sacristie. Elles voulaient savoir s'il était vrai que monsieur le curé célébrerait ce soir une messe en l'honneur du XXe siècle ?

– Qui dit ça ?

– C'est Attilio, monsieur le curé, et c'est pour ça qu'on vient vérifier, répondit l'énergique Sofia, la femme du maître maçon Tornatore.

Sofia était réputée pour son sang particulièrement chaud qui faisait d'elle l'une des meilleures couveuses de vers à soie de la vallée. La saison dernière, elle avait couvé un record de huit onces de graines d'où étaient écloses près de trois cent vingt mille chenilles.

– Il n'y aura point de messe ce soir. Le premier siècle de notre ère étant l'an 1 et pas l'an 0, le XXe siècle commence le 1er janvier 1901 et pas le 1er janvier 1900. Sa Sainteté est catégorique là-dessus. Ce n'est pourtant point difficile à comprendre et si vous aviez écouté mon homélie tout à l'heure, vous ne seriez pas ici à faire du courant d'air en gardant cette porte ouverte.

Les femmes s'en allèrent, peu convaincues par tant de subtilité. Comme disait le maire, le fait d'utiliser dès demain des calendriers 1900 suffisait à désigner l'avènement du nouveau siècle.

– La seule chose qui intéresse Attilio c'est d'avoir un prétexte pour rester ouvert passé minuit. Comme ça il remboursera son vin d'honneur avec sa tombola qui va forcément dégénérer en beuverie, bougonna Cesario en terminant son *bicerin*.

Soudain, il s'exclama :

– Où est la quête ?

Penaud, Filipo Gastaldi, le plus âgé des enfants de chœur, quitta la table et retourna dans l'église récupérer l'assiette à soupe remplie aux trois quarts de petite monnaie.

Cesario la vida sur la table et commença à compter les pièces en les empilant, isolant les inévitables une et deux lires démonétisées qui iraient rejoindre les autres dans le bocal de la Vergogne exposé au vu et au su de tous, face au confessionnal. Qu'imaginaient donc ces hypocrites lésineurs ? Que le Seigneur n'était pas capable de reconnaître une pièce antérieure à 1863 ? L'important pour ces avaricieux était de laisser tomber quelque chose dans l'assiette pour que l'absence de tintement ne les signalât pas à l'attention générale. Il existait d'ailleurs des pressions plus ou moins subtiles pour convaincre Cesario de remplacer l'assiette en faïence par une corbeille en osier. Mais ça, jamais !

Les gamins terminèrent leur bol de *bicerin* puis se changèrent rapidement. Avant de filer, Filipo demanda si le catéchisme aurait lieu cet après-midi.

– Et pourquoi n'aurait-il pas lieu ?

– À cause de la neige. Mon *babbo* dit que si ça continue, même la diligence, passer elle pourra pas.

– Possible, mais en attendant le catéchisme aura lieu à quatre heures, comme d'habitude.

Les enfants sortirent par la porte donnant sur la ruelle, provoquant un nouveau courant d'air glacial.

– Et voilà, maintenant je ne sais plus où j'en suis, se plaignit Cesario en recommençant le compte de la quête.

– Comme si tu l'avais su un jour, persifla sa sœur en empilant les bols vides les uns dans les autres.

Flairant l'algarade, le bedeau Niccolo sortit sur la pointe des pieds et alla balayer la nef et remettre les chaises en ordre.

Un silence plein d'échardes s'installa dans la sacristie, troublé par le tintement des pièces de monnaie et les bruits d'aspiration de Pia qui buvait à son tour du *bicerin* brûlant. Quand elle eut terminé, elle plaça son bol sur les autres en disant :

– Qu'est-ce que ça peut bien te faire de donner une messe ce soir puisque tout le monde en a envie ? J'ai l'air de quoi moi ? J'ai promis que tu en donnerais une.

– Tu as l'air de ce que tu es, la bonne du curé qui se prend pour lui.

Il savait que le qualificatif de bonne la mortifiait et qu'elle lui aurait préféré celui de gouvernante.

Modestes pinardiers de Roncaglia, une paroisse proche de Turin, la famille Zampieri s'était saignée aux quatre veines pour entretenir Cesario durant ses cinq années au petit et grand séminaire. En contrepartie, elle avait largement bénéficié du jour de gloire de ses noces sacerdotales, célébrées à Roncaglia le premier dimanche suivant son ordination. Ce matin-là, tout le village était venu le chercher à sa maison natale et l'avait accompagné en procession jusqu'à l'église où il avait célébré sa première messe publique. Selon le rituel antique, Cesario était coiffé d'une couronne de fleurs d'oranger et portait une aube taillée dans la vieille robe de mariée de sa mère. Après ce jour mémorable, il avait dû patienter deux années avant d'être nommé par son évêque à San Coucoumelo, une petite paroisse dans la vallée de la Gelosia, qui venait de perdre son vieux prêtre. Sa mère choisit ce moment pour lui ordonner d'emmener Pia, sa sœur cadette, qu'un vilain lagostome condamnait au célibat.

– Elle sera ta bonne. Tous les curés en ont une.

Le voyage en patache avait été une épreuve de quatre

jours sur des chemins escalabrés capables d'épuiser la patience des plus aguerris. Ils avaient traversé le Pô sur un bac et ils étaient entrés dans une région couverte de mûriers sinistrés par la *gattine*, une mystérieuse maladie du ver à soie qui, deux saisons d'affilée, avait détruit les éducations. Quand le jeune curé et sa sœur étaient arrivés, la troisième saison venait de se révéler également contaminée. Cesario avait découvert une église désertée, un bénitier à sec, un rideau de confessionnal puant le moisi. Bribe après bribe, il avait appris comment son prédécesseur avait tyrannisé ses ouailles quarante ans durant. Obsédé par le péché de luxure, le père Di Marcotti avait harcelé trois générations d'amoureux en les épiant jusqu'à la myopie, en leur lançant des pierres chaque fois qu'il les voyait se serrer de trop près, allant jusqu'à refuser l'absolution aux filles dont la chasteté, estimait-il, avait subi des atteintes. En ce temps-là, le Dr Tricotin n'était pas encore revenu d'Autriche et la *villa* était occupée par sa mère, la deux fois veuve Giulietta Tricotin-Hartmann.

Si tôt installée, Pia s'était appliquée à vouloir tout régenter, exagérant auprès des commères son influence sur son frère afin d'être sollicitée et de devenir un personnage incontournable. Cesario avait combattu chacun de ses empiétements, déclenchant une guerre d'embuscades qui perdurait depuis quarante ans et qui ne prendrait fin qu'à la disparition de l'un d'eux.

– Quand l'un de nous mourra, je retournerai à Roncaglia, l'avait-elle prévenu l'an passé, alors qu'il était victime d'une méchante pleurésie.

Une pleurésie fort bien traitée au demeurant par le très mécréant, mais néanmoins très estimé Dr Carolus Tricotin.

4

Requinqué par une récente injection de morphine, Carolus rédigeait la énième mouture de son épitaphe lorsque Filomena introduisit Benito Tomasi dans la grande chambre.

Chapeau à la main, costumé de toile brune, chaussé de bois, l'homme entra en lançant des regards effarés autour de lui ; seule la pendule Universelle lui était familière. Puis il vit la corde qui tombait du plafond et son nœud coulant poussiéreux.

– Un bien bon dimanche, estimé docteur.

– Bonjour à toi, Benito. Approche et dis-moi comment se porte ton père.

– Bien mal depuis que l'autre lui a interdit de fumer et de boire sans même lui donner de traitement.

L'autre, était le Dr Pietrapozzo. Le mépris sans faille que Carolus professait à l'égard de son remplaçant datait du jour où on lui avait rapporté que Pietrapozzo se lavait les mains *après* les consultations, jamais avant.

Huit ans plus tôt, le Dr Tricotin avait perdu le *Municipio* et Attilio Castagna, le phlegmon humain, l'avait remplacé.

Au lendemain de son échec, mauvais perdant, Carolus avait annoncé qu'il prenait sa retraite, qu'il ne consulterait plus, et qu'il était inutile d'insister parce qu'il ne changerait pas d'avis.

Le nouveau maire avait contre-attaqué en ramenant

de Riccolezzo un jeune médecin qu'il avait convaincu de s'installer dans le village en échange de divers avantages payés par la mairie : un logement, une bonne, une carriole et son cheval.

Depuis sa prise en fonction, le Dr Pietrapozzo battait en brèche toutes les règles d'hygiène élémentaire inculquées à grands efforts par son prédécesseur.

Lorsque Carolus était revenu à San Coucoumelo, en 1863, le mot *hygiène* y était inconnu et la toilette intime passait pour du libertinage. Fidèle au principe enseigné par son beau-père Anton qui préconisait que pour faire comprendre une chose à quelqu'un il suffisait de lui expliquer comment on l'avait soi-même comprise, Carolus avait pris l'habitude de terminer ses consultations par une mise en garde contre l'existence des *microbes pathogènes*.

– Pour concevoir la nécessité de l'hygiène il faut d'abord croire en l'existence de ces microbes. Et pour y croire, quoi de mieux que de les voir. Seulement ces microbes sont si infiniment petits petits petits qu'il est impossible de les voir à l'œil nu… vous me suivez ?

Si le patient disait oui, c'était le signal pour Carolus d'entraîner sa victime dans le laboratoire jouxtant le cabinet de consultation et de l'asseoir devant son microscope Trépré capable d'agrandir deux mille fois. Carolus lui offrait alors le privilège de regarder à travers les lentilles et de découvrir les bactéries en question s'ébattant en toute impunité sur une fine lamelle de verre.

***

– Je peux faire quelque chose pour vous, estimé docteur ? demanda Benito en approchant du grand lit.

– Comme tu vois, je n'en ai plus pour longtemps, aussi j'en profite pour te commander un cercueil sur mesure. Utilise ton meilleur bois. J'entends par meilleur bois, l'essence la plus résistante à la décomposition.

Benito hocha la tête d'un air entendu. Il n'était qu'à demi surpris. La réputation d'excentrique du docteur n'était plus à démontrer.

– Ce sera comme vous voulez, mais pour un cercueil sur mesure, faut que je vous mesure, *stimate dottore*.

– Fais, mon ami, fais.

Benito sortit son double mètre, le déplia, écarta timidement la couette en duvet d'oie. Le regard anormalement brillant du moribond le mit mal à l'aise. D'habitude ses clients étaient morts et ne suivaient pas chacun de ses gestes d'un air intéressé. Et puis ces bestioles empaillées partout sur les meubles n'étaient d'aucun réconfort. Cela n'avait plus rien à voir avec les oiseaux scientifiquement exposés dans le bureau de consultation et que tout San Coucoumelo connaissait. Ici, il y avait des serpents en kilt, des rats gros comme des chats déguisés en séminaristes, une belette armée d'un fusil de chasse à côté d'un ouistiti vêtu en pirate et qui brandissait un sabre d'abordage miniature. Que signifiait toutes ces horreurs ?

– Je veux que tu perces le couvercle à la hauteur du visage et que tu y adaptes une lucarne qui devra s'ouvrir de l'intérieur. Tu m'entends, n'est-ce pas, *de l'intérieur*... juste au cas où...

– Au cas où ? répéta le menuisier.

Il se voyait débarquer à l'auberge Castagna et monopoliser l'attention en racontant comment le Dr Tricotin venait de lui commander son cercueil de son vivant. Et pas n'importe quel cercueil, s'il vous plaît !

– *Scusi, stimate dottore*, murmura-t-il en posant le double mètre le long du corps décharné du mourant.

– Prévois grand. Autant être à l'aise... *Für alle Fälle*...

– *Va bene, stimate dottore, va bene*.

– Approche et regarde, dit Carolus en traçant le croquis d'un cercueil sur le calepin. Tu fixeras sur le couvercle une cloche que tu relieras à un cordon qui devra passer à l'intérieur par un trou… Ensuite, une fois que je serai dedans, tu attacheras ce cordon à mon poignet.

Une clochette ? Au-dessus du couvercle ? Accrochée au poignet par un cordon ? Mais pour quoi faire *Santa Madonna* ?

– Non, Benito, je ne suis pas devenu *pazzo*, mais mon mal est tel qu'il se peut que je n'expire pas sur le coup et que je tombe dans un profond coma. Un coma si profond que cet *Alpus cretinus* de Pietrapozzo serait capable de s'y laisser prendre et de signer mon permis d'inhumer. Or, vois-tu, Benito, je sais que l'on sort parfois de pareil coma. Pour peu de temps certes, mais tout de même… Tu imagines te réveiller dans le noir absolu et découvrir à tâtons que tu es dans ton cercueil ?

En 1852, l'épouse d'un riche brasseur viennois de la *Favoritenstrasse* était tombée accidentellement dans l'*Asbach* gelée. La glace s'était brisée, la femme avait coulé à pic. Quand elle avait été repêchée, elle était morte. Dans sa grande douleur, son mari avait organisé des funérailles et avait insisté pour qu'elle fût enterrée dans sa plus belle robe, parée de ses plus beaux bijoux. Quelque temps plus tard, pris de regrets, le veuf obtint l'autorisation d'exhumer la défunte afin de récupérer les bijoux. L'ouverture de la bière eut lieu en présence du mari, du curateur du *Friedhof*, de quatre fossoyeurs et, comme l'exigeait la loi impériale, d'un officier de police. Ce fut le rapport de ce dernier que Carolus avait pu consulter au nom de la recherche scientifique sur le mystère de la mort. Selon le veuf – témoignage corroboré par l'ordonnateur des pompes funèbres –, la défunte avait été inhumée allongée sur le dos, la bouche et les yeux clos, les mains croisées sur l'abdomen, les doigts entremêlés à un chapelet d'or et d'argent. On l'avait découverte le corps tordu en S majuscule, la tête rejetée en arrière, les yeux et la bouche béants, la peau des mains et des coudes râpée jusqu'à l'os et les ongles manquants avaient été retrouvés dans le molleton déchiqueté et taché de sang du couvercle. Les bijoux et le chapelet étaient sous le corps où ils avaient glissé. Selon toute évidence, l'infortunée avait été enterrée vive.

***

– C'est que j'ai point de clochette, *stimate dottore*, et pour en trouver une…

– Prends celle-ci.

Carolus désigna la danseuse sur la table de nuit.

Ses mesures terminées, Benito replia son double mètre et le rempocha.

– Combien de temps te faudra-t-il ? Tu as compris, n'est-ce pas, que c'était urgent ?

– Pour un cercueil normal, y me faut quatre à cinq heures, c'est selon le bois et la finition. Mais pour un avec une lucarne et une clochette, ma foi, j'sais pas trop quoi vous promettre, moi, vu que j'en ai jamais fait d'aussi compliqué. Un jour, peut-être deux ?

– Combien cela va-t-il coûter ?

Benito hésita. D'habitude il abordait ces choses-là avec les héritiers. Il se gratta les cheveux et fit pleuvoir des pellicules grises sur ses épaules.

– Parce que c'est vous, estimé docteur, et aussi parce que vous fournissez la clochette, je dirais cinquante lires seulement.

– Seulement ! Hum, hum… Écoute bien, Benito. Si tu me livres ce cercueil avant six heures ce soir, et s'il me convient, j'ajoute vingt lires à ton prix.

Il dressa son index pour ajouter :

– Si tu viens avant cinq heures, vingt lires de mieux,

et encore vingt de mieux si c'est avant quatre heures, et ainsi de suite. Tu as compris ou je répète ?

– C'est qu'on est dimanche et si le curé il apprend que je travaille le jour du Seigneur, y va me houspiller. Vous savez comment qu'il est.

Carolus perdit patience.

– Tu n'auras pas un centime de plus.

Le menuisier eut un petit rire sans gaieté.

– Je ferai au plus vite. Comptez sur moi. Mes fils me donneront la main s'il le faut.

Il salua l'homme qui l'avait mis au monde et sortit en se recoiffant. Carolus le rappela d'une voix excédée.

– Tu oublies la clochette, *Dummkopf*.

Benito revint sur ses pas, empocha l'objet et s'en alla en tintinnabulant à chaque pas (*digueling digueling digueling*).

Carolus reprit la composition de son épitaphe. S'inspirant du trou, symbole par excellence de l'ouverture sur l'inconnu, il avait écrit :

Ci-gît Carolus Tricotin
Qui est venu au monde par un trou
Qui a respiré par des trous
Qui a entendu par des trous
Qui s'est nourri par un trou
Qui a procréé par un trou
Qui a été tué par un petit trou
Qui a disparu dans un grand.

Trop long. Il avait tout barré et inscrit dessous : *Vixit !* (J'ai vécu !) Trop bref. Il l'avait barrée, il avait aussi barré *Je me regrette*, trop emphatique. Avant qu'arrive Benito, il essayait :

Ci-gît Carolus Tricotin
Ordre des mammifères

Famille des hominidés
Genre Homo
Espèce sapiens.

Il se sentit las. Son esprit était engourdi par une forte tendance à la torpeur occasionnée par les effets secondaires de la morphine. Pour combattre cette torpeur, il se versa deux gouttes de chlorhydrate de cocaïne à douze pour cent dans chaque œil. Effet fulgurant. Une sorte de blizzard cérébral se leva sous sa calotte crânienne et balaya toute trace de somnolence. Il se sentit infiniment léger et d'une lucidité de microscope dernier modèle. Une multitude de pensées se bouscula dans son champ de conscience et il n'eut plus qu'à choisir parmi les meilleures.

De l'autre côté du mur, la neige continuait à tomber. Les chemins seraient bientôt impraticables et la grande fête organisée par Attilio en l'honneur du nouveau siècle serait compromise.

– Tant mieux, grommela le mourant en louchant vers le flacon.

Peut-être qu'une ou deux gouttes supplémentaires lui permettraient de trouver, en sus de son épitaphe et de ses *Novissima Verba*, un moyen radical de gâcher la célébration du phlegmon humain.

5

– *Dieu dit à Noé : « La fin de toute chair est venue devant moi car la Terre est remplie de violence à cause des hommes ; voici que je vais les détruire, ainsi que la Terre ».*

Le père Zampieri lisait la Genèse avec le ton, une lecture traditionnelle en cette veille de nouvel an.

La trentaine de catéchumènes assis dans la sacristie lui accordait plus ou moins attention. Une trentaine seulement car des congères hautes comme des vaches fermaient les chemins de la vallée et interdisaient les déplacements.

– *« Fais-moi une arche en bois de cyprès, ajouta Dieu à Noé. Tu la disposeras en cellules et tu l'enduiras de bitume à l'intérieur et à l'extérieur. Voici comment tu la feras : de trois cents coudées sera sa longueur, de cinquante coudées sa largeur, de trente coudées sa hauteur. Tu feras à cette arche un toit et tu l'achèveras à une coudée au-dessus. Tu mettras l'entrée de l'arche sur son côté et tu feras un premier, un deuxième et un troisième étage... »*

Julio Tomasi leva la main.

– Mon papa, y dit qu'il y a erreur sur les dimensions. Y dit que c'est pas possible qu'un bateau aussi petit ait pu contenir toutes les bêtes du monde entier, même si y en avait que deux de chaque. Y dit aussi que le bois de cyprès c'est du bois de cimetière, pas du bois de marine.

Venant du cadet des fils de Benito Tomasi le charpentier-menuisier, l'objection avait du poids, aussi Cesario la considéra gravement avant de répliquer :

– Tu rappelleras à ton mécréant de père que la Bible est inspirée par Dieu, et donc que chaque mot qui la compose est sacré et divin. Dieu n'a donc pas pu commettre d'erreur sur les dimensions puisqu'Il est infaillible.

Dès la première année de séminaire on lui avait enseigné à n'exercer son bon sens que sur des sujets non religieux.

Un autre enfant leva la main. Il voulait savoir ce qu'était le bitume.

– Ça rend le bois étanche et c'est tout noiraud, répondit Julio avant le curé.

– Alors l'arche de Noé il était tout noiraud ?

On frappa à la porte côté ruelle. L'adjoint au maire, Jacopo Gastaldi, *capo* du chai Castagna – anciennement Benvenuti-Tricotin –, entra sans se décoiffer.

– Faites excuse, mon père, mais j'avais oublié que vous aviez catéchisme.

– Que veux-tu ? demanda Cesario qui s'en doutait.

– C'est rapport à la fête de ce soir. On voudrait que vous nous fassiez l'honneur d'y venir… Oh même si c'est pour pas longtemps.

– Et vous voudriez peut-être que je bénisse les boules de votre maudite tombola ?

Cesario déplorait le goût prononcé de ses concitoyens pour les jeux de hasard ; les riches jouaient par avidité, les pauvres par besoin.

La porte côté nef s'ouvrit sur Filomena, la servante des Tricotin. Elle portait le tablier gris-noir réservé à la Toussaint et au jour anniversaire de la mort de son mari.

– Le docteur est au plus mal, monsieur le curé. Il est temps que vous veniez, déclara-t-elle sèchement, la voix exigeante.

– C'est lui qui réclame la religion ? demanda Gastaldi.

Son ton laissait deviner qu'il aurait été satisfait d'apprendre que l'estimé docteur reniait au dernier moment ses convictions de libre-penseur.

Personne ne lui répondit.

Au temps où Carolus Tricotin était le maire, Jacopo Gastaldi avait été son adjoint. Un jour, Carolus s'était opposé à la participation de la mairie aux frais occasionnés par la restauration de la statue du saint martyr à qui il manquait le nez et les deux doigts bénisseurs. Il avait justifié son refus devant le conseil municipal par un savant exposé sur *La toxicité scientifiquement démontrée de la religion sur l'esprit*, suivi d'une tirade tout aussi savante sur *l'obscurantisme éternel et extrêmement opiniâtre du clergé*, concluant par l'un de ses habituels blasphèmes lapidaires : *La seule chose qui excuse Dieu c'est qu'Il n'existe pas*. Ce fut l'instant choisi par Gastaldi pour s'indigner.

– Faites excuses, *stimate dottore*, mais ce que vous nous dites est inacceptable. Nous sommes des millions et des millions à croire en Lui de par le monde. Pensez-vous que nous puissions TOUS avoir tort ?

– Avec un tel raisonnement, tu vas finir par manger ta propre merde sous prétexte que mille milliards de mouches ne peuvent pas TOUTES avoir tort d'aimer ça.

Le conseil avait ri jaune, mais il avait ri et Gastaldi, qui était fier, avait démissionné. Il avait alors passé les cinq années suivantes à le regretter. L'élection d'Attilio lui avait permis de retrouver son poste d'adjoint.

Claquant dans ses mains, Cesario déclara la leçon de catéchisme terminée. Les enfants poussèrent des cris joyeux. Ils avaient décidé de livrer une bataille de boules de neige sur le *cardo* et l'obscur tombant tôt en décembre ils avaient craint que la leçon ne s'éternise.

– Alors mon père, je peux dire à Attilio que vous

nous ferez une petite visite ? insista Gastaldi en regardant avec ressentiment le curé choisir son meilleur surplis et sa plus belle étole.

En voilà des égards pour un individu qui avait consacré son existence à offenser le Seigneur et tous ses saints.

– Peut-être, Gastaldi, peut-être, maintenant, laisse-moi, je t'en prie.

Cesario attendit que l'adjoint et les enfants aient quitté la sacristie pour demander à Filomena avec une pointe d'espoir dans la voix :

– C'est lui qui t'envoie ?

– Eh non, pardi. Et s'il vous dit de partir, n'en faites rien surtout. Il a tellement péché qu'on peut pas, en plus, le laisser trépasser sans les derniers sacrements. Que ça lui plaise ou non…

Cesario portait à son cou deux clés suspendues à une chaînette. La première ouvrait le tabernacle, la seconde ouvrait le placard contenant les vases sacrés, les linges servant au saint sacrifice, l'argent des quêtes et des troncs, les saintes huiles conservées dans une burette en verre soufflé qui avait appartenu au saint martyr Aureliano Coucoumelo.

– Ne t'inquiète pas, ma fille, ton maître aura son extrême-onction. Je doute pourtant qu'elle lui soit d'un grand secours s'il arrive Là-Haut sans confesse… Je vais quand même emporter une hostie… on ne sait jamais.

Filomena eut une moue dubitative.

– Autant essayer de redresser un tire-bouchon.

L'horloge du clocher sonna quatre heures.

Il ne neigeait plus, mais le ciel restait bas et menaçant. Ceux qui mettaient à profit l'accalmie pour dégager leur pas de porte s'interrompirent pour regarder le père Zampieri, suivi de Filomena, qui avançait avec peine dans toute cette neige. La présence de la servante du docteur et du curé dévoilait les raisons de leur déplacement. Certains villageois se signèrent, d'autres pas.

Construite au siècle dernier par Domenico Benvenuti avec l'argent du vin et de la soie, la *villa* Tricotin – anciennement *villa* Benvenuti – s'élevait à l'extrémité du *cardo*, sur l'emplacement de l'ancien temple de Minerve. D'un style architectural librement inspiré d'une *villa* romaine, la façade recouverte d'un vieux lierre était percée de neuf fenêtres (cinq à l'étage, quatre au rez-de-chaussée). Deux colonnes égyptiennes papyriformes flanquaient le perron et la porte d'entrée. La *villa* Tricotin était de loin la plus belle du village.

Lorsque Cesario arriva, Maria refoulait sur le pas de la porte un groupe de visiteurs.

– Le docteur est très affaibli. Il a besoin de repos et il vous fait dire qu'il est touché par votre visite.

L'apparition du curé suscita une bruyante inquiétude. Maria les rassura.

– Le docteur a décidé de ne pas trépasser avant minuit. Il nous a dit qu'il voulait connaître le XXe siècle et vous savez bien que, ses promesses, il les tient toujours. Allez, revenez plus tard, en début de soirée, par exemple.

– Décidé de mourir ! Décidé de mourir ! Comme si ça dépendait de lui ! gronda Cesario en claquant poliment ses sabots sur le perron pour en faire tomber la neige collée après.

Il ajouta sur un ton de reproche :

– Je le croyais à l'agonie.

Filomena haussa les épaules tandis que Maria l'invita à se changer dans le cabinet de consultation. La pièce était chauffée par un grand poêle en faïence bleu et blanc. Le curé remarqua le vide laissé par l'horloge Universelle sur la cheminée.

Maria l'aida à s'extirper de sa pèlerine, puis elle sortit lorsqu'il enfila son aube par-dessus sa soutane.

L'endroit lui rappelait les soirées passées, lui dans le canapé, le docteur dans son fauteuil, tous deux sirotant de l'absinthe en rêvant à une utopique union de la Foi et de la Science. C'était dans cette même pièce que le docteur lui avait fait cette terrible confidence :

– Voyez-vous, mon cher, j'ai été vacciné très tôt contre le bonheur ; la preuve en est que je n'ai jamais pu l'attraper.

Le gros prêtre rejoignit Maria au pied de l'escalier.

– Où est Marcello ? demanda-t-il en s'efforçant de ne pas trop reluquer la croupe joufflue et tressautante de la jeune femme qui le précédait.

– Il s'est cogné le coude contre la porte et il est *presque sûr* de s'être cassé un os. Alors, il est parti consulter. Vous savez comment il est, ajouta-t-elle en se tournant pour qu'il vît son sourire indulgent.

Essoufflé par les trente marches, il marqua une pause sur le palier en soulageant sa bedaine à deux mains. Il digérait mal la fondue au fromage, aux œufs et aux truffes blanches avalée après la *pastachouta* et la soupe de pommes de terre à l'ail. Il lui arrivait de suspecter Maria d'avoir appris à si bien cuisiner par pure méchanceté.

– Comment vont tes enfants ? s'enquit-il poliment.

– Ils vont bien, merci à Dieu. Ma sœur les garde dans la cuisine.

La chambre du mourant se trouvait au milieu d'un long couloir. Maria gratta le battant. Aucune réponse ne venant, elle ouvrit la porte et fit signe au curé de la suivre.

– *Himmel !* Voici la preuve qu'un malheur ne vient jamais seul, railla Carolus du fond de son grand lit.

Le curé sourit avec indulgence, mais il cessa en regardant autour de lui avec effarement. Que signifiaient ces cauchemars empaillés et grimés comme des humains qui mimaient d'insolites saynètes ? Comment

pouvait-on dormir en compagnie de telles incongrui-
tés ? Et puis il y avait cette épouvantable corde de
pendu qu'il voyait pour la première fois.

Cesario s'assit sur une chaise qui craqua sous son
poids. Il songea aux nombreuses fois où ils s'étaient
retrouvés ensemble au chevet d'un mourant, l'un avec
sa foi, l'autre avec sa science, impuissantes toutes les
deux.

Le dessus de la table de nuit étant trop encombré, le
curé conserva sur ses genoux le coffret des saintes huiles
et la custode renfermant l'hostie on-ne-sait-jamais.

Maria aida son beau père à se redresser sur ses
oreillers qui puaient la transpiration. L'effort tira au
mourant plusieurs gémissements rauques.

Cesario vit Carolus prendre une seringue et s'en injec-
ter le contenu en grimaçant. Ses traits se relâchèrent, ses
maxillaires se desserrèrent, ses yeux brillèrent. Sa voix
redevint égale.

– Si vous avez un message personnel à délivrer *là-
haut* ct que je découvre que *là-haut* existe, profitez-en,
je transmettrai.

– Je vous en conjure, estimé docteur, le moment n'est
plus à la légèreté. Il est encore temps de vous confesser
et de vous mettre en règle avec Notre-Seigneur. Mieux
vaut tard que jamais.

Les sourcils de Carolus se soulevèrent en accent
circonflexe.

– Mieux vaut tard que jamais ? Croyez-vous que le
moment soit opportun pour invoquer aussi crûment la
devise des constipés ?

Le curé baissa les yeux avec une mimique navrée et
découvrit alors le tapis mahométan et le pot de chambre
à l'œil bleu qui le regardait fixement. Ni l'un ni l'autre
ne lui plurent. Il dit d'un air affligé :

– Ah, je vous croyais plus avisé, docteur. Prenez

garde, car une fois dans les flammes éternelles, personne, je dis bien personne, ne pourra plus rien pour votre salut.

– Cela me convient. J'ai toujours eu un faible pour *Herr* Lucifer. Voyez-vous, quelqu'un qui préfère régner en Enfer plutôt que servir au Ciel a toute ma sympathie.

Cesario se dressa brusquement, les oreilles plus qu'échauffées. Faire l'apologie du Malin sur son lit de mort relevait du suicide spirituel !

Un brouhaha de voix, mêlé au tintement prolongé d'une clochette qui sonnait à tort et à travers, se firent entendre en provenance du rez-de-chaussée. Bientôt la porte s'ouvrit sur Filomena, et les bruits de voix s'amplifièrent.

– C'est Benito, dit-elle outrée. Il est en bas avec un cercueil qu'il dit être le vôtre et y veut le monter ici pour vous le montrer. Il est ivre et ses vauriens de fils sont avec lui.

Toute sa physionomie était comme hérissée de réprobation. Carolus jeta un regard vers l'Universelle qui pointait seize heures dix-huit. Benito avait fait diligence.

– Il dit vrai.

– C'est vous qui lui avez donné la clochette ?

– *Jawhol.*

Filomena ne demanda pas pourquoi mais son regard le fit pour elle. Carolus l'ignora.

– Dis-leur de monter et reviens car j'ai besoin de toi pour le capitonnage.

Il ajouta à l'intention du curé :

– Je ne vous retiens pas, mon cher. À défaut de me reposer je me dois de veiller à mon confort *post mortem*. Revenez avant minuit et si j'en ai encore la force, une dernière fois, je vous démontrerai qu'une erreur peut devenir exacte lorsque celui qui l'a commise s'est trompé… et vice versa, *natürlich*.

– Je reviendrai docteur Tricotin. Moi non plus je n'ai pas perdu espoir de vous confesser.

Cesario s'en fut, l'esprit en alerte. L'arrivée d'un cercueil à clochette était préoccupante. Il soupçonna *quelque chose* dans l'air. Mais quoi ?

***

Plus tard, attablé dans son presbytère, le curé avait ouvert l'Ancien Testament à la page du Déluge pour convertir en mètres les mensurations données en coudées par Dieu. Il se révéla que l'arche mesurait cent trente-cinq mètres de long, vingt-deux mètres de large et treize mètres cinquante de haut. Un espace terriblement exigu pour loger Noé, sa femme, leurs fils, les femmes de leurs fils et leurs enfants, sans oublier la totalité des espèces animales, à l'exception des poissons, ces petits privilégiés qui furent les seuls à ne pas subir la colère divine.

– Comme c'est étrange, admit-il à contrecœur en refermant le livre sacré.

6

La grande salle enguirlandée de l'*Albergo-Drogheria-Bazar* Castagna était presque vide : près du gros poêle de fonte, Giovanni Odoroso et Guido Panchi, deux contre-maîtres des coconnières Castagna, se saoulaient à l'asti *spumante* en s'affrontant au jeu de dames à un *centesimo* le point. Entre chaque coup, ils aimaient ratiociner à l'infini (ils disaient *philosopher*). Présentement, Odo-roso prétendait qu'il était plus difficile d'être pauvre sans se plaindre que d'être riche sans être arrogant, Panchi soutenait le contraire ; il arrivait qu'un soir sur trois ils en venaient aux mains.

À une autre table, l'adjoint au maire Jacopo Gastaldi, Rodolfo Castagna, fils d'Attilio, Pietro Pignoli le maréchal-ferrant, jouaient au *vitou* à un *centesimo* le point.

On était au mitan de l'après-midi et il faisait déjà sombre, au point que Lucia Castagna, une grasse et forte brune au regard franc comme une perruque, avait dû allumer les lampes à pétrole. Son sens de l'écono-mie était proverbial ; *on* la disait capable d'écorcher un pou pour avoir sa peau ; *on* disait aussi que, pour ne pas les user elle regardait par-dessus les verres de ses lunettes.

Adossé au comptoir, la mine chagrine des mauvais jours, M. le maire Attilio Castagna ne décolérait pas. Après avoir imaginé, imposé, organisé la fête du Nouveau Siècle, il allait devoir l'annuler par défaut de participants. Une perte sèche doublée d'un sérieux manque à gagner.

– On n'a qu'à reporter à dimanche prochain, et *basta*, suggéra Lucia dans l'espoir qu'il cessât de se morfondre.

Attilio eut une moue d'affamé avalant des laxatifs.

– J'y ai pensé, qu'est-ce que tu crois ! Mais c'est plus pareil.

Il passa derrière le comptoir et prit une bouteille d'armagnac sur l'étagère.

Son établissement offrait deux marques d'absinthe, trois marques de vermouth italien, trois marques d'eau-de-vie française que lui expédiait Raffaello, son frère cadet parti tenter sa chance à *Nizza la bella*. Attilio proposait également deux marques de cigarettes – des Macedonia à 3 *centesimi*, et des Djubek à 4 *centesimi* – trois sortes de cigares des Manille à 30 *centesimi*, des Toscani à 20 *centesimi* et des Cavour à 10 *centesimi* appelés *puants* parce qu'ils puaient – des boîtes d'allumettes, des lampes-tempête, du pétrole en bidon de dix litres, des almanachs périmés, du sel, du poivre, du café en grains acheté à la brûlerie du Dragon de Riccolezzo, des pains de sucre, des pains de savon, du chocolat en plaquettes, des aiguilles à coudre, des aiguilles à tricoter, des arrosoirs à vingt-cinq trous, des moulins à café pinceurs de cuisses, de l'engrais par sacs de vingt kilos, autrement dit, tout ce que le village ne pouvait ni produire ni fabriquer.

Attilio se versa un verre d'armagnac avec une pensée pour ce Tricotin de malheur qui osait moribonder un jour comme aujourd'hui ; à croire qu'il le faisait exprès, *porca Madonna*. Ses yeux verts et globuleux brillaient de mécontentement ; des yeux qui auraient été beaux s'ils n'avaient été si ronds. Lui-même ne les aimait pas. Il est vrai qu'il n'aimait pas non plus sa taille trop brève (un mètre soixante-trois sous la toise), ses cheveux roux comme de l'eau rouillée et surtout ses petites mains aux doigts courts et mous comme des *salcicce*. Pour compenser, il broyait les mains qu'il serrait et il aimait qu'on dise qu'il ne connaissait pas sa force. Attilio détestait de même son nez en trompette et il jugeait ses cuisses trop grosses par rapport à ses pieds trop menus. Bref, il ne se plaisait pas, mais qu'importe après tout puisque, ce qu'il entreprenait, à quelques exceptions près, il le réussissait.

Suspendu au-dessus du comptoir, un portrait en pied représentait le grand-père Policarpo, le fondateur de la lignée des Castagna de San Coucoumelo, peint à l'époque où il était l'intendant général du chai et des coconnières Benvenuti. Le peintre le montrait dans la force de l'âge, une branche de *Morus alba* en fleur dans la main droite, un ceps de *Gelosio* dans la main gauche. Bien que la toile fût signée et datée *Julius Imparato 1813*, elle restait inachevée. La pose avait été interrompue par l'arrivée des carabiniers qui avaient menotté le modèle et l'avaient emporté. Voilà pourquoi certains éléments des vêtements et du décor restaient à l'état d'esquisses.

Policarpo étant mort en 1828, Attilio ne l'avait pas connu, mais il savait tout sur sa déchéance et sur l'identité des responsables. Les Benvenuti avaient déposé plainte auprès du tribunal de Riccolezzo pour *friponneries comptables et abus de confiance aggravé*. Selon le code napoléonien alors en vigueur, Policarpo avait été condamné à six années d'enfermement ; pire, il avait été mis en demeure de restituer la totalité de ses détournements ainsi que les titres de propriété des terres acquises avec le produit de ses manipulations. Quelle déconfiture ! L'homme le plus influent de la vallée était subitement devenu le plus pauvre et le plus méprisé. D'après Salvatore et Ada, le père et la mère d'Attilio, *Vengez-moi* avaient été ses derniers mots.

***

Le grelot de la porte d'entrée grelotta. Niccolo le bedeau entra dans la salle enguirlandée. Il salua la maigre assistance et referma son parapluie couvert de neige pour le secouer sur le plancher.

– *Grazie tante*, c'est point de refus, dit-il en acceptant le verre d'asti blanc servi d'autorité par Lucia.

– Sais-tu où en est le docteur ? On dit qu'il a reçu les derniers sacrements ? demanda Jacopo Gastaldi avec humeur.

– Pas encore. Le père Cesario l'a visité mais il n'a rien fait, parce que, le docteur, y dit qu'il veut mourir au XXe siècle, alors il attend pour ça que la minuit soit passée.

Le bedeau vida son verre. Lucia le lui remplit de nouveau. Attilio prit un Toscani dans son étui et, avant de l'allumer, en trempa l'une des extrémités dans son verre d'armagnac.

– S'il faut, l'année prochaine, il sera encore là.

– D'après M. le curé, c'est vraiment la fin et c'est une question de peu, le contredit Niccolo en vidant son deuxième verre.

Le grelot grelotta. Benito et ses deux fils s'engouffrèrent dans l'auberge. Ils venaient de la *villa* Tricotin, ils riaient fort et ne répondirent aux interrogations qu'après avoir bu un verre de grignolino, le petit vin de la vallée au goût prononcé de raisin.

– Le docteur venait de me payer son cercueil, quand voilà le pauvre Marcello qui arrive avec le Dr Pietrapozzo, finit par raconter le menuisier en montrant son verre vide à Lucia. D'abord, l'estimé docteur, il a fait comme si l'autre n'était pas là, mais c'est quand l'autre il a voulu l'examiner qu'il lui a dit son fait. *Accidenti !*

– Ah là là, qu'est-ce qu'il a pas entendu le Pietra-pozzo !

– C'est pas ça, *babbo*, c'est pas quand il a voulu l'examiner qu'il s'est mis en rogne, c'est quand Pietrapozzo l'a critiqué de se faire autant de piqûres et de gouttes dans les yeux, rectifia le fils aîné, prénommé lui aussi Benito.

– Et qu'est-ce qu'il a dit ?

– Il l'a d'abord houspillé en prussien, et puis il l'a traité de panaris, de torticolis, de diarrhée sifflante, et de tout plein de noms de médicaments, comme y dit d'habitude !

Il y eut des rires, sauf du côté d'Attilio qui avait plus souvent qu'à son tour servi de cible aux invectives du médecin.

Lorsque Maria, sa fille cadette, était parvenue à se faire épouser par cette grande nouille de Marcello, Attilio avait cru enterrer l'antagonisme qui opposait les deux familles depuis trois générations. Au lende-main de la cérémonie, il s'était présenté au cabinet médical du docteur et, après un rapide échange de politesses, il lui avait proposé l'achat de la Table-aux-Grues. Confondant le refus outré du médecin pour les prémices d'un âpre marchandage, il avait aimablement augmenté son enchère. Le Dr Tricotin s'était alors lancé dans un ennuyeux exposé sur les mœurs des *Grus grus* durant lequel il avait été longuement ques-tion de *ces splendides échassiers migrateurs qui, siècle après siècle, faisaient halte en toute confiance sur cette prairie avant de s'envoler pour l'Égypte.*

– Sauf votre respect, *stimate dottore*, j'entends mal vos arguments. Je vous parle de milliers de lires et vous me répondez plumes. Elles iront se poser ailleurs vos *grugrus*. C'est pas la place qui manque dans la région, *ecco* ? Ici ou là, ne me dites pas qu'elles feront la diffé-rence.

Le Dr Tricotin avait perdu son calme et lui avait ordonné de vider les lieux ; comme si cela ne suffisait pas, il l'avait poursuivi jusque sur le *cardo* en le traitant de *vermifuge de la nature*, d'*acrochordon humanoïde* et autres amabilités du même tonneau.

***

– Eh, oh ! monsieur le maire, tu m'écoutes ou quoi ? grogna Benito le menuisier.

– Tu disais quoi ?

– Je disais que j'ai une commission de la part du docteur.

Attilio fut instantanément sur ses gardes.

– Il parie cinq cents lires qu'il mourra après minuit et pas avant, et il veut que ce soit toi, monsieur le maire, qui prennes les paris et qui fixes la cote.

Cinq cents lires !

Au mot *paris* les *capi* cessèrent leur partie de dames et s'approchèrent du comptoir.

Le menuisier posa deux billets de dix lires devant lui.

– Vingt lires qu'il tient pas jusqu'à minuit.

Comme il sortait de la chambre du mourant, son option donna à réfléchir.

– Pareil pour moi, dix qu'il tient pas jusqu'à minuit, lança Pietro Pignoli.

Il fouilla dans sa poche et en sortit un billet froissé de cinq lires ainsi qu'un *scudi* en argent de la même valeur.

Attilio hésitait en tétant son cigare à l'armagnac. Il cherchait le piège et ne le trouvait pas. Cinq cents lires était un enjeu démesuré dans une région où une éducatrice de vers à soie débutait à quatre-vingts *centesimi* par jour…

Gastaldi agita un billet pour capter l'attention du maire.

– Cinquante lires qu'il tient pas.

– Cinq qu'il tient, paria Guido Panchi par esprit de contradiction.

– Cinq qu'il tient pas, paria Giovanni dans un même état d'esprit.

Bergamotta, la cuisinière des Castagna, apparut à la porte de la cuisine et lança :

– Une lire et demie qu'il tient après la minuit.

– *Arrivederci*, promit Niccolo le bedeau en s'en allant.

Il voulait être le premier à prévenir le père Cesario de ce qui se tramait autour de l'agonie du *stimate dottore*.

7

Allongé dans son cercueil hors de prix (quatre-vingt-dix lires), les yeux braqués sur l'horloge Universelle, le Dr Carolus Tricotin se retenait de mourir comme on se retient de respirer devant une mauvaise odeur. L'enfilage de son habit de soirée et son transfert du lit au cercueil avait nécessité une nouvelle injection de morphine et, à nouveau, deux gouttes de cocaïne dans chaque œil ; conséquence, durant l'opération, au lieu de gémir comme un damné, il avait ricané comme un dément.

Plus la soirée avançait et plus grandissait le nombre des visiteurs qui avaient bravé le mauvais temps pour s'enquérir de l'état de santé du *stimate dottore*. Au lieu de repartir, certains s'incrustaient ; bientôt il y en eut partout dans la *villa*. Ils bavardaient à voix basse, s'asseyaient sur les marches, essayaient d'ouvrir toutes les portes, s'égaraient dans les cuisines, commentaient chaque entrée dans la grande chambre, tentaient d'écouter ce qui s'y disait, assaillaient de questions ceux qui en sortaient. Tous avaient parié.

S'il n'avait tenu qu'à Filomena, il y aurait belle lurette qu'elle aurait chassé à coups de balai tous ces hypocrites pleurnicheurs, mais le mourant avait autorisé leur invasion avec la même aisance qu'il avait transformé sa veillée funèbre en un morbide jeu de hasard.

***

Les paris cessèrent une heure avant minuit (comme aux courses de lévriers de Turin) et la nervosité générale s'exalta de plusieurs degrés.

À 23 heures 02, Rodolfo Castagna se rendit à la *villa* Tricotin où sa sœur Maria l'introduisit dans la chambre du moribond. Il en revint avec un diagnostic pessimiste. Le docteur était au plus mal, il avait vomi *tout noir* et il venait de faire le vide dans sa chambre à l'exception d'Alfonso Tetti. Ceux qui avaient parié pour une mort avant minuit reprirent espoir.

– Tetti ? Pourquoi Tetti ? s'inquiéta Attilio. Ce serait Marcello je comprendrais, mais Tetti, *per que lei* ?

***

– *Io, padrone ?* s'étonna Alfonso Tetti en posant sa large main sur sa poitrine.

– Oui, toi. Tous les autres, *raus*, sortez ! ordonna Carolus du fond de son impressionnant cercueil capitonné.

Maria, Filomena, Eva Tetti la femme d'Alfonso et leurs enfants Adamo (dix ans) et Gloria (cinq ans) obtempérèrent. Marcello sortit le dernier, perplexe sur les raisons de cet aparté.

Leur apparition dans le couloir provoqua un remous qui fila dans l'escalier jusqu'au rez-de-chaussée.

L'attente fut interminable et lorsque Alfonso Tetti réapparut, son visage était congestionné comme sous le coup d'une forte émotion. Sans un mot, la tête baissée, évitant les regards en point d'interrogation, il s'éloigna.

Marcello rentra dans la chambre à l'instant où son père reposait sa seringue vide sur la table de nuit. Carolus lui montra ses mains tremblantes puis désigna d'un coup de menton le flacon de cocaïne.

– Verse-moi trois gouttes dans chaque œil, *bitte*, je tremble trop.

Marcello dut se pencher au-dessus du cercueil pour poser sa paume sur le front brûlant de son père, tirer la paupière vers le bas avec le pouce, et laisser tomber sur l'iris les gouttes prescrites.

Le bourdonnement des voix dans le couloir se haussa de plusieurs tons lorsque apparurent Filomena et le père Cesario.

***

À vingt-trois heures vingt-sept, Rodolfo Castagna fit un nouveau aller-retour à la *villa* Tricotin.

Il en revint dix minutes plus tard, essoufflé par sa course, déclarant que Tetti s'en était allé et que le docteur recevait à nouveau.

– Je l'ai vu et il m'a l'air tout requinqué.

L'espoir changea de camp. On recommença à boire, plus pour se calmer que par vraie soif et on fuma cigarette sur cigarette.

Six minutes plus tard, Mario Paoleti, le facteur-garde champêtre, entrait dans l'auberge et annonçait d'une voix excitée :

– Cette fois, ça y est ! Le père Zampieri vient d'arriver avec les saintes huiles.

***

Cesario marqua un temps d'arrêt devant le moribond qu'on avait adossé sur plusieurs oreillers dans un cercueil capitonné. Six lampes à huile éclairaient la scène. On eût dit un ressuscité le jour du Jugement dernier. L'effet était frissonnant.

Le curé se signa. Proche du lit, posé sur deux chaises, il vit un long couvercle muni d'une lucarne vitrée et d'un petit portique de bois auquel était attachée une clochette représentant, si ses yeux ne le trompaient pas, le corps d'une femme demi-nue.

– Bien aimable à vous de revenir, mon cher, apprécia Carolus en bougeant légèrement sa main droite en signe de bienvenue. Vous au moins, je sais que ce n'est pas pour le pari.

– Justement, docteur, pourquoi avoir initié une aussi mauvaise farce ?

– Me croirez-vous, si je vous dis que de les savoir autant captivés par mon dernier souffle met du baume sur mon agonie ?

Le curé soupira en hochant sa grosse tête ronde.

***

À vingt-trois heures quarante, l'auberge Castagna se vida de ses clients. La plupart avaient parié gros et étaient irrésistiblement aimantés par la *villa* Tricotin. Certains avaient joué leurs économies, d'autres leur salaire et d'autres celui de leur femme. Attilio lui-même avait fini par miser cent lires sur la mort avant minuit.

***

Carolus ferma les yeux et exhala un râle sibilant que beaucoup prirent pour le dernier.

Le curé trottina vers le cercueil, déboucha avec précaution les saintes huiles et récita la prière des agonisants. La bonne odeur d'olive émanant de la burette parut ranimer le mourant qui souleva ses paupières, renifla et dit :

– Vous allez m'assaisonner comme une vulgaire tomate ? *Ach*, pourtant, avec votre tension et votre foie en capilotade, je pensais bien vous survivre.

Cesario fit le sourd et poursuivit sa prière en imprégnant son pouce d'huile bénite. Vu l'urgence des circonstances, il opta pour le rite abrégé qui consistait à tracer une seule croix sur le front (le rite complet exigeait une croix sur les yeux, une sur les oreilles, une sur les narines, une sur les mains et une sur les pieds). Les voix de Filomena, de Maria et d'Eva Tetti se joignirent à celle du prêtre.

Lorsqu'on reconnut la prière des agonisants, un vent passionnel balaya le couloir jusqu'au vestibule. Les plus audacieux osèrent frapper au battant. N'obtenant aucune réponse, ils entrèrent, laissant la porte ouverte. Il y eut un début de bousculade pour être au premier rang. Cesario eut beau foudroyer les opportuns du regard, personne n'y prit garde. Tous ceux qui ne regardaient pas l'Universelle – elle affichait vingt-trois heures cinquante-trois – avaient les yeux braqués sur le *stimate dottore* qui remuait encore dans son cercueil.

– Pourvu qu'il tienne, souhaitaient ardemment les après-minuit.

– Pourvu qu'il passe dans les sept minutes, souhaitaient non moins ardemment les autres.

– Écartez-vous, vous me cachez la pendule, lança soudain le moribond à tous ceux qui se tenaient serrés devant la cheminée.

Carolus reconnut Alessandro Carnolo le tanneur et Saccapane le meunier qui vivaient tous deux à l'extérieur du village sur les rives de la Gelosia. Fallait-il qu'ils aient parié gros pour s'être déplacés de si loin par un si mauvais temps.

***

Vingt-trois heures cinquante-cinq.

– Donne-moi cette seringue.

Marcello obéit, s'inquiétant de voir son père remplir le réservoir d'une quadruple dose de morphine.

À vingt-trois heures cinquante-sept, Carolus enfonça l'aiguille d'acier dans la veine cubitale de son poignet gauche et l'y maintint, sans toutefois actionner la pompe. C'est à peine s'il entendit Cesario ratiociner d'une voix pressante :

– Pourquoi ne pas parier que Dieu existe ? Que risquez-vous dans votre état ? *Au cas où*, comme vous dites souvent… Allez, un bon mouvement, *stimate dottore*, confessez-vous.

Une mouche atterrit sur le bord du cercueil, hésita un instant, reprit son envol, fit plusieurs cercles au-dessus du mourant avant de se poser sur son poignet gauche, à proximité d'une trace de sang laissée par la dernière injection.

– Déjà ! s'exclama Carolus en découvrant l'insecte.

Il fut le seul à se trouver drôle.

Marcello, lui, s'étonna de reconnaître l'une de ses *Fannia canicularis*. Que faisait-elle ici alors qu'elle aurait dû se trouver en sécurité dans le grenier ? Quelqu'un aurait-il ouvert la porte ?

Il était vingt-trois heures cinquante-neuf lorsque Carolus s'injecta lentement la quadruple dose de morphine. Ce faisant, il dit à Cesario :

– Est-il vrai que les chrétiens font le signe de croix en souvenir du Christ crucifié.

Décontenancé, le prêtre acquiesça.

– Eh bien, ma foi, oui…

Un grand silence régnait dans la chambre. Chacun écoutait attentivement ce qui se disait, à l'exception de Marcello qui n'avait d'yeux que pour sa *Fannia* évadée et qui se demandait comment la récupérer discrètement.

– Imaginez un peu le signe que vous auriez dû faire si les Romains l'avaient empalé.

Cesario laissa échapper la burette des saintes huiles et celle-ci se brisa sur le parquet.

Au premier des douze coups de minuit, Carolus

enfonça plus vite la pompe de la seringue. Sa respiration devint âpre. L'une de ses paupières tressauta, dévoilant un œil révulsé.

– Par San Coucoumelo, gémit Filomena en se signant plusieurs fois.

– Tenez bon, docteur ! Sinon j'en suis de cinquante lires ! glapit Alberto Baffini le fermier-boulanger qui avait la responsabilité du four à pain.

Carolus lâcha la seringue vide et s'agrippa aux bords du cercueil comme pour se retenir de basculer en arrière. Le douzième coup retentissait lorsqu'il mourut en disant d'une voix presque normale :

– C'est inouï !

Ceux qui l'entendirent ne purent savoir s'il faisait référence à son blasphème ou s'il faisait un commentaire descriptif sur sa première vision de l'Au-delà.

L'explosion de joie des tenants de l'après-minuit fut à la hauteur de leur soulagement. Ils trépignaient en s'autocongratulant.

Une pareille impudeur fâcha Cesario qui menaça alors d'excommunier sur-le-champ tout le monde, même la mouche, si la décence ne revenait pas dans la grande chambre désormais mortuaire.

La nouvelle du décès du *stimate dottore* fusa dans le couloir, l'escalier, le vestibule, le perron, le *cardo*, jusqu'à l'auberge Castagna.

***

Il était minuit cinq passé à l'Universelle, lorsque l'horloge de l'église, à laquelle personne ne songeait, sonna à son tour les douze coups de minuit, créant les conditions idéales pour autant de contestations qu'il y avait de perdants.

8

Lundi 1er janvier 1900.

Au petit matin, le corps du *stimate dottore* fut exposé dans le vestibule. Sur les huit cent quatre-vingt-dix Coucouméliens, plus des deux tiers firent le déplacement et à quinze heures sonnantes (heure de l'église), Benito, comme promis, relia le cordon de la clochette au poignet du défunt puis ajusta le couvercle sur le cercueil.

Derrière la lucarne rectangulaire, Carolus offrait un visage détendu, à peine ridé, rajeuni de vingt ans.

On chargea le cercueil sur la charrette crêpée de noir qui faisait office de corbillard.

La voiture funéraire s'ébranla sur le *cardo* désenneigé et prit la direction du *camposanto*. Les Tricotin suivirent derrière et le premier à se joindre au cortège fut Badolfi, le fada du village.

Badolfi était le fils naturel d'une dévideuse de cocons et d'un saisonnier de l'Aoste. Son mauvais coup accompli, le saisonnier était reparti et n'avait plus jamais remis ses pieds sales dans la vallée. L'enfant qui naquit avait une grosse tête rousse, preuve s'il en était besoin qu'il avait été conçu lors des menstruations de sa mère. Ses yeux rapprochés et fendus rappelaient ceux des boucs, et il semblait doué à bavoter des litres de salive à la façon des gastéropodes (*bleup bleup bleup*).

Il avait huit ans d'âge et ne s'exprimait que par onomatopées (le langage du monde), lorsque sa mère décéda d'un kyste aérien du poumon. Écoutant son bon cœur intéressé et son esprit scientifique insatiable, le *stimate dottore* Carolus Tricotin recueillit l'orphelin afin de l'étudier au plus près.

– Et maintenant nous allons vérifier si tu es aussi fada qu'on le prétend.

– *Bleup bleup bleup…*

– Bien sûr, Badolfi.

À cette époque, Carolus s'intéressait aux circonstances qui avaient transformé l'homme en animal conscient de lui-même. Que s'était-il passé, et quand et pourquoi cela s'était-il passé ?

À cent degrés l'eau était encore de l'eau, et soudain, *pfuuuiiit*, elle devenait vapeur… l'esprit s'était-il développé ainsi ?

Badolfi fut logé sommairement dans le cabanon près du grand chêne qui servait de remise aux outils de jardinage, et Filomena fut chargée de le nourrir trois fois par jour.

– Comme il bave de trop, il est préférable qu'il mange dans son cabanon.

Quelques jours après son installation, lors d'une promenade éducative dans le verger, Badolfi était tombé en arrêt devant le rucher sous l'auvent ; douze ruches qui produisaient plusieurs kilos de miel tout en pollinisant le verger.

Lorsque Carolus s'était intéressé au monde des abeilles quelques années plus tôt, il s'était procuré chez *Benedetto Patito* de Turin, une ruche d'observation vitrée munie de volets qu'il suffisait d'écarter pour observer au plus près les us et coutumes des habitants. Il avait alors assisté à des tragédies dignes de l'antique : comme le meurtre de la vieille reine (à la spermathèque vide) par ses fidèles servantes les ouvrières.

Qui leur avait donné l'ordre d'étouffer l'objet de leurs soins constants, qui prenait les décisions dans la ruche ? Une année d'observation quotidienne lui avait suffi pour rédiger son fameux essai sur *L'Esprit de la ruche*.

Carolus avait ouvert les volets et la ruche en pleine activité était apparue. Badolfi avait cessé de baver.

– *Bzzzzzeu zzzzzeu zzzzzzzeu.*

– Exactement, ce sont des *Apis mellifera ligustica*.

– Oh, oh. Apisméliféraligustica.

– Tu vois que tu peux parler quand tu le veux !

Très vite, Badolfi avait su tout ce qu'il fallait savoir sur la manipulation d'un maturateur, d'un cérificateur, d'un couteau à désoperculer, et sans Filomena pour le houspiller il aurait dormi sous la ruche d'observation. Le plus étrange était que sa fascination pour les mouches à miel semblait réciproque ; aucune d'elles ne le piquait.

– Badolfi, je te nomme *capo* de toutes mes ruches ; tu pourras conserver dix pour cent de la production et en disposer à ta guise.

Il avait ressorti sa documentation sur les abeilles.

– Maintenant, il te faut apprendre à reconnaître les ennemis mortels de nos amies. Regarde cette gravure, voici un *Philanthe apivore*, on dit aussi un loup des abeilles. Il paralyse les ouvrières et les offre vivantes à ses larves… Examine maintenant ce gros papillon, il s'agit d'un *Acherontia atropos*, un sphinx à tête-de-mort qui s'introduit dans les ruches et se nourrit du miel. Maintenant, approche et observe de plus près ces colonnettes de cire qui s'élèvent à l'entrée de chaque ruche ; ce sont des ouvrières qui les ont construites afin que ce pillard ne puisse pas introduire son énorme abdomen…

Si Badolfi ne comprenait pas tout, il écoutait tout, sans loucher, sans baver, sans même onomatoper. Par petites doses quotidiennes, Carolus s'efforça de développer son esprit en lui enseignant à lire, à écrire et à compter.

Il n'eut guère de succès avec l'alphabet, en revanche, comme cela s'était passé avec les *Apis mellifera ligustica*, Badolfi tomba instantanément amoureux des dix chiffres avec une fascination particulière pour le zéro.

Un jour, avec un morceau de charbon de bois, il avait écrit une succession de chiffre sur son cabanon, en commençant par la première planche clouée en haut à gauche : 12345678910111213141516171819202122232425262 72829303132333435363738394041424344454647484 95051525354555657585960616263646566676869707 1727374757677787980818283848586… et ainsi de suite.

Filomena avait alerté Carolus.

– Il mange plus, y fait que gribouiller des chiffres partout où y peut.

Carolus avait rendu visite à son cobaye qui alignait ses chiffres à l'extérieur du cabanon, l'intérieur étant saturé.

– Si ce que tu fais est ce que je pense, sache que tu n'auras *jamais* assez de place. Entends-moi, Badolfi, je ne dis pas ça pour te chagriner mais tu dois comprendre que s'il existe un premier chiffre, il n'existe pas de dernier… Tu peux aller jusqu'au nonillion, il y en aura *toujours* un autre après… et comme ça à l'infini…

L'année suivante, Badolfi avait déniché dans les bois un essaim sauvage installé dans un tronc creux de châtaignier. Spontanément, il avait réinventé une méthode datant de la préhistoire et qui consistait à scier le tronc en l'obturant aux deux extrémités, portant à treize le nombre des ruches du rucher Tricotin.

– Seizemilecinqcentrentedeu…

Carolus avait retiré son chapeau pour se gratter la racine des cheveux, signe chez lui de perplexité.

– Tu veux me faire accroire que tu connais le nombre *exact* des abeilles dans cette ruche ?

Badolfi était alors passé devant chaque ruche en lâchant des nombres :

– Dihuimilecincenneuf… dissetmilehuicendeu… vintéunmilecenun… dineufmiledeucensoixantedisset…

– Quoi ! Tu connais le nombre d'abeilles qui se trouvent dans *chacune* des ruches ?

– … dineufmilesicendeu… vintroismilecinquante… dineufmileneufcenquatrevin…

Le premier à dénombrer en toute impunité la population d'une ruche, René Antoine Ferchault de Réaumur, avait dû plonger celle-ci dans de l'eau froide pour ensuite compter les insectes engourdis, soit : 1 reine, 700 faux bourdons, 26 426 ouvrières.

Plus extravagant encore, Badolfi fit le tour du grand chêne et déclara au bout de quelques minutes :

– Deucenquarantemiltroicentrentessete… oh oh oh !

L'esprit de Carolus s'emplit d'incrédulité, tel un navire qui fait eau.

– Peux-tu répéter, je te prie.

– Deucenquarantemiltroicentrentessete… oh oh oh !

– En vérité je te le dis, Badolfi, au nom de la Science pure, je me dois de vérifier.

Après avoir disposé autour du chêne les grandes bâches qui servaient ordinairement à la collecte des olives, le *stimate dottore* avait coupé, branche après branche, toutes les feuilles du grand arbre et les avait comptées lui-même : 240 114.

– Voilà qui est bien plus fort que le raifort. Tu ne t'es presque pas trompé. C'est impressionnant.

Mais lorsque les bâches furent retirées, Badolfi montra le tapis de feuilles mortes qui se trouvait dessous. Le cœur battant, Carolus les ramassa et en compta 223. Il les recompta et trouva encore 223.

– Par les deux énormes glandes séminales de Zeus !

C'est tout simplement impossible ! Un tel exploit cérébral n'est pas dans l'ordre de la Nature.

– Deumiltroicenquarantuit.

Regardant dans la direction que Badolfi désignait, Carolus vit une jeune leghorn qui picorait dans la cour (*kôt kôt kôt*). N'écoutant que son sens du devoir, il attrapa la poulette, lui tordit le cou en s'excusant au nom de la science et la pluma intégralement, duvet compris. Le résultat provoqua chez lui un vertige momentané qui le contraignit à chercher un siège.

– Ah Badolfi, Badolfi ! *Rarae aves*… Ton génie est tel qu'il t'a rendu fada.

***

De nombreux villageois vêtus de noir se joignirent au cortège. La clochette de cuivre fixée sur le couvercle sonnait à chaque cahot, arrachant des larmes à Filomena qui avait si souvent accouru à ses tintements.

Pour se rendre de la *villa* Tricotin au cimetière, la charrette funéraire descendit le *cardo* et traversa la place du Martyre où s'élevaient, d'un côté, l'église du Saint-Martyr, de l'autre, l'auberge-droguerie-bazar Castagna. Au centre, une grande fontaine carrée du Bas-Empire faisait l'importante ; l'eau jaillissait d'une cannelle qui sortait de la bouche d'un Neptune de pierre barbu. Au siècle dernier, on avait irrespectueusement cimenté sur sa tête une statue du saint martyr Aureliano Coucoumelo. À proximité, vieillissait un grand chêne tricentenaire qu'il fallait élaguer chaque fois que l'une des branches maîtresses, en poussant, menaçait de renverser la statue.

Benito Tomasi immobilisa le corbillard à la hauteur de l'église et interrogea l'instituteur du regard.

– S'il ne veut pas venir, c'est son affaire, nous, on continue, dit Marcello avec un haussement d'épaules et une autorité dans la voix qui ne lui était pas coutumière.

Le corbillard poursuivit son chemin.

Tous les regards se portèrent alors vers l'auberge d'où apparurent les Castagna. Attilio vint se placer à la droite de Marcello. La présence de Badolfi le déconcerta. Il détestait le fada et ne supportait pas qu'il fût, avec lui, le seul rouquin du village. Il en fallait si peu aux gens pour élucubrer.

Badolfi, qui ne l'aimait pas non plus, protesta en bullant (*blop blop blop*) et en produisant divers bruits mouillés ressemblant à des chiffres.

– Troicenvintuite… troicenvintuite… troicenvintuite…

Personne ne comprit qu'il donnait le nombre des taches de rousseur sur le visage et le cou d'Attilio.

– Du calme, et tiens-toi bien, dit Marcello en lui faisant les gros yeux.

Filomena quitta le cortège et se dirigea de son pas saccadé vers le presbytère. On lui supposa une ultime tentative auprès du curé.

À l'exception d'Attilio et de quelques esprits soupçonneux, personne ne rendait l'estimé docteur responsable de la féroce *zizzania* qui convulsionnait le village depuis que le paiement des paris avait été reporté, suite aux vives protestations des partisans de l'avant-minuit qui prétendaient être les gagnants selon l'horloge de l'église.

Si, depuis minuit cinq, les hommes argumentaient à l'infini sur l'exactitude des horloges françaises comparée à celle des horloges de clocher piémontaises, les femmes, elles, ne parlaient que du formidable blasphème proféré par le mourant et du fâcheux bris des saintes huiles.

Filomena fut soulagée et reconnaissante de trouver Cesario se préparant à la hâte, malgré les invectives salées de sa sœur.

– *Madonna mia !* Après ce qu'il a dit, après ce qu'il a

fait ! Ah non alors ! Je ne te comprends pas. Ce matin tu voulais écrire au Saint-Père pour qu'il l'excommunie et maintenant tu te précipites pour lui donner l'absoute ! Et les saintes huiles ? Ce n'est point de sa culpe si on n'en a plus !

Son bec-de-lièvre tremblotait d'indignation. Elle lança un regard en forme de fil de fer barbelé vers Filomena qui lui répondit par les cornes de la scoumoune (index et auriculaire pointés).

L'arrivée du curé dans le cortège suscita quelques grognements de dépit chez ceux qui avaient parié qu'il ne viendrait pas.

Lorsque le corbillard passa sous le *OGGI A ME* (aujourd'hui à moi) gravé au fronton du cimetière, l'entière population, à l'exception de la bonne du curé, des grabataires et des enfants en bas âge, suivait le cercueil de l'estimé docteur qui avait mis au monde près de la moitié d'entre eux.

La charrette crêpée de noir remonta l'allée centrale bordée de cyprès ; la neige sur les branches ployées jusqu'au sol fondait en gouttes brillantes. Elle dépassa la stèle de granit qui marquait le carré des Autrichiens et s'arrêta devant le mausolée.

Érigé sur un tertre artificiel au centre du champ saint, se dressait l'arrogant mausolée des Tricotin qui dominait toutes les autres sépultures. C'était aussi le seul tombeau à ne pas arborer de croix, bien qu'un tronçon indiquât qu'il y en avait eu une, mais qu'elle avait été brisée.

Badolfi lâcha la main de Marcello et aida au transport du cercueil qui fut déposé sur une paire de tréteaux recouverts d'un drap noir faisant office de catafalque. La clochette tinta gaiement durant la manœuvre.

L'assistance se répartit autour du mausolée en débordant dans les quatre allées qui en partaient comme les rayons d'une roue.

Sans un mot et sans une hésitation chacun se mit à sa

place. Les propriétaires devant, les autres derrière. Était aussi présente dans les derniers rangs une quantité de petites gens que Carolus avait soignées gracieusement (en échange parfois d'une ou deux expériences scientifiques) et qui lui vouaient de la reconnaissance ; la plupart avaient parié sur l'après-minuit, une façon de lui souhaiter une plus longue vie.

– Tu veux dire quelque chose ? demanda Attilio.

Marcello hocha la tête négativement. Il avait oublié son canotier et il faisait très froid. C'était ainsi que l'on contractait une broncho-pneumonie, ou pire. Il en voulut à Maria qui aurait dû le prévenir.

Le maire se tourna vers le père Zampieri qui, d'un geste de la main, l'invita à parler le premier. Attilio s'éclaircit la voix en tournant le dos au cercueil pour faire face à l'assistance. Après un bref panégyrique où il rappela du bout des lèvres l'installation trente ans plus tôt de l'estimé docteur et de l'incontestable prestige qui s'en était ensuivi pour le village, Attilio se lança dans un plaidoyer en faveur de la construction d'une filature *quelque part dans la vallée* qui dérapa en discours partisan sur la réputation de grande exactitude de l'horloge de l'église.

Quand les premiers *Bugiardo ! Farabùtto !* (Menteur ! Tricheur !) fusèrent des derniers rangs, Attilio céda la parole au père Zampieri qui ne l'en remercia pas.

– Dis, maman, je comprends que grand-père est mort, mais quand c'est qu'il va revenir ? demanda gravement Aldo, l'aîné des Tricotin, le seul présent, ses frères étant trop jeunes pour être exposés à un tel froid.

– Il ne reviendra pas. C'est nous qui irons le rejoindre un jour… s'il est au Paradis, bien sûr.

Le ton de Maria ne laissait guère d'espoir. Son beau-père risquait de croupir quelques siècles au purgatoire, s'il n'avait pas déjà pris le chemin direct de l'Enfer. Elle tablait sur l'impartialité du Seigneur qui tiendrait forcément compte de tout le bien que le docteur avait prodigué durant trois décennies aux Coucouméliens.

Avec l'approbation tacite de tous, le père Cesario réduisit l'absoute au stricte minimum en marmonnant à toute vitesse un *Benedictus* et un *De profundis*. Il se signa, bénit sèchement le cercueil à clochette et s'éloigna en songeant lugubrement : *Vous savez maintenant que l'Enfer existe, docteur, et je ne vous envie pas.*

Il eut aussi une pensée pour la croix brisée du mausolée. Peut-être, maintenant, parviendrait-il à convaincre Marcello d'en faire poser une neuve ?

Le départ du curé sonna la fin de la cérémonie. Certains, comme Attilio, donnèrent l'accolade à Marcello et filèrent ; les autres, les plus nombreux, voulurent rendre un dernier hommage à leur estimé docteur. Qu'il puisse encore être vu à travers la vitre incita quelques-uns à improviser de touchants discours d'adieux.

Stoïque, la goutte au nez, les oreilles quasiment gelées, Marcello serra des mains, donna des accolades, reçut d'un air empoté des condoléances sincères, ne sachant que répondre. Il était désormais l'héritier de la plus importante fortune immobilière de la vallée ; fortune datant de deux siècles.

En 1702, avec une population de mille huit cent soixante-six âmes, la vallée avait atteint son maximum démographique. Au mois de mars, la peste bubonique s'était abattue sur le royaume du Piémont et avait fauché un tiers de ses sujets.

À San Coucoumelo, soixante et une personnes furent miraculeusement épargnées.

Sur les vingt-sept Benvenuti que comptait la famille à cette époque, deux seulement échappèrent à la pandémie : Scipione et Pietro, les fils d'Agostino Benvenuti.

Le curé étant mort dès les premiers jours, les pestiférés furent enterrés sans sacrements dans plusieurs fosses communes que les rescapés eurent beaucoup de

peine à creuser tant la terre du *camposanto* était caillou-
teuse. Ceci fait, Scipione Benvenuti avait réuni les survivants autour du compoix de la vallée afin de procéder
au partage équitable des bêtes, des terres et des habitations en déshérence.

À la fonte des neiges du printemps 1703, monté sur un
mulet au pied sûr, Scipione Benvenuti s'était rendu dans
le royaume de France par le col *della Freddezza* (deux
mille neuf cent cinquante mètres). Le dialecte piémontais n'étant que du français mal parlé (disait-on), il avait
réussi à convaincre plusieurs chefs de famille des environs d'Aiguilles à laisser partir les cadets et les garces
surnuméraires pour qu'ils repeuplent sa jolie vallée de la
Gelosia. Comme argument incitatif, il leur avait garanti
la propriété des terres après dix ans d'exploitation seulement.

***

Aldo se plaignant du froid, Maria rentra à la *villa*.

Bientôt il ne resta plus dans le cimetière que
Filomena, Alfonso Tetti, Benito Tomasi, Badolfi et
Marcello.

La vieille domestique ouvrit la porte du mausolée
avec une clé de bronze. Les vitraux givrés éclairaient
faiblement la longue châsse de verre sertie d'argent et
de bronze qui renfermait depuis quatre-vingt-sept ans
le corps momifié pour toujours du général-baron
Charlemagne Tricotin de Racleterre, le père de Carolus,
le grand-père de Marcello, l'arrière-grand-père du petit
Aldo.

Le vitrail en demi-lune du tympan le montrait dans
les Cieux, en grande tenue, assis sur un trône de
nuages. Le dossier de ce trône n'était autre qu'un
cumulonimbus à développement vertical qui évoquait
les formes et le profil du mont Viso. Les accoudoirs

étaient des cirrus blanc d'aspect soyeux et l'ensemble reposait sur un nimbostratus gris sombre en forme de gros chou-fleur.

Sur le vitrail de droite, Charlemagne, sabre dans une main, pistolet dans l'autre, rênes entre les dents, chargeait un ennemi invisible que l'on présumait en fuite sur un fond de campagne allemande. Le vitrail de gauche représentait Marie Madeleine en prière, agenouillée au pied d'un Jésus cloué sur sa croix. Si la prostituée était le portrait craché de Giulietta Benvenuti, Jésus ressemblait trait pour trait à Charlemagne.

Évitant de croiser les yeux bleu de cobalt de la momie, Filomena alluma les deux candélabres qui flanquaient le cercueil transparent.

Chaque année, le jour des trépassés, Marcello avait accompagné son père et Filomena rendre hommage aux morts de la famille. Ses prières finies, Filomena commençait le nettoyage du monument au balai-brosse, à la serpillière et à l'eau savonneuse. Tandis qu'elle ôtait les toiles d'araignée de la voûte, ou qu'elle grimpait sur un escabeau pour laver les vitraux, Carolus allumait sa pipe et narrait à son fils diverses anecdotes, toujours édifiantes, sur l'occupant du mausolée.

– Vois son uniforme. C'est celui qu'il portait le jour même où il a été tué, disait-il en pointant son doigt vers la coupe de cristal contenant les trois plombs de trente. Ils venaient de se marier et ils sortaient de la cathédrale quand des partisans sardes cachés sur les toits les ont lâchement fusillés… j'étais déjà là lorsque c'est arrivé, et c'est un pur hasard si ta grand-mère n'a pas été tuée…

Marcello conservait un plaisant souvenir de ces instants rares où son père semblait s'intéresser à autre chose qu'à lui-même. Mais, invariablement, quelqu'un venait les interrompre et réclamait le *stimate dottore*, alors Marcello se retrouvait seul avec Filomena qui en profitait pour lui confier le soin de balayer la grande mosaïque décorant le sol devant la momie.

On y voyait l'arrivée triomphale de son grand-père au Paradis. L'artiste, toujours le même, Julius Imparato, avait paré Charlemagne d'une imposante paire d'ailes au plumage immaculé qui fascinait Marcello encore aujourd'hui. Des séraphins à l'allure martiale jouaient de la trompette céleste de part et d'autre de la double porte béante du royaume des cieux. Identifiable à son énorme clavier de clés glissé à la ceinture, l'intraitable saint Pierre riait à gorge déployée en signe de bienvenue, les bras largement ouverts.

– *Scusi, signore maestro*, dit Benito en faisant remarquer qu'il stationnait sur la dalle donnant accès à la crypte.

Une fois soulevée, la dalle dévoila un étroit escalier de huit marches donnant sur une salle circulaire qui empestait le moisi et la toile d'araignée. Trois cercueils alignés sur leurs catafalques attendaient le Jugement dernier, ou autre chose.

Le premier était celui de Giulietta Tricotin-Hartmann, sa grand-mère paternelle, qu'il ne connaissait que d'après le tableau dans le salon où on la voyait radieuse au bras de Charlemagne ; Carolus lui avait conté qu'elle était morte étouffée par une bouchée de *gnocchi*, suite à une malencontreuse quinte de toux.

Le deuxième cercueil, à peine plus grand qu'une boîte à chaussures, contenait son frère Aloïs ainsi que M. Mac, le chat qui l'avait étouffé. Quant au troisième, il renfermait Vittoria Bruzzi, son infortunée pute de mère, morte en couches parce qu'il s'était présenté par les pieds et non par la tête.

Le cercueil de Carolus les rejoignit en sonnant sans interruption durant la descente de l'escalier et la pose sur le catafalque.

Après, comme il n'y avait plus rien à faire, les vivants remontèrent à la surface.

Marcello s'inquiéta de voir Benito partir sans replacer la dalle de la crypte.

– Tu ne refermes pas ?

– Le docteur m'a fait jurer d'attendre trois jours... C'est au cas où il sonnerait, on n'entendrait pas si la dalle était remise.

– *Va bene*, ne sut que repartir Marcello avec une vague approbation du menton.

Une goutte goutta de son nez. Il renifla bruyamment pendant que Filomena, pour les mêmes motifs, laissait ouverte la porte du mausolée.

Marcello fut le dernier à sortir du cimetière et à passer sous la plaque de marbre scellée en même temps que l'autre par le haineux père Di Marcotti, sur laquelle on lisait : *DOMANI A TE* (demain à toi).

Il rejoignit le *cardo* les mains dans le dos, la tête baissée pour éviter les regards. On eût dit une poule se préparant à picorer. Son père était mort et il ne ressentait rien. Il n'était même pas triste, juste préoccupé par l'envie de consacrer les heures à venir à ses recherches sur les arachnides. Tout à ses pensées, il traversa la place du Martyre et vit que l'auberge-droguerie-bazar Castagna était bondée. Sous le vieux chêne, près de la fontaine, de petits groupes de parieurs de l'après-minuit s'échauffaient la bile en menaçant de cesser le travail si le maire s'avisait à déclarer légale l'heure de l'église et à déclarer gagnants les parieurs de l'avant-minuit.

Marcello arriva dans la *villa*. L'odeur de légume pourri caractéristique aux cigares toscans lui indiqua que son beau-père était *intra-muros*, une présence inconcevable hier encore.

Voyant la porte du cabinet de consultation entrouverte, il la poussa et ce qu'il vit lui déplut.

Cigare au bec, verre de cognac dans la main gauche,

Attilio farfouillait de la main droite sur le bureau de Carolus.

– Ah te voilà. Tu en as mis du temps, dit-il sur un ton voilé de reproche.

Il reposa d'un geste naturel la lettre que Carolus rédigeait au moment où son ulcère avait percé.

– Où est Maria ? fut tout ce que Marcello osa répondre.

Il ne comprenait pas pourquoi c'était lui et non son beau-père qui était embarrassé.

– Avec les enfants, sans doute.

Attilio but une gorgée, humecta son cigare dans ce qui restait de cognac et le téta en montrant des signes de grande satisfaction, puis, avec une aisance qui forçait l'admiration, il se laissa tomber dans le fauteuil de Carolus et invita Marcello à s'asseoir sur le canapé.

– Assieds-toi, j'ai quelque chose à te dire.

Marcello regarda fixement sans un mot le tapis persan aux motifs tarabiscotés qui couvrait une partie du plancher.

– À ton aise. Voilà. Tu me connais. Je suis rond en affaires, carré sur les principes et pointu sur les détails, aussi tu peux te reposer sur moi. *Capisce ?* Désormais, si tu as un problème, tu viens m'en causer, je le règle. Et voilà.

– On devrait pas plutôt passer au salon ? proposa Marcello en guise de réponse.

– Ce n'est pas nécessaire. Je m'en vais.

Joignant le geste à la parole, Attilio posa ses petites mains boudinées sur les accoudoirs et s'éjecta du fauteuil d'un coup de reins. Il prit son manteau et sembla se battre avec pour l'enfiler tant ses gestes étaient brusques. Il allait sortir lorsqu'il se retourna.

– Ah oui, j'oubliais, si tu savais ce que ton père a dit à Tetti lorsqu'ils se sont rencontrés seuls, tu me le dirais, hein ?

– Je ne sais pas.

– Tu ne sais pas si tu me le dirais, ou tu ne sais pas ce qu'ils se sont dit ?

Tout en parlant, Attilio lançait des regards assassins vers l'Universelle qui avait retrouvé sa place sur la cheminée.

– Je ne sais pas ce qu'ils se sont dit, beau-papa, personne ne le sait, à part Alfonso, bien sûr.

Attilio eut un rire sec. Il pinça familièrement la joue de Marcello entre son pouce et son index et la secoua.

– Je t'aime bien, Marcello. Désormais tu es comme un fils pour moi. Ah oui, au fait, il t'a dit quoi, à toi, ton père ?

– Rien d'important, articula Marcello en frottant sa joue, tête baissée, comme s'il avait perdu quelque chose.

Dans un état second, il se vit contourner le bureau et s'asseoir sur le fauteuil que venait de libérer Attilio. C'était la première fois qu'il s'asseyait dessus.

– Remarque, je te comprends, insista ce dernier en le regardant faire avec curiosité. Une clause résolutoire peut être importante, ou peut ne pas l'être. Tout dépend évidemment de son contenu.

Marcello piqua un fard. Seule Maria avait pu communiquer un tel détail, et cela impliquait qu'elle écoutait à la porte lorsque Carolus s'était confié.

– Mon père m'a juste assuré que mon parrain m'expliquerait.

Aussi soudainement qu'il avait enfilé son manteau, Attilio tourna les talons et sortit.

Seul dans la pièce, l'esprit de Marcello se remit à fonctionner normalement. Il lut la lettre qu'Attilio consultait en toute indiscrétion. C'était un renouvellement d'abonnement au *Neurologisches Centralblatt*, preuve s'il en fallait que son père ne s'attendait pas à disparaître si tôt. Près de l'encrier, il y avait une enveloppe non cachetée adressée à la librairie turinoise *Rosenberg et Sellier*. Il l'ouvrit. C'était la commande d'un livre, *Die Traumdeutung*, écrit par le Dr Sigmund Freud.

Le Waterman à écailles rouge et noir gisait, décapuchonné, sur le bureau, découvrant l'un des bons côtés du deuil (*Tout ce qui était à lui est désormais mien*) Marcello le capuchonna et l'empocha sans façon.

Dans le tiroir central, il trouva plusieurs manuscrits inachevés. Le premier sur la pile était une vieille lune datée de 1899 qui énumérait les occupations successives à travers les âges de la vallée de la Gelosia ; suivait une étude généalogique démontrant que les Benvenuti de San Coucoumelo descendaient en ligne directe des Celtes du général Brennus.

Dans le dernier tiroir de gauche, en deux piles bien rangées, il découvrit les six volumes des *Novissima Verba* dans lequel son père avait cru bon de répertorier mille sept cent quatorze agonies. L'identité des défunts, la cause du décès, l'heure exacte du dernier souffle, la retranscription rigoureuse des dernières paroles, tout y était, sauf l'essentiel : que se passait-il à l'instant précis où l'on trépassait ?

Le plus ancien de ces registres couvrait les années viennoises 1839-1843 et la première entrée était la mort d'Anton Hartmann von Edelsbach, le second mari de Giulietta, le beau-père de Carolus. Une mort survenue à Vienne le dernier dimanche de mai 1839 : *Ah ça alors !*

Le dernier volume traitait les années 1896-1899 et la dernière entrée était celle du vieil Alfonso Zippi, le passeur, décédé dans la nuit du Noël 1897 d'une conspiration fatale de l'organisme à base d'intenses suppurations (*Pourquoi qu'vous me regardez comme ça ?*).

Feuilletant les autres volumes, il découvrit que beaucoup de mourants passaient en prononçant la même chose. Il y avait ainsi des quantités de *Appelez vite le curé !* de *Je ne veux pas !* de *Ah si j'avais su* et aussi de

Je vous le dirai pas où j'ai caché le magot ! Maman !,
etc.

Marcello replaça les volumes dans leur tiroir sans oublier de pousser un profond soupir de circonstance. Décidément, les lubies de son père étaient infinies, rien ne le rebutait. Reportant la fouille des autres tiroirs, il se leva et eut un regard navré pour les infortunés volatiles dans les vitrines qui le fixaient de leurs yeux d'agate. *Si vous étiez vivants, je vous aurais tous relâché*, songeat-il très fort à leur intention. Comme son père, mais pas pour les mêmes raisons, Marcello admirait les oiseaux presque autant que les araignées.

Dans le laboratoire aux murs blancs, il s'appropria le microscope Trépré ; un modèle récent qui grossissait deux mille fois et que son père avait acheté l'an passé à Turin. Marcello vit alors la porte vitrée de l'armoire à pharmacie grande ouverte. Il voulut la fermer lorsqu'il marcha sur quelque chose.

– *Ma che è questo ?*

Il venait de piétiner les fèccs noirâtres déféquées la veille par son défunt père.

Évitant de poser son pied par terre, il boita jusqu'à la double porte-fenêtre et là, l'esprit agité par un vague sentiment de sacrilège, il racla sa semelle sur l'angle vif des marches du perron.

Le Trépré sous le bras, le Waterman dans la poche intérieure de sa veste de deuil, Marcello se rendit dans les combles et visita ses chers locataires à huit pattes poilues et huit yeux brillants.

9

Riccolezzo, jeudi 4 janvier 1900.

Trois jours étaient passés lorsque Vittorio Tempestino apprit le décès de son vieil ami. Il en fut ému et contrarié.

– Il fallait me prévenir plus tôt ! J'aurai dû être là ! Je lui en avais fait le serment.

– J'y suis pour rien, protesta Alfonso Tetti qui venait de braver le froid et le chemin dangereusement verglacé. Vous savez bien le temps qu'il a fait. Même la diligence, elle est pas sortie !

– Je sais, admit Tempestino en décachetant la lettre que Tetti venait de lui délivrer.

– Il me l'a remise une demi-heure avant d'y passer.

La feuille avait été arrachée à un calepin et le moribond avait griffonné dessus au crayon noir.

> *Un vilain hasard climatique veut que tu ne sois pas là. Nous ne nous reverrons plus. Adieu quand même.*
>
> *Veille sur Marcello et veille à ce qu'il exécute scrupuleusement la clause résolutoire.*
>
> *P.-S. Demande à Alfonso qu'il te conte l'histoire du pari.*

Tempestino retourna la feuille et vit un curieux dessin ressemblant à une toile d'araignée fléchée d'itinéraires.

Malgré les gronderies de la *signora* Tempestino qui l'enjoignait d'attendre le redoux pour voyager, le notaire se couvrit chaudement, glissa le testament Tricotin dans son maroquin et suivit Tetti dans le phaéton à quatre roues attelé aux juments Rougeole et Scarlatine.

Tetti profita du trajet pour lui narrer les circonstances de l'agonie du *stimate dottore* et de la formidable *zizzania* qui en avait résulté.

– Comme il semble impossible de déterminer laquelle des deux horloges était à la bonne heure, il faut annuler le pari et restituer les mises, raisonna Tempestino en hochant du couvre-chef.

Tetti lui avoua alors comment il avait avancé l'Universelle de cinq minutes.

– Le docteur m'a dit que vous étiez la seule personne à qui je pouvais le dire. Même à Marcello, je le peux pas.

Quelques secondes furent nécessaires au notaire pour saisir la portée de la révélation. Il eut un rire sans joie qui dressa les oreilles des juments.

– Je vois que ce farceur est resté égal à lui-même jusqu'au bout.

Tetti eut une grimace dubitative. Farceur ne lui paraissait pas être le terme approprié.

Profitant de la traversée du Pô sur le bac, Tetti rajouta du charbon de bois dans la chaufferette et il offrit quelques poignées de picotin aux juments. Tempestino resta assis dans la voiture, à fumer sa pipe en ruminant de la nostalgie comme une vache des pissenlits.

Il se souvenait de cette soirée d'été au *Tutti Frutti* : Carolus était monté sur l'un des canapés et avait déclaré qu'il pariait cinq mille lires qu'il pouvait peser la fumée de son cigare. La somme faisait rêver : une dévideuse de cocons gagnait deux cents lires par an ; un professeur d'université mille huit cents ; un colonel de cavalerie quatre mille ; une mère maquerelle entre cinq mille et sept mille. Les clients, les pensionnaires, le petit personnel des étages et mêmes les anges gardiens qui assuraient la sécurité, parièrent avec un enthousiasme juvénile. Fiona Petazzi, la mère maquerelle, avait réveillé l'apothicaire du quartier et lui avait emprunté sa pesette de précision. Dans le salon aux lourdes tentures, devant une assistance captivée qui faisait cercle, Carolus avait pesé un gros havane à trois lires, puis il l'avait allumé et fumé sans hâte, déposant régulièrement la cendre sur l'un des plateaux de la balance. Vingt-cinq minutes plus tard, il posait le mégot sur les cendres, il pesait le tout et déclarait triomphalement que le poids de la fumée était la différence.

Avant d'entrer dans San Coucoumelo, le notaire exprima son désir de se rendre au cimetière. Tetti bifurqua et prit le sentier qui menait au *camposanto*. Il s'immobilisa devant le portail et déplia une paire de plaids en laine pour couvrir les chevaux au corps fumant dans l'air.

Le mausolée était ouvert, des coups de marteau résonnaient à l'intérieur. Tempestino trouva Benito Tomasi et son fils aîné scellant sur le mur une plaque de marbre noir où on lisait, écrit en lettres d'or :

Ici gîte à contrecœur
CAROLUS TRICOTIN
1814-1900
Qui ose me suive.

– Bien le bonjour, monsieur le notaire, et une bien bonne nouvelle année aussi, assura le menuisier en soulevant son chapeau. C'est bien aimable à vous d'avoir bravé toute cette neige.

– Alfonso est venu me chercher et il nous a fallu près de cinq heures pour arriver ici.

En temps normal, trois auraient suffi pour faire les

vingt et un kilomètres séparant San Coucoumelo de Riccolezzo.

Benito alluma une lampe à pétrole et l'offrit au notaire qui descendit dans le caveau en prenant garde à ne pas glisser sur les marches.

Il vit le cercueil, le portique et reconnut la clochette suspendue après. Elle avait servi à la Petazzi qui l'agitait pour appeler *Ces dames au salon !* Tempestino était à la réception le soir où Carolus l'avait dérobée à la barbe de la sévère mère maquerelle de l'époque, juste pour montrer qu'il pouvait le faire. Chaussant ses lorgnons, il approcha la lampe de la lucarne. Le visage de Carolus apparut derrière la vitre.

Mourir serait-il une autre naissance ? Les anciens Égyptiens le pensaient. Peut-être s'agit-il d'une nouvelle métamorphose, un peu comme celle qui a transformé le frétillant spermatozoïde que j'ai été en cet adulte ratiocineur qui a trop bu, lui avait-il dit un soir au bar du *Tutti Frutti*.

– Ohé, Benito, apporte-moi plus de lumière, *prego*.

– *Subito*, répondit l'intéressé en venant avec un cierge allumé dans chaque main.

– Quelque chose ne va pas ? Y a de la buée ?

– Non. Juste un peu de poussière. Je veux mieux le voir.

Tempestino sortit son mouchoir, cracha dessus, essuya la vitre.

– C'est drôle, dit le menuisier en dévisageant le mort. Je voulais point y croire quand il nous le disait, mais pourtant c'est vrai.

– Qu'est-ce qui est vrai ?

– Que la barbe, elle continue de pousser après la mort… Y disait aussi que c'était pareil pour les ongles.

Bien que rasées par Filomena lors de la toilette mortuaire, les joues balafrées du docteur s'étaient couvertes de courts poils blancs.

131

Le menuisier remonta de la crypte et Tempestino l'entendit raconter à son fils l'histoire de ces poils qui poussent après le décès.

– Ça veut dire que tous les morts du cimetière sont devenus barbus ?

– Sans doute... à part les femmes et les enfants, bien sûr.

Benito accompagna le notaire jusqu'au phaéton.

– *Scusi*, monsieur le notaire, c'est-y vrai qu'on peut s'attendre à une surprise pour le testament ?

Tempestino monta dans la voiture.

– Pourquoi me demandes-tu ça ? Un nouveau pari est dans l'air ?

– *Ecco*. On dit qu'y aurait une condition spéciale au testament du docteur. Moi j'ai parié qu'y en aurait pas. Mais si vous savez mieux, je peux encore changer.

Le notaire l'ignora. Benito haussa les épaules. Tetti ôta les plaids qui protégeaient les chevaux.

Carolus avait modifié son testament à quatre reprises : l'ultime mouture, deux enveloppes cachetées, datait de l'été dernier. C'est en lisant le mot remis par Tetti que Tempestino avait appris l'existence de la clause résolutoire.

Le phaéton entra dans le village, traversa la place du Martyre, contourna la fontaine, s'engagea sur le *cardo*, s'immobilisa à la hauteur de la cour de récréation de l'école primaire et secondaire de San Coucoumelo (l'ancien chai Benvenuti).

***

Quarante-huit heures après sa funeste naissance, Marcello avait été expédié chez une nourrice professionnelle de Riccolezzo et il s'était écoulé trois ans avant que son père le reprenne. Filomena avait été chargée de son entretien, et Carolus avait mis au point un système éducatif à la fois précoce et innovateur.

Marcello apprit très tôt pourquoi le souffle qui sortait de sa bouche pouvait réchauffer les doigts, mais aussi refroidir la soupe... et puis aussi pourquoi ce même souffle pouvait, d'un côté éteindre la flamme d'une bougie, de l'autre augmenter l'incandescence d'une braise... ah oui, et aussi pourquoi une corde diminuait-elle de longueur si l'on venait à la mouiller ?

Il avait dépassé son cinquième anniversaire, lorsque Filomena, profitant du séjour du docteur à Turin, l'avait entraîné dans l'église. Là, au-dessus des vénérables fonts baptismaux de marbre du XVIe, le père Cesario l'avait solennellement baptisé, l'aspergeant d'eau bénite tout en lui demandant de renoncer à Satan et à tous ses saints.

– Satan, c'est qui ? avait demandé le gamin en essuyant d'un revers de main agacé les gouttes d'eau sur son front.

Cesario avait eu un sourire indulgent et Filomena y avait été d'une grimace amusée. Depuis, dans l'esprit du gamin, le nom de Satan avait une connotation agréable.

– Satan, mon cher innocent, c'est le roi de l'Enfer, c'est le Mal en personne, c'est un vrai objet d'épouvante... et pourtant, il a été le plus lumineux des anges avant qu'il ne devienne le plus noir... Je t'expliquerai tout ça un jour.

La cérémonie terminée, Marcello dut jurer sur la tête du petit Jésus qu'il ne devrait JAMAIS rapporter à son père ce qui venait de lui arriver.

– C'est pour ton salut que j'ai fait ça, Marcello *mio mio mio*... parce que tu n'es pas responsable d'avoir un papa aussi mécréant... Tu vois, mon petit, jusqu'à aujourd'hui, si tu étais mort, tu aurais été condamné à errer dans les limbes pour l'éternité... et tu peux me croire, l'éternité, c'est long...

– Les Limbes, c'est quoi, c'est où ?

Filomena avait froncé ses deux sourcils à la fois, signe d'agacement.

– Les Limbes, monsieur le petit raisonneur, c'est un lieu quelque part là-haut dans le ciel et qu'est point très loin de l'Enfer… mais une fois qu'on t'a jeté dedans, tu ne peux plus en sortir.

– Pourquoi y faut pas le dire à papa ?

– Parce que si tu le lui dis, il te flanquera une *sculacciata*, voilà pourquoi.

Marcello avait réfléchi intensément avant de répondre :

– Si je lui dis que c'est toi qui m'as dit de rien dire, c'est à toi qu'il va la donner la fessée.

Filomena n'avait jamais été aussi proche de la pensée néorévolutionnaire qui affirmait que les enfants étaient comme les pets : on ne supportait que les siens.

Revenu de Turin, Carolus n'avait posé aucune question et Marcello n'avait jamais eu à lui mentir.

À six ans, l'âge de la pousse des dents permanentes, le gamin avait déjà saisi la précarité et l'absurdité de la condition humaine. Voulant traverser la Gelosia gelée à pied, la glace avait cédé et il avait été plongé jusqu'aux aisselles dans l'eau. Filomena l'en avait extrait de justesse et plus tard, tout en lui posant des ventouses sur la poitrine, Carolus l'avait vertement réprimandé.

– *Du Dummkopf !* Tu aurais pu voir que la glace était trop mince ! Vas-tu enfin comprendre une bonne fois pour toutes que si l'homme n'est rien sans les passions, sans leur contrôle par la RAISON, il est *kaput*. Alors *raisonne* la prochaine fois, et pas comme un tambour crevé.

Pour son septième anniversaire, Carolus lui avait offert un gros aimant en forme de fer à cheval et lui avait démontré – aidé de plusieurs aiguilles à coudre empruntées à Filomena – qu'il existait dans ce monde des forces que l'on ne pouvait ni voir, ni sentir et encore moins toucher, mais qui étaient bien là.

– ... et parce que nous sommes aveugles à l'invisible, nous avons inventé le microscope.

Marcello n'était pas plus haut qu'une quinzaine de pommes (huit ans) lorsque son père l'avait inscrit au très sélect pensionnat *Les Fils Aînés du Droit Savoir*, le seul établissement turinois qui ne fût pas sous emprise religieuse et qui se réclamait de Friedrich (Nietzsche) et d'Arthur (Schopenhauer).

Peu de Piémontais figuraient parmi les pensionnaires ; la majorité était des étrangers ; des Français, des Anglais, des Autrichiens, des Allemands, des Helvètes et même un Turc qui pensait qu'il suffisait de posséder une paire de lunettes pour savoir lire.

Le directeur, Évariste Perpendicule (*deux qui le tiennent*), était un défroqué épinglé par le clergé piémontais comme une bête noire à éliminer par tous les moyens. À peine son pensionnat ouvert que circulaient des rumeurs de fermeture. Mais l'entregent de Perpendicule était tel que les rumeurs demeuraient des rumeurs et rien de plus.

Durant huit années, Marcello avait appris pourquoi le vent encourageait sans cesse les drapeaux à s'enfuir, pourquoi le désert était la mer de la Terre, pourquoi le crâne était la prison du cerveau, pourquoi les sons n'étaient que des trous dans le silence, pourquoi se noyer était une façon incorrecte de nager, pourquoi rien n'horrifiait d'avantage la pluie que de tomber sur un parapluie, pourquoi une mauvaise expérience valait mieux que dix bons conseils, pourquoi l'homme avait créé Dieu qui avait créé l'homme... et quand nous sommes perdus, où sommes-nous ?

À l'automne 1888, son père l'avait inscrit d'autorité à l'Académie royale de médecine, avec obligation de réussir l'examen d'entrée.

– Vois-tu, Marcello, notre spécificité à nous humains est de pouvoir penser la mort, donc de lutter contre elle. Vois l'animal, il subit le mal quand il en est frappé tandis que nous, nous l'affrontons. Être médecin ce n'est rien d'autre.

Dès sa première année, Marcello apprit qu'on ignorait tout du fonctionnement réel des remèdes. On les essayait à tout hasard, on arrêtait en cas d'échec, on recommençait en cas de succès, on prenait des notes.

L'Académie royale présentait toutes les écoles de pensée ; chaque professeur avait sa méthode et la dispensait sans retenue. Dans une même journée, on pouvait assister au cours du Pr Adolfo Maggi – un adepte de la zoothérapie qui leur enseignait comment préparer du sirop de mygale contre les prurits, ou comment lier correctement des yeux d'écrevisse avec de la bile d'ours afin de combattre les nausées et les vomissements – puis au cours du Pr Tito Manzo, qui, lui, preuves à l'appui, affirmait qu'on ne soignait pas les pauvres de la même manière que les riches. Aux riches les substances coûteuses qui venaient toujours de très loin : le kina du Pérou, le camphre d'Extrême-Orient, le jalap du Mexique, le laudanum d'Égypte, la manne de Perse ; aux pauvres les frictions sèches, les compresses chaudes, les lavements d'eau salée, les tisanes préparées avec des plantes locales. Exemple : pour une gastrite de pauvre, le professeur proposait une infusion de feuilles de sureau, pour une gastrite de riche, il exigeait de l'élixir parégorique, ce coûteux mélange d'opium camphré. *Idem* pour la syphilis, le Pr Tito Manzo traitait le tréponème du pauvre avec une décoction de salsepareille, alors qu'il attaquait le tréponème du riche à coups de puissantes doses de mercure hors de prix.

Enseignait itou à l'Académie, le Pr Serafino Patereccio, un louche individu convaincu que la maladie était un don de Dieu, et donc que le devoir de l'honnête chrétien était de la supporter avec joie et patience, tel un signe d'élection. Grâce à lui, Marcello apprit par cœur ce qu'il fallait dire en cas de brûlures au premier, deuxième et troisième degré : *Ô feu de l'enfer perds ta chaleur comme Judas perdit ses couleurs en trahissant Notre-Seigneur Jésus-Christ dans le jardin des Oliviers.*

Au bout de deux années éprouvantes, Marcello avait renoncé. La pratique de la médecine exigeait une vocation dont il se savait dépourvu ; comme le croque-mort, le médecin vivait du malheur.

Carolus avait hoché la tête avec affliction.

– Et maintenant, que comptes-tu faire de tes dix doigts et de tes dix orteils ?

– Je me suis inscrit au concours de la Société d'instruction et d'éducation. Réflexion faite je préfère être un propagateur du savoir plutôt qu'un sauveur de l'humanité.

– *Ach so…*

La Société d'instruction et d'éducation de Turin, adepte de pédoplégie, professait que l'esprit de l'enfant était semblable à celui d'un animal : la sensibilité l'emportait sur le jugement. Aussi, avant de l'éduquer, il fallait le dresser.

Quotidiennement, les futurs maîtres d'école s'entraînaient sur des mannequins au maniement de la férule, de la verge et du martinet. La férule – deux morceaux de cuir de dix pouces cousus ensemble – était destinée aux mains et au sommet des doigts, tandis que la verge en osier et le martinet à six cordes avaient les fesses pour vocation.

– Frapper l'écolier non seulement déracine le mal implanté en lui, mais facilite extraordinairement la pénétration des connaissances dans son esprit confus.

Quatre années plus tard (le 12 mai 1894), Marcello recevait le diplôme de maître d'école qui l'autorisait à enseigner dans le primaire et dans le secondaire. Le 15, il revenait à San Coucoumelo

Contrairement aux lycées qui étaient pris en charge par l'État, les écoles primaires et secondaires du Piémont fonctionnaient aux frais des communes. Le jour de son arrivée, il avait rencontré le maire Attilio Castagna et lui avait annoncé son intention de créer la première école du village. Attilio avait applaudi des deux mains et, pour la première fois, avait pincé la joue de Marcello.

Savoir lire, écrire et compter était le minimum requis pour être un électeur. Lors des dernières élections, sur huit cent quatre-vingt-dix habitants que comptait la vallée, trente-quatre seulement étaient inscrits ; Attilio était devenu maire avec une majorité de cinq voix.

– C'est un excellent projet, mon garçon, et tu as mon soutien total. Fais-moi une liste de tes besoins et je te les procure dans la semaine. Il n'y a qu'un hic, c'est le local, la mairie n'en a point... alors tu vas devoir te débrouiller... Mais si j'étais toi, je demanderais à ton père qu'il te laisse l'usage du vieux chai sur le *cardo*... vous n'en faites plus rien depuis longtemps, alors moi, ce que j'en dis.

Carolus consentit à ce que la salle principale de l'ancien chai Benvenuti soit transformé en salle de classe.

Les travaux de réfection furent confiés au menuisier Benito Tomasi et au maçon Alberto Tornatore, et Attilio se rendit à Riccolezzo acheter vingt pupitres à deux places, autant d'encriers, de porte-plumes, et de cahiers.

Bien que l'école brisât son monopole de l'éducation et ne lui laissât que le catéchisme pour influencer la jeunesse dans le bon sens, le père Zampieri avait fait contre mauvaise fortune bon cœur et avait contribué aux fournitures en clouant lui-même un grand crucifix de cuivre au-dessus de l'entrée ; puis il avait obtenu de Marcello la séparation des sexes dans la classe, comme dans son église où les femmes se tenaient côté Épître, les hommes côté Évangiles (*pas d'étoupes à côté de tisons*).

La classe inaugurale eut lieu le matin après les vendanges. Soixante-sept élèves âgés de six à treize ans, ne parlant que le patois et absolument pas préparés au travail de l'intelligence, s'entassèrent dans l'ancien chai Benvenuti aux murs repeints à la chaux. Les pupitres ne pouvant accueillir autant d'élèves, on avait emprunté au curé quelques-uns de ses bancs.

Marcello consacra la matinée à soumettre ses soixante-sept petits rustres à divers exercices dans le but d'évaluer leur niveau. Sans tenir compte des différences d'âge ou de sexe, il les classifia en trois groupes : les Commençants qu'il avait assignés aux premiers rangs, les Médiocres au centre et les Avancés dans le fond. Ceci fait, il avait solennellement donné sa première leçon, une leçon de géographie.

– Sachez, chers petits couillons vertébrés, qu'à l'origine, notre beau Piémont, le pays au *pied des monts*, ne faisait pas partie de l'Italie et les Romains l'appelaient *la Gaule de notre côté*, autrement dit, la *Gaule cisalpine*…

Neuf mois plus tard, les élèves baragouinaient un méchant italien, savaient mal lire, mal écrire, mal compter, mais comme avant ils ne savaient rien du tout, on considéra cela comme une réussite spectaculaire. La mairie se fendit de dix nouveaux pupitres, d'un tableau noir, de dix paquets de craies blanches, d'une grande carte du Piémont, d'une plus petite carte du royaume d'Italie, de livres d'histoire, de géographie, de grammaire, d'arithmétique.

***

– Ton esprit serait-il dérangé ? Certains neurones se seraient-ils déboîtés par inadvertance ?

– Non, rien de tout ça, je veux simplement l'épouser.

139

Carolus avait montré des signes d'agitation, proche de l'implosion.

– Tu ne vois donc pas clair dans son jeu ? Cet Attilio de malheur t'a tendu un piège grossier, un piège aussi vieux que le monde, et toi, benêt, tu tombes dedans, que dis-je, tu te jettes dedans !

Sans croire un seul phonème de ce qu'il venait d'entendre, Marcello avait maintenu sa décision.

– Je veux l'épouser parce qu'elle m'aime et que je l'aime.

Carolus tenta une autre approche.

– Tu n'as que vingt-deux ans, tu as tout le temps pour te sédentariser. N'as-tu donc aucune envie de voyager, de rencontrer des gens, principalement des femmes... Au fait, je parie que tu es encore vierge ?

Marcello avait baissé la tête en gonflant ses joues, signe d'embarras.

À l'instar de ces chercheurs qui découvraient le plus souvent quelque chose qu'ils ne cherchaient pas, il avait découvert l'onanisme en croyant soulager un gros prurit. *Accidenti*, quelle surprise.

Après un contrat léonin conclu et signé dans l'étude de Mᵉ Tempestino, Marcello Tricotin et Maria Castagna furent mariés par le père Zampieri dans son église de San Coucoumelo.

***

Marcello parlait en se déplaçant entre les pupitres.

– Espèce d'imbéciles même pas heureux, mais si l'on ne mourait pas, la vie serait impossible... et si rien ne venait à mourir, le nombre des êtres vivants deviendrait si grand que notre surface terrestre ne suffirait plus à les contenir.

Il eut un geste généreux englobant la classe et l'univers entier.

– Rendez-vous compte, si vous en êtes capables, notre atmosphère serait transformée en une masse compacte d'oiseaux et d'insectes impénétrable au plus minuscule rayon de soleil ; sans parler des mers qui seraient pleines à ras bord de poissons, ce qui interdirait toute navigation.

Tornatore, le fils du maçon assis près de la fenêtre, leva haut son index.

– *Signore maestro*, y a quelqu'un sur le *cardo* qui vous appelle.

Marcello ouvrit la porte. Vittorio Tempestino lui faisait des signes de la main. Il le rejoignit tandis que les élèves se précipitaient aux fenêtres pour les voir s'embrasser quatre fois sur les deux joues.

***

La lecture du testament eut lieu dans le cabinet de consultation. Vittorio Tempestino occupa d'autorité le fauteuil du *stimate dottore* et attendit que chacun eut prit place dans la pièce. La vue d'Attilio cigare au bec lui fit froncer les sourcils.

– Vous n'avez rien à faire ici. Ce que je vais lire concerne les héritiers seulement.

– Dont fait partie ma fille, rappela Attilio en pufpuffant sur son Toscani.

– Votre fille n'est que l'épouse de Marcello, cette succession ne la concerne pas directement.

Attilio interpella son gendre.

– Ma présence te dérange ? Tu veux toi aussi que je m'en aille ?

Marcello baissa les yeux en bafouillant.

– Restez… euh… si vous le désirez, beau-papa.

Tempestino soupira en hochant du chef, signe de désapprobation. Il partageait l'antipathie du défunt pour les Castagna et n'ignorait rien des vues expansionnistes du maire. Vittorio Tempestino craignait que ce pauvre Marcello ne fût pas d'encolure à résister à un si envahissant beau-père.

Maria et les enfants prirent place sur le canapé, celui-là même où tout San Coucoumelo s'était assis un jour. Marcello choisit le fauteuil proche de la cheminée et Attilio préféra arpenter le cabinet en tirant sur son puant petit cigare.

Comme on brise un biscuit, le notaire brisa le cachet de cire de la première enveloppe.

– Reste Filomena, tu es concernée, dit-il à la vieille femme qui avait terminé d'alimenter le poêle et s'apprêtait à sortir.

La lecture du testament commença.

Debout près de la vitrine des corvidés, qu'elle ne déparait pas dans sa robe noire, la vieille bonne filiforme versa une larme en apprenant que Carolus lui léguait une rente perpétuelle de trente lires mensuelles et qu'il lui accordait le droit de mourir dans la *villa* ainsi que d'être enterrée dans le caveau des Benvenuti-Tricotin si elle le désirait.

Badolfi héritait du rucher et devenait propriétaire jusqu'à sa mort du cabanon en planches qu'il occupait dans le verger, et cela incluait le grand chêne au pied duquel la cabane était construite. Attilio eut un hoquet outragé.

Le ton de Tempestino, jusqu'à présent égal et professionnel, se fit hésitant en découvrant la dernière volonté écrite sur le dernier feuillet.

Bien que préparé, Marcello participa à la surprise générale en découvrant que, pour jouir pleinement de son héritage, il devrait se rendre en Autriche, retrouver un demi-frère, lui annoncer le décès de son père et lui faire des excuses en son nom.

... si cette clause n'était point respectée dans un délai de trois ans et un jour, je fais don à l'Académie royale des sciences de Turin de l'exacte moitié de mes biens

fonciers. Le lieu dit La Table-aux-Grues faisant obliga-
toirement partie de cette exacte moitié. Ugh, j'ai dit !

Incrédule, Marcello regarda tour à tour sa femme, son beau-père, Filomena, son parrain, les oiseaux empaillés, la harpie féroce sur sa branche, le buste de Thalès de Milet sur le manteau de la cheminée.

– Qu'est-ce que c'est que ce demi-frère et d'où sort-il celui-là ? s'insurgea Attilio en agitant son cigare en direction de Tempestino qui lui répliqua vertement :

– Je rappelle que votre présence n'ayant en aucune façon été requise par le testateur, vos remarques sont tout à fait superflues.

La lecture du testament se poursuivit dans un silence contraint.

... et dans la pénible hypothèse où mon fils Aloïs Schicklgruber serait mort, le certificat de son décès annulerait la clause résolutoire ci-dessus.

Fait à San Coucoumelo sans témoin, malade du corps mais sain de l'esprit, ce dimanche 7 juin 1899.

Tempestino s'y reprit à deux fois pour prononcer correctement ce nom écorcheur d'oreilles.

– Ce qui veut dire ? demanda Marcello en appréhendant la réponse.

– Ce qui veut dire que cette clause résolutoire t'interdit de jouir de la moitié de ton héritage tant que tu n'auras pas satisfait à ses exigences. Autrement dit, tu dois rapporter d'Autriche, dans un délai de trois ans et un jour, une preuve d'existence ou de décès de ce... hum hum... de ce demi-frère.

Marcello secoua la tête dans le mauvais sens. L'idée de voyager le répugnait à l'extrême.

Tempestino lui remit une enveloppe bleue cachetée.

– Voici une seconde lettre qui t'est destinée, mais ton père a spécifié que tu devais être seul pour la lire.

Donnant l'exemple, le notaire se leva et quitta le

cabinet, entraînant au passage un Attilio Castagna plus rétif qu'une mule qui aurait une fourmi dans l'oreille.

Maria faisant mine de rester sur le canapé avec les enfants, Marcello lui désigna la porte.

– Toi aussi.

Depuis qu'il la savait capable de l'espionner et de tout rapporter à son père, il s'en méfiait.

Une fois seul, il brisa les scellés de l'enveloppe bleue et trouva une dizaine de feuillets contenant des informations et des conseils pratiques pour son voyage. Il y avait aussi le croquis de ce qui semblait être le plancher d'un appartement.

À Vienne... tu devras te rendre... 19 Berggasse... 1er étage... le bureau donnant sur la cour... sous les lattes du parquet... un coffret d'ébène fermé à clé...

Pourquoi son père lui imposait-il de pareilles épreuves ? Que lui avait-il fait pour mériter autant de tracasseries ? Pourquoi ne livrait-il pas le contenu de ce coffret ? Peut-être n'était-ce rien d'autre qu'une manœuvre destinée à le contraindre de développer sa *Weltanschauung* ? *La clé... autour du cou de la harpie... sous les plumes...*

Il chercha et trouva sous les plumes de la harpie féroce, une fine chaîne en or à laquelle était suspendue une petite clé à chiffres. Incrédule, il se prit la tête entre les mains et laissa expirer un long soupir accablé (*pfeuuuuuuuuuuuuuuuuuu*).

10

Le 30 juin 1900.

– C'est l'histoire d'un pirate qui a la jambe gauche
en bois, un crochet de fer à la place de la main droite et
un bandeau noir sur l'œil gauche en verre. Il raconte
comment il a perdu sa jambe emportée par un boulet à
telle bataille, puis il raconte comment il a perdu sa main
tranchée par un sabre turc pendant telle autre bataille.
Pour l'œil, il dit qu'il se trouvait sur son navire dans la
baie de Naples quand une mouette lui avait chié dans
l'œil. Quelqu'un faisant remarquer qu'une simple fiente
d'oiseau ne pouvait pas crever un œil, le pirate répondit. J'ai oublié que j'avais le crochet.

Marcello terminait sa dictée lorsqu'un frisson et un
début de migraine agrémenté de courbatures l'acca-
blèrent. La main sur le front, il déclara la classe terminée et partit s'aliter, confiant à Aldo le soin de fermer à
clé la porte de la salle de classe.

En fin d'après-midi, un point de côté au niveau du
mamelon gauche l'inquiéta. L'intensité de la douleur
s'accrut et il fut pris de quintes de toux sèche. Sa tête
se mit à bourdonner, pareil à un frelon pris au piège
dans une bouteille.

– C'est une pneumonie, diagnostiqua Pietrapozzo en
prescrivant un repos complet, beaucoup de tisane de

thym et des applications de ventouses sur le dos et la poitrine.

En tant qu'exécuteur testamentaire, Vittorio Tempestino se déplaça pour vérifier l'authenticité de l'empêchement. Il découvrit un Marcello brûlant au toucher, les yeux injectés, les joues écarlates, les lèvres semées de pustules. Il toussait à se désorbiter, il crachait de vilaines expectorations jaunâtres, il respirait quarante fois par minute au lieu de seize.

– Si tôt rétabli, il te faudra partir. Le président de l'Académie est prévenu de la situation, et, crois-moi, il saura faire valoir ses droits s'il y a lieu. J'ai rempli en ton nom une demande de passe-port et je dispose des lettres de change pour tes frais de voyage.

Le départ fut reporté à la fin du mois.

La fièvre tomba dans la nuit du 17 juillet et le 19, au réveil, Marcello était rétabli.

Attilio lui réserva une place fenêtre dans la diligence du 30. Les paris s'emballèrent : partira, partira pas ?

***

Le 27 juillet 1900.

La carte du royaume du Piémont était étalée à côté de celle de l'Empire austro-hongrois sur la table du salon-bibliothèque. Marcello suivait des yeux l'index boudiné de son beau-père qui lui traçait son itinéraire jusqu'à Vienne.

– Tu prends la diligence jusqu'à Riccolezzo, et puis tu prends le train-omnibus jusqu'à Turin. À Turin, tu loues un brougham qui te conduira à la *Stazione centrale*, et là, tu prends une place dans le *treno direttissimo* de Vérone. *Va bene*, une fois à Vérone, tu montes dans la correspondance jusqu'à Innsbruck, et à Innsbruck, tu loues un *Schlafwagen* qui te mène directement à Vienne.

146

Attilio s'arrêta pour respirer, puis il reprit :

– *Fortunato lei*, Marcello ! Vienne ! Toi qui adores les pâtisseries ! Allez, allez, ce sont des vacances de luxe que ton défunt père t'offre là… Et toi, Maria, cesse de faire cette tête de mi-carême, il sera de retour avant la Noël.

– C'est quand même très loin, fit remarquer l'intéressé d'une voix où perçait l'appréhension.

À en croire les cartes, Vienne était à plus de mille kilomètres de Turin. Mille kilomètres ! Une sacrée distance pour quelqu'un qui n'avait jamais été au-delà de la capitale, elle-même à cent trente kilomètres de San Coucoumelo.

– Suis mes instructions et tu seras à pied d'œuvre en moins d'une semaine.

– Sans doute, beau-papa, mais après ? Je parle allemand, mais je l'ai seulement pratiqué ici avec mon père. Là-bas, j'aurais à poser des questions et surtout à comprendre les réponses. Ajoutez à cela qu'en Autriche on ne parle pas que l'allemand, loin s'en faut.

Attilio lui pinça la joue et la secoua. Il avait lu dans un almanach que c'était un geste familier chez Napoléon.

– Ne te mets pas martel en tête. Tout se passera bien si tu sais te servir de ton argent chaque fois que tu rencontreras un problème en apparence insoluble. Tu verras comment quelques billets judicieusement glissés dans une main peuvent simplifier l'existence. Mais attention, il y a la manière, surtout avec les fonctionnaires qui sont souvent susceptibles.

Après un regard dubitatif vers le portrait en pied du général-baron Charlemagne Tricotin peint par Julius Imparato, Attilio ajouta :

– Si tu as affaire à un fonctionnaire particulièrement obtus, et crois-moi ça arrive, ne lui propose jamais d'argent directement, dis plutôt : *Je comprends bien que ce soit impossible, mais peut-être existe-t-il une*

taxe spéciale, un timbre fiscal inattendu, une contribu-
tion exceptionnelle, qui me permettrait éventuellement
de… Là, normalement, ton rond-de-cuir se gratte la
tête en faisant mine de réfléchir, puis il te dit : *En effet,*
en y réfléchissant bien, il se peut que, en versant la
somme de… bon, et surtout, une fois que tu as payé,
ne demande jamais de reçu !

Intarissable sur le sujet, Attilio lui dressa un récapi-
tulatif des approches à suivre s'il devait corrompre un
employé de mairie, soudoyer un agent des douanes,
circonvenir un juge, suborner un policier en uniforme,
en civil ou à la retraite.

– Je vais en Autriche, beau-papa, je ne vais pas à
Naples ! Ils vont me jeter en prison si j'emploie ce
genre de méthode.

Peu surpris par tant de candeur, Attilio s'efforça de
l'instruire.

– Apprends, *ragazzo mio*, qu'on peut difficilement
empêcher ceux qui fabriquent du miel de se lécher les
doigts. Tout homme a son prix, quels que soient sa
race, son pays ou la devise qui y a cours. La seule
différence entre l'Autriche et ici sont les tarifs ; ils
doivent être plus élevés là-bas.

Perplexe, Marcello se gratta du bout de l'ongle le
bouton de fièvre qui s'épanouissait sur son nez depuis
qu'il connaissait la date de son départ. *J'avais le même*
la veille de chaque examen, songea-t-il en oubliant celui
de sa nuit de noces, véritable lumignon mystérieusement disparu le lendemain.

***

Le 29 juillet 1900.

S'éveillant au lever du coq, la tête lourde, le nez
pris, la gorge irritée, il demanda à Maria de prévenir

ses élèves qu'il n'y aurait pas classe aujourd'hui, puis il se moucha bruyamment, se tourna vers le mur et se rendormit.

En fin de matinée, Filomena lui apporta un bol de vin chaud dans lequel macérait une épaisse tranche d'orange. Elle portait le tablier bleu foncé signifiant que c'était jour de lessive.

– Bois. Ton pauvre père en prenait chaque fois qu'il mouchait.

Il obéit et trouva le breuvage goûteux.

Maria entra sans frapper, suivie d'Attilio et du Dr Pietrapozzo.

Ce dernier sortit sa montre de gousset et s'empara du poignet de Marcello qui lui désigna le thermomètre à mercure sur la table de nuit.

– Je viens de la prendre. J'ai trente-huit deux.

Pietrapozzo fit la moue tout en continuant à compter les battements de pouls. Comme la majorité de ses concitoyens, il considérait l'usage du thermomètre anal comme inconvenant, voire obscène.

Attilio prit une chaise et la posa près du lit.

– Tu dois partir, Marcello, et qu'on n'en parle plus.

Celui-ci se dressa sur son séant.

– Je ne veux pas partir ! Et je ne veux pas courir par monts et par vaux après un demi-frère dont j'ignorais encore l'existence l'an passé !

Sa véhémence le surprit. *Je vais mieux*, se dit-il en terminant le vin chaud et en mâchouillant énergiquement la tranche d'orange sans se soucier d'Attilio qui s'était levé.

– Les dernières volontés d'un mort sont plus que sacrées, rappela sévèrement Filomena en récupérant le bol vide.

– Et puis si tu ne pars pas, nous perdrons la moitié de l'héritage et ce serait bien bête parce que ça fait beaucoup, souligna Maria, la voix de son père.

Marcello se tourna et se retourna dans son lit sans répondre. Filomena sortit en marmonnant des choses que l'on devinait désagréables. En fin d'après-midi, Attilio était de retour, plutôt remonté.

– Je me suis informé et tout le monde est unanime : légalement comme moralement, les dernières volontés d'un mort sont inviolables, surtout si elles sont écrites. La seule exception possible serait de démontrer que ton père était fou lors de leur rédaction, ce qui n'était pas le cas. Alors, je te le dis comme je le pense, Marcello : tu dois partir et retrouver ce frère au plus vite. C'est dans notre intérêt à tous.

11

San Coucoumelo, le 30 juillet 1900.

Aussi énervé que l'une de ses *Tegenaria* un jour d'orage, Marcello préparait son départ en suivant docilement chaque consigne recommandée par son père sur les feuillets trouvés dans l'enveloppe bleue. Il emportait comme bagage le sac de nuit et la malle-cabine qui avaient participé à la plupart des voyages internationaux de son père.

La malle, signée Louis Vuitton, était renforcée de cuir fort et de fer et se vantait d'être parfaitement hermétique. Les étiquettes aux couleurs fanées des palaces européens collées sur le couvercle et les côtés attestaient un usage répété. Sa contenance était stupéfiante ; un grand nain aurait pu voyager à l'intérieur.

Quant au sac de nuit, il était de cuir doublé à l'intérieur d'une forte toile au fond renforcé. Le fabricant, Hermès, un sellier français, l'avait muni d'un fermoir en fer à forme de mâchoires et de deux solides poignées de cuir. Le bagage contenait en principe tout ce dont un voyageur avait besoin à l'étape, lui évitant ainsi la corvée de décharger et de recharger sa malle chaque soir.

Marcello rangea à l'intérieur sa chemise de lit à manches longues, son vieux bonnet de nuit jaune, sa robe de chambre indienne en tissu imprimé à fleurs – offerte par Maria l'an passé pour son anniversaire –,

151

ses chaussons gris à dos-d'araignée, une paire de chaussettes noires, deux chemises blanches de rechange, deux caleçons longs – l'un de toile, l'autre de laine, ce dernier dans la perspective où, en Autriche, il ferait froid, même en été.

Il plaça dans les poches transversales intérieures du sac la trousse contenant ses outils de propreté (brosse à dents, coupe-chou, savon à barbe, ciseaux à ongles). Dans une autre poche il glissa sa grosse loupe d'entomologiste, deux cahiers neufs, six crayons à mine noire, le Waterman et son encrier métallique d'encre bleue, un ouvrage sur les arachnides teutonnes (*Die Preussische Spinnen* d'Anton Menge), un dictionnaire allemand, deux guides Baedeker, celui sur l'Italie septentrionale et celui sur l'Autriche-Hongrie.

Dans ses instructions, son père avait consacré un feuillet entier au contenu de la trousse pharmaceutique de voyage idéale que tout hypocondriaque se doit d'emporter. Elle comptait vingt articles.

> 1 *grosse boîte de bicarbonate de soude contre les aigreurs d'estomac et comme antiacide contre les empoisonnements ;*
> 1 *tube de verre contenant 50 aspirines comme antifébriles et antinévralgiques ;*
> 1 *flacon d'élixir parégorique comme antidiarrhéique ;*
> 1 *flacon d'éther bien bouché ;*
> 1 *sachet contenant des feuilles de camomille comme digestif ;*
> 5 *sachets de fleurs de tilleul et d'oranger comme calmants ;*
> 2 *paquets de queues de cerise et chiendent comme diurétique ;*
> 1 *paquet de sulfate de magnésie comme purgatif ;*
> 10 *paquets de tartatre d'antimoine comme vomitif ;*

1 *sirop de chloral en flacon et sulfonal comme soporifique* ;

5 *flacons d'eau de mélisse des Carmes comme stimulant* ;

1 *pot de liniment oléocalcaire contre les brûlures* ;

1 *flacon de teinture d'iode contre les piqûres d'insectes* ;

1 *pince à mors étroit, une pince à artères et une paire de ciseaux* ;

15 *mètres de gaze aseptique* ;

250 *grammes d'ouate hydrophile* ;

1 *seringue à injection avec aiguilles en nickel* ;

1 *poire à lavement* ;

1 *gobelet en argent* ;

1 *cuiller à café et 1 cuiller à soupe portant inscrite à l'intérieur la contenance d'eau.*

Cette trousse se range dans le troisième tiroir de la malle.

– Quoi ? Quoi ? Que dis-tu ?

– Fais-le-moi ce plaisir, Marcello, je serais combien plus tranquille si je te savais sous Sa protection.

Tout en utilisant un ton plaintif, Maria suspendait dans le côté penderie de la malle l'unique complet trois-pièces noir réputé *du dimanche* – la dernière fois qu'il l'avait mis remontait à l'enterrement de son père, l'avant-dernière fois à son mariage.

Son mari était vêtu toute l'année d'une veste et d'un pantalon de velours couleur feuille d'automne. Ses seules coquetteries étaient un canotier qu'il portait été comme hiver et de solides godillots modèle Le Laboureur, qui accentuaient son côté balourd.

– Je dois m'occuper de la trousse pharmaceutique. Pourquoi n'irais-tu pas à ma place ?

– Mais ce n'est pas la même chose. C'est toi qui dois le faire et qui dois l'allumer.

Depuis le réveil, Maria le harcelait pour qu'il offrît un cierge à saint Coucoumelo.

Il la regarda ranger son unique paire de bottines à lacets et le matériel d'entretien dans le compartiment prévu à cet effet.

– À quoi bon, je ne crois pas à ces bondieuseries, tu le sais.

Maria haussa les épaules.

– Tu parles comme ton père, maintenant.

Filomena entra sans frapper et donna à Marcello un sachet contenant plusieurs boules de camphre.

– Prends. Ça tient à distance les punaises et les puces dans les hôtels.

Maria dut verser deux à trois larmes pour qu'enfin Marcello capitulât en rase campagne. Après, il la surprit échangeant un sourire victorieux avec Filomena. Du vivant de son père, il n'aurait jamais oser céder, mais du vivant de son père, Maria n'aurait jamais osé réclamer pareille futilité.

Tête nue pour ne pas avoir à se décoiffer à l'intérieur, Marcello traversa le *cardo* ensoleillé et entra à la suite de Maria dans l'église. Une fois habitué à la pénombre, il la vit tremper ses doigts dans le bénitier puis se signer en regardant droit dans les yeux la statue de la Vierge perchée au-dessus de la vasque, les mains jointes, comme si elle allait plonger dedans.

Maria plia un genou et se signa à nouveau face à l'autel, puis elle se rendit au transept réservé au saint patron du village.

Sans toucher à l'eau bénite et s'autodispensant de génuflexion et de signe de croix, Marcello suivit sa femme qui longeait l'allée collatérale aux murs couverts d'ex-voto.

Elle s'agenouilla devant le reliquaire renfermant les restes du père Aureliano Coucoumelo.

La célèbre toile baptisée *Adam et Ève aux ombilics*,

était suspendue sur le mur opposé. On y voyait le premier couple de l'Humanité au Paradis encadrant l'arbre de la Connaissance. Un serpent à quatre pattes, à tête de femme et au corps de la taille d'un anaconda s'enroulait autour du tronc. C'était la présence des nombrils ornant le ventre des personnages qui avait coûté la vie à l'artiste, dans des circonstances telles que Sa Sainteté Clément VII n'avait pas rechigné à le canoniser quelques semaines seulement après son martyre.

Marcello connaissait bien cette période médiévale du Piémont. Les innombrables guerres et leurs séquelles, épidémies et famines, avaient favorisé l'éclosion d'une foultitude de vocations mystiques. Jamais une époque n'avait croisé autant d'hérétiques. Isolés ou par petits groupes, ces illuminés hantaient les chemins du pays en prêchant leur nouvelle foi partout où ils s'arrêtaient. Tous prétendaient avoir reçu leur illumination sous forme de révélation divine ; certains à la suite d'un très long jeûne ; d'autres après absorption de brouets de sorcière à base de champignons.

Il y avait la secte des réjouis qui s'esclaffaient à tout bout de champ en affirmant que pour accéder au Paradis il suffisait de rire et de rire sans cesse. Il y avait la confrérie des anthiasistes qui consacraient leur existence à sommeiller, affirmant que le travail était une activité contre nature qui n'avait jamais eu cours au Paradis.

Si les réjouis et les anthiasistes prêtaient à sourire, ils étaient inoffensifs. Il n'en allait pas de même avec les faréïnistes qui soutenaient *mordicus* que le droit de propriété devait être aboli sous prétexte qu'Adam était mort intestat : de fait, ces mystiques procéduriers ne supportaient ni les frontières, ni les droits de péage, et la vue d'un enclos, d'une muraille, ou d'une simple porte, les précipitait dans des transes destructrices qui leur avaient déjà valu de la part des autorités quantité de persécutions et de brimades.

On trouvait itou des Caïnistes qui vénéraient à la fois Caïn et Judas. Caïn parce qu'il était le fruit des amours d'Ève avec le serpent, et Judas parce que c'était grâce à sa dénonciation si Jésus avait été crucifié et avait ainsi sauvé le monde ; sans Judas, pas de mort, donc pas de résurrection, donc pas de rédemption, *amen*.

Et puis, il y avait les nombrilophobes qui se distinguaient par la révélation que Jésus-Christ, étant plus Dieu que homme, ne pouvait être né avec un nombril. Fort de cette évidence, ces lunatiques avaient pour ambition de visiter *toutes* les églises du pays et d'intervenir sur chaque représentation de l'Enfant Jésus ou du Christ affublé d'un nombril sacrilège. Leur phobie s'était étendue à Adam, né de la glaise, et à Ève, née d'une côtelette surnuméraire.

Un jour de 1528, le père Aureliano Coucoumelo, curé du village qui s'appelait encore Aquaviva, surprit l'un de ces hérétiques perché sur une échelle et qui s'apprêtait à faire disparaître avec un couteau purificateur les nombrils d'Adam et Ève de la grande toile au-dessus de l'autel.

Le père Coucoumelo avait subitement retiré l'échelle de sous les pieds de l'hurluberlu qui s'était écrasé sur le dallage du chœur en poussant un grand cri.

Couvert de bosses, boitant bas, faisant des bonds, glapissant chaque fois que le prêtre lui flanquait un coup de pied dans le fondement, le nombrilophobe s'était enfui en proférant des menaces terribles que, hélas, il devait toutes exécuter.

Ce dangereux lunatique était revenu accompagné d'une trentaine de ses semblables, mais il avait eu la mauvaise surprise de constater que le père Coucoumelo et son tableau avaient disparu.

Déconfits, mais point découragés, les illuminés nombrilophobes avaient investi le village et choisi trois villageois au hasard qu'ils avaient pendus au jeune chêne près de la fontaine.

L'histoire n'a pas retenu le nom de l'homme qui alla prévenir le prêtre que les illuminés menaçaient de pendre trois autres villageois s'il ne se livrait pas.

Le père Coucoumelo s'était livré, mais sans le tableau.

Après avoir éventré un cheval, les nombrilophobes avaient enfoui le prêtre à l'intérieur et recousu la panse, ayant soin de laisser sortir la tête de l'infortuné. Il leur suffit ensuite d'attendre la putréfaction du cheval, l'apparition des premiers vers, leur gigantesque multiplication, jusqu'à ce qu'ils soient des milliers à se nourrir indifféremment des chairs mortes de l'animal comme de celles encore vives du père Aureliano Coucoumelo.

Selon certains, le supplice avait duré trente-trois jours, treize selon d'autres.

Terrés dans leurs maisons, les villageois avaient entendu leur curé combattre l'horreur de ce grignotage continuel en psalmodiant des cantiques, en récitant son chapelet, en pardonnant à ses tortionnaires, allant jusqu'à les remercier chaudement de lui offrir une aussi magnifique occasion de gagner une place à la droite de Dieu.

Proche d'expirer, le futur saint homme avait poussé l'abnégation jusqu'à assurer à ses tourmenteurs que, sitôt arrivé au Paradis, il se ferait un devoir d'intercéder en leur faveur. Ce dont ils auraient assurément besoin après un tel forfait, lorsqu'à leur tour, ils se présenteraient devant le Tout-Puissant.

Après la mort de leur victime, la bande de sinistres s'était dispersée dans autant de directions qu'ils étaient de coupables. Les villageois patientèrent trois jours et trois nuits avant d'oser débarricader leurs portes et se montrer dans la rue. Mettant à profit ce délai, des chiens affamés avaient dévoré les restes du cheval comme ceux du père Coucoumelo. Ce qui expliquait pourquoi le reliquaire en vermeil devant lequel Maria était présentement agenouillée ne renfermait qu'un morceau d'oreille racorni, un médius presque intact et quelques ongles : c'était pour faire bonne mesure que les villageois avaient ajouté aux reliques l'un des sabots antérieurs du cheval.

Les coupables avaient été pourchassés, rattrapés, jugés, condamnés, brûlés vifs sur le lieu de leur crime.

Le père Aureliano Coucoumelo fut canonisé par une bulle extraordinaire du pape Clément VII. Aquaviva fut débaptisé pour San Coucoumelo.

Après de longues recherches, le tableau d'Adam et Ève fut retrouvé au fond de la vallée, dans l'une des galeries de l'ancienne mine de fer.

***

Un présentoir offrait des cierges courts et minces à dix centimes pour une heure, des cierges plus longs et plus gros à cinquante centimes pour trois heures, et enfin des cierges à deux lires de la taille d'un avant-bras capables de brûler tout un après-midi.

Marcello choisit le moins cher, laissa tomber deux pièces de cinq dans le tronc placé à cet effet et retourna au transept où Maria priait. Son regard attristé vers le petit cierge lui indiqua qu'il n'avait pas fait le bon choix.

– Va plutôt prendre celui à deux lires. Il dure plus longtemps.

– Et en quoi est-ce important de durer plus longtemps ?

– C'est la flamme qui va perpétuer ta supplique, aussi, plus le cierge est gros, plus il brûle longtemps et mieux tu es entendu par saint Coucoumelo.

Marcello s'abstint de soupirer ou d'ironiser. Il alla

échanger le cierge et on entendit les deux lires résonner en touchant le fond du tronc métallique.

– Maintenant, tu fais ton signe de croix en pensant à lui très fort pour l'appeler et après tu lui dis ta supplique.

Il frotta une allumette et alluma la mèche.

– Et de quoi dois-je le supplier ?

– Tu lui demandes de te protéger durant ton grand voyage, et puis tu lui demandes de te faire revenir au plus vite.

Marcello obéit, mais sans aller jusqu'à faire le signe de croix. Il se trouvait suffisamment ridicule. Par dérision, et avec une pensée pour Clovis avant la bataille de Tolbiac (*Dieu de Clotilde, donne-moi la victoire et je croirai en toi*), il ajouta à sa supplique : *Saint Coucoumelo de Maria, fais que je ne parte pas aujourd'hui et je croirai en toi.*

Un courant d'air fit vaciller la flamme du cierge à deux lires, indiquant que son message avait été transmis.

***

Réunies sur la place à l'ombre du vieux chêne, les femmes cancanaient à mi-voix, un œil sur leur progéniture alignée par le père Cesario devant la fontaine, un œil sur le cardo où venait d'apparaître Alfonso Tetti poussant devant lui un haquet chargé des bagages du maître d'école.

La diligence était attendue d'un moment à l'autre.

Les hommes pour leur part avaient préféré la grande salle de l'auberge-droguerie-bazar Castagna où régnait une animation de jour de marché. Dedans comme dehors, les conversations roulaient sur la cote de Marcello (vingt contre un qu'il partait aujourd'hui), sur le caractère sacré des dernières volontés d'un défunt, sur les inconvénients de faire des bâtards à l'étranger et sur les frais d'un tel voyage.

Accompagné de Maria, de leurs trois enfants et de Filomena, Marcello apparut sur le *cardo*, en habit du dimanche et coiffé de son meilleur canotier.

Sur un signe du père Cesario, les élèves entonnèrent un émouvant *Buon viaggio, signore maestro*.

L'œil humide, le larynx contracté, Marcello articula quelques mots de remerciement avant qu'Attilio ne lui saisisse le bras et ne l'entraîne dans la salle de l'auberge où l'attendait un vin d'honneur.

Une heure passa à boire du *spumante* en l'honneur de ceci ou de cela, à fumer, à se rappeler telle ou telle anecdote concernant son estimé docteur de père. Les femmes sur la *piazza* étaient retournées à leurs occupations, les élèves s'étaient dispersés, Cesario avait regagné son presbytère.

La diligence aurait dû être là, mais ses retards étant fréquents on continua à boire, à fumer, à radoter sur le fait avéré que pour redresser quelque chose de tordu il fallait d'abord le retordre. Eh oui, quoi ! Mais lorsque l'horloge de l'église égrena six heures du soir, ceux qui avaient misé sur le départ surent qu'ils avaient perdu ; les autres sourirent en montrant leurs dents sales. La diligence ne viendrait plus. Que lui était-il arrivé ? Un accident de circulation ? Un essieu brisé ? Le postillon indisposé ?

Attilio fit seller un cheval et envoya son fils en reconnaissance. Rodolfo revint vite.

– J'ai été jusqu'au bac, mais j'ai vu *niente*.

Tetti replaça les bagages sur le haquet et les rapporta à la *villa*. Marcello salua la compagnie et le suivit, la mine perplexe. Il lui était impossible de croire que son cierge à deux lires pouvait être pour quelque chose dans cette défection. Tout au plus une plaisante coïncidence.

***

Faute d'officine de télégraphe, San Coucoumelo apprit avec deux jours de retard la nouvelle de l'assassinat du roi Humbert Ier par un anarchiste toscan du nom de Bresci. On sut par la même occasion pourquoi la diligence ne s'était pas présentée. Le conducteur, Agostino Lucani, qui n'avait jamais caché ses convictions anarchisantes, avait célébré l'attentat par plusieurs toasts portés à l'héroïque Bresci, puis à son prédécesseur Lucheni qui avait occis l'impératrice d'Autriche deux ans plus tôt. Agostino Lucani avait ensuite levé son verre à la grande confrérie du drapeau noir et avait bu à Bakounine, à Ravachol et enfin à Caserio, l'homme qui avait poignardé Sadi Carnot le président de la République française.

Le découvrant fin saoul au point de ne plus reconnaître un hongre noir d'une jument blanche, les voyageurs avaient refusé de monter dans la voiture. Qu'importe, Lucani était parti sans eux. Fouettant son attelage, beuglant de puissants *Evviva la morte!* il avait emballé les chevaux dès la *via* Caccia qui descendait de la ville haute vers la ville basse. Sa trop grande vitesse l'avait empêché de négocier le tournant de la *via* Cavour.

Déportée sur la gauche, la caisse de la diligence s'était fracassée contre l'angle d'une maison occupée par un chapelier et sa famille. Deux chevaux sur cinq avaient eu les jarrets brisés et avaient été livrés à l'équarrisseur. Miraculeusement indemne et brutalement dessaoulé, Agostino Lucani s'était enfui on ne savait où, très loin sans doute.

San Coucoumelo fut privé un mois de transport en commun, mais lorsque la ligne fut rétablie, le premier lundi de septembre, Marcello déclara qu'il ne partirait pas.

– Il est trop tard dans l'année pour voyager aussi loin.

Je m'en irai au printemps prochain. Après tout, j'ai trois ans pour me décider.

Il tenait d'abord à continuer ses recherches sur cette admirable usine à soie qu'était l'abdomen de l'araignée.

Des recherches passionnantes depuis qu'il avait hérité du puissant Trépré. Il avait eu ainsi la confirmation que la soie filée par Rita, son épeire fasciée, était d'une qualité et d'une solidité supérieures à la soie du *Bombyx mori*. Alors pourquoi ne pas entreprendre l'élevage des araignées comme se faisait l'élevage des vers à soie ?

Les avantages étaient multiples.

La chenille du mûrier ne servait qu'une fois – on l'ébouillantait après qu'elle eut terminé son cocon – tandis que l'araignée filait à volonté, de jour comme de nuit, été comme hiver et elle vivait environ vingt-cinq ans. Quant aux œufs, là où le bombyx femelle en pondait cinq cents, une épeire fasciée en pondait mille.

Il admettait toutefois que quelques problèmes restaient à résoudre. En effet, comment induire à vivre ensemble pacifiquement plusieurs milliers d'araignées aux mœurs résolument solitaires, querelleuses, notoirement cannibales ?

Les expériences capitales en cours dans le grenier expliquaient pourquoi Marcello n'avait aucun désir de les interrompre.

***

L'incident majeur de l'hiver 1900 fut l'évasion des combles du couple de *Latrodectus*. C'est en recapturant Crudela qui courait sur une plinthe du couloir que Marcello se fit mordre à la deuxième phalange du pouce droit. La brûlure fut si cuisante qu'elle l'éblouit. Sa main s'abattit sur le *Latrodectus* et l'aplatit sur le plancher comme un timbre sur une enveloppe. Il regretta aussitôt ce réflexe vengeur si peu scientifique, puis il se sentit faiblir. Au lieu d'empêcher la diffusion du venin par la pose d'un garrot et par la prompte scarification des petits trous laissés par les crochets de l'araignée, il l'accéléra en dévalant l'escalier et en courant jusqu'au laboratoire remplir un verre de formol et tremper son doigt dedans. Celui-ci enfla et l'endroit mordu blanchit comme après la piqûre d'une abeille.

Marcello transpira intensément et se crut proche de la syncope tant les douleurs dans ses membres se faisaient aiguës. Le venin paraissait agir sur le système nerveux. Il eut peur de mourir, tout en sachant que cela ne se pouvait. Il aurait aimé prendre des notes mais il avait bien trop mal pour tenir un crayon.

– *Dio mio !* Marcello ! s'exclama Maria en le voyant restituer son déjeuner sur le carrelage du vestibule.

– Qu'est-ce qui t'arrive, mon pauvre ami ?

Il inventa un c'est quelque chose que je n'ai pas digéré peu convaincant.

Maria l'aida à monter dans leur chambre, puis elle se rendit chez Pietrapozzo.

Le médecin logeait *via* Prosciutto, dans une maisonnette prêtée gracieusement par la mairie et qui avait le seul inconvénient d'être voisine avec la porcherie Bardolo où les bruits et les odeurs étaient puissants.

La bonne qui la reçut eut une mimique peu encourageante.

– Le docteur, il est malade et y se lève plus depuis hier.

– Il a quoi ?

– *Accidenti !* Y sait pas trop. Il a mal et c'est bien suffisant.

***

L'organisme de Marcello prit deux jours et deux nuits pour évacuer toute trace d'aranéisme. Entre-temps, le

163

Dr Pietrapozzo rendait l'âme dans son lit et dans d'atroces souffrances, victime d'une péritonite qu'il n'avait pas su se diagnostiquer.

– Ça va être *durissimo* de trouver un autre docteur qui veuille venir jusqu'ici, déplora Attilio lorsqu'il apprit la mauvaise nouvelle.

Pour la première fois depuis 1863, date du retour de Carolus, il n'y avait plus de médecin à San Coucoumelo.

En attendant de se rendre à Riccolezzo pour en recruter un nouveau, Attilio remit en vente les vieux *Almanacco medicinale* qu'il avait achetés au temps où il voulait faire du tort au Dr Tricotin.

***

Mars 1901 vit le retour des grues cendrées, volant haut dans le ciel en formation de phalange macédonienne.

En bas, sur terre, les labours se terminaient, les semailles allaient commencer et Marcello ne se décidait toujours pas.

Partira, partira pas ?

La cote du maître d'école était passée à cinq contre un en faveur d'un départ avant la pesée des cocons d'août.

***

Un dimanche de mai, Attilio s'invita chez son gendre pour sonder ses intentions. Il le trouva au grenier, assis sur une chaise longue, en train de se ronger l'ongle de l'index droit en lisant un ouvrage de Charles Ferton sur les hyménoptères.

Il lisait le chapitre consacré au pompile, une féroce petite guêpe qui vivait exclusivement aux dépens des araignées. L'été dernier, à la lisière du bois, il avait observé un pompile chassant une grosse lycose radiée. Au lieu de combattre, l'araignée avait fui à toutes pattes.

Rattrapée, acculée, elle s'était laissé paralyser d'un coup d'aiguillon. Tant de passivité envers un ennemi trois fois plus petit restait incompréhensible. Pourquoi l'araignée, dont c'était le rôle de dévorer des insectes toute sa vie, ne s'attaquait-elle jamais au pompile, alors que lui s'attaquait *exclusivement* aux araignées ?

Le dimanche étant le seul jour de la semaine durant lequel Marcello pouvait se consacrer à ses recherches, Attilio ne fut pas le bienvenu.

– Je voudrais savoir, *ragazzo mio*, si tu es décidé à partir ?

Marcello referma son livre comme on claque une porte. Il se leva et planta là son beau-papa, lâchant au passage un pet de philosophe (inaudible mais puant).

– Je partirai quand je partirai, pas avant… mais pas après non plus.

12

San Coucoumelo.
Altitude 415.
Habitants 890.
Village piémontais pittoresque, construit sur l'emplacement d'un castrant *romain du Bas-Empire.*
Admirablement situé sur les contreforts du mont Viso.
Bac à horaires irréguliers.
Diligence bihebdomadaire de Riccolezzo.
Auberge-bazar. 6 chambres. Prix à débattre. Confort rustique.
Belle église romane du XIᵉ siècle, charmante façade restaurée au XVIIIᵉ. Intéressantes allées collatérales couvertes d'ex-voto.
Dans l'absidiole gauche on admirera un reliquaire du XVIIᵉ contenant diverses reliques du père Aureliano Coucoumelo (1491-1528) canonisé par Clément VII. Fresques assez grossières dans le déambulatoire décrivant son martyre.
Pèlerinage en août.
Les amateurs d'art funéraire, ainsi que les scoptophiles, se rendront à l'extrémité sud du cardo *visiter le* camposanto *où s'élève l'imposant mausolée néoroman en marbre de Carrare renfermant un sarcophage vitré contenant la momie du général-*

baron Charlemagne Tricotin de Racleterre (1763-1813).
Guide Baedeker de l'Italie septentrionale (1894).

Comme chaque dernier vendredi du mois, Attilio Castagna prit la diligence pour Riccolezzo, ruminant durant le trajet sur les capacités de son couillon de gendre à mener à bien les conditions de la clause résolutoire. Non seulement cette clause le contraignait à entreprendre un voyage à l'étranger des plus incertains, mais s'il revenait sans avoir retrouvé ce demi-frère, il perdrait la Table-aux-Grues, et *ça*, Attilio ne pouvait pas le tolérer. Il voulait la Table-aux-Grues et il avait fait le serment de l'avoir.

Un brougham (on disait un *broum*) à un cheval le roula jusqu'à la gare où il prit un billet de deuxième classe dans le train omnibus Turin-Gênes.

Le brougham était un coupé de ville à quatre roues conçu par des carrossiers anglais pour le compte de lord Brougham. Bénéficiant des derniers perfectionnements – caisse autoporteuse, ressorts elliptiques et plancher bas qui en facilitait l'accès – le brougham connaissait un engouement international auprès des cochers de Paris, de Berlin, de Vienne, de Rome, de Turin, de Vérone…

Comme à son habitude, il descendit à l'hôtel des *Quatre Rois mages* où il passa une mauvaise nuit, comme chaque fois qu'il ne dormait pas dans son lit.

Le lendemain, il visita une officine d'architecte et commanda un devis pour la construction d'une filature. Il se sentait d'autant plus dans son droit que la Table-aux-Grues avait brièvement appartenu à son grand-père Policarpo avant qu'elle ne lui fût judiciairement retirée après sa condamnation à six ans de prison.

***

167

Le jour de la Saint-Prospère, au moment de l'apéritif, Attilio Castagna communiqua à ses administrés que le maître d'école avait réservé sa place dans la diligence du 10 juin.

La cote de Marcello s'enflamma à vingt-cinq contre un en faveur de son départ.

**

Le 10 juin à midi, les paris furent déclarés fermés : la somme des enjeux se montait à mille huit cents lires (le salaire annuel d'un maréchal des logis des carabiniers).

La diligence entra dans le village en début d'après-midi. Marcello ne se présentant pas, Attilio envoya son fils voir ce qu'il en était. Rodolfo revint avec l'air rengorgé des porteurs de grande nouvelle.

– Il est avec ses araignées dans le grenier et y dit qu'il part plus. Y dit qu'il a changé d'avis et y dit qu'il partira pour de bon l'année prochaine. Y dit qu'il a le temps.

**

Le 19 juillet, une berline de location s'immobilisa dans la cour de l'auberge-droguerie-bazar Castagna : trois voyageurs à l'accent turinois en descendirent. Le plus autoritaire, un quinquagénaire barbichu vêtu tel un touriste anglais, était équipé d'une paire de jumelles et d'une canne de marche au bout ferré. Son compagnon portait en bandoulière un appareil photographique de marque Kodak, le troisième tenait un maroquin de cuir noir comme en ont les notaires ou les avocats. Après avoir loué trois des six chambres à *confort rustique* que proposait l'auberge, ils s'informèrent sur les possibilités de location de chevaux de selle.

Attilio leur sourit chaleureusement.

– Pour vous servir, ces messieurs. J'ai ce qu'il vous

faut. Des bêtes solides et bien dociles à trois lires par jour seulement.

Depuis 1871, date à laquelle le Dr Tricotin avait convaincu Karl Baedeker d'inclure San Coucoumelo dans son guide de l'Italie septentrionale, il arrivait que des excursionnistes fassent le détour. Dès les beaux jours, leur petit guide rouge en main, on les voyait visiter *la belle église romane du XIe siècle* à la *charmante façade restaurée au XVIIIe* ; on les voyait faire le tour des ruines d'*Acquæ Vivæ* çà et là dans le village ; certains demandaient la direction du cimetière avec l'intention d'admirer *l'imposant mausolée néoroman en marbre de Carrare renfermant un curieux sarcophage vitré contenant la momie du général-baron Charlemagne Tricotin de Racleterre (1763-1813)*. Frustrés par les portes closes qui les empêchaient de voir la momie, les amateurs se rendaient à l'église réclamer au curé l'ouverture du monument funéraire. Celui-ci les orientait sur la *villa* Tricotin où, selon son humeur (ou celle de son ulcère), le docteur acceptait, ou n'acceptait pas, de prêter Filomena détentrice de la clé du mausolée.

Attilio s'émut lorsque le plus barbichu des trois excursionnistes le questionna sur les grues cendrées.

– Dites-moi, mon brave, sont-elles déjà passées ?

– Euh… non, pas encore.

– Soyez assez bon pour nous indiquer la direction du lieu-dit la Table-aux-Grues.

Attilio s'efforça de cacher son trouble, mais ce fut délicat.

– Pour vous servir, ces messieurs. Mon fiston vous y mènera à l'heure de votre convenance.

– Fort bien, fort bien. Maintenant, nous aimerions consulter le cadastre.

– Le cadastre ! Et pourquoi le cadastre ? Et à quel titre, je vous prie ? Il s'empressa d'ajouter : Sauf votre respect, ces messieurs, mais c'est le maire de ce village

169

et non l'aubergiste qui se permet cette question. Le cadastre est sous ma responsabilité.

Attilio apprit ainsi que ces trois touristes étaient respectivement le Pr Pompeo Di Calcagno, président de l'Académie royale des sciences de Turin, le Pr Alberto Portonovo son assistant, et Me Tonduti, huissier de justice.

***

– Voyez-vous, misérables petites fripouilles, ce qu'il y a d'étonnant dans notre affaire, c'est que *plus* la balle rebondit et *moins* elle rebondit, dit Marcello en faisant la démonstration avec une balle de caoutchouc.

La porte de la salle de classe s'ouvrit et son beau-père apparut, cigare au bec.

– *Scusi*, Marcello, mais nous devons causer en urgence.

– Ça ne peut pas attendre la fin du cours ?

– Non, tout de suite. C'est trop grave.

Marcello désigna Adamo Tetti pour maintenir le calme dans la classe durant son absence. Le garçon quitta son pupitre et s'installa à la place de l'instituteur. Il prit un bâton de craie et attendit impatiemment l'occasion de s'en servir.

Rien n'était plus efficace qu'un élève pour en surveiller d'autres (quarante ans plus tard, lors de sa villégiature au *Konzentrationslager* de Mauthausen, Marcello notera que les *SS*, en utilisant le système des *Kapos*, ne faisaient pas autrement pour garder leurs chers *Häftling*).

Il rejoignit son beau-père qui arpentait la cour de l'ancien chai devenu cour de récréation.

– C'est ça que tu leur enseignes : jouer à la balle ?

Marcello esquissa un sourire où ne participèrent que les lèvres.

– Ils n'ont pas besoin de moi pour ça. C'était juste

une démonstration de physique élémentaire. Qu'avez-vous de si pressé à me dire, beau-papa ?

Les traits d'Attilio se durcirent.

– Le président de l'Académie royale de Turin est arrivé ce matin. Je te rappelle que c'est lui qui hérite à ta place si tu ne te décides pas à partir.

– Bon, il est arrivé, et alors ?

– Alors il est ici avec un huissier, figure-toi. Et la première chose qu'il me demande c'est de consulter le cadastre. Et de suite après, il veut savoir où est la Table-aux-Grues. Tu comprends maintenant ?

– Non.

– Mais tu es bouché ou quoi ? Tu sais bien que si tu n'es pas parti avant ce 31 décembre, tu peux dire *arrivederci* à la moitié de ton héritage… et à la Table-aux-Grues par la même occasion !

Attilio parlait en agitant ses petites saucisses de doigts.

– Tu comprends ce que ça représente ? Pense à tes enfants ! Tu n'as pas le droit d'amputer leur bel héritage. Ah mais non alors ! Ce sont aussi mes petits-fils, ne l'oublie pas.

Marcello crut déceler une menace dans la voix de son beau-père. Il lui tourna le dos et regagna la salle de classe où l'attendait une autre mauvaise surprise : le nom d'Aldo Tricotin figurait quatre fois sur le tableau. Mécontent de ne pas avoir été choisi comme chef de classe, Aldo avait contesté l'autorité d'Adamo. En représailles, celui-ci avait usé sans modération de son pouvoir exécutif de craie blanche.

Sentant venir les prémices d'une formidable migraine, Marcello mit fin au cours et rentra à la *villa* avaler deux comprimés d'aspirine ; puis il s'allongea dans la pénombre de sa chambre, une compresse d'eau froide étendue sur son front brûlant.

DEUXIÈME PARTIE

13

Rien ne réussit mieux qu'un acte manqué.

Mémoires d'un Ça

Lundi 18 août 1902.
Jour 1.

À califourchon sur une basse branche du vieux chêne, Badolfi le fada mâchait des grains de blé en suivant les difficultés du père Zampieri à maintenir la discipline parmi les écoliers. Du haut de son perchoir, il serait le premier à apercevoir le nuage de poussière signalant l'arrivée de la diligence, mais pour l'heure, il ne voyait que l'âne de Pignoli, le maréchal-ferrant, qui faisait sa toilette en se roulant dans la poussière.

Le lundi étant jour de lavoir, les villageoises étaient moins nombreuses que l'an passé pour souhaiter un bon voyage et un prompt retour au maître d'école.

L'auberge-droguerie-bazar Castagna ne désemplissait pas. Partira, partira pas ? La cote était à trente contre un en faveur du départ.

– *Cavallo ! Cavallo !* hurla Badolfi en se laissant tomber à terre pour courir tel un poulet sans tête au-devant de la diligence.

Les chiens de Pietro Zippi le tonnelier et de Baffini

le boulanger poursuivirent les roues du véhicule en essayant de les mordre. Le conducteur mit son attelage au pas et entra dans la cour de l'auberge. Les chevaux au poil luisant de sueur firent *frrrrrrr* des naseaux.

Le conducteur tourna la manivelle des freins ; le postillon sauta à terre, ouvrit la portière et, sans ménagement, invita les passagers à descendre.

Les clients de l'auberge, verre en main, sortirent pour reluquer les arrivants, tous des Coucouméliens revenant de la foire de Riccolezzo.

Alfonso Tetti poussant le haquet apparut sur le *cardo*, suivi du maître d'école et des siens. Le père Zampieri fit signe aux enfants de se tenir prêts.

Coiffé de son canotier toute-saison, vêtu de son trois-pièces noir, Marcello avançait en traînant des godillots. Un bouton de fièvre de la taille d'une lentille rouge illuminait l'extrémité de son nez.

Indifférent au chant d'adieu entonné par ses élèves, il passa sans s'arrêter ni même les regarder, les remerciant d'un simple geste de la main.

Refusant d'entrer dans l'auberge pour le vin d'honneur, il embrassa gauchement Maria et ses trois fils, il embrassa Filomena sur les deux joues et il recommanda une nouvelle fois à Badolfi ses chères araignées. Badolfi avait reçu pour consignes d'attraper régulièrement des mouches et de les mettre à la disposition des araignées (*Pour la mygale, tu lui donnes des lézards et des grenouilles, mais ce qu'elle préfère c'est une souris*). Ses adieux faits, il monta dans la diligence et se retrouva face à la famille Poirini : Agostino le père, sa femme Carla et leur fille Maria qui tenait sur ses genoux Mario son frère, un marmot de trois ans qui affichait déjà le même air buté que sa mère. Ils se rendaient à Riccolezzo assister au mariage de la sœur de Carla avec un sous-officier des *carabinieri*.

Giovanni Odoroso, *capo* des coconnières Castagna,

prit place à côté du maître d'école. Il allait visiter un oncle qui travaillait à la grande filature de Riccolezzo.

Attilio rejoignit Marcello dans la voiture pour lui pincer la joue une dernière fois et dire d'un ton complice :

– Surtout ne lambine pas en route, *ragazzo*, nous avons beaucoup de projets en commun à ton retour, toi et moi.

Ignorant son air étonné, il approcha de son beau-fils et lui murmura dans l'oreille :

– N'oublie pas que même un certificat de décès se monnaie.

Le départ fut retardé par le père Zampieri qui voulut bénir les chevaux de l'attelage. Compte tenu du rôle déterminant joué par l'un de leurs ancêtres dans le martyre du père Aureliano Coucoumelo, la race chevaline bénéficiait d'un statut privilégié dans la paroisse. Cesario bénit aussi les quatre roues cerclées de fer et les quatre coins cardinaux avant de faire signe au conducteur qu'il en avait terminé. La diligence s'ébranla lourdement.

– *Arrivederci*, Marcello ! hurla Badolfi en courant derrière le lourd véhicule, imité par tous les chiens qui se trouvaient là.

Une voix ironique lança à la cantonade :

– Une lire qu'il nous revient avant dimanche.

– Pari tenu, dit une autre voix.

***

La diligence, une vieille *Adesso-Adesso* à dix places, fabriquée à Riccolezzo, accusait ses vingt-cinq ans de mauvais chemins ; la peinture jaune de la caisse s'écaillait de partout et le cuir des banquettes laissait apparaître par endroits des touffes de crin jaune. Quant aux soupentes, elles étaient si fatiguées que chaque cahot menaçait d'enfoncer le plancher sous le pied des passagers.

Après une demi-heure de secousses ininterrompues, le petit Poirini restitua l'intégralité de sa *polenta* de midi en partie sur le pantalon de Marcello.

Tout en s'excusant, Carla Poirini sortit un mouchoir et essuya proprement le pantalon de l'instituteur. À la couleur et surtout à l'odeur, le bambin avait bu du vin avec sa *polenta*.

Malgré les vitres baissées, une tenace odeur s'installa dans la voiture et comme il n'entrait pas dans la philosophie du conducteur de s'arrêter pour si peu, il poursuivit son chemin en dépit des protestations de l'ensemble des passagers. Les conséquences ne se firent pas attendre. Le premier à céder fut Odoroso ; après de bruyants préliminaires il rendit l'intégralité de son déjeuner sur le plancher.

– *Porca Madonna !*

Marcello se pencha par la portière pour respirer le vent estival à pleins poumons, lorsqu'un faux bourdon aux vingt-six mille yeux, le frappa sur l'arcade susorbitaire de l'œil droit.

– *Houille !*

Deux heures plus tard, l'*Adesso-Adesso* entrait dans la cour du relais de poste *Avanti-la-Macchina,* situé dans la ville basse de Riccolezzo.

L'œil larmoyant, Marcello héla un cocher coiffé d'un chapeau melon qui chargea les bagages à l'intérieur d'un brougham et conduisit son client jusqu'à l'étude Tempestino, dans la ville haute.

Tous les tabellions qui grosseyaient voûtés au-dessus de leurs paperasses, relevèrent la tête pour regarder Marcello traverser l'étude suivi du cocher chargé d'une grande malle couverte d'étiquettes. Après avoir noté le coquard qui lui illuminait l'œil, ils s'intéressèrent au bouton rouge sur son nez et aussi à la tache de vomi sur son pantalon.

Tempestino embrassa son filleul quatre fois sur les joues.

– Tu pues le dégueulis, mon garçon, et ton œil ?

Le prenant par l'épaule, il l'entraîna vers son bureau, un réduit au plafond bas, sans fenêtre, modestement éclairé par deux lampes à pétrole. Sur une table basse attendaient une bouteille de *Vieille Absinthe franc-comtoise 72°*, deux verres à collerette, une cuiller ajourée en argent massif, un sucrier plein et une carafe d'eau claire.

Contre le mur, un grand coffre-fort en acier germanique était entouré d'étagères sur lesquelles s'alignaient des centaines de dossiers classés, numérotés, contenant tous les petits secrets de famille de Riccolezzo et des alentours ; les grands se trouvaient dans le coffre-fort.

Marcello rendit le cocher heureux en lui donnant une pièce en argent de cinquante *centesimi*. On pouvait s'offrir deux cafés noirs et deux boîtes d'allumettes avec un pareil pourboire.

– *Grazie tante, Su Altessa*.

– Je vais nous préparer une *verte*. Profites-en pour te changer, conseilla son parrain en saisissant la bouteille d'absinthe par le col.

Préparer une absinthe n'était pas une mince affaire. Un rituel de petits gestes y participait. Le final de l'opération – lorsque les premières gouttes d'eau sucrée transformaient le liquide émeraude en liquide opalin – relevait de la transmutation alchimique. D'ailleurs, la Bible ne s'y trompait pas en présentant le divin breuvage comme *l'alliance contre nature du miel et du fiel* ; comme d'habitude avec ces culs-bénits, ce qui était trop bon était forcément un péché.

Marcello délaça ses brodequins pour se changer. Distrait par le spectacle de son parrain qui versait délicatement de l'eau sur un morceau de sucre, il enfonça sa jambe droite dans la jambe gauche de son pantalon. Constatant son erreur il voulut la rectifier, perdit l'équilibre et s'étala sur le plancher dépourvu de tapis.

Il se redressa persuadé à quatre-vingt-quinze pour cent de s'être fracturé, peut-être la clavicule, sûrement le col de l'humérus.

Son parrain le dévisagea.

– Et avec les oreilles, tu sais faire quoi ?

Imperméable à l'ironie, Marcello se repantalonna, retourna dans ses brodequins et finit par s'asseoir en laissant échapper un soupir exténué. L'œil larmoyant le rappela à l'ordre. Il se releva, ouvrit la malle et découvrit avec incrédulité qu'il avait oublié sa trousse pharmaceutique. Déstabilisé par cet acte manqué, il se contenta d'appliquer un mouchoir propre sur son œil enflammé.

Marcello but sa *verte* à petites gorgées et les effets stimulants ne se firent pas attendre. Fatigue, mauvaise humeur, découragement se liquéfièrent. Il remua sur son siège, comme piqué par une puce.

Tempestino ouvrit le coffre-fort et en sortit une lettre de change et une enveloppe contenant des liasses de billets de dix, vingt, cinquante *krones* à l'enseigne de l'aigle bicéphale autrichien.

– Voici mille cinq cents florins pour tes frais jusqu'à Vienne, et voici une lettre de change de la banque Cerf-Beer qui te permettra de retirer de l'argent chaque fois que tu le voudras. Au verso, j'ai inscrit la liste des établissements bancaires qui l'honoreront ; sois prévoyant dans tes déplacements car il n'y en a pas partout. Les principales banques se trouvent à Vienne, à Linz et à Salzbourg.

Le montant de la lettre de change fit tousser Marcello.

– Cent mille *krones* ! mais c'est une fortune, parrain, c'est trop.

Un porc, en Autriche, valait quatre florins, une vache en valait dix et pour six cents florins on pouvait s'acheter une belle ferme avec son étable et son puits.

– Ton père, vois-tu, veut que ton voyage soit une réussite et qu'il se déroule dans les meilleures conditions... aussi, il te conseille de voyager en première classe et de ne descendre que dans des palaces... tu verras, c'est très agréable et ça facilite considérablement l'existence, à tout point de vue.

– D'où vient cet argent ? Je n'ai pas souvenir d'une pareille somme dans le testament.

Tempestino esquissa un sourire en se confectionnant une nouvelle absinthe.

– Il y a de cela une vingtaine d'années, ton père a bénéficié d'une information confidentielle sur le futur tracé du Gênes-Turin. Il m'a fait entrer dans la confidence et nous avons acheté des terrains tout le long dudit tracé.

Le sourire du notaire s'élargit. Marcello remarqua pour la première fois combien ses dents étaient jaunies par le tabac.

– Quand nous les avons revendus à la compagnie des chemins de fer, la culbute a été de trois mille pour cent... Tu l'ignorais ?

– Mon père ne me parlait jamais de ses affaires.

– C'est avec une partie de ces bénéfices qu'il s'est offert le *Tutti Frutti* et qu'il en a fait ce qu'il est aujourd'hui.

– Vous êtes en train de me dire que mon père était le propriétaire d'un bordel ?

– Oui, et désormais c'est toi.

– *Io ?*

– *Certo*, et grâce à ton père c'est l'un des meilleurs de la capitale, pour ne pas dire le meilleur.

181

D'une main qui tremblait légèrement, Tempestino souleva son verre et but une gorgée.

– Bon an mal an, les frais de fonctionnement déduits, ce sont quelque cent mille lires qui viennent grossir un compte que ton père a ouvert à la banque Cerf-Beer.

Le notaire brandit un papier chargé de chiffres.

– Un compte qui, encore hier, te crédite d'un million cent onze mille lires.

Marcello se tint immobile. Dans la même journée, il apprenait qu'il était propriétaire d'un bordel et qu'il était millionnaire en lires non démonétisées !

– Je comprends maintenant pourquoi il a vendu les vignes et les coconnières.

Tempestino sirota une autre gorgée d'absinthe.

Carolus l'avait nommé administrateur du *Tutti Frutti*. C'était donc par devoir qu'il se rendait à Turin trois fois par an inspecter les livres de comptabilité, toujours scrupuleusement tenus par la mère maquerelle Divina Haider, une Bavaroise qui avait la réputation de rire chaque fois qu'elle se brûlait.

– Tu devrais profiter de ton passage à Turin pour t'y rendre. Tu verras, c'est très chic, très comme il faut. Présente-toi à la *Signora* Divina, elle appréciait beaucoup ton père... et si tu veux consommer, je t'assure que tu bénéficieras d'un tarif préférentiel.

Marcello hocha du chef.

– Un tarif préférentiel seulement ! Mais, parrain, euh... en tant que propriétaire... euh... ne suis-je pas en position de réclamer la gratuité ?

Tempestino regarda son verre vide avec regret.

– Sais-tu que c'est la première fois que je t'entends faire de l'humour... car c'est de l'humour, n'est-ce pas ?

***

Une déconvenue attendait Marcello au bureau des départs de la gare de Riccolezzo.

– *Peccato, signore*, vous auriez dû réserver plus tôt. Je n'ai plus rien en première et plus rien en deuxième… alors si vous devez absolument voyager ce soir, il vous faudra oser la troisième.

Un compartiment de première classe accueillait huit voyageurs, un compartiment de deuxième, dix, tandis qu'un compartiment de troisième en accumulait cinquante.

À vingt-deux heures, la *Surchauffée* du train omnibus Cuneo-Turin s'immobilisa le long du quai dans un magnifique nuage de vapeur blanche. Le chef de gare actionna sa cloche signifiant aux voyageurs qu'ils avaient dix minutes pour enregistrer leurs bagages dans le wagon prévu à cet effet.

Un *facchino* en blouse grise déposa sa malle dans le fourgon à bagages et Marcello marcha jusqu'aux voitures de troisième classe en fin de convoi. Les compartiments étaient occupés par des soldats revenant de permission ; toutes les banquettes de bois étaient prises. Marcello voyagea debout sept heures durant – la position idéale pour attraper des ulcères variqueux – dans un étroit couloir encombré de militaires endormis dans des capotes vertes à même le plancher.

***

Mardi 19 août 1902.
Jour 2.

Le train omnibus arriva à la *Stazione centrale* de la capitale du Piémont en même temps que le lever du jour. Fatigué, le ventre vide, l'œil larmoyant, la barbe naissante, les jambes lourdes d'être resté debout trop longtemps, Marcello récupéra sa malle, puis acheta un aller simple de première classe dans les wagons-lits du train express Turin-Venise.

Le vendeur de billets l'ayant prévenu que le train partait en fin de matinée, il s'attabla au buffet de la gare et se restaura de plusieurs tasses de *bicerin* servies avec du pain blanc, du beurre jaune canari et de la confiture de cerises.

Un *facchino* s'occupa de sa malle et le conduisit dans la salle d'attente des première classe. Là, n'ayant rien de mieux à faire, il ouvrit le manuel du voyageur de *Herr* Baedeker qui débutait par ces quelques vers de mirliton :

> *Qui songe à voyager*
> *Doit soucis oublier,*
> *Dès l'aube se lever,*
> *Ne pas trop se charger,*
> *D'un pas égal marcher*
> *Et savoir écouter.*

Après un regard dubitatif vers sa malle-cabine, il poursuivit sa lecture en tripotant le bouton de fièvre qui prospérait sur l'extrémité de son nez.

> *La question des langues n'est pas une des moins embarrassantes pour l'étranger voyageant dans les pays austro-hongrois. Là comme ailleurs, une certaine connaissance de la langue du pays est une condition désirable pour jouir du voyage, nécessaire même pour visiter les contrées écartées. Si l'on ne sait pas au moins l'allemand, il faut s'attendre à quelques désagréments inévitables et même à être plus ou moins exploité par les commissionnaires, les garçons, les cochers, les concierges, etc., et cela malgré les renseignements détaillés donnés dans ce livre.*

La perspective d'être victime d'*inévitables désagréments* et de se voir *plus ou moins exploité* lui échauffa la bile ; au point de produire des pensées fielleuses envers son père et son exécrable clause résolutoire.

N'y tenant plus, il héla du bras l'un des porteurs en gris qui se grattait le bas-ventre en chantonnant *Ô mon bel amour*.

– Je ne pars plus. Prends mes bagages et emmène-moi à l'hôtel le plus proche.

– *Certo, signore*, y a l'hôtel de Perdide, sur la place. Mirez, on voit son toit d'ici.

– C'est un bon hôtel ?

– Non, mais c'est le plus proche.

– *Andiamo*.

Hôtel de Perdide ; 80 lits ; W.-C. et installation de bain sur le palier ; éclairage au gaz ; chambre de 2 à 4 lires ; déjeuner et dîner de 1 à 6 lires, sans le vin.

Marcello donna une pièce d'une lire au porteur qui n'en attendait pas tant.

– Combien de jours comptez-vous rester parmi nous ? voulut savoir le réceptionniste d'un ton enrobé de condescendance.

La question irrita Marcello. Elle l'obligeait à admettre qu'il n'avait pas le courage de rentrer à San Coucoumelo affronter la réprobation générale.

– Je pars demain par le *direttissimo* de neuf heures.

Un bagagiste en tenue grenadine élimée s'occupa de la malle et du sac de nuit.

– Chambre 10, décréta le concierge en remettant à son subalterne une clé de cuivre frappée du chiffre romain X.

Tout déplut à Marcello dans cette chambre ; la chaleur accablante, le vacarme de la rue malgré l'unique fenêtre fermée, les meubles de sapin vernis, le lit aux ressorts avachis, la chaise bancale, la table de nuit aussi, les taches d'humidité sur les murs, le plancher vierge de tapis, la lampe à pétrole au réservoir vide ; tout était laid, poussiéreux, décati. Vivement demain.

***

Via Fra Angelico.
Le *Tutti Frutti*…
9 heures du soir.

Agenouillée sur un oreiller, mains croisées dans le dos, vêtue comme une dame patronnesse, Olympia Poltretti débraguettait son client en se servant uniquement de sa bouche et de ses belles dents blanches. Le client en habit noir portait un masque vénitien à voilette qui dissimulait ses traits. Il poussait par instants un couinement exaspéré de bestiole prise au piège.

Marcello assistait à cet étonnant tableau vivant sans être certain de comprendre ce qui s'y passait.

– C'est tout à fait énigmatique, murmura-t-il à l'intention de Divina Haider.

Vêtue d'un sévère costume-tailleur anthracite rehaussé de galons carmin qui lui allait bien, la mère maquerelle (on devait l'appeler *Signora Divina)* était émue, ce qui lui arrivait peu.

Divina avait eu un pincement au cœur en le découvrant tout à l'heure à la réception ; même sans moustache, sans nez cassé et sans cicatrices, il ressemblait tellement à son père.

– Fous poufez barler blus haut, *Herr* Marcello, ils ne peufent bas nous foir, ni nous entendre, dit-elle avec un geste vers la glace sans tain qui offrait une vue panoramique de la chambre 22.

Ils se tenaient debout dans le réduit aux allures de bonbonnière. Marcello avait les bras croisés, posture qu'il affectionnait lorsque ses élèves lui ânonnaient les tables de multiplication.

– C'est fotre défunt bère qui est à l'origine de ces

kapinets barticuliers. Il afait remarqué que les foyeurs bullulaient dans la ponne société et que exploités ils n'étaient bas. Nous en afons neuf, trois bar étage.

Marcello se gratta le menton sans décroiser les bras.

– Pourquoi est-il masqué ?

– Il ne feut pas être reconnu.

– Sait-il que nous le regardons ?

– *Ja, ja*, mais il s'en moque. C'est être reconnu qu'il ne feut bas.

– Dites-moi, *signora*, que lui fait-elle, exactement ?

– Elle lui fait un *kabrice*, *Herr* Marcello ; un gamahuchage sans les mains ce klient a demandé, et c'est ce qu'il a… foilà bourquoi elle garde ses pras dans le dos… Il fient chaque bremier mardi du mois ; il est catalogué *kabricieux kompliqué* au tarif trible…

Divina montra trois doigts et Marcello vit que l'arthrite gonflait leurs jointures.

– Mais encore ?

– Nous facturons dix lires pour un gamahuchage normal, trente bour un sbécial… et blus encore si des accessoires nous defons fournir.

Marcello sortit son mouchoir pour délicatement tamponner son œil suintant.

– On la croirait en difficulté.

Olympia montrait de l'opiniâtreté sans beaucoup de succès. Elle travaillait toujours sur le premier bouton et il y en avait quatre.

– *Ja, ja*. Elle a de ponnes quenottes. Mais si elle beine autant c'est barce que le klient a foulu que les poutonnières de sa praguette fussent rétrécies… un bédit trafail d'aiguille facturé huit lires…

– *Ma come !* En voilà une idée saugrenue !

– Comme ça, à dépoutonner les poutons sont blus difficiles, et blus longtemps le kabrice il dure… foyezvous, *Herr* Marcello, bour lui de marquer midi c'est la seule façon…

187

Afin d'illustrer son propos, Divina ferma son poing et raidit son avant-bras, perdant un court instant son bel air de respectable douairière.

– Ah oui, certainement, je comprends.

Tant de nouveautés à forte dose déroutait Marcello. Son expérience pratique en sexualité humaine était limitée... il en savait plus sur la sexualité des arachnides ou des drosophiles. En trente et un ans d'existence, il n'avait connu, bibliquement parlant, qu'une seule femme, la sienne, Maria, alors hein !

– Nous sommes un étaplissement où le klient beut tout nous réclamer, *Herr* Marcello, *tout*, c'est là notre force ; le klient demande et sans rechigner nous fournissons...

Elle dressa son index.

– La Nature a pien fait les chosses, puisque ce sont les klients les plus kapricieux qui sont aussi les blus riches... et blus c'est kapricieux, blus c'est cher, *natürlich*.

– Bien sûr, c'est tout à fait naturel, je comprends absolument.

La mère maquerelle prit Marcello par le coude et l'entraîna avec sollicitude dans le couloir.

– *Komen zie mit mir*, *Herr* Marcello, peaucoup encore il y a à foir.

En effet.

Le *Tutti Frutti* s'étendait sur quatre étages. La réception, les trois salons, le restaurant et la cuisine occupaient le rez-de-chaussée et l'entresol ; les premier, deuxième et troisième étages étaient divisés en trente-trois chambres à caractère la Cabine du pirate et la Grange à foin étaient les plus courues. La première avait des rideaux en toile de misaine, des fenêtres en forme de hublot, un hamac deux places en guise de lit, des bouées de sauvetage étaient crochetées aux murs et, dans une caisse ouverte, un assortiment de poissons frais apportait la touche de réalisme qui faisait du *Tutti Frutti* le meilleur établissement de la capitale ; pour un supplément tempête (cinq lires), l'ange gardien de l'étage lançait par les hublots des seaux d'eau salée en poussant de retentissants *Gare à la vague*, ou encore *Yo Yo et Yo et encore une bouteille de rhum !*

La Grange à foin, elle, était une grande chambre vide de meubles ; les murs étaient tendus de toile de jute décorée de bouquets de fleurs des champs séchées ; le plancher, protégé par de la toile cirée, était couvert de terre meuble ; au centre, une grosse meule de foin jaune faisait office de lit et l'atmosphère champêtre était sous la responsabilité d'une volière peuplée de nombreux volatiles gazouilleurs ; il y avait aussi deux colverts, trois poules et un coq leghorn qui vaquaient en liberté.

Les filles et les domestiques se partageaient deux dortoirs mitoyens sous les combles ; les quartiers privés de la direction occupaient le quatrième étage dans son entier.

Marcello suivit Divina dans une antichambre où de nombreux oiseaux taxidermisés, dont une grue cendrée adulte, tombaient du plafond suspendus à des ficelles de chanvre.

– C'est fotre bauvre bère qui les a mis là. Il dissait que la blace chez lui manquait.

Ils entrèrent dans un bureau mâtiné de boudoir au parquet recouvert d'un tapis plaisant aux semelles. Divina augmenta la luminosité des lampes à gaz. Marcello vit une armoire-bibliothèque aux portes grillagées, un poêle en faïence, une bergère, une table à jeux, plusieurs fauteuils, un large bureau à cylindre, un coffre-fort de la marque Hoodproof, avec dessus un joli bronze montrant Romulus et Remus tétant leur louve.

– Fotre bère foulait électrifier l'immeuple et installer le téléphone… hélas, le temps il n'a bas eu… Mais buisque vous êtes là, *Herr* Marcello, bensez-fous qu'une ponne idée ce serait ?

Il n'eut pas à répondre, il venait de découvrir un daguerréotype posé sur un meuble d'encoignure qu'éclairait un cierge à une lire.

– C'est mon père !

Coiffé d'un huit-reflets, vêtu d'une jaquette à basques courtes arrondies devant et d'un pantalon collant à quadrillage écossais, le Dr Carolus Tricotin posait sur le parvis de la cathédrale *San Giovanni Battista*, encadré de deux femmes chapeautées qui lui donnaient le bras en souriant de toutes leurs dents.

– Oui, c'est lui… c'était un katorze chuillet… il a foulu que nous soyons daguerréotypés tous les trois defant la kathédrale… *ach*, chai pien kru ce chour-là que c'était moi qu'il allait demander en mariache… et buis, *nein*, chest Fittoria qu'il a bréféré, moi, il m'a seulement nommée *Signora*.

Marcello tombait des nues ; son père avait toujours prétendu ne posséder aucun portrait de sa mère. Ému, il posa son doigt sur le visage de la femme suspendue au bras droit de Carolus.

– C'est ma mère, n'est-ce pas ?

– *Ja, ja*, c'est elle… et là, c'est moi, afec trente ans de moins… oh, *mein Gott*, si lointain tout ça est…

Il lui tourna le dos et sembla s'intéresser aux livres dans l'armoire – la plupart des ouvrages traitaient des maladies vénériennes – puis il demanda :

– Quel genre de femme était-ce ?

C'était la première fois qu'il posait cette question, c'était aussi la première fois qu'il était face à quelqu'un capable de lui répondre sans le traiter de fils de pute.

Le regard bleu cataracte de la vieille mère maquerelle s'embua d'une nostalgie sévèrement teutonisée ; elle le tutoya.

– *Achhh*, ta mère… ta mère était une femme qui safait

tout faire… c'était une grande brovessionnelle… la blus grande… elle m'a tout bris… euh, *nein*, che feux dire, elle m'a tout abbris.

Née en 1838 *À la feuille de rose*, un crapoteux bordel de la *via* Demonio, produit involontaire des amours rémunérées d'un marin vénitien aux avant-bras tatoués d'ancres de marine, et de Maria Bruzzi une prostituée turinoise que ses amies surnommaient familièrement Anilinctus, Vittoria avait grandi avec le désir de plaire à sa mère en devenant meilleure qu'elle : un classique. Dès sa prime jeunesse, les connaisseurs l'avaient qualifiée de *carabine à trois coups*, autrement dit, de parfaite coquine susceptible d'user indifféremment de son vagin, de son anus, de sa bouche. Animée dans son travail d'une exemplaire fureur utérine, Vittoria avait influencé sa génération de consœurs turinoises. Les derniers temps, avant qu'elle n'épousât Carolus, ceux qui voulaient la consommer devaient s'inscrire à la réception sur une liste d'attente longue comme le bras et la jambe réunis.

– Mon père venait souvent ici ?

– C'était chez lui ! Moi, che l'occube seulement debuis qu'il nous a quittées. Avant, chapitais dans l'autre abbartement sur le même balier.

Il savait désormais où séjournait son père lorsqu'il venait à Turin.

Une porte capitonnée s'ouvrait sur la chambre à coucher. Un lit recouvert de peaux de renard, une table de nuit, une armoire à glace, un poêle de faïence, un bureau Empire placé devant la fenêtre aux volets clos, un fauteuil rembourré de cuir, une bibliothèque en acajou, des tapis divers sur le plancher et un autre bronze de Romulus et Remus sur une commode Régence. Ce même thème se retrouvait sur deux huiles du XVIIᵉ accrochées au mur face au lit.

– Pourquoi tant de Romulus et de Remus ?

Divina avait haussé les épaules.

– C'est un hommache à la profession. Fotre père dissait que ce n'était bas une loufe qui les afait troufés et qui les afait recueillis, mais que c'était une brostituée ; il dissait qu'à cette éboque le nom de loufes aux butains on donnait.

– Tiens donc.

Divina ouvrit une autre porte, dévoilant une salle de toilette et une magnifique baignoire en fonte émaillée munie d'un bord à gorge et de deux dossiers pour grandes personnes.

– Il faut au moins vingt seaux pour la remplir.

– Fingt-trois, il en faut.

Ils retournèrent dans le salon.

Trois coups légers résonnèrent contre la porte.

Alberta Pigozzi, la sous-maîtresse, entra dans le boudoir en roulant des hanches façon roulure.

– C'est M. Cui-Cui-Cui qu'est en bas, *Signora* Divina, mais ce soir c'est trois Diane qu'il veut.

– *Ja*, et alors ?

– Et alors y veut la Sozzona, et vous savez comme moi qu'elle sait pas tirer à l'arc la Sozzona. Elle a essayé, mais elle peut pas, c'est plus fort qu'elle. Rappelez-vous l'autre soir, elle s'est presque crevé l'œil avec sa flèche à elle.

– Si le klient la feut, il doit l'afoir. Elle y fa quand même, et de son mieux elle fait. Quelle champre tu lui donnes ?

– La huit, comme d'habitude.

– Non, donne-lui la dix, comme ça, à *Herr* Marcello che bourrais le montrer. Il en faut la beine.

– *Va bene, Signora* Divina.

Alberta sourit avec grâce à celui que l'on disait être le nouveau *padrone*. Elle était de service quand Marcello s'était présenté à la réception, et elle s'enorgueillissait d'avoir deviné au premier coup d'œil qu'il n'était pas un client ordinaire. Alberta se flattait d'avoir du flair et de la psychologie, deux capacités indispensables pour qui voulait devenir un jour Madame. Une bonne Madame devait jauger à l'œil, parfois au toucher, la forme physique et psychique d'un client, de même que sa solvabilité. C'était le *stimate dottore* en personne qui lui avait enseigné les mille et une manières de distinguer un syphilitique tertiaire d'un hémorroïdomane primaire, un phtisique endémique d'un chiatique occasionnel, un cleptomane onaniste, d'un hystérique de confession.

Divina guida Marcello dans le petit cabinet accolé à la chambre 10 du premier étage. Une glace sans tain de la taille d'une fenêtre ouverte donnait sur une chambre meublée de chaises de style gothique, d'une commode Louis XV *au chinois*, d'une grande armoire Renaissance, d'un lit de cuivre couvert d'un édredon à carreaux, d'une table de nuit sur laquelle attendait une paire de ciseaux à bouts ronds.

Un homme frêle, moustachu, la cinquantaine, binoclé, les cheveux grisonnants, revêtu d'un costume gris trois-pièces, entra, suivi d'une soubrette en bonnet et tablier blancs qui tenait un pot de grès.

L'air absent, le client se dévêtit sans façon, plia et rangea lui-même ses vêtements dans l'armoire.

Tout en poussant des *piou piou piou* plaintifs de poussin qui a perdu sa mère, il se positionna les bras en croix au centre de la chambre, *piou piou piou*.

La soubrette ouvrit le pot, prit une poignée de ce qui semblait être de la vaseline, et l'appliqua généreusement sur le corps maigrelet, n'oubliant aucun recoin. M. Cui-Cui-Cui abandonna ses *piou piou piou* et poussa son premier *cui cui cui*.

Alors, utilisant ses ciseaux comme pour une autopsie, la soubrette éventra l'édredon avant de quitter la chambre en remuant du croupion tel un canard retournant à sa mare. Elle venait de gagner cinq lires dont deux lui revenait.

La porte refermée, l'envaseliné sauta sur le lit et se roula dans l'édredon éventré (*cui cui cui*). Couvert des cheveux aux orteils de duvet d'oie, M. Cui-Cui-Cui sautilla dans la chambre en poussant maintenant des *côt côt côt côt* de poule qui vient de pondre.

– Foyez, Herr Marcello, à s'émoufoir il commence, dit la mère maquerelle en désignant la verge enduvetée du client en train de se rigidifier.

Marcello aurait aimé prendre des notes. Par quelles extrémités cet individu était-il passé avant de comprendre qu'il lui fallait se couvrir de plumes pour obtenir une érection ?

Divina parut lire dans ses pensées.

– Safiez-vous que fotre bère, baix à son âme, afait le brojet d'écrire un rébertoire des défiations de la ponne société biémontaise ?

– Je l'ignorais, mais ça ne me surprend pas, mon père s'intéressait à tellement de choses.

– Il m'afait demandé de lui rébertorier tous les kabrices qui nous sont eksigés… che l'ai fait, et peaucoup de mal che me suis donné… mais abrès sa disbarition, chai arrêté… aussi, si fous en afez le goût, *Herr* Marcello, ces relefés che fous les offre.

– Euh… oui, évidemment, volontiers, bien sûr… et aussi merci bien et il n'y a vraiment pas de quoi… oui, oui, bien volontiers, je les lirai.

Il s'interrompit. M. Cui-Cui-Cui sautait à travers la chambre en agitant ses bras et en poussant de stridents *CUI CUI CUI CUI* de plusieurs décibels. Soudain, il bondit sur une chaise, puis, de la chaise, il bondit sur la commode, *CUI CUI CUI CUI*, et une fois sur la commode, il se hissa difficilement au sommet de l'armoire en s'encourageant de puissants *CUI CUI CUI CUI CUI*

CUI. Comme à un signal, la porte s'ouvrit et trois jeunes Diane chasseresses entrèrent, en chantant :

C'est moi l'oiseleur, me voilà
Toujours joyeux, hop là hop là là.

Chacune des Diane était armée d'un petit arc modèle Robin Hood et portait pour tout vêtement un carquois en bandoulière et une paire de chaussettes blanches dans des bottines vernies à lacets rouges. Roulant des yeux paniqués, montrant une dentition jaunie, M. Cui-Cui-Cui commença à s'onaniser à tout-va.

– *Ah mais oui, le voilà, le voilà, ce sale oiseau !* s'écria l'une des Diane en lui décochant une flèche qui rata sa cible d'un mètre et alla se ficher dans le papier peint.

Marcello se tourna vers Divina, les yeux ronds.

– Ce sont de vraies flèches !

– *Ja, ja,* c'est lui qui nous les fournit afec les arcs... C'est lui aussi qui nous dit ce que les filles doifent lui dire. Il ne feut pas entendre autre chose.

– *Ah mais oui, c'est bien lui ce sale oiseau !* s'écria l'une des Diane en lui décochant une flèche qui, cette fois, se planta en vibrant (*toiiiiinng !*) dans la corniche de l'armoire.

Cuicuitant plus que jamais (*cuuuuuuiiiii cuuuuuuiiiii cuuuuuuiiiii*), le client accéléra sa manuélisation et passa à la cadence dite de *la baratte.*

– *Ah mais oui, quel drôle d'oiseau que cet oiseau-là !*

Comment s'y prit-elle, nul ne le sait, mais la troisième flèche, tirée par la Sozzona, fit voler en éclats la glace sans tain qui, pourtant, se trouvait *derrière* elle.

La subite disparition de la glace dévoila à M. Cui-Cui-Cui la présence du cabinet et des deux spectateurs tout aussi surpris.

– Alors là, je dis NON NON ET NON ! J'allais y arriver ! Ce n'est pas bien du tout ce que vous faites

Signora Divina ! s'époumona le client en voulant se redresser, oubliant qu'il était accroupi au sommet d'une armoire ; fatalement, sa tête heurta le plafond et l'on entendit un claquement sonore semblable à une porte fermée par un courant d'air. Perdant connaissance, M. Cui-Cui-Cui bascula de son perchoir et dans un grand *baradaboum boum* tomba deux mètres plus bas sur le parquet.

Divina dit à l'une des Diane :

– Férifie qu'il n'a bas sbermatisé et rempourse-le. Tu lui dis aussi qu'on s'excuse et que sa brochaine fisite sera pour la maison.

– Bien, Madame Divina.

Les yeux brillants de grosses larmes, la Sozzona crut utile d'exprimer ses regrets.

– *Scusi, Signora* Divina, *scusi* pour la glace, je sais même pas comment j'ai fait... je jure sur la tête en pointe de sainte Lolita que c'est pas exprès.

– Ça, ma fille, che te crois, mais les sept ans de malheur, tu beux être sûre d'y afoir droit, parce qu'elle m'a coûté cher cette glace et il fa falloir me la rembourser.

La Sozzona sanglota tristement.

Divina entraîna Marcello hors du cabinet en lui recommandant de prendre garde au verre brisé qui jonchait le parquet.

– Fenez, *Herr* Marcello, allons souber.

Marcello la suivit, réfléchissant à voix haute.

– Elle a dû utiliser son arc à l'envers... au lieu de tenir le manche et de tendre la corde, elle a fait le contraire... la flèche est donc partie en arrière... pardessus son épaule, droit sur la glace... Remarquez, j'ai conscience que c'est une explication improbable, mais l'incident s'étant objectivement produit, je ne vois pas d'autre explication.

La salle de restaurant du *Tutti Frutti* offrait vingt tables à banquettes pouvant accueillir une soixantaine de noceurs et noceuses. Sur une estrade, le dos discrètement tourné à la clientèle, un quatuor en queue-de-pie jouait du Gluck. Les clients étaient en tenue de soirée et le service se faisait sous la responsabilité de serveuses revêtues de chemisettes transparentes ou de peignoirs entrebâilleurs. Ceux désireux de conserver leur anonymat s'isolaient derrière des paravents aux motifs grivois.

– C'est barce que fous êtes celui que fous êtes, *Herr* Marcello, sinon, il faut être en hapit bour afoir le droit de souber ici, expliqua doctement la mère maquerelle en posant un regard indulgent sur ses Le Laboureur, sur son costume de provincial en goguette et même sur son œil coquardé.

Le paravent derrière lequel ils s'attablèrent avait pour motif répétitif un aveugle qui marchait sur la robe d'une élégante, la déchirait et dévoilait un fessier superbement joufflu. *Ah, s'il te voyait!* s'exclamait dans un phylactère en forme de nuage l'amie de l'élégante.

– C'est fotre bauvre bère qui a décidé des plats sur la carte.

Après un *antipasti* de vulves de truie primipare en vinaigrette, une serveuse leur servit un plat d'ortolans au champagne couché sur une purée de truffes qu'accompagnait une pleine assiette de langues de passereau en cervelas. La même serveuse leur apporta une crépinette de lapereaux aux fraises, un plat de *gnocchi* au parmesan garni d'une selle de chevreuil à l'anglaise et d'épinards au beurre baignant dans du jus de groseille. Le tout arrosé de barbera 78 et de grignolino 89. Entre les plats et les coups de fourchette, Marcello eut loisir d'expliquer à Divina les raisons de son voyage ainsi que l'existence du demi-frère autrichien.

– *Ach*, quel farceur ce Karolus, commenta la mère maquerelle en reprenant des *gnocchi*.

Après l'assiette de fromages composée du trio

gorgonzola verde, *gorgonzola bianco* et *gorgonzola nero*, la serveuse déposa sur la table ronde un plateau de gâteaux au miel et au chocolat. Elle se penchait pour débarrasser les assiettes sales lorsque son téton droit s'échappa de son corsage et vint se balancer à proximité du visage de Marcello qui remarqua l'aréole et le mamelon maquillés au rouge à lèvres.

Ses joues s'enluminèrent et un début d'érection souleva le tissu de son pantalon.

Des voix et des rires de l'autre côté du paravent annoncèrent l'arrivée tardive de plusieurs fêtards. Alberta, la sous-maîtresse, vint consulter Divina.

– C'est M. le comte et sa bande de mauvais sujets. Ils veulent souper à *Kicouinepair*.

– *Ach so*, et kombien ils sont ?

– Ils sont neuf ; six hommes, trois dames.

– Afons-nous neuf filles de lipres ?

– Oui, madame Divina.

– Eh pien fas-y, ne les fais bas attendre.

Les sourcils de Marcello se soulevèrent.

– Fotre bère disait que c'étaient les premiers émigrés français qui avaient réglementé ce difertissement.

– Mais encore.

Divina prit une mine coquine qui ne lui allait plus.

– Bendant qu'ils dînent, mes filles les gamahuchent sous la taple et le bremier qui montre quelque chose, eh pien il a berdu.

– Jésus-Christ en pantalon de golf ! Et qu'a t-il perdu ?

– Tout ! Le souber, le chambagne, les filles. Il doit tout bayer !

Pourtant, un détail intriguait Marcello.

– Si j'ai bien entendu, sur les neuf clients, il y a trois dames. Que font-elles ?

– Mais elles chouent aussi, *Herr* Marcello.

***

Marcello entrait dans le hall chichement éclairé de l'hôtel de Perdide, lorsque les cent dix églises de Turin carillonnèrent la minuit, un vrai boucan angélique (*dôôôôôôông dôôôôôôông dôôôôôôông*).

– En vérité je vous le dis, il me faut absolument la clé numéro dix, dégoisa-t-il au concierge de nuit assis derrière le comptoir.

L'employé obtempéra ; ce n'était pas la première fois qu'il avait affaire à un client qui revenait du bordel rond comme une barrique. Il lui remit sa clé et lui souhaita une bonne nuit.

Les conditions atmosphériques dans la chambre étant étouffantes, Marcello ouvrit la fenêtre qui donnait sur la via *di Nizza* et s'y accouda dans l'attente d'une quelconque fraîcheur. La rue était vide et quelques lampadaires au gaz éclairaient la façade de la *Stazione centrale*. Levant les yeux vers la voûte étoilée, il joua à reconnaître Capella, Sirius, Bételgeuse, Altaïr… il allait s'attendrir et philosopher sur la Vie, la Mort, l'Amour à trois, les Arachnides, leurs Mystères respectifs lorsqu'un moustique enfonça sa trompe immonde sur le dessus de sa main droite. Aussitôt, sa main gauche écrasa cette miniature de vampire. Hélas, comme l'affirmait le proverbe, *on en tue un et mille arrivent pour ses funérailles*, une escadrille d'insectes volants à six cents hertz le contraignit à battre en retraite et à refermer la fenêtre. Encore hélas, quelques moustiques furent plus rapides et s'introduisirent dans la chambre. Assaut après assaut (*zzzzzzzzzzzzzzzzeu zzzzzzzzzzzzzeu zzzzzzzzzzzzzzeu*), ces misérables culicidés turinois s'ingénièrent à lui gâcher ce qui lui restait de nuit.

14

Mercredi 20 août 1902.
Jour 3.

Marcello rêvait qu'il était dans un train ; il entendait
les *tchou tchou tchou* de la locomotive, il était secoué
d'avant en arrière et d'arrière en avant, il sentait des
odeurs de fumée de coke et il voyait le paysage défiler à
toute vitesse par la fenêtre. Toujours en rêve, il s'entendit penser : *Puisque je suis déjà en voyage, je n'ai plus à
partir, je n'ai plus à me lever*.

Un peu plus tard, le barouf matinal du trafic dans la
rue perça son sommeil et le réveilla.

Sa montre posée sur la table de nuit indiquait huit
heures. Il sut alors qu'il devrait se passer de petit-
déjeuner pour ne pas rater le train de neuf heures.

Huit heures quarante-cinq, l'estomac vide, l'humeur
maussade, Marcello présenta au contrôleur son titre de
transport qui lui donnait droit à un siège dans le compartiment numéro 1 des première classe du *direttissimo*
Turin-Venise.

Le train traversait la verte plaine de Lombardie à la
vitesse de quatre-vingt-dix kilomètres à l'heure, lorsque
la locomotive – un modèle amélioré de l'anglaise *Go-
faster-who-can* – percuta de plein fouet une vache de
huit ans qui ruminait sur la voie. Happé sous l'engin,

l'animal déchiqueté se mêla aux essieux et immobilisa le convoi en rase campagne.

Quand le *direttissimo* arriva enfin à la Stazione Porta Vescovo de Vérone, il avait trois heures de retard.

Un fiacre roula Marcello jusqu'à la *Stazione Porta Nuova* d'où partaient les trains pour le Tyrol. Évidemment, le quai de la correspondance pour Innsbruck était désert. Un *facchino* chargea sa malle et le sac de nuit sur un diable et le conduisit dans le bureau du *capostazione*.

– Désolé, monsieur, mais vous allez devoir attendre demain matin.

Prêt à considérer la mort de la ruminante comme un signe prémonitoire de plus graves désagréments à venir, Marcello fut une nouvelle fois tenté de renoncer et de rentrer au village (*et que TOUS aillent se faire lanlaire…*).

Détaillant les vêtements, les godillots (cirés), le canotier, le coquard larmoyant, la malle aux étiquettes prestigieuses, le sac de nuit Hermès, le billet de première classe des wagons-lits, et les mains aux ongles correctement coupés, exemptes de callosités prolétariennes, le *capostazione* lui signala un hôtel de premier ordre où il pourrait attendre confortablement sa correspondance.

– Dites au concierge que vous venez de ma part. Vous verrez, Vérone est une belle ville, *signore*, je suis certain que vous ne regretterez pas ce *piccolo* contretemps.

Le Grand Hôtel Royal Deux Tours : 90 lits dont 6 suites avec W.-C. et installation de bain. Chambre à partir de 10 lires, suite à partir de 20 lires.

La grande verrière de l'entrée, l'accueil chaleureux du concierge, ajoutés à la vue offerte par le balcon de la suite numéro 3 sur la ville rouge et ocre, incitèrent le voyageur à reconsidérer son découragement.

201

Il se lava et se rasa dans une salle de bains équipée d'un grand miroir à triple face dans lequel il put se voir de dos, sans se reconnaître.

Confiant son pantalon sali de vomi à une femme de chambre en bonnet tuyauté et tablier de dentelle, il commanda une collation de poulet froid, cornichons, pain au levain, fromage de chèvre et vin du pays.

Propre et repu, il alla visiter la ville dans un brougham à deux chevaux fournis par l'hôtel au tarif avantageux d'une lire l'heure. Le cocher Scipione Michelaccio était coiffé d'un melon noir à la mode chez les cochers viennois. Son passager ne manifestant aucune préférence pour l'itinéraire, il le trimballa *piazza delle Erbe* où se tenait un pittoresque marché aux fruits et aux légumes. Voyant son passager bâiller, il prit la direction de la *piazza* Dante formée de beaux palais armoriés aux façades tarabiscotées de style baroque. Marcello soupira. Le cocher poursuivit son chemin en prenant toutes sortes de raccourcis destinés à rallonger la course de quelques lires.

– Et la *tomba di Giulietta*, vous voulez la voir ou pas ?

Le brougham s'était arrêté devant l'entrée d'un joli cloître néoroman.

Marcello descendit, plus pour se dégourdir les jambes que par intérêt pour ce couple de crétins romantiques. Il paya une demi-lire à un guichet et entra. Un presque nain à la grosse tête aimable vint à sa rencontre.

– Bonjour, monsieur le touriste. Je m'appelle Enzo Cartapaccio et je suis guide SDO, pour vous servir.

Les sourcils de Marcello se relevèrent.

– SDO ?

– Oui, monsieur, sans diplôme officiel, répondit le presque nabot avec un minuscule sourire qui lui seyait à ravir.

– Suivez-moi, je vais vous montrer la tombe, et

ensuite, si vous le souhaitez, je vous emmène *via* Cappello où se trouve la maison familiale des Capuletti, là même où est *le* balcon.

Marcello vit une sorte de cuve de marbre rougeâtre à demi enterrée. Trois couples entouraient un vieux guide à l'accent vénitien qui roulait des yeux et faisait de grands gestes en mimant la scène finale où Juliette, sortant de sa torpeur, découvre ce couillon de Roméo, encore tiède mais tout à fait mort. Le guide se poignardait le côté droit de la poitrine avec son poing serré, lorsque Marcello, charitablement, lui fit remarquer que le cœur se trouvait à gauche.

Constatant que sa mise au point déplaisait plus qu'elle n'intéressait, il se tourna vers son petit guide et lui dit sur le même ton caustique qu'aurait affectionné son père :

– Je vous le dis comme je le pense, mais cela ressemble plus à une auge du Moyen Âge qu'à une tombe du XVIe siècle.

Il ajouta, cette fois avec sa voix de maître d'école :

– Ce pourrait même être plus ancien, ce pourrait être l'un de ces pissoirs que les teinturiers romains disposaient devant leurs devantures à l'usage des passants. Ils utilisaient ensuite cette urine gratuite pour la fabrication de leurs teintures.

Enzo Cartapaccio hocha sa grosse tête hydrocéphale pour montrer son intérêt. Après un regard furtif à droite et à gauche, il s'enhardit à proposer, en échange de cinquante lires *solamente*, un morceau de pierre détaché du fameux balcon ; puis, tel un toréador portant l'estocade, il sortit de sa poche intérieure une mèche de cheveux ayant appartenu à Giulietta Capuleti et une mèche de cheveux ayant appartenu à Romeo Montecchi.

– Ce sont mes dernières, juré craché. Profitez-en… à cent lires pièce ; et si vous me prenez les deux, moi, Enzo Cartapaccio, le morceau de balcon je vous le ristourne *per niente*.

Marcello remua sa main droite en signe de refus.

– Non, merci.

Le guide haussa ses toutes petites épaules et s'éloigna en bredouillant des jurons à caractère religieux.

***

À l'heure du souper (dix-neuf heures), Marcello s'attabla dans la salle de restaurant du *Grand Hôtel Royal Deux Tours* et un serveur en uniforme blanc et noir lui servit un potage au riz mêlé à des petits pois, un plat de nouilles au beurre et à la sauce tomate, un beefsteak saignant accompagné de haricots verts, un morceau de gorgonzola ainsi qu'une assiette de figues sèches joliment présentées en cercle. Il but deux verres de bardolino et les allongea d'eau plate au grand dam du sommelier anglais (*What a plouck!*).

Il traversait le hall pour regagner sa suite lorsque le concierge de nuit lui fit un clin d'œil en lui débitant l'adresse d'un excellent bordel. Comme il paraissait hésiter, le concierge ajouta, racoleur :

– C'est à peine à deux cents pas d'ici, et nous avons un brougham devant la porte qui peut vous y broum-broumer.

– Non merci.

Marcello rentra dans sa suite, regrettant vaguement de ne pas avoir eu le culot d'accepter.

15

Jeudi 21 août 1902.
Jour 4.

La frontière approchait ; la perspective d'entrer dans un pays qui avait tant de bonnes raisons historiques de détester les Piémontais préoccupait Marcello.

Il était assis face à un couple de jeunes Tyroliens revenant de leur voyage de noces à Venise ; depuis le départ, il se tenaient la main et roucoulaient tels des ramiers dans un pigeonnier. Son voisin immédiat était un manufacturier linzois en col dur qui se croyait fait d'une essence supérieure sous prétexte qu'il fabriquait des crosses de fusil et des manches de grenade pour le compte de l'Armée impériale et royale. Malgré la grosse chaleur qui régnait dans le compartiment, il avait interdit que l'on baissât la vitre ou que l'on ouvrît la porte du couloir, invoquant une phobie héréditaire des courants d'air qui s'aggravait d'une allergie à la fumée de locomotive. N'osant pas protester, Marcello se contentait de transpirer en silence.

Le passage en douane fut aussi agréable qu'un cauchemar éveillé. Son appréhension, presque palpable, éveilla aussitôt l'intérêt des douaniers impériaux et royaux. Sur les deux cent dix passagers présents dans le Vérone-Innsbruck, un seul fut contraint de les suivre dans leurs bureaux pour y subir une fouille corporelle complète, assortie d'un toucher rectal mortifiant.

– Si vous saviez jusqu'où ils ont fouillé ! Et ils n'ont même pas eu la décence de m'expliquer ce qu'ils cherchaient, s'indigna-t-il en reprenant sa place dans le compartiment.

Le manufacturier linzois prit un ton pincé.

– Ils n'ont fait que leur devoir, *mein Herr*, et seulement leur devoir.

Mobilisant son indignation pour vaincre sa timidité, Marcello se dressa sur sa banquette et abaissa brutalement la vitre coulissante. Aussitôt, un grand courant d'air parfumé au poussier de charbon s'engouffra dans le compartiment, abaissant la température de plusieurs degrés.

– J'espère que ça ne dérange personne ! dit-il dans un allemand laborieux et menaçant.

Le visage du manufacturier s'empourpra, mais il resta silencieux jusqu'à l'entrée du train dans la *Hauptbahnhof* d'Innsbruck, quelques heures plus tard.

Dès ses premiers pas sur le quai, Marcello fut assailli par des porteurs en casquette qui lui crièrent leurs tarifs au visage (vingt *hellers* pour le sac de nuit, quarante pour la malle). Il vit de loin le manufacturier aborder deux douaniers en bicorne qui se tenaient à la hauteur des wagons de troisième classe.

Marcello loua le porteur le plus souriant et le regarda charger ses bagages sur un diable à roulettes. Il le suivait vers la sortie lorsque les douaniers approchèrent.

– Veuillez nous suivre, monsieur le voyageur, avec vos deux bagages, il se doit.

Pour la seconde fois de la journée, Marcello fut fouillé de *fond en comble*.

– *Grazie tante*, messieurs, mais à force je risque d'y prendre goût, déclara-t-il dignement après une nouvelle inspection en profondeur de son conduit anal. Peut-être pourriez-vous m'éclairer sur l'objet de vos recherches ?

Il devait s'agir d'un secret professionnel car les douaniers ne répondirent à aucune de ses questions.

Sa correspondance pour Vienne partant le lendemain, Marcello fit transporter ses bagages au *Gasthof* Andreas Hofer situé dans la *Marie-Theresien-Strasse*, le seul établissement de la cité tyrolienne qui eût encore des chambres à louer en cette période estivale.

La chambre numéro 5 était petite, claire et d'une méticuleuse propreté. Un petit lit, une petite armoire, une petite table, une petite lampe à pétrole, une petite chaise, mais un grand pot de nuit en faïence décoré d'une couronne d'edelweiss. La porte-fenêtre privée de rideaux s'ouvrait sur un balcon de poupée d'où l'on avait une belle vue sur la chaîne de montagnes éternellement enneigées.

Loupe en main, Marcello grimpa sur la chaise et inspecta les coins du plafond. N'y décelant rien d'intéressant, il se mit à quatre pattes et examina le dessous du lit qui était aussi propre qu'une salle d'opération. Il se redressa et rangea sa loupe.

– Ce n'est pas ici que je vais trouver des araignées montagnardes.

La *Gastzimmer* où il soupa ressemblait plus à un musée qu'à une salle de restaurant. Plusieurs tableaux au mur étaient dédiés à l'existence batailleuse d'Andreas Hofer, un aubergiste du cru devenu chef de la rébellion contre les Français. Trahi par un compatriote pour la somme de mille cinq cents florins, Hofer avait été fusillé sur ordre de Napoléon. Depuis, l'homme bénéficiait du statut de héros national, et pour y avoir dormi une nuit (le lundi 4 juin 1809), la *Gasthof* avait pris son nom. L'aubergiste d'alors avait conservé le pot de chambre utilisé par Hofer le matin de son départ. La relique était sous un globe posé dans une niche creusée dans l'épaisseur du mur.

Une serveuse aux joues pomme d'api lui servit d'autorité un plat de viande bouillie accompagné de salade hachée et de pommes de terre. Elle lui apporta aussi un énorme *Krügel* contenant un demi-litre de bière *vom Fasse* très froide qu'il ne put finir tant il y en avait.

Tout en mangeant, Marcello s'efforçait de ne pas regarder l'aubergiste, un quinquagénaire imposant qui portait une longue barbe *à la Hofer*, pas assez longue toutefois pour dissimuler un goitre si gros qu'il lui avait englouti le cou.

Son père s'était taillé un joli succès à Vienne en présentant sa thèse de doctorat sur cette affliction. Carolus avait soutenu qu'une simple adjonction de sel marin dans la nourriture quotidienne des montagnards tyroliens éliminerait progressivement les goitres et le crétinisme qui sévissaient à l'état endémique dans ces régions de haute altitude. Mais il avait averti que cette adjonction de sel quotidienne aurait pour effet secondaire la disparition, à long terme, du traditionnel *jodle*, ce chant des bergers qui ne se *jodlait* correctement qu'affligé de cette difformité goitreuse.

Le souper terminé, Marcello eut la curiosité de vérifier si le pot de chambre de Hofer était vide. Bien lui en prit, car il vit au fond quelque chose de brunâtre et de très desséché qui ne pouvait être qu'un authentique étron – vieux de quatre-vingt-onze ans – du héros tyrolien. Dommage que son père ne fût plus de ce monde. Lui qui avait écrit et publié *Le Culte de la charogne* – un essai de trois cents pages sur l'industrie des reliques sacrées chez les chrétiens – aurait eut à gloser devant un tel spécimen.

Dans sa chambre, à la lumière jaune de la lampe à pétrole, il rédigea un mot à l'intention de Maria, utilisant le papier à l'en-tête du *Grand Hôtel Royal Deux Tours*.

> *Ma chère Maria,*
>
> *Malgré un fâcheux retard dû à un incident de parcours, je suis arrivé à Innsbruck et je ne me porte pas trop mal ; à l'exception peut-être d'une forte constipation que je soupçonne d'origine nerveuse. Ces changements constants contrarient le bon fonctionnement de mes intestins. Je déteste chaque minute de ce voyage.*
>
> *P.-S. Je ne comprends pas comment j'ai pu oublier ma trousse à pharmacie !*

16

Vendredi 22 août 1902.
Jour 5.

Le compartiment de première classe de l'express 177 comptait huit places, chacune marquée d'un accoudoir et d'un appuie-tête de façon que le voyageur ait le sentiment d'occuper un coin, objet de toutes les convoitises. Marcello avait loué l'un des meilleurs, le coin fenêtre ; il avait ainsi une belle vue sur le paysage et une vue d'ensemble sur le compartiment. Face à lui, se trouvait une famille de nationalité américaine. William Schwarzendorf, fabricant de corned-beef originaire d'Austin dans l'État du Texas, voyageait avec son épouse Betty et leurs deux enfants, Bobby, un adolescent boutonneux, et Wendy, une fillette d'une dizaine d'années qui montrait ses dessous blancs festonnés chaque fois qu'elle s'éventait avec sa robe. Les Schwarzendorf se rendaient à Vienne visiter un oncle d'Autriche qu'ils n'avaient jamais rencontré avant.

Le seul voisin de Marcello occupait le coin couloir. C'était un fonctionnaire de l'ambassade de France à Vienne qui revenait de ses congés annuels. Il fumait des cigarettes à raison d'un paquet par heure et lorsque son paquet était vide, il le jetait par la fenêtre et en ouvrait un neuf. Entre deux bouffées, il tenait des propos calomnieux sur les voyages en train, affirmant, l'index dressé, que la vitesse élevée était préjudiciable au bon fonctionnement du cerveau humain ; selon lui, cette vitesse donnait également des fluxions de poitrine. Avisant Marcello qui consultait son Baedeker Autriche-Hongrie, il l'avait prévenu que la lecture en train rendait aveugle et que n'importe quel *couillon* savait ça.

– Oui, oui, oui, monsieur le Français, j'ai moi-même entendu dire qu'à force de regarder les trains passer, le lait tournait dans le pis des vaches.

***

La locomotive T3 à six essieux couplés de l'express 177 parcourut les cinq cent soixante-huit kilomètres Innsbruck-Vienne en douze heures.

Après avoir eu l'œil lassé par des paysages propres et ordonnés, Marcello fut agréablement surpris par le désordre tout à fait latin qui régnait sur les quais de la *Westbahnhof*. Dès ses premiers pas, il fut cerné par une ribambelle de porteurs en blouse et casquette grises qui lui offrirent leurs services en plusieurs langues. Il choisit celui qui baragouinait une sorte de mauvais italien et lui désigna la malle et le sac de nuit. Il le suivit à travers un immense hall où grouillaient des gens étranges, la plupart revêtus de leur costume national.

Il regretta de ne pas posséder un appareil photographique ; le spectacle était digne d'illustrer l'une de ses leçons d'histoire sur l'empire multinational austro-hongrois ; un empire ingouvernable qui comptait dans ses rangs des Autrichiens proprement dits, des Hongrois, des Moraves, des Bohêmes, des Silésiens, des Transylvaniens de différentes nuances, des Valaques, des Esclavons, des Tyroliens, des Polonais, des Juifs, des Croates, des Styriens, des Italiens variés, des Carinthiens, des autochtones de la Carniole… Et tous ces gens n'avaient rien en commun : ni la langue, ni les mœurs, ni la religion, ni les opinions, ni les intérêts. Ah oui, aussi, toutes ces nationalités se détestaient, se haïssaient, se querellaient, voire se persécutaient.

Avant de sortir de la gare, il dut passer par les bureaux de l'octroi et subir une fouille minutieuse de ses bagages mais rien que de ses bagages.

Dehors, une double rangée de voitures s'alignait le long de la *Neubaugürtel* : il y avait des *Ein Spänner* à un cheval et des *Fiaker Zweisitzer* à deux chevaux. Tous avaient des taximètres, tous avaient des roues recouvertes de caoutchouc.

Il n'est pas rare que les cochers viennois cherchent à surfaire ; il est donc prudent de s'entendre avec eux avant de monter en voiture. Il est d'usage de donner de forts pourboires, surtout aux fiacres (un krone *et plus),* avait-il lu dans le Baedeker.

Il fit signe à un cocher de *Fiaker* disposant d'un rassurant taximètre.

– Combien pour me conduire à l'hôtel *Sacher* ?

Le nom de l'hôtel figurait en tête de liste des recommandations écrites par son père.

– C'est à trois pas d'ici, dans l'*Augustinerstrasse*, ça vous coûtera deux *krones* environ et seulement, répondit l'homme avec un fort accent de Bohême.

Lui aussi était coiffé d'un melon anglais.

La malle et le sac de nuit casés, Marcello s'assit sans façon à côté du cocher. Celui-ci mit l'attelage en branle en faisant un bruit sonore avec sa langue (*clocq*).

Les roues caoutchoutées s'engageaient presque en silence dans la *Mariahilferstrasse*, lorsqu'un sergent de ville leva son bras droit et interrompit le trafic. Le cocher cracha un long jet de salive qui atterrit sur le pavé gris.

– C'est l'Vieux qui se rentre à Schönbrunn.

Une vingtaine de cavaliers en uniforme d'officier de

la garde impériale apparurent en haut de l'avenue, caracolant au-devant d'un carrosse découvert dans lequel Marcello reconnut avec ébahissement l'empereur François-Joseph Ier.

Il se décoiffa et remarqua que si de nombreux passants en faisaient autant, beaucoup affichaient une indifférence délibérée, voire hostile, comme le cocher de Bohême qui n'avait pas touché à son melon et qui s'offrit un nouveau crachat sur le pavé.

Marcello eut des difficultés à superposer l'image qu'il s'était faite de l'empereur-roi régnant sur cinquante millions de sujets, à celle de ce vieillard chenu aux épaules voûtées recouvertes, malgré la chaleur, d'une lourde cape noire d'officier de la garde.

Le cortège passé, le cocher refit son claquement de langue (*clocq*) et le fiacre s'insinua dans le trafic rétabli.

L'hôtel *Sacher* occupait un immeuble construit en 1840 sur l'emplacement d'un vieux théâtre. Le qualificatif de palace lui convenait en tout point.

Marcello paya le cocher – sans oublier le *fort pourboire* – et vit trois *Gepäckträger* en blouse marron et orange s'emparer de ses bagages et les transporter à la réception.

Adolf Hermann, le concierge de jour, était en habit, faux col cassé, nœud papillon. Se fiant à la tenue vestimentaire, il jaugea sévèrement ce nouveau client et décida qu'il n'avait rien en commun avec la clientèle habituelle de têtes couronnées, de milliardaires célèbres, de musiciens fameux, de chefs d'orchestre illustres, d'écrivains distingués, etc. Inutile donc de déranger *Frau* Anna Sacher.

– Nous sommes complet, *mein Herr*. Je regrette.

Marcello eut une moue déçue.

– Quel dommage, mon père m'avait chaudement recommandé votre établissement. Il gardait un souvenir excellent de vos *Sachertorte*. Il prétendait qu'il n'y avait pas de meilleur gâteau au chocolat. Est-ce exact ?

– C'est exact, *mein Herr*, répondit le concierge.

Une forte femme à la figure ronde et aux hanches bien renflées s'approcha en se dandinant. Marcello la vit examiner la malle et pointer son doigt sur une étiquette marron et orange qui montrait la façade de l'hôtel *Ed Sacher, Wien*.

– Votre père est donc venu du vivant de mon pauvre Edouard, *nicht wahr* ? Nous n'avons plus cette étiquette.

Ôtant son canotier pour la saluer, Marcello nota que la forte femme tenait entre ses doigts bagués un cigare fumant.

– Quel était le nom de votre père ?

– Carolus Tricotin, madame, c'était un médecin. Je me présente, Marcello Tricotin, son fils, professeur d'école, en mission sacrée.

Non seulement cette femme fumait le cigare, mais elle avalait la fumée pour ensuite la rejeter par le nez, et cela sans même tousser. Étonnant.

– Une mission sacrée ?

– Oui, madame. C'est ainsi qu'en Italie nous considérons les dernières volontés d'un mort.

Frau Anna Sacher s'adressa au concierge.

– Hermann, donnez la trente-trois à M. le professeur, il y sera très bien.

Palace oblige, l'hôtel était électrifié. La chambre 33 se trouvant au troisième étage, Marcello utilisa le premier véhicule ascensionnel de son existence, un ascenseur électrique de marque Liftoff que pilotait un *élévatoriste* en uniforme marron et orange à brandebourgs argent. Trois vitesses étaient proposées. Vitesse fusée, vitesse croisière, vitesse champêtre.

– La vitesse fusée, *bitte*.

Khazam ! fit la machine, et, déjà, on était arrivé.

– Ce fut bref, dit Marcello en se recoiffant.

La chambre 33, dix *krones* la nuit, était meublée d'un lit baroque du XVIIIᵉ avec quatre angelots potelés soutenant un dais de noyer. Une porte-fenêtre s'ouvrait sur un balcon en fer forgé qui avait une vue plongeante sur l'Opéra et sur la *Kärntnerstrasse*, l'une des rues élégantes de la capitale. Au chevet du grand lit, un téléphone en bakélite noire permettait de communiquer avec les différents services de l'hôtel.

Marcello demanda qu'on lui chauffât de l'eau pour un bain.

– Ce ne sera pas nécessaire, monsieur, dit la domestique en tablier et bonnet brodé marron et orange en ouvrant la porte de la salle de bains dotée d'une grande baignoire munie de deux robinets ; celui de droite produisait de l'eau froide, celui de gauche de l'eau chaude.

À San Coucoumelo, lorsque l'on voulait de l'eau chaude, il fallait la faire chauffer au feu de bois.

Une fois débarrassé de cette tenace odeur de suie qui semblait inséparable des voyages en train, il décrocha le combiné du téléphone et tourna la manivelle. Une voix nasillarde se fit entendre.

– *Grüss Gott*, j'écoute, *mein Herr*.

Marcello sourit niaisement comme s'il venait de réussir quelque chose. C'était la première fois qu'il téléphonait.

– Eh bien, euh, vous m'entendez ?

– Très bien, monsieur, que désirez-vous ?

– Je voudrais du café avec du lait, et aussi l'un de vos *Sachertorte*.

– *Sofort, mein Herr*.

Au plaisir qu'il prenait à émettre un désir et à le voir aussitôt exaucé, il entrevit comment on pouvait prendre goût au luxe et au pouvoir.

Un garçon d'étage, en gilet rayé à parements marron et orange, apporta sur un plateau en argent, un pot à café en argent, un pot à lait en argent, un sucrier en argent duquel dépassait une pince à sucre en argent, et, sur une assiette de porcelaine de Saxe, un superbe gâteau marron et orange.

– Voici ce fameux *Sachertorte* ?

Le garçon d'étage s'autorisa un léger sourire.

– Oui, monsieur, c'est une spécialité inventée par *Herr Franz Sacher*, le père de *Herr* Edouard, le fondateur de cet hôtel, monsieur.

Marcello mordit dans la pâtisserie.

– Huuumm, je décèle la présence d'abricot dans tout ce chocolat.

– Je regrette, monsieur, je ne peux rien dire, la recette est tenue secrète, monsieur, depuis toujours, monsieur.

À dix-neuf heures, il se présentait dans la grande salle à manger.

– Je regrette, *mein Herr*, mais le souper se prend en habit, dit le maître d'hôtel en toisant le complet trois-pièces défraîchi du client de la chambre 33.

– *Scusi*, je l'ignorais.

Il se rendit à la réception.

– Je n'ai point emporté d'habit, je ne pensais pas en avoir l'utilité.

– Si vous le souhaitez, nous pouvons vous servir dans votre chambre, *Herr Professor* ?

Il soupa d'un potage aux orties blanches, d'un filet de porc rôti servi avec du cumin (*Jungfernbraten*) et d'un plat de riz aux petits pois (*Risibisi*). Il conclut par un *Sachertorte* et but une bouteille de *Gumpoldskirchener*, qui l'aida à trouver le sommeil.

Trois heures plus tard, une migraine carabinée le réveillait. Était-ce une céphalée blanche avec pâleur du visage, dureté de l'artère temporale, dilatation des pupilles, refroidissement des extrémités et frissons légers, ou était-ce une céphalée rouge avec rougeur prédominante du côté douloureux, rétrécissement des pupilles, écoulement des yeux et des narines, sensation de forte chaleur interne ? Il avait le sentiment d'être victime des deux.

Rien de ce qu'il avait avalé depuis quatre jours n'étant ressorti, il allait sans aucun doute mourir dans les souffrances inimitables de l'occlusion intestinale.

Il actionna l'interrupteur.

La lumière électrique l'obligea à fermer les yeux et à se précipiter dans la salle de bains pour rendre, à l'envers, l'intégralité du souper.

La tête bourdonnante, le ventre ballonné pesant une tonne, il rampa jusqu'au téléphone.

– Je suis mourant. Il me faut un médecin au plus vite, déclara-t-il en mêlant à sa voix quelques gémissements sourds supposés souligner l'urgence de sa situation.

Le concierge de nuit monta évaluer *de visu* et ce qu'il vit le persuada d'agir au plus vite. Un *boy* partit au pas de course dans la *Krugerstrasse* tirer de son lit le Dr Samuel Weissmann.

Une petite demi-heure plus tard, *Herr Doktor* Weissmann entrait dans la chambre 33.

– Oooooh, docteur, faites vite, je vous en conjure, je n'ai pas déféqué depuis quatre jours et il me faut un grand lavement chaud avant que mon ventre n'implose et que ma tête ne fasse de même ! Ooooh...

Après un bref examen, *Herr Doktor* confirma le diagnostic. Médecin attitré du *Sacher*, le Dr Weissmann disposait à l'office d'une armoire à pharmacie pourvue des divers ustensiles de premiers soins, dont un bock, un irrigateur et une poire à lavement. Après avoir fait bouillir un litre d'eau et versé dedans deux cuillers à soupe de glycérine, il allongea le constipé sur le côté droit, le siège relevé par un coussin, les cuisses légèrement pliées. Pour un effet optimum, la canule devait s'enfoncer jusqu'à l'extrémité du gros intestin, soit quinze centimètres environ. Cela se fit avec des grognements et des grincements de dents chez l'intéressé.

L'exonération de la matière merdifique prit effet en moins de six minutes. Bruyante, odorante, abondante, voire débordante, elle rappelait par instants la prise de Constantinople par l'artillerie turque, parfois les trompettes de Jéricho juste avant l'effondrement des murailles.

17

Samedi 23 août 1902.
Jour 6.

Le tube à crottes impeccablement délesté, les idées claires, le cœur léger, Marcello décrocha le téléphone, tourna la manivelle et commanda un *Frühstück* à la mode des îles Britanniques : œufs, bacon, porridge, sirop d'érable, toasts, beurre, marmelade d'oranges amères, thé des Indes, lait de vache, sucre à volonté.

Repu, il quitta sa chambre et prit plaisir à pousser le bouton rouge gouvernant l'ascenseur : les enclenchements et les déclenchements sonores de la machine qui obéissait le ravirent.

– *Grüss Gott, mein Herr*, j'espère que vous allez mieux ce matin ? dit l'élévatoriste sur un ton concerné.

– Merci, je vais bien, répondit Marcello, mortifié à l'idée que tout l'hôtel était au courant de ses désordres intestinaux.

– *Grüss Gott, Herr Professor*, comment allez-vous ce matin, demanda la voix concernée d'Adolf Hermann, le concierge de jour.

– Je vais bien, merci.

Il vit par la double porte le ciel couvert de nuages gris surmulot.

– En quoi puis-je vous être utile, monsieur ?

– J'ai besoin d'un fiacre.

Le concierge agita sa main en direction de l'un des boys en faction dans le hall.

– Bernhart, veuillez chercher un fiacre pour M. le professeur.

Le chasseur désigné se mit au garde-à-vous et gueula :

– *Zu Befehl, mein Herr !*

Marcello sursauta. Le concierge s'excusa.

– Ce n'est rien, *Herr Professor*, c'est juste un Prussien que nous avons en stage. Notez qu'il s'améliore, il n'a pas claqué des talons cette fois.

Le boy Bernhart sortit au pas de course et Marcello le vit héler l'un des fiacres qui attendait le long du trottoir.

– *Danke schön, gestrenger Herr !* gueula le chasseur en empochant la petite pièce d'argent qui valait cent hellers de cuivre.

– Je vais au 19 de la *Berggasse*.

Le cocher, un Hongrois, chaussa des besicles pour consulter son plan et situer la rue.

– C'est dans le neuvième arrondissement.

Le fiacre remonta les pavés de l'*Augustinerstrasse* jusqu'à la place Joseph-II où brillait faiblement la statue équestre du *despote éclairé* ; il contourna le *Stallburg*, traversa la *Michaelerplatz* et s'engagea à petite vitesse dans la *Herrengasse*. Rencogné sur sa banquette de cuir, Marcello était perturbé par ce qu'il allait devoir faire. Plus le moment approchait et plus il était convaincu de son échec.

Le fiacre arriva dans la *Schottengasse* et enfin dans la *Währingerstrasse*, il dépassa la cathédrale gothique (moderne) de la *Votiv-Kirche* et arriva dans la *Berggasse* qui descendait en pente rapide jusqu'au *Donau Kanal*. Il s'immobilisa à la hauteur d'un immeuble bourgeois qui portait le numéro 19. La porte cochère était ouverte.

– Attendez-moi, je vous prie, dit Marcello.

Le cocher tira d'une boîte métallique rouge et noire

une cigarette au bout doré et l'alluma avec un briquet à amadou.

Marcello approcha de l'immeuble, hésitant. La façade était d'une architecture hybride : la partie inférieure relevait du style Renaissance, la partie supérieure, ornée de lions sculptés et de bustes héroïques, était résolument néoclassique. Son père mentionnait dans ses recommandations qu'il avait habité cet immeuble trente années durant, en compagnie de sa mère Giulietta et d'Anton von Hartmann, son beau-père.

L'entrée du 19 était encadrée à gauche par la boutique d'un boucher, à droite par la *Ersten Wiener Consum-Vereins*, la première coopérative alimentaire de Vienne.

Marcello franchit le porche. Le vestibule donnait sur une cour intérieure raisonnablement grande. Il vit une remise, une écurie, un banc peint en blanc, un trio de jeunes marronniers poussant chacun dans son coin. Une porte dans le vestibule s'ouvrit sur un homme coiffé d'une casquette de cuir qui le désignait comme le *Hausbesoger* de l'immeuble.

– Vous cherchez quoi ? demanda-t-il dans un allemand déformé d'accent moldave.

– Il y a une trentaine d'années, mon père et ma grand-mère ont habité ici.

Fouillant dans sa poche intérieure, il y pêcha une pièce d'un *krone* et l'offrit au gardien qui – il n'était pas de ceux qui pensent que celui qui donne est toujours le supérieur de celui qui reçoit – l'accepta sans hésiter.

– Ils habitaient le premier étage… Quelqu'un y habite-t-il présentement ?

– Bien sûr. Il est occupé par la famille Freud.

– La famille Freud dites-vous ?

– Oui, et ils sont tous de Moravie, comme moi, mais eux ce sont des Juifs.

Freud ? Ce nom lui disait *quelque chose*.

Le concierge le toisa en marquant un arrêt appuyé sur le canotier et sur les insolites Le Laboureur. Jamais encore il n'avait vu un étranger aussi mal habillé.

Marcello comprit alors qu'il n'allait pas s'en sortir avec un misérable *krone*. Fouillant sa poche il choisit au toucher une pièce en argent de deux *krones* valant deux cents hellers.

Le *Hausbesoger* apprécia.

– Le Pr Freud vit ici depuis 1891, et il a le téléphone depuis 1895…

– Le téléphone, chez lui ?

– Oui, monsieur, il l'a.

Marcello prit une grande respiration.

– Je dois rencontrer le Pr Freud.

Le concierge désigna le large escalier massif qui menait au premier étage.

– C'est facile, il consulte de huit à neuf le matin, et de cinq à sept le soir. Il vous suffit de prendre rendez-vous. C'est un médecin des nerfs et de tout ce qu'on a dans la tête.

– Vous voulez dire un neurologue ?

– Oui, c'est ce que j'ai dit.

La montre de Marcello marquait dix heures quarante-cinq quand, venant de la rue, un homme coiffé d'un large chapeau noir entra dans le vestibule ; la quarantaine, taille moyenne (un mètre soixante-douze), physionomie sévère, tendance à l'embonpoint, barbe et moustache fournies mais élégamment taillées, veston sombre, faux col étroit, cravate noire à nœud perpétuel, chaîne de montre de gousset accrochée à un bouton du gilet, petit cigare coincé entre l'index et le majeur de la main droite.

– Ah vous alors, on peut dire que c'est votre jour de chance, voilà le professeur qui revient de chez le *Friseur*.

Marcello se vit faire un pas en avant et s'entendit dire :

– Monsieur le professeur Freud ?

– Oui, qui le demande ?

– Je m'appelle Marcello Tricotin et je suis maître d'école à San Coucoumelo… C'est un petit village dans une vallée du Piémont, monsieur le professeur… Je suis aussi le fils du Dr Carolus Tricotin.

Une odeur d'eau de Cologne émanait du professeur. Marcello pointa son index vers le haut de l'escalier.

– Mon père a vécu près de trente ans dans cet immeuble, il avait son cabinet de consultation au premier étage… et, euh… si vous le permettez, monsieur le professeur, euh… j'aimerais beaucoup le visiter.

Le Pr Freud tira une bouif de son petit cigare, un trabuccos, l'un des meilleurs produits des tabacs autrichiens.

– Figurez-vous que l'an passé j'ai visité Rome pour la première fois… Ah, on peut dire que j'aime beaucoup votre pays, monsieur, beaucoup.

Tout en parlant, il avait posé sa main sur le bras de Marcello et l'entraînait vers l'escalier.

– Étant propriétaire de mon étage, je me suis intéressé à l'historique de cet immeuble. Je sais, par exemple, qu'il fut construit en 1821, comme je sais que le premier étage a été vendu la même année au Dr Anton von Hartmann…

Marcello agita ses deux mains pour mieux s'expliquer.

– Anton von Hartmann était le beau-père de mon père. Voyez-vous, professeur, ma grand-mère, Giulietta Tricotin, avait épousé Anton von Hartmann en secondes noces. Mon père avait sept ans lorsqu'ils ont emménagé ici.

Ils arrivèrent sur le palier. *Prof. Dr. FREUD.* était gravé sur une plaque de cuivre.

La vue du nom écrit sur la porte débrida la mémoire de Marcello ; il se souvint de cette commande de livre

223

rédigée par son père au matin de sa mort. Un livre sur les rêves.

– Cet appartement compte dix pièces, lesquelles voudriez-vous visiter ? Vous comprendrez cependant qu'elles ne sont pas toutes accessibles.

Marcello fut pris d'une quinte de toux qui lui fournit un instant de répit.

– À vrai dire, une seule suffira, mais cela devra être la pièce qui lui servait de bureau.

Ce disant, il ouvrit l'enveloppe bleue et en tira le feuillet sur lequel était dessiné le plan de l'appartement et le croquis du plancher.

– Voyez, c'est cette pièce-là, celle avec une fenêtre donnant sur la cour.

– J'ai moi aussi choisi d'y installer mon bureau. Il est vrai que c'est une pièce claire et agréable.

Marcello se dandina sur le palier en regardant ses rustiques godillots.

– Bon, bien, ce que j'ai à dire pourra vous paraître confus, voire un peu compliqué, *certo*, mais avant toute chose je déclare solennellement être ici en mission sacrée. Une mission qui m'a été imposée par testament.

Le professeur tira sur son cigare et rejeta la fumée vers le plafond.

– Vous éveillez ma curiosité.

Marcello montra les autres feuillets dans l'enveloppe.

– Mon père m'a ordonné de venir ici et de récupérer dans le plancher de votre bureau un coffret en ébène qu'il a dissimulé en 1850. Voilà, je l'ai dit.

– Que contient ce coffret ?

Marcello agita l'enveloppe bleue.

– Mon père ne le dit pas. Il devait considérer que l'épreuve aurait été trop facile.

– Savez-vous l'endroit exact ?

– Oui, voyez par vous-même.

Carolus avait dessiné le parquet à bâtons rompus et plusieurs petites croix désignaient les lattes à soulever.

– Ceci est inattendu, vous en conviendrez, *Herr* Tricotin, je réclame un délai de réflexion. Après tout, il s'agit de vous autoriser à défoncer une partie du plancher de mon bureau, n'est-ce pas ?

– Oui… mais sachez, professeur, que tout ceci m'est imposé, si cela ne tenait que de moi, je ne serais même pas ici !

Le professeur consulta un calepin et inscrivit quelques mots avec un stylo à encre au capuchon noir orné d'une étoile blanche.

– Venez demain dimanche à onze heures. Entendu ?

– Bien sûr, assurément, évidemment, sans aucune hésitation, demain, onze heures, au revoir, professeur.

Marcello se vit saluer en soulevant son canotier, puis, sans pouvoir se contrôler, il prit la fuite et dévala l'escalier quatre à quatre, comme poursuivi par un essaim de tréponèmes.

Le fiacre attendait au bord du trottoir, le cocher fumait sa troisième cigarette, les chevaux sabotaient le pavé, le ciel accumulait les nuages noirs, il n'y avait pas un souffle de vent.

– À l'hôtel.

– C'est une sage décision, *mein Herr*, car sous peu ça va rincer sec.

Marcello se vit assis sur la banquette, ruminant sur l'avenir de sa mission sacrée dans l'expectative où le Pr Freud refuserait de démolir son plancher.

***

17 heures.

En dépit des cieux menaçants, Marcello décida de rentrer à pied à son hôtel. Déclinant de la main les propositions des cochers rangés sur la *Marie-Theresien-Platz*, il contourna le *Kunsthistorisches Museum* et s'engagea dans l'*Elisabethstrasse*. Il dépassait le ministère de la Justice lorsque l'orage qui couvait s'abattit avec une rare violence sur la capitale, provoquant de multiples dégâts. L'un de ces éclairs, sous forme d'une boule de feu d'une trentaine de centimètres de diamètre, atteignit Marcello alors qu'il se protégeait sous l'un des grands tilleuls de la *Schiller-Platz*.

Quand il reprit connaissance il gisait sur les pavés, tête nue, sans godillots, les vêtements aux trois quarts déchiquetés. Que lui était-il encore arrivé ? Un fiacre lui aurait-il roulé dessus par inadvertance ? Son esprit secoué baignait dans un brouillard si épais que ses pensées, désorientées, erraient au hasard des vents cérébraux, comme des caravelles privées de gouvernail.

Incapable de protester, il vit plusieurs inconnus coiffés de chapeaux melons se baisser et s'emparer de ses bras et de ses jambes pour le soulever, à la une, à la deux, à la trois, et, tels des bandits enlevant leur butin, l'emporter précipitamment.

– *Ma che face… dove andiamo ?* bredouilla-t-il, la tête dodelinant dans le vide, le visage ruisselant d'eau de pluie.

Il ferma les yeux et lorsqu'il les rouvrit, ses porteurs franchissaient le hall de l'hôtel *Sacher*. Ils le déposèrent sur l'un des canapés *Biedermeier* face à la réception. L'un des porteurs s'adressa au concierge :

– Nous étions sous le porche du palais Hansen lorsque la foudre lui est tombée dessus. Nous nous sommes portés à son secours, mais moi, j'étais sûr qu'il était mort, et puis non, il ne l'était pas. C'est un miracle… on n'a pas retrouvé son chapeau ni ses chaussures, mais comme il avait cette clé sur lui, on l'a emmené ici.

– Vous avez bien fait, jeune homme, c'est un de nos clients, dit la voix grave de *Frau* Anna Sacher.

Attirés par les mots *foudre* et *miracle*, les clients présents dans le hall s'approchèrent du canapé. Les porteurs – quatre étudiants aux Beaux-Arts, d'une vingtaine d'années – se firent un plaisir de répondre aux questions, revenant avec insistance sur le caractère miraculeux du phénomène.

– Ce n'était pas un éclair ordinaire, c'était une boule de feu grosse comme ça qui est tombée du ciel, *zakaboum*, en plein sur lui… comme si elle l'avait visé… Et lui, qui était sous un arbre à droite de la statue de Schiller, ça l'a expédié cul par-dessus tête dans les airs à près d'un mètre de hauteur…

– Oh plus, je dirais, moi, deux mètres.

– … et quand il est retombé sur le trottoir, il n'avait plus ses chaussures et il fumait de partout, mais la pluie à vite éteint… C'est pour ça qu'il n'est que roussi.

Marcello prit à peine conscience de son état lamentable. Ses vêtements étaient en lambeaux, il était trempé jusqu'à l'os, il n'avait plus ses Le Laboureur et on pouvait voir ses orteils pointer au travers de ses chaussettes émiettées. Une douleur semblait cuire le haut de la cuisse droite.

– *Mi basta cosi*, *mi basta cosi*, gémit-il en refermant les yeux, persuadé que s'il ne voyait personne, personne ne pourrait le voir, un mode de pensée qu'il n'avait plus utilisé depuis l'âge de trois ans.

– C'est de l'italien, dit l'une des clientes sur un ton qui en disait long.

Quelqu'un le recouvrit d'une couverture de laine qui lui chatouilla le nez. Il éternua (*ATCHOUM !*), puis il sentit qu'on le soulevait et qu'on l'installait sur un fauteuil pour le transporter, d'abord dans l'ascenseur à la vitesse fusée, puis dans sa chambre, et enfin sur son lit aux quatre angelots potelés.

Comme tout était étrange. Mystère et boule de gomme et impossible de comprendre ce qui lui arrivait. Il rouvrit les yeux à l'instant où un sévère barbu en haut-de-forme entrait.

– Vous me reconnaissez, monsieur le maître d'école ? Vous revoir si tôt, je ne pensais pas, dit le Dr Samuel Weissmann en ôtant sa redingote mouillée de pluie. Vous pouvez vous vanter de revenir de *très* loin… Croyez-moi, peu de foudroyés survivent à leur coup de foudre.

Après l'avoir dévêtu, le médecin dressa un bilan des nombreuses brûlures et contusions ; tout ce qui était poil ou cheveux était roussi jusqu'à la racine, de plus, la foudre avait dessiné sur la peau d'étranges empreintes arborescentes qui faisaient penser à des tatouages. Les marques sur le bras droit rappelaient des fougères tandis que celles sur la cuisse droite faisaient penser à la ramure d'un cerf.

Le Dr Weissmann avait connaissance de tels phénomènes, mais pour la première fois il les constatait *de visu*. Que la foudre ait frappé le côté droit, épargnant le cœur, expliquait comment l'homme avait survécu à une telle électrocution.

– *A priori*, rien de grave, tout juste quelques contusions qui ne résisteront pas à mes onguents. En revanche, vous allez perdre vos cheveux et vos poils, mais ils repousseront. Rendez-vous compte, *Herr* Tricotin, votre bonne étoile a voulu que la foudre frappe côté droit ; l'eût-elle fait côté gauche et je vous assure que votre cœur n'aurait pas supporté un pareil survoltage. Jugez-en par l'état de vos vêtements… Professeur, professeur, m'entendez-vous ?

– *Mi basta cosi*, marmonna Marcello en s'endormant à la vitesse d'une mouche qui vient de repérer un morceau de sucre.

***

Dimanche 24 août 1902.
Jour 7.

Marcello rêvait être devant Dieu ; pour des motifs inconnus, celui-ci lui flanquait d'énormes torgnoles en répétant d'une voix douce, mais ferme : *Certes, je suis bon, Marcello* mio, *mais qui aime bien, châtie bien.*

Il ouvrit les yeux et vit le Dr Weissmann, *Frau* Anna Sacher, un photographe armé d'un appareil photographique et un journaliste de l'*Illustrierte Kronenzeitung.*

– Réveillez-vous, *Herr* Tricotin, voici du vin Mariani, c'est un excellent roboratif qui nous vient de France *via* le Pérou, buvez, *bitte.*

Marcello but une gorgée et trouva cela fameux. Décidément, on ne lui voulait que du bien ici, mais qui étaient ces gens ? Il nota la ressemblance du sévère barbu avec le Dieu de son rêve.

– Dans l'intérêt de la science, *Herr* Tricotin, je me suis permis d'inviter un spécialiste de la chambre noire afin qu'il vous immortalise, photographiquement parlant, cela va de soi.

Souriante, *Frau* Anna Sacher eut un geste vers le journaliste.

– Monsieur est de l'*Illustrierte Kronenzeitung* et il est impatient de vous questionner sur votre état actuel de foudroyé vivant.

Pour des raisons encore inconnues à ce jour, Marcello crut que la propriétaire lui demandait de réciter une prière. Avec un sourire qui dévoila sa surprenante dentition ajourée, il entonna, *mezzo voce*, la prière contre les brûlures et celle contre les maux de ventre que lui avait secrètement enseignées Filomena dans le temps.

– Feu de l'enfer, perds ta chaleur comme Judas perdit ses couleurs en trahissant Notre-Seigneur Jésus-Christ dans le jardin des Oliviers, et, je te supplie, ô colique, par le choc terrible que les Juifs firent éprouver au corps de Jésus lorsqu'ils dressèrent la croix, de quitter le corps du petit Marcello et de lui rendre la santé.

– Il est encore sous le choc, rien d'anormal après une telle surdose d'électricité ; sa présente amnésie se dissipera, avertit le docteur Weissmann.

Il offrit un deuxième verre de vin Mariani à son patient qui s'en délecta en faisant claquer sa langue de satisfaction.

Après avoir vissé son appareil sur un lourd trépied, le photographe prit des clichés de Marcello sous plusieurs coutures, il photographia les graffitis gravés par la foudre sur le bras droit et la cuisse droite, puis il photographia les vêtements dilacérés après les avoir artistiquement étalés sur le tapis. Ce fut lui qui découvrit dans ce qui restait de l'une des poches une masse compacte composée de pièces de monnaie fondues.

– Regardez ça, monsieur le miraculé, regardez à quoi vous avez échappé.

Frappé d'une frayeur rétrospective, Marcello se recroquevilla au fond de son lit, claquant des dents, transpirant par tous les pores, et *mi basta cosi, mi basta cosi*, pour le restant de la journée.

***

Lundi 25 août 1902.
Jour 8.

– Aujourd'hui, vous êtes célèbre, monsieur le foudroyé, vous avez votre portrait dans le journal, claironna joyeusement le garçon d'étage en déposant le plateau du petit-déjeuner de la trente-trois.

La lecture de l'*Illustrierte Kronenzeitung* éclaira Marcello sur ce qui lui était arrivé. Dans le texte consacré aux dégâts commis par l'orage, il était écrit que cent cinquante impacts de foudre avaient été recensés en moins de trois heures et qu'une boule de foudre de la taille d'une citrouille avait fait une victime Schiller-Platz, un certain Marcello Tricotin, professeur d'école de nationalité italienne, en villégiature au très sélect hôtel *Sacher*, et qui avait eu le bon goût de survivre à ce formidable survoltage.

Marcello eut du mal à reconnaître l'ahuri aux yeux écarquillés qui regardait niaisement l'objectif, les cheveux dressés droit sur son crâne roussi. La photo était encadrée de trois autres clichés montrant les empreintes arborescentes sur son bras droit, les vêtements en lambeaux disposés sur le tapis, et un gros plan des pièces de monnaie fondues entre elles.

Une demi-heure plus tard, le Dr Weissmann entrait dans la chambre pour renouveler ses applications de pommade adoucissante.

– Je vous déconseille de vous lever, *Herr Professor*, c'est trop tôt. Je veux vous garder en observation... À propos, saviez-vous qu'à Rome, un homme foudroyé passait pour être consacré par Jupiter en personne ?

Marcello n'écoutait pas. Il était inquiet. En plus de sa montre, l'enveloppe bleue contenant les recommandations et les informations de son père s'était volatilisée durant son foudroiement.

À l'heure présente (neuf heures dix du matin), il ne possédait aucune information susceptible de l'aider dans ses recherches. Il se souvenait du prénom, Aloïs, mais pas du nom, sauf peut-être que c'était particulièrement difficile à prononcer pour un honnête homme. Et hier, il avait raté son rendez-vous de la *Berggasse*.

Le Dr Weissmann venait de s'en aller lorsque le téléphone sonna.

Il décrocha le combiné et reconnut la voix grave de *Frau* Sacher.

– Mgr l'archevêque est à la réception, *Herr* Tricotin, il demande à vous rencontrer.

– Jésus-Christ en tramway ! Que me veut-il ?

Frau Sacher toussota dans le combiné.

– Je vous suggère de laisser monseigneur vous l'expliquer lui-même, *Herr* Tricotin.

L'archevêque entra dans la chambre 33 escorté de trois jeunes prêtres en soutane de flanelle anglaise. Les trois avaient en commun des joues rondes et roses qui rappelaient les fesses d'angelot du lit.

Après un regard sévère sur la chambre, le lit et son occupant, le prélat s'approcha et tendit sa main baguée à Marcello qui la secoua comme il aurait secoué le levier d'une pompe à eau.

Pris par surprise, les trois prêtres se signèrent à l'unisson.

– Tout le monde dit que vous êtes un miraculé, mon fils, nous sommes là pour le vérifier.

– Les miracles sont des sornettes à dormir debout, tandis que la foudre et les cumulonimbus, eux, existent. Je ne suis que l'innocente victime d'un banal phénomène météorologique et point à la ligne et ouvrez les guillemets.

– Nous sommes en présence d'un esprit fort, monseigneur, suggéra l'un des trois ensoutanés.

– Peut-être plus dérangé que fort ?

– Ne serait-il pas plutôt un anarchiste qui aurait fait exploser sa bombe accidentellement ?

L'archevêque dressa ses deux doigts joints.

– Êtes-vous un des nôtres, monsieur Tricotin ?

– Absolument, j'ai été baptisé à cinq ans et, grâce à Dieu, je suis athée ! Vous en voulez ? proposa-t-il en se servant un verre de Mariani.

Il crut voir de la fumée grise sortir des oreilles et des narines de l'archevêque.

– Voudriez-vous nous montrer ce que la foudre a écrit sur votre corps ? L'*Illustrierte Kronenzeitung* mentionne deux messages, mais il n'en montre qu'un.

D'excellente humeur, Marcello rabattit le drap, remonta sa chemise de nuit et découvrit le haut de sa cuisse droite sur laquelle étaient gravées des empreintes en forme de ramure de cervidé.

– Que de cornes, monseigneur !

Marcello eut un rire grinçant qui faisait penser à du gravier coincé sous une porte.

– D'après le Dr Weissmann, c'est un phénomène rare mais qui n'a rien de mystérieux. Il s'agit du tracé de l'éclair qui a suivi et grillé les vaisseaux sanguins… Hélas, dans quelques jours, cela aura disparu… c'est regrettable, j'aurais aimé les montrer à mon épouse et à mes enfants.

– Le Dr Weissmann est un Juif et en tant que tel il n'est pas habilité à donner son avis sur ce sujet.

La sonnerie du téléphone retentit.

– C'est la réception, *Herr* Tricotin, nous avons ici M. le professeur Freud qui sollicite un entretien.

Marcello interpella l'archevêque.

– Vous en avez encore pour longtemps ?

Le ministre de Dieu grimaça une réponse.

– Nous partons, monsieur l'esprit fort, et bien que la foudre soit la parole de Dieu matérialisée, nous n'homologuerons pas votre miracle (*nanananananaireu*).

Marcello approuva la décision d'un hochement de tête, puis il revint au téléphone.

– Faites monter le professeur en ascenseur, et conseillez-lui la vitesse fusée. C'est la meilleure.

Il terminait son verre de Mariani lorsque le Pr Sigmund Freud, en redingote noire, entra dans la chambre, porteur d'un paquet enveloppé dans du papier brun.

Après un regard intéressé sur les quatre angelots qui soutenaient sans effort le dais de noyer du lit, il ôta son large chapeau noir et déposa son paquet sur la table de chevet.

– C'est en voyant votre photo dans l'*Illustrierte*

Kronenzeitung que j'ai su pourquoi vous n'êtes pas venu hier matin.

Il découvrit alors les vêtements déchiquetés empilés sur le fauteuil et la poignée de monnaie fondue posée sur le marbre.

– Vous permettez ? demanda-t-il en tendant la main vers l'étonnante agglomération.

– Faites, professeur, je vous en prie.

Il s'approcha de la fenêtre, chaussa ses lunettes et examina l'objet attentivement.

– La chaleur nécessaire pour fondre l'argent est de neuf cent soixante degrés, la chaleur nécessaire pour fondre le cuivre est de mille quatre-vingt-trois degrés. Il est tout bonnement prodigieux que vous soyez toujours des nôtres, *Herr* Tricotin.

– Oh mais j'ai quand même été brûlé par-ci et par-là... et puis je vais aussi perdre mes cheveux et mes poils... et puis j'ai perdu le souvenir de beaucoup de choses... Pire, je ne sais toujours pas ce que j'allais faire Schiller-Platz.

Le Pr Freud désigna le paquet enveloppé de papier brun.

– Il y avait effectivement un coffret là où vous le disiez, et comme les six lattes étaient solidarisées, il m'a suffi de les soulever avec un tournevis. C'est une cachette particulièrement bien élaborée.

Il dénoua la ficelle, ôta le papier journal, dévoila un joli coffret rectangulaire en ébène.

Marcello déglutit, incapable de se souvenir où était la petite clé à chiffres qui avait été autour du cou de la harpie.

– Je suis votre obligé, monsieur le professeur, que puis-je faire pour vous être agréable ?

Le professeur fut direct.

– Ma curiosité a été mise à rude épreuve quant au

contenu de ce joli coffret, et je vous avoue que s'il n'avait pas été fermé à clé, je n'aurais pas résisté…

Marcello prit le coffret à deux mains, le soupesa, l'agita. Première constatation : il était plein. Deuxième constatation : il pesait.

– Connaissant l'esprit facétieux de mon père, j'appréhende cette ouverture… et puis il y a cette clé…

– Cette clé ?

– Je n'arrive pas à me souvenir de l'endroit où je l'ai rangée.

– La portiez-vous lors de votre foudroiement ?

– … euh ?

Marcello décrocha le téléphone, tourna la manivelle, sourit en entendant la voix de la standardiste.

– Je voudrais parler à M. le concierge.

Il y eut des cliquetis divers.

– Je vous écoute, *Herr* Tricotin, que puis-je faire pour vous ?

– J'ai besoin d'un marteau et d'un tournevis.

– *Sofort, Herr* Tricotin. Rien d'autre ?

– Un instant.

Marcello se tourna vers son visiteur.

– Aimeriez-vous boire du thé, professeur, ou peut-être du café ?

– Je vous remercie, *Herr* Tricotin, du café sera parfait.

Marcello reprit le combiné.

– Du café pour deux et un plateau de pâtisseries.

– *Sofort, Herr* Tricotin.

***

L'ébène étant une essence tropicale infiniment coriace, l'effraction fut délicate. Assisté du Pr Freud qui maintenait fermement le coffret à deux mains, Marcello usant du tournevis en guise de levier entreprit la serrure à coups de marteau. En dépit d'une résistance opiniâtre, le pêne dormant capitula avec un bruit sec. Marcello souleva délicatement le couvercle.

Un scorpion noir de très grande taille (vingt-deux centimètres) apparut.

– *Achtung !* s'écria le professeur avec un haut-le-corps.

Impassible, Marcello pointa son doigt sur le dos du scorpion.

– Il est mort, voyez ce petit trou sur la carapace, c'est celui de l'épingle qui l'a tué. Mon père collectionnait aussi les insectes.

Il saisit l'arthropode entre pouce et index et le posa sur la table de chevet, à côté du flacon de vin Mariani.

– J'ai toujours été hermétique à son humour… à vrai dire, cela aurait pu être pire.

– Pire ?

– Oh oui, il aurait pu installer un système à ressort qui m'aurait projeté au visage de l'encre rouge, ou de la poudre à éternuer, ou du poil à gratter.

Le scorpion avait été placé sur un écrin de velours grenat, lui-même posé sur un épais cahier à la couverture noire. Marcello souleva le fermoir de l'écrin.

Peint sur une miniature de forme ovale en ivoire, il vit son père en haut-de-forme – jeune comme il ne l'avait jamais connu – debout à côté d'une plantureuse femme blonde assise qui tenait un bambin sur ses cuisses. L'artiste avait peint le trio sur un fond de campagne autrichienne : un pré vert pomme, des vaches broutantes, des oiseaux dans un ciel azur, une route en lacet conduisant à un village aux maisons pieusement regroupées autour d'une église au clocher en forme de bulbe d'oignon *gemütlich*.

Il délogea la miniature de l'écrin : *Zwelt 1840* était écrit à l'encre au verso ; il remarqua qu'elle avait été brisée en deux, puis habilement restaurée.

Marcello tendit la miniature en désignant Carolus.

– Voici mon père.

Le Pr Freud chaussa à nouveau ses lunettes.

– Et cette dame, est-elle votre mère ?

– Non. Je ne la connais pas. Mais le gamin sur ses genoux doit être Aloïs, mon demi-frère.

Marcello renversa le coffret pour en extraire le cahier noir. Épais de quelque cent cinquante pages, il était rédigé en italien, et l'écriture était celle de son père. À la lumière de quelques phrases lues au hasard, il comprit qu'il s'agissait d'une sorte de journal. Gêné comme s'il venait d'être pris en flagrant délit de voyeurisme, il referma le cahier avec un sourire contrit à l'égard du professeur qui l'observait.

– Comme je vous l'ai confié l'autre jour, je suis ici pour remplir une mission sacrée. J'ai ordre de retrouver le fils illégitime de mon père et, jugez mon embarras, j'ai ordre de lui faire des excuses posthumes.

– Puis-je vous demander les circonstances du décès de votre père ?

Les sourcils de Marcello se soulevèrent.

– Un ulcère à l'estomac.

Le professeur se servit d'un deuxième *Sachertorte* et mordit dedans.

– Le remords, voyez-vous, *Herr* Tricotin, est sécréteur de suc gastrique, et comme chacun sait, le suc gastrique se compose d'acide chlorhydrique et de diastase, donc, plus le remords est grand, plus grande est la production de suc.

– Mais les remords sont des pensées, pas des microbes, comment peuvent-elles déclencher ces sécrétions ?

– Le bon sens populaire français a une expression révélatrice à ce sujet : *se faire de la bile*, ce n'est rien d'autre que du remords actif.

Il termina son gâteau et ajouta :

– Toute émotion forte, bonne ou mauvaise, est toujours accouplée à des manifestations physiques ; prenez la peur, ou la joie, dans les deux cas, votre cœur s'affole, vous tremblez, vous avez la chair de poule, vous claquez éventuellement des dents.

Marcello replaça le cahier dans le coffret, rangea la miniature dans l'écrin, posa l'écrin sur le cahier, posa le scorpion noir sur l'écrin, referma le coffret.

Le Pr Freud prit congé.

– Lorsque vous en aurez fini avec votre mission sacrée, venez déjeuner à la maison. Voici ma carte, mon numéro de téléphone y figure. *Auf Wiedersehen, und Viel Glück auf, Herr* Tricotin.

Une fois seul, Marcello but une nouvelle rasade de Mariani. À vrai dire, ce vin était plus qu'un simple cordial ; la qualité de son ivresse était supérieure à celle de n'importe quel autre cru, supérieure à l'ivresse de l'absinthe.

Il se leva, fouilla son sac de nuit, prit le maroquin contenant son passe-port et sa lettre de change, l'ouvrit, et vit un bout de chaîne en or qui dépassait de l'une des poches, précisément celle où il comptait ranger la carte de visite du professeur. Il tira sur la chaîne et la petite clé à chiffres du coffret apparut.

En tailleur sur le lit, il rouvrit le coffret, retira le scorpion, l'écrin grenat, le cahier noir, ouvrit le cahier.

Comme l'on mord à un appât, il lut la première page et fut aussitôt ferré.

18

Après la formidable tripotée reçue par la Grande Armée à Waterloo, et suite à la piteuse abdication de son général-empereur, la coalition des Vainqueurs ouvrit à Vienne un congrès qui eut pour objet de décider du sort de tous les territoires enfin libérés de la domination française.

Se contrefichant des opinions des peuples concernés, le congrès restaura presque partout l'Ordre ancien. Toutes les dynasties destituées furent restituées. Les Bourbons retrouvèrent Naples et la Sicile, la maison de Lorraine réintégra la Toscane, le duché de Parme fut attribué à l'ex-impératrice Marie-Louise, et l'empire d'Autriche annexa le royaume lombard-vénitien, s'octroyant ainsi l'accès à la mer qui lui avait toujours fait défaut. La maison de Savoie, représentée par Victor-Emmanuel Ier, retrouva son cher Piémont après un exil de quinze ans.

Le vieux roi (il avait cinquante-cinq ans) n'avait jamais oublié sa fuite précipitée de Turin en 1798 ; il avait voué dès lors une haine constante aux Français et à tout ce qui pouvait rappeler leur *foutue Révolution*. Si tôt retrôné, il s'était déclaré *champion absolu de la Réaction* et l'avait prouvé en annulant l'ensemble des lois, des promotions, des décrets, des institutions, promulgués depuis l'arrivée des Français en 1798 jusqu'à leur départ en 1814.

Assisté de sa cour de vieux ducs, de vieux comtes, de vieux marquis, de vieux abbés, de vieux rogatons, Victor-Emmanuel Ier harcela les nobles et les grands bourgeois qui avaient collaboré avec l'occupant. Côté religion, il fit revenir en grande pompe la Compagnie de Jésus, il réinstitutionnalisa le ghetto de Turin, et obligea les Juifs à porter de nouveau une marque jaune sur le côté gauche. Il les contraignit également à restituer les maisons et les palais qu'ils avaient achetés durant l'ère napoléonienne. Dans son élan, Victor-Emmanuel Ier rétablit les barrières douanières et fit abattre tous les réverbères de la capitale piémontaise sous prétexte qu'ils dataient des Français. Enfin, il interdit la vaccine, jugée bien trop révolutionnaire. *La vie est un don de Dieu et nul être humain n'a le droit d'y porter la moindre atteinte. Or, inoculer le virus du vaccin, c'est infliger un mal pour en prévenir un autre et, malgré la générosité de l'intention, c'est agir contre Dieu, qui seul doit rester le maître de dispenser à Son gré la maladie ou la santé.*

Hélas (trois fois) pour Victor-Emmanuel Ier, si les Français étaient partis, la plupart de leurs pires idées étaient restées. Telle cette extravagante déclaration des *Droits de l'homme*, ou, plus grotesque encore, ce *Principe des nationalités*, une parfaite élucubration en vertu de laquelle les habitants appartenant à une même nationalité devaient se regrouper en un même État. Autant marcher sur la tête !

Le décret de 1801 intégrant l'armée piémontaise dans l'armée française fut bien sûr abrogé et cette armée – soupçonnée d'être révolutionnairement contaminée – fut placée sous étroit contrôle autrichien. D'emblée, les militaires piémontais ne supportèrent pas cette présence étrangère à tous les échelons de leurs commandements. Ils se rebéquèrent ouvertement. Alors, sans état d'âme,

Victor-Emmanuel Ier demanda assistance au chancelier Metternich qui la lui accorda de bon cœur.

Au début de l'année 1821, plusieurs régiments de la *Kaiserlich-Königlich Armee* entraient dans le Piémont remettre de l'ordre.

***

Jeudi 22 février 1821.
San Coucoumelo.

À l'heure où les chouettes se taisent et les chauves-souris rentrent dans leurs grottes, un escadron du 5e uhlans d'Edelsbach se présenta au bac de San Coucoumelo.

Il faisait froid et du brouillard s'élevait au-dessus du Pô. Les cavaliers portaient la chapska carrée et la grande cape blanche, à l'exception du chirurgien-major qui arborait un bicorne et une cape bleue modèle infanterie. Les visages durs, fatigués, non rasés, les flammes absentes à la hampe des lances, les plumets des coiffures rangés dans leurs étuis, les fontes rabattues montrant les crosses des pistolets, signalaient des intentions belliqueuses.

Gros de deux cent vingt sabres, l'escadron poursuivait depuis trois jours une bande de charbonniers – des libéraux-nationalistes – qui leur avait tué huit hommes et un officier, d'où une méchante humeur perceptible chez les Autrichiens.

Le uhlan Wilt Felderer pointa sa lance sur la poitrine du passeur Carlo Zippi jusqu'à toucher sa chemise de grossière filoselle. Ce dernier, les narines picotées par l'odeur de graisse d'arme qui recouvrait la pointe d'acier, n'en menait pas large.

Sans descendre de sa monture, le *Rittmeister* Helmuth

241

Schaffhauser l'interrogea dans un italien qui avait des intonations milanaises.

Zippi ne se fit pas prier et conta avec volubilité comment, hier au soir, il avait passé une troupe d'une trentaine de *carbonari* fortement armée.

– Qu'entends-tu par fortement armée ?

– Je veux dire qu'ils ont des tromblons et des pistolets, et qu'il y a aussi des soldats avec des fusils et des baïonnettes.

– Si tu parles vrai, comme des rats dans une nasse ils sont faits.

Le passeur secoua sa tête ronde.

– Que non pas ! ils ont pris le vieux *sentiero* au fond de la vallée, et si y a pas trop de neige au col *della Freddezza*, y seront à Aiguilles après-demain… et Aiguilles, c'est la France.

Le bac ne pouvant accepter plus de quarante cavaliers à la fois, il fallut quelque cent passages et six bonnes heures avant que l'escadron au complet ait franchi le fleuve.

– Je suppose qu'en plus, *niente*, vous allez me payer ?

– Tu supposes bien, *Schweinehund*, et estime-toi chanceux de ne pas être fusillé pour intelligence avec l'ennemi… car tu les as quand même passés, ces chiens nationalistes…

Après avoir investi San Coucoumelo, l'escadron se scinda.

La 2e compagnie fouilla le village et plaça un guetteur dans le clocher de l'église, tandis que la 1re compagnie continuait la poursuite, réquisitionnant au passage comme guide Guido Saccapane, le meunier du fond de la vallée.

La *villa* Benvenuti, la plus grande et la plus belle, fut mise à la disposition du *Rittmeister* et de ses officiers, parmi lesquels figurait, par dérogation spéciale, le chirurgien-major Anton Hartmann von Edelsbach.

Parce qu'il ne combattait pas, le corps médical était unanimement méprisé dans l'armée. Les officiers de santé n'étaient pas considérés comme des officiers à part entière, mais plutôt comme des fonctionnaires militaires ayant un grade inférieur à celui des officiers. Aussi, ce n'était point pour son diplôme de l'Académie médicale militaire de Vienne que le chirurgien-major Anton Hartmann von Edelsbach était admis parmi les officiers, mais parce que son père était le *Feldmarschall* Ludwig Hartmann von Edelsbach, et que son frère, Guillaume Hartmann von Edelsbach était le colonel-propriétaire du régiment éponyme.

Giulietta (vingt-sept ans) et Anton (trente-huit ans) se plurent au premier regard, cela arrive parfois.

– Vos yeux ont la couleur d'une solution chlorhydrique un soir d'orage, furent les tout premiers mots d'Anton à Giulietta.

Grisée de se découvrir encore capable d'aimer, la jeune veuve se précipita vers ce nouvel amour comme une prisonnière vers une fenêtre ouverte. Lui ne parlant pas l'italien, elle ne parlant pas l'allemand, ils conversèrent en français.

– Je peux vous assurer, madame, que, hélas, nous ne vous dérangerons pas longtemps.

– Hélas ?

– Oui, madame, *hélas* est une interjection qui exprime la plainte, le regret, la douleur, *et cætera*, *et cætera*, et *et cætera*.

Le lendemain matin, accompagné du petit Carolus (sept ans), Giulietta et Anton s'affichaient dans le village, visitant l'église romane du XIe siècle, examinant en souriant les graffitis romains sur les pierres de la fontaine, méditant les yeux dans le vague devant la momie du général-baron Charlemagne Tricotin de Racleterre.

– Le travail d'embaumement est admirable, remarqua Anton en se penchant au-dessus du visage de Charlemagne pour mieux l'examiner.

Comment l'embaumeur s'y était-il pris pour redonner aux chairs cette fraîcheur rose bébé ? Le chirurgien-major apprécia d'autant plus qu'il était naturaliste à ses heures et qu'il connaissait les difficultés inhérentes à la bonne conservation de ce qui était mort.

– C'est curieux mais j'ai le sentiment d'avoir déjà vu son visage… Votre défunt aurait-il participé à la bataille des Trois Empereurs ?

Insouciants des regards hostiles des villageois, le trio remontait le *cardo* lorsque le soleil s'obscurcit et de trompetants *krooouuu krooouuu krooouuu !* retentirent.

– *Gerechter Gott !* Ce sont des grues cendrées ! *Ach*… il y en a au moins cent ! Regardez, regardez, on dirait qu'elles cherchent à se poser.

Giulietta sourit.

– Je sais où elles vont. Si vous le souhaitez, je vous y mène.

Lorsqu'ils atteignirent le sommet de la colline surplombant la prairie, le bois de châtaigniers et la rivière serpentante, Anton déploya sa longue-vue et observa le rare spectacle qu'offraient les grands échassiers en se posant toutes ailes déployées.

– Elles viennent deux fois par an, en mars et en octobre, et cela depuis toujours. La mère de ma mère disait qu'elles volent jusqu'en Afrique et qu'elles ont l'habitude de se reposer chez nous avant de traverser la mer… d'ailleurs, c'est pour cela qu'on a baptisé ce lieu la Table-aux-Grues.

Sans se soucier de salir son uniforme bleu et blanc, Anton s'allongea derrière un taillis de noisetiers et, malgré le froid, resta jusqu'à la tombée du jour à observer les allées et venues des échassiers qui reprenaient leurs forces en pêchant dans la Sorella. Quelle force mystérieuse poussait donc ces oiseaux à migrer sur de si longues distances, et comment s'y prenaient-ils pour toujours retrouver leur chemin ?

L'un des traits caractéristiques de la personnalité d'Anton était sa curiosité universelle et dévorante, une curiosité qui était souvent perçue par autrui comme de la dispersion et de l'amateurisme.

Tout en prêtant sa longue-vue à Carolus afin qu'il profite lui aussi de l'étonnant spectacle, il contait à Giulietta comment, l'année précédente, à Vienne, des médecins avaient ouvert le crâne de plusieurs de ces oiseaux migrateurs sans rien trouver évoquant une boussole ou même un aimant.

– Tu sais, mon garçon, on ne connaît pratiquement rien sur les mœurs de ces magnifiques volatiles et c'est fort regrettable.

Carolus comprenait mal le français, mais il était charmé par le ton bienveillant et par l'intérêt que l'adulte lui accordait.

– Maman, regarde, regarde, en voilà un qui vient d'attraper une grenouille... Regarde, regarde, il la gobe !

***

Le lundi 26 mars sur le coup de midi, ce qui restait de la 1re compagnie – vingt et un uhlans blessés, fiévreux, démontés –, revenait dans la vallée, conduit par un Guido Saccapane indemne mais exténué.

En écoutant le rapport des survivants le *Rittmeister* fut à *ça* de la crise d'apoplexie.

– Ces lâches nous attendaient en embuscade au col de la Froidure, *mein Herr*... Ils ont d'abord bloqué notre retraite par des éboulis et comme ils nous surplombaient, ils nous ont décimés avec leurs tromblons de dégénérés... *ach*, de telles armes devraient être interdites... pas un de nous n'a été épargné et encore moins les chevaux… la plupart ont chuté dans le ravin avec leurs cavaliers…

– Et où sont-ils maintenant, ces misérables rognures d'ongles ?

– Ils sont passés en France, *mein Herr*.

Le *Rittmeister* Schaffhauser se mit dans une ire telle qu'on aurait juré que des filets de fumée noire fusaient de ses oreilles et de ses narines. Perdre les quatre cinquièmes de sa 1re compagnie faisait tache dans sa carrière de chef d'escadron soucieux d'être promu colonel.

Poings serrés, dents grinçantes, il ordonna que les quatre-vingt-un uhlans morts fussent récupérés.

– Réquisitionnez tout ce qu'il vous faut comme véhicules et comme villageois, et n'oubliez pas les équipements et les selles, ne laissez rien.

– *Zu Befehl, mein Herr !*

– Et lui, qui est-ce ?

Il montrait Guido Saccapane qui tenait son chapeau à deux mains et qui espérait une gratification pour sa dangereuse et fatigante prestation de guide.

– C'est lui qui nous a guidés, *mein Herr*.

– Oui, c'est aussi lui qui vous a guidés dans un traquenard.

Le *Rittmeister* Schaffhauser dégaina son sabre, embrocha le meunier à la hauteur du nombril, et, dans un même mouvement, retira sa lame d'un geste sec. Saccapane tomba à genoux en faisant une épouvantable grimace, puis il bascula en avant, la tête la première dans la poussière et les petits cailloux.

Ceci fait et bien fait, le chef d'escadron ordonna que l'on regroupât place du Martyre tous les villageois et villageoises valides.

– Sonnez le tocsin et bottez le cul aux renâcleurs !

Pendant ce temps, Anton avait installé son ambulance de campagne dans la grange des Poirini. Après avoir examiné les blessures des vingt et un avariés et bourré de toiles d'araignée (un puissant désinfectant) les plus profondes, il en avait conclu que les tromblons des *carbonari* avaient été chargés de clous et de verre brisé préalablement frottés à de l'ail.

Le *Rittmeister* secoua la tête comme si quelque chose le gênait à l'intérieur.

– *Warum* de l'ail ?

– C'est un puissant aggravateur de purulence, *mein Herr*... une sorte de poison au contact du sang.

Tant de préméditation dans la férocité était confondante.

– Faut-il qu'ils nous haïssent.

Anton avait haussé les épaules.

– J'entends mal votre surprise, *mein Herr*. Le peuple qui s'est donné pour devise *Austriae est imperare orbi universo* – Il appartient à l'Autriche de régner sur le monde – ne peut être que haï par les autres peuples, *nicht wahr* ?

Une fois la population réunie, le *Rittmeister* Schaffhauser se hissa sur le rebord de la fontaine afin d'être vu et entendu par tous. Mains sur les hanches, menton agressif, il ordonna à tous les hommes valides de fabriquer quatre-vingt-un cercueils et de creuser quatre-vingt-une tombes, puis il ordonna aux villageoises de coudre quatre-vingt-un linceuls.

Une voix de femme s'éleva.

– C'est qu'on a point le tissu pour en coudre autant, nous !

– Des draps de lit vous avez, *nicht wahr* ? Alors prenez-les.

Les draps étaient les pièces maîtresses des trousseaux de mariée. Ils étaient comptés et figuraient dans les contrats de mariage comme dans les testaments. En outre, à San Coucoumelo, où chaque famille était mêlée à la sériciculture, les draps des trousseaux étaient de soie refusée. Le *padrone* refusant tous les cocons tachés

247

ou percés, tous les cocons mous (non terminés par le ver), tous les doubles (deux vers dans un même cocon), les éducatrices avaient pris l'habitude de conserver cette soie impure et de tisser leurs draps de lit avec. Bien sûr il fallait plusieurs saisons avant d'accumuler une longueur suffisante de soie pour tisser une paire de draps longs d'un mètre quatre-vingts, large d'un mètre quarante. Ajoutées à l'exécution sommaire de l'infortuné Guido Saccapane, ces mesures autoritaires soulevèrent une vigoureuse indignation ; pourtant, lorsque, deux jours plus tard, les morts furent ramenés du col de la Froidure, tout était prêt pour les recevoir.

Entre-temps, cinq des vingt et un avariés développèrent une gangrène et moururent. Les villageois durent fabriquer cinq cercueils, creuser cinq tombes et coudre cinq linceuls supplémentaires. Ce fut avec un sabre pointé dans ses reins que le curé Ugo Papi accepta de participer à la mise en terre des quatre-vingt-six uhlans du cinquième régiment, cérémonie qui eut lieu sous une pluie fine, pénétrante, froide.

Le lendemain matin, l'escadron quittait San Coucoumelo aussi brusquement qu'il y était entré, entraînant dans son sillage le cabriolet des Benvenuti chargé de Giulietta, du petit Carolus et de plusieurs malles de voyage (*Où vous irez, j'irai*).

***

Il fallut un mois plein à l'armée autrichienne pour guérir la société et l'armée piémontaises de tous ses éléments pathogènes.

Le 5e uhlans participa activement à la répression. Dès qu'un bourgeois libéral-national était découvert, il était *questionné* jusqu'à ce qu'il avoue et baille ses complices.

Parfois, sur un ton désabusé, Anton se confiait à Giulietta.

– Entendez-moi bien, ma mie, ce n'est point tant la torture systématique qui m'indispose – elle se montre efficace et nous fait gagner du temps, donc des vies – mais c'est de voir que certains d'entre nous semblent y prendre plaisir.

Numéro sept d'une fratrie de neuf – quatre garçons, cinq filles –, Anton n'avait jamais voulu être un militaire.

De l'âge de sept ans, l'âge de raison, à celui de quatorze, l'âge bête, Anton avait fait ses humanités auprès d'un curieux précepteur – un jésuite de la Compagnie de Jésus – qui, ébaudi par les facilités de son élève à apprendre, lui avait enseigné le grec dans Homère et Hérodote, le latin dans Ovide et Tite-Live, le français dans Voltaire et Saint-Simon, la religion dans un petit livre de trente pages intitulé *La Supercherie dévoilée*, écrit en 1636 par un jésuite portugais, Cristovão Ferreira, qu'Anton ne devait jamais oublier. Dans ces trente pages denses, le jésuite affirmait que Dieu n'avait pas créé le monde, que l'âme était mortelle, qu'il n'existait ni enfer, ni paradis, ni purgatoire, ni péché originel et que, de toute manière, le christianisme n'était qu'une époustouflante mauvaise farce. Il qualifiait le décalogue de stupidité impraticable, et traitait le pape d'individu authentiquement louche et terriblement scabreux. Il déclarait aussi que la virginité de Marie, l'histoire des Rois mages et celle encore plus fumeuse de la résurrection de Jésus, n'étaient qu'une phénoménale duperie positivement frauduleuse. Un peu plus loin, le Jugement dernier était diagnostiqué comme un incroyable délire tout juste bon à faire rire les Japonais et les fourmis rouges. Et Cristovão Ferreira de conclure en affirmant que la religion n'était en fait qu'une méchante invention des hommes pour s'assurer le pouvoir sur leurs semblables.

Le jour de ses quatorze ans, Ludwig Hartmann von Edelsbach ordonnait à son dernier fils de prendre du service comme cadet au 5e uhlans, le régiment qui appartenait à la famille depuis 1529.

– Faites excuse, monsieur mon père, mais je préfère devenir médecin.

– Seriez-vous pleutre ?

– Que non pas, monsieur, je sais seulement que le goût de trucider mon prochain, je n'ai point.

– Là où je vous envoie on saura vous le donner… Sachez que notre empereur comble d'honneurs et de médailles ceux qui portent les coups, jamais ceux qui les guérissent.

À force d'obstination, Anton avait arraché un compromis à son père : il serait militaire comme ses trois autres frères, mais il serait officier de santé.

– Je veux être l'ennemi de la mort, pas son pourvoyeur.

Durant cinq ans, au *Josephinium*, il suivit un enseignement médiocre assaisonné de bondieuseries à dormir debout. Il apprit à faire des saignées, à administrer des lavements, à disséquer des cadavres, il apprit la science des bandages (charpies, tampons, bandelettes, attelles rembourrées) et celle des baumes (viande fraîche le premier jour, baumes à base de graisse et de miel les jours suivants). On leur enseignait à reconnaître les maladies mais jamais leurs causes.

Anton reçut son diplôme d'officier de santé en même temps que sa feuille de route pour le 5e régiment de uhlans d'Edelsbach, avec ordre de se mettre à la disposition du colonel Otto Hartmann von Edelsbach, son frère aîné.

En décembre 1805, au centre de la Moravie (les Français disaient *Mort à vie*), dans une région au relief ondulé, parsemée de ruisseaux et d'étangs gelés, Anton avait participé à sa première bataille.

Chirurgien-major d'un régiment de cavalerie légère à trois escadrons – neuf cent quatre-vingt-douze uhlans –, il avait sous ses ordres un chirurgien aide-major, deux chirurgiens sous-aides et huit infirmiers. Le matériel mis à sa disposition consistait en cent kilos de linge à pansement, cinquante kilos de charpie, deux paillasses, huit brancards à sangles, une caisse d'instruments de chirurgie, une caisse de produits pharmaceutiques et une ambulance-fourgon à huit chevaux pour transporter le toutim.

Contre l'avis de Kurt Jetzinger son aide-major, il avait installé l'ambulance régimentaire dans la cour gelée d'une ferme proche du hameau d'Hostieradek, à moins de deux kilomètres des positions ennemies. La ferme était vide et tout ce qui était en bois, les meubles, les portes, les fenêtres, les arbres, avait servi de petit bois aux troupes précédentes.

– C'est bien assez près si on gagne, mais si on perd, au mieux on est prisonniers, au pire on est foutus, avait pronostiqué l'aide-major.

Sans l'arrivée inopinée du frère de l'*Inhaber* (le colonel-propriétaire), c'était ce bon vieux Kurt qui aurait été le chirurgien-major en place de ce novice pistonné.

La veille de ce qui allait s'appeler la bataille des Trois Empereurs, les officiers passèrent dans les bivouacs et rappelèrent à leurs hommes qu'il était interdit *sur l'honneur* de quitter les rangs en plein combat pour porter secours aux blessés ; le passé avait démontré qu'une fois à l'arrière, ces soldats compatissants ne revenaient pas au combat. Ainsi, chaque soldat blessé savait qu'il ne pouvait compter que sur lui-même pour regagner son ambulance ; quant aux plus amochés, ils devaient attendre la fin des combats pour voir arriver les brancardiers.

Entendant les premiers coups de feu qui allumaient la bataille, Anton consulta sa montre : sept heures du matin et le brouillard n'était pas encore levé au-dessus des marais gelés ; un brouillard si épais qu'on ne voyait pas à dix pas en avant.

L'un des infirmiers-brancardiers, un bohémien du Waldviertel, ricana en se frottant les mains à toute vitesse.

– Les affaires reprennent.

Anton ignorait encore que la plupart, pour ne pas dire la totalité, des infirmiers-brancardiers du service de santé étaient de mauvais sujets sans diplôme qui s'étaient engagés dans le corps médical pour échapper aux combats et pour écumer en toute impunité les champs de bataille.

En même temps qu'un soleil rouge déchirait les nuages et qu'un vent glacial chassait le brouillard, un trio de *Jäger* russes du 6e régiment de chasseurs d'Arkhangelgorod arriva dans la cour de ferme en titubant.

La montre d'Anton marquait sept heures quarante-cinq.

Les Russes s'étaient égarés dans le brouillard et n'avaient pas trouvé leur ambulance. Aucun d'eux ne parlant l'allemand, ils ne purent fournir d'indication sur la bataille en cours. Anton constata qu'ils étaient ivres comme des alambics et qu'ils présentaient tous les trois de sérieuses plaies par balles. L'un d'eux avait une blessure à la cuisse semblable à un panier de fraises écrasées.

La procédure pour de telles blessures était simple : avant d'étouper il fallait vérifier que le projectile était ressorti, s'il ne l'était pas, il fallait l'extraire en priorité, sans oublier les éventuelles esquilles d'os, de bois ou les bouts d'uniforme.

– Je ne connais point les grades chez les Russes. Y a-t-il un officier parmi eux ? s'enquit Anton, soucieux de respecter le règlement.

Le processus médical normal qui consistait à traiter en premier les cas les plus graves était officiellement interdit dans l'armée autrichienne. Même légèrement blessés, les officiers devaient être soignés avant les hommes de troupe grièvement atteints.

L'aide-major Jetzinger ronchonna en voyant Anton nouer son tablier et ouvrir le caisson chirurgical pour prendre un rétracteur.

– Ils ne sont pas de notre unité, *Herr Major*, s'ils veulent qu'on les soigne, qu'ils payent !

– Mais enfin, Jetzinger, ce sont nos alliés !

– Vous croyez ? Pourtant ils nous méprisent jusqu'à l'os !

Les Russes rigolèrent devant les mimiques de l'aide-major mais ils comprirent ce qui leur était exigé et payèrent sans rechigner, tirant chacun de leur giberne ventrale un écu de cinq kopecks en argent à l'effigie du jeune tsar de toutes les Russies, Alexandre Ier, tsar qui se trouvait présentement à trois kilomètres d'ici avec son état-major.

Anton essuyait ses doigts sanglants sur son tablier, lorsqu'un dragon de l'archiduc Jean se présenta à l'ambulance. Un coup de sabre lui avait presque détaché le bras gauche de l'épaule. Il parlait allemand avec un accent de Carinthie et put expliquer qu'il avait été sabré par un cuirassier français, un géant moustachu qui avait poursuivi sa charge et avait fendu le shako et le crâne du dragon suivant en poussant un grand *Ahan !*

Ce fut sur cet homme qu'Anton pratiqua sa première amputation, utilisant en guise d'anesthésique l'état d'exaltation extrême dans lequel le combat avait plongé le dragon.

– J'ai fait le mort et c'est tout l'escadron de cuirassiers qui m'est passé dessus… eh bien croyez-le si vous le voulez, mais pas un seul cheval ne m'a touché. Ah les braves bêtes !

Anton connut un instant d'embarras en ne sachant que faire du bras détaché. Le blessé le tira de son dilemme en s'exclamant avec ce qui lui restait d'énergie :

– Je veux mon anneau.

Effectivement, il y avait une bague à l'annulaire gauche, mais le doigt était gonflé et Anton ne put la faire glisser. Il fallut couper le doigt et ce fut sa deuxième amputation.

Il ordonna aux infirmiers-brancardiers de creuser un fossé et l'inaugura en déposant dedans le bras et le doigt du dragon.

Des corbeaux apparurent et se perchèrent sur le toit de la ferme. Quelques pies vinrent aussi mais se postèrent à l'écart de leurs noirauds cousins.

De sa position, Anton ne voyait rien de la bataille, en revanche il l'entendait : clameurs hystériques des charges de cavalerie, fracas métalliques des milliers de casques et de cuirasses violemment frappés, volées crépitantes des fusillades, *baradaboumbaradaboum* des batteries déchaînées, cacophonies infernales des musiques, *ran ran ranpataplan* incessants des tambours – chaque régiment avait son roulement particulier – *tata rata tata* contradictoires des trompettes d'escadron et, parfois, le bruit inouï d'un boulet en fin de course qui rebondissait et ricochait sur le sol gelé.

À treize heures trente-cinq (montre d'Anton), le disque solaire disparut derrière les nuages et un vent glacé soufflant de l'est le remplaça. L'ambulance régimentaire était débordée et tout manquait. Les avariés continuaient d'arriver. Il y en avait partout ; dans la ferme, dans la cour, dans la grange. Faute de paillasses on les avait allongés à même le sol jonché de pièces d'équipement ; casques, chapkas, shakos, baudriers avec giberne, fusils, sabretachcs... Les blessés les plus légers étaient adossés contre le mur de la maison. Ils regardaient avec indifférence les infirmiers-brancardiers qui creusaient dans la terre gelée un fossé destiné à recevoir les morts : il y en avait cinq, dénudés, empilés ; deux fantassins russes qui n'avaient pas survécu à leur amputation et trois cavaliers morts d'hémorragies multiples.

Presque toutes les unités engagées sur le terrain semblaient être représentées : hussards de Marioupol, cuirassiers de Nassau, grenadiers de Kiev, grenadiers de Petite-Russie, *Jäger* de Vienne, uhlans de Schwartzenberg, chevau-légers d'O'Reilly, dragons de Saint-Pétersbourg, colosses sibériens de la garde impériale, artilleurs de Buxhowden...

Penché au-dessus d'un sergent d'infanterie du régiment de Salzbourg, l'aide-major Jetzinger bourrait la plaie au flanc du blessé avec de la mousse et des feuilles mortes. Il la banda ensuite avec dcs bandeaux de tissu vert découpés dans une manche d'uniforme russe.

Lorsque les stocks de pansements furent épuisés, l'aide-major ordonna que l'on déshabillât les morts et que l'on fît de la charpie et des pansements avec les chemises et les uniformes.

– À la guerre comme à la guerre, *Herr Major*.

***

Anton finissait d'amputer la jambe droite d'un mousquetaire du régiment Novgorod, lorsque le trompette du 5e uhlans d'Edelsbach fit irruption dans la cour.

– C'est la retraite ! Notre colonel est tombé et nous avons perdu la moitié du régiment, gueula le jeune Viennois d'une voix cassée.

Son shako était de travers et il semblait avoir perdu sa trompette.

Sans interrompre son ouvrage de couture, Anton demanda :

– Otto est mort ?

– Je l'ignore, *Herr Major*.

– Mais où est-il tombé, *bitte* ?

– Là bas, à l'ouest, au-delà de l'étang gelé !

Le trompette décampa au triple galop en hurlant une dernière fois :

– C'est perdu, c'est la déroute, RETRAITE, RETRAITE !

Pâle, le geste forcé, Anton termina la ligature du moignon en utilisant sa dernière bobine de fil ciré. Il se redressa en pensant à voix haute :

– Il me faut y aller, il n'est peut-être pas mort… Hans, Helmuth, prenez un brancard et accompagnez-moi.

Hans et Helmuth qui empêchaient l'amputé de gigoter s'entreregardèrent sans bouger d'un centimètre.

– C'est que la bataille, elle est pas finie, *Herr Major*.

– Il s'agit de notre colonel ! Si je le retrouve et qu'il ne soit que blessé je ne pourrais jamais le ramener tout seul.

Hans et Helmuth ne bougèrent pas d'un millimètre.

Anton voulut consulter les autres infirmiers mais les regards se détournèrent, les fronts se baissèrent.

Seul, la peur au ventre, sans même avoir ôté son tablier sanglant, sa mallette dans la main droite, l'autre retenant son épée par le fourreau, Anton s'élança sur le chemin d'Hostieradeck. Le hameau se trouvait à un demi-kilomètre de là, caché derrière un bosquet.

Il n'avait pas fait cent pas qu'il croisait déjà des blessés implorant de l'aide. Il s'arrêta auprès d'un canonnier autrichien au visage et aux mains noircis par la poudre. Blessé aux cuisses, il rampait sur les coudes vers l'ambulance, les traits déformés par l'effort et la douleur.

– Aidez-moi, *Herr Major*.

Anton l'examina. La blessure à la jambe droite était superficielle, mais le fémur de la jambe gauche, brisé en plusieurs morceaux, exigeait l'amputation immédiate.

Il adossa l'avarié contre un tronc de hêtre récemment coupé et constata, une fois de plus, que les plaies par arrachement saignaient peu – les vaisseaux se paralysaient – tandis que les plaies par arme tranchante saignaient beaucoup.

Il déboucha sa gourde d'eau-de-vie et l'offrit.

– Buvez, pendant que je vais chercher de l'aide, dit-il en courant jusqu'à l'ambulance.

Dans la cour de la ferme, il dégaina son épée et marcha droit sur Hans et Helmuth. D'une voix trop forte – celle des timides qui se révoltent –, il éructa avec conviction :

– Vous deux, prenez un brancard et osez me dire que vous ne voulez pas et je vous tue, là, maintenant, tout de suite, sur-le-champ et à l'instant même !

– *Zu Befehl, Herr Major !* gueulèrent les deux infirmiers-brancardiers en s'exécutant.

Comme avec regret, Anton remit son épée au fourreau et s'adressa à l'aide-major Jetzinger.

– Je vais revenir avec une désarticulation du fémur. Faites-moi de la place et trouvez du fil ciré car j'en manque.

Sans attendre, il se mit au pas de course suivi de ses brancardiers.

Le canonnier était toujours adossé au tronc d'arbre, mais il était entouré de deux cosaques en uniforme rouge à revers bleu de la garde impériale qui en voulaient principalement à sa gourde.

L'un des cosaques semblait grièvement blessé à la poitrine et crachait du sang, quant à l'autre, il n'avait plus de main gauche. Pourtant, ils avaient tous deux conservé leurs redoutables lances de cinq mètres trente de long.

Anton s'interposa. Il dit au canonnier :

– Avalez une dernière gorgée et cédez-leur la gourde.

Par gestes et mimiques, il voulut faire entendre au cosaque blessé à la poitrine qu'il serait imprudent qu'il bût. L'homme ne comprit pas l'avertissement, ou s'en moqua, car il prit la gourde et avala une copieuse gorgée d'eau-de-vie (quatre-vingt-cinq degrés). Ses yeux bridés de noble sauvage des steppes lointaines se remplirent de larmes et il fut pris d'une sanglante expectoration à grand pouvoir aspergeant. Perdant connaissance, il bascula en avant. Son compagnon s'empara de la gourde et la vida d'un trait.

Renonçant à rechercher son frère, Anton s'occupa du cosaque inanimé pour découvrir qu'il était mort.

– Il aurait mieux fait de m'écouter.

Pendant que les infirmiers-brancardiers sanglaient sans ménagement le canonnier sur le brancard et regagnaient l'ambulance, l'autre cosaque, assis sur le bord du chemin, tenait en l'air son avant-bras coupé. Anton lui posa un garrot en dessous du coude.

– Allons à l'ambulance, il faut brider cette plaie.

Il aida le cosaque à se lever et à se remettre en marche.

Une mauvaise surprise l'attendait dans la cour. Son aide-major avait terminé l'amputation partielle du fémur du canonnier.

– Je voulais une désarticulation, pas un gigot, ronchonna Anton.

– Bien sûr, *Herr Major*, mais un gigot permet un appareillage, tandis qu'avec une désarticulation…

Anton étant intelligent, il perçut la justesse des propos de Jetzinger. Il allait le formuler à voix haute lorsque le sol se mit à trembler et un grondement lointain annonça l'arrivée d'une forte troupe à cheval. Dans un vacarme de cliquetis, de respirations rauques et de cuir crissant, une troupe de chasseurs en uniforme noir et vert apparut dans la cour. Tous avaient des sabres longs et droits – des armes de boucher –, tous montaient d'énormes chevaux qu'Anton n'avait jamais vus avant. Tous étaient coiffés de colbacks aux plumets aussi noirs que leurs âmes.

C'était l'ennemi ! C'étaient les Français !

Les infirmiers-brancardiers levèrent les bras.

Un tir de mousqueton fit exploser le front du cosaque qu'Anton était en train de soigner. Quelqu'un dit en français d'une voix forte :

– Macarel ! Y faut les tuer deux fois ces cosaques de merde !

Après avoir remis son mousqueton dans sa gaine, le maréchal des logis-chef Puech-Autenq démonta et entreprit d'aller butiner le blessé qu'il venait d'achever, commençant par s'approprier sa superbe lance de cinq mètres trente. D'autres cavaliers l'imitèrent.

Les mains pendantes le long du corps, la gorge serrée, Anton osa protester en français :

– Je suis Anton Hartmann von Edelsbach, le chirurgien-major de cette ambulance, et vous n'avez pas le droit de vous en prendre à nos blessés.

Du haut de son percheron pommelé, un chef d'escadron au visage encadré de deux cadenettes mal tressées de houzard, lui lança d'une voix enjouée :

– Eh ! À la guerre, monzieur le çirurzien-mazor, le vainqueur à tous les droits et le vaincu n'en a aucun. À propos, vous êtes mon prisonnier, z'attends votre épée.

Anton avait quelques difficultés avec l'ardillon de son ceinturon lorsqu'il vit les Français pénétrer dans la ferme et dans la grange ; il y eut des cris, des coups de feu et même quelques rires.

Le chef d'escadron crut bon de lui tenir des propos rassurants.

– On les tue pas tous, zuste les moins navrés. On n'expédie que zeux qui peuvent recommenzer un zour, z'est tout.

– *Aber*, pourquoi tant de cruauté, monsieur l'officier français ?

Le chef d'escadron le dévisagea comme un chien dévisage un lampadaire avant de s'exonérer.

– Parze que plus de morts, moins d'ennemis. Où est la cruauté là-dedans ? Z'est du bon zens, z'est tout.

Le maréchal des logis-chef Puech-Autenq pointa sa belle lance cosaque sur la poitrine d'Anton qui sentit son pouls battre la charge.

– Il nous faut vos caissons et aussi tout votre laudanum, monsieur l'officier de santé… ah ouais, et tant qu'on y est, prêtez-moi aussi votre montre, on en manque en ce moment.

Le chef d'escadron descendit de sa colossale monture et s'en alla pisser à gros bouillons contre le mur lézardé de la ferme.

– Cha y est, mon colonel, on peut ch'en aller, dit quelqu'un avec l'accent auvergnat.

Les larmes aux yeux, le menton tremblant d'indignation, Anton se révolta lorsqu'il vit s'éloigner pour toujours son fourgon-ambulance et ses huit chevaux.

– Alors, vous me prenez tout !

Le chef d'escadron reboutonna son pantalon à pont, puis remonta sur son percheron sans utiliser l'étrier. Un beau spectacle bien viril.

– Non, pas tout, monzieur l'ennemi, nous vous laiçons la vie.

Après neuf heures de combat, le ramdam infernal cessa et un immense gémissement douloureux s'éleva au dessus du Pratzen. Vingt-deux mille tués ou blessés gisaient pêle-mêle sur la terre gelée. Parmi tous ces infortunés, se trouvait le colonel du 5ᵉ uhlans d'Edelsbach, Otto Hartmann von Edelsbach, tombé à la têtc de son régiment lors d'une contre-attaque française conduite par la réserve de cavalerie du maréchal Murat.

Vingt-quatre jours plus tard, le 26 décembre, à quatre heures de relevée, les plénipotentiaires de François II, empereur d'Autriche, signaient le traité de Presbourg avec les plénipotentiaires de Napoléon Iᵉʳ, empereur de France.

Tandis que les prisonniers russes et autrichiens retrouvaient leur liberté, les trois quarts des blessés des deux camps périssaient dans les hôpitaux de Brünn, d'Augsbourg, de Presbourg.

***

Le mardi 3 avril 1821, Giulietta Tricotin de Racleterre – née Benvenuti – posait ses dix doigts écartés sur son ventre et se déclarait pleine. Une main sur le cœur pour en tempérer les battements, Anton avait pleuré d'émotion.

L'entrevue avec le colonel du 5ᵉ uhlans – son frère Guillaume Hartmann von Edelsbach – s'était mal passée.

– Tu sais que tu ne peux pas te marier sans le consentement de notre père, ni sans celui de ton chef de corps.

– Je sais que jamais père ne me donnera l'autorisation d'épouser une veuve, enceinte de surcroît, fût-elle une baronne fortunée. Vois nos sœurs, il les a toutes mariées à des officiers… Et vois ce qu'il a fait de nous… moi je voulais devenir un homme de sciences et toi, tu te souviens, tu voulais être ordonné prêtre.

Après la mort d'Otto à Austerlitz, son frère Wolfgang Hartmann von Edelsbach – chef d'escadron au régiment de cuirassiers du *Kaiser* – avait reçu le commandement du 5ᵉ uhlans. Comble de malchance, en pleine bataille d'Aspern, Wolfgang s'était fait éparpiller en gros morceaux par deux boulets de six qui l'avaient atteint simultanément ; une simultanéité rare, et pourtant.

Guillaume Hartmann von Edelsbach – colonel d'ordonnance au quartier général du *Feldmarschall* Ludwig Hartmann von Edelsbach, son père – avait dû reprendre le flambeau du régiment. Persuadé que son tour était venu, Guillaume avait pris l'habitude avant chaque attaque de recevoir les derniers sacrements de l'aumônier régimentaire ; ainsi, s'estimant déjà mort, il cessait d'avoir peur.

– Tu conçois que je suis obligé de lui faire mon rapport.

– Évidemment. Mais sache que je lui ai écrit… Je lui ai même annoncé mon intention de quitter l'armée.

– Anton, tu déraisonnes, jamais il n'acceptera…

– Aussi, je me passerai de son autorisation. J'ai trente-huit ans et je suis las de vivre une vie qui n'est point la mienne. Entends-moi, Guillaume, j'ai désormais une bien-aimée et bientôt nous aurons un enfant, aussi je démissionne de ma charge d'officier de santé.

– Si tu fais une chose pareille, père te déshéritera.

– Que m'importe ! Giulietta est une veuve riche. Son époux était un général-baron d'empire. De plus, son père a fait une fortune colossale avec les Français et il s'est finement arrangé pour ne rien perdre lors du retour du roi. Il possède aussi dans la vallée de la Gelosia un joli domaine viticole ainsi qu'une importante exploitation de vers à soie.

– Je regrette, Anton, mais je ne peux pas permettre cette union sans l'autorisation de notre père, *idem* pour ta démission.

Dix-huit jours plus tard, dans l'intimité de la petite église turinoise du *San Spirito* – celle-là même où ce grand couillon de Jean-Jacques Rousseau, âgé de seize ans, avait embrassé la religion catholique –, la veuve

Giulietta Tricotin épousait l'ex-chirurgien-major Anton Hartmann von Edelsbach. Seuls étaient présents à la cérémonie, Romulus Benvenuti, père de la mariée et Carolus Tricotin, fils de la mariée. Coiffée d'un chapeau à la Pamela, Giulietta portait une robe bleue de cachemire à manches longues à la mamelouk et de courtes bottines pointues. En civil, Anton était en habit *dégagé* à grands collets et portait un pantalon à la batelière aux jambes enfoncées dans des demi-bottes.

Bien qu'il plût comme vache qui pisse, Anton, Giulietta et le petit Carolus montèrent le lendemain dans le cabriolet de Romulus et quittèrent Turin pour San Coucoumelo.

Méconnaissable dans un garrick à cinq collets qui le seyait à ravir, Anton avait adroitement rappelé aux Coucouméliens qui lui faisaient grise mine, que, s'il n'était plus militaire, il demeurait néanmoins médecin, et il était disposé à soigner quiconque en ferait la demande.

Entre-temps, une lettre cachetée aux armoiries des Edelsbach était arrivée au quartier général du 5e uhlans. À l'intérieur se trouvait la réponse dépourvue d'ambiguïté du maréchal Ludwig Hartmann von Edelsbach : le mariage d'Anton était formellement interdit, sa démission était formellement refusée. En cas de rébellion, le maréchal préconisait une mise aux arrêts précédée d'une punition corporelle ne pouvant excéder cent coups de plat de sabre sur le fondement.

Avouer à son maréchal de père qu'Anton était marié depuis trois semaines, qu'il avait quitté le régiment et qu'il vivait présentement dans un petit village d'une petite vallée reculée du Haut-Piémont, fut un vrai pensum pour le colonel Guillaume Hartmann von Edelsbach. Quant à trouver les mots justes, autant vouloir déflorer une veuve…

Pour le huitième anniversaire de la mort de Charlemagne, le 14 juillet 1821 (un jeudi), Giulietta fit atteler son cabriolet et se rendit auprès de son premier amour.

Elle trouva un mausolée aux marbres négligés, aux vitraux ternis, aux quatre coins occupés par des toiles d'araignée ; jusqu'aux parois vitrées du cercueil qui étaient obscurcies par plusieurs milliards de grains de poussière.

Contrariée, Giulietta était retournée à la *villa* et avait sommé la bonne Ida Poltretti de se munir de balais, de brosses, d'un seau d'eau savonneuse, de vinaigre, d'huile de coude et de chiffons doux.

Animée par le désir de racheter sa négligence, elle avait participé activement au grand nettoyage. À quoi (À qui ?) songeait-elle lorsqu'elle dérapa inopinément sur la mosaïque inondée d'eau savonneuse ? Elle cria. Sa tension artérielle chuta et la douleur fut si intense qu'elle perdit connaissance.

Ne sachant pas conduire un cabriolet, Ida Poltretti releva à deux mains robe et jupons et détala chercher de l'aide à la *villa*.

– La maîtresse s'est fait mal, cria-t-elle d'une voix aiguë aux villageois qu'elle croisait.

À l'ombre sous la tonnelle, Anton donnait au petit Carolus ses premiers rudiments d'allemand (*Les mots s'écrivent comme on les entend car dans ma langue toutes les lettres se prononcent*). Anton s'interrompait chaque fois qu'un oiseau apparaissait. Il déployait sa longue-vue de vingt pouces (une Ramsden) et l'observait jusqu'à ce qu'il s'envole. Il repliait alors son objectif et reprenait son enseignement (*Si toutes les lettres se prononcent, il y en a cependant quelques-unes qui méritent une explication particulière. Par exemple, il y a notre célèbre Umlaut et son fameux tréma ; tu verras, tu vas aimer cette langue*).

Mais la bonne Ida était apparue, décoiffée, le visage écarlate, à bout de souffle.

– La maîtresse est tombée au cimetière, elle s'est fait très mal.

Lorsque Giulietta reprit connaissance, elle était allongée sur la mosaïque et une grande flaque de sang avait entièrement recouvert l'arrivée triomphale de Charlemagne au Paradis.

– Je crois m'être brisé le coude, dit-elle en voyant Anton retrousser sa robe pour accéder à son intimité.

Les dégâts causés au fœtus se révélèrent irrémédiables (*même pas né et déjà assez vieux pour faire un mort*).

– Quel grand malheur !

Il y eut pire. Anton, trop ému sans doute, rata la réduction de la fracture de l'humérus et lorsqu'il ôta les attelles, trois semaines plus tard, le bras gauche de Giulietta était aussi raide que l'avait été la jambe gauche de Charlemagne après Wagram.

– Il faudrait casser à nouveau l'os pour le remettre d'aplomb, mais c'est très douloureux… et le résultat est incertain, déplora-t-il en prenant des notes sur la justesse de l'interdiction faite aux médecins de traiter leurs proches.

***

– Sauf votre respect, *Herr Major*, l'ordre nous a été donné de vous arrêter et de vous ramener à Turin.

– De quoi suis-je accusé ?

Le ton léger d'Anton ne reflétait en rien son inquiétude..

– Vous êtes accusé de désertion, *Herr Major*.

– C'est grotesque, *Herr Rittmeister* ! Vous savez que

265

j'ai remis ma démission au colonel. Je ne suis plus militaire et il n'est donc plus dans votre pouvoir de m'arrêter.

– Encore sauf votre respect, *Herr Major*, mais votre démission n'a jamais été entérinée. Vous faites donc toujours partie du régiment et vous devez nous suivre.

– Si je refuse, avez-vous ordre d'employer la force ?

– Oui, *Herr Major*, nous l'avons.

– De quelle autorité vient cet ordre ?

– Du colonel Edelsbach, *Herr Major*.

– Bien… et je suppose que nous devons vous suivre dans *les plus brefs délais*.

– Oui, *Herr Major*, mais il n'y a pas de *nous* dans cet ordre ; il ne concerne que *vous*.

– Vous voulez dire que ma femme et mon beau-fils ne peuvent pas m'accompagner ?

– C'est cela même, *Herr Major*.

– Dans ce cas, j'ai peur que vous n'ayez à utiliser la force, *Herr Rittmeister*, car il est inconcevable que je parte sans ma petite famille. Surtout après le malheur qui vient de nous frapper.

Le 5 août en fin de relevée, Anton, Giulietta et Carolus entraient dans Turin. Ils étaient aussitôt dirigés sur le quartier général du 5e de uhlans qui occupait un petit palais réquisitionné sur le *corso del Valentino*.

Guillaume apprit à son frère que leur père avait ordonné qu'il fût expédié à Vienne afin de recevoir le châtiment mérité des mains dûment habilitées de son géniteur.

– J'ai aussi reçu l'ordre de te faire donner cent coups de plat de sabre.

– Tu vas obéir ?

– Non… mais je devrais.

Le jour de la saint-glinglin, le 2 septembre 1821, Anton, Giulietta et Carolus, sous bonne escorte militaire, s'installaient dans la diligence à huit chevaux Turin-Vienne, *via* le col du Brenner.

Le voyage dura trois semaines, sans un jour de beau temps.

***

Marcello interrompit sa lecture.

Trois heures de l'après-midi et le flacon de vin Mariani était vide. Il décrocha le téléphone, tourna la manivelle (*cleuk cleuk cleuk*) et déclara à qui de droit qu'il avait faim.

– *Sofort*, *Herr* Tricotin, mais compte tenu de l'heure tardive le restaurant est fermé, nous pouvons vous servir un en-cas si vous le désirez.

– Apportez-moi ce que vous voulez, du moment qu'il y en a beaucoup.

– Désirez-vous du vin ?

– Oui, mais seulement si c'est du Mariani.

– Nous n'en avons pas en réserve, cependant, nous pouvons envoyer un *boy* en chercher chez l'*Apotheke* de l'*Augustinerstrasse*.

– *Fantastico !* Qu'il en prenne deux.

– *Sofort, Herr* Tricotin.

En attendant ses commandes, il reprit son édifiante lecture.

***

Le 25 septembre 1821.
Vienne.

De souche germanique, le premier des Edelsbach, Lothar Hartmann, avait été anobli en 1525 pour *fait d'armes remarquable* lors de la bataille de Pavie.

Pour avoir eu la remarquable présence d'esprit d'empêcher – *in extremis* – les coutiliers espagnols d'occire le roi de France François le Premier, l'empereur Charles Quint l'avait adoubé chevalier sur le champ de bataille, face à l'armée entière; mieux n'était disponible qu'au Walhalla et le titre était accompagné du château et du domaine d'Edelsbach dans le Waldviertel.

Quatre ans plus tard, Lothar se distinguait contre les Turcs de Soliman le soi-disant Magnifique (en vrai, il avait mauvaise haleine) et recevait en récompense la propriété d'un régiment de uhlans ainsi que le grade et le titre d'*Inhaber* – colonel-propriétaire – qui allait avec.

Quatre générations plus tard, l'arrière-arrière-petit-fils de Lothar, Charles-Maximilien Hartmann von Edelsbach, chef d'escadron auprès du commandant de la place de Vienne, affrontait les Turcs du grand vizir Kara Mustapha, qui assiégeaient la capitale. En sabrant lui-même le très mahométan pacha Mouloud ibn Mouloud, Charles-Maximilien s'était approprié de droit ses tentes, ses étendards, ses armes, ses rondaches, ses chevaux, ses selles, ses coffrets à bijoux, son narguilé à plusieurs tuyaux, son Coran relié en peau de *nasrani*, ses tapis encore pleins de grains de sable, ses coffres marquetés, ses esclaves mâles et femelles.

Dans l'euphorie de la victoire, Vienne reconnaissante avait offert à ses sauveurs les palais et les hôtels particuliers qui de toute façon étaient dépeuplés depuis la peste de 1679.

Charles-Maximilien Hartmann von Edelsbach avait reçu pour ces faits d'armes la jouissance du palais Simbach, proche de la Hofburg.

En cette fin d'année 1821, le palais Simbach, nommé désormais le *Palast* Edelsbach, était occupé par le maréchal à la retraite Ludwig Hartmann von Edelsbach.

Veuf, septuagénaire aux manières brusques et impatientes, d'une maigreur exemplaire, l'individu avait participé à presque toutes les batailles livrées par l'Autriche contre les Français de la Révolution et de l'Empire. Il avait été promu maréchal le 22 mai 1809, suite à sa brillante et décisive contre-attaque lors de la bataille d'Aspern.

Hélas, il avait été prématurément mis à la retraite pour avoir reproché vertement au généralissime l'archiduc Charles de ne pas avoir exploité la victoire en saignant définitivement la Grande Armée alors qu'elle retraitait en catastrophe sur l'île de Lobeau. *Nous aurions pu le faire prisonnier, Votre Majesté, et peut-être même le tuer. Voyez ainsi toutes ces batailles dont nous aurions fait l'économie.*

La journée était froide et pluvieuse, aussi, une grosse flambée crépitait dans la cheminée. Assis à son cabinet de travail, armé d'une loupe, le vieux maréchal relisait pour la deuxième fois la copie conforme du dernier rapport du baron de Stürmer, le commissaire du gouvernement autrichien dans l'île de Sainte-Hélène. Stürmer avait joint à son rapport un recopié du compte rendu du médecin corse Francesco Antommarchi qui décrivait admirablement l'agonie de l'Imposteur.

> *Borborygmes. Météorisme abdominal. Refroidissement glacial des extrémités inférieures et bientôt de tout le corps. Œil fixe. Lèvres fermées et contractées. Forte agitation des ailes du nez. Adynamie la plus complète. Pouls extrêmement faible, intermittent et variant de 102 à 108, 110 et 112 pulsations par minute. Respiration lente, intermittente et stercoreuse. Profonds soupirs, cris lamentables, mouvements convulsifs qui se terminent par un bruyant et sinistre sanglot. Les paupières restent fixes, les yeux se meuvent, se renversent sous les paupières supérieures, le pouls tombe. Il est six heures moins onze minutes ce*

5 mai 1821. Napoléon n'est plus : ainsi passe la gloire.

Le maréchal avait posé un œil désabusé sur les six cent dix feuillets représentant le premier volume de ses *Mémoires de guerre*. Jusqu'à hier, il avait eu l'intention d'en faire parvenir une copie à Longwood afin que l'intéressé sache comment, et par qui, il était démasqué. Mais ledit intéressé était mort et, selon le rapport, profondément enterré (vingt-quatre pieds).

L'écriture de ses *Mémoires* avait été pour Ludwig prétexte à brosser un portrait au vitriol de l'individu qu'il considérait comme la gloire militaire la plus surfaite de son siècle. Non seulement il remettait en question le génie militaire du bonhomme, mais il faisait une lumineuse démonstration de son extraordinaire duplicité. *Certes, Napoléon a gagné beaucoup de batailles, mais à bien y regarder il a perdu presque toutes ses guerres : la campagne d'Égypte, la campagne d'Espagne, la campagne de Russie, la campagne de France...*

Contrairement à la majorité des maréchaux de l'*Oberste Heeres Leitung* – le grand quartier général –, Ludwig n'éprouvait aucune admiration pour un commandant en chef qui avait eu l'outrecuidance phénoménale de déserter son armée à cinq reprises ! Oui messieurs, à cinq reprises ! Une première en Égypte, une deuxième en Espagne, une troisième en Russie, une quatrième après Leipzig et une cinquième à Waterloo, où il était parti avant la fin et, pour aller plus vite, il avait abandonné sa voiture chargée de documents et d'une fortune en diamants... Que penser d'un commandant en chef dont l'unique tactique consistait à épouvanter l'ennemi par l'énormité de ses pertes ? *Ce Napoléon est un populicide qui a remporté la plupart de ses batailles à coups d'hommes. Il n'est*

270

*consommé que dans l'art de détruire et de faire tuer
ses gens.*

*Un homme comme moi se fout de la vie d'un million
d'hommes, s'est-il vanté auprès du chancelier Metternich, en 1813 ; j'étais présent ce jour-là et je n'oublierai
jamais son air satisfait lorsqu'il avait ajouté avec son
gros accent italien : Votre maître a-t-il, comme moi,
vingt-cinq mille hommes à dépenser par mois ?*

Trois coups discrets furent donnés contre le battant
de la porte (*tock tock tock*).

Ludwig reconnut la frappe de Günter son ordonnance-
majordome.

– *Herein.*

La porte s'ouvrit. Günter entra, suivi d'un capitaine
du 5ᵉ uhlans qui se mit au garde-à-vous en claquant des
talons (*klâââckt !*). Il s'approcha et présenta à la signa-
ture du maréchal la décharge attestant que le major
Anton Hartmann von Edelsbach avait été délivré en
bon état.

– Il est avec une dame et un enfant, monsieur le
maréchal.

Comme s'il écrasait une mouche, Ludwig abattit sa
main sur le bureau.

– *Himmeltausendsakerment !*

Ulcéré, il se leva et fit quelques pas rouillés vers la
fenêtre. Le jour bruineux faisait luire les pavés gris du
Graben. Des passants allaient et venaient autour de la
colonne de La Trinité qui commémorait – sur vingt et
un mètres de hauteur – l'extinction miraculeuse de la
peste de 1679 ; cette même peste qui avait obligeamment exterminé l'entière famille des comtes de Simbach
– les anciens propriétaires du palais – et permis aux
Edelsbach d'en prendre possession.

Ludwig retourna s'asseoir derrière le splendide
bureau Boulle qu'il s'était approprié en 1815, dans les
petits appartements du château de Versailles.

– Qu'ils viennent, puisqu'ils sont là.

Anton entra accompagné d'une belle femme brune en robe de voyage violette qui donnait la main à un garçonnet coiffé à la Titus.

Les mains dans le dos, le corps bien droit, Anton déclara :

– Monsieur mon père, je vous présente Mme la baronne Tricotin de Racleterre, ma femme, et voici Carolus, son fils.

Ignorant l'esquisse de révérence de Giulietta et le demi-sourire intimidé du gamin, le vieux Ludwig se leva, prit son bâton de maréchal qui lui servait de presse-papiers et approcha son fils, comme s'il voulait le passer en revue.

Les Edelsbach comptaient dans leur lignée des cardinaux, des ministres, des médecins de cour et de nombreux militaires, tous de haut rang. L'irruption d'une veuve piémontaise, fût-elle baronne, affublée de surcroît d'un rejeton né d'un autre lit, était ressentie comme une intrusion avec effraction au sein d'une maison à l'arbre généalogique vierge de mésalliance depuis sa création, trois siècles plus tôt.

– Tu t'es marié et tu as démissionné sans mon consentement. Exact ?

– Exact.

– Tu peux être fier de toi. Tu es le premier en trois siècles à avoir pleinement déshonoré notre nom. Félicitations.

Avec une rapidité et une souplesse étonnante chez un septuagénaire perclus de rhumatismes, le père frappa son fils au visage avec son *Marschallstab*.

Anton grimaça en portant sa main à sa joue. Du sang coula de la narine droite et alla se perdre dans la commissure des lèvres. Tandis que Carolus devinait qu'il se jouait un drame chez les adultes, Giulietta lui lâchait la main pour sortir un mouchoir de sa manche et l'offrir à Anton.

Palpant son maxillaire inférieur avec précaution, Anton bredouilla sans oser bouger ses mâchoires.

– Pourvu que le condyle ne soit pas brisé.

– *Was sagst du ?*

– Je dis que vous m'avez fait mal, je dis que vous m'avez humilié devant ma femme, et j'ajoute que si vous n'étiez pas *monsieur mon père*, je vous en demanderais raison.

Les traits du maréchal se congestionnèrent sous un important afflux sanguin. Il allait cogner Anton à nouveau, lorsque Carolus s'était précipité et l'avait déséquilibré d'une simple bourrade à deux mains.

Ludwig poussa un cri de grande surprise (*Oh !*), puis un cri de grande douleur. En heurtant le parquet de chêne son coccyx se fêla. Douleur, douleur, douleur.

– Aaaaaggghhh…

Ludwig était d'autant plus navré qu'il n'avait jamais été blessé en un demi-siècle de carrière militaire ; pas une égratignure en quarante-huit batailles ; il n'avait même pas le souvenir d'être tombé de cheval.

– Va-t'en et ne reviens plus JAMAIS ! Quitte cette maison et emporte ta cantinière et sa petite merde ! *Raus ! Raus ! Schnell ! Schnell !*

***

Une heure seulement après ces pénibles événements, Anton louait deux chambres communicantes au *Kaiserin Elisabeth,* un hôtel de la *Weihburggasse* qui offrait une bonne carte, un éclairage au gaz et des poêles à tous les étages.

Pendant qu'il appliquait sur sa mâchoire inférieure une compresse trempée dans une infusion de fleurs d'arnica, il dit sur un ton désabusé :

273

– Je n'ai plus de solde, et il ne reste que six cents thalers seulement dans ma bourse.

– Certes, mon bon ami, mais nous nous sommes mariés pour le meilleur et pour le pire.

En soirée, sur un feuillet à l'en-tête de l'hôtel, Giulietta écrivit à son père Romulus.

Après lui avoir décrit sans fard la situation, elle lui fit part de son désir de prolonger son séjour en Autriche. *Anton veut ouvrir un cabinet de consultation et comme il est bon médecin, il aura vite une clientèle.* Elle concluait en réclamant suffisamment d'argent pour leur permettre de vivre à Vienne une année durant.

Le lendemain matin, malgré sa joue et son nez ecchymosés, Anton loua un *Fiaker* à deux chevaux afin d'offrir à sa femme et à son beau-fils une promenade dans la capitale impériale. Une promenade qui les conduisit jusque dans l'île de Lobau, puis dans la plaine du Marchfeld, là même où le premier mari de Giulietta avait tant souffert.

– Il m'a raconté qu'il avait passé toute sa bataille la jambe écrasée sous son cheval mort, et comme il était tombé dans un champ où le blé était haut, il n'a rien pu voir et personne ne l'a vu. Ce sont ses hommes qui l'ont retrouvé après la bataille. Il disait que s'il avait dû attendre le service de santé, il n'aurait pas survécu…

Anton poussa jusqu'au village d'Essling qui portait encore, vingt-deux ans après, les traces des multiples attaques et contre-attaques qui s'y étaient succédé. Les façades des maisons bordant la *Hauptstrasse* étaient criblées d'impacts de balles, d'obus, de mitrailles, de biscaïens, tous calibres confondus.

Des gosses couraient après le fiacre et leur proposaient des boucles de ceinturon, des insignes de régiment, des plaques de bonnet et de shako, des baïonnettes françaises, des baïonnettes autrichiennes, le tout excavé lors des labours dans les champs du Marchfeld.

Sur le chemin du retour, Anton annonça son intention de suivre des cours à l'*Allgemeines Krankenhaus*.

– J'ai besoin de rafraîchir mes connaissances. Mon diplôme de médecin militaire ne vaut pas grand-chose dans le civil.

***

Novembre 1821.

Giulietta trouva et loua un appartement de dix pièces au premier étage d'un immeuble neuf de la *Berggasse*, une rue montante proche de l'hôpital général. La bâtisse au style vaguement Renaissance s'élevait sur quatre étages et bénéficiait d'une cour intérieure avec un marronnier au centre et une écurie pour deux voitures et quatre chevaux.

– C'est grand, je te l'accorde, mais nous saurons le remplir avec tous nos enfants.

– Bien sûr, ma bien-aimée.

Pourtant, chaque soir, ou presque, Anton honorait Giulietta (*Préparez-vous, madame, la Nature va parler*), mais rien ne semblait vouloir croître à nouveau. C'était d'autant plus étrange qu'en dépit de sa fausse couche, ses organes de la reproduction s'étaient révélés sains et opérationnels.

Trois pièces sur les dix furent réservées pour Anton : une salle d'attente, un cabinet médical, un bureau.

Une plaque de cuivre fut vissée sur la porte d'entrée :

Docteur A. HARTMANN
19 BERGGASSE
Premier étage.
Consultations de 10 h à 15 h.

Dernière étape, Anton inséra dans la presse un avis destiné à informer le public qu'un nouveau cabinet médical venait de s'ouvrir.

En attendant son premier malade, Anton s'était consacré à ses recherches personnelles sur les mœurs méconnus des *Grus grus*. Ce qui l'amena à se rendre souvent au jardin zoologique de Schönbrunn pour y observer au plus près les volatiles de la grande volière.

Anton avait reporté sur Carolus son désir de paternité contrarié. Il contribuait ainsi à son épanouissement intellectuel en l'emmenant avec lui et en ne manquant jamais une occasion de faire son éducation (*Ce que tu comprends t'appartient*).

Heureux qu'on s'occupât aussi bien de lui, Carolus apprenait vite et bien : si vite et si bien qu'à la fin de l'été 1822, soit dix mois après son arrivée à Vienne, il réussissait l'épreuve d'admission à la *Realschule* de son quartier. Pour le récompenser, sa mère lui avait renouvelé sa garde-robe, et son beau-père lui avait offert une belle écritoire portative en acajou possédant deux encriers de porcelaine, quatre plumes d'oiseaux différents et une centaine de feuillets pliés et cousus ensemble.

– Tous les jours, tu dois apprendre quelque chose de nouveau et l'inscrire dans ce cahier pour ne pas l'oublier. Maintenant, tu prends ta plume, je vais te dicter ton *quelque chose* d'aujourd'hui… Le verbe latin *COGITARE*, penser, vient de *COAGITARE*, secouer ensemble. Ainsi, *mein lieber Karolus*, plus tu en as à secouer dans ton esprit et mieux tu penses droit.

***

Carolus poussait et s'épanouissait, ressemblant de plus en plus à la momie de son géniteur. Sa facilité à apprendre et ses constantes bonnes notes aidaient à son intégration scolaire, mais il restait intraitable aux saillies sur son accent ou sur ses origines piémontaises.

– Ma mère est baronne d'Empire et mon père est un glorieux général qui vous a flanqué la piquette plus d'une fois ! Alors, hein !

Un tel discours délivré le menton haut, les poings sur les hanches, les reins cambrés, exaspérait énormément les élèves nationalistes majoritaires dans la *Realschule*. Un jour, Carolus était revenu le nez cassé et les vêtements déchirés.

Anton lui fit prendre des leçons de boxe ainsi que des leçons d'escrime en prévision de son entrée à l'université.

– Si tu veux passer des études relativement tranquilles, tu vas devoir te faire admettre dans un *Korps*. Mais pour te faire admettre, tu vas devoir te battre en *Mensur*.

Les *Korps* – on disait aussi *Burschenschaft* – étaient des fraternités d'étudiants vieilles de cinq siècles qui constituaient une véritable institution parallèle dans le monde universitaire autrichien. Chaque université abritait plusieurs tendances, toutes bardées de rites initiatiques, toutes traditionnellement mal embouchées les unes envers les autres. L'université de Vienne où Carolus entra au mois de mai 1833, offrait trois catégories.

Le *Korps* pangermaniste n'acceptait que les purs Aryens de langue allemande, le *Korps* libéral, résolument antipangermaniste, acceptait les Tchèques, les Hongrois et les Italiens, tandis que le *Korps* catholique – composé d'étudiants de la faculté de théologie – acceptait tout le monde ; toutefois, il n'était pas pris au sérieux parce que ses membres ne se battaient jamais en duel et ne mettaient jamais les pieds dans les bordels.

Contre l'avis d'Anton, Carolus se présenta chez les

pangermanistes qui le refoulèrent prétextant que sa pointe d'accent italien était insupportable à leurs trompes d'Eustache résolument germanophiles.

Carolus postula alors chez les libéraux qui l'acceptèrent, mais à la condition qu'il se pliât au rituel initiatique du *Mensur*, une sorte de duel au sabre destiné à prouver publiquement sa bravoure ou sa couardise, au choix. Les conditions exigées pour le combat lui furent lues par un *alten Herren*, un ancien.

Première règle : le duel se pratique immobile.

Deuxième règle : seul le bras armé a droit aux mouvements.

Troisième règle : les combattants se frappent au visage et exclusivement au visage.

Afin d'éviter tout dérapage, les duellistes portaient des lunettes métalliques et se glissaient dans un vêtement capitonné que recouvrait un tablier de cuir fort. Ainsi attiraillés, seules les joues étaient à découvert. La finalité d'un *Mensur* était de se faire estafiler les joues afin d'avoir – à vie – des cicatrices aussi prisées que des médailles militaires. Une pareille disposition choquait le bon sens de Carolus. Comment pouvait-on s'enorgueillir d'une défaite, car, qu'était une blessure sinon la preuve douloureuse d'une faiblesse durant le combat ? Néanmoins, il se soumit aux exigences requises.

Le *Mensur* étant secret, il eut lieu à dix heures de la nuit, dans la grande salle de zoologie du bâtiment F, devant un public masculin composé exclusivement de membres du *Korps*.

Après dix interminables minutes d'un combat vif et violent, Carolus eut la joue gauche entaillée, tandis que son adversaire, enchanté, eut sa joue droite pareillement entamée. Un *alten Herren* de quatrième année recousit leurs plaies sur place, puis, comme le voulait la coutume, le *Korps* au complet célébra l'événement au *Paradis perdu*, l'un des *Puffs* les mieux achalandés de la capitale.

Si tôt la porte ouverte, la soixantaine d'étudiants se répandit dans les trois salons, beuglant en chœur et en latin :

> *Gaudeamus igitur, juvenes dum sumus !*
> *Post jucundam juventutem,*
> *Post molestam senectuten,*
> *Nos habebit humus !*
> Réjouissons-nous tant que nous sommes jeunes
> Après les délices de la jeunesse,
> Après les tourments de la vieillesse
> La Terre nous aura !

Passée maîtresse dans l'art de transmuter le vin en amour et l'amour en argent, Olga Müller, la mère maquerelle – il fallait l'appeler *Frau Chef* – leur servit d'abord du champagne français avant de leur servir les filles.

Selon la tradition, ce fut à Carolus qu'échut l'honneur de choisir le premier. Embarrassé, se sentant diminué par son pansement qui le faisait ressembler à un œuf de Pâques, mal à l'aise mais sachant qu'il le serait davantage s'il se dérobait, il désigna une fière campagnarde quadragénaire aux cheveux blonds tressés qui se tenait à l'écart. Au lieu de choisir la fille qui lui plaisait le plus, il avait choisit celle qui l'impressionnait le moins.

Son choix fit rire tous les habitués présents. Maria-Anna Schicklgruber, mieux connue sous le sobriquet de *Fräulein Tout-sauf-ça*, était l'unique pensionnaire authentiquement vierge de l'établissement.

– Je la veux quand même, s'obstina-t-il après que *Frau Chef* lui eut signalé les conditions inhérentes à son utilisation.

Maria-Anna Schicklgruber était née sous le signe du Bélier le 15 avril 1795, à Strones, un hameau gros d'une trentaine de fermes bâties de part et d'autre du chemin de Döllersheim, dans le Waldviertel.

Sa prime enfance s'était passée à garder avec ses sœurs les oies de la ferme nº 12 qu'exploitait son père, le *Bauer* Johann Schicklgruber.

La coutume dans cette région désolée voulant que les filles ne fussent pas instruites, Maria-Anna était analphabète. Ses seules lumières lui avaient été distillées par le catéchisme du père Haller. Grâce à lui, elle savait que la Terre était plate et que Dieu l'avait fabriquée en six jours, sablier en main. Elle savait aussi combien Ève était coupable d'avoir croqué cette pomme et combien la responsabilité des femmes était *accablante*.

– Aussi, ne vous étonnez point, mes pauvres petites gourdes, si les hommes vous en tiennent à jamais rigueur. Car c'est quand même à cause de VOUS, et seulement de VOUS, si nous ne sommes plus immortels !

Un jour de printemps 1814, Josef, l'aîné des Schicklgruber, épousa l'une des filles de Karl Stangl, le fils du *Bauer* de la ferme nº 5.

Johann Schicklgruber réunit ses trois filles, Anna, Amirl et Maria-Anna, et leur déclara sans rire :

– Comme aucune de vous n'a été foutue de se trouver un mari, le temps est venu de laisser votre chambre à Josef qui en a un grand besoin maintenant qu'il est marié. Vous allez donc déguerpir et tenter votre chance à Vienne, comme il se doit.

Bras dessus, bras dessous, les joues rayonnantes d'excitation, lestées d'un baluchon contenant un fromage, deux pommes et une livre de pain, les trois sœurs Schicklgruber s'en allèrent d'un bon pas sur la route de Krems, une petite bourgade construite le long du Danube, à vingt-cinq kilomètres au sud de Strones.

Sabots à la main pour ne pas les user, elles marchèrent toute la journée et arrivèrent avant la nuit à l'embarcadère de la ligne fluviale *Passau-Wien*. Possédant juste l'argent nécessaire pour payer leurs billets jusqu'à la capitale, les trois sœurs embarquèrent et, assises sur des rouleaux de cordage qui sentaient le poisson de rivière, elles connurent leur première nuit de liberté à la belle étoile.

Massant leurs pieds gonflés par la marche, elles rêvaient à voix haute sur ce qu'elles attendaient de leur avenir : toutes trois souhaitaient épouser quelqu'un au-dessus de leur condition, quelqu'un qui les élèverait socialement et qui leur permettrait de ne plus jamais revenir dans ce nid de bouseux qu'était le Waldviertel en général, et le hameau de Strones en particulier.

À l'escale de Tulin, Franz Frankenheiter, un jovial charcutier viennois de la *Esslinggasse*, monta à bord et repéra le trio de jeunes provinciales. Après un rapide examen, il choisit Maria-Anna et lui offrit un emploi d'aide-lingère, logée, nourrie, rémunérée dix thalers mensuel. La somme parut astronomique ; à Strones, avec autant d'argent, on achetait un veau et plusieurs poules.

Après avoir embrassé ses sœurs sur le débarcadère et leur avoir souhaité bonne chance, Maria-Anna suivit docilement le charcutier.

L'homme était marié à une matrone qui lui avait fait neuf enfants avant de devenir une mégère accomplie. La famille occupant les deux étages au-dessus de la charcuterie, Maria-Anna fut logée dans une chambrette au grenier.

Franz Frankenheiter patienta une semaine avant de venir gratter avec ses ongles le battant de la porte.

– Ouvre, je t'en prie, je ne te veux que du plaisir, ma grasse petite cochonne, tu m'entends hein, hein ?

Maria-Anna refusa, soir après soir, jusqu'à ce que Franz menaçât de la renvoyer.

– Ce n'est pas ce qui manque d'aides-lingères ! Il en arrive chaque semaine au moins vingt comme toi… Qu'est-ce que je dis, quarante !

En digne fille du Waldviertel – une région bien rude qui incitait ses habitants au réalisme plutôt qu'au romantisme –, Maria-Anna ouvrit à son patron, mais ce fut pour lui soumettre la proposition suivante :

– Pendant une demi-heure, chaque soir, sauf le dimanche, les jours fériés et celui de mon anniversaire, vous pourrez me faire ce que vous voudrez, mais il ne faudra surtout pas me déflorer.

– Tiens donc ! Ah ça par exemple, quelle drôle d'idée ! Et pourquoi, hein ?

– Parce que je veux être pure le jour de mon mariage, voilà pourquoi.

Après avoir débattu, en vain, pour obtenir une heure, Franz Frankenheiter accepta le marché. Mais avant de pouvoir entrer dans le galetas de son aide-lingère, il dut déposer sa montre de gousset sur la table de nuit de façon qu'aucune contestation n'éclatât à propos du temps écoulé.

Cette relation se prolongea plusieurs semaines, jusqu'au soir où *Frau* Frankenheiter les surprit en pleine activité d'inspiration sodomite.

Le rouge au front, la mort dans l'âme, piteux, le charcutier dut se séparer de sa jolie aide-lingère. En guise de dédommagement, il lui offrit vingt *krones* et une lettre de recommandation à l'intention d'Olga Müller, la *Frau Chef* du *Paradis perdu*.

L'immeuble de trois étages était dans une rue calme, proche des remparts que les Viennois s'étaient offerts avec l'argent de la rançon de Richard Cœur de Lion.

On accédait au *Paradis perdu* par une porte à judas. Un escalier recouvert d'un épais tapis rouge menait silencieusement dans un vestibule décoré de tableaux qui avaient pour thème unique le paradis terrestre, Adam et Ève, la pomme et le serpent, Dieu et ses chérubins fessus, l'archange Gabriel et sa grande épée à la lame en forme d'éclair.

Le premier étage se divisait en trois salons communicants : le Paradis, le Purgatoire et l'Enfer. Les clients faisaient leur choix parmi les filles qui évoluaient d'un salon à l'autre en prenant l'air *Si tu m'veux, tu peux*. Les chambres étaient dans les étages supérieurs et chaque palier possédait son surveillant (on disait ange gardien) et sa lingère responsable de la propreté des lieux après usage. Les pensionnaires et les domestiques logeaient sous les combles cloisonnés en alcôves individuelles.

Lorsque Maria-Anna se présenta, le *Paradis perdu* séquestrait vingt-quatre pensionnaires heureuses et performantes. Ce fut une grande femme blonde à l'accent bavarois prononcé qui reçut la jeune provinciale.

La *Frau Chef*, c'était elle, lut la lettre de recommandation du charcutier et accepta Maria-Anna à l'essai comme seconde lingère au troisième étage.

La jeune provinciale fit rapidement preuve de son goût pour le travail bien fait, en versant quelques gouttes d'essence de lavande sur les draps et les taies d'oreiller sous sa responsabilité. L'initiative ayant été louée par tous les clients de l'étage, la *Frau Chef* éleva Maria-Anna au grade de première lingère.

Un jour, Maria-Anna se rendit compte qu'en échange d'un salaire infiniment supérieur au sien, les filles se laissaient faire ce à quoi elle s'était résignée gratuitement chez les Frankenheiter. Après quelques louables hésitations, la jeune femme alla trouver la *Frau Chef* et lui expliqua qu'elle voulait être prise à l'essai comme pensionnaire, mais qu'elle voulait avant tout rester vierge.

Olga opina (du chef). La réputation d'une bonne maison se fondant sur la diversité de ses spécialités – le *Paradis perdu* s'enorgueillissait d'en satisfaire plus d'une centaine –, l'apparition au menu d'une authentique pucelle à qui l'on pouvait tout faire sauf *ça* ne pouvait que séduire une clientèle friande de nouveauté.

Maria-Anna quitta sa fonction de première lingère et, à son tour, se mit à déambuler légèrement vêtue à travers les trois salons. En peu de temps, les clients comme les filles l'avaient surnommée *Fräulein Tout-sauf-ça* et l'engouement pour son air sainte-ni-touche fut tel que des paris s'engagèrent entre habitués ; bientôt une coquette somme d'argent était promise à qui réussirait à convaincre la pucelle à laisser pénétrer son *ça*.

***

Un soir de mai 1833, un contingent d'étudiants en casquette verte et noire (les couleurs de leur *Korps*) envahissait les salons en chantant à tue-tête. Ils venaient célébrer le *Mensur* de l'un des leurs. Quand les filles défilèrent devant celui qui portait un large pansement sur la joue, Maria-Anna resta modestement à l'écart, s'estimant trop âgée pour se proposer à cette jeunesse si pétulante. Elle fut flattée et surprise lorsque ce fut elle que l'étudiant désigna.

Une fois dans la chambre, elle lui exprima sa reconnaissance en lui offrant des préliminaires d'une grande tenue spirituelle. Elle conclut sa fellation en lui enfonçant dans le fondement son vigoureux médius jusqu'à la base du métacarpien (*Himmel! Du grosser Gott!*).

Subjugué, émerveillé, voire fanatisé, Carolus revint au *Paradis perdu* le mois suivant, puis la semaine suivante, puis il vint tous les jours, dévoré de désir mais aussi de jalousie à l'idée que Maria-Anna prodiguait à tant d'autres ce qu'elle lui faisait si bien.

Un jour où la jalousie était plus intolérable qu'à l'accoutumée, il laissa éclater sa frustration.

– Je te veux à moi, entièrement à moi et rien qu'à moi tout seul, et surtout à personne d'autre... et puis aussi, je te veux gratis.

Maria-Anna feignit d'abord l'indifférence, puis elle haussa ses rondes épaules.

– Le seul moyen pour l'avoir, ma fleur, c'est de me marier.

– Ah non alors ! Jamais ma famille n'acceptera que j'épouse une putain.

– Putain peut-être, mais toujours pure.

– Pure ? Aïe aïe aïe... Que tu sois vierge, je te l'accorde, mais *pure*...

Chatouilleuse sur le sujet, Maria-Anna l'avait expulsé de la chambre et refusé sa clientèle huit jours durant, provoquant chez l'adolescent une nervosité qui eut des répercussions négatives sur ses études.

– Puisque le mariage est exclu, qu'es-tu prêt à faire pour m'aider à quitter le métier ? lui demanda-t-elle une fois leur relation rétablie.

– À part le mariage, je suis prêt à tout... même à te débarrasser de ta *Frau Chef* si tu veux, je peux te l'empailler, je sais comment faire.

– C'est point nécessaire. *Frau Chef* ne nous retient pas et on peut s'en aller quand on veut. Ce que je peux pas, c'est trouver un autre emploi à mon âge. Remarque, si tu pouvais me faire entrer comme lingère chez toi, j'aurais un toit, un travail honnête et nous pourrions nous retrouver tous les soirs... au même tarif, *natürlich*.

Carolus trouva l'idée séduisante, mais il la jugea difficilement réalisable.

– C'est que nous avons déjà Ursula, et d'après ma mère c'est une bonne employée.

– Je sais, j'ai vu ton linge… Mais si un jour vous aviez besoin d'une autre lingère, tu accepterais que je me présente ?

– Eh bien, oui, pourquoi pas (*warum nicht*)… mais connais-tu quelque chose à la lingerie ? Ma mère n'est pas commode sur ce sujet.

– C'était mon premier métier.

L'idée fit son chemin dans l'esprit torturé du jeune homme ; bientôt il ne songea à rien d'autre et il se mit à détester Ursula chaque jour davantage.

– Si seulement elle pouvait tomber gravement malade !

***

Carolus était dans sa deuxième année de médecine lorsque Anton l'avait initié à la taxidermie, lui montrant comment empailler un rat noir piégé dans la cave de l'immeuble par le *Hausmeister*.

Enthousiasmé, Carolus avait empaillé un poisson rouge acheté vivant à un marchand du *Prater*, puis, successivement, il avait naturalisé un pigeon ramier, un écureuil, un moineau, le chien bâtard de la cuisinière (écrasé par un fiacre), une couleuvre trouvée lors d'une excursion à la campagne, bref, il empaillait tout ce qui passait à sa portée et qu'il pouvait tuer, écharner, taxidermiser, sans conséquences légales, morales ou religieuses.

Chaque fois qu'il croisait Ursula dans les couloirs, dans la cuisine ou lorsqu'elle entrait dans sa chambre pour y ranger du linge, il imaginait ce qu'il lui ferait s'il s'agissait de Maria-Anna.

– Si Ursula tombe malade, elle ira à l'hôpital et ma mère devra engager une nouvelle lingère.

Mais même un simple étudiant de deuxième année ne pouvait ignorer qu'Ursula jouissait d'une santé de cheval, aussi, il était parfois tenté de l'endormir et de profiter de son inconscience pour lui inoculer un quelconque virus (l'hôpital en abritait une grande variété). Il composa avec sa morale et trouva un autre procédé, moins expéditif, mais peu élégant. Il déroba plusieurs mouchoirs brodés dans la chambre de sa mère, et il les dissimula sous le matelas d'Ursula. En dépit de ses protestations d'innocence la lingère fut licenciée. Judicieuse coïncidence, le lendemain, une certaine Maria-Anna Schicklgruber postula pour la place de lingère. Giulietta l'embaucha à l'essai et bientôt une plaisante odeur de lavande flotta dans l'appartement de la *Berggasse*.

N'ayant plus matière à alimenter sa jalousie, Carolus devint exigeant et se mit en tête d'obtenir ce qu'aucun n'avait obtenu à ce jour.

– Je te veux normalement, c'est-à-dire étroite et profonde.

– N'insiste pas. J'ai toujours espoir de me marier et d'avoir des enfants.

– Tu sais pourtant qu'on n'épouse pas les putains ! C'est toi même qui l'as dit l'autre fois.

– Et c'est pour ça que je suis redevenue lingère : une lingère, ça s'épouse.

– Mais dès que ton mari connaîtra ton passé, il te quittera.

– Pourquoi qu'il le connaîtrait ? Y se posera même pas la question puisqu'il m'aura épousée vierge.

À la seule pensée qu'elle puisse offrir à un autre ce qu'elle lui refusait obstinément remobilisa le ban et l'arrière-ban de la jalousie, cette jaunisse de l'esprit.

Le soir même, jouant les distraits, Carolus s'égara de quelques centimètres et, d'un violent coup de reins, pénétra dans le conin sans méfiance de sa partenaire, déchirant au passage la fine membrane farouchement défendue depuis toutes ces années.

Suite à un tel abus de confiance caractérisé, Carolus ne sut que balbutier quelques piteuses excuses.

– Je me suis trompé, Maria-Anna, je le jure sur la tête du pied de mon lit ! J'ai glissé.

Une pleine lune plus tard, incroyable mais vrai, Maria-Anna se découvrait enceinte.

– C'est horrible ! Plus personne va me vouloir, maintenant, et en plus mon enfant va naître illégitime ! Dieu tout-puissant, qu'allons-nous dire à ta mère ?

Carolus ouvrit des yeux de chouette qu'on vient de réveiller dans une grange.

– Parler à ma mère ? Surtout pas… Pense à ma carrière médicale, pense à mes études, pense aux vies humaines que je vais forcément sauver, pense aussi à toute cette souffrance que je vais forcément soulager… En fait, Maria-Anna, il te faut avorter.

– *Niemals !*

Après plusieurs semaines d'amères discussions et de reproches forcément véhéments, Carolus et Maria-Anna convinrent d'un compromis. Elle accoucherait dans son hameau natal, tandis qu'il terminerait ses études et la soutiendrait financièrement. Une fois diplômé, il reconnaîtrait l'enfant.

***

Le deuxième jour de l'année 1837, sans préavis ni explications, Maria-Anna présenta son congé à Giulietta.

Elle embarqua le jour même à bord du *Wien-Linz* pour arriver quelques heures plus tard à Krems, méconnaissable tant on avait construit en vingt ans ; à l'exception des rouleaux de cordages sur le ponton, elle ne reconnut rien.

L'*Omnibusfahrten* à six chevaux arriva à Strones à la tombée de la nuit. Maria-Anna fut la seule passagère à descendre. Il faisait frisquet et le dos des chevaux fumait en se refroidissant.

L'accueil des Schicklgruber fut déplorable. Son père, le vieux Johann, comme son frère, Josef, la sommèrent d'aller sans délais mettre bas ailleurs.

Le cœur gros, Maria-Anna demanda l'hospitalité à la ferme n° 13 des Trummelschlager. Le *Bauer* Johann, accepta de lui louer l'ancienne chambre de son fils, décédé du tétanos l'an passé. Maria-Anna l'impressionna favorablement en payant six mois de loyer d'avance. Elle en profita pour poser en évidence sa bourse grosse des deux mille cinq cents thalers économisés durant ses années de *Paradis perdu*.

Quand les Schicklgruber eurent vent du pactole, le père manda Josef expliquer à sa sœur combien il serait préférable si elle en faisait profiter les siens.

L'intéressée secoua la tête négativement.

– Les Trummelschlager m'ont offert l'hospitalité sans savoir si j'avais de quoi les payer, tandis que toi et le père, vous ne m'avez même pas offert un tabouret.

– Mais qu'est-ce que tu t'imagines ! Tu ne donnes pas signe de vie pendant plus de vingt ans et d'un seul coup te voilà débarquant de nulle part, grosse jusqu'aux oreilles… et quand père te demande le nom du coquin, tu refuses de répondre ! Tu t'attendais à quoi ?

– Au pire, à de la pitié… mais vous, vous ne pensez qu'aux commérages et au déshonneur ! Allez, va-t'en et va dire au père qu'il ne verra pas un seul de mes thalers… et toi non plus d'ailleurs… Pas un seul !

***

Le 7 juin 1837, à dix heures et demie du matin, Maria-Anna accoucha d'un solide gaillard de trois kilos et demi qu'elle prénomma Aloïs, d'après saint Aloïs, le patron des filles mères.

Strones n'étant pas assez grand pour faire une paroisse, l'enfant fut baptisé dans l'église de Döllersheim, le village voisin. Maria-Anna officialisa sa rupture définitive d'avec les siens en choisissant Johann et Josefa Trummelschlager pour parrain et marraine.

– Quel est le nom du père ? demanda le *Pfarrer* Ignaz Ruesskefer.

Maria-Anna rougit en détournant les yeux pour ne pas le voir écrire *ILLÉGITIME* sur le registre paroissial.

Bien que prévenu par courrier, Carolus ne crut pas utile de se déplacer. Ses études le passionnaient et il ne voulait pas les interrompre pour se rendre au fin fond du Waldviertel, assister au baptême d'un rejeton que chaque parcelle de sa mémoire aurait aimé effacer.

***

Le 6 juin 1838, Carolus Tricotin prit le bateau pour Krems, puis l'*Omnibusfahrten* pour Strones. Désireux de faire pardonner son absence de l'an passé, il offrit cent cinquante thalers à Maria-Anna et réitéra sa promesse de reconnaître l'enfant sitôt son diplôme de médecin en poche. Il fut désappointé lorsque Maria-Anna refusa de le recevoir dans sa chambre pour la nuit.

Strones étant dépourvu de *Gasthaus*, il dut faire sa nuit dans le grenier des Trummelschlager où il dormit mal, trop souvent dérangé par des cavalcades de rats qui se pourchassaient.

Au matin, il se découvrit colonisé de la tête aux pieds par des punaises d'une taille peu raisonnable.

***

L'année suivante, le 7 juin 1839, Carolus revint à Strones. Instruit par l'expérience, il loua cette fois à Krems un cabriolet à deux chevaux et arriva à Strones en fin de matinée. Après avoir embrassé mère et enfant, il remit à la première cent cinquante thalers et renouvela verbalement sa promesse de légalisation, puis il rejoignit Krems afin d'arriver avant le départ du bateau pour Vienne.

***

Aucun déplacement pour le troisième anniversaire d'Aloïs. Carolus se contenta d'expédier un mandat de cent cinquante thalers en invoquant :

1) les programmes surchargés de sa dernière année de médecine ;

2) le décès de son beau-père survenu dans des circonstances singulièrement consternantes.

***

En septembre 1823, Anton ayant terminé sa monographie de cent onze pages sur les mœurs des *Grus grus* durant la migration l'avait soumise au jury de l'Académie des sciences naturelles. Sa lecture terminée, ces messieurs du jury avaient loué à l'unanimité le sérieux de son travail, l'impeccable rigueur de sa démonstration, et, surtout, le passage où il était révélé que les grues cendrées étaient l'une des rares espèces migrantes chez qui le lien familial entre jeunes et adultes persistait durant la migration. Une plaquette fut éditée en allemand, traduite en huit langues, et de larges extraits parurent dans les principales revues scientifiques européennes.

Un pareil succès encouragea Anton à récidiver. Il s'intéressa alors aux flatides, ces petits insectes qui volaient en essaim et qui avaient le réflexe, en cas de danger, de se regrouper autour d'une tige et de reconstituer la forme d'une fleur, échappant ainsi à l'attention des oiseaux, leurs principaux prédateurs.

Après deux années d'investigations, il était venu à bout d'une monographie de trois cent trente-trois pages qu'il avait soumise au jury de l'Académie des sciences naturelles.

– Sachez, illustres professeurs, que dans le seul but de former une fleur plus réaliste, chaque couvée produit des flatides aux dos de couleurs variées. Je vous laisse apprécier, messieurs, ce qu'implique une telle organisation sur le plan de l'hérédité... En guise de conclusion, sachez que ces flatides, en se regroupant ainsi autour d'une tige, créent un modèle de fleur qui n'existe pas dans la nature...

Son exposé sur les grues cendrées avait été un succès, celui sur les flatides créatifs fut un triomphe. La plaquette illustrée publiée par les presses de l'Académie reçut d'élogieuses critiques internationales et affirmèrent confortablement la réputation de son auteur.

Cette nouvelle réussite lui donna une telle assurance qu'il décida d'élever encore le niveau en s'attaquant aux thèses consacrées au Grand Mystère qui présidait à la reproduction de la Vie.

La rédaction d'un essai de cinq cent cinquante-cinq pages démontrant que *tout être vivant ne pouvait naître que d'un autre être vivant* lui prit cinq ans de recherches, doublées d'expériences pratiques, souvent éprouvantes. Pour atteindre une conclusion aussi révolutionnaire, il avait dû mettre à mal le dogme imposé depuis des siècles par les spontanéistes. Ce dogme exigeait que les espèces naissent de *rien* et se reproduisent ensuite entre elles. Ces espèces devaient alors s'adapter au milieu ou disparaître en laissant la place à de nouvelles espèces qui, à leur tour, apparaissaient de *rien*. Ces adeptes de la *géné-*

ration spontanée aimaient prouver leurs dires en plaçant un morceau de viande sur une assiette et en faisant observer, au bout de quelques heures, l'apparition *spontanée* de vers gigoteurs.

Bien que sachant que les deux tiers du jury étaient précisément des spontanéistes, Anton pensa qu'il suffisait de leur démontrer qu'ils avaient tort pour qu'ils se rangent à son idée. N'était-ce pas le propre de toute personne intelligente ?

Sa lecture dans l'amphithéâtre bondé provoqua un tollé d'une violence inouïe. Il vit avec horreur ceux-là mêmes qui l'avaient encensés précédemment le traiter de falsificateur, d'idiot congénital, de charlatan à turban, d'illuminé éteint, d'hurluberlu de province et d'imbécile même pas heureux.

Le calme revenu, le président du jury somma vertement Anton de se rétracter. Tout au contraire, celui-ci persista en lançant haut et fort son désormais célèbre : *De rien, messieurs, RIEN ne peut sortir, qu'on se le dise*, qui lui valut par la suite une quantité impressionnante d'ennuis de tout calibre.

L'Académie refusant de publier ce qu'elle qualifiait d'*infect brûlot*, Anton l'avait intitulé *RIEN de RIEN*, et l'avait fait imprimer et distribuer à ses frais, ranimant le scandale.

Jusqu'à l'évêque de la *San Stefano* qui prit publiquement position en s'insurgeant contre une pareille hérésie. *Prenez garde, Herr Doktor car nous pouvons fort bien nous passer de la recherche scientifique ! Après tout, elle n'est pas une loi de la Nature et elle n'existe nulle part dans la Création ! Ne l'oubliez pas !*

Dans la semaine qui suivit, les exemplaires de *RIEN de RIEN* furent saisis, brûlés, et leur auteur condamné à une amende épicée de mille thalers, qu'acquitta séance tenante l'épouse du condamné.

Loin de se décourager, Anton était retourné à sa

première passion, les oiseaux. Il s'était mis en tête de découvrir pourquoi la Nature avait créé un si grand nombre d'espèces différentes, en tailles, en formes, en couleurs, en mœurs. Il voulait itou comprendre pourquoi le bec d'un ensifera porte-épée dépassait la longueur de son corps, tandis que celui d'un engoulevent mesurait tout juste neuf millimètres.

Par un beau dimanche ensoleillé, muni de sa lunette d'approche, d'un carnet, d'un crayon, d'un coussin et d'une échelle pour atteindre les premières branches, Anton avait grimpé à la cime de l'*Aesculus hippocastanum* qui trônait au milieu de la cour ; son objectif était d'observer au plus près les *Delichon urbica* – les hirondelles de fenêtre – qui nidifiaient chaque année sur les toits.

Il avait disposé le coussin sur la plus haute tige et il s'était installé à califourchon dessus. La branche avait cédé alors qu'il chaussait ses lorgnons. Il y eut un bruit sec (*crââââk*), et le voilà précipité dix-huit mètres plus bas sur les pavés de la cour.

Lorsqu'il reprit connaissance, il gisait, disloqué au pied du marronnier d'Inde. Il pouvait remuer les lèvres, les paupières et l'auriculaire gauche, mais rien d'autre. Sa cage thoracique était brisée en plusieurs endroits et lui interdisait d'émettre le moindre son.

Il songeait combien il avait mal et combien sa situation était mauvaise, lorsque sa chemise de batiste s'était enflammée.

***

La cuisinière des Hartmann épluchait des *Kartofen* dans la cuisine du premier étage lorsqu'une appétissante odeur de cochon grillé s'était faufilée par la fenêtre ouverte. Intriguée, la cuisinière s'était penchée pour regarder dans la cour lorsque, ô stupeur, elle vit son maître en train de flamber sous le grand marronnier comme une crêpe au cognac.

Anton avait été transporté à l'*Allgemeines Krankenhaus* situé en haut de la *Berggasse*, et une enquête criminelle avait été ouverte pour découvrir qui avait brûlé *Herr Doktor* Hartmann von Edelsbach, le fils du récemment décédé maréchal Ludwig Hartmann von Edelsbach.

Un officier de la police impériale s'était présenté à la *Berggasse* et avait questionné la famille, les domestiques et les voisins. Tous ces interrogatoires s'étaient déroulés dans la cour, au pied du marronnier. Carolus avait servi d'interprète à sa mère qui, malgré toutes ces années viennoises, maîtrisait mal l'allemand.

L'officier de police était monté en haut de l'arbre afin de vérifier *de visu* que la branche n'avait pas été sciée. Il tentait d'évaluer la trajectoire de la chute d'Anton, lorsqu'il remarqua la paire de lorgnons suspendue au pétiole d'une feuille basse, à trois mètres de hauteur, précisément au-dessus de l'endroit où s'était écrasée la victime.

– Ce sont bien ceux de mon beau-père, avait confirmé Carolus en tentant de reconstituer le drame.

– Les verres ont eu un effet loupe sur les rayons du soleil, la fatalité s'en est mêlée en les suspendant juste au-dessus de lui !

Anton avait agonisé onze jours dans son lit d'hôpital. Au soir du douzième, il avait brièvement repris connaissance. Ses premiers mots avaient été pour s'informer sur ce qui lui était arrivé ; lorsque Giulietta le lui avait conté, il avait marmonné d'une voix à peine audible *Ah ça alors !*

Avant que ne fût cloué le couvercle du cercueil, Giulietta exigea que la branche du marronnier ainsi que la paire de lorgnons fussent déposées à l'intérieur avec leur victime.

Anton fut enterré au cimetière général de Vienne, à

un jet de pierre de la fosse commune où finissait de se décomposer Wolfgang Amadeus Mozart.

**

Coupant court à toutes ses activités quotidiennes, Giulietta restait prostrée dans sa chambre, les rideaux tirés sur une réalité qu'elle refusait d'entériner.

Elle n'avait jamais accepté la disparition de Charlemagne, elle n'acceptait pas la disparition d'Anton et pour trouver un semblant de paix, elle se mit à boire jusqu'à l'inconscience.

**

7 juin 1841.

Comme chaque jour depuis qu'il ne labourait plus, Johannes Schicklgruber digérait son déjeuner en faisant les cent pas de l'honnête homme devant sa ferme. Tout en tirant sur sa pipe, il méditait sur les avantages d'être vieux et bien portant. Il avait fêté ses soixante-dix-sept ans la semaine dernière et il se sentait au mieux de sa forme, n'en déplaise à tous les rapaces qui attendaient son héritage en claquant du bec.

Le soleil était à son zénith lorsqu'un cabriolet à deux chevaux apparut sur la *Döllersheimstrasse*.

Le vieux Schicklgruber plissa les yeux pour mieux voir le conducteur. Il reconnut le jeune freluquet viennois déjà repéré à deux reprises les années passées et que tout le monde dans le hameau donnait pour le père du bâtard de Maria-Anna.

Le cabriolet s'immobilisa devant la ferme des Trummelschlager et Carolus en descendit, les bras chargés d'un grand ours en peluche et d'une pesante collection de cinquante soldats de plomb. Maria-Anna fut ravie par d'aussi bonnes dispositions.

– Et ce n'est pas tout. Préparez-vous, nous allons passer la journée à Zwettl.

Le cœur de Maria-Anna s'emballa : c'était à Zwettl que se trouvait l'étude de notaire la plus proche.

Une fois dans le bourg médiéval, Carolus fit peindre leur portrait par un miniaturiste local non dépourvu de talent. La pose dura une heure durant laquelle le petit Aloïs ne cessa de se tortiller telle une anguille.

– Calme-le ou je le taxidermise, s'exclama Carolus excédé.

Plus tard dans l'après-midi, Maria-Anna comprit qu'il n'y aurait pas de visite chez M. le notaire et que Carolus n'avait pas l'intention d'honorer sa promesse de reconnaissance en paternité. Alors, elle se fâcha tout rouge et elle le menaça de se rendre à Vienne et de tout dégoiser à sa mère.

Les yeux exorbités, les mains agitées, Carolus l'encouragea vivement à n'en rien faire.

– Elle vit très mal son veuvage... c'est son second... on ne peut pas lui faire *ça* en plus.

Tout en parlant, il observait l'enfant qui arrachait les poils de l'ours en peluche.

***

Le décès d'Anton eut pour effet de révéler à Giulietta qu'elle n'avait jamais aimé Vienne autrement qu'à travers lui. De plus, elle s'était harpaillée avec les autres locataires de l'immeuble pour avoir fait abattre le marronnier sans les avoir consultés.

– Je n'ai plus rien à faire dans ce pays, et toi, tu n'as plus besoin de moi, je le vois bien ; aussi, je retourne au village où je m'occuperai de ton grand-père qui fête ses quatre-vingts ans cette année. Maintenant que tu es reçu docteur, tu n'as qu'à t'installer dans le cabinet d'Anton. Ton compte à la banque Wittgenstein sera approvisionné mensuellement de cinq cents thalers. Sois donc vigilant sur tes finances, et surtout, n'oublie jamais de régler les gages des domestiques.

Giulietta quitta Vienne en juillet 1841, ivre morte, sans verser une seule larme, sans jeter un dernier regard.

Son apparition en vêtements de deuil, son regard vide derrière la voilette, rappelèrent à plus d'un vieux Coucoumélien une autre arrivée, trente ans plus tôt : cette fois, au moins, aucune momie ne l'accompagnait.

Giulietta *célébra* son retour au bercail en faisant démolir la croix de marbre qui surplombait le mausolée de Charlemagne.

Vive émotion chez le père Di Marcotti, le remplaçant du vieux curé Ugo Papi décédé douze ans plus tôt dans de terribles souffrances abdominales. Di Marcotti se rendit à la *villa* Benvenuti et découvrit une furie fulminante qui proférait des horreurs en menaçant le plafond de son poing fermé.

– Je ne crois plus en Dieu, curé, et dans ma situation, cela est préférable… Après tout ce que ce *farabutto* m'a fait, si j'y croyais encore, je consacrerais ce qui me reste d'existence à me venger de lui !

Le curé n'en revenait pas d'être tutoyé, mais aussi d'entendre Dieu être traité de *salaud*. Giulietta ne lui laissa pas le temps de protester.

– Que dois-je penser d'un dieu qui laisse assassiner mon premier mari le jour de mes noces, hein ? Et qui laisse le second se faire brûler vif par ses lorgnons, hein ?

La main en poing, elle s'approcha du prêtre qui recula prudemment.

– Ose me dire, curé, que *les voies du Seigneur sont impénétrables*, et moi, je te donne un coup sur le nez.

***

En mars 1842, Carolus occupa le cabinet médical d'Anton ; une nouvelle plaque de cuivre remplaça l'ancienne à l'entrée.

Docteur Carolus TRICOTIN
Diplômé de la Faculté de Médecine de Vienne
19 BERGGASSE
Consultations 10 h-14 h.

Les jours passèrent et selon le proverbe *Jeune médecin, cimetière bossu*, personne ne vint consulter.

Carolus ne s'étonna guère (il connaissait le proverbe), aussi, lorsqu'il n'était pas en train d'empailler quelque chose de mort dans son laboratoire, il assistait à des opérations à l'*Allgemeines Krankenhaus* et il s'intéressait à tous les phénomènes concernant le Mystère de la Mort. *Si nous savions ce qui se passe à l'instant de notre trépas, et même un peu au-delà, nous serions bien moins apeurés*, lui avait dit Anton, comme on sème un champ fraîchement labouré.

Trois soirs par semaine, le jeune médecin soupait au *Paradis perdu* où il avait pour conduite de ne plus avoir de favorite et d'essayer toutes les pensionnaires à tour de rôle.

Ce fut la *Frau Chef*, Olga Müller, qui lui apporta sa première patiente en la personne d'Innocente Pastachouta, une jolie Vénitienne au visage poupon personnifiant dans l'établissement la fillette à peine pubère, une caractéristique prisée par la clientèle des quinquagénaires. La pauvre enfant s'était fait infanticider par une faiseuse d'ange du quartier de Meidling qui avait lamentablement raté son mauvais coup. Depuis, la pauvre enfant avait de la fièvre et une odeur pestilentielle se dégageait de ses voies basses, où, selon toute évidence, un bout de fœtus oublié pourrissait.

Carolus disposait de moyens techniques limités pour

établir un diagnostic. Il avait l'observation visuelle, la sensation de température, la prise du pouls, l'écoute du cœur et des poumons au moyen de l'oreille (depuis peu du stéthoscope), et pour finir, l'examen des selles et des urines *de visu et odoratu*. Il savait aussi – c'était le plus préoccupant – que des symptômes identiques pouvaient aussi bien annoncer une catastrophe qu'une affection bénigne.

Carolus traita d'abord la fièvre en faisant bouillir de l'eupatoire jusqu'à obtenir un sirop épais très amer qui fit transpirer Innocente d'abondance. Puis il lava son corps avec une éponge imbibée d'eau vinaigrée, ensuite, il lui fit boire une infusion de datura qui avait pour double effet d'être analgésique et soporifique, puis, sous les regards admiratifs de la *Frau Chef* et du petit personnel, il avait pratiqué son premier curetage. L'intervention terminée, il avait empoché vingt-cinq *krones* d'honoraires et il avait connu ce sentiment de fierté et de satisfaction que seul procurait le travail bien fait.

Il allait prendre congé, lorsque Bertha Ullmann – une sympathique spécialiste de l'entrouducutage – vint se plaindre de cuisantes douleurs au rectum. Il l'avait suivie dans sa chambre, et lorsqu'il l'avait vue retrousser ses jupes afin de dévoiler un très blanc, très rebondi fessier, il se demanda s'il n'était pas devenu médecin pour de tels instants. Après avoir diagnostiqué des varices en grappes sur le point d'éclater, il les avait adroitement réintroduites dans leur lieu d'origine et avait recommandé à la jeune femme des bains de siège au laudanum ainsi que l'arrêt de toute sodomisation durant un plein trimestre.

***

Le septième jour du mois de juin 1842, Carolus revenait à Strones. Il portait un gros gâteau à la crème sur lequel étaient fichées cinq bougies. Son intention, ce jour-là, était de proposer à Maria-Anna de revenir à la *Berggasse* et d'y reprendre son emploi de lingère.

Un parfait inconnu entrebâilla la porte des Trummelschlager. Carolus vit un individu au front bas et droit comme un mur, à la mâchoire lourde, tombante, aux arcades sourcilières proéminentes à la façon des pithécanthropes.

Avec un accent local prononcé, l'homme lui déclara que Maria-Anna était mariée et qu'elle ne voulait plus voir les gens de son espèce.

Carolus secoua sa tête de gauche à droite puis de droite à gauche, mettant en évidence les prestigieuses cicatrices sur ses joues.

– *Ach so*… mariée dites-vous ! Et avec qui, *bitte* ?

– Avec moi, *du Esel*, et maintenant, tu t'en vas d'ici à toute vitesse, *raus, raus* !

Désignant le gâteau acheté à Krems, Carolus insista ; à défaut de Maria-Anna il voulait voir son fils, Aloïs.

En parfait énergumène, l'homme disparut en lui claquant la porte au nez (*vlaaaam !*).

Carolus était perplexe. Comment était-il possible que sa *Maria-Anna-à-lui-tout-seul* ait pu épouser un spécimen aussi accompli de bas crétin du Waldviertel ?

Il agita le gros gâteau à la crème en direction de la fenêtre aux rideaux tirés en criant.

– Maria-Anna ! Aloïs ! *Es ist mich, dein Karolus !*

La porte s'ouvrit et le mal-embouché réapparut, œil injecté, mâchoires soudées, brandissant une fourche à trois dents pointues.

– Je ne partirai pas avant d'avoir vu Maria-Anna, décréta bravement Carolus en montrant la crème du gâteau que la chaleur indisposait.

– Je veux voir Aloïs souffler ses cinq bougies.

La brute s'élança en grondant (*grrrrrrr*). Carolus

détala jusqu'à son véhicule. La brute ne le poursuivit pas.

Fourche menaçante, poitrine arrogante, l'homme se contenta de gueuler d'une voix triomphante qu'on ne voulait plus le voir dans la région *pour mille ans au moins* !

***

Dix mois plus tard, Carolus dévissait la plaque de cuivre sur la porte d'entrée et déclarait le cabinet médical *fermé*. Il licenciait la cuisinière et la lingère-bonne-à-tout-faire, et il confiait au *Hausmeister* de l'immeuble les clés de l'appartement, avec pour mandat de faire les poussières et d'aérer les pièces durant son absence ; une absence qu'il prédisait longue.

Début septembre 1843, en pleines vendanges dans le Wienerwald, il quitta la capitale impériale par la chaise-poste hebdomadaire *Wien-Paris*, un service initialisé trente ans plus tôt suite au mariage de Napoléon et de Marie-Louise sa génisse autrichienne.

Le voyage dura vingt jours.

Carolus loua une chambre à l'hôtel des Trois Fiélons, boulevard du Port-Royal, et sans prendre le temps de déballer, il se présenta à l'hôpital du Midi sur le même boulevard ; il acquitta une somme forfaitaire et obtint une carte d'entrée lui donnant droit d'assister aux cours de Philippe Ricord, un syphiligraphe américain spécialisé dans l'étude et la thérapeutique des maux vénériens. Trois ans auparavant, Ricord avait publié un *Traité des maladies vénériennes* qui avait *fait un tabac* dans toutes les bonnes maisons closes d'Europe. C'était dans une traduction munichoise achetée par la *Frau Chef* du *Paradis perdu*, que Carolus avait découvert les étonnantes recherches du chirurgien. *La gonorrhée n'est qu'une simple inflammation de la muqueuse uré-*

trale pouvant se contracter après des écarts de régime, ou bien auprès d'une femme saine mais ayant ses règles, écrivait doctement Ricord avant de conclure en charitable avertissement : *Fréquemment, sachez-le, les femmes peuvent donner la blennorragie sans l'avoir.*

Infatigable, Carolus s'était rendu à l'Hôtel-Dieu où il avait eu la chance d'assister le jour même à une opération du côlon par celui qui était en passe de devenir le *grand patron* de la clinique chirurgicale parisienne, Alfred Louis Marie Armand Velpeau, l'inventeur de la bande éponyme.

Carolus conclut sa première journée parisienne par un souper à *La Puce désossée*, un bordel rue Marie-Madeleine que lui avait chaudement recommandé la *Frau Chef*.

***

En supplément à ses investigations sur la Mort et Ses Abords immédiats – lecture comparative de l'*Ars Moriendi* médiéval avec le *Pert em bru* égyptien et le *Bardo Thödol* tibétain –, Carolus trouvait le temps pour visiter les hospices de la vieillesse femmes et de la vieillesse hommes, rue de Sèvres, l'asile de la Reconnaissance, rue des Martyrs, et la maison de santé pour Israélites, rue Picpus. En échange de pourboires, le personnel de ces établissements le prévenait chaque fois qu'un patient entrait en moribonderie. On le voyait alors accourir avec son calepin, son crayon, ses insistantes questions et son énervant demi-sourire.

Un matin, un interne de troisième année lui apprit que le Pr Velpeau développait, tout comme lui, un vif intérêt pour la Mort et Ses Conséquences – avec une préférence marquée pour ce qu'il nommait *la terrible seconde de rupture*. Carolus alla au-devant du grand homme et soumit à sa sagacité ses *Novissima Verba*.

– Je comprends votre démarche et j'y souscris, cher confrère, cependant, ces phrases sont dites par des mourants qui n'ont encore rien vu de l'Au-delà, même s'ils en sont proches.

– Précisément, *Herr Professor*, cette proximité offre peut-être l'opportunité d'apercevoir, ou d'entendre, quelque chose que seul un moribond peut percevoir ou entendre. Prenez par exemple les derniers mots de l'impératrice Marie-Thérèse d'Autriche : *Ce n'est pas plus difficile que de passer d'une pièce à l'autre*, ne pensez-vous pas qu'il y ait là matière à réflexion ?

– Hum, hum… bien sûr, je vois… je vois… je vois… Mais comment ajouter foi à des témoignages de gens dont l'entendement est considérablement diminué par les maux qui les tuent ? L'idéal serait de ressusciter un mort afin qu'il nous conte ce qu'il en est exactement.

Le professeur convia alors Carolus à participer à une expérience qu'il qualifia d'unique en son genre.

– Une exécution capitale va avoir lieu sous peu. Il s'agit d'un médecin quelque peu dérangé, adepte de la méthode expérimentale et qui s'est laissé aller à toutes sortes d'expériences extravagantes. Je lui ai rendu visite dans sa cellule, et, au nom de la Recherche scientifique, il a gracieusement accepté de se prêter à une expérience qui me trottinait dans la cervelle depuis un moment déjà… Lorsque votre chef tombera, lui ai-je dit, je le ramasserai et je vous parlerai. Si vous m'entendez, ouvrez et fermez les yeux trois fois.

Carolus avait eu un large sourire carnassier.

– *Herr Professor*, je m'en voudrais le restant de mes jours de rater pareille expérience.

– Fort bien. Retrouvons-nous demain à onze heures et je vous présenterai M. l'exécuteur Heidenreich. C'est lui qui se chargera des formalités administratives afin que vous puissiez m'accompagner. Vous verrez, c'est un personnage des plus aimables, qui, de surcroît, cuisine bien.

Le bourreau, *natürlich* ! J'aurais pu y penser ; qui d'autre côtoyait des gens à la fois à l'article de la mort et en parfaite santé ?

Le lendemain, les deux médecins entraient au 96 du boulevard Beaumarchais. *Herr* Velpeau cogna trois coups discrets. La porte s'ouvrit et un souriant géant d'un mètre quatre-vingt-dix les invita à entrer. Une odeur appétissante de bœuf bourguignon flottait dans l'appartement.

Descendant d'une lignée de *Rifleurs* alsaciens par son père, de *Scharfrichter* allemand par sa mère, Jean-François Heidenreich était natif de Savone du temps où l'Italie était divisée en départements français.

Âgé d'un demi-siècle, athlétique en diable, le regard bleu et direct, le cheveu et la grosse moustache poivre et sel taillée en brosse, Heidenreich ressemblait à un militaire à la retraite. Célibataire par timidité, il vivait dans un coquet quatre-pièces en compagnie d'un chat noir nommé Boudou. Les murs du salon-bureau où il conduisit ses invités étaient tapissés de livres.

Pendant que l'exécuteur préparait trois verres de *fée verte*, Carolus examina les livres sur les rayons. La plupart étaient des romans de voyages et d'aventures. Leur nombre était considérable.

– Monsieur Heidenreich, vous qui par profession avez assisté à un grand nombre de décès, n'auriez-vous point remarqué quelque chose, même infime, qui fût susceptible de nous éclairer sur l'Au-delà et Ses Abords obscurs ?

– Vous n'êtes pas le premier à me poser la question, mais ma pratique exige une si grande concentration que je n'ai jamais le temps de réfléchir à autre chose… Ce que je peux vous dire, c'est qu'une majorité transpire abondamment à la vue des bois de justice… Je peux aussi vous dire que presque tous, lorsqu'on les touche à ce moment-là, sont durs comme du bois tant ils sont contractés.

Sa voix douce et grave résonnait comme s'il parlait du fond d'un tonneau.

Ils déjeunèrent *sans façon* dans la cuisine ensoleillée. L'hôte leur servit d'abord un pâté de lièvre avec des cornichons, puis il apporta le bourguignon qui sentait si bon. Le repas fut arrosé de moulin-à-vent que Carolus but comme l'on boit de l'eau fraîche lorsqu'on a soif.

Après avoir changé les assiettes, Heidenreich leur présenta trois sortes de fromages : camembert, brie et roquefort. Puis vint le dessert, un riz au lait truffé de raisins secs que l'exécuteur nappa devant eux de sucre caramélisé qui embauma l'atmosphère.

Au moment de se séparer, Carolus confia son passeport à l'exécuteur, le document étant indispensable pour l'obtention d'un laissez-passer de la chancellerie.

– Simple formalité, monsieur le docteur, venez donc le reprendre après-demain à la même heure. Vous goûterez, cette fois, mes paupiettes de veau.

***

Au jour et à l'heure dite, Carolus s'était présenté chez le fonctionnaire de justice et, comme promis, le vestibule fleurait bon les paupiettes.

Heidenreich n'était pas seul. Un jeune homme d'une trentaine d'années se tenait à ses côtés. Il portait une redingote de velours pourpre, une chemise blanche à jabot brodé, une culotte tourterelle et des bottes noires à revers vermillon qui semblaient sorties d'un autre siècle. Ses cheveux longs couleur corbeau de nuit étaient retenus sur la nuque par un catogan jaune safran d'un bel effet.

– Monsieur le docteur Tricotin, je vous présente

Justinien Pibrac le Cinquième. C'est un confrère rouergat de passage. En fait, c'est sa première visite dans la capitale.

– Seriez-vous affilié aux Tricotin de Racleterre ? demanda sans préambule l'Aveyronnais d'une voix sans accent.

Le front de Carolus se plissa et les rides du lion apparurent entre ses sourcils, signe d'intense cogitation.

– Cela se pourrait, monsieur, car mon père était français et originaire de Racleterre en Rouergue.

– Puis-je vous demander son prénom ?

– Charlemagne.

Carolus vit le jeune exécuteur froncer les sourcils, comme si quelque chose de déplaisant lui revenait à l'esprit.

– C'est bien lui qui était général de Napoléon et qui est mort quelque part en Italie, n'est-ce pas ?

– Oui, c'est lui. Il est mort à Turin, le jour de son mariage. Comment se fait-il que vous le connaissiez ?

– Je ne l'ai point connu, mais le Troisième, mon aïeul, lui a sauvé la vie dans le temps… et il a passé le restant de ses jours à le regretter.

Heidenreich regarda son jeune confrère avec surprise. Quelle mouche le piquait ?

– Je perçois comme un soupçon d'acrimonie dans vos propos, monsieur Pibrac, et cela pique ma curiosité. Pourriez-vous éclairer ma lanterne ? demanda Carolus en accentuant son demi-sourire agaçant.

Les mains dans le dos, Justinien Pibrac fit quelques pas dans le salon-bureau, pendant qu'Heidenreich déposait sur la table, le sucre, les cuillers, l'eau fraîche et la bouteille d'absinthe. Une capiteuse odeur recouvrit bientôt celle des paupiettes.

– Ce n'est pas une jolie histoire, monsieur, dit Justinien en observant Carolus comme pour lui compter les poils du nez. Peut-être n'allez-vous point la goûter ?

Heidenreich les invita à s'asseoir et à consommer leur apéritif.

– Que penseriez-vous d'un individu qui profiterait de l'hospitalité de ses bienfaiteurs pour engrosser la fille de la maison et refuser ensuite de la marier ?

Le visage de Carolus se congestionna sous un irrésistible afflux de sang. Autrement dit, il rougit comme un coquelicot, ce qui dérida un instant le jeune exécuteur aveyronnais.

– Ainsi, vous saviez ?

– Assurément non ! C'est au contraire une grande surprise, le détrompa Carolus.

Il prit son verre d'absinthe et, contre toute bienséance, le vida d'un trait.

– Mazette ! s'exclama Heidenreich qui n'avait encore jamais vu chose pareille.

Lorsque Carolus eut terminé de tousser, il se moucha, essuya ses yeux pleins de larmes et dit d'une voix navrée :

– Si je vous entends bien, cet enfant serait en quelque sorte mon demi-frère ?

Justinien réfléchit avant de répondre.

– Oui, vous pouvez dire ça, si ce n'est que c'est *en quelque sorte* une fille qui est née, pas un garçon.

– Qu'est-elle devenue ?

Le visage de Justinien s'assombrit.

– Le déshonneur a contraint mon arrière-grand-tante Bertille à migrer aux Amériques. Elle y est devenue *chief executioner* du comté de New York. Bon sang ne peut mentir.

Carolus hocha la tête en adoptant un air faussement navré.

– Je prends conscience que je ne sais presque rien de mon père. Le peu que j'en sais vient de ma mère, qui n'a jamais eu le temps d'en savoir beaucoup. Par exemple, j'ignore tout sur la branche rouergate, mieux, je n'en ai *jamais* entendu parler.

– Savez-vous seulement que votre père était un quintuplé ?

– *Himmeltausendsakerment !*

– Plaît-il ?

– Un quintuplé ! *Ach...* je l'ignorais... c'est... c'est tout à fait inattendu.

Le repas fut servi dans la cuisine et les paupiettes se dégustèrent en silence. Ce ne fut qu'au moment du dessert, une charlotte au chocolat chaud, que la conversation reprit. Carolus fut une fois de plus ébaubi d'apprendre qu'une statue de bronze du général-baron Charlemagne Tricotin s'élevait place de la Liberté, à Racleterre.

Au moment du départ, Heidenreich rendit à Carolus son passe-port et lui remit un laissez-passer valable pour une visite.

– Je coupe après-demain. Venez au rond-point de la Grande Roquette à partir de quatre heures. Soyez ponctuel.

***

Il faisait encore nuit et déjà une quantité de curieux se pressaient devant la prison. Deux lampadaires éclairaient la petite place semi-circulaire où s'activaient l'exécuteur en chef et ses valets. Une compagnie de la garde nationale, baïonnette au canon, formait une double haie protectrice.

Carolus présenta son laissez-passer à l'officier commandant la compagnie qui s'effaça pour précisément le laisser passer.

Cravaté de blanc, engoncé dans une redingote raccourcie à collet de velours, coiffé d'un haut-de-forme qui le grandissait encore, chaussé de bottines noires,

Jean-François Heidenreich surveillait le montage des bois de justice qu'effectuaient en silence ses quatre valets d'échafaud en gilet et chapeau melon.

Carolus n'était pas le seul privilégié à bénéficier d'une autorisation : une dizaine de personnes se tenaient près de l'entrée de la Grande Roquette. Certains prenaient des notes l'air inspiré, d'autres bavardaient à voix basse ; l'un d'eux consultait sa montre comme pour un chronométrage. Le Pr Velpeau n'était pas encore arrivé.

Heidenreich répondit au bonjour de Carolus sans quitter ses aides du regard. Il tenait un niveau à bulle avec lequel il vérifiait à tout bout de champ la parfaite horizontalité de sa machine.

Carolus fut très impressionné par la taille de l'engin.

– Je ne l'imaginais pas si haute.

– Elle mesure quatre mètres cinquante et elle pèse cinq cent quatre-vingts kilos, répéta distraitement l'exécuteur.

Intrigués par leur aparté, quelques invités faisaient mine de s'approcher. Heidenreich les regarda sévèrement et ils firent le dos rond et retournèrent d'où ils venaient.

– Qui sont ces gens ?

– Ce ne sont que des journalistes. Si je les laissais faire, ils viendraient fouiller jusque dans mes poches... Regardez-moi celui-là, avec sa montre, c'en est un du *Figaro*. Il nous minute, et si nous ne sommes pas dans les temps, il nous éreinte sur cinq colonnes. Une fois il a exigé ma démission sous prétexte que... ah, veuillez m'excuser docteur, mais il est l'heure de fixer la lame.

Heidenreich ouvrit un coffret plat et oblong rappelant celui d'un instrument de musique. Il en sortit un couperet à la lame biseautée qu'il fixa par trois gros boulons peints en laque rouge au mouton peint en laque noire. La chose faite, Heidenreich tira sur une corde et actionna un jeu de poulies qui éleva le couperet et son mouton sans le plus petit grincement.

– Voilà, décréta-t-il en nouant la corde au crochet. Comme on ne coupe pas avant l'aube, nous avons une petite heure.

Entouré de ses quatre aides, Heidenreich rentra dans l'établissement pénitencier. Carolus le suivit, amusé par les réflexions dépitées des journalistes qui n'étaient pas autorisés à aller plus loin.

Heidenreich se rendit dans le bureau du directeur où Carolus eut la surprise de découvrir un buffet dressé sur des tréteaux. Une douzaine d'invités en habit de soirée s'affairaient à le réduire en miettes. On se serait cru dans une loge à l'Opéra, après la représentation.

Un *Aaaaahhh* satisfait salua l'arrivée du colosse. Après avoir été présenté au directeur, Carolus s'inquiéta de l'absence du Pr Velpeau.

– N'avez-vous pas été prévenu ? Le professeur est souffrant. Sa famille nous a avertis hier au soir. Il vous a désigné comme son remplaçant pour sa petite expérience.

N'aimant pas les réveils trop matinaux, Carolus ne s'était pas couché. Il était venu directement d'un lupanar proche de la place Vendôme, sans passer par son hôtel, où le message de Velpeau devait l'attendre. Pressé de questions, une coupe de champagne à la main, il expliqua qu'il allait vérifier si la pensée survivait à la décapitation, et, si oui, combien de temps. Il se garda d'en dévoiler davantage et afficha un air mystérieux lorsqu'on lui demanda l'utilité pratique d'une telle expérience. Comment l'aurait-il su, seule l'expérience le pouvait.

Bien campé sur ses longues jambes, dépassant l'assistance de deux têtes, Heidenreich répondait courtoisement aux requêtes des invités.

– Non, madame la comtesse, je n'arrose pas mes

fleurs avec du sang de condamné. Ce n'est qu'une vieille légende toujours en activité… Eh bien non, monsieur le duc, ce n'est point le couperet qui pèse trente kilos, mais le contrepoids, que nous appelons le mouton… le couperet en pèse sept et l'ensemble tombe sur la nuque d'une hauteur de deux mètres cinquante… À vrai dire, monsieur l'ambassadeur, les difficultés du métier sont de trois ordres : premièrement, la résistance de la colonne vertébrale, deuxièmement, la nervosité du client, troisièmement, la maladresse de l'exécuteur… Eh oui, maître, il arrive qu'il y ait des *fausses coupes* lorsque la nuque a été mal dégagée, ou si le client se présente mal à la lunette et nous ne le remarquons pas… Certes, madame la baronne, c'est précisément ce qui est arrivé lors de l'exécution de Louis XVI. Son cou était trop gros et le couperet n'a pas pu tout trancher, Sanson a dû peser à deux mains sur le mouton pour pouvoir détacher la tête… Bien sûr, qu'il faut exécuter les fous, monsieur l'abbé, surtout s'ils ne sont pas responsables comme vous dites, ce sont les irresponsables qui sont les plus dangereux…

À un moment donné, Heidenreich consulta ostensiblement sa montre de gousset et déclara de sa voix de baryton :

– C'est l'heure.

Le surveillant-chef en tête, la petite troupe s'achemina à pas feutrés vers le quartier de grande surveillance.

Assis devant une porte percée d'un large guichet, deux gardiens surveillaient en permanence le condamné. Heidenreich se décoiffa. Non par respect pour celui qui allait mourir, mais parce qu'il était si grand qu'il ne passait pas dans la cellule avec son haut-de-forme.

Arthus du Pommier dormait en pyjama, couché sur le flanc, une cheville enchaînée au cadre du lit. Le bruit de la clé dans la serrure le réveilla. Il se redressa et vit le directeur, le surveillant-chef et le substitut du procureur entrer, suivi d'un colosse vêtu de noir et de quatre bons-hommes coiffés de melons, dont un portait un tabouret. Entrèrent également, l'abbé Crozes, son confesseur, Pierre Durand, le commissaire qui l'avait arrêté, et un inconnu souriant aux joues barrées de cicatrices.

Les invités avaient pour consigne de rester dans le couloir et d'y attendre la fin de la toilette du condamné.

– Arthus Pommier, votre pourvoi est rejeté. C'est l'heure, déclara rapidement le substitut.

Le condamné haussa les épaules.

– Je ne vous permets pas de me priver de ma particule, monsieur le saumâtre, ma tête ne vous suffit donc pas ?

La quarantaine avancée, la taille moyenne, joufflu, avec cette mollesse des joues qu'on rencontrait souvent chez les rejetons de vieille race, le Dr Arthus du Pommier avait la bouche tapissée de longues dents jaunes qu'il n'avait apparemment jamais brossées.

Pour s'être intéressé de trop près à l'amour maternel et à ses limites, et pour avoir mesuré expérimentalement le point où l'égoïsme prenait le dessus sur l'altruisme, le Dr Arthus du Pommier avait été condamné à être décapité.

Animé par des motivations résolument scientifiques, l'ingénieux médecin avait enfermé une guenon et son petit à l'intérieur d'une cage ; puis il avait progressivement chauffé le fond métallique et minuté au centième de seconde près, le temps exact que prenait la guenon pour placer son petit sur la surface brûlante et monter dessus. Ce point scientifiquement établi, l'audacieux chercheur s'était intéressé à l'instinct maternel chez l'*Homo sapiens*. Il avait alors escamoté l'une de ses patientes ainsi que son bambin de six mois.

Arthus du Pommier avait été démasqué la veille du jour où il allait s'intéresser à l'instinct paternel chez l'*Homo sapiens*. Il refusa l'assistance d'un avocat et sa

313

ligne de défense fut de rabâcher : *C'était plus fort que moi, et puisque c'était plus fort que moi, on ne peut pas me blâmer de l'avoir fait.*

Insensible à l'argument, le jury populaire l'avait condamné à mort et à l'unanimité, après un délibéré record d'une minute.

Le surveillant-chef désenchaîna la cheville du condamné afin qu'il puisse se lever.

– Je ne vois pas Velpeau.

Carolus fit un pas en avant et se présenta.

– Dr Carolus Tricotin, monsieur. Le Pr Velpeau est souffrant et m'a désigné pour le remplacer.

Du Pommier dévisagea Carolus tout en déboutonnant le haut de son pyjama, dévoilant une poitrine velue à la peau très blanche.

– Alors voici le dernier visage que je vais voir ici-bas.

– Et la dernière voix que vous entendrez, monsieur, puisque je dois vous parler.

– Ah oui… et qu'allez-vous me dire ?

– Je dois vous dire : *M'entendez-vous ?*

– C'est ce que vous allez me dire : *M'entendez-vous ?*

– Oui.

– Alors ne me saisissez pas aux oreilles, sans cela je risque de ne rien ouïr, lui recommanda le condamné en ôtant le bas de son pyjama, dévoilant un caleçon taché de marques jaunes.

Indifférent à l'effet qu'il produisait, du Pommier passa un pantalon ajusté à quadrillage écossais et se couvrit la poitrine d'une chemise blanche à rayures verticales bleues. Il allait enfiler une jaquette mauve à basques courtes lorsque la voix de Heidenreich l'en empêcha.

– Restez en chemise, c'est mieux.

Officiellement, le col du vêtement était trop épais à

découper, officieusement, il valait mieux ne pas abîmer les vêtements du condamné qui appartenaient de droit à l'exécuteur, un privilège d'Ancien Régime que la chancellerie ne s'était pas encore décidée à abolir.

Arthus du Pommier toisa le colosse avant de lui déclarer :

– Vous, je ne vous aime pas.

– Le contraire serait surprenant, répliqua paisiblement l'exécuteur avec l'aisance des grands habitués.

Après qu'il eut enfilé ses chaussettes et chaussé des bottines à vingt boutons, on lui présenta un tabouret à trois pieds sur lequel il dut s'asseoir. Un valet lui dégagea la nuque à coups de ciseaux aux bouts arrondis, puis il découpa le col de chemise et le laissa tomber sur le sol parmi les cheveux.

Respectant la tradition, le directeur demanda au condamné s'il voulait fumer une dernière cigarette et boire un dernier verre.

– Non, c'est mauvais pour la santé, déclina gravement le médecin, tandis que Carolus esquissait une mimique amusée, découvrant qu'il était le seul à trouver ça amusant.

– Avez-vous une dernière volonté ?

– Oui, j'aimerais aller à l'échafaud les mains libres.

Le directeur interrogea Heidenreich du regard.

Celui-ci refusa :

– Ce n'est pas l'usage.

– Comme c'est regrettable, déclara le condamné en baissant la tête.

Heidenreich ne le quittait pas des yeux, flairant quelque chose sans deviner quoi. Soudain, du Pommier arracha un bouton à sa bottine et mordit dedans. Une horrible grimace lui déforma les traits. Il poussa un cri bref, s'écroula et se tordit sur le sol en vomissant une mousse verdâtre d'un vilain aspect.

– Qu'as-tu fait, mon fils, qu'as-tu fait ? s'écria l'abbé en joignant ses mains comme pour rentrer en prière.

Le corps s'agita de violentes convulsions. Moins d'une minute plus tard, Arthus du Pommier expirait.

Carolus se pencha au-dessus du visage du mort et renifla une forte odeur d'acide cyanhydrique.

– Cyanure, au moins cinq milligrammes, diagnostiqua-t-il en se redressant.

– Voilà pourquoi il ne voulait pas être attaché. Ce sournois voulait nous faire son mauvais coup devant le public et les journalistes.

Le directeur avait la mine défaite de celui qui vient d'assister, impuissant, à une évasion réussie. Il coula un regard lourd de menaces vers son surveillant-chef.

– Je ne félicite pas la surveillance.

Heidenreich demanda à personne en particulier :

– Et qu'est-ce que je fais, moi, maintenant, je coupe quand même ou je coupe plus ?

Personne n'osa lui répondre.

– Il faut demander à M. le garde des Sceaux, proposa le substitut.

– Il n'est pas six heures, vous allez le réveiller.

– Qu'importe, il y a urgence. Il faut faire quelque chose.

– À moi, en tout cas, ça ne m'est jamais arrivé, décréta Heidenreich d'une voix ponce-pilatienne.

Après une courte concertation, le substitut se décida à réveiller le garde des Sceaux.

Les valets allongèrent le mort sur le lit.

– Ça va barder sec pour tous ceux qu'ont pas déniché l'poison, dit celui qui avait la responsabilité du tabouret.

Carolus entendit le directeur expliquer la situation aux invités dans le couloir. Il y eut un *Oooooohhhh* déçu. Si le spectacle de la mort était supprimé au programme, à quoi bon rester. Les invités prirent congé

des officiels puis s'en allèrent en ignorant soigneusement Heidenreich et ses aides.

Au bout de trois quarts d'heure d'horloge, l'officier
des gardes apparut. Il avait couru, il n'était pas content,
son képi était de guingois.

– Mais qu'est ce que vous attendez ! Mordemonbleu !
Il fait jour et il arrive de plus en plus de monde. Si ça
continue, je vais devoir demander des renforts… et en
rabiot, j'ai ces plumitifs qui font un raffut de tous les
diables pour savoir ce qui se passe.

On lui montra le mort.

– Vingt dieux les bœufs ! Il a eu la venette ou quoi ?

– Il s'est empoisonné.

L'officier lança un regard sévère à la ronde.

– Je ne félicite pas la surveillance !

Enfin, le substitut revint.

– M. le garde des Sceaux est catégorique… La sen-
tence doit être exécutée… mais il ne félicite pas l'administration pénitentiaire.

Pressé d'en finir, Heidenreich donna l'ordre à ses
valets de soulever le mort.

– Peut-être devrions-nous faire une annonce au
public ? suggéra le directeur.

– Sûrement pas, dit Heidenreich. Ils croiront qu'il
s'est évanoui de peur, comme le capitaine l'a cru tout
à l'heure.

Des vivats éclatèrent lorsque les portes de la prison
s'ouvrirent et l'exécuteur en haut-de-forme apparut,
suivi des valets qui soutenaient le condamné aux
épaules. Tout alla si vite que Carolus ne vit presque
rien. En un temps record, du Pommier fut plaqué sur la
planche, un valet positionna sa tête dans la lunette
qu'Heidenreich rabattit en même temps qu'il déclen-
chait le couperet. La tête parfaitement tranchée tomba
dans le baquet en fer-blanc placé sous la lucarne et le

corps fut aussitôt basculé dans le panier en osier (doublé de cuir) destiné à cet effet.

Carolus se plaignit de ne pas avoir vu grand-chose. Heidenreich eut un large sourire.

– Un bon exécuteur, docteur Tricotin, est avant tout un exécuteur rapide. C'est une question d'humanité.

***

L'édifiante conversation avec l'exécuteur aveyronnais Justinien Pibrac éveilla chez Carolus la curiosité d'en savoir plus sur son géniteur.

Par un frisquet matin de janvier, il se rendit aux Archives nationales où il eut la bonne fortune de rencontrer Robert Freteval, un archiviste compétent et volubile, inventeur d'un système de fichiers qui lui permettait de retrouver n'importe quel document en moins d'une heure. Ses collègues le haïssaient.

Carolus demanda à consulter les dossiers concernant le général-baron Charlemagne Tricotin de Racleterre. L'archiviste feuilleta un registre frappé de la lettre T et émit un petit sifflement entre ses dents.

– Fichtre, vous voilà dans nos murs pour un bon moment ! Il semblerait que ce général soit l'un de nos gros dossiers. Je lis ici qu'il a eu deux carrières. Une première comme général de brigade dans l'armée de l'Ouest, de 1792 à 1794, et une seconde comme chef d'escadron dans les armées du Consulat, puis comme colonel et général de brigade dans la Grande Armée.

Carolus tapota son crayon contre ses dents, *tic tic tic*, signe qu'il réfléchissait à toute vitesse.

– Pourquoi deux carrières ?

– Il semblerait qu'en 1794, votre père ait été destitué de son grade. Pour en connaître les raisons, il vous faut consulter… voyons, voyons…

L'index de l'archiviste parcourut la liste des noms en T.

– Voilà, voilà... Série W. Juridictions extraordinaires, dossier 543. Le voulez-vous ?

– Il faut bien commencer quelque part.

L'archiviste aboya des ordres à ses subalternes, et bientôt des dossiers cartonnés numérotés s'empilèrent devant Carolus.

Il découvrit ainsi que son père, avant d'être général, était le commandant-propriétaire d'une légion franche de quatre cent cinquante hommes ; une légion levée à ses frais avec l'autorisation manuscrite de la Convention.

Promu général de brigade en 1792, il participait activement à la pacification de la Vendée sous les ordres des généraux Louis Marie Turreau de Garambouville et François Joseph Westermann.

En mai 1794, il était suspendu, arrêté, jeté en prison en même temps que ses trois frères et sa sœur, Clodomir, Pépin, Dagobert et Clotilde.

Après avoir été qualifiés de *sinistre fratrie de dépopulateurs coupables d'extrêmes dégoûtations au seul but lucratif*, les quintuplés Tricotin étaient présentés devant le tribunal.

L'accusateur public commença son procès par la lecture d'un rapport expédié par l'accusé Charlemagne Tricotin au Comité de salut public de l'époque.

... Il n'y a plus de Vendée, citoyens républicains. Elle est morte sous notre sabre. Nous venons de l'enterrer dans les marais et dans les bois de Savenay. Suivant les ordres que vous nous avez donnés, nous avons écrasé les enfants sous les pieds de nos chevaux et nous avons méthodiquement massacré les femmes, qui, au moins pour celles-là, n'enfanteront plus de brigands. Je n'ai pas un prisonnier à me reprocher. J'ai tout exterminé. C'est tout.

Réponse de l'accusé Charlemagne Tricotin : *Comment ozez-vous me mettre en accuzazion alors que nous n'avons fait que zuivre les ordres écrits de la Convenzion ? Dagobert les a tous gardés et les tient à votre dizpozizion, au cas ou vous auriez bezoin de rafraîzir votre mémoire... Vous me reproçez auzi tous zes morts et toutes zes destruçions ! Eh ! Depuis quand blâme-t-on un militaire pour trop bien pratiquer zon art ?*

Non sans émotion, Carolus observa que le greffier avait poussé la fidélité de la retranscription jusqu'à reproduire les défauts de prononciation de l'accusé.

L'accusateur public avait ensuite longuement reproché l'exploitation d'une tannerie sur la Loire capable de produire en série des culottes et des gants de peau humaine.

Réponse de l'accusé Charlemagne Tricotin : *Eh ! Où est le mal ? On en tuait tellement ! On a penzé qu'il était niais de laizer z'abîmer toute zette matière première. Et puis, ze peux vous dire qu'au pays nous avons un oncle qui est tanneur sur le Dourdou. Eh ! ze peux auzi vous dire que zi notre produçion plaizait autant, z'était parze que le cuir de l'homme est zupérieur à zelui du zamois. Demandez à Weztermann, à Turreau, à Saint-Just, à Kléber, peut-être qu'ils portent encore les leurs.*

Accusateur public : *Tout de même, tanner des gens, fussent-ils des chouans, voilà qui est bien effroyable.*

Réponse de l'accusé Dagobert Tricotin : *Effroyable ? Apprenez citoyens que la République ne s'effraye de rien. Et je vous le démontre.*

Le greffier nota que l'accusé Dagobert présentait au tribunal un bon de commande à l'en-tête de l'Assemblée nationale pour un travail de reliure : le bon était signé du représentant en mission, Louis Antoine Saint-Just.

Un *post-scriptum* du citoyen Couthon recommandait au relieur de sélectionner de préférence la peau d'un chouan d'importance. *La couenne d'un évêque réfractaire serait la bienvenue.*

L'accusé Dagobert joignit à ce document un mémoire de frais d'une valeur de mille francs-or à l'en-tête de la *Tannerie Tricotin Frères & Sœur* et adressé au trésorier-payeur de l'Assemblée nationale. Ce livre, si chèrement relié, n'était autre que la Constitution de l'an I de la République.

Accusateur public : *Vous nous contez que l'exemplaire de la Constitution qui se trouve présentement au pied de l'Assemblée est reliée avec la peau d'un évêque réfractaire ?*

Réponse de l'accusé Charlemagne Tricotin : *Hélaz non, comme on n'avait pas d'évêque, on a pris un abbé.*

Après un procès de deux jours, contre toute attente, la fratrie avait été acquittée mais Charlemagne avait été dégradé et chassé de l'armée.

Que s'était-il passé, pourquoi ce procès avait-il duré deux jours quand dix minutes était la norme ?

Ce fut dans la section 1798 que l'archiviste Freteval trouva le dossier de réintégration de Charlemagne Tricotin comme capitaine au 1er régiment de discipline de l'armée d'Orient.

Ces régiments dits *de discipline* étaient formés exclusivement de mauvais sujets en provenance d'autres unités. Aussi, dès 1792, année de la grande réorganisation de l'armée, chaque brigade avait reçu l'un de ces *disciplinaires*.

– Non, monsieur, mille regrets, nous ne disposons d'aucun historique régimentaire sur ces régiments. Peut-être bénéficiaient-ils d'un statut provisoire. Ce qui est sûr c'est qu'ils n'émargeaient nulle part chez l'officier payeur.

– Vous voulez dire qu'ils n'étaient pas soldés ?

– C'est cela même. Notez toutefois qu'ils figuraient nominalement aux effectifs, mais nulle part ailleurs, et ils n'étaient ni nourris ni habillés. C'était la responsabilité de leurs chefs. En contrepartie, ils jouissaient d'une grande autonomie et pouvaient pillarder en toute impunité… ce qui n'était pas vraiment un privilège puisqu'on sait aujourd'hui que tout le monde pillardait dans la Grande Armée, du général en chef à l'homme de troupe.

Après l'échec de la campagne d'Égypte, durant la deuxième campagne d'Italie et la grosse affaire de Marengo, le chef d'escadron Charlemagne Tricotin avait gagné un sabre d'honneur pour avoir chargé *à fond* un carré de grenadiers autrichiens de Lattermann qui protégeait l'installation d'une batterie d'artillerie.

Bien que l'on ait raconté le contraire, les charges *à fond* étaient rares dans la cavalerie. La plupart du temps les cavaliers se contentaient de virer au dernier moment en déchargeant leurs armes sur les premiers rangs. Une vraie charge *à fond* était une charge où personne ne virait au dernier moment et où l'on fonçait droit sur une muraille humaine hérissée de longues baïonnettes pointues.

Dans le dossier de vendémiaire de l'an XII (septembre 1803), Carolus retrouva son père cantonné au camp de Boulogne avec son 1er de discipline ; dans les registres de la Légion d'honneur (*L'Honneur rendu visible*), deux Tricotin figuraient parmi les premières nominations. Le premier, Charlemagne, avait reçu la croix de commandeur (ruban vermillon associé à une rente de deux mille francs) ; le second, Pépin, chef d'escadron à la compagnie d'élite du 1er de discipline, avait reçu la croix d'officier (ruban moiré rouge et rente de mille francs).

Une kyrielle d'excentricités, d'insubordinations à répétition et quelques duels sanguinaires avaient interrompu une nouvelle fois la carrière de Charlemagne, et, malgré sa vaillance et son efficacité durant les grosses affaires d'Austerlitz, d'Eylau et de Friedland, il avait été mis en disponibilité.

Une année plus tard, son père était rappelé au service et retrouvait son 1er de discipline avec l'ordre de se joindre au 1er corps d'observation de la Gironde que commandait le général Andoche Junot. L'objectif de la campagne était de conquérir le Portugal et d'en chasser tous les *Goddamns* qu'on y trouverait.

À peine les campagnes du Portugal et d'Espagne perdues, et déjà débutait la campagne d'Autriche.

En juillet 1809, à Wagram, Charlemagne était tour à tour estropié, promu général de brigade, décoré de la plaque de grand officier (ruban garance et rente de cinq mille francs), fait baron de l'Empire (sans majorat). Ouvrez le ban et tralalala.

Après une convalescence de trente et un mois à Racleterre, le désormais général-baron Charlemagne Tricotin reprenait du service et recevait le commandement d'une brigade de cavalerie légère composée de trois régiments : le 1er de discipline, le 18e hussards, le 24e chasseurs. La brigade Tricotin – mille trente cavaliers tous montés – fut envoyée dans le département du Pô avec pour mission de mettre fin aux activités terroristes des partisans sardes.

Le dossier militaire de son père se terminait abruptement par un certificat de décès fait à Turin en date du mercredi 14 juillet 1813.

***

1846

Trois ans après son arrivée à Paris, Carolus jugea qu'il était grand temps de retourner à Vienne et de mettre en pratique l'extraordinaire moisson de *nouvelles choses* apprises et retenues.

Un matin d'avril, il casa dans une malle les quatre-vingt-huit livres médicaux et scientifiques accumulés au fil des mois et il empaqueta soigneusement toutes les nouveautés médicales qu'il s'était procurées le plus souvent chez leurs inventeurs. Il rapportait ainsi un dernier modèle de stéthoscope monaural de Laennec (en tilleul), un ingénieux spiromètre anglais capable d'espionner à la perfection l'état du système respiratoire, un indiscret *Speculum uteri* de Récamier habilement *tourné* dans du hêtre de Gaspasie, un ingénieux ophtalmoscope en acier de Helmholtz qui permettait d'avoir une image du fond de l'œil éclairé, plusieurs seringues hypodermiques vendues par le grand maître des piqûres, le clinicien Louis Béhier, un scandaleux thermomètre à mercure rectal particulièrement aérodynamique.

Après s'être assuré que ses précieuses malles seraient délivrées à Vienne chez le *Hausmeister* du 19 de la *Berggasse*, Carolus loua une place fenêtre dans la turgotine Paris-Rodez.

Douze jours plus tard, le conducteur immobilisait son attelage en rase campagne et interpellait les passagers avec un accent qui aimait rouler les *rrr*.

– Descendez et admirrrez moua ça ! On est à trrreize lieues de Rodez (il prononçait *Rrroudèss*) et pourtant, mirrrez, mirrrez, comme on la voit déjà notre cathédrâleuuu.

Carolus aperçut au loin la colline-belvédère sur laquelle s'accrochait l'une des plus anciennes villes fortifiées de France.

– Le clocher fait deux cent cinquante pieds, pas un de moins… et vous pouvez chercher partout, vous trouverez pas plus haut dans tout *lou païs*, exulta le conducteur en remontant sur sa banquette, laissant le soin au postillon de rembarquer les passagers et de bien refermer les portières.

Quatre heures plus tard, la turgotine entrait dans la vieille cité par la porte du Bal, montait à petite vitesse jusqu'à la place du Bourg et s'immobilisait dans la cour de l'*Hôtel des voyageurs*.

Le propriétaire était un ancien sergent du 1er lanciers qui portait jour et nuit sa croix de légionnaire (ruban cramoisi et rente de deux cent cinquante francs). Une croix gagnée pour être revenu de Moscou sans une seule gelure et avec son cheval : un exploit qui laissait pantois les connaisseurs.

Le lendemain matin au chant du coq, Carolus se casait dans la patache Rodez-Racleterre. Le véhicule acceptant douze voyageurs (huit dedans, quatre dehors) ne partait que lorsque toutes les places étaient vendues. Pour tuer le temps, Carolus joua à deviner l'état de santé des Rouergats qui allaient et venaient sur la place du Bourg. Il acquit ainsi la certitude que la notion d'hygiène élémentaire n'avait pas encore pénétré le département. En deux heures, il identifia un bossu, quatre boiteux, un aveugle, un bec-de-lièvre, un goitreux ; autant de mauvais signes.

La patache était sollicitée par des mendiants des deux sexes qui aimaient psalmodier leurs demandes sur le mode geignard. En ne donnant à aucun, Carolus se fit détester par tous.

Les huit chevaux de l'attelage trottèrent dix heures durant pour parcourir les onze lieues séparant Rodez de Bellerocaille. La patache s'immobilisa dans la cour de la poste aux chevaux *Calmejane* et les passagers furent invités à se rendre à l'auberge *Au bien nourri* pour se nourrir et dormir.

– L'étape de demain sera longuette, aussi, réveil à quatre heures, départ à cinq pétantes, postillonna le postillon d'un ton sans appel.

Toute la nuit, un orage printanier déversa des hecto-litres d'eau de pluie sur le bourg et sur les champs, les forêts et tous les chemins de la région. Comme promis, le départ s'effectua en même temps que sonnaient cinq heures aux clochers de Bellerocaille.

Il faisait encore obscur lorsque la patache s'embourba pour la première fois. Afin d'alléger la caisse, le postillon invita les passagers à descendre, mais, cela ne suffisant pas, il voulut qu'ils poussassent.

Son accent étranger, son air *Monsieur* et sa tenue *au dernier cri parisien* exemptèrent Carolus de la corvée.

Au crépuscule, l'attelage arriva en haut de la côte du Bossu d'où l'on dominait le causse de Racleterre. Pendant que les chevaux et les passagers reprenaient leur souffle, Carolus découvrait le bourg joliment lové dans une boucle du Dourdou et qui brillait de mille feux à l'approche du soir.

– C'est le seul du département a être tout pavé et tout éclairé. C'est moué qui vous l'dis… Même à Rrroudèss y a point tant de réverbères, admit le conducteur avec du regret dans la voix.

La patache s'engouffra sous la porte des Croisades et les chevaux durent fournir un effort suréquin pour monter la pentueuse rue Jehan-du-Bas. À bout de forces, ils débouchèrent sur la place de la République (ci-devant place de l'Arbalète) et se dirigèrent droit sur la poste aux chevaux *Durif fils*.

Le maître de poste Durif s'étonna en lisant le nom du voyageur sur le passe-port autrichien.

– Vous êtes de la famille ?

– Je suis le fils du général.

Le maître de poste se gratta le front pour marquer son incrédulité.

– À c'qu'je sache, il n'a jamais eu de descendance.

– Si, il m'a eu… mais comme je suis né après son

décès, je ne l'ai pas connu. D'ailleurs, c'est un peu ce qui m'amène.

– Oh, mais dans c'cas, si vous êtes ben c'que vous dites que vous êtes, vous n'avez qu'à aller coucher au château, eh !

– Au château ?

– Oui, au château. Vous savez, l'colonel est encore ben vif et ben d'aplomb. Il vient de fêter ses quatre-vingt-quatre le mois dernier.

– De quel colonel me parlez-vous ?

– Je parle du colonel Pépin Tricotin, l'un des frères du général... votre oncle, si ce que vous dites est vérité. Le colonel, c'est l'dernier des cinq à être toujours de ç'monde, et même s'il est plus tout jeune, il est encore capable de flanquer la pâtée à n'importe quel freluquet, macarel de macarel, surtout à ceux qui diraient point la vraie vérité, par exemple, eh !

Le maître de poste héla son goujat d'écurie.

– Porte-lui ses bagages et va lui montrer où est le château. Et vous, monsieur, vous le suivez.

Il faisait nuit, c'était l'heure où les Racleterrois rentraient chez eux. La place de la République et la rue des Deux-Places – l'artère commerçante bordée de belles maisons à encorbellements – étaient éclairées par des réverbères en fer forgé disposés de façon à ne laisser aucune zone d'ombre. Une telle profusion dans un si petit bourg forçait l'admiration. Cela avait dû coûter une fortune à la municipalité ; *idem* pour le luxueux trottoir sur lequel claquaient, *clop clop clop*, les sabots du goujat.

Les boutiquiers fermaient leurs devantures les uns après les autres et les villageois qu'il croisait le dévisageaient avec intérêt. Il répondit à ceux qui le saluaient en touchant le rebord de son haut-de-forme avec son index ; il ignora les autres.

Il y avait tant de lampadaires place de la Liberté (ci-devant Royale) que Carolus put englober d'un seul regard, l'église Saint-Benoît, le séminaire des Vigilants-du-Saint-Prépuce, les hauts murs du château, et, en plein mitan, là même où se trouvait jadis le pilori seigneurial, posée sur un piédestal de granit rose (d'un granit identique à celui utilisé pour la cathédrale de Rodez), s'élevait une statue plus grande que nature de l'enfant du pays. Coiffé d'un bicorne de général de l'an II, les bras croisés, la botte droite négligemment posée sur un énorme boulet de canon, Charlemagne Tricotin dominait la situation du haut de ses trois mètres cinquante de bronze véritable.

Carolus se tordit le cou pour apercevoir le visage aux traits méconnaissables sous les déjections blanchâtres des *Columba palumbus*.

– Venez, m'sieur, y s'fait tard.

Le goujat marchait droit sur les murailles crénelées d'où dépassait un vieux donjon de plan carré du XIVe. Le bruit fait par ses sabots changea lorsqu'il s'engagea sur le pont-levis baissé. En dessous, des grenouilles coassaient dans des douves remplies d'eaux stagnantes. La voûte du pont-levis recelait une porte contre laquelle le goujat donna du poing. Au bout d'un *Ave Maria*, une voix sourde se fit entendre de l'autre côté du battant.

– Qui va là ?

– Le bonsoir, maréchal des logis-chef Macchabi. C'est moué, Ritounet, le goujat de maître Durif. J'ai un voyageur ici qui vient voir l'colonel.

La lourde porte s'ouvrit. Carolus vit un septuagénaire unijambiste revêtu d'une vieille tenue d'écurie et d'un bonnet de police à gland vert et noir. Ce qui restait de sa jambe droite s'enfonçait dans un pilon sanglé à la cuisse par un solide harnais de cuir bien entretenu.

Jacob Macchabi, natif d'Avignon, juif du pape, était le plus ancien des vétérans à s'être installé au château des *Invalides-Tricotin*. Il était aussi l'unique survivant de la compagnie juive *Nefusot Yehouda* (les Dispersés de Juda) que Charlemagne avait créée et intégrée dans sa légion franche.

En Vendée, à la fin 1793, alors qu'ils massacraient tout au point qu'il ne restait même plus un chien pour aboyer derrière eux, le maréchal des logis Macchabi avait eu la jambe fauchée par un chouan armé d'une faux qui hurlait d'une voix de stentor : *Rembarre ! Rembarre !*

— Vous lui voulez quoi au colonel ?

— Je m'appelle Karolus Trikotin. Je suis de la famille.

Si son allemand était teinté d'accent italien, son français était entaché d'accent teuton, particulièrement lorsque les c étaient concernés.

Tandis que Carolus observait le teint bilieux du vétéran, ses lèvres épaisses, ses yeux noirs fendus, l'anneau d'or à l'oreille gauche, la plaque de vétérance en sautoir sur le gilet (deux épées entrecroisées), Jacob Macchabi, lui, scrutait les cicatrices sur les joues, le grand front, le demi-sourire, la longue redingote-pardessus cintrée, le gilet vert-de-peur à haut col droit, le foulard-cravate rouge et or qui laissait dépasser les pointes du col d'une chemise de soie bleu ecchymose, le pantalon noir tendu sur la cuisse mais plus large à la cheville, les bottes molles, boueuses du curieux pékin qui se tenait devant lui.

— C'était mon père, insista Carolus en esquissant un geste vers l'immense statue sur la place.

L'invalide s'agita sur son pilon de chêne. Le gland sur son bonnet fit de même.

— Oh ça, c'est impossible, vu qu'il est mort sans descendance.

— C'est ce que tout le monde semble croire ici… et pourtant je suis son fils, son fils posthume, mais son fils tout de même et je suis là.

Le goujat déposa les sacs de voyage devant Carolus et attendit son pourboire.

– Moi, faut que j'y aille, m'sieur.

Il reçut une pièce d'un franc à l'effigie de Louis-Philippe et il s'en alla *ben* content.

– Myriam, apporte la lanterne, tu veux ? lança Macchabi à quelqu'un que Carolus ne pouvait voir.

– Vous avez servi avec mon père ?

– On peut dire ça, oui. C'est même lui qui m'a enrôlé en 1792... oh c'était pas hier.

Une femme grassouillette d'une cinquantaine d'années apporta une lanterne d'escalier aux quatre fenêtres de verre gravées de scènes inspirées de l'histoire de Moïse : l'invention de *Mosheh* dans son berceau flottant, *Mosheh* confronté au Buisson ardent, *Mosheh* et ses nombreux amis traversant à pieds secs la mer des Roseaux, *Mosheh* brisant le Veau d'or en mille morceaux.

Carolus souleva ses sacs et suivit le vétéran qui boquillait en se déhanchant sur les pavés bossus de la cour ; chaque pas secouait dans tous les sens sa lanterne qui se vengeait en faisant de même avec les ombres. Le perron en demi-lune était flanqué d'une paire de Gribeauval aux canons pointés sur le pont-levis et la place de la Liberté. Deux empilements de boulets de douze signalaient aux connaisseurs que les pièces étaient opérationnelles et ne demandaient qu'à servir.

Macchabi ouvrit la porte du château et entra. Sa lanterne éclaira un grand hall encombré de meubles hétéroclites, de pendules anciennes (arrêtées), d'objets d'art en bronze ; à main droite, un escalier à rampe s'élançait vers l'étage. Les murs étaient invisibles sous une accumulation de tableaux accrochés les uns à côté des autres, sans aucune notion d'unité. À l'exception des deux signés Clotilde Tricotin, ils avaient tous été butinés lors des nombreuses campagnes. Les trois peintures sur bois signées Breughel de Velours, les deux tableaux signés Murillo, le tableau signé Velázquez et celui signé Jérôme Bosch, venaient de la mise à sac du palais de l'évêque de Burgos, tandis que le tableau de Titien et celui du Tintoret venaient d'une maison noble milanaise dévalisée à l'occasion de la deuxième campagne d'Italie.

Macchabi et sa lanterne s'engagèrent dans un couloir où étaient entreposés une commode à marqueterie de fleurs (pillée dans l'un des châteaux vendéens du marquis de la Rouërie), un secrétaire Bargeño aux trente tiroirs incrustés de nacre (venant du premier étage du palais de l'évêque de Burgos déjà cité), une table baroque allemand incrustée de marbre (déménagée d'un *Schloss* proche de Ratisbonne), un coffre de mariage en noyer du XIVe sculpté de scènes de l'histoire romaine (butiné dans une gentilhommière des environs de Leipzig), un autre coffre laqué noir avec chinoiseries de la seconde moitié du XVIIIe (pris à la Corogne dans les fourgons d'un colonel du *42nd Foot Highlanders*).

Carolus eut le temps d'apercevoir un groupe de bronzes italiens du XVIe représentant des gladiateurs combattant des bêtes féroces (*trouvés* dans un fourgon de la Garde près d'Ebersberg) et, comme dans le hall, il vit plusieurs horloges et pendules de toute beauté (dénichées çà et là à travers l'Europe).

La porte capitonnée qui terminait ce couloir d'Ali Baba s'ouvrait sur une antichambre au parquet à bâtons rompus recouverts de tapis de Khorassan se chevauchant tant ils étaient en nombre (butinés en 1798 dans la tente du *cheik* Mahmoud ibn Mouloud du camp mamelouk d'Embaleh). Les murs étaient dédiés aux armes blanches, aux armes à feu, aux drapeaux de régiment et aux guidons d'escadron glanés sur une bonne cinquantaine de champs de bataille (sans oublier quelques musées et collections privées). Carolus vit ainsi un superbe drapeau-colonel *Leibfahne*, avec la Vierge en majesté sur l'avers et l'aigle bicéphale sur le revers. À côté, pendaient un guidon du *14th Light Dragoon Duchess of York's Own* et un guidon jaune canari du *42nd Foot Highlanders* gagné lors de l'affaire de Benavente.

Quatre armures complètes des temps gothiques montaient la garde aux quatre coins. Elles avaient appartenu aux anciens propriétaires des lieux, les Armogaste de Racleterre, massacrés jusqu'au dernier par la population le jour de la Grande Peur de 1789 (*lo joun de la paou*).

L'antichambre traversée, Macchabi boquilla dans une galerie percée de baies vitrées par lesquelles on voyait la basse-cour, le chenil, les écuries et une partie du donjon. Le vétéran poussa une porte à double battant et fit signe à Carolus de le suivre.

***

Réunis dans la grand-salle autour d'une carte sur laquelle étaient reproduits les lieux historiques de la bataille de Marengo, six vieillards en uniforme du début du siècle, jouaient au *Kriegspiel* en pétunant, buvant, éructant, crachant, toussant, flatulant, argumentant, le tout d'abondance. Régulièrement, l'un d'eux allait exonérer sa vessie dans la monumentale cheminée où brûlaient des bûches grosses comme des cuisses de cavalier. Lorsqu'on approchait un coquillage de son oreille, on entendait le bruit de la mer, lorsqu'on approchait de ces vétérans, on entendait le fracas des batailles.

Le seul à ne pas participer au jeu, le vétéran trépané de soixante-cinq ans (environ), maréchal des logis-chef François Vadeboncœur, avait l'originalité d'être de race entièrement mélanoderme. À demi allongé sur une veilleuse dorée et sculptée de fleurs et de coquilles rocaille (butinée dans un château vendéen), il buvait alternativement, une gorgée de sirop de laudanum, une gorgée de ratafia des Isles. S'il ne jouait pas, c'était parce qu'il n'avait jamais pu mémoriser la foultitude des règles gouvernant un jeu de guerre.

Avant de s'appeler François Vadeboncœur, François s'était appelé Sékou, fils aîné de Sékou, lui-même fils aîné de Sékou et ainsi de suite sur vingt générations. Il avait treize ans révolus lorsqu'un *rezzou* de marchands d'esclaves s'était abattu sur son petit village des plateaux mandingues. Les Maures l'avaient déporté avec une centaine d'autres, jusqu'au marché de l'île de Gorée où il avait été vendu au négociant en nègres Clodomir Tricotin de la compagnie négrière Marangus-Tricotin.

Contrairement au circuit triangulaire qui aurait dû mener le négrier aux Isles, Clodomir était retourné à Bordeaux soumettre sa cargaison de pièces d'Indes à son frère, Charlemagne, qui manquait chroniquement d'hommes pour sa légion franche.

Charlemagne avait choisi, et payé, les quarante et un meilleurs hommes de la cargaison.

Bien qu'aucun d'eux ne parlait le français, n'était jamais monté à cheval, n'avait jamais utilisé un sabre, encore moins un mousqueton, il les avait intégrés dans la légion franche et s'était personnellement chargé de faire leur éducation de soldats de la République.

En sus d'une oreille absolue, Charlemagne avait un réel don d'empathie avec le monde animal. Il découvrait avoir la même empathie envers ces sauvages noirauds. En moins de treize semaines, il était en mesure de baragouiner suffisamment de leur patois pour qu'ils comprennent qu'être sur le sol de France faisait d'eux des hommes libres, et merci à la République une et indivisible (enfin, presque libre, parce qu'il aurait été mal vu que l'un d'eux veuille faire usage de cette liberté en quittant la légion).

À Wagram, lors de la quatrième reprise d'Aderklaa, François Vadeboncœur avait reçu un furieux coup de sabre autrichien qui lui avait fendu le crâne. Il portait depuis une plaque d'argent en lieu et place de l'os fendu, et conservait de cette mésaventure des maux de tête récurrents que seuls l'opium et le rhum apaisaient modérément. Il avait aussi développé une peur bleu asphyxie des orages. L'idée que la foudre puisse s'abattre sur son crâne métallisé le terrorisait. Si bien qu'au moindre grain, il courait se terrer sous son lit dans la cellule du séminaire des Vigilants qu'il occupait depuis 1809.

Sérieux comme un pape dans son uniforme rapetassé d'officier supérieur, le colonel Pépin Tricotin examinait le champ de bataille en tripotant machinalement un gros dé à dix faces. Le champ de bataille était grillé de centaines de cases hexagonales numérotées qui servaient à contrôler la position et les mouvements des pions. Chaque type de terrain était indiqué, ainsi que leur effet sur le déroulement du jeu.

Pépin jeta son dé et déclara d'une voix lugubre :

– Huit, messieurs, pleurez !

Il se pencha au-dessus de la carte et avança de plusieurs hexagones les pions correspondant aux cent vingt pièces d'artillerie dont disposait le *Feldmarschall* baron von Melas.

– Adieu, tout va mal, soupira le vétéran borgne de soixante-neuf ans, l'adjudant-major Louis Dithurbide, le joueur qui gouvernait les pions du 6e d'infanterie légère du corps d'armée de Lannes, soit trois bataillons de voltigeurs pulvérisés par une seule canonnade imparable.

Le cœur serré, il dut remplacer les figurines des voltigeurs par d'autres figurines marquées d'un humiliant *DÉROUTE* qui s'inscrivait en rouge sur le socle.

Louis Dithurbide était à l'origine un beau spécimen de Basque satisfait de sa personne qui avait débuté dans la carrière militaire comme insoumis à la conscription. Retrouvé par les gendarmes, il avait été jeté, comme une ordure, dans un régiment disciplinaire que le bureau de la Guerre venait d'intégrer à l'armée d'Orient.

Ce fut en Égypte que le bonhomme découvrit la guerre et les délicieuses décharges d'adrénaline qu'elle procurait. À Saragosse, en 1808, il s'était fait éborgner par un *muchacho* de six ans qui lui avait lancé un caillou pointu au visage. Malgré la douleur et bien qu'il n'eût plus qu'un œil pour viser, il avait abattu l'enfant d'une balle de mousqueton qui l'avait projeté plusieurs mètres en arrière avec un gros trou dans la poitrine. Depuis, Dithurbide portait un bandeau de cuir noir mélancolie qui cachait son œil mort.

– Tu as manœuvré comme une couturière qui a mangé des choux ! s'indigna à juste titre son coéquipier, le chef d'escadron Martin Martingal (vétéran manchot de soixante et onze ans) qui jouait avec les pions du corps d'armée de Murat, de la garde consulaire à pied et à cheval, et des troupes de Desaix.

Le Basque se défendit avec véhémence.

– Assurément pas ! S'il ne faisait pas son huit, on passait la Bormida les doigts dans le nez et on déjeunait à la fourchette sur son artillerie.

– Eh oui, mais il l'a fait son huit.

Pépin fit sauter le dé dans sa paume.

– Et comment que je l'ai fait mon huit !

L'air parfaitement dégoûté, Martingal ajouta à l'intention de son équipier :

– Tout ça parce que cette bourrique ne veut toujours pas admettre que Bonap n'a fabriqué que des bourdes ce jour-là ! Et que sans Kellerman et Desaix, adieu Marengo, adieu Monsieur le Consul !

– Ça y est, le foilà qui remet ça ! dit le capitaine Gaspard Kleinkopfer (vétéran goutteux de soixante-dix ans), un grand et lourd Alsacien à la tête ronde, au visage couperosé, au ventre rebondi de buveur de bière.

Né à Saint-Louis, en Alsace, Kleinkopfer était logé aux *Invalides-Tricotin* depuis son congé de réforme en 1816. Cette année-là, ils avaient été jusqu'à quatre-vingt-dix-huit vétérans, exclusivement des anciens de la légion franche et du 1er de discipline, à vivre tels des coqs en pâte entre le château (pour les officiers) et le séminaire des Vigilants (pour tous les autres). Trois décennies plus tard, il ne restait plus que douze vétérans ; le plus âgé, Pépin, avait quatre-vingt-quatre ans, le benjamin, Sékou, en avait environ soixante-cinq.

Martingal ignora l'intervention et assena son sempiternel :

– D'abord, je sais de quoi je parle, moi, j'y étais, à Marengo ! Et j'affirme, moi, que Bonap, ce jour-là, s'est trompé presque partout !

Le manchot agita le bras qui lui restait pour compter sur ses doigts.

– D'abord il avale toutes les craques des espions de Zach et se dégarnit de deux divisions, ensuite, il est tellement pressé de gagner, cet ahuri, qu'il a le culot de se porter en plaine ! Sans même attendre d'avoir toute son armée et toute son artillerie ! Enfin, vous vous souvenez comme moi avec combien de pièces on a commencé l'affaire.

– Pas plus de vingt-quatre ! confirma Pépin qui avait été aussi de l'affaire.

François se redressa sur sa veilleuse.

– Chez les Autres-chiens y en avait cent vingt !

Après tout, lui aussi était à Marengo, et pas qu'un

peu... et puis il ne ratait jamais l'occasion de montrer qu'il savait des choses.

Imperturbable, Martingal continua sa charge en pointant son index vers le plafond comme pour le dénoncer.

– Mais le plus impardonnable, c'est d'avoir sousestimé Melas sous prétexte que c'était une vieille moustache de soixante et onze ans qui allait forcément se débander au premier coup de brutal.

Martin Martingal était devenu vétéran manchot lors de la grosse affaire d'Eylau ; il avait eu le réflexe désespéré de parer un coup de sabre avec son bras gauche. Après avoir tué le Prussien avec le pistolet qu'il tenait dans sa main droite, il s'était auto-évacué du champ de bataille en retenant son bras gauche aux trois quarts tranché. À peine arrivé à l'ambulance, le major en chef Percy l'avait amputé jusqu'au coude. Le chirurgien préconisait qu'un maximum de célérité atténuait un maximum le dangereux choc opératoire. Comme Larrey, Percy n'avait pas son égal pour vous désarticuler une hanche en moins de deux minutes, un coude ou une épaule en moins de soixante secondes.

Fin saoul d'avoir vidé une gourde de casse-poitrine en guise d'analgésique, Martingal n'avait pas eu le temps de souffrir et déjà, *pffffuuuiiit*, son avant-bras avait été jeté dans un tonneau à demi rempli d'autres membres amputés.

L'irruption de Macchabi et de Carolus interrompit la polémique.

La tenue du voyageur fit sensation.

– Foilà un pékin fringant comme un tambour-machor ! s'exclama Gaspard Kleinkopfer.

Pour un peu il aurait applaudi.

Macchabi désigna Carolus qui terminait d'entrer dans la grand-salle.

– Il vient d'arriver par la patache de Rodez, mon colonel, et il dit s'appeler Tricotin, mon colonel.

Carolus fit un pas en avant, se débarrassa de ses bagages sur le dallage, ôta son haut-de-forme, le plia en deux, le glissa dans sa poche et déclara sans autre préambule :

– Je suis né à San KouKoumelo le 10 février 1814. Mon père s'appelait Charlemagne Trikotin, ma mère s'appelait Giulietta Benvenuti. Quant à moi, on m'a prénommé Karolus, ce qui, je ne vous apprends rien, est le latin de Charles.

Il croisa les bras et prit un air méditatif pour examiner l'assistance. À part peut-être les cadenettes de cheveux blancs et la longue queue serrée dans un catogan d'acier, Carolus était désappointé de ne trouver chez Pépin aucun point de ressemblance avec la momie de son père.

Kleinkopfer, le premier, formula son avis :

– C'est des craques, mon colonel ; si c'était frai, Bonchanfier nous l'aurait dit !

Il ajouta dans l'espoir de goguenarder :

– Si les baragouineurs afaient leur réchiment, il serait leur colonel, mon colonel.

Carolus haussa mentalement ses épaules : tant de suspicion commençait à lui courir sur le haricot.

– J'ignore qui est ce Bonjanvier, mais ce que je sais c'est que je suis né neuf mois après le décès de mon père.

Pépin posa son dé à dix faces et se frotta les mains.

– Bonjanvier était l'ordonnance de Charlemagne ; il était à Turin le jour de son mariage et il nous a dit que la femme avait gardé le corps avec toutes ses affaires, mais il n'a jamais dit qu'elle était grosse.

– Ma mère ne devait pas se savoir enceinte, c'était trop tôt, et puisque je suis né à terme, j'ai été conçu fin juin, au plus tard début juillet 1813.

Il tira son passe-port de sa poche intérieure et le présenta à son oncle qui dut chausser ses lorgnons pour l'examiner.

Délivré par l'ambassade du Piémont-Sardaigne à Vienne, le document attestait que le porteur, *Carolus Tricotin*, était un fidèle sujet de Sa Majesté Carlo-Alberto, et qu'il vivait présentement dans la capitale de l'Empire autrichien, etc.

Comme on assène un dernier coup de marteau sur un clou de cercueil, Carolus dit :

— Ma mère a eu la présence d'esprit de faire taxidermiser mon père de suite après sa mort.

— Elle a fait quoi ? s'écria le trompette-major Auguste Espérandieu, un vétéran sourd de soixante-dix-sept ans, qui tenait enfoncé dans son oreille dextre un cornet acoustique de belle taille. Lors de l'affaire d'Auerstaedt, en 1806, il avait eu les tympans crevés par l'explosion d'un caisson de gargousses. Depuis, il entendait aussi bien que le fauteuil sur lequel il était assis.

Carolus éleva poliment la voix à son intention.

— Je dis que ma mère aimait tellement mon père qu'elle l'a fait momifier.

— Pas la peine de gueuler comme ça, je ne suis pas sourd, sacrebleu ! hurla Espérandieu, ignorant les ricanements de ses compagnons.

Pépin rangea ses lorgnons et rendit le passe-port à son propriétaire. Il était ému mais s'efforçait de ne pas le montrer.

— Pourquoi personne ne nous a prévenus de ta naissance ?

Carolus se permit un léger haussement d'épaules.

— Ma mère ignorait votre existence, voilà tout. Moi-même, j'ai dû attendre trente-deux ans pour apprendre que mon père était un quintuplé.

— Eh ! Qui donc te l'a appris ?

— Vous le connaissez, c'est le sieur Justinien Pibrac le Cinquième. C'est lui qui m'a parlé de la statue sur la place.

— Il t'a dit aussi que c'était son père qui avait guillotiné notre grand-père Floutard sur cette même place, en 94 ?

Carolus s'approcha de la table sur laquelle était déployé le jeu de guerre. À l'université, il avait vu des *alten Herren* de son *Korps* jouer à des jeux semblables ; il gardait la souvenance d'une partie, *La Bataille de Tannenberg*, qui avait duré une semaine entière.

– Non, il ne m'a rien dit de cela, en revanche il m'a parlé d'une certaine Bertille Pibrac et de l'enfant que mon père lui aurait fait... et aussi des gros embarras qui en avaient découlé.

Pépin eut un rire méchant à faire avorter une génisse.

– Ils ont voulu les marier, mais une fois devant le curé, Charlemagne a dit non !

Tous les vieux soldats qui connaissaient l'histoire par cœur rigolèrent, jusqu'à Espérandieu le sourd qui rigola de confiance. Carolus en profita pour relever un grand nombre de chicots dans toutes ces vieilles bouches hilares.

– Si on oublie la moustache, les traces de côte de bœuf sur la joue et le pif de traviole, y a une ressemblance, déclara Martin Martingal en se dirigeant vers la desserte où étaient rangées les bouteilles de sauve-qui-peut et de casse-poitrine.

– Permission de m'en servir un aussi, mon colonel ? demanda Macchabi qui fatiguait sur son pilon.

Pépin opina de la tête. Macchabi boquilla vers Martingal qui versait de l'eau-de-vie dans son verre.

– Admettons que tu sois celui que tu dis, que fais-tu si loin de chez toi ?

– Mes études à Paris sont terminées. Je rentre au Piémont visiter ma mère ; comme Racleterre était sur le chemin, je n'aurais manqué pour rien au monde la statue sur la place... Et puis, avant de venir, j'ai consulté les archives militaires et ce que j'y ai trouvé m'a donné l'envie d'écrire un livre sur mon père, sur sa vie, sa carrière… Qu'en pensez-vous, vous son frère, vous, mon oncle, qui l'avez si bien connu ?

***

— Je vais vous expliquer, moi… en fait, notre général, c'était point un militaire, c'était un guerrier, et, comme tous les guerriers, c'était l'ennemi de la discipline et des règlements… et je vais encore vous dire, moi, que ce qui lui convenait dans l'armée, à notre général, c'était la guerre, c'était en découdre, c'était s'en mettre plein les poches. Ah la guerre, la guerre, la guerre, c'était comme du laudanum pour lui.

— Il prenait soin de ses hommes, comme jadis il prenait soin de ses loups. Il nous nourrissait bien, il nous habillait bien, il nous armait bien, il nous payait bien… en fait, il était soucieux de notre bien-être, mais sans jamais être familier… c'est pour ça qu'il était capable de susciter des amitiés ou des haines indéfectibles.

— Je vais vous dire, moi, son problème militaire numéro un, c'était son manque d'esprit de corps ! Et dans l'armée, c'est drôlement mal vu de ne pas en avoir. En place de l'esprit de corps, il avait l'esprit de meute. Il ne roulait que pour lui et pour les *siens*, que pour *sa* légion franche ou pour *son* régiment, mais pour personne d'autre. Ça les rendait mabouls enragés à l'état-major.

— Dans la légion, et aussi au 1er, car moi j'ai servi dans les deux, rien, je dis bien *rien*, était réglementaire. Jusqu'à nos chevaux qu'étaient des percherons d'une tonne alors que le règlement prescrivait des boulonnais ! Ah ! Vous auriez vu la tête qu'ils faisaient en nous voyant arriver… les ennemis comme les aminches, d'ailleurs !

341

– Contrairement à nous tous, il ne parlait jamais de ses blessures ! Il les considérait comme des fautes professionnelles, vous me suivez ?

– Et dans un duel, s'il ne tuait pas son homme, il faisait en sorte de l'estropier définitivement. À Madrid, je l'ai vu trancher le cou-de-pied *et* le pouce d'un trésorier-payeur en lui disant : *Ze ne veux pas avoir à recommenzer un zour*. Il était comme ça notre général et pas autrement, fichtre non !

– Oh oui, je sais, il a circulé un monton de craques sur nos relations avec Bonap ; on a même dit qu'on avait échangé des boules de neige ensemble à Brienne. Foutaises ! On l'a connu en 1784, alors qu'on était des cadets à l'École royale militaire de Paris, c'est tout, et déjà à cette époque, c'était un mauvais coucheur, et ça ne s'est pas arrangé par la suite.

– Et il fallait le voir lorsqu'il était de bonne humeur ! Voyez plutôt ! C'est quand même lui qui a payé pour les lampadaires et les trottoirs.

***

Carolus fut logé dans une chambre du vieux donjon. Les murs épais de deux mètres étaient percés d'étroites meurtrières qui distillaient chichement la lumière du jour ; celle de droite lui donnait une vue partielle sur la place et sa statue.

– À l'époque où c'était seulement un donjon à motte, c'est ici que dormaient les Armogaste.

– Qui étaient ces Armogaste ?

Pépin avait haussé ses vieilles épaules.

– C'étaient les seigneurs de Racleterre. Ils étaient là depuis l'an mille. D'ailleurs, ce donjon date de la première croisade. Il est si vieux qu'à l'époque où on l'a construit, la mer Morte était à peine malade.

Jour après jour, Carolus nota tout ce que ces vieux

débris d'Empire avaient à raconter sur son père. Ses recherches passèrent à la vitesse supérieure lorsque Pépin, de bonne humeur ce jour-là, mit à sa disposition les archives familiales ; celles du 1er de discipline et les quatre-vingt-seize carnets de route tenus par Dagobert dans de grands cahiers mesurant trente et un centimètres sur vingt. L'écriture était belle, d'une lecture facile, dépourvue de corrections, ce qui donnait à penser qu'ils n'avaient jamais été relus.

– C'est curieux, mon oncle, il n'y a rien sur la Vendée, rien sur la légion franche, rien sur la période parisienne.

– Ces archives sont en lieu sûr. À l'époque, c'était préférable.

– J'aimerais quand même les consulter. On ne peut pas en faire l'impasse, c'est une période importante.

– Sans doute, mais cela risque d'être difficile.

– Pourquoi ?

– Ces archives ne sont plus au château.

– Où sont-elles ?

– Dans une grotte, là-bas, dans la Sauvagerie.

– Une grotte ?

– Oui, une grotte.

– Pourquoi sont-elles encore là-bas ?

– Oh, il ne s'est pas passé un été sans que je pense à y aller, mais on a toujours quelque chose à faire dans ces moments-là et on remet à l'été suivant, et puis le temps passe…

– Qu'est-ce exactement que cette grotte ?

– Écoute, petit, c'est une longue histoire pleine de surprises, et il vaut mieux être assis pour l'entendre.

***

Le 7 juin à l'aube, Carolus et Pépin s'installaient dans le carrosse à deux chevaux qui avait appartenu en son temps à l'infant don Francisco. Le véhicule était conduit par François Vadeboncœur qui buvait son laudanum en chantant aussi faux qu'une tourterelle.

> *On va leur percer le flanc,*
> *En plain plan, r'lan tan plan*
> *Tirelire en plan,*
> *On va leur percer le flanc,*
> *Ah que nous allons rire !*
> *Ah que nous allons rire !*
> *R'lan tan plan tirelire.*

Après trois kilomètres de mauvaise draille, le cabriolet arriva en vue de la forêt de Saint-Leu. Sans arrêter de dégoiser son chant guerrier, Sékou engagea les chevaux dans le sentier ombragé.

> *Que Bonap sera content*
> *En plain plan, r'lan tan plan*
> *Tirelire en plan.*
> *Que Bonap sera content,*
> *On fait ce qu'il désire,*
> *On fait ce qu'il désire*
> *Rlan tan plan, tirelire.*

Deux mille pieds plus tard, ils débouchaient dans la clairière de la chapelle Saint-Hubert. Bien que désaffectée depuis 89, elle était impeccablement entretenue.

– C'est ici qu'on déposait nos messages lorsqu'on voulait prendre contact avec Charlemagne, dit Pépin la gorge serrée.

> *Pour lui plaire il faut du sang,*
> *En plain plan, r'lan tan plan*
> *Tirelire en plan,*
> *Pour lui plaire il faut du sang*

C'est l'encens qu'il respire,
C'est l'encens qu'il respire
R'lan tan plan tirelire.

Le soleil était proche de son zénith lorsqu'ils arrivèrent à la Loubière. Une longue baraque aux tuiles en bois, un poulailler, un potager, un puits à margelle, un enclos à cochons se partageaient l'espace de la clairière. Vivaient ici le garde champêtre des Tricotin, sa femme et leurs deux moutards.

– Nous y voilà, moi, je ne vais pas plus loin. Ah, macarel ! Il y a seulement vingt ans et je faisais le trajet aller et retour en te portant sur les épaules !

Sous un bicorne aux couleurs défraîchies du 1er de discipline (verte et noire), Ézéchiel Bombec avait des gros yeux noirs à fleur de tête qui brillaient tant qu'on disait qu'il était nyctalope. Son visage tout en longueur était partagé en son milieu par un nez de nasique piqué de points noirs huileux. Un front bas et un menton énergique lui avaient donné un air buté mérité. Sa femelle, Ursule, brune, courtaude, grassouillette, le nez rubicond, avait une voix rauque qui pouvait passer pour celle d'un homme. Leurs rejetons, Galopin (quinze ans) et Hardi (seize ans), se tenaient à leurs côtés, les bras ballants, les yeux cernés et fuyants ; il était clair qu'ils ne l'étaient pas.

Carolus les jugea antipathiques au premier comme au second regard.

– Voici Ézéchiel et ses deux niards, dit Pépin. Ils vont t'accompagner, car toi tout seul tu te perdrais à jamais dans cette forêt. En plus, il te faut quelqu'un pour t'aider à les transporter, ces archives. Elles sont dans un coffre fichtrement lourd... et c'est fichtrement pesant du papier, tu peux me croire.

Un sabre dans sa main droite, Ézéchiel Bombec ouvrit le chemin, Carolus suivit derrière, Galopin et Hardi fermèrent la marche. Deux heures durant, en silence, ils remontèrent la paisible Dourdounette jusqu'au rétrécissement de ses rives et à sa transformation en torrent bouillonnant.

Carolus vit un bassin qui s'étalait au pied d'un gigantesque chaos de rochers moussus. Grimpant sur un large bloc de granit qui faisait terrasse, il vit de la forêt tout autour. Se penchant, il aperçut de nombreux poissons qui évoluaient dans l'eau translucide du bassin, sous le regard perçant d'un martin-pêcheur perché sur la branche basse d'un aulne noir.

– Sommes-nous loin encore ?

– Plus trop, rognonna Ézéchiel en s'ouvrant à coups de sabre un passage au travers d'une ronceraie particulièrement épaisse.

De toute évidence, personne n'était venu ici depuis des lustres. Le bruit du sabre mutilant la végétation dérangea les choucas (*tsick tsick tsick*) qui nidifiaient dans les crevasses des rochers ; certains s'envolèrent en poussant des *yup yup yup* à tonalité menaçante.

Tout en mangeant les mûres velues qui poussaient en nombre parmi les ronces, Carolus entrevit un large renfoncement entre deux rochers monumentaux. Suivant le garde champêtre qui semblait se diriger droit dans un cul-de-sac, il découvrit un coude – indécelable si on se trouvait de l'autre côté de la ronceraie – donnant sur un cirque au centre duquel s'élevait un chêne pédonculé d'une vingtaine de mètres de haut.

– Tu sauras que tu es au bon endroit lorsque tu verras J'y-suis-j'y-reste ; l'entrée de la grotte est à sa dextre.

Selon Pépin, J'y-suis-j'y-reste était un chêne planté soixante-huit ans plus tôt par Charlemagne.

Ézéchiel pointa son sabre vers une caverne au porche fermé par un long rideau de lianes de chèvrefeuille.

– C'est là.

Le rideau franchi, Carolus se trouva dans une vaste

antichambre au plafond haut et au sol en pente. Un empilement de grosses pierres obstruait une ouverture dans la paroi. Aidé de ses fils, Ézéchiel défit le muret pierre après pierre et fit apparaître un couloir obscur.

Carolus battit le briquet, enflamma la mèche de la lanterne, et suivit le garde champêtre qui avait sa propre lanterne.

Le couloir descendait en pente douce. Carolus n'avait pas fait vingt pas lorsqu'il tomba en arrêt devant une sorte de frise sur laquelle des bovins barbus et bossus couraient sur la paroi droite (*Was ist das ?*). Il vit des chevaux ocre à la crinière en brosse qui galopaient sur la paroi gauche (*Was ist das, einmal ?*). L'auteur était-il son père, était-ce la tante Clotilde ?

Pépin, l'autre soir, lui avait conté comment Clotilde, l'unique garce de la fratrie, était devenue une peintre talentueuse, auteur d'une œuvre grosse de trois cent soixante-dix-sept tableaux. On lui devait seize portraits en buste, en pied, et à cheval de son frère Charlemagne. L'un de ces portraits en pied était suspendu au mur de la grand-salle. On voyait Charlemagne en uniforme de général de la République, un sabre à la lame tachée de rouge dans la main droite, un pistolet au canon encore fumant dans la gauche, posant sur un arrière-plan de Vendée à feu et à sang. À ses pieds, un fagot de faux était couché sur des drapeaux chouans.

– Elle l'a peint en décembre 93, et les maisons en flammes derrière sont celles de Machecoul. Et sais-tu seulement quelle matière elle a utilisée sur ce tableau ?

– De la peinture à l'huile.

– Évidemment, mais il n'y a pas que ça.

– Je donne ma langue au rat.

– Eh bien sache que toutes les parties sombres que tu vois, là, là et là ont été peintes avec les cœurs de deux rois et une reine.

– Qu'est-ce à dire, mon oncle ?

Pépin s'assit dans un fauteuil.

– C'est encore une longue histoire, inutile d'attraper des varices.

Carolus s'assit sur le fauteuil face au vieil homme.

– Ça s'est passé en août 93, juste après que ce foutriquet de Barère ait donné l'ordre de récupérer dans toutes les églises, le bronze et le plomb pour faire des canons ; l'or, l'argent et le vermeil, pour la fonderie de l'hôtel de la Monnaie... Mais avant d'aller plus loin je dois te dire que Clotilde, à cette époque, était l'amie d'un peintre alsacien qui faisait partie du groupe des Artistes préposés à la conservation des monuments dignes d'intérêt de Saint-Denis... c'est ainsi, et pas autrement, qu'elle a assisté au pillage de l'armoire des cœurs dans le monastère du Val-de-Grâce... tu me suis ?

– Non, mais je vous en prie, poursuivez.

– Eh bien, c'est dans ce monastère qu'on gardait depuis toujours les cœurs des rois et des reines, et c'est dans une armoire de pierre qu'ils ont trouvé quarante-cinq cœurs. Chaque cœur était embaumé dans un cœur de plomb, lui-même enfermé dans un cœur d'or, de vermeil, de pierreries. Le commissaire de la Convention a ordonné que chaque cœur soit ouvert et que tout ce qui était précieux soit expédié *presto* à l'hôtel de la Monnaie. Bon, voilà maintenant que ce même commissaire, c'était Petit-Pradel si je me souviens bien, ordonne la destruction des vrais cœurs. Clotilde est aussitôt intervenue et a proposé d'en acheter quelques-uns. Ah c'est dommage que tu ne l'aies pas connue, c'était quelqu'un crois-moi ! Le drôle s'étonne, Clotilde s'explique. Elle lui apprend que la croûte brune qui embaume les cœurs n'est autre que de la *mummie*. Une pâte composée d'un mélange d'aromates résineux et de bitume de Judée. La *mummie* était recherchée par les peintres parce qu'elle leur autorisait des *glacis merveilleux*... Bon, voilà, et c'est comme ça, et pas autrement, que notre sœur a acheté les cœurs de Louis XIII, de Louis XIV et de Marie de Médicis...

– Jésus-Christ en ballon rouge !

– Oui ! Je comprends ton étonnement... mais pourtant tout est pure vérité, tout.

***

Carolus sortit la grosse loupe qui ne le quittait jamais et examina les couleurs qu'il trouvait étrangement fraîches. Les sourcils circonspects, il gratta avec son ongle et découvrit qu'une mince et transparente concrétion calcaire avait peu à peu recouvert les dessins, tel un vernis protecteur.

Le couloir de la grotte se terminait sur un immense trou noir que la lumière des lanternes éclairait chichement. Il entrevit brièvement un haut plafond épineux d'où tombaient des concrétions calcaires pointues. Des bruits d'eau irréguliers s'entendaient çà et là (*ploc... ploc... ploc... ploc... ploc...*).

Galopin et Hardi enflammèrent deux torches résineuses et aussitôt, des aurochs très cornus, des cerfs aux bois démesurés, des rhinocéros velus, des éléphants aux immenses défenses, apparurent au plafond. Ce troupeau fabuleux était poursuivi par ce qui semblait être un groupe de chasseurs aux corps maladroitement représentés par des bâtonnets.

Le garde champêtre dirigea sa lanterne vers un recoin en forme de conque.

– C'est là.

La forme bossue d'un coffre de marine apparut au fond de la conque, à l'abri de l'humidité sur quatre pierres plates. La paroi derrière était ornée de nombreuses empreintes de mains faites au pochoir. Qui avait fait cela ? Dans quel but ?

– Éclairez-moi, ordonna Carolus en s'accroupissant

pour examiner la cire qui scellait hermétiquement le couvercle.

Si les années d'humidité avaient terni les armatures de bronze, le teck dont était fait le coffre avait victorieusement résisté.

– Sortez-le, dit-il en se redressant.

Galopin et Hardi prirent chacun une poignée du meuble et le portèrent dans l'antichambre, faisant trois haltes durant le court trajet.

Tu n'en as pas besoin, il n'est pas fermé, avait dit Pépin lorsque la veille il lui avait réclamé la clé.

Carolus souleva le couvercle et vit un plateau rempli de gros grains roses. Ressortant sa loupe, il n'eut aucun mal à reconnaître du carbonate de sodium hydraté, autrement appelé natron. Charlemagne avait protégé ses archives de l'humidité avec ce même natron que les anciens Égyptiens utilisaient pour prévenir leurs momies du pourrissement.

Tirant sur les lanières de cuir cousues à cet effet, il leva le plateau de natron et dévoila un entassement de quelque quatre-vingts kilos d'archives. Chaque dossier, chaque chemise, chaque carton était étiqueté et daté. Il allait ouvrir le maroquin étiqueté *Correspondances 1781-1789* lorsqu'il se fit rappeler à l'ordre par le garde champêtre.

– Faut point traîner, monsieur, faut être à la Loubière avant la tombée.

Carolus rabattit le couvercle avec regret.

Le chemin du retour fut long et pénible, principalement pour les deux adolescents qui se coltinèrent le portage cinq heures d'affilée sous un soleil de plomb fondu.

***

Après un séjour de quatre mois et vingt et un jours au château des *Invalides-Tricotin* de Racleterre, Carolus prit congé de son oncle Pépin. Les adieux, brefs, furent faits dans la cour de la poste aux chevaux *Durif fils*. L'un comme l'autre étaient émus, l'un comme l'autre savaient qu'ils ne se reverraient plus.

– C'est bien de faire ce livre sur ton père. Vaniteux comme il était, ça lui aurait plu !

– Je vous ferai parvenir avant publication une copie du manuscrit. Ainsi, vous serez à même de corriger mes erreurs et mes oublis.

Pour ce long voyage, foin de patache ou de diligence, Carolus loua une chaise de poste à cinq chevaux capable de rouler soixante kilomètres par jour. Son voyage jusqu'à San Coucoumelo – *via* Roumegoux-Millau-Montpellier-Aix-en-Provence-Antibes-Nice-Savona-Riccolezzo – dura quatorze jours et lui coûta un prix exorbitant.

Après vingt-cinq années d'absence, le 18 décembre 1846, Carolus retrouva son village natal avec une dose raisonnable d'émotion. Tout lui parut rapetissé ; le bac, le fleuve, la place du Martyre, le vieux chêne, le village, les gens, la *villa*, et même sa mère Giulietta, et son grand-père Romulus. Ce dernier avait le regard vide de ceux qui se sont réfugiés dans leur for intérieur.

– Il est comme ça depuis Pâques. Il ne reconnaît personne, il ne se lave plus, il faut le nourrir à la cuiller, et maintenant il pisse au lit, énonça Giulietta la voix dénuée de compassion.

Malgré le froid et l'heure avancée de l'après-midi, Carolus tint à rendre visite à son père. Giulietta l'accompagna. Sur le chemin du cimetière, il lui conta son séjour à Racleterre, la gigantesque statue au milieu de la place, l'oncle Pépin, le château des *Invalides-Tricotin* – ce musée dédié à l'Art sacré du pillage – la Sauvagerie, la grotte des Temps archaïques, le coffre aux archives…

Avant même d'être arrivé, il remarqua la croix brisée qui, tel un chicot, surplombait le mausolée.

– Je l'ai fait abattre… Depuis la mort d'Anton, c'est trop difficile de croire.

Elle déboucha la fiasque d'armagnac – qui ne la quittait que lorsqu'elle était vide – et but une rasade comme on jette un verre d'eau sur un feu de forêt.

– Ne plus croire en Dieu n'est pas suffisant, il faut aussi admettre qu'il n'existe pas, qu'il n'a jamais existé et, bien sûr, qu'il n'existera jamais… Les dieux ne sont que des inventions contagieuses.

Ils entrèrent dans le *camposanto* et dépassèrent la stèle où étaient gravés le grade et le nom des quatre-vingt-six uhlans autrichiens tués au col de la Froidure, en 1821. Carolus se souvenait des avariés qu'Anton avait soigné dans la grange réquisitionnée des Poirini.

Giulietta introduisit la clé du mausolée dans la serrure et l'ouvrit. Enchâssé dans son cercueil transparent, Charlemagne apparut et Carolus reçut de plein fouet son regard bleu de cobalt.

– L'oncle Pépin m'a dit qu'il les avait marron.

Giulietta esquissa un bref sourire, rien d'autre.

– Saviez-vous qu'il était né quintuplé ?

Les yeux de sa mère se voilèrent. Elle but une rasade.

– Je me souviens que le jour où nous avons signé notre contrat de mariage, il a abordé le sujet de sa famille, mais je n'y ai guère prêté attention. Je pensais que nous avions toute la vie devant nous pour cela…

Carolus gratta avec son ongle quelques chiures de mouche sur la paroi vitrée.

– Son père, donc mon grand-père paternel, était sabotier à Racleterre, tandis que sa femme, Apolline, ma grand-mère paternelle, était la fille du sieur Baptiste Floutard un fournisseur aux armées qui a mal fini.

Pépin lui avait raconté qu'en 90, élu chef du comité de salut public, le grand-père Floutard avait révolutionnairement épuré le bourg de tous ses éléments contre-révolutionnaires, incluant dans sa charretée plusieurs ennemis de longue date, comme les chicaneurs Pagès-Fortin père et fils, et les consuls de Puigouzon père et fils. Baptiste Floutard avait alors racheté la totalité des biens nationaux mis en vente à Racleterre.

N'étant pas d'une nature partageuse, Floutard avait suscité de sévères rancœurs qui s'étaient librement exprimées en Thermidor. Il avait été guillotiné place de la Liberté ; tous ses biens avaient été mis sous séquestre puis vendus à l'encan. Les quintuplés Tricotin, de retour de Vendée, avaient racheté le château, le séminaire et la forêt de Saint-Leu.

Devenu médecin, et taxidermiste à ses heures, Carolus était à même de s'ébaudir devant la qualité de l'embaumement. Trente ans étaient passés et pourtant la peau avait conservé une extraordinaire apparence de fraîcheur, de souplesse, de vivant.

– Vous souvenez-vous de l'embaumeur qui a fait de la si belle ouvrage ?

– Oh oui.

– Mais encore ?

– Il s'appelait Pietro Falchetto... il était le meilleur maître embaumeur de Turin. Il tenait un cabinet de curiosités qui était ouvert au public. Peut-être t'en souviens-tu, nous l'avons visité avec Anton, en 1821.

Carolus opina du chef. Il se souvenait du *Centaure occis par Hercule* (un buste de macaque cousu sur un âne roux décapité), et du *Dahu cornu des Abruzzes* (un orang-outan albinos affublé de défenses de phacochère en guise de cornes), et aussi de cette momie égyptienne entièrement débandelettée et qu'une pancarte présentait pour l'*Authentique Momie Toute Nue de la Reine des Rois Cléopâtre d'Égypte*. Il avait sept ans à l'époque et c'était sa première femme nue.

– J'étais là pendant l'embaumement... mais Falchetto

m'a obligée de sortir avant la fin. Il ne voulait pas dévoiler sa recette.

Le front de Carolus se rida ; son œil gauche se ferma à demi, sa bouche mima le scepticisme, sa moustache aussi.

– Son secret doit résider dans la composition du fluide utilisé. Peut-être a-t-il légué la formule à ses descendants ? Imaginez les applications d'une telle méthode à la taxidermie !

– Je me souviens qu'il était aidé par un jeune apprenti.

Tout en bavardant, la mère et le fils ne quittaient pas le momifié des yeux, comme dans une conversation triangulaire. Carolus désigna l'uniforme vert foncé à parements noirs du défunt.

– Les vétérans qui habitent le château portent encore les mêmes couleurs. Ils lui vouent une sorte de culte fondé sur la reconnaissance. Il est vrai que rares sont les généraux qui ont fait autant pour leurs hommes. Imaginez donc, il les a même enrichis.

Filomena Malariccia, la jeune domestique de Giulietta, entra sans frapper dans le mausolée.

– Le *padrone* a encore disparu, *signora*, et je ne sais plus où le chercher.

Carolus vit sa mère frotter son mauvais coude, tel Aladin frottant sa lampe à huile.

– C'est la troisième fois cette semaine. On ne peut tout de même pas l'attacher…

– Peut-être le faudra-t-il… s'il met sa vie en danger…

– Sa mémoire fond comme du beurre au soleil. C'est navrant.

Romulus Benvenuti fut retrouvé grâce à ses chaussons qu'il avait déposés devant le puits avant de se jeter dedans. Il fallut plusieurs heures pour l'en extirper et la chose faite, personne ne fut en mesure de préciser s'il s'agissait d'un suicide ou d'un accident.

Romulus ayant souvent exprimé le souhait d'être enterré à Turin, il fut transporté par diligence jusqu'au cimetière où se trouvait le caveau des Benvenuti contenant déjà sa mère Gloria, sa femme Angela et sa fille aînée Olivia. Avant la mise en terre, Giulietta exigea des fossoyeurs ébahis que le cercueil fût ouvert : la chose faite, elle plaça à l'intérieur la paire de chaussons du défunt.

**

Le 7 janvier 1847, Carolus Tricotin retrouvait Vienne et son immense appartement de la *Berggasse*. Le *Hausmeister* ayant été prévenu par courrier, les cheminées (quatre) et les poêles de faïence (cinq) avaient été allumés, rendant l'atmosphère des lieux tiède et accueillante.

Les deux malles expédiées de France étaient alignées dans le vestibule. Il ouvrit celle contenant ses nouveautés médicales et vérifia que rien n'avait été brisé durant le transport : rien n'avait été brisé durant le transport.

En soirée, il soupa au *Paradis perdu* : après quatre ans d'absence, le cheptel s'était renouvelé à quatre-vingts pour cent.

– J'ai besoin des services d'une lingère, d'une cuisinière et d'un cocher, dit-il à la *Frau Chef* Olga Müller.

Les jours suivants, il fit entièrement retapisser le vestibule, la salle d'attente, le cabinet médical, et le bureau où il installa une bibliothèque en acajou qu'il remplit avec la centaine de livres achetés à Paris.

Il commanda une nouvelle plaque de cuivre sur laquelle il germanisa son patronyme et, enfin, il s'offrit un grand encart à la une des trois principaux journaux viennois.

Après un Extra-Ordinaire Voyage d'Études à l'Étranger,
le Docteur Karolus Trikotin est heureux d'annoncer
qu'il met à la disposition du public son Savoir Étendu et
ses Méthodes résolument Modernes autant qu'Indolores.
Prix de la consultation élevé.

Le succès fut instantané : les premiers patients se
présentèrent le jour même de la parution des encarts,
un signe qui ne trompait pas.

Il n'en fallait guère plus pour faire naître chez les
confrères une haine coriace, à laquelle s'additionna
chaque jour un peu plus une rancœur vigilante.

***

Le 7 juin 1847, cinq ans pile après son humiliante
confrontation avec le bouseux époux de Maria-Anna,
Carolus retourna à Strones, tel un chien retournant à
son vomi.

La porte de la ferme n° 3 s'ouvrit sur le *Bauer* Johann
Trummelschlager. Le paysan fit la moue en reconnaissant le visiteur.

– *Nein*, vous ne pouvez pas voir Maria-Anna.

– *Warum nicht ?*

– Elle est morte.

Carolus reçut un coup au cœur qui lui fit l'effet d'un
pieu antivampire. Il ôta son haut-de-forme pour demander tristement :

– Puis-je espérer connaître l'endroit où elle a été
inhumée, *bitte* ?

– À Döllersheim, à une demi-heure d'ici avec votre
carriole.

– Et l'enfant ?

Trummelschlager referma la porte sans la claquer.

Rendu au cimetière de Döllersheim, Carolus se

recueillit sur la modeste tombe que signalait une simple croix de bois sur laquelle on lisait :

Maria-Anna Hiedler
geborene Schicklgruber
Geb. 15 April 1795,
Gest.7 Januar 1847.

Tout en versant quelques larmes de circonstance, il nota que le décès de Maria-Anna coïncidait avec son retour à Vienne. Il se sentit vaguement coupable de n'avoir rien éprouvé de prémonitoire ce jour-là. Agonisait-elle alors qu'il déballait ses malles où lorsqu'il soupait au *Paradis perdu* ? Quelles avaient été ses dernières paroles, et puis d'abord, de quoi était-elle morte ?

Assis dans sa sacristie, le prêtre Ignaz Ruesskefer cirait lui-même sa vieille paire de bottines noires. Il ne vit aucun inconvénient à s'interrompre pour consulter ses registres paroissiaux.

Morte le 7 janvier 1847, enterrée le 9 janvier : Maria-Anna Hiedler, âgée de 52 ans, femme de Georg Hiedler, demeurant à Strones n° 3, fille légitime de Johann Schicklgruber, ancien agriculteur à Strones et de Theresia née Pfeisinger Dietreichs, consumption suite à un hydrothorax.

Le prêtre ajouta que le mari, Georg Hiedler, avait depuis disparu du district et n'avait pas été revu.

– Quant au petit orphelin, il a été recueilli par Nepomuk, le frère cadet de Georg. Il vit à Spital, à une trentaine de kilomètres d'ici. À ma connaissance, le gamin est apprenti chez le cordonnier Ledermüller.

– Que dois-je faire pour offrir à cette malheureuse une tombe décente ?

– Voyez cela avec *Herr* Gamerith. Vous trouverez son atelier sur la place, en face de la fontaine.

Embarrassé par avance à l'idée d'un face-à-face avec son fils, Carolus renonça à se rendre à Spital et préféra lâchement rentrer à Vienne, mécontent de lui, certes, mais infiniment soulagé (*ouuuuuf*).

***

Désormais, dorénavant, mais aussi à partir de maintenant, le Dr Karolus Trikotin partagea son emploi du temps entre consultations (neuf heures à douze heures), rédaction des mémoires de son père (quatorze heures à dix-huit heures), recherches *tous azimuts* sur la Mort et Ses À-côtés (tout le temps). Trois ou quatre fois par semaine, il prenait sa sacoche de médecin et se rendait au *Paradis perdu* souper en guillerette compagnie.

Un soir où il fumait le cigare au salon et s'apprêtait à désigner Aubépine la jeune négresse (une Foulbès de quatorze ans à la peau si noire qu'elle brillait dans la pénombre), la *Frau Chef* l'avait supplié de la suivre.

– J'ai un client très très très important qui vient de se sentir mal, *Herr Doktor*, venez voir ce qu'il en est et dites-moi ce que je dois faire !

– Très très très ?

– Oui, il s'agit d'un parent du chancelier, *Herr Doktor*… mais c'est aussi le propriétaire du *Paradis perdu*.

Ils entrèrent dans la chambre 7. Sur le grand lit à baldaquin reposait un petit homme nu et frêle. Son regard triste portait encore cette taie vitreuse caractéristique chez ceux qui reviennent de loin.

À son chevet, Vénus Calibrogio, la pensionnaire la mieux entétonnée de l'établissement (sa spécialité était le coït entre ses deux mamelles préalablement huilées).

– Il vient seulement de revenir à lui, dit-elle à Carolus.

La *Frau Chef* lui présenta le comte Franz von Rainstock, un pseudonyme qui déguisait mal le neveu du chancelier prince de Metternich-Winneburg.

– Plus de lumière, exigea Carolus.

Il saisit le poignet du comte et trouva son pouls ; un pouls faible et arythmique.

– Est-ce votre premier malaise ?

Le neveu du chancelier hocha négativement sa tête.

Vénus apporta un chandelier à trois bougies qui éclaira mieux la scène. Carolus vit sur la peau du crâne, entre les cheveux gris clairsemés, des pustules avec croûtes de mauvais augure. Pour en avoir vu des quantités semblables dans le service du Pr Ricord à l'hôpital du Midi, il avait devant lui un syphilitique du deuxième degré.

Il prit dans sa sacoche une fiole de couleur verte et la présenta au malade.

– Voici de l'extrait de digitale, monsieur le comte. Au cas où vous l'ignoreriez, il s'agit d'une plante admirable de la famille des Scrofulariacées qui possède d'excellentes propriétés tonicardiaques. Autrement dit, ces gouttes, que je vous demande d'avaler cul sec, vont requinquer votre cœur et lui redonner le pouls qui lui fait présentement défaut.

Il prit une coupe à champagne sur la desserte et laissa tomber dedans cinquante gouttes de digitaline, puis il aida le comte à entrouvrir ses lèvres desséchées. L'effet fut immédiat. Les traits se détendirent, le pouls reprit un rythme régulier, la peau perdit sa teinte grisâtre.

– Me voici à nouveau condamné à vivre, déclara-t-il sans dissimuler sa déception.

Évoquant le secret médical, Carolus demanda à la *Frau Chef* et à Vénus de sortir.

– Vous venez de subir un malaise cardiaque,

monsieur le comte, et ce n'est pas à votre capricant que vous le devez, mais plutôt à votre syphilis avancée.

Il tira de son sac sa grosse loupe et commença à inspecter la poitrine efflanquée au centre de laquelle poussaient de maigres touffes de poils grisonnants.

– Qui est votre médecin traitant ?

– Je n'en ai plus. La médecine ne pouvant rien pour moi, je me passe de la médecine.

Carolus dénicha une pustule à croûte sous le sein gauche.

– Pourtant vous ne pouvez ignorer la gravité de votre état ?

– Je la connais, mais qu'y puis-je ? Vous savez comme moi qu'il n'existe pas de remède contre ce fléau... C'est la troisième fois cette année que j'essaie d'en finir et rien n'y fait... et me voici *de facto* expulsé de mon cercle.

Les oreilles et les narines de Carolus frémirent, signe de grand intérêt.

– De quel cercle parlez-vous, monsieur le comte ?

– Le Cercle des Dégoûtés de l'Existence.

– Tiens donc.

À sa connaissance, il existait à Vienne pas moins de cinq organisations d'adeptes du suicide : le *Cercle de la Clé des Champs*, le *Club des Découragés à Mort*, le *Club des Lassés de la Vie*, le *Cercle des Dégoûtés de l'Existence* et le *Club des Amis de l'As de Trèfle*. Le but avoué de ces associations, toutes illégales, était de s'aider à s'entre-tuer proprement afin d'éviter le scandale et les enquêtes judiciaires.

– Seriez-vous assez bon, *Herr Doktor*, de faire prévenir mon laquais afin qu'il me ramène.

– Bien sûr, mais avant, permettez-moi de terminer mon examen. Je n'ai pas encore inspecté le principal.

Ceci dit, il écarta le drap qui recouvrait pudiquement le bas-ventre de son patient, et poussa un petit gloussement satisfait à la vue d'un chancre polychrome de la grosseur d'une tête de gros clou, épanoui à la base du gland.

Depuis le XVIIe siècle, on traitait la syphilis à coups de frictions et de fumigations mercurielles, aux lourds effets secondaires. Récemment, un médecin de Dublin avait publié des travaux sur les propriétés antisyphilitiques de l'iodure de potassium. La rencontre avec ce chancre aristocratique était l'opportunité pour Carolus d'expérimenter un traitement qui associerait mercure *et* iodure de potassium. Le but de cette expérimentation consisterait à définir le bon dosage des deux produits, pour ensuite publier les résultats dans le journal de l'Académie. Accessoirement, au nom de la Recherche scientifique tous azimuts sur la Mort, Carolus souhaitait obtenir du neveu de Metternich l'autorisation de visiter le Cercle des Dégoûtés de l'Existence.

– Sachez, monsieur le comte, que je suis un ancien élève du Pr Ricord. J'étais encore à Paris l'an passé. Je suis donc au fait de ce qui se fait de mieux pour combattre la syphilis. Voici ma proposition…

***

– Il va de soi, *Herr Doktor*, qu'une discrétion complète, absolue, totale, entière et définitive est requise pour ce que vous allez voir et entendre ce soir.

– Cela va de soi, monsieur le comte.

Pendant qu'un laquais prenait sa cape, un second laquais s'occupait de son haut-de-forme et de sa canne.

– Cependant, j'espère pouvoir prendre des notes chaque fois que cela sera nécessaire.

– Bien entendu.

Le vestibule était une galerie de peintures dédiée au suicide. Sur une grande toile, Odin le roi des Scandinaves et son épouse Frigga, se suicidaient à coups de poignard dans la poitrine devant leur peuple réuni pour l'occasion ; le tableau suivant montrait la reine Cléopâtre étendue sur sa couche en décolleté profond, se faisant crocheter le sein gauche par un aspic enroulé autour de son poignet. En face, une toile de bonne facture montrait un formidable bûcher fait d'arbres entiers (chênes et oliviers) et sur lequel était allongé Héraclès ; il y avait aussi le suicide de Socrate, le suicide de Sénèque, celui de Néron, et, dans un cadre ovale, un portrait de William Shakespeare.

– Qu'a-t-il donc fait pour mériter d'être là ?

– Il y a quatorze suicides dans ses huit œuvres, aussi nous le considérons comme un membre honoraire.

– Et lui, il n'a point sa place ici ! L'église condamne le suicide.

Carolus montrait la toile représentant un Jésus cruci-fié souffrant les mille maux.

– Elle ne l'a pas toujours fait.

Franz von Rainstock prit le ton un peu las du guide qui se répète.

– Le christianisme a bâti son église sur le suicide déguisé en martyre.

– Plaît-il ?

– Se mettre en situation de mort inévitable en toute connaissance de cause n'est rien d'autre qu'un suicide, aussi, est-il juste que *Herr* Jésus fût des nôtres… de même que la totalité des saints du calendrier.

– Voyez-vous ça, dit Carolus en faisant apparaître un calepin et un crayon à mine noire.

– Prenez les premiers Pères de l'Église, prenez Ter-tullien, ou Aurigène, ou même saint Thomas d'Aquin, ils ont tous déclaré sans ambiguïté, je les cite : *Comment le Fils de Dieu, dont la volonté est sans limites, a-t-Il pu mourir sans l'avoir profondément voulu ?* C'est on ne peut plus clair.

Le crayon crissa en fécondant la première page du calepin.

– Le suicide est-il contagieux ?

– Oui, je le pense… comme je pense que, à l'instar de la mort, il est héréditaire…

Carolus tapota son crayon contre ses dents (*tap tap tap*), signe de perplexité.

– Mon arrière-grand-père s'est pendu.

Ils quittèrent le vestibule et entrèrent dans un grand salon aux rideaux tirés. Une flambée dans la cheminée et deux poêles de faïence réchauffaient l'atmosphère.

Carolus compta dix-sept membres en habit noir installés dans des fauteuils disposés en demi-cercle ; tous ces gens étaient masqués d'un loup noir à voilette et presque tous buvaient et fumaient des cigarettes ou des cigares. Au centre, devant une toile de grand format posée sur un chevalet, se tenait un jeune homme blond au teint rose, le seul dans la pièce avec Carolus et le comte von Rainstock, à ne pas être masqué. Il était vêtu d'un habit de chez Schreck entièrement blanc ; son gilet, sa chemise, son foulard-cravate, son pantalon, ses bottines, les lacets de ses bottines étaient blancs comme lait. Alignés sur une table, des pinceaux, une cuvette à saignée, un scalpel, un garrot de cuir, une pile de sachets médicinaux. Dans un coin près de la double porte, un pianiste aux yeux bandés jouait le *Requiem* inachevé de Mozart.

Le comte Franz von Rainstock désigna à Carolus un fauteuil bien situé.

– Et maintenant ?

– Et maintenant, M. le vicomte von K. va se suicider.

– Ici ?

– Oui, ici, devant nous tous.

– Comment va-t-il s'y prendre ?

Le neveu du chancelier s'installa dans le fauteuil voisin et consulta sa montre de gousset.

– Il va commencer dans quelques instants.

– Dites-moi au moins pourquoi est-il tout de blanc vêtu ?

– Le blanc est la couleur du deuil chez les peuplades des Isles Sous-le-Vent.

Carolus prit des notes.

– Mais encore ?

– Malgré son jeune âge, M. le vicomte von K. a beaucoup voyagé.

– Hum, hum… et pourquoi est-ce lui ce soir ?

– Il a été tiré au sort, comme l'exigent les statuts de notre cercle.

– Oseriez-vous m'en dire plus ?

– C'est simple : nous utilisons un jeu de cinquante-deux cartes : le gagnant est celui qui tire l'as de pique, quant à celui qui tire l'as de trèfle, il est l'officiant de la soirée.

– Et qui est cet officiant ?

– C'est moi.

Une douzaine de domestiques en livrée, chargés de bouteilles de champagne et de coupes, firent leur entrée. Le pianiste cessa de jouer. Quand tous eurent une coupe pleine à la main, le comte von Rainstock se plaça à la droite du vicomte von K. et leva sa coupe.

– À la Mort et à tous ses Saints !

– À la Mort et à tous ses Saints ! reprit l'assistance avec une pointe de ferveur.

Le futur suicidé retroussa sa manche gauche, prit le scalpel dans sa main droite, plaça son poignet au-dessus de la cuvette et se trancha une veine. *Plip plip plip plip*, fit le sang rouge vif en s'égouttant, puis *ploc ploc ploc ploc* au fur et à mesure que le récipient s'emplissait.

Carolus vit le comte von Rainstock déchirer l'un des sachets et verser le contenu poudreux dans le sang. Il serra ensuite le garrot autour de l'avant-bras du presque suicidé.

Après avoir mélangé le sang et la poudre avec un pinceau, von K. commença à peindre. Von Rainstock retourna à son fauteuil.

– Que contiennent ces sachets ?

– Du fluorure de sodium.

– Vous voulez empêcher le sang de coaguler ?

– Oui, afin qu'il s'étale plus aisément.

– Mais où est la mort dans cette mise en scène ?

– M. le vicomte peindra tant qu'il aura la force, si possible jusqu'à sa dernière goutte.

Machinalement, Carolus évalua le poids du vicomte à soixante-dix kilos, soit environ cinq litres de sang : combien de litres fallait-il perdre avant de tomber dans l'inconscience ? Il nota l'heure sur son calepin (21 heures 12), puis il s'intéressa au sujet et crut reconnaître un arbre, peut-être un olivier, peut-être un figuier ?

Quelques instants plus tard, von K. terminait le sang de sa première saignée. Von Rainstock desserra le garrot et le sang s'égoutta à nouveau (*plip plip plip*). La cuvette à demi pleine, le garrot fut replacé et von Rainstock déchira un sachet de fluorure de sodium.

Carolus dut se lever afin de mieux évaluer la quantité de sang versé ; près d'un demi-litre. Il se rassit, inscrivit l'information sur son calepin et consulta sa montre (21 heures 24).

Von K. reprit sa peinture et entreprit d'ajouter à son arbre une grosse branche horizontale sur laquelle il esquissa une corde.

Les domestiques versèrent du champagne dans les coupes. Carolus refusa. Il tenait à garder l'esprit clair.

Il vit von K. avaler une pilule brune, vider sa coupe d'une traite et reprendre son suicide.

À 21 heures 44, la deuxième cuvette était vide. Le

365

comte desserra le garrot, le vicomte se vida d'un demi-litre de sang supplémentaire.

Un domestique ajouta des bûches dans la cheminée, d'autres distribuèrent du champagne à qui le désirait. Pas un mot n'était échangé, seul le pianiste se manifestait en jouant son *Requiem* funèbre.

Quelque part dans l'appartement une pendule sonna dix fois. Cela faisait quarante-huit minutes que le suicide avait commencé. Von K. ne semblait pas affecté d'avoir un litre et demi de sang en moins dans son organisme. Cependant, ses mouvements vifs du début s'étaient ralentis et ses coups de pinceau manquaient de souplesse. Peu à peu le motif du tableau apparaissait. Carolus vit un arbre au tronc tourmenté, une branche, une corde à nœud coulant, un pendu grimaçant.

Von K. prit un pinceau plus fin pour peindre les pieds aux orteils contractés ; il avait onze ans lorsqu'il avait vu son père, pieds nus et en chemise de nuit, se pendre au lustre du salon avec le fouet du cocher.

À 22 heures 11, la cuvette était vide. Von K. la remplit derechef avec un demi-litre de son sang.

Von Rainstock desserra le garrot, déchira un sachet de fluorure de sodium. Le suicide reprit.

Les orteils terminés, von K. esquissa – en guise d'horizon – les murailles crénelées d'une citadelle. Carolus nota la respiration courte, la pâleur du visage, les épaules affaissées, les gestes alourdis.

À la demande de von Rainstock, un domestique apporta un tabouret sur lequel l'artiste s'appuya.

– Je l'ai vu avaler une pilule ? dit Carolus.

Von Rainstock se permit un petit sourire.

– C'est de la digitaline, *Herr Doktor*, pour soutenir le cœur.

Carolus accentua son demi-sourire, signe de désaccord.

– Boire une infusion de quinquina du Pérou le soutiendrait plus efficacement. La digitaline, au lieu de retarder l'arrêt cardiaque, risque de l'avancer… À propos, monsieur le comte, ne m'aviez-vous pas dit que vous seriez radié de votre cercle ?

– En tant que membre fondateur j'ai obtenu exceptionnellement une quatrième tentative.

– Je vois.

– N'est-ce pas ce que l'on dit lorsque l'on ne voit rien ?

Les domestiques refirent une apparition avec des plateaux de petits-fours et de nouvelles bouteilles de champagne.

Pendant que le vicomte s'efforçait de faire apparaître au bout de son pinceau chaque moellon de la muraille crénelée, on mangeait, on buvait, on fumait, mais on ne disait mot, et le pianiste jouait toujours du Mozart.

À 22 heures 29, von K. terminait son quatrième demi-litre de sang. Tous le virent avaler une pilule, mastiquer lentement une pâtisserie en regardant von Rainstock desserrer son garrot. Le sang coula dans la cuvette ; von Rainstock serra le garrot et déchira un cinquième sachet de fluorure de sodium.

Pâle comme un abdomen de doryphore, les jambes cotonneuses, le regard brillant mais trouble, von K. s'attaqua au drapé de la tunique qu'il avait peinte à son pendu.

– Qui peint-il ? Quelqu'un de sa famille, peut-être ?

– Rien de cela, *Herr Doktor*, il s'agit du suicide de Judas l'Iscarioth au mont des Oliviers.

– Comme c'est intéressant… donc, cette muraille est celle de Jérusalem.

– Oui, et si notre ami en a la force, il ajoutera le Golgotha avec Jésus sur sa croix.

Carolus allait répliquer quelque chose de pertinent lorsque, pris de faiblesse, von K. bascula en avant en renversant la table. La cuvette valdingua sur le plancher et éclaboussa les bottines ainsi que le bas du pantalon du vicomte.

Fidèle à sa promesse de ne pas intervenir, quoi qu'il se passât, Carolus laissa von Rainstock aider von K. à se relever. Des domestiques redressèrent la table, replacèrent dessus les pinceaux, le scalpel, les sachets et la cuvette au fond de laquelle il restait peu de sang. Aidé d'une cuiller à soupe, l'un des domestiques récupéra sur le parquet autant de sang qu'il put.

Comme poursuivi, le crayon de Carolus courait sur le calepin.

Après s'être recoiffé et avoir jeté un regard navré sur son pantalon et ses bottines tachés, von K. reprit sa peinture forcément monochrome.

Le pianiste joua alors les premières notes du *Concerto pour clavier n° 27*, tandis que les domestiques apportaient de nouvelles bouteilles de champagne.

Ainsi que l'avait prédit von Rainstock, le mont des Crânes apparut par petites touches sur la toile, mais la faiblesse de von K. était telle qu'il soulevait son pinceau avec difficulté.

Carolus parut se souvenir d'un détail. Il pointa son index vers sa tempe.

– J'y songe, monsieur le comte, si l'envie vous venait de vous séparer du *Paradis perdu*, je suis acheteur, votre prix sera le mien.

Von Rainstock prétendit être sourd, Carolus n'insista pas.

À 22 heures 39, il n'y avait plus de sang dans la cuvette.

Cette fois, von K. ôta lui-même son garrot et regarda son sang couler lentement… sans doute trop lentement à son goût puisqu'on le vit prendre le scalpel et s'ouvrir une seconde veine. Le visage gris à force d'être exsangue, il laissa von Rainstock resserrer le garrot et ouvrir un sachet de fluorure de sodium.

Carolus tapota son crayon contre ses dents. Une telle détermination dans la *libido moriendi* forçait l'admiration.

– Serait-ce indiscret de vous demander la raison qui pousse ce jeune homme à divorcer de lui-même ?

– Oui.

Ce fut le tour de Carolus de jouer le sourd.

– Entendez-moi, monsieur le comte, quelqu'un désirant autant se rendre dans l'Au-delà, dispose peut-être d'informations inédites sur cet Au-delà. Si c'est le cas, il est capital pour mes recherches d'avoir accès à ces informations.

– C'est tout naturel, *Herr Doktor*, mais souvenez-vous de ce que disait Épicure : *C'est parfois la peur de la mort qui pousse les hommes à la mort.*

– Faites excuses, monsieur le comte, mais *parfois* n'est pas *toujours*.

Soudain, von K. se dressa, lâcha son pinceau, perdit connaissance, piqua du nez sur le parquet, renversa table et chevalet.

Carolus consulta sa montre : 22 heures 43.

Deux domestiques soulevèrent le moribond et l'allongèrent sur un canapé prévu à cet effet.

Von Rainstock plaça le poignet de von K. au-dessus de la cuvette, desserra le garrot et le sang coula à nouveau.

***

7 juin 1850.

En chemise col ouvert, le front moite, les doigts moites, Carolus traduisait en français l'ouvrage en allemand de l'Helvète Ulrich Festzinger, un médecin alpiniste spécialisé dans le traitement des accidents de montagne. Le médecin des hautes cimes venait de publier une étude, unique en son genre, sur les derniers instants d'alpinistes ayant survécu à leur chute. Lors de ses trente années de pratique, Festzinger avait recueilli et confronté près de deux cents témoignages de chutes, ce qui lui avait permis de dresser un édifiant tableau en six actes.

1) Les dix premiers mètres. L'homme tombe. L'esprit s'affole, l'esprit panique. *Au secours, à moi !*

2) Trente mètres. L'esprit réagit en niant l'évidence. Pour ce faire, il investit la totalité du champ de conscience avec des pensées leurres : *Fichtre, j'ai déchiré mon beau pantalon tout neuf.*

3) Cinquante mètres. C'est la colère dirigée contre le matériel défaillant, le mauvais temps, l'ange gardien qui a failli…

4) Soixante-dix mètres. La dépression s'installe. *Tout est fini. Je vais mourir. Adieu la vie* (ou *Adieu ma femme*, *ma mère*, *mes enfants*, *mon cheval*, etc.).

5) Quatre-vingts mètres. Tentative de marchandage. *Ô Seigneur, faites que je m'en sorte et si je m'en sors, je Vous promets de faire ceci ou cela, ou cela et ceci.*

6) Cent mètres et au-delà. Acceptation euphorisante de la situation : *Enfin, enfin, enfin !*

La clochette de la porte d'entrée tintinnabula.

Froncement de sourcils et coup d'œil vers le cartel au mur qui marquait quatre heures vingt de relevée. Qui ignorait que le *Doktor* ne recevait plus passé quinze heures ?

Il entendit Gertrud traîner ses pieds dans le vestibule, il l'entendit tirer les verrous, il entendit un bref murmure de voix, il entendit les pieds de la bonne traîner sur le parquet, il entendit les trois *toc toc toc* habituels.

– *Herein.*

– C'est pas un malade, *Herr Doktor*, c'est juste un petit paysan qui insiste pour vous voir.

Un garçon d'une douzaine d'années aux cheveux ébouriffés et au visage enluminé par un sérieux coup de soleil apparut derrière Gertrud. Ses vêtements étaient poussiéreux et il portait à l'épaule un *rucksack* fait d'un cuir identique à celui de ses chaussures.

La ressemblance était effroyable. Carolus blêmit, son pouls s'affola. Ce fut comme si un sac en papier gonflé venait d'exploser à l'intérieur de son esprit, dispersant en une microseconde la totalité de ses pensées.

Aloïs eut le tact d'attendre que la bonne se retire pour conter, la voix intimidée, comment, avant-hier, il s'était enfui de chez l'*oncle* Nepomuk, et comment il avait bravement marché les cent vingt kilomètres qui séparaient Spital de la capitale.

– Je suis venu parce que je veux vivre *mit mein wirklich Vater*.

Pétrifié dans son fauteuil, l'esprit cul par-dessus tête, Carolus prétendit piteusement ne rien comprendre.

– De quoi ? Comment ? Hein... Tu te trompes, je ne suis pas ton père, alors, va-t'en, allez, allez, va-t'en, va-t'en !

Il lui montra la porte du doigt en évitant surtout de croiser son regard, puis il se détesta lorsqu'il s'entendit :

– Et si j'apprends que tu colportes de pareilles bêtises, je ferai appel à la police pour qu'elle t'en dissuade, allez, *raus, raus* !

Mordillant sa lèvre inférieure, regardant à droite et à gauche comme le ferait une bête traquée, le gamin tira de sa poche un objet plat couvert de cuir et le lança sur le bureau.

Pendant que Carolus cherchait une contenance et n'en trouvait pas, Aloïs tourna les talons et claqua fort la porte derrière lui. Les murs vibrèrent mais rien ne tomba.

Gertrud réapparut, les sourcils en point d'interrogation.

– Ce n'est rien, ce n'est qu'un petit mal élevé, bafouilla Carolus sur un ton lamentable.

Le projectile lancé par Aloïs n'était autre que la miniature de Zwettl. Malgré l'écrin, le choc contre le bureau avait brisé l'ivoire en deux parties.

De ce jour, dataient les premières aigreurs stomacales de Carolus Tricotin, aigreurs opiniâtres qui l'occirent en un demi-siècle.

***

Marcello referma le cahier noir, l'esprit en capilotade, les yeux injectés de sang par trop de lecture et de vin Mariani.

Son crâne le démangea ; il se gratta et déracina un bon millier de cheveux roussis.

– *Mi basta cosi.*

19

Mardi 26 août 1902.
Jour 9.

Le téléphone sonna.
– *Prego ?*
– *Grüss Gott, Herr* Tricotin, Dr Weissmann est ici.
– Qu'il monte.
Le docteur entra et fronça les sourcils devant la mine renfrognée de son patient.
– Je vous trouve bien morose pour un miraculé, *Herr Professor*.
Marcello tira sur ses cheveux et en ramena une pleine poignée. Le médecin opina du bonnet.
– Rasez-les afin qu'ils repoussent uniformément… mais que vois-je, *Herr* Tricotin ?
Il montra les flacons de Mariani vides.
– J'avais soif.
– Prenez garde, ce vin n'est pas un élixir anodin. La coca qui s'y trouve est un puissant alcaloïde particulièrement accrocheur… Se soigner avec, c'est vouloir faire sortir le Diable à l'aide de Belzébuth.
– Hummm…
Le Dr Weissmann renouvela ses pommades et parut satisfait du résultat.
– Comme je vous l'avais assuré, mes onguents font

merveille. Dès demain, vous pouvez reprendre vos activités.

Marcello téléphona au concierge.

– J'ai besoin d'un barbier.

– *Sofort*, *Herr* Tricotin, rien d'autre ?

– J'ai besoin de vêtements neufs.

– *Sofort*, *Herr* Tricotin.

***

Le *Friseur* Werner Slobovic parlait l'allemand avec un accent de Slave du Sud.

– Vous êtes le premier miraculé que je rase, monsieur, c'est un honneur.

Une fois devenu glabre comme une citrouille, Marcello découvrit la forme exacte de son crâne (en pain de sucre avec çà et là des creux et des bosses).

– Je ne me reconnais pas.

– Il va falloir attendre deux mois pour que vous retrouviez une longueur raisonnable. En attendant, je vous propose un choix excellent de perruques en cheveux véritables.

– C'est une bonne idée.

Il vit le barbier recueillir les cheveux roussis et les déposer soigneusement dans une boîte métallique.

– *Warum ?*

– Chacun sait ici que le tonnerre et la foudre sont des paroles divines, et vous, monsieur, vous avez été mis en contact direct avec cette parole, c'est ce qui fait votre qualité de miraculé. Alléluia.

– Bien dit, mais je ne suis pas croyant ; même après ce prétendu miracle météorologique. Selon le médecin, si la foudre m'avait frappé à gauche, mon cœur aurait éclaté.

Un vrai croyant, tel un vrai anarchiste, avait réponse à tout.

374

– C'est donc pour votre mécréantise que vous avez été foudroyé ! Et si vous avez survécu, c'est parce que Dieu, dans son infinie sagesse, a seulement voulu vous mettre en garde.

Le barbier agita son index devant lui.

– Si j'étais vous, je me méfierais… la prochaine fois, Il ne sera peut-être pas aussi clément…

– Que comptez-vous faire de mes cheveux ?

– Je vais les coudre dans de jolis morceaux de tissu et je vais les vendre comme talismans contre les orages et les intempéries.

Marcello passa sa main sur son crâne rasé.

– Soyez aimable de m'en offrir un exemplaire. On ne sait jamais.

– Je vous l'apporterai en même temps que mon assortiment de perruques.

– *Va bene*.

***

Le maître tailleur Ugo Gadj, lui, parlait allemand avec l'accent d'Istrie.

– Que puis-je vous bâtir, *mein Herr* ?

– Vous pouvez me bâtir une tenue complète pour voyager, une tenue de ville et aussi un habit de soirée afin que je puisse dîner au restaurant de l'hôtel.

– Avez-vous des préférences pour les étoffes ?

– Hélas non, je n'ai aucun avis personnel à ce sujet, d'habitude c'est mon épouse qui s'occupe de ma tenue, aussi, je me fie à votre bon goût, monsieur le tailleur, fabriquez-moi ce qui se fait de mieux.

– Avez-vous des projets en ce qui concerne votre linge de corps, votre linge de nuit, vos chaussures, vos accessoires divers ?

Il eut un regard navré qui engloba la robe de chambre

indienne en tissu imprimé à fleurs et les chaussons gris à dos-d'araignée que portait Marcello.

– Occupez-vous de tout, je vous prie, et n'oubliez rien.

– Cher monsieur... c'est à la fois un plaisir et un grand honneur de vêtir un authentique miraculé.

À l'aide d'un mètre à ruban, le tailleur mesura son client sous toutes ses coutures, reportant les données sur un calepin. Il mesura chacun des doigts en murmurant :

– Pour vos gants, *mein Herr*.

***

Mercredi 25 août 1902.
10 heures 30 du matin.
Jour 10

La lecture du cahier avait été riche en informations. Marcello disposait désormais de trois noms de lieux pour commencer ses recherches : Strones, où était né son demi-frère ; Döllersheim, où était enterrée Maria-Anna ; Spital, où le gamin avait été expédié après le mariage de sa mère et de Georg Hiedler.

Selon le cahier, en juin 1847, Aloïs était apprenti cordonnier à Spital. Trois ans plus tard, il venait à Vienne et subissait ses traumatisantes retrouvailles avec son géniteur. Là, sa trace disparaissait.

Dépliant la *Eisenbahnkarte* du Baedeker, Marcello la confronta à ses renseignements. Il promena sa loupe longuement au-dessus de la carte sans trouver trace de Strones, de Döllersheim, de Spital ; en revanche, il localisa Krems sur les bords du Danube, et plus au nord, Zwettl, la cité frontalière avec la Bohême d'où venait la miniature.

Vêtu de son vieux pantalon et de sa vieille veste de

velours, chaussé de ses chaussures du dimanche, il ajusta sa perruque de cheveux raides et blonds à raie au milieu et quitta sa chambre pour la première fois depuis cinq jours.

Il appuya sur le bouton rouge et l'ascenseur obéit sans délai.

Herrmann, le concierge de jour, l'accueillit aimablement.

— *Grüss Gott, Herr* Tricotin, content de vous voir rétabli.

Marcello sentit les regards attentifs des autres employés. Était-ce sa perruque ou son statut de foudroyé vivant ? Les deux sans doute.

— Je dois voyager dans le Waldviertel.

Le concierge qui se flattait de ne jamais être pris en défaut sortit de sous son comptoir un *Atlas* qu'il feuilleta jusqu'à la double page consacrée au Waldviertel (le Quartier boisé).

— Où précisément désirez-vous aller, *Herr* Tricotin ?

— À Strones, à Döllersheim et peut-être à Spital.

Herrmann trouva rapidement.

— Ce sont de tout petits hameaux sur des routes reculées. Cela risque de ne pas être un voyage de tout repos, *Herr* Tricotin. Le Waldviertel est fort mal desservi en chemin de fer. C'est une région arriérée où peu de visiteurs se rendent. Il n'y a que des forêts et des cailloux là-bas, et aussi quelques ruines de châteaux. Nous avons ici des femmes de chambre et blanchisseuses qui en sont originaires.

Il décrocha le téléphone et Marcello l'entendit demander à être connecté avec la blanchisserie.

— Barbara Gnedl à la réception.

Dans la hiérarchie des palaces, le haut de l'échelle était représenté par le personnel qui avait contact avec le client, autrement dit le personnel pourboirisable : le concierge de jour, le concierge de nuit, les *grooms*, les *boys*, les gouvernantes d'étage, les garçons d'étage, les femmes de chambre, les maîtres d'hôtel, les garçons de restaurant. Au bas de l'échelle, végétaient ceux qui n'avaient pas contact avec le client : les gens des cuisines, les plongeurs, les lingères, les ravaudeuses, les blanchisseuses.

Barbara Gnedl était originaire de Rappottenstein, un petit village au sud de Zwettl, sur la route de Linz. Cela faisait onze ans qu'elle lavait le linge sale du *Sacher* et durant ces onze années jamais encore elle n'était venue à la réception.

– Connais-tu, ma bonne fille, les villages de Döllersheim et de Strones dans le Waldviertel ?

– Oui, monsieur le concierge.

Marcello vit qu'elle gardait les yeux baissés et qu'elle semblait avoir honte de ses belles mains rougies par l'eau chaude.

– Sais-tu comment faire pour s'y rendre ?

– Oui, monsieur le concierge… Y faut aller jusqu'à Krems en train et une fois là-bas y faut monter dans l'*Omnibusfahrten* qui va à Zwettl. De là, pour aller à Döllersheim et à Strones, y faut louer un cheval parce que l'*Omnibusfahrten* n'y va plus.

Marcello lui offrit un *krone* qu'elle accepta avec une petite révérence.

20

Jeudi 28 août 1902.
Jour 11.

Le trajet en *Surchauffée* le long du Danube jusqu'à
Krems fut bref. Marcello eut à peine le temps de lire les
maigres informations relevées dans le Baedeker. Peu
de chose à vrai dire, sinon qu'il se rendait dans la partie
autrichienne des monts de Bohême ; région qui avait
longtemps servi de zone tampon entre les royaumes
slaves et germaniques. C'était, paraît-il, l'une des
régions les plus déshéritées du royaume, entièrement
peuplée de petits fermiers qui tiraient leur vie d'une
terre ingrate et argileuse.

Son sac de nuit dans une main (il avait conservé sa
chambre 33 et y avait laissé son encombrante malle-
cabine), son *alpenstock* ferré dans l'autre, il marcha
jusqu'à la *Rathausplatz*, et loua une place dans un
Omnibusfahrten vert et jaune à huit chevaux qui pouvait transporter douze voyageurs : huit dedans, quatre
dehors. Il se retrouva encoffré avec sept autres passagers : trois rustiques moustachus aux mains calleuses,
et quatre femmes à la figure ronde, aux cheveux blonds
tressés, aux yeux bleus. Ils parlaient entre eux un allemand incompréhensible mâtiné de tchèque rocailleux.
Parfois, ils riaient en le regardant par en dessous.

Coiffé d'un canotier à la Girardi (Girardi était l'acteur

379

le plus populaire du moment à Vienne lui avait assuré le maître tailleur Ugo Gadj), Marcello était *remarquable* dans son veston sport d'alpaca gris perle, chemise de lin blanche, faux col cassé, cravate de soie à motifs orientaux, pantalon Knickerbockers à petit damier noir et vert, chaussettes à rayures rouges et blanches enfoncées dans des Balmoral en chevreau verni noir se laçant sur le cou-de-pied.

Il faisait beau, il faisait chaud ; la route mal entretenue était cahoteuse au point de ne pouvoir lire sans risquer la nausée.

Avec une lenteur désespérante, la patache traversa un vaste plateau vallonné, couverts d'épaisses forêts de pins, avec çà et là, des blocs de granit surmontés de chicots de châteaux forts.

L'*Omnibusfahrten* arriva à Zwettl en fin d'après-midi.

Marcello découvrit un gros bourg médiéval encore enfermé dans des fortifications du XIIIe siècle. La main gauche plaquée sur le front pour contenir la grosse migraine qui croissait à l'intérieur, il récupéra son sac de nuit et, sans un regard pour l'originale *Hauptplatz* triangulaire, ou pour les curieuses façades sgraffitées, il entra dans l'unique *Gasthaus* du bourg, le *Goldener Loewe*. Un trio de douaniers impérial et royal en uniforme buvait de la bière en fumant la pipe. Sa tenue, son accent, et surtout ses Knickerbockers, ne laissèrent personne indifférent.

Il présenta son passe-port à l'aubergiste qui, sans le consulter, le remit au plus gradé des douaniers.

– Tout est correct, dit celui-ci en rendant le document à son propriétaire.

L'aubergiste accepta alors de lui louer la chambre numéro 2, au premier étage. Avec la clé, il lui fournit un bougeoir, une bougie neuve et une boîte d'allumettes.

– Auriez-vous du vin Mariani ? demanda-t-il en désignant du doigt son crâne migraineux.

– *Was ?*

De mauvaise humeur, refusant de souper, il monta se coucher.

Allongé dans l'obscurité, une compresse d'eau froide sur le front, il batailla contre les idées noires qui profitaient de son état de faiblesse pour s'infiltrer dans son esprit chamboulé.

Peu avant minuit, convaincu d'avoir le cerveau rongé par une tumeur maligne qui, avec le concours de la foudre, avait atteint son stade terminal, Marcello alluma le bougeoir et s'attabla pour rédiger son testament, ainsi qu'une lettre d'adieu à l'intention de sa femme et de ses enfants.

Le cœur brisé, les yeux enlarmés, la perruque de travers, il allait sceller l'enveloppe lorsqu'il prit conscience que sa migraine avait disparu et qu'il avait faim.

***

Vendredi 29 août.
Jour 12.

Le lendemain matin, dans la petite salle de la *Gasthaus*, une servante lui apporta d'office un petit-déjeuner à base de charcuterie et de pain noir d'une saveur vaguement pourrie.

– Je veux louer un fiacre et son cocher, dit-il à l'aubergiste.

– Y a point de service de fiacres ici, monsieur le visiteur, et encore moins de cocher.

– Que faut-il que je fasse pour me rendre à Strones ?

– Vous pouvez toujours louer une carriole chez *Herr* Dieter, notre maréchal-ferrant, mais vous devrez la conduire vous-même.

La maréchalerie se trouvait deux rues plus loin, au fond d'une grande cour encombrée de vieilles charrettes hors d'usage. Le maître des lieux, un barbu imposant, était torse nu dans un tablier de cuir-fort qui protégeait sa poitrine velue.

Il écouta Marcello et accepta de lui louer une carriole à laquelle il attela une vieille jument au poil gris et aux dents jaunes.

– On l'appelle *Schnecke* (Escargot)… Vous verrez, elle n'aime pas se presser.

– Moi non plus.

– Je vous ai mis deux rations d'avoine sous la banquette avec son seau de toile…

Herr Dieter donna un coup de menton en direction du ciel azur.

– … et comme tout aujourd'hui y va faire chaud, soyez bon de la laisser boire chaque fois qu'elle pourra.

***

Accablé par un soleil qu'aucun nuage n'atténuait, Marcello arriva en vue d'un village d'une cinquantaine de fermes regroupées autour d'une église construite sur une hauteur.

Sentant l'eau proche, la vieille jument hennit.

Des enfants qui s'amusaient à faire danser un chaton en agitant au-dessus de lui un oiseau mort, s'interrompirent pour regarder passer l'étranger. Aucun d'eux ne répondit à son sourire pincé.

Une femme en tablier portant dans ses bras un moutard aux joues rebondies apparut sur le seuil de sa maison.

– *Grüss Gott*, *gnädige Frau*, lui dit Marcello en soulevant son canotier.

– *Grüss Gott*.

– Pouvez-vous me dire, chère madame, si je suis encore loin de Strones ?

La femme l'examina avec curiosité, s'attardant sur ses épatants Knickerbockers.

– Strones ? Il vous manque encore une heure pour y arriver.

Le bébé s'agitant, elle lui donna son index à téter.

– Vous allez voir le vieux Josef ?

– Non… pourquoi ?

– Parce qu'il y a plus que lui, là-bas.

– Vous voulez dire qu'il n'y a qu'un seul habitant à Strones ?

– Oui, c'est ce que je vous dis. Et ça, c'est depuis que les puits sont à sec, ça fait maintenant dix ans… Tout le monde est parti, à part le vieux Josef qui vient ici chaque semaine remplir sa barrique à la fontaine.

La jument hennit et Marcello remua sur la planche qui servait de banquette à la carriole.

– Pouvez-vous me dire si je suis encore loin de Döllersheim ?

– Oui, je peux.

– Eh bien, suis-je encore loin ?

– Vous y êtes.

Marcello la remercia et remit la vieille jument en marche. Celle-ci hennit piteusement lorsqu'il l'engagea sur le raidillon menant à l'église, au lieu de bifurquer sur la droite où se trouvait la fontaine Saint-Florian.

Un petit cimetière était accolé à l'église. Il fit halte à l'ombre d'un grand arbre. Ignorant les hennissements de la jument, il poussa la porte de bois et entra dans le cimetière. Suivant les indications données par son père dans le cahier, il trouva sur la droite la tombe de Maria-Anna et sa croix de fer forgé rouillée.

Hier ruhet
Maria-Anna Hiedler
geborene Schicklgruber
Geb. 15 April 1795,
Gest. 7 Januar 1847.

Son chapeau à la main, planté devant la sépulture, il songea à son père, cinquante-cinq ans plus tôt, arrosant l'herbe de ses larmes, exactement au même endroit.

Le soleil d'août cognant dur sur sa perruque, il remit son canotier et, sans trop y croire, il passa en revue les autres tombes, sans trouver celle d'Aloïs. Déçu, il sortit du cimetière et vit une femme en noir qui se tenait devant l'entrée de ce qui devait être le presbytère.

– *Grüss Gott*, madame, pourrais-je parler à M. le curé ?

Sa bonne mine un peu ahurie, ses manières, ses étranges vêtements de qualité, son allemand à l'accent chantant, eurent l'air de rassurer la femme qui le pria d'entrer dans un vestibule sentant l'encaustique. Elle disparut le temps de dix éternuements, et revint accompagnée d'un curé en soutane, d'une trentaine d'années, parfumé au patchouli, coiffé d'une calotte noire, grassouillet, le sourire perpétuellement avenant, une grande bouche vernie de salive, les dents très blanches, la peau lisse et luisante qui faisait penser, les écailles en moins, à celle d'un reptile.

– Vous êtes italien ! s'exclama-t-il joyeusement dès les premiers mots de Marcello, mais quelle agréable surprise ! *Benvenuto, benvenuto !* J'étais à Rome en avril !

Il raconta avec volubilité qu'il s'y était rendu en compagnie d'une centaine d'Autrichiens nouvellement ordonnés, afin d'y être béni le jour de Pâques par Sa Sainteté Léon XIII.

– J'allais passer à table, *signore* Tricotin, faites-moi l'honneur de partager mon modeste déjeuner.

– Avec plaisir, monsieur le curé.

Ils mangèrent dans une pièce fraîche, aux volets à demi tirés par lesquels on apercevait une partie du cimetière.

Un crucifix de cuivre était accroché au-dessus de la porte et plusieurs gravures encadrées de Jésus bébé, Jésus enfant, Jésus adulte et enfin Jésus ressuscité, décoraient les murs.

Après que la servante eut apporté du *Beuschel* (du poumon de veau à la sauce aigre) mélangé à des *Fisolen* sauce madère (haricots flatuleurs), le père Arno Hickmann, c'était son nom, se montra intarissable sur son séjour au Vatican, décrivant avec force gestes sa visite au saint prépuce de la basilique Saint-Jean-de-Latran et son extase, confronté à une pareille merveille.

– Ne trouvez-vous pas curieux qu'on l'ait préservé alors que personne ne pouvait savoir à l'époque qu'il deviendrait le prépuce de Jésus-Christ ?

Le père Hickmann resta songeur un court instant, puis il repartit de plus belle en levant sa fourchette vers le plafond.

– Et Sa Sainteté ! Aaaaah Sa Sainteté ! Je l'ai vue comme je vous vois, et d'aussi près... mais je parle, je parle et je ne sais toujours pas quel bon vent vous mène aussi loin de votre patrie.

Marcello sortit son carnet de notes.

– Je recherche un parent du nom d'Aloïs Schickl-gruber. Il est né à Strones et il a été baptisé ici à Döllersheim, il y a soixante-cinq ans.

Comme s'il tournait une page de sa mémoire, le prêtre lécha son médius d'un air songeur.

– Ce nom ne me rappelle rien... mais je suis ici depuis un an seulement... Puis-je vous demander les raisons de vos recherches ?

– Ce parent est un demi-frère, et je dois lui apprendre la mort de notre père.

Le père Hickmann fit signe à la servante de déboucher une nouvelle bouteille de burgenland.

– Qu'attendez-vous de moi, mon fils ?

– Si vous me permettez de consulter vos registres paroissiaux, je pourrai au moins savoir s'il est mort.

– Connaissez-vous sa date de naissance ?

Marcello tourna une page du carnet.

– Le 7 juin 1837, à Strones.

La servante apporta une salade de pissenlit, un fromage de Bohême, qui sentait bon les doigts de pied de Dieu, et, en dessert, une coupe de fromage blanc nappée de miel de châtaignier.

Bien qu'il ait bu à lui seul un litre de vin, le père Hickmann resta ferme sur ses jambes lorsqu'il invita son hôte à le suivre jusqu'à la sacristie où étaient entreposées les archives de la paroisse. Ouvrant une large armoire de chêne, le prêtre choisit le registre portant l'année 1837 inscrite sur la tranche.

Marcello s'approcha et lut par-dessus son épaule.

Année, Jour, Mois : *1837, né le 7 juin à 10 heures 30 du matin.*

Baptisé le jour même.

Nom du prêtre : *Ignaz Ruesskefer.*

Nom de baptême : *Aloïs Schicklgruber.*

Religion : *Catholique.*

Sexe : *Mâle.*

Catégorie : *Illégitime.*

Père : *Georg Hitler, catholique de Spital.*

Conformément au registre des Mariages de cette paroisse, les parents de l'enfant se sont mariés le 10 mai 1842.

Mère : *Maria-Anna Schicklgruber. Fille célibataire de Johann Schicklgruber, fermier à Strones n° 1 et de son épouse Theresia née Pfeisinger de Dietreichs, Strones n° 13.*

> Parrains : *Johann Trummelschlager, fermier à Strones nº 13.*
>
> Sage-femme : *Maria Waldhäusl de Kleinmotten.*
>
> Remarques : *Il est confirmé par les soussignés que Georg HITLER, bien connu d'eux, accepte la paternité de l'enfant Aloïs, conformément aux déclarations de la mère, et désire que son nom soit consigné sur le registre des baptêmes de cette paroisse.*
>
> Témoins : *Josef Romeder, Johann Breiteneder, Engelbert Paukh. X X X*

Remarquant les deux écritures différentes, et les biffages *Schicklgruber* et *Illégitime*, Marcello admit qu'il n'y comprenait rien.

– Je n'y comprends rien.

Le père Hickmann se lécha plusieurs fois le bout du médius avant de répondre.

– Cela veut dire, il me semble, que ce Georg Hitler a reconnu l'enfant Aloïs des années après sa naissance… Ce qui explique les deux écritures… regardez, ici, c'est le père Ruesskefer qui a enregistré la naissance, et ici, c'est un autre prêtre qui a enregistré la légitimation… d'ailleurs, il est curieux que cette légitimation ne soit ni datée ni signée par ce prêtre… en vérité, je vous le dis, *Herr* Tricotin, tout ceci ne me paraît pas très légal…

– Qui était ce prêtre ?

Se prenant au jeu, le père Hickmann consulta d'autres registres jusqu'à ce qu'il reconnaisse l'écriture du père Josef Zahnschirm. Il se mit alors à lécher son doigt avec une vigueur redoublée, l'engloutissant parfois jusqu'au métacarpe.

– Le père Zahnschirm a été nommé à Döllersheim en 1876, donc cette légitimation ne peut pas être antérieure…

Il posa son index sur le Schicklgruber.

– Cela veut dire que votre frère avait trente-neuf ans lorsqu'il a été reconnu.

Marcello rouvrit son carnet. Quelque chose d'autre le préoccupait.

– Sur le registre il est écrit que Georg Hitler a épousé Maria-Anna en 1842, mais j'ai ici son nom orthographié *Hiedler*. Et puis c'est aussi Hiedler qui figure sur la tombe de Maria-Anna... Pensez-vous que ce soit la même personne ?

Sans soupirer, sans montrer un poil d'impatience, le père Hickmann chercha dans l'armoire le registre des mariages de l'année 1842.

1842 10 mai
Mariage : *célébré par Johann Oppolzer.*

Le marié : *Georg Hiedler, meunier journalier, né à Spital. Demeurant à Strones n° 22. Fils légitime de Martin Hiedler et de Anna-Maria Göschl. Catholique, âgé de cinquante ans, célibataire.*

La mariée : *Maria-Anna Schicklgruber, fille légitime de Johann Schicklgruber et de Theresia Pfeisinger. Catholique, âgée de quarante-sept ans, célibataire.*

– J'ai ici le nom de *Georg Hiedler*... voyez, il s'agit bien du même homme puisque les dates du mariage correspondent... Hitler, Hiedler, il n'y a pas lieu de s'en étonner, à cette époque l'orthographe des noms avait peu d'importance et on les écrivait comme on les entendait. Aujourd'hui encore, je ne procède pas autrement lorsque j'ai affaire à des analphabètes, et Dieu sait s'il y en a par ici, ajouta-t-il avec une moue dépréciative.

Il montra les trois X tracés sous les noms des témoins présents lors de la légitimation.

– Voyez, aucun d'eux ne savait écrire.

Marcello fit quelques pas dans la sacristie qui sentait l'encens, le tabac froid et, depuis l'ouverture des vieux registres, le moisi.

– Qui est l'instigateur de cette légitimation ? Je ne vois ici que le nom des trois témoins.

– Ce ne peut être que ce Georg Hitler.

Marcello hocha la tête.

– S'il avait déjà cinquante ans lorsqu'il s'est marié en 1842, il en avait quatre-vingt-quatre, en 1876.

Tapotant son index sur la case *Décès* qui était vide, le père Hickmann dit :

– Vous savez désormais que votre demi-frère est vivant, et vous savez également qu'il a changé de nom.

– J'aurais besoin d'une copie certifiée de ce changement de nom.

– Bien sûr, je vous la fais *sofort*.

La copie certifiée empochée, Marcello prit congé de l'aimable ecclésiastique.

– Merci pour votre obligeance, monsieur le curé, je vais maintenant retourner à Zwettl car je veux être demain matin à pied d'œuvre pour me rendre à Spital.

– Spital ?

– Oui, mon demi-frère y a vécu jusqu'à l'âge de treize ans.

Récupérant son canotier, il donna un pourboire à la servante et sortit en s'exclamant :

– *Ma che affare è questo ?*

La jument et la carriole n'étaient plus sous l'arbre.

Le père Hickmann posa une main rassurante sur son épaule.

– Votre cheval a dû sentir l'eau, il sera parti vers la fontaine. Venez, allons l'y retrouver.

Effectivement, la jument était près de la fontaine de pierre où elle semblait s'ennuyer. Non loin, un attroupement de femmes s'esclaffait autour d'un chien et d'une chienne charnellement liés et incapables de se désunir. L'une des femmes remplit un seau d'eau et le déversa sur les bêtes sans résultat, sinon de les rendre plus pitoyables encore. Loin de se détourner du spectacle, le père Hickmann rit de bon cœur et Marcello crut voir une lueur égrillarde enflammer son regard.

S'approchant de *Schnecke*, le prêtre tâta ses côtes saillantes avec une moue dubitative.

– Cet animal est très fatigué et Zwettl est à deux heures d'ici avec une bonne bête… Avec celle-ci, il vous faudra le triple de temps.

Il se donna une tape sur le front et s'exclama d'une voix vraie comme une perruque.

– Mais pourquoi n'y ai-je pas songé plus tôt ? Vous devriez rencontrer les Felber avant de partir. Ils ont vécu plus de quarante ans à Spital. Allons nourrir votre cheval puis rendons-leur visite.

Marcello ramena la carriole devant le presbytère, remplit d'avoine le seau de toile et le suspendit au cou de la vieille jument qui apprécia. Quelques instants plus tard, il marchait à côté du prêtre sur un chemin caillouteux bordé de coquelicots.

– *Herr* Felber a été *Feldwebel* de Sa Majesté trente ans durant. Il est aujourd'hui à la retraite et a hérité d'une maisonnette qu'il partage avec sa sœur.

Tout en parlant, l'ensoutané poussa le portillon d'une maison entourée d'une palissade fraîchement repeinte en vert foncé. De part et d'autre de la porte d'entrée des empilements de bûches attendaient l'hiver. Une grosse femme brune au triple menton leur ouvrit. Elle sourit à la vue de l'homme de Dieu.

– Dieu vous bénisse, *Fräulein* Gertrud. J'espère que nous ne vous importunons pas. Nous venons voir *Herr* Felber.

– Il est dans son atelier.

Elle coula un regard dubitatif vers Marcello qui ôta

son canotier et s'en servit comme d'un éventail pour se rafraîchir.

– J'espère que monsieur n'est pas prussien… Gustav vient de commencer la bataille de Königgrätz et c'en est une qui lui rappelle de bien mauvais souvenirs… Vous savez comment il est.

– Je vous rassure, ma fille, *Herr* Tricotin n'est qu'italien. C'est un professeur d'école dans son pays et il aimerait poser quelques questions à votre frère. Ce ne sera pas long.

S'adressant à Marcello, il ajouta :

– Depuis qu'il est à la retraite, *Herr* Felber a choisi de peindre ses mémoires plutôt que de les écrire. Ainsi, il peint toutes les batailles auxquelles il a participé.

Fräulein Gertrud se recula pour les laisser entrer.

– C'est curieux, mais votre visage me semble familier, dit-elle au moment où Marcello passait devant elle.

Sans répondre, celui-ci avança dans une entrée aux murs décorés de tableaux de scènes de la vie militaire où les canons étaient à l'honneur. *Fräulein* Gertrud les précéda dans une ancienne chambre transformée en atelier sentant bon l'huile de lin, l'essence de térébenthine et le tabac turc ; on eût vainement cherché un grain de poussière ou une toile d'araignée. Sur une table basse, un verre et une bouteille d'*Obstler* côtoyaient un cornet acoustique et une pipe éteinte. Un portrait à l'huile de l'empereur-roi trônait au-dessus de la cheminée.

Âgé d'une soixantaine d'années, chauve, moustachu, un gros nez, des joues couperosées, les oreilles décollées et le menton en coin de trottoir, Gustav Felber était assis sur un tabouret, le dos à la fenêtre, face à une grande toile sur laquelle était presque terminée la charge d'un escadron de uhlans prussien sur une batterie de 105 autrichienne. Les servants étaient au premier plan tandis que le pointeur et chef de pièce, *Herr* Felber en l'occurrence, était peint à l'instant où il allait faire feu sur la muraille de uhlans déferlants.

Fräulein Gertrud se pencha vers l'oreille de son frère et cria dedans.

– GUSTAV, TU AS DE LA VISITE !

Marcello sursauta et le père Hickmann lui sourit tendrement.

– *Herr* Felber est un ancien artilleur, alors après trente ans de canonnades, quoi de plus normal que d'être un peu sourd.

Pivotant sur sa chaise pour faire face à ses visiteurs, Felber posa sa palette et prit le cornet acoustique qu'il se ficha dans l'oreille droite.

– Père Hickmann ! Que me vaut l'honneur ?

Felber plissa les paupières en découvrant l'individu qui accompagnait l'ecclésiastique.

– Je vous présente *Herr* Tricotin, *Herr* Felber. Voici un professeur d'école à la recherche d'un parent qui aurait vécu à Spital dans le temps. Comme je sais que vous et votre sœur y avez habité, j'ai pensé que peut-être…

Marcello salua Felber.

– *Grüss Gott*, *Herr* Felber, honoré de vous rencontrer.

L'ancien artilleur haussa les épaules.

– Gertrud, *du Esel* ! qu'attends-tu pour apporter des chaises et des verres ?

Pendant que la grosse femme s'affairait, l'attention de Felber se reporta sur Marcello.

– Notre empire est si vaste que je ne parviens pas, à première vue, à deviner auxquels des peuples de Sa Majesté impériale et royale vous avez le bonheur d'appartenir.

– À aucun. Je suis piémontais, répondit Marcello au cornet.

Felber eut une mimique dépréciative.

– Les Piémontais sont des soldats très moyens, et sans les *Franzosen* nous vous aurions flanqué la grosse pâtée à Solferino.

L'arrivée des chaises et des verres dispensa Marcello de répondre, mais il était gêné par l'insistance du vétéran à le dévisager.

– Bien que je sois certain de ne jamais vous avoir rencontré avant ce jour, vos traits me paraissent familiers… Auriez-vous, par hasard, de la famille dans notre armée ?

– Pas à ma connaissance. En revanche, j'ai un grand-père qui a été général dans la Grande Armée de Napoléon.

– Général de quelle arme, je vous prie ?

– La cavalerie.

Le vieux canonnier haussa les épaules, comme pour décourager les corbeaux de se poser dessus tandis que Gertrud remplit le verre du curé à ras bord.

– *Heil dem Kaiser !* beugla Felber en levant son verre en direction du portrait de François-Joseph.

– À Dieu et à l'Empereur, rectifia l'ecclésiastique en vidant le sien d'un trait.

Marcello l'imita et dut fournir de très virils efforts pour ne pas tousser un morceau de poumon sur le plancher.

– C'est du fameux, décréta le prêtre en esquissant une moue approbative lorsque Gertrud remplit à nouveau son verre.

– J'y suis ! s'exclama l'ancien artilleur, braquant son pinceau en poil de martre sur Marcello. N'auriez-vous pas un lien de parenté avec Schicklgruber ?

Le père Hickmann eut un large sourire à l'adresse de Marcello, comme pour lui dire : *Vous voyez, nous ne sommes pas venus pour des figues.*

– C'est mon demi-frère, et c'est pour le retrouver que je suis ici.

Felber échangea un regard appuyé avec sa sœur.

– Nous avons gardé les oies ensemble à l'époque où il vivait chez son oncle Nepomuk.

Il passa et repassa sa main sur son crâne lisse, un tic qui remontait à l'époque où il avait encore des cheveux.

Marcello ouvrit son carnet de notes.

– *Va bene*, savez-vous où je peux le trouver ?

Felber regarda sa toile inachevée : il n'était pas très satisfait du rendu des jambes des chevaux.

– Nous sommes nés en 1837 tous les deux, il est donc à la retraite.

Il fit signe à sa sœur de lui remplir son verre.

– Nous ne l'avons pas revu depuis l'enterrement du vieux Nepomuk, il y a une quinzaine d'années… À cette époque il était en poste à Braunau.

– En poste ?

– Oui, c'est un inspecteur supérieur des douanes impériales et royales… vous l'ignoriez ?

– Tout ce que je sais de lui, c'est qu'à treize ans il était apprenti cordonnier à Spital.

Fräulein Gertrud se pencha vers le cornet acoustique de son frère et lâcha dedans quelques mots que Marcello ne put entendre. Les traits marqués de l'ancien adjudant se durcirent.

– Ma sœur a raison, monsieur l'Italien. Comment se fait-il que vous vous prétendiez le demi-frère de Schickl-gruber, alors que sa mère n'a jamais eu d'autre enfant que lui ? Et ça ne peut pas être ce bon à rien de Georg ! S'il avait été en Italie, on le saurait, ici.

– Georg Hiedler n'a jamais été le père d'Aloïs, dit Marcello avec du regret dans la voix. Son vrai père s'appelait Carolus Tricotin et à l'époque il était jeune médecin à Vienne.

Gustav Felber vida son verre, l'air songeur. *C'était donc vrai !* Il se revoyait cinquante ans plus tôt, à Spital, sur le petit chemin qui descendait vers la ferme des Hitler, marchant à côté d'Aloïs qui lui confiait d'une voix décidée qu'il partait le lendemain pour Vienne retrouver sa vraie famille : *Car moi, je suis ici par accident. En vrai, je n'ai rien de commun avec vous tous, je suis d'un autre sang, moi...*

Lorsqu'il avait appris que son camarade était devenu fonctionnaire des douanes, Felber s'était engagé dans l'armée : bon en mathématiques, il avait fait carrière dans l'artillerie.

– Alors c'est pour retrouver son vrai père qu'il est parti pour Vienne, grommela-t-il en secouant la tête.

Il regarda tour à tour sa sœur, le visiteur italien, le père Hickmann, et il nota la façon dont ce dernier louchait sur la bouteille d'*Obstler*. Il fit signe à sa sœur de remplir les verres, *ein mal*.

– C'est exact. Aloïs est venu voir mon père, mais euh... mais euh... mon père a refusé de le recevoir, et c'est seulement sur son lit de mort qu'il m'a dévoilé son existence et qu'il m'a fait promettre de le retrouver.

Un court silence suivit cette déclaration, vite troublé par des caquetages de poules se coursant dehors.

– Si j'étais vous, j'irais jusqu'à Spital. Schicklgruber y a marié une fille Pöltz. Les parents connaîtront sans doute son adresse actuelle, suggéra la grosse Gertrud en remplissant son verre.

– Il est marié.

Tel un cheval qui encense, Felber hocha la tête de haut en bas et inversement.

– Trois fois pour autant que je sache... mais comme ça fait plus de quinze ans qu'il n'a plus donné signe de vie, il peut tout aussi bien en avoir épousé deux ou trois autres.

Marcello s'alarma, songeant à l'héritage ; il demanda d'une voix blanche :

– Il a donc des enfants ?

– Il n'en a pas eu avec sa première femme, elle était trop vieille et trop malade, mais il en a eu deux avec Fanni et six avec Klara… et là encore, il en a peut-être fait d'autres depuis…

Huit enfants, peut-être davantage !!! Étaient-ils concernés par la succession ? Ni Tempestino, ni Attilio n'avaient évoqué une pareille éventualité.

Il but son eau-de-vie à petites gorgées, goûtant mieux la saveur des fruits.

– Que sont devenues ses deux premières femmes ?

– Elles sont mortes.

– On a dit qu'il avait acheté le cercueil de sa première femme alors qu'elle était encore de ce monde, persifla Gertrud en se servant un verre. Et un mois seulement après l'avoir enterrée, eh bien il épousait la petite Fanni… qui venait juste de lui pondre un gamin illégitime.

– *On* dit souvent des âneries, ironisa Felber. Remplis plutôt nos verres, tu vois bien qu'ils sont vides.

Avant d'obéir, la grosse Gertrud mit poliment sa main devant la bouche et eut un petit rot.

Le soleil se couchait lorsque le prêtre et Marcello prirent congé des Felber. Ils étaient fin ivres, surtout Marcello, peu accoutumé à consommer un alcool aussi puissant.

Ils croisèrent des villageois qui rentraient des champs et qui saluèrent le prêtre du bout des lèvres, évitant de croiser son regard.

– Il se fait tard et les routes ne sont pas sûres dans cette région frontalière, *signore* Tricotin. Vous devriez passer la nuit ici, vous repartiriez demain matin, frais et dispos.

– Les routes ne sont pas sûres ?

Le prêtre s'arrêta sur le bord du fossé pour en rajouter une louche.

– La frontière avec la Bohême est proche et nos

forêts sont des cachettes idéales pour ces déserteurs tchèques qui nous envahissent un peu plus chaque année. Ils poussent parfois l'audace jusqu'à rançonner les voyageurs.

Songeant à la douzaine de forêts qu'il avait traversées pour venir, Marcello accepta. Le père Hickmann lui décocha un large sourire digne d'un ver luisant.

– *Sehr gutt, sehr gutt.* Je vais dire qu'on vous prépare la petite chambre du fond, et je vais prévenir le bedeau afin qu'il s'occupe de votre haridelle.

Quand la servante apprit qu'il allait passer la nuit dans le presbytère, elle eut un regard insistant vers le curé qui regarda ailleurs en sifflotant les premières mesures de la *Cinquième*.

Le souper fut servi après l'office du soir : bouillon de légumes et ragoût d'abattis. Comme pour le déjeuner, Marcello s'abstint de faire le signe de croix lors du bénédicité et se borna à rester debout et à attendre poliment que son hôte en ait terminé avec ses mines inspirées, ses yeux mi-clos, ses grosses lèvres marmonnant du latin.

Ignorant le visage pincé de la servante, le père Hickmann déboucha une première bouteille de burgenland avec un enthousiasme communicatif.

– Du jus de raisin, rien que du jus de raisin !

L'épais vin rouge s'ajoutait aux verres d'*Obstler*. Le bavardage du prêtre qui lui décrivait l'impressionnant spectacle offert par les gardes suisses du Vatican, ces splendides spécimens humains bien dignes du Père éternel, le saoula définitivement.

Soudain, alors qu'il débouchait une autre bouteille, le père Hickmann demanda à brûle-pourpoint :

– J'ai cru comprendre que vous n'étiez pas particulièrement croyant ?

Nous y voilà, songea Marcello avec un petit sourire indulgent. *Tous les mêmes ; incapables de ne pas faire de prosélytisme.*

– Je suis athée. C'est une tradition chez nous…

– Mais alors, *Herr* Tricotin, comment expliquez-vous notre présence sur cette merveilleuse Terre ?

Il est touchant, mon père n'en aurait fait qu'une bouchée, songea Marcello en vidant son verre.

– Ramener l'existence de l'univers à Dieu est aussi simpliste que le raisonnement de ces poissons rouges qui se disent : *Dieu existe, sinon qui change l'eau du bocal ?*

Une profonde surprise se peignit sur le visage rubicond du curé.

– Des poissons rouges ont dit ça !

Pour un peu il se serait signé.

– *Scusi*, monsieur le curé, c'était une boutade…

Ils changèrent de sujet et Marcello eut droit à de nouvelles anecdotes sur le Vatican qu'il oublia au fur et à mesure qu'elles lui étaient contées. Puis, au détour d'une platitude sur la vénalité des fonctionnaires romains, le père Hickmann fixa Marcello dans les yeux.

– Que pensez-vous de Lucifer ?

Sans attendre sa réponse, il se leva et revint quelques instants plus tard, porteur d'un épais classeur contenant une collection de gravures ayant Lucifer comme unique sujet.

– Je ne vous apprendrai rien en vous disant qu'il était, non seulement le chef de tous les anges du Paradis, mais qu'il était aussi le plus beau et le plus parfait.

– *Ach so*… fut tout ce que l'esprit sévèrement alcoolisé de Marcello trouva à formuler.

– C'est une *Vie de Lucifer* publiée par les Suisses en cinq cent cinquante-cinq gravures… Je les collectionne depuis longtemps, mais je n'en ai que trois cent sept… Ce sont les soixante premières qui sont les plus difficiles à trouver, elles sont aussi les plus chères.

– Pourquoi ?

– Les gravures représentant Lucifer jeune sont depuis toujours à l'Index.

– Oui, mais pourquoi ?

Le père Hickmann eut une moue désabusée.

– Je suppose qu'elles dérangent parce qu'elles montrent un Lucifer innocent… un Lucifer qui n'est pas encore le Diable… un Lucifer d'avant la chute…

Avec des gestes de camelot vantant sa camelote, le curé étala plusieurs gravures à même le plancher de la salle à manger. L'une d'elles représentait Lucifer bébé jouant avec un chiot à trois têtes qui devait être Cerbère. Sur une autre gravure, Lucifer enfant trichait à la marelle en utilisant sa queue fourchue. Il y avait aussi Lucifer adolescent qui s'admirait nu dans un grand miroir ovale, Lucifer une nuit de pleine lune survolant la campagne enténébrée en compagnie d'une escadrille de pipistrelles, mouches de l'Enfer…

– C'est une curieuse collection pour un homme d'Église, monsieur le curé ?

Les yeux du prêtre se mouillèrent de larmes, sa lèvre inférieure tremblota.

– Voyez-vous, personne n'aime celui qui choisit la souffrance éternelle à l'humiliation de la servitude ! Personne ne l'aime parce qu'il s'est rebellé contre son père… Mais qui se pose la question de savoir *pourquoi* il s'est rebellé ?

Le père Hickmann sortit une nouvelle gravure du classeur et Marcello vit Lucifer et Jésus devisant ensemble dans un décor de désert palestinien.

– Regardez comme ils se ressemblent… Objectivement, ne dirait-on pas deux frères ?

Objectivement, Marcello trouva que le père Hickmann travaillait de la calotte. Pas besoin d'être fin saoul pour voir que l'un était nu, qu'il avait des ailes dans le dos, des cornes sur le front et une grande queue fourchue au cul, tandis que l'autre était vêtu d'une simple tunique, avait la barbe, des cheveux longs et un air mielleux à souhait. Autrement dit, aucune ressemblance.

– Voyez-vous, selon Origène, si l'Ange de lumière a levé l'étendard de la révolte c'est parce qu'il voulait régner sur la moitié du ciel et occuper un trône aussi élevé que celui de son frère aîné, pas moins mais pas plus, quoi de plus naturel, *nicht wahr* ?

Le prêtre sortit une gravure montrant un Lucifer ithyphallique, campé sur ses deux jambes musclées, à bord d'un étrange navire à rames battant pavillon infernal et sur lequel on lisait :

Mieux vaut régner en Enfer
Que servir au Ciel

– Regardez, voici l'arche infernale qui a appareillé le premier jour du Déluge et dont personne ne parle jamais, évidemment.

Il posa son index sur le bas-ventre de Lucifer.

– Notez qu'il s'agit d'une galère barrée par l'empereur Lucifer en personne.

Son index se déplaça comme à regret sur un autre démon en retrait.

– Et voici Lucifuge Rofocale, Premier ministre de l'empereur, et là, sur l'échelle de dunette, le prince Belzébuth. Et voyez au gaillard d'avant dame Lilith, la vraie première femme de l'Humanité, bien antérieure à Ève et qui a été faite avec la même terre qu'Adam et pas d'une vulgaire côtelette... et voyez là, près de l'écoutille, c'est Désespérance, la fille de Lucifer et de Lilith... c'est elle plus tard qui a incité Judas à se pendre de remords...

– Eh oui.

Les légions infernales étaient à la chiourme tandis que plus de cent mille démons ailés (une vingtaine seulement sur la gravure) soufflaient leur haleine aillées dans les voiles.

Toujours d'après le père Hickmann, ce furent les guêpes et les moustiques qui, les premiers, avaient découvert qu'un Déluge universel se préparait et qu'ils ne figuraient pas sur la liste d'embarquement de Noé.

Ils étaient descendus aux Enfers situés à l'intérieur du globe à une grande distance de la surface, et ils avaient mis Lucifer en garde du mauvais coup que Dieu tramait contre l'Humanité en général et contre lui en particulier ; car avec un tel déluge, les Enfers, entièrement souterrains comme ils se devaient, étaient condamnés à être inondés et à voir les Flammes éternelles s'éteindre à jamais. Un comble.

À ce stade du récit, bien malin qui aurait pu arrêter le père Hickmann. Avec des gestes amples, il expliqua comment cette seconde arche avait été construite par d'innombrables démons, succubes et autre petit personnel des Enfers, sous la direction de Lucifer improvisé architecte marin pour la circonstance.

Ce furent toutes les *sales* bêtes refusées dans l'arche par Dieu et Noé qui trouvèrent place à l'intérieur de cette galère infernale.

Des jours durant, Lucifer avait embarqué des couples de serpents à sonnettes, de scolopendres, de sangsues, d'anophèles, de punaises, de taons, de frelons, de crapauds, d'acariens, d'araignées, de scorpions, de termites, de sauterelles, de mouches, de dahus, de chimères, de méduses et de bien d'autres bestioles fabuleuses, tels Cerbère et sa femelle, ou tel le nocher Charon avec sa barque et sa rame qu'il avait refusé d'abandonner sous prétexte qu'elles étaient faites dans un bois imputrescible et insubmersible ne poussant que sur la rive droite de l'Achéron.

L'arrivée du fromage puant de Bohême et d'une nouvelle bouteille de vin les ramena à table. La servante montra sa désapprobation en flanquant un coup de pied aux gravures, expédiant à l'autre bout de la pièce celle montrant Lucifer et Jésus bavardant dans le désert.

Sans un mot, le père Hickmann la récupéra, s'assura qu'elle n'était pas abîmée, puis la rangea avec respect dans le classeur.

– J'entends mal votre propos. Où voulez-vous en venir exactement ?

– Ne voyez-vous donc pas combien Lucifer a été injustement maltraité dans cette tragédie ? Voyez comment Dieu s'est montré une nouvelle fois injuste en lui préférant Jésus… Souvenez-vous d'Abel et Caïn, déjà… Non, non, je vous le dis comme je le pense, Dieu n'est pas juste, Dieu n'est pas équitable, en fait, Dieu est bourré de préjugés.

***

Assis sur le lit dans la chambre du fond, Marcello délaça difficilement ses Balmoral, ôta ses chaussettes et bascula sur le dos, luttant aussitôt contre un formidable mal de mer qui lui donnait l'illusion d'être agrippé au grand mât de perroquet d'un trois-mâts, une nuit de tempête, sur un océan déchaîné.

Il sombrait par à-coups dans une torpeur éthylique proche du coma, lorsque la porte s'ouvrit et une forme blanchâtre entra.

Mais que me fais-tu faire, satané Satan, crut-il entendre du haut de son mât. Puis il sentit un souffle sur sa nuque.

Prenant conscience que *quelque chose* était en train de lui lécher le cou, Marcello se dressa d'un bond sur le lit, les yeux écarquillés dans la pénombre.

– Qui est là, qui est là ? Père Hickmann, est-ce vous ?

Il y eut comme des bruits de respiration saccadée.

– Approche, laisse-toi faire, n'aie crainte, tu vas voir, c'est bon comme un péché…

Cette fois, plus aucun doute, il s'agissait bien de son hôte.

– Père Hickmann ? Que vous arrive-t-il ?

– Approche, et cesse de me fuir, laisse-toi faire voyons, tu ne le regretteras pas… Je te confesserai après, tu ne risques rien…

À la lueur de la lune qui passait par la fenêtre, Marcello distingua une pâle silhouette qui contournait le lit et s'approchait en grognant, tel un verrat qui a trouvé une truffe.

– Tourne-toi, mécréant, que je te fasse entendre les divines trompettes…

Dégrisé, Marcello sauta hors du lit et s'empara de l'unique chaise qu'il brandit dans un geste de dompteur de fauves. C'est à cet instant qu'il découvrit que le père Hickmann était entièrement nu, ce qui expliquait cet aspect blanchâtre.

Tout en poussant des *aaaagghhh, aaaggghhh, aaaggghhhh* de grand mammifère en rut, Hickmann bondit et étreignit Marcello avec une force démesurée.

Ne s'étant jamais battu, même durant sa scolarité, Marcello se défendit si maladroitement que son agresseur crut à de la complaisance.

– *Ach*, je savais bien que tu aimais ça, petit hypocrite *(du klein scheinheilig)* ! Tu vas voir !

Le père Hickmann réussit à le retourner brutalement et à le plaquer sur le ventre. Marcello poussa un cri pointu en gigotant de plus belle.

– *Aiuto, aiuto !* s'écria-t-il en essayant de se débarrasser de l'autre déraillé qui l'avait épinglé sur le plancher avec son genou collé dans ses reins.

Soudain, son agresseur lâcha prise en poussant un cri de douleur d'une grande sincérité. Quelque chose venait de le frapper dans la région lombaire.

– Oooooooooooohh !!!

Marcello en profita pour s'arc-bouter et désarçonner son adversaire.

– OOOOOOOOOOh !!! hurla derechef le père Hickmann en recevant un deuxième coup, toujours en travers des reins.

Marcello distingua la servante armée d'un rouleau à pâtisserie, les mâchoires serrées par l'effort et qui cognait sur son curé comme on coupe du bois (à deux mains et de toutes ses forces).

Il crut être victime d'une hallucination auditive lorsqu'il entendit le père Hickmann implorer d'une petite voix enfantine :

– Plus fort, *Mutti* ! Plus fort, je le mérite, ooooohhh ! *Mutti ?* La servante était donc sa mère !

Marcello s'enfuit lorsque la furie flanqua un vicieux coup de rouleau sur le bras de son fils en le traitant de sale dégénéré.

– *Du Sauentartet !*

Oubliant chaussettes de soie rouge et olive, chaussures Balmoral, Girardi, *Alpenstock* ferré, Marcello fonça hors du presbytère, longea le cimetière, pénétra dans l'écurie, détacha la jument et s'éloigna en renonçant à l'harnacher à la carriole.

Il traversa le village endormi à l'exception de quelques chiens aboyeurs et ne s'arrêta qu'une fois arrivé à l'embranchement de la route de Zwettl. Utilisant alors son veston sport plié en deux en guise de selle, il monta sur la jument et s'y reprit à plusieurs reprises, faute d'étriers.

Dès les premiers pas, sa monture afficha une mauvaise volonté évidente en adoptant un trot qui le fit rebondir des centaines de fois sur l'échine terriblement osseuse du canasson.

Il n'avait pas fait deux kilomètres que son fondement se couvrait de cloques et mettaient à vif la fine peau de son fessier. Il dut continuer pieds nus. À plusieurs reprises, il pensa s'être brisé un orteil contre les cailloux du chemin.

À l'orée d'une forêt sombre, il fut tenté de faire demi-tour en direction du presbytère. Pourtant, il préféra braver les déserteurs tchèques que de revoir la mère et son luciférien sodomite de fils.

Le clapotement d'un ruisseau sous les sapins lui donna soif. Il attacha la jument à un arbuste et alla se désaltérer en prenant un plaisir un peu niais à boire dans ses mains en coupe, comme dans la Gelosia lorsqu'il était gamin. Relevant son pantalon, il plongea ses pieds meurtris dans l'eau fraîche et ferma les yeux pour mieux sentir le courant lui chatouiller les mollets en filant. Des bruits suspects en provenance du chemin le firent s'accroupir. Le cœur battant, les oreilles aux aguets, les yeux fouillant l'obscurité, le cul dans l'eau jusqu'aux hanches, il attendit un long moment en se demandant à quoi pouvait ressembler un déserteur tchèque.

Après avoir compté trois cents respirations, il s'enhardit à regagner le chemin. Sa veste était par terre, la jument avait disparu.

21

Samedi 30 août 1902.
Jour 13.

Marcello entra dans Zwettl à l'aube prime, l'instant où les étoiles s'éteignent dans la pâleur du ciel.

La *Hauptplatz* était vide, le *Goldener Loewe* fermé.

Il cogna contre le battant avec sa paume pour faire plus de bruit.

– Sainte Marie en *Lederhosen* ! s'exclama l'aubergiste en découvrant le piteux état dans lequel lui revenait son client.

– Que vous est-il arrivé ?

– Je me suis perdu et j'ai marché toute la nuit ; j'ai besoin de repos, ma clé, je vous prie.

Il montra ses pieds nus écorchés et enflés.

– J'ai également besoin de soins. Si vous avez un médecin en ville, dites-lui de venir me voir en fin de matinée.

Sans se soucier de l'aubergiste, il enleva ses cheveux et se gratta le crâne, avant de prendre l'escalier menant à la chambre 2.

Jetant la perruque sur la table, renonçant à se déshabiller, il se coucha sur le ventre et s'endormit à la vitesse d'un sac de sable tombant de haut.

***

La porte s'ouvrit sur l'aubergiste, le médecin, un policier, un douanier et le maréchal-ferrant.

– Pas maintenant, Dieter, attends dans le couloir, lui dit le policier en lui barrant l'entrée.

– Demandez-lui ce qu'il a fait de ma jument et de la carriole.

– Oui, Dieter, mais tout à l'heure.

Tandis que le douanier examinait la perruque sur la table, le policier ordonna au médecin de réveiller le suspect.

L'épaule du dormeur fut médicalement secouée.

– *Accidenti!* s'exclama Marcello en découvrant sa chambre envahie par quatre individus dont deux étaient en uniforme. Bougeant les pieds pour se relever, il arracha les croûtes des écorchures collées au tissu de la couette.

Le policier à moustache et rouflaquettes lui demanda :

– Je veux voir votre passe-port, *mein Herr*.

Marcello se leva avec beaucoup de grimaces et de grognements ; en supplément aux courbatures et aux meurtrissures reçues durant sa lutte avec le sataniste sodomite, son entrecuisse lui cuisait comme s'il s'était assis sur un poêle allumé.

– Mon passe-port se trouve dans mon sac, et mon sac est dans l'armoire. Voyez par vous-même.

Il montra ses pieds enflés.

– Voyez comme ils sont enflés, j'appréhende de m'en servir pour marcher.

Le policier prit le sac de nuit dans l'armoire et le déposa sur la table, appréciant au toucher la qualité du cuir.

– Il y a un maroquin dans la poche intérieure gauche. Mon passe-port est dedans.

Le policier ouvrit le maroquin avec le sérieux d'un démineur, examina le passe-port, et examina la lettre de change qui se trouvait là. La somme modifia l'idée qu'il se faisait de l'étranger ; un Italien, certes, mais un Italien riche. Le douanier voulut à son tour examiner les documents.

– Eh bien tout me paraît en règle, *Herr* Tricotin, cependant, pourriez-vous nous donner les raisons de votre séjour parmi nous ?

– Oui, et aussi qu'avez-vous été faire à Döllersheim ?

Marcello n'était pas un bon menteur ; son père y avait veillé. Chaque fois qu'il s'y était essayé, Carolus l'avait doublement puni : une première fois pour avoir menti, une seconde pour avoir mal menti.

– J'étais sur le chemin du retour quand j'ai eu soif, j'ai été boire dans un ruisseau qui se trouvait là et quand je suis revenu, le cheval avait disparu... Il se pourrait que ce soit des déserteurs tchèques qui me l'aient volé.

– Sornettes ! il n'y a plus de déserteurs ici depuis longtemps. Il y en avait à l'époque de l'archiduc Charles, mais c'était il y a cent ans !

Mortifié, Marcello serra poings et mâchoires. *Comment ai-je pu être aussi crédule ?*

La porte s'ouvrit et le maréchal-ferrant annonça d'une voix essoufflée que sa jument venait d'être retrouvée devant son écurie.

– Je veux savoir ce qu'il a fait de la carriole !

– Et où sont passées vos chaussures et vos chaussettes dans cette histoire à dormir debout ?

Marcello capitula. *Après tout, la vérité rend libre*, avait écrit un jour il ne savait plus qui.

– *Va bene*, je vais vous expliquer, mais je vous mets en garde, c'est une histoire ridicule et plutôt embarrassante.

Évitant les regards, il narra les circonstances exactes qui l'avaient amené à fuir pieds nus et en pleine nuit le presbytère de Döllersheim.

Le médecin, un être frêle à la moustache clairsemée, examina du regard les pieds du dormeur.

Contrairement à ses craintes, personne ne mit ses affirmations en doute, pire, il crut surprendre entre le policier, le douanier, l'aubergiste, le médecin et le maréchal-ferrant, des regards sous-entendant que le père Hickmann n'en serait pas à sa première turpitude.

– Ça dit point où est ma carriole.

– Je n'ai pas eu le temps de l'atteler, elle se trouve dans l'écurie du presbytère.

– Vous ne nous avez toujours pas dit ce que vous alliez faire à Döllersheim, dit le douanier qui n'osait plus fouiller le sac après avoir lu le montant de la lettre de change.

Marcello parla alors de sa mission sacrée, de son évasif demi-frère ; pour conclure, il prit dans la poche de sa veste froissée la copie certifiée de l'acte de naissance d'Aloïs.

Sa bonne foi reconnue, le policier, le douanier et l'aubergiste le laissèrent en compagnie du médecin.

– Je vais devoir lui laver les pieds avant de le traiter. J'ai besoin d'une bassine d'eau chaude, d'un gant de toilette et d'un savon.

– Bien, monsieur le docteur.

Une fois l'aubergiste parti, Marcello baissa ses Knickerbockers et dévoila son fessier à vif.

– J'ai fait du cheval sans selle.

Tout en étalant son onguent à base de camphre, le docteur s'étonna des curieuses vergetures qui décoraient sa cuisse.

– C'est la foudre qui m'a dessiné ça. D'ailleurs, j'en ai d'autres sur le bras.

– Vous avez été foudroyé !

– Parfaitement. La semaine dernière, place Schiller, à Vienne. Un miracle paraît-il, et pour la peine j'ai eu ma photo dans l'*Illustrierte Kronenzeitung*, et j'ai perdu tous mes cheveux.

Il gratta vigoureusement le haut de son crâne.

Après l'entrecuisse, le médecin s'intéressa aux pieds.

– Vous allez le perdre, dit-il en montrant l'ongle du gros orteil droit noirci après un coup donné sur une grosse pierre qu'il n'avait pas vue.

Une fois seul, Marcello ne put se rendormir. Ses pieds lui interdisant tout cent pas dans la chambre, il rumina sur l'accumulation des désagréments qui l'avaient accablé depuis son départ (depuis le moutard Poirini lui dégobillant sur la jambe).

***

En fin d'après-midi, le maréchal ferrant Dieter était de retour de Döllersheim avec sa carriole.

Il alla jusqu'au *Goldener Loewe* et remit à Marcello son canotier, sa canne ferrée, ses Balmoral et ses chaussettes ; les chaussures étaient cirées, les chaussettes lavées et repassées. Dans l'une d'elles, il trouva un feuillet plié en sept.

Les 7 règles de vie pour une existence dédiée au Mal.

1) N'aime personne.

2) Rends malheureux quiconque ne veut pas dépendre de toi.

3) Ne dis jamais la vérité, mais donne-toi l'air de la dire.

4) Ne respecte aucun droit de propriété, mais affirme que la propriété est sacrée et inviolable, et approprie-toi tout ce que tu pourras.

5) Sers-toi de la moralité des autres comme d'une faiblesse que tu utiliseras à tes fins.

410

6) Incite ton semblable au péché et cependant feins de reconnaître la moralité comme nécessaire.

7) Sois pleinement cohérent et ne te repens jamais de rien.

Il offrit un billet de vingt *krones* au maréchal-ferrant en guise de dédommagement.

Impressionné, *Herr* Dieter ôta son chapeau pour les accepter.

– Savez-vous quand part le prochain *Omnibusfahrten* pour Krems ?

– Demain dimanche, à six heures, mais vaut mieux y être à cinq si on veut avoir une place.

Le maréchal-ferrant s'éloignait dans le couloir lorsqu'il entendit une voix hurler dans une langue qui lui était inconnue.

– *Mi basta cosi, io rivoltare a casa, y fan culo l'eredita !*

***

Dimanche 30 août 1902.
Jour 14.

Se chausser sans d'insoutenables douleurs plantaires étant impossible, Marcello enfila deux paires de chaussettes et alla prendre place dans l'*Omnibusfahrten*, posant sur son morceau de banquette de bois l'oreiller vendu par le propriétaire de la *Gasthaus*.

Les chaussettes comme l'oreiller furent pour les passagers un inépuisable sujet de distraction qu'ignora stoïquement Marcello.

À Krems, il apprit du chef de gare en personne, que la *Surchauffée* Vienne-Munich était déjà passée.

– Mais si vous prenez le vapeur de sept heures, vous arriverez à Vienne après la minuit.

Marcello se rendit jusqu'à l'embarcadère – le même d'où étaient parties, quatre-vingt-huit ans plus tôt, les trois sœurs Schicklgruber – et se présenta au guichet de la compagnie fluviale *Werner Neuhauser*.

– Je veux ce que vous avez de plus confortable.

– Nous avons une chaise longue sur le pont à une couronne, et nous avons une couchette dans une cabine pour quatre, à trois *krones*.

– Je préférerais une couchette dans une cabine pour un.

– Désolé, monsieur, nous ne faisons pas cette formule.

Marcello paya avec un billet de cinq *krones* et empocha sa monnaie.

– Y a-t-il un risque de mal de mer ?

L'employé hésita. Il venait de remarquer que le passager était en chaussettes.

– Le Danube est un fleuve, pas une mer, monsieur le touriste. Notre vapeur va appareiller d'un instant à l'autre, vous devriez embarquer sans plus attendre.

La taille imposante du *Beau Danube bleu*, son apparente stabilité, rassurèrent moyennement Marcello. Des volutes de fumée grise s'échappaient d'une haute cheminée ovale et les *tchouk tchouk tchouk* des moteurs sous pression faisaient vibrer le pont et les cloisons. Son expérience sur l'eau se limitait aux traversées en bac du Pô.

Il franchit la passerelle. Un marin examina son billet et lui indiqua l'arrière du navire où se trouvaient la cabine 2 et la couchette supérieure 8.

Toutes les chaises longues du pont étaient occupées par des paysans de petite condition qui tentaient leur chance à la capitale.

La cabine 2 était au fond d'une étroite coursive qui sentait le goudron.

Un gros hublot cerclé de cuivre, des lits superposés,

412

des porte-bagages, quatre bouées rouge et blanc fixées à la cloison, une table métallique aux pieds scellés dans le plancher, quatre chaises. Autour de la table, trois passagers aux traits tendus, fumaient le cigare, buvaient de l'eau-de-vie, et jouaient à Qui-perd-gagne à vingt *hellers* le point. La tension était dense et aucun des trois ne répondit à son courtois *Grüss Gott*. Une forte odeur de pieds empuantissait l'atmosphère.

Marcello marqua son territoire en déposant son sac de nuit sur la couchette supérieure 8, puis il sacrifia au rituel et s'approcha de l'unique hublot – sur le pont, il se serait accoudé au bastingage. Il vit une partie de l'embarcadère et ses énormes pilotis qui s'enfonçaient dans les eaux brunes du fleuve. Sur sa droite, des marins, inquiets par l'accumulation de cumulonimbus au-dessus de Krems, se dépêchaient de charger des sacs de charbon.

Si la machine à vapeur avait rendu les navires indépendants des vents et des courants, elle subissait le lourd handicap d'une importante consommation de charbon qui exigeait des escales nombreuses pour refaire le plein des soutes.

Un petit vent se leva ; il y eut des grondements de tonnerre dans le lointain ; Marcello referma prudemment le hublot.

***

La pendule du bord déclarait minuit moins dix lorsqu'un tronc de saule pleureur fraîchement déraciné heurta la coque du vapeur et traversa sa ligne de flottaison. L'eau se précipita rageusement à l'intérieur. Le *Beau Danube bleu* piqua d'abord du nez puis coula en moins de trois minutes.

***

La violence du choc projeta Marcello hors de sa couchette. Il tomba dans le vide, sa tête heurta le plancher, il perdit connaissance.

Après deux, trois, peut-être quatre minutes, il revint à lui, souleva ses paupières et se retrouva dans le noir absolu. Rêvait-il, que faisait-il allongé sur le ventre, la tête en pente avec *quelque chose* qui le retenait aux épaules et qui l'empêchait de glisser ? Son visage était congestionné par l'afflux de sang, ses oreilles bourdonnaient, ses tympans compressés lui faisaient mal. Il entendait pourtant toutes sortes de bruits inexplicables, un mélange de craquements, de crépitements, de crissements, de clapotements, de coups étouffés, de déchirures, de respirations rauques.

Voix effrayée sur sa gauche.

– *Mein Gott*, c'est pas imaginable…

Voix éraillée à gauche de la voix effrayée.

– Si seulement je trouvais ma valise, j'ai toujours une bougie dedans.

Voix éplorée, larmoyante, à l'écart des deux autres.

– Je vous salue Marie pleine de grâce, que le Seigneur soit avec vous et surtout avec moi qui en ai vraiment besoin…

Marcello tâtonna devant lui. Sa main rencontra une barre de fer solidement fixée qui ne pouvait être qu'un pied de la table scellée. Il se trouvait donc au centre de la cabine, allongé sur le plancher qui, mystérieusement, gîtait de quarante degrés, minimum.

– Que s'est-il passé ?

– On a coulé, *Dummkopf* ! cracha la voix éraillée.

Coulé ! Où était l'eau ? Seul le plancher incliné signalait qu'un incident grave était arrivé, mais coulé !

– Nous sommes échoués sur un banc de sable… ou quelque chose comme ça.

– Bien sûr qu'on est échoués, mais au fond du fleuve, *du Esel* !

Être traité d'imbécile puis d'âne, lui donna l'énergie nécessaire pour se redresser ; sa tête se décongestionna et il se sentit mieux, un peu seulement.

La voix éraillée triompha.

– Ça y est, je l'ai.

Une allumette craqua, une bougie s'alluma, la cabine apparut partiellement.

Tout ce qui n'était pas amarré – matelas, chaises, bagages, verres, bouteilles, cartes, cendriers, joueurs – s'était répandu sur la cloison devenue plancher. Des cancrelats affolés couraient dans tous les sens.

Marcello vit son sac de nuit sous une chaise renversée et, à côté, un homme recroquevillé sur lui-même, les mains jointes et qui récitait un *Ave Maria… Vous êtes bénie entre toutes les femmes et Jésus le fruit de vos entrailles est béni lui aussi.*

– Ferme-la, crétin du Waldviertel, tu nous gaspilles trop d'air avec tes prières.

Le prêtre Janeck Trpnouze était né au sein d'une famille d'émigrés tchèques installée depuis deux générations à Gmünd-du-Waldviertel. Sa mère l'ayant distingué entre tous ses frères pour être celui qui deviendrait prêtre, Janeck avait étudié huit années au séminaire de Melk avant d'être ordonné de justesse ; on l'avait alors mis à la disposition de l'évêque de Linz qui, ne sachant qu'en faire, n'en faisait rien. Chaque fin de mois, Janeck Trpnouze se vêtait en bourgeois et se rendait à Vienne sacrifier *incognito* au péché de chair humaine.

Présentement, la peur et ses toxines avaient envahi son organisme ; ses pensées étaient floues, désordonnées, et s'il priait, c'était pour apaiser son rythme cardiaque qui s'accélérait fâcheusement chaque fois qu'il songeait aux vingt mètres d'eau au-dessus d'eux.

Le passager accroupi à l'opposé de celui qui tenait la bougie se déplaça à quatre pattes vers la porte.

– Je ne peux plus rester ici, je DOIS sortir, je ne peux plus respirer.

– Arrière, espèce d'*Entartet*, ne m'oblige pas à t'asticoter !

L'homme à la bougie sécurisa la porte en montant dessus.

– Tu vois bien qu'elle est presque à l'horizontale, alors au mieux, la coursive derrière est complètement écrabouillée, au pire, elle est pleine d'eau. Si tu l'ouvres, on est tous foutus.

– On l'est de toute façon si on ne fait rien. Pour une fois, écoute-moi, Lothar, on peut nager dans la coursive jusqu'au pont et remonter à la surface. Il fait combien de profondeur le fleuve par ici ? Quinze mètres, vingt peut-être… En prenant une grande respiration, c'est faisable, *nicht wahr* ?

– Je te répète pour la dernière fois que si tu essaies d'ouvrir cette porte, je t'estourbis.

Lothar Rohracher, linzois d'origine, était ange gardien dans un bordel du quartier populaire de *Leopold-stadt* à Vienne. Sa carrure sportive, son menton carré, ses gros poings en forme de fer à repasser, son zèle vigilant, avaient permis qu'il soit rapidement promu au grade d'ange gardien-chef. Un grade qui l'habilitait à recruter de nouvelles pensionnaires aux frais de l'établissement ; il se rendait chaque jour à la *Haupt-bahnhof* et assistait à l'arrivée des trains de province chargés de jeunes provinciales en quête d'emplois. Avant-hier, Lothar était revenu à Linz pour assister à l'enterrement d'un oncle paternel qui, contre toute attente, ne lui avait rien légué. De méchante humeur il avait embarqué sur le *Beau Danube bleu* à l'escale de Linz ; là, surprise, il avait reconnu parmi les passagers, Gustav Steiner, un ami d'enfance dont la famille habitait le même palier.

– Alors c'est parce que tu sais pas nager qu'on va tous

mourir… ah, crois-moi, Lothar, ce n'est pas bien ce que tu nous fais.

Comme Lothar, Gustav Steiner était natif de Linz. À seize ans, au lieu de devenir apprenti proxénète comme Lothar, il avait choisi de devenir ouvrier dans l'usine de locomotives qui venait de se construire à la périphérie de Linz. Il se rendait à Vienne assister au mariage de sa sœur cadette avec un fonctionnaire des Postes impériales et royales. Il espérait profiter de ces festivités pour rencontrer quelqu'un qui accepterait de l'épouser.

Prenant appui sur les pieds de la table, Marcello saisit le montant du lit superposé et se hissa à la hauteur du hublot. D'abord il vit une masse sombre qui aurait pu être un ciel de nuit sans lune, mais, approchant son visage, il comprit que cette masse sombre défilait à la vitesse du courant. Ainsi, c'était vrai ! Le vapeur avait coulé et Marcello était au fond du Danube, coincé dans une bulle d'air, en compagnie de trois Autrichiens et d'une double certitude : *Si je ne meurs pas noyé, je mourrai asphyxié.*

Comme chloroformé par tant d'horreur, Marcello tenta littéralement de reprendre ses esprits. *N'aie pas peur, ressaisis-toi, la peur tue l'esprit… réfléchis, etc.*

Pinçant ses narines avec deux doigts, il poussa, décompressa, et atténua la tension sur ses tympans.

– Alors, t'as vu des poissons ? lui demanda Lothar.

– C'est à moi que vous vous adressez ?

– Non, c'est au petit couillon devant moi qui a sa perruque de travers que je parle.

Durant un court instant, Marcello oublia la délicatesse de sa position et chercha une réplique appropriée.

– C'est toujours un plaisir de s'entendre traiter de petit couillon par un gros.

Lothar serra son énorme poing gauche et le montra.

– Tu le vois celui-là, tu le veux en plein sur ta grande gueule ?

– Monsieur est poète.

– Ça y est, elle rentre ! s'écria avec effroi Gustav en montrant l'eau qui apparaissait par les interstices de la porte.

Le père Janeck Trpnouze se redressa, décrocha maladroitement l'une des quatre bouées suspendues à la cloison et la passa autour de sa taille.

– Ce n'est pas une bonne idée, lui dit sérieusement Marcello.

– Si vous en avez une meilleure, je vous écoute, mon fils.

La flamme de la bougie vacilla dans la main de Lothar Rohracher.

– *Mon fils !* Tu as entendu, Gustl ! Je m'en doutais, c'est un curé déguisé ce type ! Je te parie cent *krones* que ce salaud trichait !

Marcello eut une pensée négative envers le père Hickmann et le clergé en général. Tous des hypocrites recuits.

Sa perruque le démangeant, il l'arracha d'un geste rageur, comme si elle était responsable de ce qui lui arrivait. Ignorant la brute épaisse qui lorgnait son crâne rasé en ricanant, il essaya de réfléchir à la meilleure façon de se tirer de ce mauvais pas.

Il estima le volume d'air contenu dans la cabine à une soixantaine de mètres cubes, mais il ignorait combien de temps quatre adultes pouvaient tenir. Une heure ? Deux heures ? Trois en s'économisant.

– Votre ami a raison, il nous faut sortir d'ici, c'est notre seule chance et il n'y a que deux issues pour cela : la porte ou le hublot.

– Personne n'ouvrira rien du tout, ici.

Marcello déboucha à nouveau ses oreilles ; son sens olfactif se désengourdit et une forte odeur de pieds mêlée à une odeur de tabac investit ses narines. Il distingua aussi l'odeur de cire chaude que dégageait la bougie, et celle, fétide, de leurs quatre corps transpirant de peur.

– Tiens-la, y faut que je boive un coup.

Lothar tendit sa bougie à Gustav, et prit dans sa valise une bouteille d'*Obstler*, la même eau-de-vie que buvait le canonnier Gustav Felber à Döllersheim.

Il but au goulot et rota lorsqu'il eut fini.

– Donne-m'en, tu veux ? quémanda plaintivement Gustav.

Et puis, tout alla très vite.

Lothar but une nouvelle rasade, offrit la bouteille à son vieil ami d'enfance. Gustav saisit la bouteille par le col et l'abattit sur la tête de Lothar. Malgré la force du choc, la bouteille ne se brisa pas.

– Oh ! s'exclama Lothar en portant sa main sur son crâne commotionné.

Il vacilla, mais ne tomba pas, pire, il contre-attaqua par un direct du droit qui atteignit sa cible, en l'occurrence, la tempe droite de Gustav qui s'écroula comme un château de cartes, lâcha la bougie, et ce fut à nouveau l'obscurité totale.

Le pouls à cent vingt, Marcello saisit le montant du lit, se hissa près du hublot, dévissa les fermoirs...

L'eau et l'air ne se mélangeant pas, quand l'eau entrera, l'air de la cabine, comprimé, sortira obligatoirement par l'unique ouverture ; la fine idée du naufragé était d'être éjecté dans la bulle d'air et de profiter du transport.

Et qui m'aime me suive et advienne que pourra.

Il dévissait le dernier fermoir lorsque le hublot se rabattit violemment, en même temps que des tonnes de liquide bouillonnant se déversaient dans la cabine.

Touché par l'eau, Lothar poussa un cri aigu, presque féminin, un cri de pure terreur, puis plus rien.

Serrant les mâchoires, se retenant à deux mains au montant du lit, Marcello s'indignait de ne pas être né nyctalope. Sa perception du temps s'était modifiée ; chaque seconde semblait des minutes, preuve scientifique que le temps est pluriel, malléable, élastique en diable.

Rapidement, l'eau inonda ses chevilles, atteignit les genoux, la taille, la poitrine, les épaules ; il gonfla ses poumons d'air, lâcha le montant du lit et *schlouuuuuuuuuuuuurp*, il se laissa brutalement aspirer dans un noir intégral ; choc violent, douleur inouïe aux épaules, tympans comprimés jusqu'à la nausée, poumons embrasés, rien n'allait plus… Soudain, tout alla mieux, et sa tête émergea au milieu du fleuve ; il respirait avec un soulagement inoubliable ; il vit des lumières sur la rive et des silhouettes s'agiter. Quelqu'un cria :

– J'en vois un, là-bas, là où ça bouillonne !

Déjà le courant l'emportait et s'il se maintenait à la surface, c'était au prix de douleurs inimaginables, ses épaules s'étant démises lors du passage à travers le hublot.

Il entrevoyait des porteurs de lanternes qui couraient le long de la rive en lui criant des encouragements.

Muni d'une corde, l'un d'entre eux plongea dans le fleuve.

– Je l'ai, cria-t-il à celui qui tenait l'autre bout de la corde.

Marcello et son sauveteur furent lentement hâlés jusqu'à la berge boueuse, six cents pas en aval.

– Vous êtes un passager du *Beau Danube bleu* ? demanda quelqu'un tout en l'enroulant dans une couverture qui sentait le cheval.

– Hélas.

– Mais où étiez-vous tout ce temps là ?

– Quel temps là ?

– Mais, monsieur, le navire à coulé il y a une bonne demi-heure. Où étiez vous ?

– Dans ma cabine… la numéro 2…

Marcello vomit d'abondance ; ses épaules lui faisaient atrocement mal.

– Mais, monsieur, là où le vapeur a coulé, il y a treize mètres de fond.

– Treize seulement, dit Marcello déçu.

Il vomit encore un peu, puis il se redressa en essuyant sa bouche avec sa manche.

– Excusez-moi d'insister, mais comment avez-vous pu survivre une demi-heure sous l'eau ?

– L'eau n'a pas pénétré dans la cabine. Nous nous sommes retrouvés prisonniers dans une bulle d'air, et quand j'ai ouvert le hublot, j'ai été aspiré tel un suppositoire.

– Allons, venez, *mein Herr*, ne restons pas ici, allons retrouver les autres rescapés.

L'homme qui lui avait donné la couverture ajouta :

– Le capitaine a envoyé quelqu'un à Vienne prévenir la compagnie, et il a demandé qu'on aille chercher le médecin à Höflein.

Höflein était un petit bourg en amont à une demi-lieue du naufrage.

Dix-sept hommes d'équipage sur vingt et un, et quatre-vingt-huit passagers sur les cent quarante-trois du départ avaient survécu ; les autres, emportés par le courant – ou encore prisonniers du vapeur – étaient considérés comme disparus.

– Vous êtes un chanceux parmi les chanceux, déclara le capitaine du *Beau Danube bleu*.

– Oui, je sais. Mais j'ai quand même les épaules démises, les deux, et je vous assure que c'est douloureux.

– Y avait-il d'autres passagers dans votre cabine ?

– Oui, trois ; un curé défroqué, une brute certifiée et un autre type que la brute appelait Gustl.

– Que sont ils devenus ?

421

– Si vous n'avez vu personne sortir de l'eau derrière moi, c'est qu'ils sont toujours dans la cabine.

Les rescapés étaient regroupés en deux groupes distincts. Les passagers en contrebas du chemin de Höflein, les marins du *Beau Danube bleu*, à une vingtaine de mètres, le long du talus herbeux. Marcello s'étonna de ne voir que des hommes parmi les passagers.

– Avec leurs robes à multiples jupons, elles coulent, même celles qui savent nager, dit froidement le capitaine, et c'est pareil pour les enfants... aucun n'a pu être repêché.

Le médecin de Höflein, Eugen Wildecher, arriva à bord d'un vieux carrick qu'il conduisait lui-même. Tandis que deux marins l'éclairaient, il visita chaque rescapé et il estima que Marcello, avec ses deux épaules démises, était le plus mal en point.

– Quel exploit ! Les deux épaules ! Expliquez-moi comment cela vous est arrivé.

– Je suis sorti par un hublot.

– Dans ce cas, évidemment, c'est bien naturel. Je comprends mieux...

Le médecin lui proposa de réduire ses luxures à raison de cinq *krones* par épaule.

Son porte-monnaie étant dans son veston sport, et le veston étant resté dans la cabine, Marcello ne disposait que d'une poignée de *krones* et de *hellers* destinés aux menus pourboires.

– Mes documents de voyage et mon argent sont par treize mètres de fond. Il ne me reste que de la petite monnaie. Soignez-moi, puis conduisez-moi à Vienne, à l'hôtel *Sacher*, ils me prêteront l'argent de vos honoraires.

Le médecin examina les Knickerbockers, la chemise de lin, les chaussettes à rayures rouges et blanches, le crâne rasé...

– Pour vous véhiculer à une pareille heure jusqu'à

l'hôtel *Sacher*, cela vous coûtera sept *krones* supplémentaires, *mein Herr*.

– Cela va de soi.

Remettre dans sa cavité la tête d'un humérus nécessite des connaissances précises allant de pair avec une habilité manuelle certaine. Bien qu'il ait bu un flacon de trente-cinq centilitres de laudanum en guise d'analgésique, Marcello poussa des hurlements de plusieurs décibels lorsque le Dr Wildecher réduisit ses deux luxations sans déchirer un seul vaisseau ou un seul nerf.

***

Lundi 1ᵉʳ septembre 1902.
Jour 15.

À l'heure où les allumeurs de réverbères deviennent éteigneurs, un vieux carrick à deux roues s'immobilisa le long du trottoir de l'*Augustinerstrasse*.

L'entrée de Marcello dans le hall du *Sacher*, en chemise et chaussettes, faisait désormais partie de la légende du palace.

Le concierge de nuit roula des yeux comme des mirlitons en agitant ses deux mains.

– Doux petit Jésus, est-ce bien vous, *Herr* Tricotin ? Que vous est-il arrivé, cette fois ?

– J'ai eu la fâcheuse idée de revenir en prenant un vapeur qui a fait naufrage à la hauteur de Höflein… voilà, maintenant donnez-moi ma clé, je vous prie, et soyez assez aimable pour payer dix-sept *krones* au conducteur du carrick qui m'a véhiculé jusqu'ici. Tout mon argent est resté au fond du Danube.

– *Sofort, mein Herr !*

L'élévatoriste perdit son air ensommeillé pour le saluer d'un sincère :

– Content de vous revoir, *Herr* Tricotin, même dans cet état.

Marcello retrouva la chambre 33 avec un sentiment de sécurité qu'il ne s'expliquait pas.

Incapable de se dévêtir sans assistance, il ne put que s'allonger sur le lit et attendre le sommeil comme on attend le départ d'un omnibus.

***

La sonnerie du téléphone perça un trou dans son inconscient.

– *Grüss Gott, Herr* Tricotin, nous sommes tous enchantés de vous savoir revenu parmi nous.

La voix d'Adolf Hermann, le concierge de jour, dit :

– J'ai ici, à la réception, le directeur adjoint de la compagnie *Werner Neuhauser* qui demande à être reçu.

– Faites-le monter, et dites au Dr Weissmann de venir me voir.

L'employé de la compagnie fluviale avait reçu pour tâche de dresser une liste exhaustive des rescapés, de les dédommager s'il y avait lieu, mais aussi de les interroger afin de comprendre pourquoi et comment le *Beau Danube bleu* avait si subitement sombré.

– J'ignore ce qui a pu le faire couler. Ce que je peux vous dire c'est que je dormais sur ma couchette, et tout à coup, je me suis réveillé sur le plancher.

– Selon vous, pourquoi votre cabine n'a-t-elle pas été inondée ?

– La porte et le hublot étant fermés, elle était étanche... À part une forte inclinaison, les parois de la cabine étaient intactes.

Le directeur adjoint consulta la liste des passagers.

– J'ai ici inscrit trois autres passagers occupant la cabine 2. Lothar Rohracher, Gustav Steiner, Janeck Trpnouze. Étaient-ils là au moment du naufrage ?

– Oui, ils y étaient… et ils y sont encore.

– Comment se fait-il que vous soyez le seul à vous être échappé ?

Marcello aurait volontiers haussé les épaules.

– Je suis le seul à avoir songé à ouvrir le hublot.

– Que faisaient les trois autres passagers ?

– Il y en avait un qui priait sans s'arrêter, un autre qui s'enivrait et un autre qui tremblait.

– Puis-je écrire dans mon rapport que vous les avez, en quelque sorte, abandonnés à leur triste sort ?

Marcello déglutit de travers.

– Certainement pas ! Vous n'écoutez donc rien, petit cancre ! J'étais le plus près du hublot, je l'ai ouvert, je suis donc sorti le premier. Je n'ai abandonné personne ! Ils ne m'ont pas suivi, c'est différent.

L'air contrarié, le directeur adjoint prit un carnet de reçus et inscrivit la somme de deux *krones* dix *hellers*.

Il sortit d'une sacoche de cuir une pièce de deux *krones* et une pièce de dix *hellers* qu'il déposa sur la table de chevet.

– Mon billet m'a coûté trois *krones*.

– Certes, mais la compagnie vous a tout de même transporté jusqu'à Höflein.

– *Tout de même transporté*, vous ne manquez pas d'audace ! *Tout de même naufragé*, serait plus approprié !

Marcello se redressa avec moult grimaces.

– Et mon sac de nuit Hermès ? Vais-je le récupérer un jour ? J'avais dedans toutes sortes de documents de la plus haute importance, comme par exemple une lettre de change de cent mille *krones*… parfaitement, monsieur… Et il y a aussi dedans ma belle montre à laquelle je tiens beaucoup, et mon magnifique Waterman, mon précieux carnet de notes et il y a même mon guide Baedeker ! Et qu'avez-vous l'intention de faire des morts restés à l'intérieur ? N'allez-vous pas les sortir de là ? N'avez-vous pas les moyens de renflouer les épaves ?

425

– Cela, monsieur, c'est une décision que seule la compagnie peut prendre. Pour l'instant, nous avons envoyé une équipe de scaphandriers sur place. Mais avec toutes ces pluies, le fleuve est gros et le courant puissant.

Le directeur adjoint prenait congé lorsque la porte de la 33 s'ouvrit sur un souriant Dr Weissmann.

– Une belle rente vous êtes en passe de devenir, *Herr* Tricotin… ah ah ah… Alors, à quoi avez-vous survécu, cette fois ?

Marcello le lui conta.

– Malgré les apparences, vous êtes né sous une sacrée bonne étoile, *Herr* Tricotin ! Voici donc un nouveau miracle à créditer à votre actif. À quand le prochain ?

– Miracle mon œil ! Il y aurait eu miracle seulement si le hublot s'était ouvert tout seul… or, c'est moi qui l'ai ouvert ce hublot, et personne d'autre.

Afin de ne pas faire hurler son patient, le Dr Weissmann découpa au ciseau la chemise de lin pour la lui ôter. Il le débarrassa de ses Knickerbockers, de son caleçon, de ses deux paires de chaussettes et l'examina attentivement, félicitant au passage son confrère de Höflein pour son joli travail de réduction.

– Il va de soi que vous êtes au repos intégral pour les dix jours à venir. Je vais prévenir ma *Sekundarärzt* qui passera deux fois par jour refaire vos bandages et s'occuper de vos pieds.

Le téléphone sonna. Le médecin répondit en place de son patient handicapé.

– *Frau* Sacher vous rend visite, *Herr* Tricotin, elle me dit qu'elle est accompagnée du même journaliste de l'*Illustrierte Kronenzeitung* et du même photographe que l'autre fois.

À la demande de son patient, le Dr Weissmann trouva dans la malle-cabine le pyjama doré et cramoisi signé Ugo Gadj, en soie naturelle, couvert de motifs chinoisants.

Découvrant son client alité dans son beau pyjama, *Frau* Anna Sacher versa une larme attendrie.

– Vous êtes d'une élégance à enflammer un cigare éteint, *Herr* Tricotin.

– Je vous remercie, madame, j'ai fait de mon mieux.

Il dut à nouveau conter sa désolante expérience maritime, et il connut un beau succès lorsqu'il décrivit son éjection par le hublot.

Frau Sacher versa une deuxième larme tandis que le photographe fixait son appareil sur le trépied. Il demanda, et obtint, l'autorisation d'ouvrir les rideaux pour photographier sans faire usage de magnésium.

– J'ai besoin d'écrire à mon notaire afin qu'il m'expédie une nouvelle lettre de change. Ensuite, j'irai demander un nouveau passe-port auprès de mon ambassade. En attendant, accepteriez-vous, *Frau* Sacher, de me faire crédit ?

– C'est un grand honneur de vous faire crédit, *Herr* Tricotin. Vous êtes notre premier client doublement miraculé.

Le téléphone sonna. *Frau* Sacher répondit.

– Hermann me dit qu'un journaliste du *Neues Wiener Tagblatt* et un journaliste de l'*Illustrierte Wiener Extrablatt* demandent à vous rencontrer. Rien d'étonnant, puisque vous êtes, désormais, une authentique célébrité. Rendez-vous compte, deux miracles en moins d'une semaine !

***

Mardi 2 septembre 1902.
Jour 16.

Les yeux plissés par l'attention, Marcello décapitait un œuf à la coque avec une lame de couteau, lorsque le garçon d'étage apporta sur un plateau en argent les sept journaux viennois qui avaient fait leur une sur le naufrage. Comme illustration, il y avait une photo du *Beau Danube bleu* enguirlandé le jour de son inauguration, et dessous, le portrait en pyjama du miraculé, souriant les lèvres closes, assis sur un lit au dais soutenu par quatre angelots grandeur nature de toute beauté. Le cliché était légendé :

> *Monsieur le touriste italien Marcello Tricotin, miraculeusement échappé à la mort pour la deuxième fois, et qui nous a déclaré : « Au troisième miracle, je demande la canonisation. »*

L'*Illustrierte Kronenzeitung* publiait trois photos : une photo du vapeur, une photo où l'on voyait Marcello le jour de son coup de foudre, une troisième photo, prise hier, le montrant dans son pyjama de soie naturelle, le regard admiratif plongé dans le décolleté de *Frau* Sacher.

Un peu plus tard, il dicta le texte d'un télégramme à l'intention de Vittorio Tempestino :

> *Cher parrain – stop – je n'ai pas encore retrouvé mon demi-frère – stop – mais je suis sur ses traces – stop – Il y a quatre jours de cela – stop – j'ai appris qu'il était toujours vivant – stop – qu'il était douanier – stop – qu'il s'était marié trois fois – stop – qu'il avait j'ignore encore combien d'enfants – stop – Entre-temps – stop – j'ai subi des déboires d'une grande dureté – stop – Conséquences d'un naufrage – stop – j'ai perdu mes documents de voyage et ma lettre de change – stop – Demande à la banque de m'en envoyer une nouvelle à l'adresse suivante – stop – Mr Marcello Tricotin – stop – Hôtel Sacher – chambre 33 – Vienne – stop – Empire d'Autriche.*

Au dos d'une carte postale montrant la façade de l'hôtel Sacher, il écrivit :

> *Ma chère Maria, me voici à pied d'œuvre. Ce n'est pas une sinécure. je t'écrirai plus longuement une autre fois.*
> *Baisers à tous.*
> *P.-S. Rappelle à Badolfi que c'est tous les jours qu'il doit changer l'eau des araignées.*

Il retourna la carte postale et traça un X sur la fenêtre de la chambre 33.

Le téléphone sonna. C'était *Frau* Sacher.

– Son Excellence le marquis de la Vermenagna tient à vous rencontrer, cher monsieur Tricotin.

– Ce n'est pas un curé j'espère.

– Assurément pas, Son Excellence est votre ambassadeur. C'est moi qui l'ai prévenu de la perte de votre passe-port.

– *Va bene*, qu'il monte.

Après l'ambassadeur d'Italie, ce fut le tour du tailleur Ugo Gadj qui eut la larme à l'œil en découvrant l'état pathétique des Knickerbockers de son client.

– Refaites-moi un veston, mais cette fois qu'il soit de chasse.

– *Yawohl, mein Herr.*

– Il me faut aussi une paire de Knickerbockers de la même couleur, un autre Girardi et une paire de Balmoral, identiques aux précédentes.

– C'est un excellent choix.

***

Mercredi 3 septembre 1902.
Jour 17.

– Merci, *Fräulein* Eva.

– C'est toujours un plaisant plaisir, *Herr* Tricotin, assura l'assistante stagiaire du Dr Weissmann, en acceptant la grosse pièce en argent de cinq *krones*.

Elle avait soigné ses écorchures aux épaules, elle avait renouvelé ses pansements, refait les bandages ; elle l'avait même aidé à rentrer dans sa tenue de ville : un complet trois-pièces *Ugo Gadj*, couleur caca espagnol (marron avec de fines rayures rouges), qui, selon *Frau* Sacher, lui allait *plutôt bien*.

– *Drrriiiiiinnnnnng !*

– *Prego ?*

– Nous avons à la réception un employé de la compagnie *Werner Neuhauser*, qui nous dit qu'une bonne surprise vous attend, *Herr* Tricotin.

– Si c'est pour me rendre les quatre-vingt-dix *hellers* qu'ils m'ont extorqués, c'est trop tard, je suis vexé. Dites-leur d'aller se faire cuire un œuf de coq.

– Détrompez-vous, monsieur Tricotin, la bonne surprise c'est que cet employé vient vous restituer vos affaires.

– Quelles affaires ?

– Celles qui se trouvaient dans le *Beau Danube bleu*.

– Vous voulez dire mon sac de nuit ?

– Précisément, *Herr* Tricotin.

Marcello reconnut sans hésitation son bagage au cuir racorni par le séjour dans l'eau.

– Avant de vous le rendre, je dois m'assurer qu'il s'agit bien de votre sac. Le règlement de la compagnie et celui des assurances exigent cette vérification. Pouvez-vous me faire l'inventaire de son contenu ?

– Mmmpff… bien sûr que je peux… Il y a d'abord ma montre Piaget… il y a mon Waterman, mon maroquin, avec à l'intérieur mon passe-port, ma lettre de change, une copie certifiée d'un acte de naissance… il y a aussi un guide Baedeker, mon carnet de notes, ma loupe, ma trousse de toilette, et bien sûr mon linge de rechange et mes chaussures… Ah oui, une chaînette en or avec une clé à chiffre et la carte de visite du Pr Freud… cela vous suffit-il ?

L'employé lui remit le bagage en le priant de vérifier que rien ne manquait. Le sac et son contenu étaient secs. La montre ne marchait plus et tout ce qui avait été écrit à l'encre sur le carnet de notes s'était dilué ; seul, ce qui était écrit au crayon demeurait.

– Que sont devenus les autres passagers de ma cabine ?

– Ils sont morts. Un scaphandrier en a retrouvé un coincé aux épaules dans le hublot.

– Tiens donc, comme c'est curieux, lequel était-ce ?

– Désolé, monsieur, je l'ignore.

– Les scaphandriers ont-ils eu accès aux autres cabines ?

– Oui, douze malheureux ont été retrouvés. D'après les scaphandriers, votre cabine à été la seule à être restée étanche.

– Sans doute parce que le hublot et la porte étaient fermés au moment du naufrage, et les cloisons n'étaient pas endommagées.

– Combien de temps auriez-vous pu tenir ?

Marcello hésita.

– Nous étions quatre… la cabine contenait environ soixante mètres cubes d'air… nous n'aurions pas tenu plus de douze heures, même en nous retenant de respirer… À propos, n'auriez-vous pas récupéré ma veste ? Il y avait dedans près de trois cent cinquante *krones* en billets de banque.

22

Vendredi 5 septembre 1902.
Hôtel *Sacher*. Vienne.
Jour 19.

– *Per que, ma per que, per que io, perque sempre io, io, io… ?* bredouilla Marcello qui n'en revenait pas d'avoir mal *PARTOUT*.

Il percevait des odeurs de graisse mécanique, de poussière, de sang et lorsqu'il voulut remuer, la douleur fut telle qu'il préféra repartir en syncope.

Une voix admirative résonna dans son inconscience.

– Vous êtes toujours des nôtres, *Herr* Tricotin, c'est un nouveau miracle… Tomber de si haut et survivre est un exploit digne de Gilgamesh…

Marcello aurait voulu répondre à tant d'âneries, mais il en était incapable. Ses esprits en débandade virevoltaient anarchiquement et il avait des difficultés à respirer, comme si ses narines étaient obstruées.

– Veuillez ne pas bouger, je vais vous éthériser, vous souffrirez moins lorsque les brancardiers arriveront… Sachez, *Herr* Tricotin, qu'en dépit des apparences, des fées en grand nombre se sont penchées sur votre berceau. Une telle *baraka* n'est pas autrement explicable.

– Où suis-je ?

– Vous êtes, *Herr* Tricotin, sur le toit de l'ascenseur

432

sur lequel vous êtes tombé… mais encore une fois de ce mauvais pas je vous sortirai.

Le Dr Weissmann lui appliqua sur le visage un masque à éther en caoutchouc.

– Respirez profondément, je vous prie.

Marcello obéit avec difficulté.

– Je n'ai pas vu qu'il n'y était pas, furent ses derniers mots cohérents.

Il disparut de ce monde et réapparut dans un lieu obscur où les douleurs, toujours présentes, n'étaient plus douloureuses… Il rêva qu'il était à l'intérieur d'une cage en compagnie d'un grand lion sans crocs ni griffes ; le lion édenté le regardait de haut en se léchant les babines, lui promettant en dialecte piémontais : *Dès qu'elles ont repoussé, je te croque.*

***

Samedi 6 septembre 1902.
Jour 20.

L'examen conduit par un médecin de l'*Allgemeines Krankenhaus* se conclut par un bilan descriptif : en plus de sérieuses ecchymoses au visage, le patient avait le nez écrasé, l'arcade sourcilière droite éclatée, l'omoplate droite fêlée sur toute sa longueur, l'humérus droit cassé comme un bout de bois, les quatre côtes supérieures fracassées, le fémur, le tibia et le péroné gauches brisés net, le poignet droit démis, les paumes des mains à vif, truffées d'échardes d'acier qui démontraient que le patient, avant de s'aplatir comme une crêpe sur le toit de l'ascenseur, s'était agrippé aux câbles ; ce qui avait considérablement amorti sa chute. Aucune fracture ouverte, aucune complication, aucune articulation n'avait été lésée, et la colonne vertébrale était intacte.

Pour la troisième fois, Marcello eut droit à sa photo

dans les principaux journaux viennois. Néanmoins, dans le *Unverfälschte Deutsche Worte*, un journal d'obédience pangermaniste, il n'était plus question de miracle, mais d'une triste fatalité, d'une funeste destinée, d'un bien sombre avenir, éventuellement contagieux.

– À part mourir de rire, je ne vois pas ce qui pourrait m'arriver de pire.

En attendant que ses os plâtrés se ressoudent, Marcello souffrit comme cent damnés. Il dressa des listes mentales des douleurs qui le persécutaient... Il y avait la douleur fulgurante comme l'éclair qui faisait couiner en serrant les mâchoires... il y avait la lancinante qui ressemblait à la naissance d'un panaris... il y avait la pulsative où l'on sentait battre les artères jusqu'à l'explosion... il y avait la douleur constrictive qui nouait, tordait, vissait, tenaillait... il y avait la douleur pongitive qui pénétrait en pointe barbelée... il y avait la douleur gravitive qui s'accompagnait toujours d'une pénible sensation de pesanteur, d'écrasement, de suffocation... il y avait la térébrante qui ressemblait à la pénétration d'un corps vulnérant chauffé à blanc... et il y avait l'insaisissable douleur erratique, la plus redoutée, dépourvue de routine et qui changeait si souvent de place, toujours par surprise.

Chacune de ces douleurs était accompagnée de son bruit particulier ; un cri, un gémissement, un grognement, une plainte hululante, un geignement chevrotant, un grincement de dents, un craquement de jointure, une grande inspiration...

***

Vendredi 12 septembre 1902.
Jour 26.

Son épaule, son bras droits, sa poitrine, sa jambe

gauche, son poignet droit solidement plâtrés, Marcello était condamné à l'immobilité.

– Docteur Weissmann, quand vais-je retrouver ma chambre 33 ?

– Désolé, *Herr* Tricotin, vous êtes pour l'heure intransportable. Au moins trois semaines il va vous falloir attendre.

– C'est bien trop long ! Voyez combien mes douleurs sont variées et importantes ! Et puis *elles* auront eu ma peau avant. Ces furies ont l'intime conviction que je n'ai que ce que je mérite ! *Elles* veulent que j'expie, pas que je guérisse.

Elles désignait les religieuses du Sacré-Cœur-de-Jésus qui, dur comme caillou, croyaient que la source de toutes les maladies était le péché. *Schwester* Elizabeth, l'infirmière en chef, était sans conteste la plus gracieuse des sœurs du Sacré-Cœur-de-Jésus. Vingt-sept printemps, faite au moule, les traits fins, réguliers, les lèvres pulpeuses, les yeux bleu myosotis, la peau d'une blancheur éclatante, la chevelure invisible sous la cornette, sœur Elizabeth punissait sa trop grande beauté (tout ce qui est excessif est un péché) en portant à même la chair des cilices en poil de chèvre de Cilicie, un poil fameux pour ses qualités urticantes. Le plus large brimait jusqu'à l'écrasement sa poitrine ronde et généreuse, tandis qu'un autre comprimait sa taille jusqu'à lui couper le souffle et lui faire rendre son repas ; un troisième cilice entravait ses cuisses laiteuses et la contraignait à marcher à petits pas ; lorsqu'elle marchait trop longtemps, ses cuisses saignaient. Comme elle n'ôtait jamais ses instruments de pénitence, il émanait de son beau corps un fumet douceâtre et infect qui rappelait à s'y méprendre celui du pus de furoncle.

– Elles veulent ma perte depuis que j'ai demandé qu'elles le décrochent, dit Marcello en désignant le crucifix de trente-trois centimètres cloué au mur face à son lit, qui le narguait en permanence.

Le Dr Weissmann caressa sa barbe.

– Vos propos ont circulé dans tout l'hôpital, *Herr* Tricotin, vous auriez, paraît-il, traité Jésus-Christ d'*acrobate suicidé*, est-ce bien raisonnable ?

– C'était pour les faire rire !

Depuis, sœur Elizabeth s'acharnait à ruiner son existence en lui refusant calmants, sédatifs, tisanes ou autres douceurs ; elle *oubliait* de lui apporter le bassin, comme elle *oubliait* de le lui retirer, elle ne respectait pas les horaires des soins et si Marcello n'avait pas reçu chaque jour ses repas du Sacher, elle l'aurait sans doute affamé.

– Mon père était médecin, et je me souviens que les derniers temps, il se donnait des injections de morphine et il se versait des gouttes de cocaïne dans les yeux... ça lui faisait beaucoup d'effet. Alors, à défaut d'être chrétien, docteur Weissmann, soyez humain, trouvez-moi *quelque chose* qui épointera mes souffrances... que sais-je... de l'élixir parégorique, ou du vin Mariani, ou peut-être une infusion de datura... Peut-être les trois ?

– Je compatis sincèrement, *Herr* Tricotin, et puisque vous insistez, je vous apporterai dès demain un tue-douleur qui vous garantira un minimum de six heures de calme béatitude.

La douleur était une dictature qui interdisait tout, sauf d'avoir mal et le Dr Weissmann la considérait comme l'équivalent d'un sixième sens.

– Ah, croyez-moi, *Herr Doktor*, le temps n'est plus le même lorsqu'on a mal. Alors pourquoi attendre demain ! C'est maintenant que je souffre, à chaque seconde, sans répit...

Le compatissant Dr Weissmann eut l'amabilité de lui fournir, chaque jour, même le dimanche, trois pilules brunes fortement opiacées qu'il préparait lui-même lors de ses nuits d'insomnie.

– Une au réveil, une à midi, une à seize heures. Pas plus, sinon vous pourriez accoutumer votre organisme qui aurait alors le plus grand mal à s'en passer.

La douleur exilée, Marcello retrouva l'usage normal de ses facultés. Il disposait désormais de seize à dix-huit heures de temps libre à tuer, cloué sur un lit moyennement confortable, encerclé d'une meute d'hostiles femelles en cornette qui n'imaginaient pas combien leur étrange coiffure ressemblait à une paire de cornes bien peu catholique.

Trois fois par jour, Jörg et Oskar, deux garçons de restaurant du *Sacher*, venaient en fiacre lui apporter ses repas dans des plats en argent.

Tout en mangeant une crépinette de lapereau aux truffes, Marcello se confiait aux deux employés qui n'en demandaient pas tant.

– Je vous le dis tout net, une blanche colombe deviendrait belliqueuse au contact de cette mégère… et j'affirme que si l'on me garantissait l'impunité, je la tourmenterais dans d'affreux supplices… Ne souriez pas, jeunes gens, j'y songe tous les jours.

***

Lundi 20 octobre 1902.
Jour 64

Tel un chef des Temps gothiques sur son pavois, Marcello quitta l'*Allgemeines Krankenhaus* sur une civière portée à l'épaule par des employés en livrée marron et orange supervisés par le Dr Weissmann. On le déposa dans une ambulance à cheval de l'hôpital et, vingt minutes plus tard, il retrouvait *Frau* Anna Sacher et son hôtel.

La civière ne rentrant pas dans l'ascenseur, on la monta par les escaliers. Euphorique d'être de retour dans sa luxueuse chambre 33, Marcello distribua, de sa main non plâtrée, de généreux pourboires aux porteurs et au conducteur de l'ambulance, auxquels il ajouta deux *krones* de carottes pour les chevaux.

– Dans une semaine, je désencombrerai votre poignet, votre jambe et votre bras de leurs plâtres… mais les deux autres devront attendre, déclara le Dr Weissmann en fronçant les sourcils.

Le développement d'escarres noirâtres sur le sacrum et sur les talons de son patient était préoccupant.

– Les sœurs auraient pu facilement vous épargner ces effets secondaires. Il aurait suffi de soulager régulièrement les points de pression, là, là, et là.

Tout en parlant, le médecin inclinait Marcello sur le flanc et disposait des oreillers pour l'y maintenir.

***

Mardi 21 octobre 1902.
Jour 65.

– *Driiiiiinnnng*.
– Répondez, je vous prie.

La *Sekundarärzt* Eva Höbarth essuya ses mains avant de décrocher le combiné.

– *Jah ?*
– Prévenez *Herr* Tricotin que j'ai ici deux représentants de la police impériale et royale qui veulent le rencontrer.

– La police demande à vous voir, *Herr* Tricotin.
– Eh bien que la police vienne.
– *Herr* Tricotin dit : *Que la police vienne*.

Les policiers étaient deux : le lieutenant Franz Kraus, le sergent Joseph Pichler.

Marcello était allongé sur le flanc tandis qu'Eva

438

Höbarth appliquait sur l'escarre de son épaule gauche la pommade régénératrice du Dr Weissmann.

– Hier après-midi, l'infirmière en chef des sœurs du Sacré-Cœur-de-Jésus est devenue démente. Elle est montée sur le toit, elle s'est jetée dans le vide, elle s'est empalée sur les grilles.

Marcello profita de sa position pour ne pas avoir à croiser le regard du policier.

– Sœur Elizabeth s'est suicidée ! Qui l'eût cru !

– Non, monsieur l'Italien, elle ne s'est point suicidée, elle est devenue folle et elle en est morte.

– La nuance m'échappe.

– *Schwester* Elizabeth ne s'est point jetée dans le vide pour se tuer. Nous avons recueilli plusieurs témoignages qui assurent qu'au moment du drame elle pensait être capable de voler.

– Et ce sont ces témoignages qui vous font diagnostiquer la folie chez cette femme ?

– En partie seulement... mais ce que nous, à la *Kaiserlich-Königlich Polizei* aimerions comprendre, c'est pourquoi une vertueuse sœur du Sacré-Cœur-de-Jésus a subitement arraché ses vêtements et s'est mise à courir dans l'hôpital en hurlant votre nom...

– Mon nom ! Jésus-Christ les pieds au mur ! Mais pourquoi mon nom ?

– C'est précisément pour cela que nous sommes ici, *Herr* Tricotin.

Cette fois Marcello se tordit le cou pour voir à quoi ressemblaient ces policiers. Il vit un petit homme en uniforme bleu et noir qui se tenait bien droit afin de ne pas perdre un millimètre de hauteur ; la cinquantaine, fortement moustachu, favoris *à l'impériale*, bouche épaisse aux commissures tombantes, regard de poisson mort depuis un bon moment. En retrait d'un pas, se tenait un sergent guère plus haut qui portait un paquet enveloppé dans un linge de coton blanc et rouge aux couleurs de l'hôpital général.

– Il nous a été rapporté que vos relations avec sœur Elizabeth n'étaient pas des meilleures.

– Personne n'avait de bonnes relations avec une telle furieuse ! Demandez donc aux sœurs qui étaient sous ses ordres. Je viens de passer trente-neuf jours dans cet hôpital et elle m'a persécuté trente-neuf jours. C'était une infatigable qui ne lâchait jamais prise.

– Vous paraissez plutôt satisfait de son décès.

– Ah oui alors ! Vous ne pouvez pas imaginer tout ce que j'ai enduré.

– Mais alors, *Herr* Tricotin, comment se fait-il que malgré tant de haine, le jour de votre départ, c'est-à-dire hier matin, vous lui ayez offert ceci.

Le sous-officier ôta le linge rouge et blanc et fit apparaître une grande boîte marron et orange qui avait contenu un *Sachertorte* entier divisible en quinze parts égales.

Loin de pâlir ou de perdre contenance, Marcello ricana façon joyeux corbeau (*èck èck èck èck èck èck*).

– C'était pour me venger un peu.

– Vous venger en lui offrant l'une des meilleures pâtisseries viennoises, vous vous moquez ?

– Bien sûr que non ! Je voulais la provoquer, je voulais la tenter, un peu comme Lucifer et Jésus dans le désert, vous me suivez ? J'étais persuadé qu'elle n'y toucherait pas et qu'elle finirait par le flanquer à la poubelle.

Il regrettait de ne pas avoir été là lorsqu'elle avait arraché ses vêtements.

– Vous dites qu'elle s'est entièrement dévêtue ?

– Oui.

– A-t-elle aussi ôté sa cornette ?

Le lieutenant hésita. Il revoyait avec embarras le superbe corps nu empalé sur le dos, il revoyait les cilices puants sur la belle peau blanche, il revoyait l'importante toison brune qui approchait si près du nombril…

– Elle portait toujours sa cornette. Que voulez-vous savoir exactement ?

– Pure curiosité scientifique, je me suis toujours demandé si cette femme était brune, blonde, ou rousse.

– Votre désinvolture ne plaide pas en faveur de votre innocence, monsieur.

– Mon innocence ! Mais de quoi suis-je accusé ? D'avoir offert un *Sachertorte* à cette infirmière le jour de mon départ ?

– Nous ne vous accusons encore de rien, monsieur Tricotin, nous tentons seulement de reconstituer les circonstances exactes du décès de sœur Elizabeth.

– Ce n'est pourtant pas compliqué, voilà ce qui s'est passé : contre toute attente elle n'a pas pu résister à la tentation, elle a mangé le gâteau… et ensuite, elle a culpabilisé d'avoir autant péché… c'était tout de même un gâteau de trois cent cinquante grammes… Son esprit à chaviré et l'a rendue démente… Et si, comme vous avez dit tout à l'heure, elle criait mon nom, c'est sans doute parce qu'elle avait compris le bon tour que je venais de lui jouer.

Marcello était secrètement époustouflé par le plein succès de sa vengeance. Douze jours auparavant, il avait cessé d'avaler ses pilules d'opium et les avait dissimulées partout où il le pouvait. Il se plaisait avec cette nouvelle tête, même si son nez écrasé n'avait pu être redressé parfaitement. Il se sentait différent, méconnaissable, il était quelqu'un d'autre, et bientôt, il penserait et agirait comme quelqu'un qu'il n'était pas.

Après chaque repas, Jörg et Oskar avaient pour coutume de lui présenter la carte du restaurant afin qu'il choisisse la composition de sa prochaine collation. Dimanche dernier, Marcello avait commandé, en supplément à son souper, un *Sachertorte* grand modèle. En fin de soirée, à l'heure où personne ne viendrait le déranger, il avait réduit en poudre fine les trente-six pilules d'opium avec le dos d'une petite cuiller à café ; puis, utilisant les quatre dents d'une fourchette pour faire les trous, il avait planté l'opium dans le gâteau.

***

Vendredi 5 novembre 1902.
Jour 82.

Débarrassé de tous ses plâtres, aidé d'une paire de béquilles, soutenu par le Dr Weissmann et sa *Sekundarärzt*, Marcello fit ses premiers pas dans la chambre 33. Les muscles de sa jambe gauche et ceux de son bras droit avaient fondu comme neige au soleil ; il ne restait plus que des os ressoudés avec un peu de chair autour.

– La vitesse de votre rééducation musculaire dépendra de votre volonté, *Herr* Tricotin, mais comme au début vous aurez des difficultés à faire vos exercices, *Fräulein* Höbarth viendra malaxer votre jambe et votre bras. Croyez-moi, c'est une excellente thérapie pour relancer l'action de vos muscles.

23

Dimanche 21 décembre 1902.
Train express Vienne-Salzbourg.
Jour 126.

Les coussins étant les premiers éléments d'appréciation du confort, la compagnie en avait garni les banquettes, les dossiers et les accoudoirs. Les cloisons en acajou du compartiment étaient doublées de reps soyeux, les fenêtres arboraient des rideaux de soie bleu ciel, le parquet était recouvert d'un épais tapis en moquette.

Marcello était seul dans le compartiment de première classe : il avait loué les huit places et il occupait le coin SFG4, le meilleur. À sa demande, le chauffage avait été réglé au maximum et il avait reçu du contrôleur l'autorisation de voyager avec sa malle-cabine.

Ce même contrôleur lui avait assuré que la *Surchauffée* type 7 qui tirait l'express Vienne-Munich, mettrait six heures trente-cinq minutes pour arriver à Braunau.

Marcello attendit le départ du train pour s'isoler en tirant les rideaux côté couloir ; il ôta son veston d'alpaga, déboutonna son gilet, se débarrassa de son faux col empesé, sortit de ses demi-bottes fourrées et posa sa montre bien en évidence sur l'un des coussins. Il exécuta alors la série d'exercices physiques imposés par le Dr Weissmann dans le cadre de sa rééducation : une heure

443

quotidienne d'appuis tendus, de flexions, de torsions, d'extensions, d'assouplissements, d'abdominaux, etc.

– Vous devez aller jusqu'à la douleur. Pas de douleur, pas de progrès, mais avant tout, *Herr* Tricotin, soyez constant dans l'effort. Ne ratez pas une séance.

Exactement une heure plus tard, le souffle court, l'esprit en paix de celui qui a accompli son devoir, Marcello remit son veston et retourna dans ses demi-bottes ; encore cinq heures trente-cinq à tuer.

Il prit dans sa poche une flasque métallique protégée par un solide étui en peau d'autruche. Il dévissa le bouchon qui faisait aussi usage de gobelet, le remplit et but jusqu'à la dernière goutte les quinze centilitres de vin Mariani qu'il venait de se verser ; *clap clap* fit sa langue contre son palais.

Quelques instants plus tard, crayon en main, il s'efforçait de traduire le langage du train en onomatopées. *Kataklan, kataklan, kataklan* au départ de la locomotive, ensuite *tata tatchoum tata tatchoum tata tatchoum*, lorsqu'elle prenait de la vitesse, puis il y avait le régulier *takatchan, takatchan, takatchan* de la vitesse de croisière, et le *tatatchoug tatatchoug tatatchoug*, lorsque le train passait sous un tunnel. Quand il en eut assez, il prit le Baedeker neuf et lut.

> *Braunau am Inn (352 mètres ; Hôtel Post). Vieille petite ville fondée au XIIIe siècle : 4070 âmes. Braunau appartient à l'Autriche depuis 1779. Avant elle a appartenu à la Bavière pendant cinq siècles. Son église gothique, Saint-Étienne, à tour élevée de 99 mètres, date du milieu du XVe siècle.*

Il ferma le guide et décida qu'il était temps de commencer la lecture de *L'art d'avoir toujours raison, ou comment terrasser son adversaire en étant de plus mauvaise foi que lui*, d'Arthur Schopenhauer.

Il l'avait découvert dans une librairie de la *Kärnterstrasse* qui commémorait la quarante-deuxième année de la disparition de l'auteur. Le libraire avait dédié une table entière de sa boutique aux éditions Brockhaus, respectable maison qui venait de rééditer les œuvres complètes du philosophe ; une banderole suspendue au-dessus de la table déclarait :

> *La vie est un dur problème, j'ai résolu de consacrer la mienne à y réfléchir.* Arthur Schopenhauer âgé de 16 ans.

Une telle précocité, une telle détermination avait contraint Marcello à prendre conscience qu'à trente ans, il n'avait toujours pas développé de passion durable. Il n'y avait même pas songé.

***

Adolf Hermann, le concierge de jour du *Sacher*, ayant prévenu par télégraphe l'hôtel *Post*, les employés attendaient Marcello sur le quai de la petite gare de Braunau.

– *Herr* Tricotin ?

– Oui ?

– Bienvenue à Braunau, *mein Herr*.

Marcello portait son complet de voyage trois-pièces signé Ugo Gadj : veston d'alpaga noir à grandes poches, gilet boutonné très haut, faux col empesé, nœud papillon tout fait, pantalon de fantaisie à raies bleues marqué devant d'un pli vertical presque coupant, demi-bottes fourrées d'hermine : l'élégance même.

Frileux de nature, coiffé d'un bonnet de castor

galonné, Marcello disparaissait dans un imposant manteau fait de peaux de loups gris des Carpates. Le complet lui avait coûté deux cent soixante-dix *krones*, le bonnet cent dix, le manteau cinq cent cinquante.

Frau Sacher lui ayant assuré que tout honnête homme ne saurait sortir en public sans une canne (vestige de l'époque où les hommes portaient l'épée), il avait remplacé l'*Alpenstock* resté au fond du Danube, par une canne noire au pommeau d'ivoire décoré d'une tête d'aigle qui lui avait coûté soixante-dix *krones*.

Deux employés de l'hôtel s'emparèrent de sa malle-cabine et un troisième s'occupa du sac de nuit.

Le fiacre de l'hôtel conduisit Marcello jusqu'à une jolie *Hauptplatz* entourée de maisons gothiques aux façades pastel. L'une d'elles avait un boulet de douze et demi encastré à la hauteur du deuxième étage qui rappelait que le bourg avait été témoin de nombreuses batailles.

Herr Leitener, l'aubergiste, se tenait sur le seuil de son établissement. Il ouvrit la portière du fiacre et sourit.

– Bienvenue à l'hôtel *Post*, *Herr* Tricotin, le *Sacher* nous a prévenus de votre arrivée et de votre souhait d'obtenir notre meilleure chambre. Aussi, nous vous avons réservé la *Kaiser* Napoléon. J'espère qu'elle vous conviendra.

Sa magnifique fourrure doublant le volume de sa silhouette, Marcello sortit du véhicule et suivit l'aubergiste dans ce qui avait été un relais-poste de diligence.

– Bien sûr, nous ne sommes pas à Vienne, s'excusa *Herr* Leitener en s'effaçant pour le laisser entrer dans la *Kaiser* Napoléon.

La chambre était spacieuse, meublée bourgeoisement et avait une belle vue sur la *Hauptplatz*. Face au grand lit, un portrait en pied de Napoléon Ier, tête nue, la main droite glissée dans son gilet déboutonné. Une inscription rappelait que le 1er mai 1809, lors de sa marche triomphale sur Vienne, le *Kaiser* des Français avait passé la nuit dans cette chambre et avait dormi dans ce lit.

– Mon grand-père l'a bien connu, dit Marcello en s'en voulant d'être aussi vaniteux.

Herr Leitener approuva avec conviction. Un client qui avait les finances pour séjourner pleine pension cent vingt jours durant à l'hôtel *Sacher* était tout à fait capable d'avoir eu un grand-père ayant *bien connu* Napoléon.

La chambre était chauffée par un grand poêle en faïence turquoise identique en tout point à celui qui se trouvait *villa* Tricotin.

– Nous avons le même à la *villa*, s'entendit-il dire avec consternation.

– Je n'en doute pas, monsieur, ce sont d'excellents poêles.

Vers les sept heures et demie, Marcello revêtit sa tenue de soirée et se présenta dans la salle à manger.

On lui servit un potage d'orties, une *Gurkensalat* (salade de concombres), un *Junges Wild* (ragoût d'abattis de gibier garni de pommes de terre et de raifort) et un classique *Apfelstrüdel* qu'il arrosa d'une bouteille de *Karlowitzer*.

Plus tard, lorsqu'il se glissa dans les draps tiédis par la chaufferette de cuivre d'une femme de chambre, il s'endormit sans une pensée pour l'illustre prédécesseur qui avait bien connu son grand-père Charlemagne.

***

Lundi 22 décembre 1902.
Jour 127.

Le grand bâtiment des douanes s'élevait à l'entrée de la *Hauptplatz*, face au pont-frontière reliant *Braunau am Inn* à *Simbach am Inn* sa sœur bavaroise.

Un planton guida Marcello jusqu'au bureau de l'officier de service. Après avoir écouté son histoire et détaillé avec intérêt son manteau lupin et son bonnet de castor au poil luisant, l'officier le mena dans le bureau du *Zollamtsofficial* où Marcello dut répéter l'objet de sa visite.

– Pouvez-vous prouver vos liens de parenté avec cette personne ?

– Non, puisque mon père ne l'a pas reconnu.

– Veuillez me présenter votre passe-port, *mein Herr*.

Marcello s'exécuta en se retenant de soupirer.

Le fonctionnaire examina avec minutie le document, poussant le zèle jusqu'à le mirer en transparence.

– Tout ce que je suis autorisé à vous dire, monsieur le visiteur italien, c'est que cette personne ne s'appelle plus Schicklgruber, mais Hitler, et qu'elle a été mutée à Passau, en Bavière, il y a dix ans de cela.

Il lui rendit son passe-port en ajoutant fielleusement :

– Je l'ai peu connu, mais je me souviens qu'il ne portait pas les Italiens dans son cœur.

Marcello retourna à l'hôtel *Post*, ruminant sa déception. Combien de temps encore allait-il faire chou blanc ! Combien de temps encore allait-il devoir sillonner le pays à la poursuite d'un italianophobe notoire ? Un individu parfaitement capable de se montrer désagréable au premier contact… Et si à Passau on lui annonçait qu'Aloïs avait été muté à Graz… ou à Klagenfurt ?

***

– Dites-moi, *Herr* Leitener, depuis combien de temps êtes-vous aubergiste ?

– Ce relais de poste a été construit par mon arrière-arrière-grand-père, et quand mon père est mort, j'ai pris la relève, comme mon fils, j'espère, la prendra après moi…

– Auriez-vous connu un douanier du nom d'Aloïs Schicklgruber ?

– L'inspecteur supérieur adjoint ? Oui, je m'en souviens. Il venait souvent. Il a même couché ici quelques jours, le temps qu'il trouve un logement de fonction.

– Savez-vous où il se trouve ?

– Non. Tout ce que je sais c'est qu'une fois promu *Zolloberamtsofficial*, il a été muté à Passau il y a environ dix ans. Il n'a plus donné signe de vie depuis ! S'il n'est pas mort, il doit être à la retraite… Je me souviens qu'il nous vendait son miel. C'était un apiculteur averti…

– Où se trouve son ancien logement de fonction ?

– Il logeait à la *Gasthof Zum Pommer*, dans la *Salzburgerstrasse*. Le propriétaire est un ami, dites-lui que vous logez chez nous.

L'auberge de Jakob Bachleitner était une lourde bâtisse du XVIIIe siècle aux murs épais et aux fenêtres en arceaux. La grand-salle et les cuisines occupaient le rez-de-chaussée, les logements des propriétaires et de leurs locataires se répartissaient sur les deux étages.

L'entrée de Marcello fit sensation ; rares dans la clientèle étaient ceux qui avaient déjà vu un pareil manteau.

Herr Bachleitner étant absent, Marcello posa ses questions à sa femme, *Frau* Bachleitner.

Dès ses premiers mots le silence se fit, les clients essayant de deviner l'origine de son accent.

D'une nature méfiante, *Frau* Bachleitner se montra évasive, mais elle admit néanmoins que la famille Schicklgruber avait effectivement occupé de nombreuses années le second étage.

– Ils ont déménagé en 93 ou 94 lorsqu'il a été nommé directeur.

– C'est en 92 qu'ils sont partis pour Passau, rectifia une femme au nez pointu qui buvait de la bière attablée en compagnie de trois autres commères.

– Voici *Frau* Pointecker, présenta la patronne, c'est une sage-femme, elle a accouché tous les enfants Schicklgruber.

Les commères acceptèrent qu'il s'attable en leur compagnie, mais avant, il leur offrit une tournée de *Krügel*, d'un demi-litre de bière et il les autorisa à toucher son manteau lorsqu'il eut nommé l'animal dont il était issu ; après quoi la sage-femme lui dressa un portrait affligeant de son demi-frère.

Après l'avoir dépeint comme un coureur de jupons qui, lorsqu'il ne faisait pas le coq au milieu des demoiselles, préférait la compagnie de ses abeilles à celle de son épouse et de ses enfants, *Frau* Pointecker affirma, non sans une perfidie recuite, qu'il avait épousé Anna Glassl, sa première femme, pour sa dot, et aussi pour la position sociale du père, un inspecteur des tabacs impériaux.

– Et les deux autres, s'il les a mariés, c'est qu'il ne pouvait pas faire autrement vu qu'elles étaient déjà grosses, ça c'est sûr, dit la sage-femme, prenant l'assistance à témoin.

Marcello, lui, prenait des notes.

– Comment s'appelait sa deuxième femme ?

– Franziska Matzelberger, mais on l'appelait Fanni. Elle a juste eu le temps de lui faire deux enfants et déjà elle mourait.

– De quoi est-elle morte ?

– Comme Anna, de tuberculose elle aussi.

– Tout le monde vous le dira ici, mais le jour de son troisième mariage, celui avec Klara, qui, je vous le signale au passage, avait vingt-cinq ans alors qu'il en avait quarante-huit, eh bien, à peine la cérémonie finie, et le voilà qui s'en est allé reprendre son service au pont, comme si de rien n'était ! Et la pauvrette, elle, elle n'a eu que le temps de se changer pour préparer le déjeuner.

– Pensez donc, *mein Herr*, épouser sa nièce, je vous le demande ! À l'heure qu'il est, elle doit toujours l'appeler *mon oncle*, ajouta *Frau* Bachleitner pour ne pas être de reste.

– Le père Probst ne voulait pas les marier mais ils se sont débrouillés pour obtenir une dispense du pape. Du pape ! Ah çà, on peut dire que quand y voulait quelque chose, le Schicklgruber, il savait ce qu'il fallait faire pour l'obtenir.

La sage-femme au nez pointu prit un air chafouin.

– Et vous voulez connaître le pire ?

– Euh… je vous écoute.

– Figurez-vous qu'il a acheté le cercueil de sa première femme alors que la malheureuse était encore vivante… Et un petit mois seulement après l'enterrement de cette pauvre Anna, eh bien, il épousait Fanni, sa servante ! Ah ! Quand on pense qu'il s'offusquait tout rouge si on avait le malheur de ne pas le saluer dans la rue !

Avant qu'il ne parte, *Frau* Bachleitner l'invita à rendre visite à Wilfried Schmidts, un *Zollobersekretaer* à la retraite qui avait servi sous les ordres d'Aloïs.

– S'il ne connaît pas son adresse, il saura vous indiquer comment le retrouver.

Veuf de fraîche date, Wilfried Schmidts vivait dans une maison proche de la rivière. Malgré le froid, le retraité des douanes portait des *Lederhosen* de cuir qui dévoilaient ses cuisses et ses mollets poilus. Il creusait des trous dans son jardin lorsqu'il vit un inconnu en manteau et en bonnet de fourrure le héler du chemin. Fichant sa pelle en terre, il s'approcha l'air soupçonneux.

Marcello se présenta et raconta une fois de plus son histoire.

Herr Schmidts toisa le visiteur.

– J'aimerais voir votre passe-port, *mein Herr*.

Que ces gens sont méfiants, songea Marcello en tendant le document par-dessus le portail de bois.

L'ancien douanier examina les tampons et les signatures.

– Pourquoi ne posez-vous pas ces questions à l'office des douanes ? Ils le savent, eux, où habite Schicklgruber.

– J'y suis allé, mais on n'a rien voulu me dire parce que je ne peux pas prouver ce que j'avance. Comment le pourrais-je puisque mon père ne l'a pas reconnu. Tout ce que je demande, c'est de le rencontrer et de lui parler.

Le retraité ouvrit le portail et retourna à sa pelle et à ses trous. Marcello le suivit. Dans un seau, des vers gigotaient. *Comment pouvait-on continuer à croire en Dieu après avoir vu un ver de terre*, disait son père quand il en croisait un.

– Ce qui m'étonne le plus dans votre histoire, ce n'est pas que vous puissiez être son demi-frère, c'est que vous soyez italien, car Schicklgruber, il les détestait les Italiens !

– Justement. Vous a-t-il expliqué pourquoi il ne nous aimait pas ?

– Je l'ai toujours entendu dire qu'on ne pouvait pas se fier aux Italiens, et que c'était une race d'hypocrites aguerris. Heureusement qu'il n'en passait pas souvent par ici, car chaque fois il leur créait toutes sortes d'ennuis.

Marcello haussa les épaules.

– C'est simple. Il n'aime pas les Italiens parce que son père en était un et qu'il n'a jamais voulu reconnaître sa paternité. Apparemment il lui en a toujours voulu !

Wilfried Schmidts se remit à bêcher, brisant chaque motte pour en extraire les vers promis à servir d'appâts au bout d'un hameçon ; l'Inn était une rivière poissonneuse.

– J'ai connu Schicklgruber à ses débuts, nous étions stagiaires à Linz, on a passé le concours d'assistant contrôleur ensemble. Seulement, moi, je l'ai raté... À cette époque, à part sa manie des citations latines, il était encore fréquentable, mais dès qu'il a su qu'il avait réussi, alors là, il a complètement changé. Et ça n'a fait qu'empirer quand il a épousé la vieille Maria-Anna. Elle avait cinquante ans, quinze de plus que lui, mais la dot était belle pour un ancien apprenti cordonnier... quelque dix milles *krones* je crois, et puis pensez donc, marier la fille d'un inspecteur du monopole impérial et royal des tabacs, hein, vous voyez ce que je veux dire...

Quelques gouttes de pluie s'abattirent sur le bonnet de Marcello qui leva la tête vers les nuages sombres.

– Rentrons, dit le retraité en soulevant au passage son seau d'asticots.

Ils pénétrèrent dans une maison en désordre aux murs tachés d'humidité ; une âpre odeur de moisi y régnait. Un vieux chien à demi paralysé de l'arrière-train approcha en se traînant sur le plancher, agitant faiblement sa queue pour fêter le retour de son maître.

– Excusez l'état des lieux, mais depuis la mort de ma femme..., dit le retraité en caressant la tête de l'animal. Lui aussi ne va plus tarder à me quitter, et alors je serai seul... Toute une vie pour en arriver là !

Ils s'installèrent dans une cuisine froide à l'évier encombré de vaisselle. Le chien se traîna jusqu'à Marcello et renifla avec circonspection les peaux de loups des Carpates.

Puisant dans un tonneau, Schmidts remplit deux *Bockbier* qu'il posa sur la table.

– Quand nous avons été mutés à Braunau, lui ayant réussi, et moi pas, j'ai dû servir sous ses ordres, poursuivit-il en buvant une gorgée de bière tiède. Il est devenu hautain, inabordable, pointilleux sur les questions de service et puis, plus question de le tutoyer. Je me souviens que c'est à cette époque qu'il s'est laissé pousser la moustache et les favoris à la façon de l'empereur… Un matin, c'était en 75, il a réuni le poste et nous a fait mettre au garde-à-vous pour nous lire une note de service de l'office des douanes qui déclarait que, suite à sa récente légitimation, il était autorisé à changer de patronyme et à s'appeler Hitler. Personne ici n'a vraiment compris pourquoi il a changé de nom à trente-neuf ans… Ma défunte femme pensait que c'était pour hériter d'un oncle qu'il avait là-bas, dans son Waldviertel… en tout cas ça n'a pas fait grande différence, car tout le monde à continué à l'appeler Schicklgruber.

Schmidts but à nouveau de sa bière tiède.

– *Herr* Schmidts, savez-vous où je pourrais trouver mon demi-frère ?

– Si j'étais vous, j'irais à la caisse de retraite de Linz. C'est elle qui lui expédie sa pension. Allez donc voir Dieter Rudel de ma part, il est à la comptabilité, c'est un brave homme qui vous répondra sûrement… Vous ne buvez pas, vous n'aimez pas la bière ?

Soulevant le lourd bock à deux mains, Marcello se força à avaler une gorgée sans grimacer.

– Elle est fameuse.

– *Ja*, c'est pas de la pisse d'âne.

Marcello cessa d'écouter le vieil homme, même lorsqu'il fut question d'un cercueil commandé par Aloïs du vivant de sa première femme.

24

Samedi 3 janvier 1903.
Hôtel *Roter Krebs*, suite *Karl May*.
Linz.
Jour 139.

– *Herein !* grogna Marcello.

Il n'ouvrit pas les yeux : il appréhendait trop la journée à venir.

– *Grüss Gott, Herr* Tricotin, il est sept heures.

Le garçon d'étage entra dans la chambre, suivi d'une chambrière porteuse d'un seau rempli de braises destinées à raviver le feu dans la cheminée.

– *Grüss Gott*, Hans, *Grüss Gott*, Gertrude… Quel temps fait-il ce matin ?

– Encore très froid, *mein Herr*, mais il ne neige plus.

Le garçon d'étage tira les rideaux et dévoila un jour gris avare de lumière.

Le feu ranimé, la chambre se réchauffa rapidement.

Marcello sortit du lit, passa sa robe de chambre à brandebourgs par-dessus son pyjama doré et cramoisi, glissa dans ses babouches et alla se planter devant la fenêtre. Comme chaque matin depuis son arrivée – une semaine plus tôt –, un épais brouillard recouvrait le Danube qui coulait de l'autre côté de la *Donaulände*.

– *Herein !*

Hans entra avec le plateau du petit-déjeuner qui

exhalait une épaisse odeur de cacao. L'estomac noué par l'appréhension, Marcello n'y toucha pas. Il préféra se rendre dans la salle de toilette et se raser face au grand miroir ovale.

Ses cheveux, ses sourcils, ses poils avaient repoussé, et les tatouages tracés par la foudre n'étaient plus que de bons souvenirs ; mais, durant la nuit, un bouton rouge vif avait surgi sur l'apex de son nouveau nez, tel un phare à l'extrémité d'un cap. C'était donc bien aujourd'hui.

Comme chaque matin à la même heure, il y eut des roulements de tambour en provenance de la *Schloss Kaserne* toute proche. En plus des soixante-cinq mille Linzois, Linz accueillait une grouillante garnison de trois mille cinq cents militaires. On ne pouvait se déplacer en ville sans en croiser.

Il se vêtit et se sentant mieux, il consomma son chocolat tiède et mangea tous les petits pains beurrés. Le *Roter Krebs* (*L'Écrevisse rouge*) n'avait pas le luxe et le distingué du *Sacher*, néanmoins c'était un bon hôtel provincial au personnel avenant et attentionné.

Avant de sortir, pareil à un sportif qui s'échauffe avant une compétition, il lut quelques pages de *L'Art d'avoir toujours raison*.

> *La perversité naturelle du genre humain est la cause de l'art de la controverse. Si elle n'existait pas, si nous étions fondamentalement honnêtes, nous ne chercherions rien d'autre, en tout débat, qu'à faire sortir la vérité de son puits, en nous souciant peu de savoir si une telle vérité apparaît finalement conforme à la première opinion que nous ayons soutenue ou à celle de l'autre. Hélas, notre vanité innée, particulièrement susceptible en tout ce qui concerne les facultés intellectuelles, ne veut pas admettre que notre affirmation originelle*

se révèle fausse, ni que celle de l'adversaire appa-
raisse juste, d'où cet ouvrage.

***

Le brougham aux roues cerclées de caoutchouc remonta lentement les pavés bossus de la *Franz-Joseph-Platz* couverte de neige. À l'intérieur, disparaissant sous son manteau et son bonnet de fourrure, les pieds posés sur une chaufferette garnie de braises, Marcello se massait les tempes dans l'espoir de contenir la terrible migraine qui enflait comme une bosse sous ses cheveux.

Le brougham s'immobilisa à un embranchement pour laisser passer un tramway électrique vide. Au carrefour suivant, le cocher se retourna sur sa banquette et ouvrit la lucarne.

– Où voulez-vous aller exactement, monsieur ?

Le pylore de Marcello se contracta.

– Nous sommes déjà arrivés ?

– Pas encore, monsieur, mais deux chemins mènent à Leonding.

– Je vais au numéro 16 de la *Michaelbergstrasse*. On m'a dit que c'était une maison qui faisait face au *Friedhof* municipal.

Le cocher opina du melon, referma la lucarne, les chevaux reprirent leur route.

Malgré un début de grosse angine qui s'était déclenché le jour de son arrivée à Linz, Marcello avait pu rencontrer Dieter Rudel, l'un des comptables de la Caisse de retraite des douanes impériales et royales. Comme l'avait prédit *Herr* Schmidts, *Herr* Rudel lui avait obligeamment communiqué l'adresse d'Aloïs Hitler et, par la même occasion, celle de Klara sa *Hausfrau*, née Pöltz, de leurs enfants, d'une tante bossue,

457

et d'environ cent quatre-vingt-dix mille abeilles réparties dans douze ruches.

Le fiacre s'engagea sur un large chemin de terre à peine visible sous la neige. La lucarne de communication s'ouvrit à nouveau.

– Nous voilà dans la *Michaelbergstrasse, mein Herr*.

Marcello s'agita sur sa banquette.

– Ne vous arrêtez pas, continuez, continuez, je vous prie.

– Bien, je continue, mais jusqu'où je continue ?

– Allons à la plus proche taverne. J'ai besoin de prendre une médecine.

– Il y a la *Gasthof* Stiefler, sur la place.

– Allons-y.

Le brougham longea le mur d'un petit cimetière et ralentit à l'approche de la descente enneigée qui débouchait sur une place sans trottoir. L'attelage s'immobilisa devant la *Gasthof* Stiefler, une vieille bâtisse trapue à la façade bleu pastel. Pendant que le cocher jetait des plaids sur les échines fumantes de ses chevaux, Marcello entra dans la taverne qui sentait la bière, le tabac et la lampe à pétrole. Attablés devant des *Bockbier*, un trio de vieux à moustache fumait la pipe en radotant près d'un poêle allumé. Ils s'interrompirent pour dévisager l'étranger avec une méfiance et une hostilité qui dataient de l'époque où les loups ravageaient les campagnes.

Marcello s'assit sans ôter son bonnet ni quitter sa fourrure. On ne voyait de lui qu'une moitié du visage. Une serveuse à grosses nattes blondes s'approcha. Il lui commanda un verre de schnaps puis il s'intéressa à la neige qui fondait rapidement sur ses belles demi-bottes fourrées. Les trois vieux moustachus reprirent leur bavardage. Prêtant l'oreille, il comprit qu'ils argumentaient sur la guerre des Boers.

La porte s'ouvrit, le cocher entra, ôta son melon,

salua la maigre assistance et alla s'asseoir à l'opposé de la table de son client.

Marcello vida d'un trait le verre de schnaps. Quand il eut repris son souffle, il sortit sa flasque, remplit le capuchon de vin Mariani, déchira un sachet de cent centigrammes d'acide acétylsalicylique, le vida dans le vin, touilla avec son petit doigt, avala.

Dans quelques instants, il allait se trouver face à son demi-frère... Comment allait-il s'y prendre pour lui expliquer sa présence ? Soudain, la frivolité de sa démarche lui apparut si clairement qu'il avala *ein mal* un deuxième capuchon de vin Mariani, comme on verse du pétrole dans une lampe vide.

Il paya, attendit sa monnaie, laissa un généreux pourboire de dix *hellers*, et marcha lourdement vers la sortie sans zigzaguer.

– Attendez-moi ici, je n'en ai pas pour longtemps, dit-il en passant devant le cocher qui buvait un verre de vin blanc.

Loué pour la matinée, l'homme haussa les épaules en signe d'assentiment.

Après s'être repéré, Marcello fit le chemin inverse en suivant les traces dans la neige des roues du fiacre. Bientôt il fut dans la *Michaelbergstrasse*. Le cœur battant, il s'approcha de la maison numéro 16 ceinturée d'une palissade de bois peinte en vert foncé. À l'arrière, un verger d'un demi-acre, une tonnelle et un auvent sous lequel étaient alignées une douzaine de ruches peintes en bleu, d'un bleu identique à celui des ruches de Badolfi. Quatre fenêtres perçaient la façade de la maison ; les volets étaient ouverts mais des rideaux blancs empêchaient de voir à l'intérieur.

Il cogna, *toc toc toc*, contre le battant. Un chien aboya, une porte claqua, il entendit un bruit de pas.

Les informations recueillies à ce jour sur son demi-frère incitaient à un minimum de précaution ; il recula d'un pas.

La porte s'ouvrit et une fillette nattée apparut ; derrière elle, un couloir gris impeccable, un portemanteau, une pèlerine d'écolier accrochée, puis des portes closes, un escalier sans rampe menant à l'étage. Quelque part au rez-de-chaussée, le chien continuait d'aboyer.

– *Grüss Gott*, petite demoiselle, je viens voir *Herr* Hitler.

– *Mutti, Mutti !* appela la fillette sans bouger, le regard un peu vide.

La porte du fond s'ouvrit et une grande femme d'une quarantaine d'années aux cheveux châtains ramenés en chignon apparut. Un jeune chien se précipita derrière elle en redoublant ses aboiements.

– Va l'enfermer chez Adi, ordonna doucement la femme.

La fillette saisit l'animal par le collier et le traîna vers l'escalier.

– Excusez-le, ce n'est qu'un chiot qui n'a pas encore appris à obéir.

Marcello souleva son bonnet à poil et salua celle qui devait être Klara, la troisième femme d'Aloïs d'après ses notes. Le bleu pur et brillant de son regard lui rappelait les yeux bleu porcelaine de la momie de son grand-père.

– Permettez-moi de me présenter, *gnädige Frau*, je m'appelle Marcello Tricotin et je sollicite un entretien avec M. Aloïs Hitler.

– C'est mon époux… mais il n'est pas là pour le moment… Entrez, je vous prie… il fait froid ce matin, n'est-ce pas ?

Après avoir raclé la neige de ses bottes sur l'arête d'un gros caillou posé là à cet effet, Marcello entra dans le couloir, notant au passage la lueur de curiosité chez *Frau* Hitler. Il la suivit jusque dans une cuisine bien en ordre où flottait une odeur de café fraîchement moulu.

– Confiez-moi votre fourrure, vous serez mieux à votre aise, *Herr* Tricotin.

Marcello obéit et Mme Hitler alla suspendre le vêtement au portcmantcau dans le couloir. Lorsqu'elle revint, elle lui désigna une chaise sur laquelle il s'assit. Par la fenêtre aux vitres embuées, il revit le verger, la tonnelle, l'auvent, les ruches bleues. Il vit aussi les branches des arbres fruitiers – des pommiers et des citronniers – qui ployaient sous le poids de la neige.

– Aimeriez-vous une tasse de café ? Je viens d'en faire.

– Volontiers, madame.

Neuf gros livres à l'aspect lu et relu s'alignaient sur une étagère.

Un livre sur la guerre de 1870, un volume relié sur l'apiculture, deux volumes sur les grandes batailles à travers les époques (de l'Antiquité à nos jours), un atlas géographique en couleurs, un dictionnaire accompli des citations latines et une encyclopédie illustrée en trois volumes.

À côté d'un portrait encadré de l'empereur François-Joseph en grand uniforme, une collection de pipes alignées sur un râtelier en acajou. Le fourneau de l'une d'elles, en écume de mer, représentait le buste de Bismarck casqué. Par le jeu du culottage, l'uniforme seul avait pris une couleur pain d'épice, tandis que la tête était restée blanche, telle la frange de la vague. En rabattant le casque on faisait apparaître le fourneau.

– C'est curieux, mais votre visage ne m'est pas étranger, *Herr* Tricotin… nous sommes-nous déjà rencontrés ?

Marcello bafouilla un évasif :

– Euuuh, à vrai dire, non, madame, c'est la première

461

fois que je viens en Autriche… mais mon père, lui, a vécu de nombreuses années à Vienne.

Il comprenait qu'elle mourait d'envie de lui poser des questions plus précises, mais qu'elle n'osait pas le faire.

— Je suis italien, madame, et je suis maître d'école dans mon village.

Klara opina du chignon sans conviction.

— Monsieur votre mari sera-t-il absent longtemps ?

— Je ne pense pas, mais si votre entretien est urgent, vous pouvez peut-être le trouver à la *Gasthof* Stiefler, sur la place. Ce n'est pas très loin d'ici.

Était-il possible que l'un de ces vieux moustachus fumeurs de pipe entrevus tout à l'heure fût son demi-frère ?

— Je connais cette *Gasthof*, mais je ne suis pas sûr de pouvoir reconnaître votre mari.

— Mon fils vous y accompagnera et si mon époux n'y est pas, vous n'aurez qu'à revenir l'attendre ici.

La fillette entra.

— Tu arrives bien, Paula, va chercher Adi, j'ai besoin de lui.

Klara posa devant son visiteur une tasse, une petite cuiller et un pot de miel en guise de sucre.

— Il vient de nos ruches.

Des éclats de voix se firent entendre ; il y eut une cavalcade dans l'escalier puis la porte s'ouvrit sur un gamin à l'œil aussi clair et pur que celui de Klara. Il ne devait pas avoir plus de douze ans et il portait des *Lederhosen* qui dévoilaient des jambes grêles aux mollets moulés dans des chaussettes de laine montantes. Son air renfrogné et le livre qu'il tenait encore ouvert à la main signalait qu'on venait de le déranger et qu'il n'aimait pas ça.

— Adolf, voici M. Tricotin qui veut rencontrer papa. Quand nous aurons terminé notre café, tu le conduiras chez Stiefler, et, si ton père y est, tu le montreras à monsieur.

L'expression du garçon s'adoucit. Il haussa les épaules en signe d'acquiescement et s'assit sur le tabouret près de la fenêtre pour reprendre sa lecture. Le chiot se coucha à ses pieds et ne le quitta plus des yeux, remuant la queue chaque fois qu'il tournait une page. D'après la couverture, il s'agissait d'une histoire de Peaux-Rouges écrite par un certain Karl May.

Paula dit quelque chose que Marcello ne comprit pas mais qui fit sourire la mère et le fils, et peut-être même le chiot.

– Qu'a-t-elle dit ?

Visiblement confuse, Klara tenta d'éluder.

– Oh, c'est sans importance.

Le doigt posé sur la ligne qu'il lisait, Adolf répondit pour sa mère.

– Ma petite sœur demande si c'est une abeille qui vous a piqué le nez. Elle dit ça parce que ici nous avons du propolis contre les piqûres.

Sans attendre de réponse, il se replongea dans sa lecture.

Marcello vida sa tasse en s'efforçant de ne pas grimacer tant le breuvage était amer.

– Il est bon, dit-il en reposant la tasse vide.

– Alors acceptez une autre tasse ?

– Non merci, madame, sans façon.

Il se leva et tous se retrouvèrent dans le corridor frisquet. Avec des gestes tendres, Mme Hitler agrafa la pèlerine noire sur les épaules de son fils qui se laissa faire en continuant sa lecture. Marcello récupéra son manteau et son bonnet et le gamin cessa de lire lorsque sa mère lui enfila de force des gants et noua un cache-col tricoté autour de son cou. Paula s'accroupit auprès du chiot pour lui interdire de suivre son jeune maître.

Dans la rue, Adolf fit quelques pas dans la neige avant de questionner Marcello.

– C'est de la peau de quel animal, *mein Herr* ?

– Du loup gris des Carpates.

– Et combien de loups ont été tués ?

– Cinq… peut-être six.

Ils traversèrent la rue et longèrent le mur du *Friedhof*.

– D'où venez-vous pour parler notre allemand avec un tel accent ?

– Je suis un italien du Piémont.

– Aïe, aïe, aïe, mon père n'aime pas les Italiens… Il dit qu'on ne peut pas leur faire confiance.

Marcello trébucha sur le chemin pourtant vide d'obstacles.

– On ira plus vite en coupant par le cimetière, décréta Adolf en s'engageant d'autorité dans l'allée bordée de tombes.

– Ton père t'a-t-il expliqué pourquoi on ne pouvait pas faire confiance aux Italiens ?

– Mon père a été officier supérieur des douanes pendant quarante ans. Il connaît les étrangers par cœur et sur le bout des doigts !

Marcello allait s'élever contre la médiocrité d'une pareille généralité lorsque le gamin s'immobilisa devant une tombe creusée au pied d'un grand cyprès. *Ici même repose Edmund Hitler 1894-1900.*

– C'est mon petit frère qui est là. Lui, c'est la rougeole qui l'a eu.

– Lui ?

– Oui, j'ai déjà eu deux frères et une sœur qui sont morts de la diphtérie… mais c'était du temps où on habitait Braunau… et moi, j'étais pas encore né…

Tout en parlant, il ôta ses gants, dénoua son cachecol, enleva sa pèlerine, son tricot, sa chemise et apparut torse nu, ne gardant que ses culottes courtes de cuir. Sa poitrine maigre aux côtes saillantes se mit à fumer dans l'air glacial.

– Il fait moins deux ! Rhabille-toi, sinon tu vas contracter une pneumonie, voire pire !

Ses vêtements roulés en boule sous le bras, Adolf lui lança un regard de défi bleu azur scintillant.

– Chez les Peaux-Rouges d'Amérique, c'est une preuve de grand courage que de ne pas montrer sa douleur. Tous les jours, je m'entraîne à résister au froid… vous ne direz rien à ma mère, hein ?

– Je ne lui dirai rien, mais rhabille-toi quand même.

La tête droite, le menton levé, la peau blafarde chair de poule, le garçon fit quelques pas dans l'allée.

– De toute façon, vous pouvez lui dire tout ce que vous voudrez, c'est moi qu'elle croira, j'ai parlé. *Howgh !*

– Si tu tombes malade, cela prouvera quoi ?

Oubliant le froid qui commençait à lui marbrer la poitrine, Adolf réfléchit posément avant de répondre :

– Ça prouvera que je ne suis pas assez entraîné.

Mais quelques mètres plus loin, déclarant l'exercice terminé et concluant, il se rhabilla à toute vitesse en claquant des dents.

– Dans quelle classe es-tu ?

Il prit un air buté qui lui allait plutôt bien.

– Je suis dans la classe où je suis.

Marcello ne lui tira pas un mot de plus.

Ils longèrent l'église au clocher en bulbe d'oignon et descendirent un chemin pavé qui les conduisit sur la place du village de Leonding. Le fiacre avait disparu et une carriole chargée de tonneaux de bière avait pris sa place devant la *Gasthof* Stiefler. La double porte de l'auberge était ouverte.

Adolf entra le premier. Marcello le suivit avec un temps de retard.

La serveuse vint à sa rencontre.

– Le cocher vous fait dire que quand vous aurez besoin de lui, vous le trouverez chez le maréchal-ferrant, de l'autre côté de la place.

Marcello la remercia. Son pouls partit au galop lorsqu'il vit le gamin se diriger vers une table occupée par un corpulent vieux moustachu qui fumait la pipe en lisant le *Linz Tagespost*.

Aloïs releva la tête à l'approche d'Adolf et le fixa d'un œil froid de poisson de haute mer.

– Qu'as-tu encore fait ? Tu as cassé des branches ?

– Mais non, j'ai rien cassé du tout ! Je n'ai même pas commencé. C'est maman qui m'envoie.

Adolf désigna Marcello derrière lui.

– Il veut vous parler.

Nous y voilà, se dit Marcello en sentant ses jambes faiblir sous lui. De si près, la ressemblance avec Carolus était saisissante.

Il s'assit sans y être invité et, pour la première fois, leurs regards se croisèrent. Aloïs fronça ses sourcils broussailleux, puis il se tourna vivement vers son fils.

– Toi, rentre à la maison et déblaie-moi cette neige avant midi… et ne casse aucune branche, allez, exécution !

Renfrogné, Adolf fit demi-tour et sortit sans un mot.

– *Grüss Gott*… euuuh… voilà… je m'appelle Marcello Tricotin et mon père s'appelait… euuuh… Carolus Tricotin.

Tout se figea chez Aloïs, sauf sa pipe qui trembla entre ses gros doigts. Trop ému pour être bon juge, Marcello se méprit sur le mutisme du vieil homme et pensa ne pas avoir été compris.

– Voilà, euuuh, je suis le fils de Carolus Tricotin… Vous vous souvenez de lui, n'est-ce pas ? Ce qui veut dire… en quelque sorte… que nous somme frères… enfin, demi-frères.

Comme Aloïs se contentait de le regarder en silence,

Marcello fut victime de subites bouffées de chaleur. Il se leva, ôta sa fourrure avec des gestes brusques et la déposa sur la chaise voisine.

– Je vous cherche à travers tout le pays depuis plus de quatre mois. Je suis même allé jusqu'à Döllersheim, et j'ai failli aller à Strones… Nous avons beaucoup de choses à nous dire… enfin, moi surtout, ou plutôt mon père, enfin je veux dire notre père.

De plus en plus embarrassé, il sortit de sa poche la miniature de Zwettl, ouvrit l'écrin et le posa délicatement entre la blague à tabac en vessie de porc et le *Bockbier* à demi plein.

Aloïs scruta longuement les trois personnages avant de grogner d'une voix rauque, hostile comme une écharde de plancher :

– Où avez-vous volé *ça* !

Volé ! Marcello se gratta le bout du nez. Son ongle arracha la pointe enflammée du bouton de fièvre qui accoucha aussitôt d'une fine perle de pus.

– Je n'ai rien volé… c'est mon père… enfin, je veux dire notre père, qui me l'a confié avant de mourir… car il est mort et je peux vous certifier par écrit que ses dernières pensées ont été pour vous.

– FÜR MICH !

D'une voix qui pétrifia Marcello tant elle imitait à la perfection l'allemand prononcé à l'italienne qu'avait affectionné son père sa vie durant, Aloïs lança d'une voix terrible : *De quoi ? Comment ? Hein… Tu te trompes, je ne suis pas ton père, alors, va-t'en ! Et si j'apprends que tu colportes de pareilles bêtises, je ferai appel à la police, allez, RAUS ! RAUS !*

Toutes les têtes se tournèrent vers eux. Les traits d'Aloïs exprimaient une telle haine que Marcello, qui n'avait jamais rien vu de tel, prit peur et se dressa sur sa chaise, renversant son siège dans sa précipitation.

– *Ja, Ja, Raus !* gronda Aloïs en se dressant lui aussi.

Son visage congestionné était devenu un masque effrayant ; ses yeux exorbités s'étaient striés de rouge et de vilaines taches couleur lie-de-vin apparaissaient sous la peau des joues et du front.

Gorge serrée, regard fixe, cœur renversé, Marcello récupéra son manteau et l'enfila tout en marchant vers la sortie, pressé de s'éloigner d'une détresse forcément contaminante. Quelque chose de dur frappa sa nuque. Sans se retourner pour vérifier, il détala et traversa la place au pas de course, ne ralentissant qu'à la vue de son demi-neveu près du brougham qui semblait l'attendre.

– Pour courir si vite, c'est que vous l'avez mis drôlement de mauvaise humeur.

Marcello frotta sa nuque douloureuse.

– Je n'ai pas eu le temps de lui expliquer quoi que ce soit. Il a tout de suite explosé comme une vieille chaudière.

Adolf donna quelques coups de pied dans la neige, puis il s'éloigna en disant d'une belle voix claire :

– Moi, je vous l'avais dit qu'il n'aimait pas les Italiens.

Tout en marchant, il reprit sa lecture et fit confiance à ses jambes qui connaissaient le chemin par cœur.

Quelques instants plus tard, prostré sur la banquette du fiacre, Marcello ressassait jusqu'à la crampe les divers épisodes de sa désastreuse rencontre. Il revoyait les traits déformés de son demi-frère et il entendait, encore, encore et encore, ce terrible accent germano-italien et ces mots crachés, jamais oubliés, jamais pardonnés.

Une demi-heure plus tard, le fiacre traversait la *Franz-Joseph-Platz*, dépassait la colonne de La Trinité, tournait à gauche, descendait vers les berges du Danube, s'engageait dans la *Donaulände*, s'immobilisait devant l'hôtel *Roter Krebs*.

Tout en recevant sa clé, Marcello questionna le concierge :

– Pourquoi ma chambre porte-t-elle le nom de Karl May ?

– *Herr* May est l'un de nos grands écrivains qui a séjourné douze mois chez nous... C'est dans la suite que vous occupez présentement qu'il a écrit *La Vengeance de Plume-de-Renard* et *Comanches sans moi, Winnetou*, ses deux plus fameux succès, vous nous l'accorderez.

– Où les trouve-t-on ?

– Vous trouverez tout ce que vous voudrez à la librairie Hundertgott, sous les arcades de la *Landstrasse*.

Le reste de l'après-midi ne fut qu'une longue rumination avec pour thème unique : *Je dois y retourner, impossible de ne pas y retourner, il faut que j'y retourne, je ne peux pas faire autrement que d'y retourner, oui, je le dois, je dois y retourner...*

25

Dimanche 4 janvier 1903.
Linz.
Jour 140.

La lucarne de communication du brougham s'ouvrit.
– Oui ?
– Nous y sommes, *mein Herr*.
Marcello descendit du fiacre, le pouls à cent dix et plus.
– Si vous le souhaitez, allez m'attendre à la *Gasthof* Stiefler.
– *Viele Danke, mein Herr*.
Comme hier, Marcello cogna, *toct toct toct*, contre le battant de la maison 16. Le chiot aboya, mais personne ne vint ouvrir la porte. Il s'enhardit et frappa plus fort, *bongk bongk bongk*.
Une femme sans âge, sourcils touffus, mine sévère, bonnet et tablier noirs, ouvrit.
Marcello salua.
– *Grüss Gott*, *gnädige Frau*, je viens voir *Herr* Hitler.
La femme lui fit signe d'entrer. Elle était un peu bossue et ses yeux bleu délavé rappelaient ceux de *Frau* Hitler. Il ôta son bonnet et la suivit dans le couloir propret et frisquet.
La bossue le pria d'entrer dans un salon glacial qui sentait le tabac froid et la cire fondue. Les volets étaient fermés et deux paires de chandeliers d'église éclairaient

une douzaine de personnes recueillies autour d'un grand cercueil posé sur une table. À l'intérieur, gisait Aloïs en grand uniforme d'officier général des douanes impériales et royales. Deux pièces en argent de cinq *krones* empêchaient ses paupières de s'ouvrir et un foulard rouge noué sous le menton maintenait sa bouche close. On avait croisé ses mains sur son ventre rebondi et on avait glissé un chapelet entre ses gros doigts. L'annulaire gauche était bagué.

Sur un guéridon, dans une assiette à soupe, une pile de faire-part sentait l'encre fraîche. Marcello en prit un.

> *Leonding, 3 janvier 1903.*
> *Plongés dans un profond chagrin, nous annonçons, de notre part et de la part de toute la famille, le décès de notre cher et inoubliable époux, père, beau-frère, oncle.*
> *ALOÏS HITLER*
> *Directeur des douanes impériale et royale, à la retraite, qui s'est soudain endormi dans la paix du Seigneur, le samedi 3 janvier 1903, à 10 heures 30 du matin, dans sa soixante-cinquième année.*
> *Les funérailles auront lieu le lundi 5 janvier 1903, à 10 heures du matin.*

Secrètement soulagé à un point qu'on imagine mal, Marcello afficha un air de circonstance et s'approcha du cercueil auprès duquel se tenaient Adolf et Paula. Le garçon ne répondit pas à son salut. Il avait passé un bras protecteur autour de sa sœur et il regardait le visage du mort que jaunissait la lueur des cierges. La veuve, entourée de villageois aux traits compassés, avait ses yeux bleus cernés de chagrin et injectés de sang.

Marcello s'inclina, présenta ses condoléances et lorsqu'il eut terminé, *Frau* Hitler lui désigna la porte en disant d'une voix douce :

– Suivez-moi, *mein Herr*, j'ai quelque chose à vous montrer.

Il la suivit sous les regards intrigués de l'assistance. Qui était cet inconnu aussi richement attifé ?

Klara le mena dans la cuisine où une forte odeur de schnaps remplaçait l'odeur de café et de miel de la veille. La bossue qui lui avait ouvert découpait du saucisson en fines lamelles et les déposait sur une assiette où se trouvaient déjà des cornichons ; deux bouteilles de schnaps attendaient sur un plateau cerné d'une douzaine de petits verres.

– Voici Johanna, ma sœur, dit *Frau* Hitler avec un geste vers sa cadette de trois ans qui lui ressemblait si peu.

Elle prit dans le tiroir central du buffet un objet enveloppé dans du papier journal ; elle le déplia et le posa sur la table. Marcello vit la miniature de Zwettl brisée en quatre morceaux inégaux.

– C'est *Herr* Stiefler qui l'a récupérée par terre. Mon mari l'aurait lancée sur vous.

Marcello palpa la petite bosse sur sa nuque, puis il chercha une contenance en reconstituant la miniature.

– Elle appartenait à mon père.

– *Herr* Stiefler dit que mon mari a eu son embolie juste après.

Marcello blêmit. Était-on en train de l'accuser ?

– Quand je l'ai quitté, il était en colère, mais il était toujours vivant.

– Et pourquoi était-il en colère ?

– Je ne sais trop… mais disons qu'il a commencé à s'énerver lorsque que je lui ai montré cette miniature.

Klara posa son index sur le morceau montrant Aloïs enfant sur les genoux de sa mère.

– Lui, je le remets, bien sûr, et, elle, ce doit être Maria-Anna sa mère, mais cet homme-là, qui est-ce ?

– C'était mon père… et c'était aussi le sien… enfin, c'est une histoire compliquée.

Klara éprouva le besoin de s'asseoir ; c'était comme si une multitude de petits mystères accumulés au fil des ans se résolvait d'un coup.

– J'en étais sûre, moi, j'ai jamais cru grand-père quand il racontait que c'était l'oncle Georg ! triompha Johanna en se versant un verre de schnaps, comme pour se féliciter.

Personne ne le lui proposant, Marcello s'assit d'autorité sur la même chaise que la veille.

– Cette miniature a été faite à Zwettl, en 1841… À cette époque mon père, enfin notre père, était étudiant à Vienne… étudiant en médecine.

Klara toucha de l'ongle le visage de Maria-Anna puis celui de Carolus.

– Comment se sont-ils connus ?

Marcello décida qu'il était superflu de mentionner le *Paradis perdu* et l'épisode *Fräulein* Tout-sauf-ça.

– À ma connaissance, elle était lingère dans la famille… et mon père avait dix-neuf ans… Il lui a fait un enfant qu'il n'a pas reconnu… et c'est en quelque sorte pour s'en excuser qu'il m'a envoyé ici.

– Mais pourquoi n'est-il pas venu lui-même ?

– Il est mort, madame, et ce n'est qu'au dernier jour de sa vie qu'il m'a fait faire le serment de retrouver mon demi-frère. Avant cela, j'ignorais tout de son existence.

– Mais alors pourquoi l'oncle Georg l'a-t-il reconnu ? dit la bossue en se versant un nouveau verre de schnaps.

Marcello consulta le calepin qui ne le quittait jamais.

– Oui, mais d'après les registres paroissiaux de Döllersheim, la reconnaissance en paternité s'est faite en 1876, mais en 1876, Georg Hiedler était mort depuis dix-neuf ans.

Johanna haussa les épaules, ce qui chez une bossue faisait son effet.

– C'est donc l'oncle Nepomuk qui a tout manigancé encore une fois.

Soudain, la porte de la cuisine s'ouvrit sur Adolf et la petite Paula.

– *Herr* Mayrhofer est ici, *Mutti*. Il demande s'il peut te présenter ses condoléances tout de suite car il a une vache malade et il ne peut pas rester.

Klara sortit. Johanna but son schnaps et Marcello remballa les morceaux de la miniature dans le papier journal, n'osant pas réclamer l'écrin. Au regard appuyé que lui lança le gamin, il se demanda depuis combien de temps celui-ci écoutait derrière la porte.

Marcello prit dans la poche de son manteau un paquet enveloppé dans un papier brun à l'enseigne de la *Buchhandle* Hundertgott.

– Voilà, c'est pour toi.

– Pour moi ? répéta le garçon incrédule.

Il déchira rapidement le papier d'emballage et trouva trois livres de Karl May. *Le Trésor du lac d'Argent*, *Sur la piste des Comanches*, *Le Retour de Winnetou l'Inusable*.

– J'espère que tu ne les as pas lus.

– J'ai déjà lu celui-là, dit Adolf en montrant *Sur la piste des Comanches*, mais ça fait rien, je le relirai… Je vous remercie, monsieur, c'est bien aimable à vous pour un Italien.

Marcello comprit sa maladresse lorsqu'il croisa le regard désappointé de la petite Paula : il n'avait rien pour elle, il n'y avait même pas songé. Après un instant de confusion, il se vit sortir le livre qu'il lisait dans le fiacre et, à regret, conscient de l'inanité de son geste mais incapable de s'en empêcher, il se vit l'offrir à la fillette.

– Tiens, celui-là est pour toi.

Née le 21 janvier 1896, Paula allait fêter ses sept ans dans dix-sept jours. Elle prit à deux mains *L'Art d'avoir*

474

toujours raison d'Arthur Schopenhauer et l'examina, telle une sauterelle devant un dé à coudre.

– Merci beaucoup, monsieur, c'est un beau livre… même s'il est bien mince et qu'il a pas d'images.

Mortifié à son maximum, Marcello chercha une escampette en s'adressant à la bossue.

– Avec votre permission, je boirais volontiers un verre de schnaps, *gnädige Frau*.

La porte de la cuisine s'ouvrit sur une jeune fille d'une vingtaine d'années au visage ovale encadré de nattes de cheveux bruns enroulées façon bavaroise autour des oreilles.

Adolf lui présenta Angela comme étant sa sœur.

– Enchanté, mademoiselle, dit Marcello en se levant et en esquissant un baisemain qui les embarrassa tous.

– C'est un Italien qui a connu papa, expliqua Adolf.

Angela Hitler était la deuxième enfant née du deuxième mariage d'Aloïs avec Franziska *Fanni* Matzelberger. L'année suivant sa naissance, sa mère avait été tuée par la tuberculose. Aussi, Angela et son frère aîné, Aloïs junior, avaient été élevés par Klara.

Tout en se demandant pourquoi le visage de cet Italien lui semblait familier, Angela prit le plateau de charcuterie et le porta au salon ; Johanna la bossue la suivit chargée des verres et du schnaps.

Marcello montra le faire-part au gamin. Il pointa son index sur les deux noms, *Aloïs* et *Adolf, fils*.

– Qui est Aloïs ?

– C'est mon demi-frère, c'est le frère d'Angela.

– Il est ici aujourd'hui ?

Adolf haussa les épaules. Ce sujet lui déplaisait.

– Non, il n'est pas ici aujourd'hui.

Marcello attendit le retour de Klara et lui offrit discrètement une enveloppe brune contenant dix mille *krones* : cinquante billets de cent *krones* et cinq billets de mille *krones*.

– Je devais les remettre à votre époux de la part de mon père, enfin de notre père, mais il ne m'en a pas laissé le temps.

Klara pâlit. Il y avait dans cette enveloppe l'équivalent de cinq années de salaire d'un fonctionnaire des douanes en activité, ou encore, dix années de pension d'un fonctionnaire des douanes à la retraite ; accessoirement, c'était la première fois qu'elle voyait un billet de mille *krones*.

***

Lundi 5 janvier 1903.
Jour 141.

La petite foule revêtue de noir qui piétinait la neige devant la maison en attendant la sortie du cercueil, dissuada Marcello d'assister à l'enterrement de son demi-frère. Comme une montgolfière qui se déballonne, le courage lui manqua d'affronter le regard de ces paysans endimanchés. Il ordonna au cocher de faire demi-tour.

Sur la *Landstrasse*, il cogna contre la cloison pour arrêter le cocher devant la librairie Hundertgott où il racheta *L'Art d'avoir toujours raison*.

– Vous êtes chanceux, c'est mon dernier.

– Schopenhauer se vend bien à Linz ?

– Oh oui, surtout ce titre. Nous en écoulons une trentaine par an... principalement à des avocats, à des hommes politiques, à des officiers de la garnison et même à des journalistes...

– Je vois...

– Si je peux me permettre, avez-vous eu déjà connaissance de ceux-ci ?

Le libraire lui mit dans les mains *L'Art de se faire respecter* et *Essai sur les femmes* d'Arthur Schopenhauer.

– Je les prends.

***

Mardi 6 janvier 1903.
Jour 142.

Le *Linz Tagespost* publiait en page 5 un éloge funèbre qui en disait long sur la popularité locale de son demi-frère.

> *Nous venons d'enterrer un brave homme. C'est vraiment ce qu'on peut dire d'Aloïs Hitler, officier général des douanes à la retraite, qui fut porté aujourd'hui à sa dernière demeure. Sa vie a pris fin soudainement, le trois de ce mois, d'une attaque d'apoplexie à la taverne de M. Stiefler alors que, malade comme il l'était, il tentait de reprendre ses forces devant un bock de bière.*
>
> *Aloïs Hitler était dans sa soixante-sixième année, son passé fut tout à la fois fait de joies et de chagrins. Avec pour seuls bagages ses études élémentaires, il apprit le métier de cordonnier, puis acquit en autodidacte les connaissances nécessaires à une carrière de fonctionnaire qui fut exemplaire. Il exerça ses bons et loyaux services notamment à Salzbourg, Braunau, Simbach, Passau et Linz. Aloïs était un homme de progrès dans toute l'acception du terme, et à ce titre un partisan de l'instruction libre.*
>
> *En compagnie, il affichait toujours de la bonne humeur et une joie adolescente. Les mots un peu vifs qui échappaient parfois de ses lèvres n'auraient su démentir le cœur chaleureux qui battait sous cet extérieur rude. Il fut toujours l'énergique champion du droit et de la justice. Au courant de*

477

tout, il pouvait se prononcer avec autorité sur n'importe quel sujet. Il aimait chanter et se trouvait heureux au milieu de ses pareils. Il faisait autorité dans le domaine de l'apiculture. Sa grande frugalité, son sens de l'économie et de l'épargne n'étaient pas les moindres traits de son caractère.

On peut dire que la disparition de Hitler a laissé un grand vide dans sa famille (il laisse une veuve et quatre enfants dont les conditions de vie sont désormais précaires) et dans le cercle de ses amis et connaissances, qui garderont de lui un souvenir ému.

Marcello découpa l'article et le joignit au faire-part de décès et à la copie certifiée de l'acte de naissance du défunt.

Il soupira et s'entendit déclarer à voix haute : *Et voilà, basta cosi, je rentre, c'est fini.*

Pourtant, il n'éprouvait aucun soulagement, aucune satisfaction, pire, sa tension intérieure augmentait jusqu'au prurit. La perspective de retrouver Maria, les enfants, l'école, le village, l'angoissait inexplicablement ; l'angoisse naissait de l'attente d'un danger inconnu, tandis que la peur supposait la présence et la connaissance du danger, en fait, il aurait préféré avoir peur, et encore en fait, il aurait préféré retourner à Vienne plutôt qu'à San Coucoumelo.

***

Mercredi 7 janvier 1903.
Jour 143.

À l'heure où les concierges sortaient leurs ordures, Marcello s'installait dans le compartiment de première classe de l'express d'Orient, coin SFD8, une bonne place pour qui n'était pas dérangé d'être assis dans le sens contraire de la marche.

À Salzbourg, en attendant la correspondance pour Innsbruck, il tua le temps en visitant (pour un demi-*kreuzer*) la *Gebursthaus* de Mozart, une petite maison bourgeoise dans la *Getreidegasse*. Là, au troisième étage, il eut la surprise de découvrir le crâne du compositeur exposé judicieusement sur un clavicorde.

– Je croyais qu'il avait été enterré dans une fosse commune du cimetière de Vienne ?

L'employé du musée opina du chef.

– *Das ist korrect, mein Herr, aber*, ce crâne est celui de Wolfgang Amadeus enfant.

– Enfant ! Voulez-vous dire qu'il a utilisé deux crânes durant son existence ?

– Quoi d'étonnant, monsieur, Wolfgang Amadeus Mozart était un authentique génie salzbourgeois.

L'employé désigna un tableau au-dessus d'une cheminée où l'on voyait un bambin assis sur le tapis devant un élégant berceau à bascule.

– Voyez par vous-même, il avait à peine un an et déjà il réparait son berceau.

Le tableau suivant montrait Wolfgang Amadeus Mozart âgé de trois ans, pianotant sur le clavecin de sa sœur. L'œuvre de Wilhelm Strueker était intitulée *En quête des notes qui s'aiment*.

Une heure plus tard, Marcello prenait place dans le compartiment numéro 2 de l'express *direttissimo* des wagons-lits internationaux. Les meilleures places étaient occupées par deux jeunes gens bien habillés que chaperonnait un géant d'un mètre quatre-vingt-dix en jupe portefeuille et chaussettes montantes. Bien qu'il fût assis, sa tête dépassait le filet porte-bagages.

Durant les vingt-trois heures du trajet, Marcello apprit que les jeunes gens étaient de nationalité anglaise (un fils unique et son cousin), et qu'ils faisaient leur *grand tour* accompagnés de John MacPhee, ex-sergent-chef des Highlanders et ex-ordonnance à la retraite du général William Elphinstone, père du fils unique.

Après leur avoir fait découvrir le vin à la coca du divin Angelo Mariani, Marcello étala les coupures des journaux commentant son coup de foudre et son naufrage (grâce à *Frau* Sacher, son accident d'ascenseur était passé inaperçu). Les pièces de monnaie fondues eurent un grand succès et passèrent de main en main avant de lui revenir.

***

Jeudi 8 janvier 1903.
Jour 144.

Sans dérailler une seule fois, sans le plus petit incident notable, le *direttissimo* arriva à l'heure prévue (18 heures 35) à la *Stazione di Porta Nuova* de Turin.

Un brougham emporta Marcello jusqu'à la *via* Sacchi où, selon le Baedeker, s'élevait le meilleur établissement de la capitale, le *Grand Hôtel de Turin et Trombetta*.

Le boucan infernal des roues ferrées du brougham sur les pavés lui rappela qu'il n'était plus en Autriche.

– Pourquoi ne pas cercler vos roues de caoutchouc, comme cela se fait à Vienne ? Ce serait plus confortable pour vos clients et pour vous-même.

Venant de recevoir un généreux pourboire de deux lires, le cocher daigna répondre, mais seulement du bout des lèvres.

– Le fer c'est plus solide que le caoutchouc et ça s'use moins vite, v'là pourquoi.

Sur ces fortes paroles, il eut un bruit de langue, *clopc, clopc*, qui fit avancer ses chevaux et mit fin à l'entretien.

Des bagagistes s'emparèrent de la malle-cabine et du sac de nuit. Marcello les suivit.

– Votre meilleure suite, monsieur le concierge.

Après un regard admiratif sur l'imposante fourrure et sur les étiquettes décorant la malle, le concierge eut une grimace désolée.

– *Purtroppo*, *signore*, trois fois hélas, mais notre meilleure suite est présentement occupée par Son Excellence l'ambassadeur du Brésil.

Marcello haussa les épaules.

– Donnez-moi ce qu'il vous reste de mieux.

Il reçut le droit d'occuper au deuxième étage la chambre 26, meublée d'un joli mobilier vénitien, époque Casanova aux Plombs… et maintenant ?

Tel un orage en été, un début de migraine se leva sous son crâne. Son ventre gargouilla au niveau de l'estomac et son front brûlant le persuada d'une forte fièvre (quarante et un degrés).

Il commença par avaler trois sachets d'aspirine, puis il compta trois cuillerées de bicarbonate de soude et les dilua dans du vin Mariani qui en pétilla, tel un asti *spumante*. Ensuite, il se coucha dans le lit en forme de gondole et mit sous son nez un morceau de coton imbibé au préalable d'éther.

Cette nuit-là, il rêva qu'il volait au milieu d'un groupe de grues cendrées. Le rêve était si réel qu'il sentait sur la peau le souffle du vent qui s'engouffrait dans sa chemise de nuit et la gonflait telle une voile. Il entendait avec une grande acuité le froissement de plumes de la centaine d'ailes qui battaient autour de lui. Il était aussi conscient de voler les bras en croix sans avoir à les agiter pour avancer, comme s'il planait. Il savait aussi qu'il faisait jour, qu'il faisait beau et qu'ils survolaient une vallée étroite au relief couvert de sapins noir exagérément pointus. En revanche, s'il ignorait où les grues l'emmenaient, il se savait là à leur demande… Le plus biscornu dans ce rêve n'était pas de voler mais d'entendre les grues lui grugruter dans un allemand qui rappelait à s'y méprendre l'accent viennois du Pr Freud : *Celui qui a faim rêve qu'il mange ; celui qui a soif rêve qu'il boit.*

***

Vendredi 9 janvier 1903.
Jour 145.

– Je veux téléphoner à l'étranger.

– Vous le pourrez peut-être, *signore*, si vous vous rendez à la poste centrale de la *via* Alfieri.

Marcello toisa sévèrement le concierge.

– Vous êtes présenté dans le Baedeker comme le meilleur hôtel de la capitale.

– C'est tout a fait exact, monsieur.

– Croyez-moi, je connais bien les meilleurs hôtels, je peux vous assurer qu'ils ont tous le téléphone, et j'ajoute que les *meilleurs* de ces meilleurs hôtels ont des ascenseurs électriques à trois vitesses.

– Trois vitesses, monsieur !

– Oui, parfaitement et je les ai essayées toutes les trois.

Muni de la carte de visite du Pr Freud, il se fit transporter en brougham *via* Alfieri où s'élevait la façade néoclassique des postes royales italiennes.

– Revenez dans une dizaine d'années, le raccordement à l'Autriche sera sans doute achevé, lui conseilla un employé à rouflaquettes.

– *Purtroppo*, puisqu'il est impossible de téléphoner dans ce pays arriéré, puis-je au moins télégraphier ?

Si signore, il le pouvait.

Face à un guichet grillagé, il lut un texte qu'il adressa au *Professeur Sigmund Freud, Berggasse 19. Wien IX. Cher Professeur – stop – avez-vous le souvenir de m'avoir dit l'autre jour – stop – Celui qui a faim rêve qu'il mange – stop – celui qui a soif rêve qu'il boit – stop.*

Tout en donnant comme adresse de réponse l'adresse du Grand Hôtel de Turin et Trombetta, il était conscient de retarder de plusieurs jours son retour à San Coucoumclo.

Comment admettre qu'à la seule pensée de retrouver sa classe, il était envahi d'une sensation de malaise général avec pâleur, vertiges, salivation incontrôlée, tendance syncopale, bref, il avait envie de vomir.

Il monta dans le fiacre.

– Et nous allons où maintenant, *signore* ?

– Nous allons *via* Fra Angelico.

Sur le ton de *tout le monde sait ça*, le cocher le mit en garde :

– *Signore* à cette heure-ci, c'est fermé.

– Pour moi, ce sera ouvert, lui dit Marcello avec un mouvement de tête semblable à celui d'un paon s'apprêtant à faire sa roue.

Le *Tutti Frutti*, au 13 de la *via* Fra Angelico, occupait la totalité d'un immeuble du siècle dernier. La façade de quatre étages était mal entretenue et les trente-six fenêtres (neuf par étage) aux soixante-douze volets clos lui donnaient un air abandonné qui la distinguait des autres façades.

Marcello paya le cocher, marcha jusqu'à la porte d'entrée, tira sur la chaîne de cuivre qui actionnait la clochette de la réception.

Le judas s'ouvrit. Il reconnut Alberta Pigozzi, la sous-maîtresse.

– C'est fermé, revenez les vêpres passées.

Il souleva son bonnet de castor et dévoila sa chevelure frisée.

– Je ne suis pas un client, *signora*, *sono io*, Marcello Tricotin, vous ne me remettez pas ?

La porte s'ouvrit, il entra, la porte se referma derrière lui.

– *Scusi, signore* Marcello, mais avec toute cette fourrure… et puis y a votre nez qu'est pas comme avant on dirait… et puis aussi vos cheveux qui sont bien plus longs que l'autre fois…

L'heure était au nettoyage et à la mise en place en prévision de l'ouverture. La sous-maîtresse héla une fillette en tablier bleu qui brossait les velours du grand divan à l'ottomane. Âgée de onze ans, fille unique de la Niçoise Aglae Escartefigue, Proserpina payait sa pension en travaillant depuis quatre ans comme bonne à tout faire de cinquième catégorie (il n'existait pas de sixième) : elle mangeait au réfectoire des domestiques mais elle dormait dans le dortoir des filles avec sa mère.

– Monte prévenir la *Signora* Divina que le *padrone* il est ici.

La fillette obéit sans un mot.

Marcello se dandina en cherchant quelque chose à dire.

– Les affaires sont florissantes ?

– Nous avons bien travaillé durant les fêtes, mais maintenant, c'est plus sage.

– Je vois.

La gamine revint.

– *Signora* Divina demande gentiment si vous pouviez monter la voir.

Il la suivit dans les escaliers jusqu'aux appartements privés du quatrième étage. La fillette ouvrit la porte de l'antichambre et le laissa entrer. Il vit les oiseaux taxidermisés suspendus à leurs fils et, aussitôt, il reconnut la grue cendrée qui volait à main droite dans son rêve.

Divina Haider portait une vieille robe d'après-midi en velours ciselé de chez Worth. Ses yeux fardés s'arrondirent lorsque Marcello entra. Elle se leva.

– C'est bien moi, *Frau* Divina.

– Cheu fous reconnais, *Herr* Marcello, mais bas en entier. Fous afez peaucoup changé on dirait…

Avec des gestes secs, il s'extirpa de son manteau de fourrure et le déposa sur la bergère.

La *Signora* Divina marqua son admiration en sifflotant.

– Fous afez aussi dramatiquement renoufelé fotre garde-robe, *Herr* Marcello.

– On ne m'a pas laissé le choix. Il le fallait, mais on m'a certifié que j'étais vêtu *au dernier chic viennois*. Qu'en pensez-vous, madame ?

La mère maquerelle sentit sa lèvre inférieure trembloter.

– Comme un Pritannique fous êtes fêtu ! *Herr* Marcello… mais blus tôt che bensais que fous fiendriez nous foir. Il y a des décissions à brendre que che ne beux bas brendre seule.

Il désigna son nez cassé.

– J'ai été retardé. Vous auriez dû contacter mon parrain.

– Che l'ai fait, pien sûr, mais il m'a rébondu que le *badrone*, déssormais, c'était fous et qu'il fallait attendre fotre refenue.

Marcello s'approcha du meuble d'encoignure sur lequel le daguerréotype encadré montrait son père en compagnie de ses deux maîtresses, Vittoria et Divina. Un cierge à la cire d'abeille d'une lire éclairait les trois visages souriants. Celui de sa mère le fascinait. Elle ne ressemblait en rien à ce qu'il avait imaginé durant son enfance.

Il s'assit devant le bureau à cylindre et regarda Divina en posant ses doigts sur l'un des tiroirs.

– Puis-je ?

– Chez fous, fous êtes, *Herr* Marcello, et ce que fous foulez, fous le faites.

Comme il s'y attendait, le tiroir contenait des

manuscrits dans des chemises brunes semblables à celles qui protégeaient les manuscrits de la *villa* Tricotin. Il ouvrit le premier de la pile. C'était une thèse sur les origines péruviennes de la grande vérole : Carolus démontrait, sources et documents à l'appui, comment les Incas du Pérou avaient été les premiers à contracter la vérole en se livrant à des actes de bestialité sur leurs lamas, des camélidés porteurs de la syphilis à l'état endémique.

Cette pratique zoophilique était attestée dans une copie manuscrite des *Commentaires royaux sur le Pérou des Incas* – écrits en 1609 par l'Inca Garcilaso de la Vega. Carolus l'avait achetée à prix d'or à l'indélicat conservateur en chef de la Bibliothèque royale de Lima. Il était question d'un édit de l'Inca Pachacutec contraignant les voyageurs de longue durée à emmener leurs femmes afin qu'ils n'aient pas à copuler avec leurs bêtes de somme.

Siècle après siècle, la grande vérole s'était propagée sur l'ensemble du continent jusqu'aux îles des Caraïbes et jusque dans cette petite île de l'archipel des Bahamas – les Taïnos l'appelaient en arawak *Guanahani* – où l'amiral de la mer Océane Christophe Colomb avait débarqué en octobre 1492, découvrant simultanément, les Amériques, le tabac et la syphilis. En mars de l'année suivante, ce même amiral et son équipage débarquaient à Séville, puis rejoignaient la cour à Barcelone. Peu de temps après, apparaissait, à Séville et à Barcelone, une calamité nouvelle qui se propageait à la vitesse d'un éternuement (sept cent cinquante kilomètres à l'heure).

Dans le tiroir du bas se trouvait une biographie inachevée sur Thalès de Milet, l'inventeur de la curiosité scientifique, en 585 avant l'Acrobate. Thalès était le premier humain connu qui avait osé penser qu'il était possible de comprendre comment le monde était fait et comment il fonctionnait. Il avait été le premier à noter qu'un morceau d'ambre frotté avec un chiffon de laine attirait tous les brins de paille à cinquante centimètres à la ronde. Encore plus fort, il avait prédit une éclipse du soleil qui avait eu lieu.

Avec la vue aérienne de quelqu'un qui serait suspendu au lustre, Marcello se vit refermer le tiroir et il s'entendit dire.

– Que penseriez-vous, *Signora* Divina, si je faisais comme mon père et si je m'installais ici pour un temps… une ou deux semaines, tout au plus, le temps de recevoir ma réponse de Vienne ?

Le visage flétri de Divina Haider s'éclaira d'un sourire qui la rajeunit de trente ans et dévoila toutes ses mauvaises dents ; seule la peur du ridicule l'empêcha de sautiller en applaudissant des deux mains.

Sans plus attendre, elle rameuta plusieurs domestiques et leur ordonna de transférer ses affaires dans ses anciens appartements sur le palier.

– Au fait, madame, arrivait-il à mon père de coucher avec les pensionnaires ?

Les yeux bleus de la mère maquerelle s'embuèrent.

– *Ja doch*… kurieux fotre bère était. Il aimait peaucoup la fariété, mais, chétais la seule qu'il emprassait sur la pouche, et ça, che le chure sur la tête du betit Chésus.

26

Dimanche 11 janvier 1903.
Le *Tutti Frutti*.
Jour 147.

– Debout mes fières salopes, il est déjà neuf heures, et c'est dimanche, et Jésus nous attend à dix heures.

Alberta Pigozzi, la sous-maîtresse, avançait dans l'allée centrale en agitant une clochette et en tirant les rideaux des alcôves, dévoilant des couples endormis, parfois enlacés, parfois dos à dos. Il y avait belle lurette qu'Alberta n'était plus sensible à cette indéfinissable odeur d'égout séminal qu'exsudaient ces corps chauds de femelles harassées.

– Allez debout, debout, debout… *ding ding ding ding*, vous savez bien que les putes paresseuses, Jésus les honnit.

La jeune Proserpina fut la première à quitter le lit qu'elle partageait avec sa mère. Les yeux gonflés de sommeil, pieds nus, elle trottina en chemise de nuit jusqu'au gros poêle de fonte qu'elle entreprit de ranimer.

Compatissante envers les filles qui s'étaient couchées aux aurores, Alberta continua cependant à agiter sa clochette et à tirer les rideaux.

– Debout, mes petites cailles, c'est dimanche, levez-vous, Jésus n'aime pas les retardataires, combien de fois il faut vous le dire ?

La voix éraillée de Mia Apostolica protesta du fond de son lit.

– On pourrait pas aller à celle de onze heures, *signora*, comme ça on pourrait dormir une heure de plus ?

– Tous les dimanches tu dis la même chose, et la même chose tous les dimanches je te réponds : la messe de onze heures, c'est la messe pour les riches et les riches y veulent pas nous voir à l'église, y veulent nous voir seulement ici.

Deux autres interdictions concernant la religion frappaient les prostituées turinoises ; elles n'avaient pas le droit d'aller à confesse, elles ne pouvaient donc pas communier.

Des marmitons entrèrent dans le dortoir en claironnant de joyeux *Bien le bonjour à vous toutes !* Ils déposèrent sur les tables des cafetières fumantes, des gamelles de lait, des gamelles de chocolat chaud, des petits pains ronds encore tièdes, du sucre, du beurre et de la confiture à volonté.

Une fois le poêle allumé et ronflant, Proserpina déposa sur les tables les quarante bols, les quarante cuillers et les quarante couteaux nécessaires au petit-déjeuner des filles et de la sous-maîtresse.

Assise en bout de table, non loin du poêle qui réchauffait rapidement le dortoir au plafond bas, Alberta Pigozzi fumait sa première cigarette de la journée en se demandant pourquoi l'ombre du zèbre n'avait pas de rayures ; par moments, elle stimulait les retardataires en agitant sa clochette.

Une à une, les filles en robe de chambre s'assirent à leurs places habituelles, s'embrassant négligemment en se souhaitant le bonjour. Les civilités terminées, elles commentèrent à l'infini l'installation, hier en fin d'après-midi, du nouveau *padrone*.

– Je l'ai entendu dire à la *signora* que son manteau, c'était du loup de je ne sais plus où.

– On dit qu'il est marié et qu'il a trois petits, là-bas dans son village !

– Vous croyez que c'est aussi un docteur, comme son père ?

Les clients prisant la jeunesse et la diversité, le cheptel d'un établissement tel que le *Tutti Frutti* se renouvelait tous les cinq, six ans. Parmi les trente-huit pensionnaires présentes dans le dortoir, quatre seulement étaient assez âgées pour avoir connu le *stimate dottore*.

– Je suis pas sûre, mais je crois que je l'ai entendu un jour dire qu'il était maître d'école, son fils, dit Angelina Moncolombone, une grande brune à la peau d'albâtre, la doyenne des pensionnaires avec ses vingt-six ans récemment fêtés. À l'heure du *choix*, sa forte personnalité l'autorisait à jouer indifféremment la mariée rougissante ou la religieuse impudique.

Traînant les pieds sur le plancher, Ida Fontana, une blonde aux rondeurs agitées, toujours vêtue de noir, s'assit en excusant l'absence de sa compagne de lit.

– La Gina ne vient pas, *signora*, elle les a.

Alberta se rendit sans délai au chevet de la jeune fille, souleva le drap, renifla. Aucun doute, Gina les avait.

La sous-maîtresse ouvrit son carnet en demandant si elle désirait du laudanum. Gina hocha la tête en grimaçant, Alberta prit cela pour un oui et inscrivit la commande ; rien n'était gratuit au *Tutti Frutti* ; en fait, tout y était vendu cinq fois plus cher qu'ailleurs.

– Il te reste des éponges ?

– *Si, signora.*

Désireuses de ne point perdre une journée de travail, les filles menstruées se plaçaient une éponge dans le vagin afin que le client ne s'aperçoive de rien. L'éponge était attachée à un fin cordon de soie qui servait à la retirer. La fille récupérait ainsi le sang de ses menstrues et le revendait à Alberta qui, à son tour, le revendait sous forme d'onguents contre les verrues, ou de philtres d'amour (pour s'en faire aimer, on faisait manger à l'homme choisi du pain sur lequel on avait déposé quelques gouttes de ce liquide). La sous-maîtresse mettait également à contribution le personnel masculin en récupérant régulièrement leurs *distillatio* et *tayoro*, qui, habilement mélangés, se révélaient un remède imparable contre l'impuissance, la chute des cheveux et la pécole grise.

Non loin de là, à quelque soixante centimètres sous le plancher du dortoir, commençait le plafond de la chambre à coucher dans laquelle le *padrone* venait de passer sa première nuit.

Attablé face à Divina Haider, Marcello mastiquait son *Frühstück* roboratif à base de *Geselchtes* au raifort et de salade de *Rotkraut* qui lui rappelait, déjà avec nostalgie, l'Autriche.

Tout en le regardant manger, la mère maquerelle, attendrie, l'enseignait sur le fonctionnement exact d'un bon bordel : elle lui expliqua comment se recrutait les filles, comment un système d'endettement les fragilisait, qui il fallait soudoyer à la municipalité et à la police, et aussi, comment fonctionnait le système de sonnerie qui rendait impossible les confrontations entre clients dans les escaliers, quel était le numéro du code commandant le coffre-fort Hoodproof.

Divina conclut en lui fournissant la liste non exhaustive des prestations et des tarifs en cours, y ajoutant la liste nominative des habitués qu'elle avait répertoriée en colonnes : une colonne pour les militaires (exclusivement officiers), une colonne pour les fonctionnaires, pour les ecclésiastiques (rien en dessous du grade d'évêque), pour les industriels, pour les grandes familles, une colonne pour les étudiants et enfin une colonne pour les divers.

– Nous embloyons une dizaine de rekruteurs qui sont de *remonte* toute l'année, ici à Turin, mais aussi à Gênes, à Milan et même jusqu'à Rome… et buis il y a les filles qui fiennent se préssenter d'elles-mêmes. Une dizaine bar mois il en fient enfiron.

Le petit-déjeuner terminé, Divina lui remit avec solennité un petit lingam en argent qui retenait les cinq clés essentielles du *Tutti Frutti* : la clé de la porte d'entrée principale, la clé de l'entrée de service, la clé de la cave, la clé des appartements privés, la clé du coffre-fort.

Avec l'ongle de son auriculaire, Divina lui fit remarquer la fine inscription gravée le long du porte-clés : *Tu dois donc tu peux.*

Aux bruits venant du plafond, la mère maquerelle sut que les filles avaient terminé leur *Frühstück* et s'apprêtaient à sortir.

– Che subbose que bareil à fotre bère, à la messe fous n'allez bas ?

– Jamais, *signora*, c'est bien trop bête comme représentation.

***

Lundi 12 janvier 1903.
Jour 148.

Suivant les instructions de Divina Haider, Marcello se rendit chez un entrepreneur du centre-ville afin de lui proposer le chantier pour un ravalement général de la façade du numéro 13 de la *via* Fra Angelico.

Avec un geste explicite vers le crucifix suspendu au-dessus de son bureau, l'entrepreneur secoua sa tête joufflue.

– Impossible, *signore*, nous sommes avant tout une entreprise honorable et très catholique qui a pour principe fondamental de ne jamais ravaler les façades des bordels.

– Tiens tiens, comme c'est amusant... Mais alors que diriez-vous si je vous offrais une consommation féminine gratuite pour une période de... disons trois mois à compter du premier jour des travaux ?

L'entrepreneur se leva, marcha à pas de chat vers la porte et l'ouvrit brusquement. Satisfait de n'y trouver personne accroupi derrière, il sortit de sa poche un grand mouchoir à carreaux rouges et blancs et recouvrit le crucifix, puis il revint s'asseoir.

– Je veux le choix des filles, mais surtout je veux venir l'après-midi, pour moi c'est plus pratique.

– Bien entendu.

L'entrepreneur frotta ses mains l'une contre l'autre.

– Demain à la première heure, mes ouvriers viendront échafauder votre façade.

À l'Académie royale des beaux-arts, il persuada facilement plusieurs étudiants de venir peindre des trompe-l'œil de fenêtres ouvertes sur chacun des soixante-douze volets clos ; et que pas un ne soit le même.

Dans l'après-midi, il visita la compagnie Edison et déposa une demande d'électrification de l'immeuble sis au 13 de la rue Fra Angelico ; dans un autre bureau, à l'étage supérieur, il déposa une demande pour que le 13 soit raccordé au réseau téléphonique.

– Nos clients pourront ainsi réserver en toute discrétion.

Comblée, incapable de retenir deux larmes, la *Signora* Divina prit la main droite de Marcello et l'embrassa.

– Tu es le digne fils de ton bère.

***

Après le souper, derrière l'une des nombreuses glaces sans tain, Marcello assista au spectacle de la cérémonie du *choix* dans le grand salon.

Conçu par Carolus, le décor était un mélange de temple grec à colonnes doriques et de jardin oriental à faux palmiers de cuivre et de tapis couleur mousse des bois. Au fond, dans une fausse grotte, une cascade ruisselante produisait un reposant clapotis.

Le *Tutti Frutti* se faisait un devoir d'offrir à ses clients ce qu'il y avait de mieux sur le marché ; ce soir-là, étaient présentes la Mariée intimidée, la Religieuse lubrique, la Vestale grecque sodomite, la Nourrice abusive, l'Aristo-crate fellatrice, la Négresse cannibale, la Veuve joyeuse, l'Écolière dévergondée, le Bébé langé ; seules man-quaient la Vierge effarouchée et la Bourelle masquée qui n'intervenaient que sur commande. Toutes ces filles étaient jeunes, belles, désirables, dispendieuses.

Un client en smoking entra dans le salon, accompa-gné de la sous-maîtresse en robe du soir de chez Callot Sœurs.

– Il fient chaque fois que sa femme s'en fa brendre ses eaux à Karlsbad, l'informa Divina.

Âgé de soixante-trois ans, le comte Carlo Ludovico della Bocca portait encore beau, et merci à son merlan français qui lui avait teint les cheveux, la moustache et la barbiche noir bakélite.

D'une voix douce et mesurée, la sous-maîtresse lui fit l'article.

– Voici notre toute dernière acquisition, monsieur le comte, son nom est Pamela et malgré son allure de sainte-nitouche, il s'agit d'une parfaite éhontée qui, faites excuse, monsieur le comte, n'a pas encore fêté ses quinze ans… L'essayer c'est l'adopter, d'ailleurs j'ai pratiquement la même à la maison… Vous n'en voulez pas, bien… alors nous avons ici Conchita, une radieuse espine-gouine de vingt ans qui bénéficie de tous les vices en service, dont certains, faites excuse, monsieur le comte, ne sont disponibles qu'en enfer… et ici.

La parade terminée, le comte désigna Fatima

494

Moucharabieh, une authentique Mauresque à la bouche écarlate, aux yeux charbonneux, à la croupe considérable, aux ongles longs et recourbés. La sous-maîtresse l'avait présentée comme une sorte de tigresse qui, à l'instant délicat de l'acmé, avait la spécialité de griffer le dos, les épaules et les fesses de son client en miaulant comme une chatte hystérique.

– Moi, j'aurais choisi Olympia, s'entendit murmurer Marcello, le regrettant aussitôt.

Son visage devint rouge érythème.

***

Mardi 13 janvier 1903.
5 heures.
Jour 149.

Il dormait les bras écartés, allongé sur le ventre, lorsque Olympia se glissa dans son lit et n'en sortit que longtemps après le chant du coq et l'heure du petit-déjeuner.

***

Lundi 19 janvier 1903.
Jour 155.

Soit dix jours après l'envoi de son télégramme à Vienne, un chasseur du *Grand Hôtel de Turin et Trombetta* se présenta au *Tutti Frutti*, une lettre timbrée à la main. Il était impressionné ; c'était la première fois qu'il pénétrait dans un bordel de luxe. Marcello le pourboirisa avec deux piécettes de cinquante *centesimi* en argent, puis il pointa son doigt sur le timbre à l'effigie du roi-empereur.

– L'année dernière, je l'ai vu comme je te vois.

– Mes félicitations, *signore*, mais qui c'est celui-là ?

Marcello, qui adorait qu'on lui pose des questions dont il avait les réponses, feuilleta son carnet de notes.

– Il s'agit de François-Joseph Ier, par la grâce de Dieu empereur d'Autriche, roi de Hongrie et de Bohême, de Dalmatie, de Croatie, de Slavonie, de Galicie, de Lodomérie et d'Illyrie ; roi de Jérusalem ; archiduc d'Autriche, grand-duc de Toscane et de Cracovie, duc de Lorraine, de Salzbourg, de Styer, de Carinthie, de Carniole et de Bucovine, grand-prince de Transylvanie, margrave de Moravie, duc de Haute et Basse-Silésie, de Modène, Parme, Plaisance et Guastalla, d'Auschwitz et de Zator, de Cieszyn, du Frioul, de Raguse et Zara, comte de Habsbourg et du Tyrol, de Kyburg, Gorizia et Gradisca, prince de Trente et de Bressanone, margrave de Haute et Basse-Lusace et d'Istrie, comte de Hohenembs, de Feldkirch, Bregenz, Sonnenberg, seigneur de Trieste, de Cattaro et de la Marche-des-Vendes, grand voïvode du voïvodat de Serbie.

– Et tout ça sur un si petit timbre.

Le chasseur parti, Marcello déchira l'enveloppe, déplia la lettre.

> *Prof Dr Freud*
> *Lundi 12 janvier 1903*
> *Vienne IX, Berggasse19*
>
> *Cher Monsieur Tricotin*
> *Je n'ai pas le souvenir d'avoir cité Isaïe XXIX, 8 en votre présence, néanmoins, ces deux citations figurent quelque part dans le troisième chapitre de ma Die Traumdeutung.*
> *Peut-être nous reverrons-nous en des temps meilleurs.*
> *Cordiales salutations.*
> *Sigm. Freud.*

Excité comme une puce savante, Marcello se rendit *via* Maria Vittoria chez Rosenberg et Sellier, l'une des grandes librairies turinoises qu'affectionnait son père de son vivant.

Turin étant en contact permanent avec toute l'Europe dès qu'un livre était publié quelque part, il arrivait à Turin.

Le libraire, Isaac Rosenberg, toisa brièvement son client avant de le reconnaître au milieu de toute cette fourrure lupinesque.

– Bien sûr que nous avons cet ouvrage, *signore* Tricotin, mais vous devez savoir que ce livre a été mis à l'Index et donc qu'il n'est pas traduit. J'espère qu'à l'instar de votre défunt père vous maîtrisez la langue de Goethe.

– Je la maîtrise.

Le libraire se baissa et disparut derrière son comptoir pour réapparaître avec un exemplaire de la *Die Traumdeutung* du Dr Sigmund Freud, aux éditions Franz Deuticke.

– Jugez-en par vous-même, *signore* Tricotin, cela risque d'être une lecture déroutante, certes, mais ô combien édifiante…

– Pourquoi a-t-il été mis à l'Index ?

Avant de répondre, Isaac Rosenberg jeta un regard panoramique dans la librairie.

– En réalité, ceci est un livre d'exploration scientifique qui dévoile pour la première fois l'authentique existence du véridique royaume de l'inconscient.

Il chuchota pour ajouter :

– Croyez-le, *signore* Tricotin, tous nos rêves en viennent et si vous les interprétez correctement ils mènent directement à ce royaume. Le professeur nomme ça la voie royale, c'est pour dire…

– Ma question était, pourquoi ce livre est-il censuré ?

– Lisez-le, mais lisez-le donc et vous comprendrez.

En démontrant que la majorité de nos actions quotidiennes sont *uniquement* l'effet de mobiles *cachés*, le professeur a réduit en tout petits morceaux le dogme du libre arbitre.

Il rapprocha le pouce de son index afin d'indiquer la toute-petitesse des morceaux.

– En vérité, à la base de cette censure, il y a le fait inoxydable que le Pr Freud est de confession juive, *signore* Tricotin, et selon le Vatican, d'un Juif rien de bon ne peut sortir.

Chaque fois qu'il prononçait le mot *Juif*, le libraire désignait du doigt la petite calotte noire qu'il portait épinglée sur sa tête.

Die Traumdeutung se présentait sous la forme d'un ouvrage rébarbatif de cinq cent trente-cinq pages entièrement dépourvu d'illustrations.

Marcello l'ouvrit et une agréable odeur de livre neuf – encre et colle d'imprimerie – s'éleva jusqu'à ses narines.

Je me propose de montrer dans les pages qui suivent qu'il existe une technique psychologique qui permet d'interpréter les rêves je veux, de plus, essayer d'expliquer les processus qui donnent aux rêves leur aspect étrange, méconnaissable

– Je le prends.

– *Ecco*, ce sera douze lires, *signore* Tricotin… oh je sais, c'est cher, mais les taxes contrebandières sont importantes.

En janvier 1903, au Piémont, la journée de douze heures d'un ouvrier valait soixante *centesimi*, de quoi s'offrir deux kilos de pain noir.

Marcello paya avec un *biglieti di Stato* de dix lires et une pièce de deux lires à l'effigie d'Humbert Ier. Il eut aussi une pensée pour la lettre de commande écrite par son père le jour de sa mort.

Il allait rejoindre le brougham qui l'attendait dehors lorsqu'il s'entendit dégoiser bêtement :

– J'étais à Vienne en août dernier et j'y ai rencontré le Pr Freud, je suis donc habilité à vous dire qu'il fume le cigare et qu'il a le téléphone chez lui…

Devant la mine incertaine du libraire, il aggrava son ridicule en produisant triomphalement la carte de visite du professeur, preuve objective qu'il ne racontait pas des craques.

– Par le plus grand des hasards, mon père a vécu à Vienne dans le même immeuble, au même étage qu'occupent aujourd'hui le professeur et sa famille. C'est bidonnant, *nicht wahr* ?

Durant le trajet en fiacre le ramenant *via* Fra Angelico, il ouvrit le livre et eut le temps de lire et de souligner les passages particulièrement édifiants.

tous ceux qui se sont occupés de la question du rêve savent combien souvent il témoigne de connaissances, de souvenirs, que l'on ne croyait pas posséder pendant la veille

Il sursauta et le cocher répéta pour la troisième fois :

– Vous voici rendu, *signore*.

La façade du *Tutti Frutti* était entièrement quadrillée par des échafaudages de bois et de métal qui s'élevaient jusqu'au niveau du toit. Les ouvriers chantaient *O sole mio, che bella cosa, una giornata al sole !* en travaillant aux côtés des étudiants des Beaux-Arts, reconnaissables à leurs blouses et leurs larges bonnets plats.

Imaginant son père faisant la même chose au même endroit, il utilisa son nouveau trousseau de clés et entra dans le bordel. La porte capitonnée refermée l'isola des bruits du dehors.

– Fotre bère dissait qu'il fallait donner au client l'imbression que dans un autre monde il entrait.

Tout ici avait été conçu pour dépayser et le *stimate dottore* n'avait lésiné sur aucun détail.

Le plafond du couloir était décoré d'une longue fresque libertine où des faunes priapiques et velus poursuivaient des jeunes filles dévêtues qui s'enfuyaient, croupes cambrées, bras en l'air.

Tout en montant les escaliers son livre à la main, Marcello ruminait sur son triste sort ; ayant reçu la réponse du Pr Freud il n'avait plus de mauvais prétexte pour ne pas rentrer à San Coucoumelo. Il arrivait sur le deuxième palier lorsque de vives douleurs lui tisonnèrent les entrailles. Au troisième palier, des bouffées de chaleur et un léger vertige le contraignirent à faire une pause.

– *Buon giorno, stimate padrone.*

– Bonjour, Giuseppe.

Giuseppe Bolido était le plus expérimenté des cinq anges gardiens de l'établissement et il avait été en son temps l'homme de confiance du *stimate dottore* ; il en conservait un souvenir attendri. Carolus l'avait soigné d'une chaude-lance carabinée, mais il lui avait aussi appris à lire, à écrire et à compter.

Lorsqu'il sut que le fils du *padrone* était dans les murs, Giuseppe lui avait assuré sa fidélité et son entière disponibilité pour *quoi que ce soit*, insistant à trois reprises sur le *quoi que ce soit*.

– Vous ne vous sentez pas bien, *stimate padrone* ?

Marcello lui donna un billet de dix lires.

– Rends-moi un service, Giuseppe, va à la pharmacie acheter trois bouteilles de vin Mariani et revient aussi vite que tu le peux.

L'ange gardien souleva un court instant sa casquette, signe d'assentiment.

– Je suis enchanté de vous rendre service, *stimate padrone* !

Déjà il dévalait les escaliers.

Marcello reprit son ascension et arriva au troisième étage les tempes vibrantes, la tête proche de l'éruption.

Il grimpa en crabe le dernier étage en s'appuyant sur le mur faute de rampe. Une fois dans son appartement, il prit deux sachets d'aspirine et les avala en même temps qu'une sérieuse rasade d'élixir parégorique. Comme mis en garde sur ce qui allait leur tomber dessus, tous ses maux se dissipèrent à la vitesse d'un coup de vent d'est.

Quand Giuseppe Bolido revint avec les flacons, le *stimate padrone*, l'air inspiré (coude sur la table, joue appuyée dans la main, regard lointain vers l'horizon du plafond, Waterman en suspens), lisait un gros livre en prenant des notes.

– Rêves-tu souvent, Giuseppe ?

Il souleva sa casquette et se gratta à la lisière des cheveux provoquant une pluie de pellicules grisâtres. C'était la première fois qu'on lui posait la question.

– Ça doit m'arriver, mais je m'en rappelle jamais, *scusi padrone*.

– Tu ne te rappelles d'aucun de tes rêves ?

– Si, mais c'était plutôt un cauchemar qu'un rêve que je faisais souvent, c'est pour ça que je m'en rappelle ; j'étais tout gosse et je montais en haut de la tour de Pise, et sitôt arrivé là-haut, tout s'effondrait comme si c'était moi le responsable. Pourtant, vous m'auriez vu, j'étais pas gros en ce temps-là, ça pouvait pas être moi.

– Ensuite ?

– Je me réveillais et j'étais de mauvais poil toute la sainte journée.

– Giuseppe, *prego*, va chez Mme Divina et demande-lui de me rendre visite.

Il venait de prendre une décision irréversible : il rentrerait à San Coucoumelo lorsqu'il aurait terminé la lecture de *Die Traumdeutung*.

Il célébra l'événement en buvant une rasade de Mariani, puis il reprit sa lecture.

Le Pr Freud avait intitulé son chapitre III : « Le rêve est un accomplissement de désir » et la citation d'Isaïe,

501

page 115, illustrait l'intitulé du chapitre. *Après complète interprétation tout rêve se révèle comme l'accomplissement d'un désir, même en cas de cauchemar.*

Bien, parfait, intéressant, instructif, surprenant, certes, mais comment *son* rêve s'était-il procuré une citation qu'il ne connaissait pas ? D'où la tenait-il ? Marcello avait beau persécuter sa mémoire, il ne trouvait aucun tracé mnésique portant le souvenir d'Isaïe XXIX, 8.

Il relut certains passages soulignés dans les chapitres I et II.

La totalité du matériel qui forme le contenu du rêve provient d'une manière quelconque de notre expérience vécue. Cela au moins nous pouvons le tenir pour certain [...] toute impression même la plus insignifiante, laisse une trace inaltérable dans la mémoire, indéfiniment susceptible de reparaître au jour [...] l'enfance est une des sources d'où le rêve tire le plus d'éléments, de ceux notamment que nous ne nous rappelons pas pendant la veille et que nous n'utilisons pas.

Toutes ces fascinantes perspectives valaient bien une nouvelle rasade de Mariani, cette boisson impitoyable pour la neurasthénie.

***

Mardi 20 janvier 1903.
5 heures 30.
Jour 156.

Marcello dormait allongé sur le dos, la bouche entrouverte, les pieds en éventail, lorsque Miam Coudoudou, la négresse aux seins en poire, se glissa dans le lit avec un large sourire rempli de grandes dents blanches.

Tard dans la matinée, ils prirent le petit-déjeuner ensemble. Marcello se montra attentionné, questionneur, curieux de tout ; parfois il s'interrompait de manger et griffonnait quelques notes sur son calepin.

– Quel âge avais-tu pour ton premier client ?

– J'avais onze ans, et après j'ai été la pucelle du bordel pendant cinq.

– Que veux-tu dire ?

– Oh pareil qu'ici, du blanc d'œuf battu, quelques gouttes d'eau de Javel et une bulle en caoutchouc remplie de sang de poisson.

– Pourquoi de poisson ?

– Pour l'odeur, pour faire plus vrai.

En plus d'un superbe postérieur aux fesses si fermes qu'en les serrant elle cassait une noix, la nature avait gratifié Miam d'une peau satinée flatteuse au tripotage.

– Où as-tu appris à parler notre langue ?

– Ma mère était la servante d'un missionnaire italien, à Asmara. C'est lui qui m'a appris, et en échange je devais le *succhiare*.

En fin d'après-midi, les yeux ronds, Marcello lisait le chapitre VII, celui-là même où le professeur démontrait l'existence de l'Inconscient et proposait trois croquis supposés expliquer le fonctionnement mirobolant de l'appareil psychique (*Je ne crois pas que personne ait encore jamais tenté de reconstruire ainsi l'appareil psychique*).

Tout cela porta à ébullition son esprit déjà bien chahuté.

***

Mercredi 21 janvier 1903.
6 heures.
Jour 157.

Allongé sur le flanc droit en chien de fusil, Marcello dormait du sommeil du juste lorsque Angelina

503

Moncolombone entra dans la chambre puis dans le lit aux draps de soie.

Comme d'habitude, ce fut au moment où la libido se déversa dans l'organe génital que naquit la *sensation de bonheur* qui constituait la récompense des organes pour leur bon fonctionnement et qui, en même temps, les encourageait à de nouvelles performances. Mais qui était l'instigateur de tout *ça* ?

***

Jeudi 22 janvier 1903.
4 heures 30
Jour 158.

Tête nue, vêtu du costume noir de son père, Marcello rêvait qu'il assistait à l'enterrement de Maria, d'Aldo, de Carlo et de Gianello. Curieusement, le cimetière ressemblait plus à celui de Döllersheim qu'au *camposanto* de San Coucoumelo. De sa position, il pouvait voir à l'horizon son école brûler avec tous ses élèves à l'intérieur. Bien qu'il fût à distance, il pouvait voir les faces hurlantes des enfants derrière les vitres enfumées des fenêtres fermées. Soudain, sorti d'on ne sait où, une chienne à longs poils, qui ressemblait par certains côtés au chiot des Hitler, apparut dans le cimetière, bondit sur Marcello et lui donna des coups de museau sur la braguette. Il vit qu'elle était grande ouverte et que tous les boutons avaient disparu.

Il se réveilla et constata qu'il n'était pas seul dans le lit.

Plus tard dans la matinée, Marcello et Pamela Ponponetta prirent leur petit-déjeuner. La jeune femme mangeait avec un bel appétit qui faisait plaisir.

– Tu as réellement quinze ans ?

Après avoir tartiné du beurre jaune sur une tranche de pain blanc, Pamela ajouta une couche de confiture.

– Non, j'en ai dix-sept… mais ça fait trois ans que je travaille.

– Où étais-tu avant d'être ici ?

– Je suis génoise, *stimate padrone*, et, à l'époque, ma mère était la mère maquerelle du *Prout de Vénus*, sur le port.

– Le *Prout de Vénus* dis-tu ?

– Oui, c'est ce que je dis, c'est un bordel pour matelots, mais moi, dès que j'ai pu, j'en suis partie pour me présenter ici.

Marcello apprit que le *Tutti Frutti* était une référence dans le monde si singulier de la prostitution ; toutes les filles ambitionnaient d'y être acceptées un jour comme pensionnaires. Nombreuses les postulantes, peu nombreuses les élues.

– Qu'en pense ta mère ?

– Elle aurait jamais voulu, la sale vache ! Je lui rapportais trop. Tout le monde me voulait. Vous savez combien elle a demandé pour ma fleur de mari ?

– Non, je ne sais pas.

– Mille lires ! Et vous savez combien elle m'a remisé ?

– Combien ?

– Une lire.

Pamela tartina du beurre et de la confiture sur une deuxième tranche de pain qu'elle engloutit en trois énormes bouchées.

– Qui as-tu rencontré lorsque tu es venue te présenter ?

– D'abord Mme Alberta, mais c'est Mme Divina qui a dit oui. Pourtant je lui ai quand même dit qu'y avait une chose que je ferai jamais au grand jamais de jamais.

– Oui, de quoi s'agit-il ?

– Avec les animaux. J'aime pas ça du tout et ça me dégoûte en plein ! Au *Prout de Vénus*, y avait un spectacle tous les samedis avec un âne.

Marcello s'arrêta de mastiquer pour mieux entendre ce qui allait forcément suivre.

– Toutes mes sœurs y sont passées et quand j'ai compris que ça allait être à moi, je suis partie à toute vitesse.

– Je ne comprends pas très bien le rôle de l'âne dans ton histoire.

– C'est pourtant pas compliqué, y faut d'abord l'exciter et puis après se l'enfiler… alors moi, ça, non, non et non… je suis bien trop étroite… et même avec beaucoup de beurre, c'est sûr qu'il m'aurait déchirée de partout le Bernardino.

– Jésus-Christ en robe du soir !

Bernardino était le petit nom de l'équidé.

– Ta mère sait-elle que tu es ici ?

– Oh oui, puisque Mme Divina lui a racheté ma dette.

Pamela eut un mouvement du menton qui en disait long sur son orgueil.

– À l'heure d'aujourd'hui, elle est même plutôt fière d'avoir une fille acceptée ici.

Vers les treize heures, heure à laquelle les filles se levaient en semaine, Marcello reprit la lecture du *Die Traumdeutung*, encore plein de son épouvantable rêve de la nuit.

Soudain, au détour d'une page, la moutarde lui monta au nez. Cette fois le professeur déraillait à toute vapeur. C'était inadmissible :

Je sais que je vais révolter ici tous les lecteurs, ainsi que toutes les personnes qui ont eu des rêves analogues, mais les rêves qui représentent la mort d'un parent aimé et qui sont accompagnés d'affects douloureux ont le sens de leur contenu, ils trahissent le souhait de voir mourir la personne dont il est question.

Infiniment perplexe, plutôt mal à l'aise, Marcello souligna le passage qui faisait de lui un monstre de la pire espèce.

Pourquoi aurait-il eu le désir de voir sa famille morte, pourquoi aurait-il eu le désir d'assister à la crémation de sa classe entière ? Bon, à la rigueur, *a priori*, peut-être, sans doute sa classe, mais sa famille, non, ça JAMAIS !

***

Vendredi 23 janvier 1903.
Jour 159.

Pas plus d'un quart d'heure après en avoir terminé avec les cinq cent trente-cinq pages du *Die Traumdeutung*, Marcello était victime de nausées, puis d'une forte fièvre débilitante sortie de nulle part.

Une fois qu'il eut pris à voix haute la décision de ne pas rentrer à San Coucoumelo avant le 1er février, ses nausées, tels des fauves domptés, se replièrent à reculons, feulant de déception en montrant leurs crocs. La fièvre fit de même.

***

Dimanche 1er février 1903.
Jour 168.

– Je rentrerai à San Coucoumelo lorsque j'aurai essayé toutes les pensionnaires.

***

Mardi 10 mars 1903.
Jour 205.

Assis dans le coin SFG4 du médiocre compartiment de première classe de l'omnibus Turin-Gênes, Marcello lisait *Essai sur les femmes*, un hymne à la misogynie chanté par Arthur Schopenhauer.

Le seul aspect de la femme révèle qu'elle n'est destinée ni aux grands travaux de l'intelligence, ni aux grands travaux matériels...

Telles étaient les trois premières lignes, ensuite, bien sûr, c'était pire :

La Nature, en leur refusant la force, leur a donné, pour protéger leur faiblesse, la ruse en partage ; de là leur fourberie instinctive et leur invincible penchant au mensonge... Le lion a ses dents et ses griffes ; l'éléphant, le sanglier ont leurs défenses, le taureau a ses cornes, la seiche son encre, qui lui sert à brouiller l'eau autour d'elle ; la nature n'a donné à la femme pour se défendre et se protéger que la dissimulation.

Trois cent trente minutes plus tard, le vieux train entrait poussivement en gare de Riccolezzo.

Marcello cocha sa page, rangea le petit livre et quitta le compartiment comme il y était entré ; sans un mot, sans un salut, sans un regard pour les sept autres voyageurs.

Un brougham à deux chevaux le conduisit à l'étude notariale de Vittorio Tempestino.

Aucun des tabellions ne le reconnut dans son manteau de fourrure, son bonnet de castor, ses cheveux longs frisés, son nez cassé et sa grosse moustache d'expression philosophique.

– Crénom de crénom, c'est bien toi derrière tout ça ?

Tempestino jugea touchants les efforts de son filleul pour ressembler à son père.

Ils s'embrassèrent quatre fois sur chaque joue, puis son parrain eut un geste vers la bouteille d'absinthe sur la table basse.

– J'allais m'en préparer une. Tu m'accompagnes ?

– Volontiers.

Marcello ôta son bonnet, son manteau. Tempestino sifflota entre ses dents.

– Te voilà bien élégant... Ce manteau, dis-moi, de quoi est-il fait ; renard, loup, lapin ?

– Loup gris des Carpates.

– Mazette !

Tempestino versa goutte après goutte l'eau sur le sucre.

– Avec mon cœur, sans pitié tu t'es montré, Marcello ! Pourquoi n'as-tu plus donné signe de vie depuis ton télégramme du 2 septembre ? Tu n'imagines pas tout ce qu'on a imaginé... Sept mois de silence, qu'as-tu donc fait ? As-tu seulement songé à Maria ? Elle est verte d'inquiétude, à l'heure qu'il est.

– J'ai recherché mon demi-frère mais divers contre-temps m'ont retardé.

– Alors, tu l'as retrouvé, tu lui as parlé ?

Marcello ouvrit son sac et en tira la copie certifiée de Döllersheim, l'éloge funèbre du *Linz Tagespost*, le faire-part des Hitler et les posa sur un coin du bureau.

– Voilà, je n'ai rien d'autre.

Il accepta le verre d'absinthe et but une gorgée qui vida le verre à moitié.

– Oui, je l'ai retrouvé, je lui ai parlé, et cinq minutes plus tard il mourait.

– *Accidenti !* Tu l'as tué !

– Peut-être un tout petit peu... J'aurais provoqué la grosse émotion qui l'a emporté. Mais d'après sa veuve il avait déjà subi une sérieuse alerte ces temps-ci.

– Dans ton télégramme je crois me souvenir que tu disais qu'il était fonctionnaire.

– C'était un officier des douanes impériales, à la retraite depuis 1895.

Tempestino chaussa ses besicles et s'intéressa aux documents que Marcello lui traduisit ligne après ligne.

– *Ecco, ecco...* c'est peu mais c'est suffisant... Le

fait que l'enfant ait été reconnu est inespéré… nous ne risquons désormais plus rien…

— J'ignorais que nous risquions quelque chose.

— Nous risquions qu'il chicane sa part d'héritage, voilà tout… Ses héritiers ne t'ont rien réclamé, n'est-ce pas ?

— Non, au contraire, c'est moi qui leur ai offert dix mille *krones*.

Tempestino toussa longuement avant de pouvoir dire :

— Dis-moi que tu n'as signé aucun document.

— J'ai donné des billets de banque et on m'a remercié avec gratitude.

— Tu as bien fait… mais maintenant, dis-moi ce qui t'a retardé sept mois durant ?

Les yeux dans le vague, signe qu'il réfléchissait, Marcello termina son absinthe, reposa le verre vide.

— Ce qui m'a le plus retardé a été de tomber dans la cage d'ascenseur de l'hôtel *Sacher*. J'étais distrait, j'ouvre la porte, j'entre et *patatras*, je tombe dans le vide. Cela m'a valu six plâtres et plusieurs mois de convalescence.

— Pourquoi n'as-tu pas écrit ?

Ton sec.

— J'ai oublié.

— Je doute que Maria apprécie ce genre d'excuse, je te conseille de trouver mieux.

Ton cassant.

— Je ne suis pas en train de m'excuser, j'explique ce qui s'est passé.

— Hummmmmm, tu me parais bien nerveux, peut-être qu'une autre absinthe ?

Ton radouci.

— Dis-moi, parrain, as-tu déjà fait un rêve dans lequel j'étais mort ?

TROISIÈME PARTIE

27

Et dis la vérité afin que nul ne te croie.

Tirésias

San Coucoumelo.
Mercredi 11 mars 1903.

Le cocher-propriétaire du cabriolet de louage – un modèle à quatre roues *Chi va piano va sano* – agita la cloche qui appelait le bac. Le ciel au-dessus de lui était couvert de nuages lenticulaires gris qui s'empilaient comme des assiettes sales au bord d'un évier ; si aucun vent ne se levait pour les chasser il allait bientôt pleuvoir.

Alberto Zippi apparut sur l'autre rive, faisant un geste de la main pour signaler qu'il avait entendu.

– Et c'est quand que vous l'aurez votre pont, depuis le temps ? dit le cocher à son client.

À l'intérieur du véhicule, Marcello tripotait la petite saillie rose vif qui avait poussé durant la nuit à sa place habituelle, sur la pointe du nez.

– Sans doute le jour où les Romains reviendront.

Cinq ans auparavant, Attilio Castagna avait commandé à Turin un devis pour la construction d'un pont. Après une visite sur place et diverses mesures prises, l'architecte avait proposé un ouvrage de trente-cinq mètres de long, quatre arches, cinq piliers, un tablier s'élevant à dix-huit mètres au-dessus du fleuve afin de ne pas entraver la navigation fluviale. Le coût d'un tel ouvrage étant bien au-delà des possibilités du seul budget municipal, Attilio, dans son infinie sagesse, avait demandé l'aide de l'État ; mais l'État l'avait ignoré, jugeant sans doute que le bénéfice électoral de San Coucoumelo (cent cinquante-sept votants sur mille cent âmes) ne justifiait pas la dépense.

Le bac approcha, lentement, luttant contre le courant. Le cocher retourna sur la banquette du cabriolet.

– Te voilà enfin ! Tu l'as pris ton temps, hein, mon cochon ! s'exclama Alberto Zippi en reconnaissant Marcello.

Tout était massif chez le passeur ; les traits, le cou, les épaules, les poignets, les chevilles, rien n'était fin et son front était droit comme un mur mitoyen. Marcello le craignait et le haïssait depuis l'enfance.

– Alors, comme ça tu t'es fait pousser la moustache à ton père !

Esquissant avec son pied saboté une croix sur le plancher du bac, le passeur cracha en visant le centre, signe destiné à conjurer le mauvais sort.

– Alors, tu l'as retrouvé ? Moi j'ai parié deux lires que tu étais trop *coglione* pour le retrouver… Alors, tu l'as retrouvé ou tu l'as pas ?

Tapotant son bouton sur le nez, Marcello dit d'une voix neutre :

– Sais-tu ce que mon père avait diagnostiqué à ton sujet, Alberto ? Il disait que ta mère t'avait bercé trop près du mur.

Ce fut le rire du cocher qui avertit le passeur que ce fils de pute de Marcello venait de se rebiffer.

Le cabriolet cahota hors du bac et s'engagea sur l'ancienne voie romaine bordée de mûriers. Les labours avaient commencé sur les terres à maïs proches du fleuve. Sans surprise, Marcello aperçut plusieurs de ses élèves y participer. Chaque année en mars, il perdait les trois quarts de sa classe ; plus tard, il y aurait les vers à soie à nourrir six fois par jour et encore plus tard, il y aurait les moissons, et après les moissons, ce serait les vendanges. Tous ces travaux étaient épuisants et les familles ne pouvaient pas faire l'économie d'une main-d'œuvre gratuite.

Ils passaient devant le cimetière, quand Marcello eut la surprise de voir une croix neuve surmonter le mausolée familial (*mit welchem Recht !*).

L'apparition du cabriolet de louage place du Martyre suscita la curiosité. Des chiens aboyèrent au passage des chevaux qu'ils ne connaissaient pas, et le cocher fit claquer son fouet pour les tempérer. L'attelage remonta le *cardo*, ralentit à la hauteur de l'école, apparemment vide, puis s'immobilisa devant le perron de la *villa* Tricotin. Un murmure excité (*Eccolo ! Eccolo !*) parcourut les villageois qui avaient parié.

Sac de nuit à la main, canne au pommeau d'ivoire dans l'autre, Marcello passa entre les deux colonnes papyriformes et entra chez lui.

Maria et les enfants étaient dans le vestibule en compagnie d'Alfredo Tetti.

– Eh bé, eh bé ! bredouilla Maria à la vue de tant de poils, de moustache, de cheveux, de fourrure.

– Mon-Dieu-tout-là-haut-dans-les-cieux,   qu'est-ce qu'il t'es arrivé, mon pauvre ami ; ton nez est cassé comme celui de ton père.

Avec une absence d'émotion qui rappelait une anesthésie au curare, Marcello embrassa Maria sur les joues, remarquant au passage la présence d'un double menton qui n'y était pas deux cent six jours plus tôt. Puis il embrassa gauchement ses trois fils qu'il trouva grandis, surtout Gianello qui allait avoir quatre ans en août. Il serra ensuite la main calleuse d'Alfonso Tetti.

515

– Bonjour, Alfonso. Je suis content de te voir. Va aider le cocher, il ne pourra pas s'en sortir seul avec la malle.

Aldo l'aîné, désireux d'attirer l'attention de son père, saisit la fourrure à pleines mains et tira dessus.

– Oh, *babbo mio*, dis, dis, tu l'as retrouvé ?

Marcello fronça les sourcils.

– Allons bon, toi aussi tu as parié ?

– *Si, si, babbo, cosi fanno tutti !*

– Qui prend les paris ? Ton grand-père ?

– Non, *babbo*, c'est Filipo Gastaldi qui les prend. À part Ferrufino et Pietragrua qui sont trop pauvres, tout le monde a parié.

– Et le père Cesario vous a laissés faire ?

Aldo eut une mimique dépréciative qu'affectionnait son grand-père Attilio.

– Oh lui, y verrait pas une vache dans un couloir.

– Pourquoi n'avez-vous pas cours aujourd'hui ?

– Il dit qu'on n'est pas assez d'élèves.

Le gamin tira à nouveau sur les poils du manteau.

– Oh, *babbo mio*, la cote est de vingt contre un que tu le trouveras pas, mais moi et Carlo, on a parié une lire entière que tu le trouveras…

Touché par une telle marque de confiance, Marcello ne se fit plus prier.

– Oui, je l'ai retrouvé, et cela veut dire que Filipo Gastaldi vous doit vingt lires.

Aldo et Carlo poussèrent ensemble le cri triomphal du brave Kiowa après son premier scalp. Pour la première fois de leur courte existence, ils savaient quelque chose que personne d'autre ne savait ; ils détalèrent à la vitesse d'un lagomorphe poursuivi par des corbeaux.

– Mais où allez-vous ? lança Maria, retenant à deux mains le petit Gianello qui voulait les suivre.

– Ils vont chez Gastaldi, évidemment.

Le cocher et Alfonso, visages rouges, mâchoires serrées, entrèrent en portant la malle-cabine.

– *Corbezzoli !* *Padrone*, on dirait qu'elle pèse deux fois plus que quand t'es parti.

– Portez-la dans la grande chambre, dit Maria avant d'ajouter à l'intention de son mari : Ah oui, j'oubliais, j'ai profité de ton absence pour nous installer dans la grande chambre... il le fallait bien un jour, n'est-ce pas ? Après tout elle te revient de droit.

Eva Tetti, son fils Adamo (treize ans), sa fille Clara (huit ans) vinrent saluer leur *padrone.*

– C'est qu'on vous croyait presque mort, à force d'avoir jamais de nouvelles.

– Oui, bien sûr, je comprends, Eva... mais en voyage on ne fait pas toujours ce que l'on veut.

Évitant les regards de Maria, il suivit Alfonso et le cocher jusque dans la grande chambre où tout ce qu'il vit lui déplut.

Les murs étaient recouverts d'un papier peint mauve pâle qui représentait à l'infini une bergère en robe à paniers minaudant avec ses brebis enrubannées. À l'exception de la cheminée, le lit, l'armoire, les commodes, la table et les sièges avaient changé de place et tout ce qui était empaillé avait été remisé dans les combles, en compagnie de la descente de lit mahométane et du pot de chambre à l'œil bleu ; jusqu'au bout de corde noué cent deux ans plus tôt par Domenico qui avait disparu.

Tel un pharaon rancunier, Maria avait systématiquement éliminé toute trace de l'ancien occupant.

– Il y avait de la paperasse dans les tiroirs de la commode et dans celui de l'armoire ; j'ai tout mis au grenier dans ta vieille valise, avec le reste... J'ai bien fait, non ?

– Non, tu as mal fait, surtout pour la corde... C'était

une relique familiale ! Et tu as pareillement mal agi en remettant la croix sur le mausolée.

Maria se détourna pour cacher son irritation. Il n'était pas dans les habitudes de son époux de lui tenir tête aussi frontalement.

– C'est à cause du père Cesario qui n'arrêtait pas de me tarabuster, alors à la longue, j'ai dit oui…

– Ce n'était pas à toi de dire oui… Si ma grand-mère a brisé cette croix c'est qu'elle avait de bonnes raisons pour le faire et tu n'avais pas à t'en mêler.

Maria piqua un fard.

– J'ai cru bien faire.

– Oui, c'est précisément *ça* qui est lamentable.

Il gratifia le cocher d'un billet de dix lires et lui souhaita un bon retour en lui tapotant familièrement l'épaule. L'énormité du pourboire fit déglutir Maria de travers.

– *Mille grazie, pregiatissimo signore*, et *arrivederci* tout le monde, bredouilla Mario Bagnomaria les yeux brillants de gratitude, s'éclipsant avant qu'on ne change d'avis et lui reprenne le billet en disant qu'on s'était trompé.

Marcello ouvrit la malle et entreprit de retirer les cinquante et un livres qui s'y trouvaient. Alfonso Tetti se chargea de les transporter au rez-de-chaussée.

– Pose-les sur le bureau ; je les rangerai plus tard.

Alfonso parti, Maria se décida enfin.

– Qu'est-ce que tu as fait durant ces sept mois ? Pourquoi tu n'as plus écrit après ta carte de Vienne ?

– J'ai eu toutes sortes de contretemps et je t'assure qu'à deux reprises j'ai frôlé la mort.

Il fouilla dans son sac de nuit et en retira les exemplaires de l'*Illustrierte Kronenzeitung*, du *Neues Wiener Tagblatt* et de l'*Illustrierte Wiener Extrablatt*.

– Je sais que tu ne lis pas l'allemand, mais tu peux regarder les photos. Celle-ci, par exemple, a été prise en août lorsque j'ai été foudroyé, et celle-là c'est après avoir fait naufrage dans le Danube… Mais le plus douloureux, c'est lorsqu'en septembre je suis tombé du troisième étage dans la cage de l'ascenseur de l'hôtel… *Ça* m'a cloué au lit des mois durant. Je sors tout juste de convalescence.

– C'est là que tu as eu le nez cassé ?

– Oui.

Il rangea les journaux et commença à sortir ses vêtements de la malle.

Incrédule, Maria découvrit la nouvelle garde-robe de son mari.

– Tu ne vas guère avoir l'occasion de le porter, dit-elle en suspendant l'habit de soirée Ugo Gadj dans l'armoire.

– Sache qu'il faut être en habit si l'on veut souper dans un palace.

– Doux Jésus, et tu as été dans un palace, toi !?

Il éclata d'un rire naturel comme une jambe de bois.

– À l'exception d'une ou deux fois, je ne suis descendu *que* dans des palaces.

Avec une pointe de nostalgie toute fraîche, il montra les étiquettes sur la malle. Les nouvelles se distinguaient des anciennes par leurs couleurs vives ; la dernière en date avait été collée par le concierge du *Grand Hôtel de Turin et Trombetta*.

Soudain, il demanda :

– Où est Filomena ?

Maria se composa une mine de mauvais augure.

– J'allais t'en parler à l'instant même. Hélas, Marcello, la pauvre s'est éteinte dans la nuit.

– Éteinte ?

– Oui, pendant qu'elle dormait.

Marcello s'entendit dire :

– Elle est donc morte seule.

– Elle avait quatre-vingt-deux ans et c'est arrivé dans la nuit de Noël, qui pouvait prévoir ?

– Où est-elle enterrée ?

– On a fait comme l'a demandé ton père dans son testament, elle est dans le mausolée.

– Et sa chambre ?

– J'allais t'en parler aussi, c'est Bianca maintenant qui l'occupe, et c'est bien naturel puisque c'est elle qui remplace Filomena.

Bianca, treize ans, était la sœur de Maria, la cadette des enfants Castagna.

– Ce n'est pas Eva qui aurait dû lui succéder ?

– Oh non, Bianca, c'est bien mieux.

– Qu'as-tu fait des affaires de Filomena ?

– Tout est dans son panier au grenier.

Marcello tapota distraitement le bouton sur son nez.

– Je vais voir, dit-il en se dirigeant vers la porte.

Maria le rappela.

– Attends.

Elle décrocha une clé de son trousseau de maîtresse de maison.

– Si tu vas dans le grenier, prends-la.

– Et depuis quand le grenier est-il fermé à clé ?

– Oh, comme ça.

Marcello contempla la clé avec suspicion.

– Tu as donné un double à Badolfi ?

– Non, pourquoi ?

– Pourquoi ? Mais alors comment fait-il pour s'occuper de mes araignées ? Tu sais pourtant que je lui ai confié le soin de les nourrir ?

Maria se dandina comme une fillette prise la main entre les cuisses.

– Oh ! le fada, maintenant que tu en parles, ça fait longtemps qu'on le voit plus.

Marcello se rendit dans les combles où une mauvaise surprise l'attendait. Le grillage qui garantissait l'intégrité territoriale de ses araignées était lacéré en plusieurs endroits et pendait lamentablement, tandis que le vivarium était brisé et la terre labourée puis sauvagement aplatie afin d'écrabouiller l'infortunée mygale dans sa tanière.

– Ah Badolfi, Badolfi, Badolfi ! Comment ai-je pu te faire confiance ?

Dans le coin le plus reculé du grenier, il aperçut la belette en costume tyrolien, le lapereau en uniforme d'étudiant et le ragondin en tablier d'interne. Il ouvrit la valise qu'il avait utilisée durant ses années de pensionnat et d'université et il trouva en vrac les archives scientifiques d'Anton Hartmann von Edelsbach récupérées par Carolus et rangées dans les tiroirs de la commode. Le premier document sur la pile n'était autre que le manuscrit original et corrigé de la monographie de 1823 sur *Les mœurs des Grus grus avant, durant, après la migration*.

Non loin, poussé contre la paroi, se trouvait le panier en osier renfermant les maigres possessions accumulées par Filomena Tronchoni au cours de sa longue existence : plusieurs tabliers, quelques robes noires, des bas de laine tricotés, une Bible patinée, une imposante boîte à couture à usages multiples offerte par Carolus, et puis ce gros livre à la couverture rouge qui n'était autre qu'une édition populaire abondamment illustrée du *Livre d'Isaïe*, livre qu'il se rappelait, maintenant, avoir feuilleté dans sa prime jeunesse.

Un cri retentit. Il retourna dans la grande chambre. Maria cherchait sa respiration, une main plaquée sous son sein gauche, l'autre encerclant le petit Gianello qui ne savait pas s'il fallait pleurer ou pas ; le coffret d'ébène était ouvert par terre et le scorpion géant gisait sur le parquet, l'impressionnant pédipalpe s'était détaché de la chélicère armée et la troisième patte ambulatoire droite était brisée. Pure chance, la queue et son aiguillon étaient intacts.

Après s'être assuré que le cahier n'avait pas été ouvert, Marcello ramassa les trois morceaux du scorpion et les replaça à l'intérieur du coffret. Il allait lui reprocher quelque chose comme *la curiosité est un vilain défaut*, lorsqu'il prit conscience de la profonde ineptie du dicton, alors il s'entendit dire :

– Présentement, s'il avait été vivant, tu serais en train de te tordre de douleur sur le parquet…

Désorientée par une telle attitude, Maria actionna l'arme ultime des femelles acculées ; elle pleura en prenant Gianello dans ses bras. Marcello l'ignora.

– Qui a saccagé mon élevage d'araignées ?

Maria en oublia sa frayeur, comme sous le coup d'une autre plus forte.

– Ah çà, mon ami, comment veux-tu que je le sache ? Peut-être que c'est personne d'autre que ton fada, après tout ?

Elle le vit retourner dans son manteau de fourrure et se recoiffer de son bonnet de castor.

– Je te le dis comme je le pense, Maria, tout cela est infiniment louche.

***

Il faisait froid et humide dans le cabanon de Badolfi et les parois comme le toit étaient de planches et de rondins. Une seule fenêtre dépourvue de volets s'ouvrait sur le verger et sur l'alignement des ruches. Le sol de terre battue irradiait du frisquet, et le mobilier se limitait à une table, un tabouret, du matériel d'apiculteur, quelques livres sur le sujet, des pots de miel sur des étagères, un brasero éteint et, dans un coin, une paillasse en dépouilles de maïs sur laquelle Badolfi gisait en position fœtale, le visage amaigri, les yeux cernés et brillants.

Voyant Marcello entrer dans le cabanon, il onomatopa quelques *bveu bveu bveu bveu* des mauvais jours.

– Que t'arrive-t-il mon pauvre Badolfi ?

Marcello s'accroupit auprès de lui, souleva sa tignasse rouquine et appliqua sa main sur le front brûlant semé de taches de rousseur.

– Tu as une fièvre digne d'un cheval de course.

– Ahouialors !

– Ce que je te dis, Badolfi, c'est que tu as une fièvre carabinée qu'il faut impérativement circonvenir.

Filomena s'était toujours occupée de lui : c'était elle qui le nourrissait, qui lavait ses hardes, qui les reprisait lorsqu'il le fallait, qui coupait ses cheveux chaque fois que c'était nécessaire, qui lui avait appris à se raser sans trop se taillader, qui faisait de temps à autre le ménage dans le cabanon, qui l'emmenait à la messe chaque dimanche matin.

– Qui fait tes repas, maintenant ?

– *Nessuno*.

– Quoi, hein, comment, qu'est-ce à dire, on ne t'a rien donné à manger depuis que Filomena est morte ?

D'un coup de menton, Badolfi désigna des pots de miel vides qui traînaient autour de la paillasse.

– Tu veux dire que tu n'as mangé que du miel depuis deux mois ?

– Soixantedixsept.

– Depuis soixante-dix-sept jours ?

– *SiMarcello*.

Marcello déboucha sa flasque et versa quelques gouttes de vin Mariani entre les lèvres gercées du fada qui fut prit d'une formidable quinte de toux.

– C'estbon, dit-il une fois calmé.

– Oui, c'est vrai, approuva Marcello en lui versant quelques gouttes supplémentaires.

Les premiers effets ravigotants ne se firent pas attendre.

Badolfi se redressa sur son séant et sourit.

– Unmilioncenvintuimiltroicencinquantsept.

– Que dis-tu ?

– Unmilioncenvintuimiltroicencinquantsept.

– Un million cent vingt-huit mille trois cent cinquante-sept quoi ?

Badolfi pointa son index vers le manteau en poils de loup.

– *SiMarcello*.

– C'est bien, je vois que tu vas mieux. Alors maintenant, Badolfi, écoute-moi avec attention. Tu te souviens que je t'ai demandé de nourrir mes araignées pendant mon absence, bien, alors pourquoi sont-elles toutes mortes et pourquoi les cages et le vivarium sont-ils dévastés ? C'est toi qui as fait ça ?

– Rodolfoafaitça.

– Rodolfo, le frère de Maria ?

– *SiMarcello*.

– Tu peux me dire quand ?

– *SiMarcello*.

– Eh bien, dis-le.

– Soixanteseize.

– Soixante-seize jours ?

– *SiMarcello*.

– Ça s'est donc passé le lendemain de la mort de Filomena ?

– *SiMarcello*.

– Mais pourquoi ?

– RodolfoveutlamaisondeBadolfi… RodolfoditqueBadolfipeutplusrentrerdanslavilla.

– *Accidenti !* Badolfi, jamais encore tu n'avais autant parlé !

– *SiMarcello*.

– *Scusi, Nonno*, mais Maria n'avait pas le droit de retirer ta corde, et surtout elle n'aurait jamais dû la jeter, dit Marcello à la tombe sans croix de son arrière grand-père Domenico le Pendu (1740-1801).

Ceci dit, il traversa la cour et entra dans le laboratoire ; la couche de poussière qui recouvrait tout attestait que le ménage n'était plus fait dans cette pièce, sans doute depuis la mort de Filomena. Une bouffée de chaleur empourpra ses joues, son front et son cou ; sa glotte se serra, des larmes roulèrent sur ses joues et se perdirent dans sa moustache. Filomena avait été ce qui pouvait ressembler le plus à une mère ; elle figurait en bonne place dans la plupart de ses souvenirs d'enfance.

Reniflant les larmes qui dégoulinaient dans ses cavités nasales, Marcello préleva dans l'armoire à pharmacie un flacon de laudanum et une boîte contenant vingt sachets d'acide acétylsalicylique. Il retourna dans le cabanon et passa à nouveau devant la tombe de Domenico Castagna (*Scusi ancora, Nonno*).

Utilisant comme récipient un bocal de miel rempli d'eau de puits, Marcello dilua dedans cinq sachets ; il était partisan d'attaquer la fièvre par un grand coup décisif.

– Tiens, Badolfi, voilà pour ta fièvre, bois tout sans en perdre une goutte.

– *SiMarcello*.

– Bien, maintenant tu vas prendre ce sirop qui, lui, va tordre le cou à ta mauvaise toux.

Il lui administra trois cuillers à soupe de laudanum.

– Bien, et maintenant, allonge-toi sous tes couvertures, prends ton temps, raconte-moi ; n'oublie rien.

Au lendemain du décès de Filomena, Rodolfo Castagna avait regroupé les affaires de la morte et les avait montées au grenier. Badolfi s'y trouvait ; il venait

525

d'introduire plusieurs mouches dans les cages et, accroupi devant le vivarium, il s'apprêtait à offrir à la mygale un lézard des murailles (difficile à se procurer en cette période de l'année), lorsque Rodolfo l'avait injurié et l'avait expulsé des combles à coups de pied. Badolfi admettait qu'il n'avait pas vu de ses yeux Rodolfo détruire les cages et le vivarium, mais qui d'autre ?

Le plus révoltant restait à écouter. Un mois auparavant, Attilio en personne s'était présenté dans le cabanon et avait sommé Badolfi de le lui vendre. Il avait avec lui un contrat de vente, un encrier et un porte-plume. *Si tu ne sais pas écrire, qu'à cela ne tienne, dessine-nous une croix, ce sera suffisant.* Mais Badolfi s'était contenté de produire des bulles de salive de différentes grosseurs accompagnées d'explicites *bveu bveu bveu.*

***

L'heure du repas était proche, l'activité dans la cuisine de la *villa* atteignait son paroxysme. Eva Tetti surveillait la cuisson des *agnolotti* (des raviolis farcis de viande de bœuf, de fromage et d'œufs), tandis qu'en bout de table, Bianca Castagna fatiguait de la salade avec énergie. Adamo Tetti et sa sœur Gloria dressaient le couvert dans la salle à manger.

L'arrivée de Marcello et de son manteau de fourrure perturba le travail de chacun.

Marcello s'adressa à Bianca :

– Maria dit que c'est toi qui remplaces Filomena ?

Déjà grassouillette, la cadette des Castagna arborait un air supérieur qui lui allait comme un poil sur un œuf.

– Oh oui, c'est bien moi.

– C'est donc toi qui fais les repas pour Badolfi, comme le faisait Filomena ?

– Ah non alors, je sers pas les fadas, moi !

526

Si jeune et déjà si bête.

– Te rends-tu seulement compte qu'il n'a rien mangé d'autre que du miel depuis soixante-dix-sept jours ?

– Rodolfo y m'a dit de rien faire, et moi je fais comme il m'a dit de faire.

– Depuis quand Rodolfo donne-t-il des ordres dans cette maison ?

Bianca haussa les épaules.

Marcello regarda Eva qui faisait la grise mine au-dessus de ses *agnolotti*. C'était elle qui aurait dû remplacer Filomena et point cette nigaude. Il l'interpella.

– Pourquoi n'as-tu rien fait ?

– Et qu'est-ce qu'on pouvait faire ? C'est pas moi qui commande ici.

Eva prit une grande respiration, lança un mauvais regard en direction de Bianca et lâcha d'une voix écœurée :

– Pour vous dire la vraie vérité, *padrone*, y a Rodolfo et sa Julia qui veulent prendre notre place, voilà ce qu'ils veulent, ils veulent qu'il y ait des Castagna partout dans la *villa* et personne d'autre.

Bianca lança les couverts en bois dans le saladier et quitta la cuisine en s'essuyant les mains sur son tablier.

– Et Maria ?

Eva secoua la tête.

– Oh c'est pas la *signora* qui va les en empêcher, c'est même le contraire.

Marcello eut la désagréable sensation qu'on venait de lui badigeonner de la moutarde à l'intérieur des narines. Il ouvrit sa flasque et s'expédia au fond du gosier une double rasade de Mariani. Il fit signe à Adamo d'approcher.

– Prends un seau de braise et va remplir le brasero dans le cabanon de Badolfi, et toi Gloria, porte-lui du pain et du fromage. Dis-moi Eva, pourquoi Rodolfo s'en est-il pris à mes araignées ?

– Il était saoul comme une grive, et quand la *signora* lui a demandé de porter les affaires de Filomena au grenier et qu'il a vu les araignées, surtout la grosse noire avec toutes ses pattes poilues, il a eu peur et après, il a eu honte qu'on l'ait vu avoir peur, alors il s'est mis à tout casser.

Maria entra dans la cuisine, suivie de Bianca qui arborait un sourire satisfait.

– Bianca me dit que tu racontes des horreurs sur nous, dit-elle en posant ses mains sur ses hanches, comme pour les soutenir.

Marcello cassa net son élan.

– Laisse Eva en paix, et dis-moi plutôt pourquoi tu as laissé ton attardé de frère détruire mes araignées ?

– Mon frère n'est pas un attardé et je ne te permets pas de l'insulter.

– Je connais ton frère pour lui avoir fait la classe quatre années durant : il sait à peine lire et écrire. Seule une trépanation démontrerait que la taille de sa cervelle est inférieure à celle d'un pois chiche !

Une fois de plus, Maria perdit contenance ; décidément, rien, absolument rien, ne se déroulait comme elle l'avait imaginé.

Une forte odeur de cramé provenant de la marmite pleine de raviolis fit diversion.

– *Maledizione !* s'exclama Eva en touillant trop tard avec sa cuiller en bois, déchirant les raviolis collés au fond, aggravant la situation.

Des voix et des bruits de pas venant du vestibule annoncèrent l'arrivée d'Attilio, de Lucia, de Rodolfo et de Julia sa jeune épouse, grosse de sept mois, qui se déplaçait les pieds en canard.

Pour Marcello, ce fut la goutte d'eau qui mit le feu au poudre dans la sainte barbe qu'était devenu l'intérieur de sa boîte crânienne. Ignorant la main tendue d'Attilio, il se planta devant Rodolfo :

– Ah Rodolfo ! Quelle bonne surprise ! Nous parlions justement de toi. Les grillages de mes araignées ont coûté trente lires, quant au vivarium, lui, il m'a coûté soixante lires, ce qui fait un total de quatre-vingt-dix lires ; bien, mais il y a aussi la mygale qui vaut cent dix lires à elle seule. J'additionne cent dix à quatre-vingt-dix et je trouve deux cents. Mais comme je vais devoir me rendre à Riccolezzo pour remplacer le grillage et le vivarium, et ensuite je vais devoir prendre le train et me rendre à Turin pour acheter une nouvelle mygale... Je dis alors, en arrondissant à ton avantage, que tu me dois trois cents lires, et je dis aussi que je les veux aujourd'hui, maintenant, à l'instant même et tout de suite !

Reprenant son souffle il ajouta d'une traite :

– Et quoi qu'on ait pu te promettre, *jamais* tu ne prendras la place des Tetti dans cette maison, et maintenant, acquitte-toi de ta dette ou va-t'en sans te retourner.

Le visage couleur crête de coq, Rodolfo lança un regard suppliant vers son père, vers sa mère, vers Maria, vers sa femme ; tous l'ignorèrent.

– Voyons, Marcello, tout cela n'est pas très grave, dit Attilio en s'emparant de sa main et en la serrant chaleureusement. Alors te voilà enfin de retour parmi nous !

Marcello retira sa main avec agacement.

– Et vous, beau-papa, pourquoi voulez-vous acheter le cabanon de Badolfi ? Où habiterait-il, s'il vous le vendait ? Que vous a-t-il fait ?

– Mais tu ne comprends donc pas que c'est un parasite qui n'a rien à faire parmi nous ? Il ne sert à rien. Il ne sait rien faire d'autre que de baver comme un crapaud.

Marcello prit son temps pour répondre.

– Sachez que les crapauds ne bavent jamais, beau-papa, les escargots, les limaces, oui, mais les crapauds, non.

Telle une poule regroupant ses poussins, Attilio poussa sa famille vers la porte.

– Allons-nous-en, nous reviendrons plus tard quand il sera de meilleur poil. Ce doit être la fatigue du voyage.

Maria se signa. Sa peau suintait, pareille à la peau d'un saucisson qui a chaud.

– Ah Marcello *mio*, Marcello *mio*, mais qu'est-ce qu'ils t'ont fait là-bas ? Je le jure sur la tête de saint Coucoumelo, tu n'es plus le même. Regarde-toi, tu es parti plus de sept mois et tu reviens sans même rapporter de cadeaux pour les enfants !

*** *

Hormis le bois des meubles qui parfois craquait, tout était silencieux dans la *villa*.

Marcello retardait autant que possible l'heure de son coucher. Après avoir soupé sans dire un mot, il s'était enfermé dans le bureau et avait entrepris le rangement thématique de ses cinquante et un livres. La plupart avaient été lus durant son séjour à l'*Allgemeines Krankenhaus*.

Dans l'un des tiroirs du bureau, il avait trouvé un exemplaire *Des origines de la misogynie, ou pourquoi les dents de sagesse d'une femme ne percent que lorsqu'elle meurt*, un essai écrit et publié à compte d'auteur par son père, douze ans auparavant.

> *À l'époque où l'homme était nomade et n'avait pas encore établi le rapport entre l'acte sexuel et la génération, il considérait la femme seule, comme féconde, et lorsqu'il lui vint l'idée de donner une forme humaine au principe du monde, l'homme en fit une Déesse. Devenu sédentaire, l'homme, en domestiquant les animaux, finit par découvrir l'importance du mâle dans la reproduc-*

*tion. L'homme tomba alors d'une erreur dans une
autre. Désormais, seul le père fut déclaré fécond
et la femme ne fut plus que la dépositaire et la
nourricière du germe, telle une mouche pondant
ses œufs dans de la viande. Dès lors, la Grande
Déesse fut détrônée par le Grand-Père céleste et
les ennuis des femmes commencèrent...*

Et ainsi de suite sur soixante-dix-sept pages et demi
bourrées de citations d'une érudition à donner le torticolis à un hibou. L'illustration de la page de garde était
une gravure montrant Isaac Newton éteignant sa pipe
avec l'index de sa fiancée.

L'Universelle sur la cheminée sonnant la demie
d'une heure, Marcello monta se coucher sur la pointe
des pieds.

Dans la grande chambre, Maria dormait, ou le prétendait.

Avec mille précautions pour ne pas l'effleurer, il se
glissa dans le lit où il avait été conçu et dans lequel il
était né.

Sur le dos, les yeux clos, comme l'on compte des
moutons pour s'endormir, il compta les personnes qui
étaient mortes dans ce lit. Il perdit conscience en pleine
tergiversation sur le cas Domenico : ce dernier n'était
pas mort dans le lit puisqu'il s'était pendu, mais il était
mort dans la chambre... fallait-il ou ne fallait-il pas le
comptabiliser ?

***

Marcello rêvait qu'il volait au milieu des grues, au-
dessus de la même étroite vallée et de sa forêt de sapins
noirs. Courbant la nuque, cambrant les reins, s'incli-
nant vers l'avant, il descendit en vol plané vers la cime
des arbres qu'il rasa à grande vitesse. Au passage, il

tendit la main et arracha quelques aiguilles de pin qu'il fourra dans la poche de son pyjama... puis il s'éveilla, ou plutôt il rêva qu'il s'éveillait, qu'il ne volait plus, qu'il était dans la chambre 33 du *Sacher* et qu'il glissait sa main dans la poche de son pyjama pour en rapporter une grosse poignée d'aiguilles de pin.

***

Jeudi 12 mars 1903.
6 heures 30.

Comme chaque matin à la même heure, Maria s'éveilla avec la fringale. Pourtant, ce matin, sa boulimie passa en second plan. La vue du dormeur allongé à l'autre extrémité du lit – plus loin était impossible – la convainquit durablement qu'il ne pouvait s'agir du même Marcello parti sept mois plus tôt ; cette moustache en broussaille, ces cheveux longs et frisés, ce nez cassé, ce corps amaigri enrobé d'un pyjama doré et cramoisi de soie de Chine sur lequel couraient des dragons cracheurs de feu, appartenaient à un inconnu, à un parfait étranger aux actions imprévisibles, contrariantes au possible ; elle lui devait la plus détestable journée de son existence.

Maria était avant tout mortifiée par la goujaterie de son époux qui, malgré une très longue absence, avait lâchement attendu qu'elle s'endormît pour venir se coucher.

Elle se leva puis se rassit lourdement sur le matelas, provoquant une onde qui manqua de peu de basculer Marcello hors du lit. Il s'éveilla, se mit sur son séant, et, les yeux brouillés de sommeil, il fouilla dans les poches de son pyjama, très déçu de ne rien trouver.

– Tu as perdu quelque chose, mon ami ?

28

Jeudi 12 mars 1903.
San Coucoumelo.

– … dans l'espoir de vous donner une idée précise des distances et des volumes de notre système solaire, imaginez, mes chers petits bas de plafond, que la terre a la taille d'une cerise… vous posez une pastèque à cent quinze mètres de cette cerise et voilà le soleil… cent quinze mètres, c'est la distance d'ici à la fontaine… bien, maintenant posez un petit pois à trois centimètres de la cerise et hop, vous avez la lune… quant à la première étoile, elle devra être placée à vingt-cinq kilomètres de la pastèque, c'est-à-dire sur la place du Viso à Riccolezzo… vous me suivez ?

Filipo Gastaldi leva la main.

– C'est lequel des six jours que le Bon Dieu a fabriqué notre terre ?

– Que veux-tu dire Gastaldi ? Parle sans crainte, exprime-toi.

– Moi je dis que c'était un jeudi, mais Giuseppe, lui, y dit que c'était un vendredi ; alors on a parié.

Marcello gratta sa moustache (*Je ne supporte plus ces indébroussaillables morveux qui veulent tout savoir sans jamais rien apprendre*).

La salle de classe était aux trois quarts vides pour le retour du *stimate maestro*, et les quatorze élèves présents s'étaient regroupés sur les premiers rangs. Aldo et Carlo, côte à côte, les bras croisés, étaient attentifs ; Gianello était resté avec sa mère.

Marcello monta sur une chaise et arracha le crucifix au-dessus de la porte. Il le montra aux élèves en état de sidération.

– Vous le voyez ?

Il ouvrit le tiroir de son bureau et le jeta dedans.

– Vous ne le voyez plus. Désormais, Dieu et Ses sbires n'ont plus leur place dans ce temple du savoir !

– *Krrrrrooouuuuu Krrrrrroooouuuuu Krrrrrroooouuuu-uu !*

Marcello tendit l'oreille, s'approcha de la fenêtre.

– *KRRROOOUUUU, KRRROOOUUUUU, KRRR-OOOUUUU !*

Les cris enflaient.

– Ce sont les grues qui reviennent, dit Paoleti, le fils du facteur-garde champêtre.

– Certes, mais d'habitude elles ne passent pas si près.

Dehors, le ciel s'obscurcit et une centaine de grues cendrées passa au ras des toits, poussant de retentissants *KRRROOOUUUUUU, KRRROOOUUUUUU, KRRROOOUUUU !*

Les écoliers se précipitèrent aux fenêtres, des villageois se montrèrent sur le seuil de leurs portes, s'interpellant avec des gestes et des mimiques interrogatives. Jamais avant, les grues n'avaient volé au-dessus du village.

– La classe est finie, déclara Marcello, suscitant un concert de joyeux hurlements.

Avec un regard appuyé vers Aldo et Carlo, il dit :

– Qui veut m'accompagner ?

Aucun volontaire ne se proposa ; pire, Marcello ne put croiser aucun regard.

Le dernier des garnements sorti, ses fils les premiers,

Marcello ferma l'école et rentra à la *villa* prendre sa longue-vue, son calepin, son crayon à mine ; il sella lui-même Scarlatine et partit au petit trot (*teuquetoc teuquetoc teuquetoc*).

Deux chemins menaient à la Table-aux-Grues : le plus caduque partait derrière la maison Zippi près du fleuve, dépassait les champs à maïs et à blé, longeait les magnaneries et les alignements de mûriers, traversait la parcelle de vignes de hautes tiges Benvenuti et arrivait à la Table. Il emprunta le second qui débutait là où le *cardo* s'achevait, passait devant le lavoir, longeait le gué de la Sorella, serpentait entre les châtaigniers jusqu'à la prairie.

La surprise fut inouïe : la Table-aux-Grues était devenue un chantier bourdonnant d'activité. Pendant qu'une équipe d'ouvriers creusait au centre de la prairie les fondations de la future filature Castagna et fils, une autre équipe abattait les châtaigniers en chantant pour se donner du cœur à l'ouvrage ; une équipe débitait à la scie les arbres déjà abattus tandis qu'une autre déracinait, non sans difficulté, les souches centenaires ; au pied de la douce colline qui protégeait le lieu du vent d'est et du gel, huit tentes bien alignées servaient de logements aux ouvriers et de remises à leurs outils.

La tête bourdonnante de points d'interrogation, le cœur battant, Marcello s'approcha de l'unique ouvrier qui ne travaillait pas, le seul à ne pas être en sabots.

– *Ma come !* Qui vous a autorisés à tout vandaliser ? Vous ne comprenez donc pas que jamais les grues ne vont vouloir se poser dans de telles conditions !

Il agita son bras vers les ouvriers et cria à tue-tête :

– Arrêtez ! Il ne faut pas couper ces arbres ! Surtout pas !

– *Il signore* Castagna n'a qu'à venir nous le dire lui-même. C'est lui qui nous paye et c'est à lui que nous obéissons, répliqua le contremaître en faisant signe à ses hommes de poursuivre leur besogne.

Se faisant violence pour rester calme et courtois, Marcello décréta d'une traite :

– Cette prairie, ce petit bois, cette rivière m'appartiennent, aussi, ce que vous faites est une violation formelle de la propriété.

Il dressa son index.

– Voici ce que je vais faire : je vais retourner chez moi prendre le plus gros fusil que je puisse trouver et je vais revenir ; si vous êtes toujours en train de saccager ma prairie, j'utiliserai alors mon arme avec une grande générosité en ce qui concerne les munitions. Vous voici averti. *Arrivederci, signore capo !*

Il éperonna Scarlatine jusqu'à la *villa* où il échangea son télescope, son calepin et son crayon pour le Repeating Rifle Henry à seize coups exposé dans le vestibule. Dans le tiroir réservé aux munitions, il empocha l'une des cinq boîtes métalliques rouges contenant cinquante balles. Il avala trois longues rasades de vin Mariani puis il remonta à cheval, ignorant les questions pressantes de Maria qui voulait savoir où il allait et ce qu'il fabriquait avec cet énorme fusil en bandoulière.

Bien qu'il ne s'en fût jamais servi, le fonctionnement était la simplicité même. Le magasin tubulaire placé sous le canon acceptait quinze cartouches au culot frappé d'un H en l'honneur de l'armurier Benjamin T. Henry. Une fois le magasin plein, il suffisait d'un simple mouvement aller et retour du pontet (*tchack-tchack*) pour apporter une cartouche du magasin dans la chambre tout en armant le chien. Un tireur d'adresse moyenne pouvait tirer cent vingt coups en trois cent quarante secondes, soit une moyenne d'un coup toutes les deux secondes neuf dixièmes. Tirée à une centaine de mètres, la balle de calibre 44 pénétrait de vingt centimètres dans sa cible ; à quatre cents mètres la pénétration était de douze centimètres et à neuf cents mètres le coup avait encore un effet de choc mortel. Oh oui, c'était véritablement une belle arme.

Il fit halte à proximité de la Table, attacha la jument à un rejet de châtaignier, approvisionna le fusil sans trop de maladresse, approcha à pas dc loup.

Le bruit des cognées assassinant les arbres lui tarauda le ventre. Il déboucha sur la prairie et tira un coup de semonce vers les nuages gris, un moyen efficace pour retenir l'attention. Le bruit l'assourdit et le recul heurta son épaule si durement qu'il faillit en être botéculé.

Après plusieurs *PORCA MADONNA* bien sentis, les chants, le bruit des pioches, des scies et des haches cessèrent ; le silence fut tel qu'on entendit à nouveau couler la Sorella.

– Partez tous, *PRONTO*, sinon badaboum, je fusille !

Faisant aller et venir le pontet du Henry (*tchack-tchack*), il tira sans épauler en direction des tentes, le regrettant aussitôt.

Il y eut un impact métallique (*TOOIIINNNKE !*) suivi d'un *accidenti* sonore signalant que la tente était occupée.

Cette deuxième détonation provoqua un début de panique.

– Vous êtes ici CHEZ MOI, allez-vous-en, *RAUS, RAUS* ! aboya-t-il, constatant une fois de plus que les injures venaient plus facilement en allemand.

Il tira une troisième fois en direction d'une charrette chargée de mandrins.

Avec un bruit terrible, la balle de calibre 44 fit éclater en dix mille escarbilles la planche de la ridelle.

– Mais vous êtes fou ! *Attenti attenti*, on s'en va, pour l'amour de Dieu, *signore*, ne tirez plus !

Marcello compta une trentaine d'ouvriers – trente et un avec le *capo* – qui se défilèrent en lui lançant des regards mauvais, surtout celui qui sortit de la tente. Tous retraitèrent en prenant le chemin qui évitait le village.

Il précipita l'évacuation en armant pour la quatrième fois le Henry, et en tirant en l'air, réarmant derechef (*tchack-tchack*).

– Il y en a encore onze dans le chargeur, hurla-t-il dans un souci de précision tout à son honneur.

Après s'être assuré que la Table-aux-Grues était vide, Marcello récupéra Scarlatine et retourna au village. Sans se départir du spectaculaire Henry, il dépassa la *villa*, l'école, et arriva sur la place où déjà s'étaient regroupés la plupart des ouvriers qu'il venait d'expulser. Ignorant les murmures hostiles, il démonta et entra dans l'*Albergo-Drogheria-Bazar* Castagna.

Attilio prit un air constipé pour secouer sa grosse tête rouquine.

– Je ne comprends vraiment rien de rien à ta surprise, Marcello ! Je t'ai pourtant parlé de ce projet le jour même de ton départ... Alors ne me dis pas que tu as oublié...

Marcello se souvenait d'un vague *Nous avons des projets en commun*, et de rien d'autre. La mauvaise foi de son beau-père était flagrante.

Attilio s'approcha pour lui pincer la joue, mais Marcello repoussa ses petits doigts boudinés.

– Vous savez que je ne vous aurais jamais autorisé à construire ! C'est pour ça que vous faites passer les ouvriers par le chemin du fleuve, pour que je ne les voie pas. Vous avez voulu me mettre devant le fait accompli, mais c'est complètement raté, beau-papa, et de plus, tout à fait illégal.

Ce dernier mot dans la bouche d'un Tricotin fit sévèrement tiquer Attilio Castagna, déjà peu habitué à ce que son hébété de gendre se rebiffe.

– Illégal, dis-tu ? Elle est bien raide celle-là ! Et toi qui tires des coups de fusil sur mes ouvriers, c'est légal peut-être ? Sais-tu seulement que tu as presque tué celui qui était dans la tente ?

Il rapprocha le pouce de son index.

– La balle lui est passée à *ça* du front.

– Foin de diversion, beau-papa, et occupez-vous plutôt de remettre la Table-aux-Grues en l'état où elle était avant son saccage !

Attilio se tapota le front avec le plat de la main.

– Mais enfin, sois réaliste ! Tu sais combien tout cela m'a déjà coûté ?

– Beaucoup, je suppose.

– Écoute-moi, Marcello *mio*, nous produisons assez de cocons pour justifier une filature. Elle nous est indispensable si nous voulons nous développer et elle nous fera tous riches.

– Je suis déjà riche.

– Ce n'est pas une raison, on ne l'est jamais assez... Pense plutôt à la prospérité que cette filature va apporter au village entier. Tu sais comme moi que pratiquement toutes les familles font des éducations de vers et sont donc impliquées. J'ai calculé qu'avec les bénéfices des cinq premières années nous pourrons financer la construction du pont. Le pont, Marcello ! Imagine, un pont de nouveau à San Coucoumelo !

Se découvrant une fermeté qu'il ne se connaissait pas, Marcello resta intraitable :

– Pourquoi ne la construisez-vous pas ailleurs votre foutue filature ? Sur vos terres par exemple ? Ce n'est pas la place qui vous fait défaut, n'est-ce pas, beau-papa, après tout, la vallée presque entière vous appartient désormais.

Foutue ? Il a dit foutue ou j'ai mal entendu ? songea Attilio désorienté par le cours imprévu des événements.

– Je vous mets solennellement en garde, dès demain vos ouvriers devront combler les trous qu'ils ont fait. Ils devront arracher les souches restantes et replanter des châtaigniers aux mêmes endroits… J'insiste pour que ce soit *exactement aux mêmes endroits*, alors, peut-être, les grues reviendront en octobre…

Il cessa d'agiter son doigt menaçant.

– Afin de m'assurer que tout se déroule comme je viens de vous le dicter, demain il n'y aura pas école, ce qui veut dire que moi et Henry serons présents à la Table-aux-Grues dès la première heure.

Il ajouta d'une voix désolée :

– Vous rendez-vous compte, beau-papa, c'est sans doute la première fois depuis des siècles et des siècles que les grues ne se sont pas posées chez nous…

Attilio se cambra, mit ses poings sur ses hanches, et, comme l'on recrache une mouche avalée par mégarde, il éructa.

– Pète un coup, Marcello, t'es tout vert ! Pense à tes enfants ! Tu n'as pas encore compris à ton âge qu'il faut vivre avec son temps et pas avec des bestioles pleines de plumes !

Marcello comprit pleinement pourquoi son père avait tant détesté le bonhomme. Levant le canon du fusil, il pressa sur la queue de détente. La détonation assourdissante en surprit plus d'un dans la gande salle de l'auberge-droguerie-bazar.

La balle traversa le plafond, traversa le plancher de la chambre, traversa le sommier du lit pour mourir à l'intérieur du matelas, où, plus tard, Attilio la retrouva.

– Voilà, j'ai pété, j'espère ne plus être vert, dit Marcello en réarmant Henry (*tchack-tchack*).

Avec la prudence d'un chat aux aguets, il quitta l'auberge et rentra chez lui.

Cette nuit-là, il ne se coucha pas et, à plusieurs reprises, il ouvrit la fenêtre, sortit sur le balcon et tendit l'oreille à la nuit, croyant entendre les grues trompeter dans le lointain.

– À part Cesario et quelques vieux qui ont bien aimé ton père, personne ne prend ta défense. Tous te traitent d'*égoïste monumental qui préfère le confort de volatiles même pas comestibles au bonheur de ses chers concitoyens*.

Sourire désabusé de l'intéressé.

– Que dit-on encore ?

– On répète à l'envi que papa a bien raison de vouloir construire sur la Table puisque, à cause de la rivière, c'est le meilleur emplacement, et *bon voyage pour les grues*.

Marcello la dévisagea avec méfiance.

– Et toi, tu penses aussi *bon voyage pour les grues* ?

Comme à son habitude, Maria esquiva la question en y répondant par une autre.

– Où veux-tu en venir au juste avec ce terrain ?

– Je veux que les grues s'y posent à nouveau en octobre, et je veux les montrer à Aldo qui ne les a pas encore vues, exactement comme mon père me les a montrées en son temps, et comme son beau-père les lui a montrées jadis. Accessoirement, j'ai l'intention de les étudier, car, ne t'en déplaise, ce sont des oiseaux migrateurs particulièrement intéressants.

– Papa dit que tu te fiches pas mal des grues, et qu'en vrai, tu es vexé comme un pou qu'il ait commencé les travaux sans t'en parler… Il dit aussi que c'est à cause d'un amour-propre cabossé qu'il n'y aura peut-être jamais de filature à San Coucoumelo.

– Évidemment que je suis vexé ! On le serait à moins ! Mais tu sais mieux que personne que je ne céderai jamais la Table, et ton père le sait aussi, c'est ce qui explique sa duplicité.

Il tapa son poing droit contre sa paume gauche (*clap clap clap*).

– Il m'a sous-estimé en se disant que je ne réagirais pas devant le fait accompli… Eh bien il a eu tort, et comme tu sembles être devenue son porte-parole, fais-lui donc savoir qu'il n'est plus le bienvenu dans cette maison… Et cela inclut ce décérébré congénital de Rodolfo.

Maria s'était signée à toute vitesse, manquant s'éborgner.

– Tu es devenu *pazzo* ! Marcello ! Tu ne peux pas dire une chose pareille, c'est mon père… c'est le grand-père de nos enfants !

– Je peux dire une chose pareille, puisque je viens de la dire…

29

La Table-aux-Grues.
Octobre 1903.

– J'ai froid, *babbo*.

Le ciel était gris, le temps humide, le fond de l'air frais ; une vraie journée d'automne. Les oiseaux avaient remplacé leurs plumes d'été aux couleurs vives par un plumage aux tons plus discrets. À demi allongé sur la toile qui les protégeait du sol, Aldo ronchonnait ; il aurait préféré jouer à la guerre avec ses camarades plutôt que de tenir compagnie à son père.

– Tu aurais dû te couvrir plus chaudement, mais elles peuvent arriver d'un moment à l'autre et ce serait fâcheux de les manquer.

– C'est prendre froid qui serait fâcheux, hein, papa ?

Papa soupira en scrutant les cieux.

– Tu parles comme ta mère, mais quand tu les verras se poser, tu porteras peut-être un autre jugement.

Il entrouvrit son manteau de fourrure et invita son fils à venir s'y réchauffer. Aldo s'y précipita en souriant.

– Giuseppe dit que d'après son père, elles ne reviendront plus jamais.

– Je te prie de choisir tes références plus soigneusement. Que peut savoir Paoleti sur les gruidés ? C'est un authentique étonné de naissance incapable de distinguer une pie d'une hirondelle.

– Mais papa, c'est le garde champêtre…

– Chut… n'as-tu rien entendu ?

– Non.

– C'est curieux, pendant un instant j'ai cru…

L'attente se poursuivit.

À l'exception des vides laissés par les châtaigniers abattus, la Table-aux-Grues avait retrouvé son aspect d'antan. Les trous avaient été comblés et la végétation avait repoussé partout, telle une plaie cicatrisée.

Marcello posa sa longue-vue et entreprit de lire à son fils quelques pages de la monographie d'Anton.

– *Monogame, la grue cendrée vit en couple stable. Les petits sont très précoces en ce qui concerne le déplacement et la recherche de la nourriture, en revanche ils sont tardifs sur le plan de la reproduction et c'est seulement vers les cinq ans qu'ils peuvent nidifier.*

– Papa ?

– Oui ?

– Je m'ennuie.

– C'est ta faute, tant pis pour toi.

Marcello ferma les yeux, inspira profondément et reprit sa lecture.

– *… durant la migration, grâce à leurs puissants muscles pectoraux, les grues peuvent battre des ailes de longues heures durant et couvrir ainsi de grandes étapes.*

– Papa ?

– Oui ?

– À quoi ça sert de voir des oiseaux se poser ?

Marcello se gratta le bas de la nuque, pourtant, il ne le démangeait en aucune façon.

– Tu te feras ton opinion et si cela ne t'intéresse pas, eh bien *basta*, tu n'auras plus à m'accompagner.

– Papa ?

– Oui ?

– Pourquoi on ne vole pas, nous aussi ?

Marcello soupira simultanément des deux narines : il n'y eut qu'un seul bruit (*pffffffffffffffeu*).

– Je n'aime pas l'admettre, mais je n'en sais rien… Nous sommes des mammifères et il semblerait que l'évolution ait eu d'autres priorités à notre égard… Au lieu de nous faire pousser des ailes, elle a préféré nous faire tenir debout et nous donner des poils à la place des plumes… en contrepartie nous avons pu exploiter nos mains et nos doigts… le pouce en particulier…

Pour illustrer son propos, il tenta de saisir l'avant-bras d'Aldo sans utiliser le pouce.

– Tu vois, sans lui on ne peut rien tenir correctement et encore moins saisir.

– Mais, *babbo mio*…

– Oui ?

– En classe, une fois, tu nous as dit que les chauves-souris étaient des mammifères comme nous.

– Oui, je l'ai dit.

– Pourtant elles volent avec des poils et pas des plumes.

Agréablement surpris de trouver un semblant de bon sens chez son fils aîné, Marcello souleva ses sourcils en accent circonflexe ^^, signe de perplexité.

– Voilà qui est pertinent, Aldo, je t'en félicite… Maintenant, en ce qui concerne ta question, je suppose que les chauves-souris relèvent de l'exception qui confirme la règle… Mais, *attenti*, cela ne veut pas dire que nous ne pouvons pas voler pour autant… il paraîtrait même que l'on a réellement volé dans l'Antiquité.

– *Babbo ?*

– Oui ?

– J'ai faim.

– Eh bien rentre, et tant pis pour toi si, entre-temps, elles arrivent.

– Mais il fait presque nuit, elles ne viendront plus aujourd'hui.

Marcello regarda son fils en soupesant ce qu'il venait de dire.

– Tu as raison, rentrons.

***

Le jeudi 5 novembre, à l'heure de la dictée (*La vie est une série de coups de poignard qu'il faut savoir déguster goutte à goutte*), les grues cendrées réapparurent dans la vallée.

Leurs cris trompetant furent entendus à plus d'un kilomètre à la ronde. Marcello claqua dans ses mains.

– L'école est finie, rentrez chez vous, *pronto*. Pas toi, Aldo.

Une fois rendus derrière le bosquet qui coiffait la colline, il désigna à son fils aîné la centaine de grands échassiers gris qui dessinait des cercles au-dessus de la Table sans se décider à se poser.

– Rends-toi compte, elles ont mis deux jours pour descendre du nord, à une moyenne de soixante kilomètres à l'heure... une partie de leur espèce hiverne dans le sud de l'Espagne mais seules les nôtres font la grande traversée jusqu'en Égypte... Imagine que dans quelques jours elles vont survoler les pyramides... Attention, on dirait qu'elles se décident. Ne bouge plus et admire, je te prie, leur façon de se disposer en V.

Une formidable fusillade retentit. La prairie se joncha de volatiles désarticulés. Des grues blessées battaient des ailes en poussant des cris déchirants.

Sa longue-vue vissée à l'œil droit, Marcello vit les tireurs sortir du bois de châtaigniers et décharger leurs armes sur les survivantes qui s'enfuyaient. Satisfaits, ils se retirèrent sans hâte, le fusil à l'épaule, la démarche nonchalante.

Surgissant de derrière le taillis, Marcello les invectiva le poing fermé.

– Je vous vois, misérables carnageurs, je vous reconnais TOUS !

Il fit signe à son fils de noter les noms sur le calepin.

– Je te vois Gastaldi, et toi Ferraro, et toi Zippi, Baffini, Pignoli, Tornatore, Carnolo, Tomasi, Panchi… Ah ! bien sûr et toi aussi Rodolfo ! Vous m'entendez, je les vengerai, minables massacreurs, et je les vengerai TOOOOOOOOOUUUUUUUUUUUUUTES !

Énivré d'avoir crié trop fort, trop longtemps, il s'assit et récupéra son souffle, ainsi qu'une partie non négligeable de ses esprits.

– Je crois m'être cassé les deux cordes vocales et je ne sens plus mon larynx tellement il est douloureux, dit-il à Aldo dans un murmure rauque à peine audible.

**

Lorsque le père et le fils rentrèrent, la nuit tombait.

Maria se tenait à l'affût sur le perron, une lanterne à la main, Carlo et Gianello derrière.

Elle s'élança vers Aldo qui saignait de la main gauche.

– *Dio mio*, Aldo !

L'une des grues blessées qu'il avait achevées à coups de bâton lui avait quasiment traversé le dos de la main avec son bec pointu.

Maria se tourna vers son mari.

– Comment s'est-il fait *ça* ?

Marcello la regarda comme s'il cherchait un endroit où la mordre.

– Tu savais ce que ces *farabutti* préparaient, n'est-ce pas, et pourtant tu ne m'as rien dit…

Les joues couleur pivoine, Maria se détourna en entraînant Aldo à l'intérieur de la *villa* pour le panser.

– Il ne faut jamais se fier aux apparences, Maria,

sinon on n'aurait jamais mangé d'oursins, lui cria-t-il sans trop savoir pourquoi.

À l'instar des poules, Badolfi était déjà couché lorsque Marcello entra dans son cabanon de planches.

– Badolfi, excuse-moi de te réveiller, mais j'ai besoin de toi et tu es le seul à qui je peux demander une chose pareille. Prends deux pelles et deux pioches et rejoins-moi à l'écurie. Prends aussi ta lanterne, nous en aurons besoin.

Il faisait nuit au-dessus de la Table-aux-Grues lorsqu'ils commencèrent à creuser un trou au fond duquel ils enfouirent dix-huit grues.

Les paumes couvertes d'ampoules déchirées, les muscles du dos noués pour avoir trop usé de la pelle et de la pioche, Marcello revint au village, les bras chargés d'un énorme bouquet de tectrices, de rémiges et de rectrices ensanglantées qu'il jeta dans la belle eau claire de la fontaine romaine.

Il retourna à la *villa* où se terminait le souper. Dans un silence pesant, il s'assit à sa place, en tête de table depuis la mort de Carolus, et il attendit que Bianca ait remplit son assiette de soupe au pistou pour déclarer d'une voix distraite qu'à partir de demain, Aldo et Carlo n'iraient plus à l'école.

– Ni demain, ni après-demain, ni jamais. Je ne veux plus que vous soyez au contact de ces graines de malfaisants. Désormais, vous étudierez ici, au salon ; je vous donnerai vos devoirs chaque matin.

– Mais *babbo*, on pourra quand même aller jouer avec nos *amici cari* ?

Marcello réfléchit un instant.

– Oui, mais en dehors de l'école.

Maria protesta.

– Mais pourquoi, ils n'ont rien fait de mal, eux ?

– Je viens de te le dire, tu n'écoutes donc pas quand je parle ? La bêtise est contagieuse, pathogène, la méchanceté aussi, c'est un fait scientifiquement prouvé, vérifié, entériné, *amen*.

Les grands yeux vert bovin de Maria s'embuèrent. Depuis son retour, Marcello n'avait même pas essayé de la toucher. Elle se perdait en conjectures ; elle les essayait les unes après les autres, sans se décider laquelle choisir. Elle s'était confiée à sa mère qui avait aussitôt imaginé le pire (*Assure-toi qu'il n'a pas attrapé la chaude-pisse, ou plus grave, la vérole !*).

– Que t'arrive-t-il, mon pauvre Marcello, plus du tout je te reconnais. Tu es malade ?

– Et toi, Judas femelle, à part avoir grossi de trente kilos, que t'est-il arrivé pour que tu me trahisses ainsi ?

– *Accidenti*, Marcello, tu ne m'as *jamais* parlé comme ça... Tu n'étais pas comme ça avant ton voyage... Je te le jure sur la tête des enfants, on dirait que tu as mal *tourné*, on dirait que *quelque chose* t'est arrivé ? C'est peut-être ton coup de foudre ?

– S'il m'arrivait *quelque chose*, comme tu dis, sache que tu serais la dernière à qui je me confierais.

Il s'adressa à Bianca qui ne perdait pas une miette de l'esclandre.

– Va préparer la chambre verte pour ta sœur. C'est là désormais qu'elle couchera... Et quand tu auras terminé, je veux que tu quittes cette maison... oui, ce soir même... Reviens demain pour récupérer tes affaires et recevoir tes gages, mais maintenant disparais, aujourd'hui j'en ai jusque-là des Castagna !

Il porta sa main au-dessus de sa tête pour indiquer la hauteur exacte de son *jusque-là*. Puis, comme on renifle un fromage un peu fait, il dévisagea Maria.

– Lorsque demain on te demandera comment j'ai pris la tuerie de ces dix-huit grues... oui, ils en ont tué dix-huit... tu répondras que je l'ai pris *très mal*, et, comme je le leur ai promis, j'ai l'intention de les venger... En attendant ce jour de gloire, je reprendrais volontiers de la soupe, merci bien.

**

Le lendemain, vendredi, jour de diligence et de courrier.

Partie de Riccolezzo à sept heures du matin, la poussive *Adesso-Adesso* arriva quatre heures plus tard dans la cour de l'*Albergo-Drogheria-Bazar* Castagna. À l'exception, en été, de quelques touristes Baedeker, les passagers étaient des Coucouméliens revenant de Riccolezzo, quelquefois de Turin. Cette médiocre fréquentation avait convaincu la compagnie de transports de ne passer qu'une seule fois par semaine au lieu de deux, isolant un peu plus la vallée.

Les villageois qui n'avaient rien de mieux à faire avaient pour habitude d'attendre la diligence en consommant, en fumant, en jouant aux cartes ou aux dés, en refaisant le village et ses alentours.

Ce matin, bien sûr, on ne parlait que des grues et des plumes ensanglantées retrouvées dans la fontaine.

– Il a passé la soirée à manger de la soupe au pistou, il en a repris quatre fois, et y disait sans arrêt qu'il les vengerait toutes, rapportait la jeune Bianca ; elle digérait mal d'avoir été renvoyée alors qu'elle n'avait encore rien fait de mal.

– Il a dit comment y s'y prendrait ?

– Non, ça il l'a pas dit.

Tous les participants à la fusillade étaient là ; certains buvaient leur troisième apéritif, certains leur quatrième, tous depuis le réveil fumaient cigarette sur cigarette.

– Oh moi, ça faisait longtemps que j'avais envie d'en tirer une. Je regrette juste qu'on n'en ait pas rapporté pour les manger. C'est peut-être goûteux un pilon de grue ?

– À mon avis, c'est trop nerveux comme viande.

– Pas si on la fait mariner toute une nuit.

Le vacarme dans la cour annonça l'arrivée de la diligence. Luigi Paoleti se leva et sortit. Le conducteur prit le sac marqué *Corriere* sous la banquette et le remit au facteur-garde champêtre. À part les habituels journaux et revues destinés au *signore maestro* Tricotin, il n'y avait qu'un faire-part annonçant le décès de Matteo Carnolo, un mégissier de Riccolezzo, l'oncle paternel du tanneur Alessandro Carnolo.

Attilio Castagna vit les Poirini père et fils descendre de la diligence. Le postillon débâcha l'impériale et dévoila un empilement de caisses, de sacs et de malles en osier solidement arrimés.

Attilio comprit alors pourquoi Gian Battista Mureno, le mari de la fille Poirini, attendait dans la cour avec sa charrette. Il interpella Agostino Poirini sur un ton qui rappelait un doigt dans l'œil.

– Et ta licence, Poirini, dis-moi, Poirini, tu l'as ta licence ? Tu peux nous la montrer ta *licenza*, Poirini ?

Agostino Poirini n'avait jamais déguisé son envie d'ouvrir l'auberge-droguerie-bazar Poirini et fils, comme il n'avait jamais dissimulé son intention d'y pratiquer des prix inférieurs d'un bon tiers à ceux d'Attilio. Depuis six mois, il se préparait à briser le monopole du maire ; le jour était venu.

– Ma licence, Castagna ? Mais ma licence, je te la montre de suite après que tu m'as montré la tienne, oh Castagna !

L'air méditatif du Turc invité à un baptême, Attilio tira quelques bouifs de son Toscani. Certes, il n'avait jamais lu Schopenhauer, néanmoins, rayon mauvaise foi, un gros bout il en connaissait.

– Je suis le maire de ce village et le maire n'a pas

besoin de licence, Poirini. À part les ânes et les moustiques tout le monde sait ça ici, tandis que toi, Poirini,
tu n'es *pas* M. le maire et tu n'as *pas* de licence.

– Peut-être que tu peux embrouiller tous les *coglioni*
derrière toi, *monsieur le maire*…

Poirini désigna d'un geste large les clients, friands
d'esclandres, qui sortaient de l'auberge le verre à la
main, la cigarette aux lèvres, l'air goguenard, tout ouïe.

– … mais nous, les Poirini, tu ne nous trompes pas.

Quand la marchandise sur l'impériale fut transférée
sur la charrette de son beau-fils, Poirini père souleva
son chapeau et déclara :

– Je pends la crémaillère la semaine prochaine, venez
nombreux… Et toi aussi, monsieur le maire, tu es invité.

À cet instant, et à la surprise générale, Marcello et
Badolfi apparurent dans la cour telles deux mouches
dans une assiette de crème fraîche.

Attilio tiqua en profondeur ; son pouls s'accéléra, son
front le démangea. Il changea de posture et croisa les
bras, comme pour protéger les endroits vitaux de sa
poitrine.

Son gendre, tout en fourrure, tenait un sac de voyage
dans une main, une canne au pommeau d'ivoire dans
l'autre, signe de départ ; quant au fada, il était déguisé
dans ce qui semblait être l'un des costumes en velours
robuste affectionnés par feu le *stimate dottore*. Ce départ
était-il relatif aux événements de la veille ? Attilio opta
pour une attaque frontale :

– Et où vas-tu comme ça ? Tu ne devrais pas être
plutôt avec tes élèves ?

Après un petit délai de réflexion, Marcello s'entendit
répondre d'une traite :

– Si on vous pose la question, vous direz que vous
n'en savez absolument rien. Ainsi, pour une fois dans
votre misérable existence, vous aurez dit la vérité.

Misérable ? Il a dit *misérable* !

– N'ayez crainte, beau-papa, je ne vais pas me plaindre aux autorités. J'ai mieux à faire.

Tendant la main vers Paoleti, Marcello réclama son courrier. En supplément aux abonnements contractés par son père à diverses publications scientifiques (qu'il renouvelait périodiquement), il était abonné à la presse quotidienne turinoise, à la presse quotidienne viennoise, aux bulletins de l'Académie royale de médecine comme aux comptes rendus des séances de l'Académie royale des sciences de Turin. Ainsi, rien de ce qui était nouveau dans ce monde ne lui échappait.

Pour la route, il sélectionna trois revues : une revue allemande sur l'archéologie traitant ce mois-ci de la « Zoophilie dans la mythologie » : une lithographie de Léda et son cygne au long cou illustrait l'article ; une revue scientifique suisse dont la spécificité était les nouveautés technologiques et qui proposait dans ce numéro : « Le phonographe est-il le photographe de la voix ? » Son dernier choix fut pour le numéro du *Monatsschrift für Psychiatrie und Neurologie* qui annonçait en couverture la sortie de *Psychopathologie de la vie quotidienne* du Pr Sigmund Freud.

Le reste fut rendu à Paoleti avec pour instruction de le déposer à la *villa*. Il s'adressa enfin au conducteur qui s'occupait des chevaux.

– Bonjour, Enrico, je veux deux places pour Riccolezzo, et je veux les deux coins fenêtre.

– *Niente problema, stimate maestro.*

***

Badolfi ne s'était jamais assis dans une diligence, Badolfi n'avait jamais pris le bac ; mieux, Badolfi n'avait jamais posé les pieds sur l'autre rive du Pô, et bien évidemment Badolfi n'avait jamais vu Riccolezzo, encore moins Turin.

Tôt dans la matinée, Marcello lui avait dit : *Je vais à Turin et je t'emmène. Rase-toi et passe ce costume ; il est un peu large mais ça ira ; par contre, pour les chaussures, tu vas devoir conserver tes sabots car mon père chaussait du 43*. Le fada avait obéi sans poser de questions.

Penché par la portière malgré le froid saisonnier, il regardait comme on emmagasine de la nourriture dans un garde-manger ; lorsque quelque chose le surprenait un peu plus que d'habitude, il trépignait en se donnant des claques sur le front, poussant toutes sortes d'onomatopées que seuls de rares lettrés sélénites (ou Telvani) auraient su déchiffrer. Marcello alors se faisait un devoir de rassurer les autres passagers.

– Ne vous y trompez pas, mesdames et messieurs, Badolfi n'est point belliqueux et encore moins dangereux, il est seulement très content de voir une automobile pour la première fois.

Sa rencontre sur le quai numéro 1 avec la *Surchauffée* de l'omnibus Riccolezzo-Turin l'impressionna considérablement ; d'autant plus que la locomotive avait toutes les apparences de la vie : elle vibrait, elle chauffait, elle lâchait par instants de formidables flatulences de fumée grisâtre et, ultime preuve, elle bougeait, lentement d'abord, puis de plus en plus vite, jusqu'à atteindre une vélocité telle que le paysage en était brouillé comme une omelette.

À Turin, à la sortie de la *Stazione centrale*, le va-et-vient incessant des tramways électriques, des fiacres, des automobiles Fiat – que fabriquait en série depuis 99 Giovanni Agnelli, le fondateur de la *Fabbrica Italiana Automobile Torino* – l'impressionna modérément en comparaison avec le boucan et l'extraordinaire agitation qui régnait ce samedi matin sur le *cardo* Vittorio Emmanuel. Ici, tout le monde semblait avoir quelque chose à faire d'important.

Marcello héla un brougham à deux chevaux et ordonna d'une voix blasée :

– *Via* Fra Angelico, *prego*.

Il devança la remarque goguenarde du cocher par un geste balayeur.

– Oui, je sais, le matin c'est fermé, mais moi, monsieur le cocher, j'ai ma clé.

Durant le trajet, il observa le rouquin avec attendrissement ; chaque fois que leurs regards se croisaient, Badolfi lui souriait en montrant ses dents jaunes, signe de contentement.

– Tu devrais te laver les dents plus souvent.

La façade ravalée et les trente-six trompe-l'œil faisaient un bel effet dans la rue ; les élèves des Beaux-Arts avaient fourni un joli travail de peinture ; non seulement l'illusion de la réalité était parfaite, mais aucune de ces fenêtres n'était identique aux autres. Toutes les formes, tous les styles étaient représentés sur quatre étages ; fenêtres à guillotine, fenêtres à soufflet, fenêtres en accordéon, fenêtres mauresques, fenêtres glissantes, basculantes, pivotantes. Deux gros œils-de-bœuf peints sur chaque volet de la fenêtre centrale du troisième étage donnaient à la façade un regard agréablement ahuri.

Marcello payait le cocher lorsque celui-ci demanda :

– C'est-y vrai qu'ils ont l'électricité maintenant ?

– Oui, monsieur le cocher, l'électricité à tous les étages.

Durant un court instant, on eût dit que l'œil droit du cocher mangeait des cerises tandis que l'autre recrachait les noyaux.

– Même dans la cave ?

– Mais oui, parfaitement, surtout dans la cave, et vous ne savez pas tout, il y a aussi le téléphone.

– *Accidenti !* Et pourquoi pas l'ascenseur !

Marcello sortit son trousseau de clés et se gratta le nez avec l'une d'elles.

– J'y ai songé, mais cela nécessiterait des travaux tels qu'il faudrait fermer l'établissement trois mois durant.

Deux charrettes étaient garées devant l'entrée de service ; l'une chargée de bottes de foin jaune, l'autre de terre fraîche odoriférante.

– Tu vois, Badolfi, c'est aujourd'hui que l'on renouvelle le mobilier de la Grange au foin. Tu verras, je te la montrerai et peut-être auras-tu envie de l'essayer, toi aussi.

Observant l'une des bottes de foin qui attendaient sur le pavé, Badolfi dit :

– Troimilsixcenquarantehuit.

***

Durant ces trois dernières décennies, l'apiculture était devenue une activité de bon ton dans la haute et moyenne bourgeoisie piémontaise ; aussi, nombreuses étaient les boutiques consacrées à la mouche à miel.

Entièrement dédié au monde apicole depuis plus d'un demi-siècle, *L'Esprit de la ruche* était à l'enseigne d'Aristée, le fils d'Apollon qui avait appris l'apiculture aux hommes.

Le propriétaire, Benedetto Patito, dit l'*Indicator*, né soixante-dix-huit ans plus tôt à Truc di Miola, un minuscule village proche de Fiano, était considéré comme le meilleur spécialiste de la capitale ; rien de ce qui concernait les abeilles ne lui était étranger.

Le mur du fond de sa vaste boutique supportait des étagères sur lesquelles s'alignaient une collection de ruches de tous âges, de toutes formes, de toutes nationalités… Ruche préhistorique faite dans un tronc de châtaignier évidé, ruche de paille de seigle, ruche d'osier, ruche d'écorce de chêne-liège, ruche en éclisses tressées enduites de bouse de vache, ruche-cercueil grecque, ruche à calotte, ruche à rayons fixes, ruche à rayons mobiles… Une étagère était réservée aux *kranjic*, des ruches horizontales en planches de Slovénie dont les frontons étaient peints de scènes de la vie quotidienne en Carniole. Mais le clou de la collection, sans conteste, était une ruche à compartiments de bronze retrouvée avec son couvercle dans les fouilles de Pompéi. Benedetto Patito l'avait chèrement payée à l'un des archéologues de l'équipe, joueur de tarot chroniquement endetté.

En entretenant une volumineuse correspondance avec ses pairs français, anglais, allemands, autrichiens, espagnols, portugais, slovènes, polonais, russes, et même japonais – les Nippons lui avaient offert une ruche en forme de soleil levant que l'on pouvait voir entre une ruche en forme de djellaba des monts Aurès et une ruche en forme d'oignon dogon de Bandiagara.

Sur des rayonnages d'acajou, derrière le comptoir, l'amateur éclairé avait le choix entre des études, des revues, des traités, des mémoires, des méthodes, des livres, souvent illustrés, traitant tous la gente apiaire et le monde apicole. Une réimpression de *L'Esprit de la ruche* du Dr Carolus Tricotin (*Où siège l'esprit de la ruche auquel tous se soumettent ? Qui ordonne ?*) se trouvait en bonne compagnie entre une traduction du tome V de *Mémoires pour servir l'histoire des insectes* du Français Ferchault de Réaumur, et une réimpression récente d'*Une histoire des animaux* d'Aristote.

Une dizaine de clients bourgeoisement vêtus circulait dans la boutique en devisant à voix feutrée lorsque entrèrent Marcello suivi de Badolfi.

– Même si vous ne vous étiez pas présenté, je vous aurais remis, car vous êtes le portrait daguerréotypé de votre père, dit Benedetto Patito en caressant la manche poilue du manteau de Marcello.

– C'est du loup, n'est-ce pas ?

– Oui, c'est du loup, *signore Indicator*.

Dans sa prime jeunesse à Truc di Miola, Benedetto Patito n'avait pas son égal pour dénicher les essaims sauvages dans la forêt, d'ou son surnom qui lui venait de l'*Indicator indicator*, cet oiseau connu pour guider l'homme jusqu'aux essaims sauvages en voletant d'arbre en arbre en poussant des cris pour l'attirer ; en remerciement, l'homme abandonnait à l'oiseau le couvain grouillant d'œufs, de larves et de nymphes.

Badolfi ne savait pas où donner de la tête ; tout ce qu'il voyait l'intéressait.

– Voici Badolfi, *signore Indicator*, mon père l'avait nommé *capo* de toutes nos abeilles, et à sa mort il lui a légué notre rucher. Il gouverne treize ruches et il n'a jamais été dardé.

Tout en poussant quelques *bzzzzzzeu bzzzzzzeu bzzzzzzzeu* admiratifs, Badolfi s'était immobilisé devant une gravure qui montrait une cité de Terre sainte assiégée par des croisés. Du haut des murailles crénelées, les défenseurs lançaient sur les assiégeants des pierres, du bitume enflammé et des ruches pleines d'abeilles qui emportaient l'affaire.

– Mon père disait que si les abeilles avaient un patois, Badolfi le parlerait.

– Je vois, dit l'*Indicator* en ôtant ses lunettes de presbyte pour mieux observer le rouquin.

Celui-ci s'intéressait maintenant à la collection de ruches sur les étagères. L'une d'elles, une Huber à cadres feuilletables qui pouvait se visiter comme les pages d'un livre, l'intéressait particulièrement.

– Vous connaissez les ruches à hausses de mon père, c'est vous qui les lui avez vendues ; existe-t-il de nouvelles méthodes capables d'augmenter la production ?

– Si ma mémoire est bonne, et en général elle l'est, il s'agit de ruches à cadres fixes, n'est-ce pas ?

Incertain, Marcello interrompit la méditation de Badolfi.

– Dis-moi, Badolfi, les cadres de tes ruches sont fixes ou mobiles ?

– Fixes.

– Si vous devenez *mobiliste*, non seulement vous récolterez deux fois plus de miel, voire trois fois plus, mais vos abeilles n'auront plus besoin de tout reconstruire chaque année, d'où une économie significative de temps et surtout de miel, dit l'*Indicator* sur le ton de l'évidence.

– Uneruchàcadresmobileselleestoù ?

Marcello n'en crut pas ses oreilles : pour la première fois de sa vie, Badolfi venait de poser une question à un inconnu sans intermédiaire !

L'*Indicator* fronça les sourcils.

– *Que dice ?*

– Il demande une démonstration.

L'*Indicator* se dirigea vers une Debeauvoys.

– Voici la toute première des mobiles, c'est une française de 1844, et elle a suscité une gigantesque polémique qui perdure à ce jour.

Il souleva le couvercle afin d'illustrer son propos.

– L'inconvénient avec ce modèle vient des cadres qui sont aussi larges que la ruche et peu pratiques à manipuler ; ils sont aussi très souvent collés par le propolis.

Il désigna la ruche suivante.

– Voici maintenant une Langstroth, c'est un Américain qui a optimisé le système Debeauvoys. Voyez par vous-même, jeune homme, les cadres sont suspendus dans des rainures par des épaulements de leurs lattes supérieures ; de cette façon, les abeilles peuvent circuler librement au-dessus, au-dessous et sur les côtés.

– C'estcellelaquyfaut…

– Ne trouvez-vous pas curieux cette façon d'ignorer l'existence de la ponctuation ? dit Benedetto Patito.

– Oui, certes, mais c'est ce qui arrive à tous ceux qui pensent trop vite ; il a toujours été ainsi… Et ne vous y trompez pas, il comprend tout ce qu'il entend.

Après *L'Esprit de la ruche*, Marcello se rendit dans une boutique proche de l'Académie des sciences spécialisées dans l'optique de qualité ; son père s'y était procuré le microscope Trépré.

Il fit l'acquisition d'un télescope Longrange et d'un trépied compatible Standfirm qui lui coûta sept cents lires. Une forte somme, certes, mais avec une telle optique, à cinq cents pas, on pouvait encore voir ce qu'il y avait dans une poche.

***

Éparpillant devant elle les poules qui cherchaient leur vie entre les pavés, l'*Adesso-Adesso* s'engouffra dans la cour de l'*Albergo-Drogheria-Bazar* Castagna.

– Regardez qui nous revient, *meglio tardi che mai*, dit Attilio en voyant Marcello et Badolfi descendre du véhicule.

Badolfi approuva à quelque chose que lui dit Marcello puis, malgré ses chaussures neuves qui faisaient *scouic scouic scouic*, il partit au pas de course. Sa foulée souple, le fait qu'il se tienne bien droit et qu'il ne porte plus sa tête penchée sur son épaule, convainquit Attilio que le fada avait changé ; *quelque chose* avait dénoué la raideur qui rendait incertain le moindre de ses mouvements.

Loin de venir le saluer comme il aurait dû le faire, son couillon de gendre préféra superviser le déchargement de la diligence.

Tirant sur son cigare qui faisait mine de s'éteindre, Attilio approcha en traînant les pieds.

– *Ma che affare è questo*, Marcello ?

– Ce sont des Langstroth dernier modèle, beau-papa. À ce jour il n'en existe pas de meilleures.

Les six ruches déchargées, il fallut quatre hommes pour descendre de l'impériale l'extracteur à renversement et la presse à cylindres flambant neufs.

– Je répète : *Ma che affare è questo*, Marcello ?

– La presse sert à fabriquer de la cire gaufrée, et l'extracteur sert à vider les deux faces des rayons sans avoir à les retirer, tout ça est très moderne, beau-papa.

– Alors comme ça, apiculteur tu deviens toi aussi ?

Marcello éleva la voix afin que tous l'entende.

– Une fois de plus vous vous trompez. Ce matériel appartient à Badolfi. Il va désormais se rendre utile en vendant son miel et ses bougies.

– Et où compte-il les vendre ? Tout fada qu'il est, il sait que ce n'est pas chez moi qu'il pourra.

– Chez vous, non, mais là-bas, chez Poirini, si.

– *Accidenti !*

Quelques instants plus tard, Badolfi était de retour, poussant une charrette à bras.

– Allez-y doucement, c'est fragile, avertit Marcello lorsque le postillon déchargea les caisses de vin Mariani.

Hier matin, il avait passé un arrangement avec la *Grande Pharmacie centrale* pour que lui fussent livrées le premier lundi de chaque mois deux caisses de vingt bouteilles de vin à la coca du Pérou de M. Angelo Mariani, cet authentique bienfaiteur de l'humanité.

Marcello se tourna vers Attilio.

– Ah oui, au cas où certains d'entre vous auraient parié sur ce que nous avons fait à Turin, eh bien, j'ai montré à Badolfi ce qu'était un bordel… Figurez-vous qu'il ne savait même pas qu'un tel établissement existait ! Je pense qu'il a apprécié… D'ailleurs vous aussi, de temps à autre, vous devriez aller y *péter un coup*… ça délasse… Je vous recommande le *Tutti Frutti*, c'est un endroit très fréquentable et si vous leur dites que vous venez de ma part, je vous assure un tarif avantageux.

***

Ainsi, saison après saison, Marcello attendit le retour des grues cendrées. Les survivantes du massacre de 1903 avaient sans doute mis en garde l'espèce entière, car les *Grus grus* ne firent plus jamais halte sur la Table-aux-Grues.

À la longue, quelque chose d'infiniment ténu céda dans l'appareil psychique déjà bien lézardé de Marcello ; quelque chose qui modifia en profondeur son principe de plaisir ainsi que son principe de réalité, si tant est qu'il existât pareilles choses.

30

San Coucoumelo.
22 mai 1906.

À raison de trois heures quotidiennes, trois années durant, Marcello vint à bout d'une monographie de deux mille trente-deux feuillets, auxquels il avait ajouté cent dix planches hors texte de croquis à l'encre de Chine illustrant *La vie quotidienne chez la Tegenaria domestica du Haut-Piémont, mais aussi chez les autres.*

Faute d'un meilleur réceptacle, il prit son sac de nuit et rangea dedans le volumineux manuscrit qu'il expédia en bagage de première catégorie par la diligence hebdomadaire ; le destinataire étant le Pr Pompeo Di Calcagno, président perpétuel du jury de l'Académie royale des sciences naturelles de Turin.

Ils s'étaient croisés l'an passé dans la librairie de la *via* Maria Vittoria, et Isaac Rosenberg avait fait les présentations ; l'éminent professeur s'était écrié : *J'ai bien connu votre père, cher monsieur, c'était un esprit fort, mais nous l'aimions quand même. Peut-être est-il regrettable que son éclectisme ait été aussi exacerbé. Je ne vous apprendrai rien en vous rappelant que l'avenir de notre science appartient aux spécialistes et point aux papilloneurs…*

L'âme en paix, soulagé d'un grand poids (seize kilo-grammes à la balance à fléau du facteur-garde champêtre), Marcello retourna chez lui, spéculant déjà sur la réaction du professeur lorsqu'il ouvrirait le sac, lorsqu'il découvrirait son contenu, lorsqu'il lirait les deux mille trente deux feuillets... Loin de se limiter à l'insipide inventaire de généralités qui caractérisait la plupart des écrits scientifiques, Marcello avait inséré çà et là d'impressionnantes digressions philosophiques, voire psychanalytiques, fortement inspirées d'Arthur Schopenhauer, du Pr Freud et de la mythologie grecque.

Comment allait réagir l'éminent scientifique à la lecture de l'ambitieux chapitre CXXXIX : « *Tout savoir sans jamais l'apprendre, ou l'Instinct chez les araignées de plafond, mais aussi chez les autres* »... Et qu'allait-il penser du CCIII, consacré aux mœurs sexuelles arachnéennes avec un paragraphe entier dédié à l'étrange parade hypnotique du mâle amoureux qui pouvait durer, montre en main, cinq heures et des poussières ?

***

Chaque vendredi vers les onze heures, Marcello abandonnait sa classe et se rendait à l'auberge Castagna attendre, dans la cour jamais à l'intérieur, la venue de la diligence et du courrier.

Depuis l'incident de la Table-aux-Grues le village lui battait froid ; les femmes le saluaient en regardant ailleurs et les hommes attendaient qu'il fût passé pour lui faire les cornes de la scoumoune.

Ce vendredi, par extraordinaire, la diligence était déjà arrivée, contraignant Marcello à entrer dans l'*Albergo-Drogheria-Bazar* Castagna. Le brouhaha cessa instantanément. Sans un mot, sans un salut, il se dirigea vers Luigi Paoleti, le facteur-garde champêtre, qui triait le courrier derrière le guichet de sa petite officine au fond de la salle. Attilio, à ses côtés, touchait à tout, soupesait tout, examinait tout. Il tenait entre pouce et index une enveloppe carrée bleu pâle.

Voyant approcher le maître d'école, Paoleti eut un regard craintif vers Attilio, puis il se leva et tendit à Marcello la poignée de revues et de journaux habituels.

– Il n'y a rien d'autre, tu es sûr ?

Le facteur-garde champêtre lança un second regard en direction du maire, de détresse cette fois.

Marcello vit alors que la lettre tenue entre les deux petites saucisses en forme de doigts de son beau-père, portait la belle écriture gothique de Divina Haider.

Avant de la lui donner, Attilio la porta à ses narines, la renifla (*sniff, sniff*), puis hocha la tête en prenant un air malin.

– Tu reçois des lettres parfumées maintenant ! Pas étonnant que tu fasses chambre à part avec Maria !

Marcello prit la lettre et la glissa parmi les revues. Il s'adressa à Paoleti.

– Tu es sûr qu'il n'y a vraiment plus rien, cette fois ?

– Non, cette fois, il n'y a plus rien.

Courrier sous le bras, muet comme deux carpes, sans un regard pour son beau-papa, Marcello sortit en claquant la porte si violemment que la clochette se décrocha et, *Porca Madonna*, valdingua à l'autre bout de la salle.

Marcello retourna dans son école et la trouva en plein chaos ; des duels à la règle se déroulaient en équilibre sur les pupitres, tandis qu'une farouche bataille rangée avait lieu entre les premiers rangs et les derniers ; une quantité importante de projectiles divers volaient de part et d'autre de la classe.

– Décidément, vous ressemblez trop à vos parents, petits ingrats ! *Fuori, fuori*, disparaissez, je ne veux plus vous voir aujourd'hui… revenez demain et pas avant !

Il quitta l'école et s'enferma dans le bureau qui

restait celui de son père. Après un verre de Mariani, il s'assit dans le fauteuil de son père, ouvrit l'enveloppe avec le coupe-papier de son père et lut la lettre écrite en allemand (*Grüss Gott, mein lieber Marcello...*).

Après les interrogations d'usages sur sa santé et son bon moral, Divina Haider annonçait qu'elle avait embauché le mois dernier quatre nouvelles pensionnaires de toute beauté (*Le rachat de leurs dettes a été honnête et depuis satisfaite je suis d'elles peut-être le goût de passer nous voir cela te donnera ?*). Venaient ensuite des nouvelles de l'ex-benjamine Pamela Ponponetta (vingt ans). Elle était *tombée* enceinte et avait été sanctionnée d'une amende salée (deux cent cinquante lires). Divina racontait ensuite que la Sozzona était *tombée* amoureuse d'un client marié qui refusait de la racheter (*De près nous la surveillons, car capable de s'évader elle est*).

La mère maquerelle concluait sa lettre sur une note préoccupante. Une plainte pour troubles à l'ordre public avait été déposée au commissariat du quartier. Le plaignant, un fonctionnaire de l'État qui habitait l'immeuble numéro 8 – face au 13 – avait justifié sa plainte en expliquant que depuis le ravalement de la façade et l'apparition des trente-six trompe-l'œil, l'immeuble était devenu une attraction populaire. Chaque jour, la *via* Fra Angelico connaissait un va-et-vient de touristes enthousiastes, bruyants, sans-gêne, rigoleurs, goguenards. Pour faire court, le plaignant exigeait que la façade fût débarbouillée de tous ces perfides trompe-l'œil et retrouve son anonymat d'antan.

Marcello avala une rasade de Mariani ; rien de tel pour s'éclaircir les idées. Lorsque l'effet se fit sentir (moins d'une minute plus tard), il décapuchonna le Waterman et rédigea d'une traite une réponse pleine de détermination :

... comme il est hors de question de toucher à la façade, chère Divina, prends contact avec un avocat et choisis le meilleur ; ensuite, renseigne-toi sur ce mauvais coucheur qui nous cherche des poux et demande à Giuseppe Bolido d'enquêter sur lui. Je veux savoir s'il est propriétaire ou s'il est locataire de son logis... Qu'il trouve également le nom du propriétaire de l'immeuble.

Il rédigea une seconde lettre à l'intention de l'éminent Pr Pompeo Di Calcagno : il lui proposait de venir à Turin et de lui expliquer de vive voix les passages de sa monographie qui pourraient paraître compliqués, voire confus.

Ses deux lettres et une pièce d'une lire à la main, Marcello se rendit au salon.

Chaque matin, de sept heures à huit heures et demie, sauf le dimanche, il faisait la classe à ses enfants. Il les faisait lire, il leur faisait réciter leurs leçons, il corrigeait leurs devoirs écrits, il leur donnait de nouveaux devoirs, tenant compte de leur différence d'âge.

Aldo (onze ans), en tête de table, travaillait sur un problème d'arithmétique que son père lui avait dicté aux aurores :

Ton arrière-arrière-grand-père Domenico mesurait 1,50 mètre au garrot. Si tu sais que la poutre du plafond dans la grande chambre est à 3,10 mètres du sol, si tu sais que la chaise sur laquelle il est monté est haute de 50 centimètres, et si tu comptes 1 mètre pour les nœuds, quelle est la longueur minimale de la corde qu'il a fallu à ton arrière-arrière-grand-père Domenico pour se pendre ?

Assis à sa droite, le regard méditatif, le front plissé, un bout de langue rose entre les dents, le cheveux nimbés de fumée, preuve visuelle d'intenses cogitations, Carlo (neuf ans), transpirait sur une version latine d'un texte de Procope qui rapportait le curieux système de recensement des Perses. Avant chaque campagne, l'armée défilait devant le roi et chaque soldat déposait une flèche dans un des vastes paniers disposés à cet effet. Le défilé terminé, les paniers étaient cachetés du sceau royal. Au retour de la guerre, une nouvelle revue avait lieu au cours de laquelle chaque soldat reprenait une flèche. Un officier comptait alors les flèches restantes dans les paniers et obtenait ainsi le nombre des morts, des blessés ou des prisonniers absents.

Assis à la gauche de l'aîné, le benjamin, Gianello (sept ans), avait un exercice de géométrie à résoudre ; il devait dessiner un icosaèdre régulier ; afin que ce ne fût point trop facile, Marcello s'était abstenu de lui expliquer ce qu'était un icosaèdre régulier.

– Aldo, porte ces deux lettres à la diligence, je te prie.

– Ah mais pourquoi moi, *babbo* ?

– Parce que la diligence va partir d'un instant à l'autre et que c'est toi qui cours le plus vite.

– Adamo court vite, aussi.

– Oui, mais j'ignore où il se trouve, alors cesse d'argumenter et obéis, *rapido* !

– *Si, babbo.*

Aldo prit les deux lettres et la pièce d'une lire et détala en criant sans se retourner :

– Deux mètres dix !

– C'est exact, mais ça ne suffit pas, quand tu reviendras tu devras me dire comment tu es arrivé à ce résultat, lui cria Marcello ; baissant la voix, il s'adressa aux deux autres.

– Et vous, où en êtes-vous ?

– Moi, j'ai presque fini, *babbo*, j'en suis au moment

où l'officier compte les flèches qui restent dans les paniers.

– Bien, continue, et toi Gianello, sais-tu ce qu'est un icosaèdre régulier ?

– Oui, papa.

– Je t'écoute.

– Un icosaèdre régulier a vingt triangles équilatéraux égaux pour faces.

– Tu es sûr de ce que tu avances ?

– Si c'est pas ça, *babbo*, c'est la faute à Aldo, répliqua le gamin en haussant ses petites épaules.

– Aldo t'a aidé ?

– *Si babbo.*

– *Va bene.*

***

Deux semaines plus tard.

> *… il a été répertorié soixante-deux sortes de sons parmi les pets ; il est donc possible de les marier ensemble et de créer ce que je nommerai musique pétifique. Des adagios, des préludes, des opéras-comiques, des oratorios, voire des opérettes, peuvent ainsi être composés et sont assurés de connaître un succès considérable auprès des honnêtes gens…*

Marcello interrompit sa lecture.

– C'est Paoleti et le courrier, monsieur, dit la voix fluette de Gloria Tetti (onze ans).

– *Avanti.*

L'enveloppe frappée du sceau de l'Académie royale des sciences naturelles de Turin était la première sur la pile des revues et des journaux que lui tendait le facteur-

569

garde champêtre. Le cœur de Marcello battit la générale. Tout le monde sur le pont et salut au drapeau.

– Merci, Luigi.

Tenant la lettre entre deux doigts, il la contempla un long moment avant de la reposer sur le bureau et de monter à l'étage s'enfermer dans la salle de bains.

Il se lava la face sans oublier l'intérieur des oreilles, il se rasa, poliça sa grosse moustache, brossa ses belles dents blanches, coiffa sommairement ses longs cheveux bouclés, passa son habit Ugo Gadj.

– Eh bien alors ! Qu'est-ce que tu fais habillé comme ça ? Tu pars ? s'étonna Maria qui revenait de la lingerie les bras chargés de vêtements propres à repasser.

– Je me prépare à recevoir une grande nouvelle.

Elle le vit entrer dans le bureau, elle entendit la clé tourner dans la serrure ; retenant son souffle, elle approcha, mit un genou à terre, colla son œil droit contre la serrure et ne vit absolument rien.

Le cœur battant, Marcello décacheta la lettre, lut, devint livide. La bouche ouverte, il déboutonna son faux col et marmonna des *Ce n'est pas possible, c'est une erreur prodigieuse !* tout juste audibles.

Il eut beau relire et encore relire la lettre, sa monographie était toujours décrite *comme un indigeste salmigondis de banalités entrecoupé d'extravagantes élucubrations pseudo-scientifiques !!!!* Mêmes ses planches hors texte n'étaient pas épargnées. Pompeo Di Calcagno les qualifiait d'*informes gribouillis signant une personnalité confuse, infantile, et pour tout dire très éprouvée mentalement.*

Le regard absent, Marcello fouilla plusieurs tiroirs avant de trouver la blague à tabac et la pipe de son père. Faite de silicate de magnésie à l'état pur, cette pipe venait de la maison autrichienne *Sommer* et son tuyau était en ambre véritable. La blague en testicule de taureau était aux trois quarts pleine d'un tabac encore odoriférant malgré les six années écoulées.

Marcello prit une paire de ciseaux et découpa la lettre en très très très très petits morceaux qu'il mélangea ensuite au tabac.

Il bourra le mélange dans la pipe et le fuma jusqu'à la dernière bouif, tout en contemplant d'un air ricaneur la harpie féroce et son sapajou.

Moins de vingt minutes plus tard, une céphalée de force 12 investissait la totalité de son champ de conscience, déclenchant des nausées qui retournèrent son estomac comme une vieille chaussette pour le restant du jour.

Entre deux spasmes, il se traîna sur les genoux jusqu'à la porte et la déverrouilla avec peine.

Eva Tetti traversait le vestibule au même moment.

– Jésus-Marie, mais qu'est-ce qui vous arrive *padrone* ?

– Je suis malade, Eva, appelle Alfonso et aidez-moi à monter dans ma chambre.

***

Le lendemain, un samedi, Marcello avait la nuque raide, le front brûlant, les yeux exorbités, les oreilles bruissantes ; par moments, il vomissait en délirant dans un charabia qui mélangeait latin, grec, allemand, français, anglais, patois piémontais.

– Tu nous fais peur, Marcello, avoua Maria.

– Alfonso est parti ce matin chercher le docteur à Riccolezzo mais il ne sera pas de retour avant la fin d'après-midi, lui dit Eva.

– Comme tu es très malade, *babbo*, et que tu peux pas nous faire la classe, nous on voudrait aller jouer à la guerre avec les autres, dit Aldo.

– Maman elle dit que si tu es malade c'est que tu

l'as mérité, c'est vrai ? demanda Gianello, juste avant de prendre une tape sur la tête de la part de sa mère.

– Le docteur ne veut pas venir, il raconte que c'est bien trop loin et qu'il est bien trop vieux, lui rapporta en fin d'après-midi Alfonso Tetti de retour de Ricolezzo.

***

Suites à des applications de mouchoirs imbibés d'éther sur les narines, et grâce à de colossales doses d'aspirine antifébrile et antinévralgique, Marcello se rétablit à la vitesse d'un escargot qui aurait mangé de l'opium.

Il profita de cette période végétative pour relire le cahier noir de son père. Cette rafraîchissante relecture l'incita à se lever et à prendre dans la bibliothèque du salon un exemplaire des *Mémoires du général-baron Charlemagne Tricotin, publiés sous les auspices de son fils le docteur Carolus Tricotin.*

Coiffé de son Girardi, gros livre dans la main gauche, canne dans la droite, goulot de bouteille de Mariani dépassant de la poche du veston, les jambes glissées dans des Knickerbockers, les bottines lustrées, Marcello descendit le *cardo*, suivi de près par Badolfi chargé du fauteuil ; il passa sans un regard devant l'école où le père Cesario faisait la classe, traversa la place du Martyre inondée de soleil, ignora les *On dirait que vous allez mieux aujourd'hui, signore Maestro* des femmes en tablier près de la fontaine et marcha droit vers le cimetière et le mausolée.

Il désigna avec sa canne la flaque de lumière sur le dallage.

– Place-le là.

Badolfi se déchargea du fauteuil et le positionna face à la porte du mausolée.

– Merci, Badolfi, et tiens, réconforte-toi, tu le mérites.

Il prit la bouteille de vin Mariani, but une belle gorgée et la rendit accompagnée d'un sourire élargi.

– Reviens au coucher du soleil avec une lanterne.

– *SiMarcello*.

Assis les jambes croisées à quelques centimètres du visage aux yeux ouverts de son grand-père Charlemagne, vivement éclairé par les rayons du soleil de ce 8 juin 1906 (quatorze heures trente), Marcello commença la lecture.

Afin de maintenir un bon niveau de concentration, il but une gorgée de vin à la coca du Pérou tous les trois chapitres.

Il lisait le passage où son grand-père s'évadait de la prison de la Bastille, lorsqu'un objet volumineux drapé de noir encombra le seuil du mausolée et voila aux trois quarts la lumière.

– Qui que vous soyez, écartez-vous, je ne vois plus rien.

Le père Zampieri entra et fit un pas de côté pour libérer les rayons de soleil.

Comme pour éteindre l'incendie allumé par sa marche de huit cents mètres, du presbytère au cimetière, toutes les glandes sudoripares du curé sécrétaient de la sueur à plein rendement, passant de quarante grammes par heure au repos, à un litre un quart de transpiration par heure.

– C'est moi, Marcello. Quand on m'a dit que tu étais ici je ne voulais pas le croire… Qu'est-ce que tu fais ? Nous ne sommes pas encore à la fête des morts !

– Je lis les mémoires de mon grand-père… et quand certains passages me paraissent un peu fumeux, il me les explique.

Il désigna la momie dans le cercueil transparent. Dessus, une bouteille débouchée de vin Mariani.

Les poings sur les hanches, de larges auréoles de

transpiration aux aisselles mais aussi sur la poitrine et dans le dos, Cesario examina son plus mauvais paroissien.

– Alors maintenant, non seulement tu te grises dans un cimetière, mais tu blasphèmes, et devant moi !

– *Tut tut tut*, monsieur le curé, je suis ici *chez moi*… ou pour être plus précis, je suis en visite chez feu mon grand-père… tout comme vous d'ailleurs… Aussi, que pouvons-nous faire pour vous ?

– Tu m'inquiètes, Marcello, tu as beaucoup changé depuis ton retour… beaucoup trop en mon âme et conscience.

– Si vous avez quelque chose à me reprocher, faites-le sans détour, sans perte de temps, allez droit au but et en plein dans la cible.

Cesario tira de sa soutane un grand mouchoir avec lequel il essuya son front et son cou.

– J'ai en effet plusieurs choses à te dire ; premièrement, je n'aime pas ton attitude générale depuis ton retour, deuxièmement, je sais que tu rends Maria malheureuse en persistant à faire chambre à part, troisièmement, cela faisait trois ans que je ne t'avais pas remplacé, mais cette fois, je dois te dire que le niveau général est au plus bas, quatrièmement, j'ai recloué Jésus à sa place sur le mur, cinquièmement, Marcello, est-il vrai que tu leur as donné des leçons de pets et de rots ?

– Ce ne sont que des leçons de sciences naturelles, monsieur le curé, vous devriez vous détendre de temps en temps…

– D'après toi, raconter à ces enfants qu'un rot est un pet qui a pris l'ascenseur relève des sciences naturelles ?

– Évidemment, puisqu'il n'y avait que sept élèves sur quarante-huit qui connaissaient l'existence des ascenseurs.

Le dernier vendredi du mois, une lettre parfumée à l'écriture gothique destinée au maître d'école Marcello Tricotin arriva au courrier.

Il la lut. Il dit : *Je pars !* Il partit.

N'étant plus en possession de son sac de nuit et ne voulant pas s'encombrer de la malle-cabine, il récupéra dans le grenier la vieille valise de sa jeunesse et y rangea son habit de soirée, ses Balmoral vernies, le pyjama doré et cramoisi, trois caleçons de rechange, une demi-douzaine de chemises, une demi-douzaine de paires de chaussettes, son nécessaire de propreté – brosse à dents, gant de toilette, savonnette dans un joli porte-savon en argent tarabiscoté, lime à ongles, coupe-ongle en acier teuton, brosse à moustache, un calepin neuf, son Waterman, une bouteille d'encre noire en verre soufflé, l'indispensable trousse pharmaceutique, une bouteille de Mariani pour tuer la monotonie du trajet.

***

– *Prego*, *via* Fra Angelico.

Le cocher tourna la clé de son compteur (*criquetikrickeu*) et le brougham à deux chevaux entra dans la *via di Nizza*.

On remontait le *cardo del Valentino* lorsque Marcello ouvrit la lucarne de communication.

– J'ai changé d'avis, allons plutôt à la cathédrale Saint-Jean-Baptiste.

– C'est vous qui payez, *signore*.

Le brougham fit demi-tour, remonta la *via di Nizza*, traversa la *piazza Carlo Felice* et s'infiltra entre les rails du tramway électrique de la *via Roma.* Arrivé sur la grande *piazza Castello* où aboutissaient les rues les plus animées de la capitale, il tourna à gauche dans la *via*

Barbaroux, puis à droite dans la *via Venti Settembre* qui menait à la cathédrale dans laquelle, quatre-vingt-treize ans plus tôt, s'étaient mariés ses grands-parents paternels.

Tandis que le cocher se garait le long du parvis et attendait en laissant tourner le compteur, Marcello examina l'entrée de la cathédrale, le parvis puis le toit des immeubles lui faisant face, s'efforçant de reconstituer le dernier chapitre des mémoires de Charlemagne. Malgré la chaleur ambiante, il eut comme un frisson le long de l'échine lorsqu'il découvrit plusieurs impacts de balle sur le marbre de la façade Renaissance.

– *Va bene*, maintenant allons au 13 *via* Fra Angelico.

– C'est vous qui payez, dit le cocher en tendant son index vers le compteur qui marquait déjà une *lira* et trente *centesimi*.

Afin de s'épargner le trafic de la *via Roma*, le cocher préféra traverser la *piazza Castello*, longer le *Palazzo Madama* et prendre la *via Lagrange* à main droite pour arriver sur la *piazza Carignano* avec au coin, la *via dell'Accademia*.

– Stop ! Je descends ici… Je n'en ai pas pour longtemps.

L'édifice de l'Académie royale des sciences naturelles était un ancien collège de jésuites du XVIIe siècle. Le rez-de-chaussée et le premier étage étaient occupés par le *Reale Museo di Antichità*, tandis que les vingt et une salles du deuxième étage proposaient plus de six cents tableaux des XVe, XVIe, XVIIe, XVIIIe siècles.

Le secrétariat du Pr Pompeo Di Calcagno se trouvait à deux portes du guichet de l'entrée.

– Je regrette, *signore* Tricotin, je suis navré, et pour tout dire, je suis sincèrement désolé, ainsi que profondément confus, mais vous arrivez deux jours trop tard, l'informa le secrétaire après avoir consulté un registre.

– De quoi de quoi ?

Le secrétaire-assistant glissa un doigt entre son cou et son faux col cassé.

– Mes sincères condoléances, *signore* Tricotin, mais nous détruisons chaque trimestre les manuscrits refusés qui ne nous sont pas réclamés. Je suppose que vous avez pris l'élémentaire précaution de faire une copie ?

– Pas du tout ! Et je l'ai spécifié en toutes lettres dans ma préface… Comprenez-moi, monsieur le secrétaire, compte tenu du nombre de pages, c'était difficile.

L'air faussement contrit, le secrétaire-assistant écarta les bras en signe d'impuissance.

– Dans ce cas…

Marcello dressa son index et l'agita.

– Je vous ai expédié mon manuscrit dans un sac de nuit que j'affectionne particulièrement, aussi, ne me dites pas que vous l'avez également détruit ?

L'air grave, le secrétaire griffonna quelques lignes sur une feuille de papier, se leva et annonça qu'il allait voir ce qu'il pouvait faire.

Après quelques pas dans la pièce en tripotant sa moustache, Marcello remarqua sur le bureau une pile de *Bulletin de l'Académie*. Il en prit un et le parcourut d'un œil distrait. Il s'agissait d'un numéro spécial consacré à la dernière communication du Pr Pompeo Di Calcagno.

Le retour du secrétaire porteur du sac de nuit Hermès l'interrompit.

– Est-ce bien votre sac ?

– Oui !

Marcello l'ouvrit et soupira.

– Il est vide.

– Je vous le répète, *signore*, nous détruisons les manuscrits chaque trimestre.

Marcello montra le numéro spécial du *Bulletin de l'Académie* et le glissa dans son sac.

– Je suis un abonné, et je ne l'ai pas, cela vous évitera de me l'envoyer.

Il quitta l'Académie et marcha jusqu'au brougham qui l'attendait le long du trottoir.

– Au 13 *via* Fra Angelico.

– *Si, signore, subito.*

Bien installé sur la banquette rembourrée, Marcello examina la couverture du *Bulletin*. L'article traitait des effets secondaires de l'instinct chez les *Tegenaria domestica* du Bas-Piémont.

– Du Bas-Piémont !

Il manqua d'air dans son brougham. Il se força à lire. Chaque ligne était comme un cil qu'on lui arrachait. Quel culot inouï ! Quelle perfidie ! C'était un vol de connaissances, aggravé d'un abus de confiance caractérisé. C'était tout simplement dégueulasse. Il reconnaissait des paragraphes entiers de sa monographie, et les dix planches hors texte qui illustraient le sujet étaient les siennes. L'énormité du plagiat était mirobolante. Quelques pages plus loin, il y avait pire ; un encart annonçait la suite dans le prochain numéro : « Les étonnantes mœurs sexuelles des *Tegenaria atrica* du Bas et du Haut-Piémont ».

Le brougham se rangea et le visage au regard interrogateur du cocher s'encadra dans la lucarne.

– Vous avez changé d'avis, *signore* ?

– Non, nous allons toujours au 13.

Bien qu'averti par la lettre parfumée de Divina Haider, Marcello fut choqué par le désolant spectacle offert par les échafaudages qui recouvraient entièrement la façade du *Tutti Frutti*. Déjà, plus de la moitié des trompe-l'œil avaient été grattés ; seuls le premier étage et une partie du deuxième restaient intacts. Néanmoins, tels des urubus de la moyenne Amazonie, une poignée de touristes assistait à distance à la dépeinture des soixante-douze volets.

Marcello majora de deux lires la somme inscrite au compteur du brougham (cinq lires vingt-cinq), cela lui valut des remerciements chaleureux et sans doute sincères.

Immobilisé sur le trottoir, sa valise dans une main, son sac de nuit dans l'autre, il observa d'un œil torve la façade du 8, s'efforçant de deviner l'étage où vivait le plaignant. Selon les recherches de Giuseppe Bolido, l'homme, un certain Massimo Becco D'Ovaco, cinquante-deux ans, était un fonctionnaire supérieur au ministère des Finances, marié, quatre enfants, avec, à sa charge et à domicile, une belle-mère et une vieille sœur forcément acariâtres. L'appartement de onze pièces s'étendait sur tout l'étage et les Becco D'Ovaco l'occupaient depuis dix-neuf ans à titre de locataires.

Comme il le lui avait été demandé, Giuseppe Bolido avait découvert le nom et l'adresse du propriétaire de l'immeuble numéro 8 de la *via* Fra Angelico : le général de brigade à la retraite Vincenzo Toscani Di Portal qui vivait à trois rues d'ici, *cardo* Raffaello.

Croyant déceler un mouvement derrière les rideaux d'une fenêtre du troisième étage, Marcello posa sa valise sur le trottoir et agita un poing menaçant en direction de la fenêtre en poussant un terrible *GRRRRRRRRRRRRRRRR !* vaguement démentiel qui, indubitablement, remontait aux Temps archaïques du tout premier langage onomatopéen. En fait, cela signifiait : *Gare à ma vengeance, elle sera carabinée !*

Les chevaux du brougham qui s'éloignait s'arrêtèrent pour hennir à l'unisson, tandis que les touristes, incrédules, se tournaient vers Marcello et le dévisageaient.

Le cocher se pencha sur sa banquette. Il sourit en voyant Marcello lui faire signe de revenir.

– Et où allons-nous cette fois, *illustre cliente* ?

– Sais-tu où se trouve le *cardo* Raffaello ?

– Tout le monde sait ça.

– Allons-y.

– *Subito, illustre cliente.*

***

Quarante-huit heures plus tard.

– *Buongiorno*, monsieur Becco D'Ovaco, *permette che mi presenti* : Marcello Tricotin – légère inclinaison de la nuque. Avant-hier, M. le général Toscani Di Portal a eu l'amabilité de me vendre cet immeuble – geste allant du plafond au plancher –, je suis donc votre nouveau propriétaire – sourire carnassier.

Le regard dur, les joues creuses, la barbe pointue, la bouche aux commissures tombantes de Massimo Becco D'Ovaco, rappelaient à Marcello un portrait de Savonarole montant à son bûcher.

Alma, l'épouse du fonctionnaire, la plus prompte à réagir, lui décrocha un charmant sourire et l'invita à entrer plus avant dans l'appartement.

Sans toucher à son canotier, les épaules rejetées en arrière, Marcello fit quelques pas dans le salon. Une vieille dame et une vieille fille étaient assises près du piano. C'était la première fois qu'un inconnu en canotier et Knickerbockers déambulait sur leur tapis en agitant une canne au pommeau en ivoire.

Se plantant devant la fenêtre ouverte sur la *via* Fra Angelico et sur la façade du *Tutti Frutti*, Marcello tapota contre la vitre avec la tête d'aigle du pommeau de sa canne.

– Et figurez-vous que je possède itou cet immeuble en face, oui, le numéro treize.

Il se retourna lentement et affronta sans ciller plusieurs regards horrifiés.

– Comme c'est moi qui ai eu l'idée de faire peindre les trompe-l'œil sur les volets, et comme c'est vous qui les avez fait disparaître, il est équitable, et compréhensible, que je désire me venger… et comme dirait une connaissance : *Pour un œil, les deux yeux, pour une dent, toute la mâchoire.*

Il déplia un feuillet sur lequel des chiffres figuraient en grand nombre.

– Votre bail se termine en décembre. Si vous désirez sa reconduction, vous allez devoir me verser un pot-de-vin de quatre-vingt-dix-sept mille lires… oui, c'est beaucoup, je sais, mais cette somme, au *centesimo* près, correspond au coût du rétablissement des trompe-l'œil sur les trente-six fenêtres, ou si vous préférez sur les soixante-douze volets.

À force de faire des moulinets avec sa canne, il finit par heurter un guéridon et renverser le joli luminaire posé dessus. L'abat-jour en forme de cloche, le vase-réservoir, le verre de lampe, se brisèrent sur le parquet. L'huile se répandit ; une quantité fut absorbée par le tapis, tandis que l'autre disparaissait entre les lattes. Mystérieusement prévenu, un très vieux domestique en habit noir élimé vint ramasser les morceaux et nettoyer les dégâts.

– Pour faire court, monsieur Becco D'Ovaco, j'insiste sur le côté urgentissime de ce pot-de-vin…

L'intéressé allait répliquer lorsque Marcello l'arrêta en lui montrant la paume de sa main droite.

– … et inutile de prétendre que vous ne disposez pas d'une telle somme, j'ai ici le relevé de votre compte à la Cerf-Beer qui vous crédite de cent douze mille cinq cents lires.

– Mais enfin, Massimo, faites quelque chose.

Marcello prit sa défense.

– Que voulez-vous qu'il fasse ? Sans pot-de-vin, pas de reconduction de bail, et s'il n'y a plus de bail, c'est la fatale éviction !

– Ah çà, monsieur, vous nous menacez !

– Non, madame, ce n'est pas une menace, c'est une promesse.

Pour prouver sa bonne fois, il cracha sur le plancher et se signa à l'envers.

***

Vingt-quatre heures plus tard.

La victime allongée sur le ventre souffrait (*aaaggghhhh*) tel un damné du huitième cercle. Son postérieur avait reçu une double décharge de gros sel qui avait criblé ses deux grands fessiers en profondeur.

– Auriez-vous l'amabilité de me dire si, par pur hasard, vous avez vu votre agresseur ? s'enquit le commissaire principal Pietro Fatti.

Seul l'entregent de la victime expliquait la présence d'un commissaire principal du commissariat central sur une si petite affaire.

– Non, je n'ai vu personne, mais, *aaaggghhh*, quelle importance puisque je connais mon agresseur, je sais qui il est, *aaaggghhh*, grinça le Pr Pompeo Di Calcagno du fond de son oreiller, les traits grimaçants, les yeux baignés de larmes de douleur.

– Eh bien, croyez-moi sur parole, illustre et éminent professeur, mais me fournir le patronyme du coupable, à ce stade de l'enquête, serait d'une formidable utilité.

– C'est un aliéné primaire du nom de Tricotin Marcello. Il s'est autopersuadé que je lui ai dérobé un manuscrit et, *aaagghhhh*, depuis il me harcèle pour que je le lui rende, *aaagghhhh*.

Pompeo Di Calcagno exprima par diverses grimaces les efforts insensés qu'il faisait pour parler intelligiblement malgré ses tourments.

– Je vous mets en garde, commissaire, cet individu est un dangereux psychopathe à tendance paranoïaque… non, non, rien de cela, psychopathe n'est pas une profession, c'est un état pathologique… oui,

582

avec un y entre le s et le c… Ainsi, disais-je, nous avons affaire à un dangereux psychopathe que vous devez prestement enfermer avant qu'il ne récidive… *Aaaaaggghhhhh*, la douleur, la douleur, la douleur… j'ai mal.

* * *

Au lendemain de son mauvais coup – exécuté avec la complicité active et logistique de Giuseppe Bolido – Marcello reprit le train pour Riccolezzo. Son parrain étant alité par une mauvaise fièvre couplée à une vilaine toux, il loua un cabriolet et rentra directement à San Coucoumelo, loin d'imaginer que le village vivait l'une des crises les plus éprouvantes de son histoire.

31

La surprise des villageois fut totale, l'indignation complète, la colère unanime ; qui aurait pu prévoir ?

En enseignant *tutti falso* à ses élèves durant des années, le maître d'école avait provoqué dans ces jeunes cervelles une confusion mentale aux conséquences imprévisibles. Depuis, les langues se déliaient ; des recoupements s'établissaient, dévoilant par pans entiers l'étendue du sinistre.

– Ah, là, là, là, je comprends enfin pourquoi mon pauvre Sergio ne parle plus qu'à l'imparfait du subjonctif et qu'il s'obstine à vouloir conjuguer les noms propres !

– Mes filles à moi ne veulent pas croire que deux plus deux ne font pas vingt-deux, et que le huit se place entre le sept et le neuf et pas entre le cinq et le six ! Ah misère, elles sont incapables de faire une addition qui tombe juste !

– Écoutez le thème de sa dernière rédaction : *Qu'aimeriez-vous faire à votre pire ennemi si l'impunité vous était garantie ?* Vous vous rendez compte, demander *ça* à des enfants !

– Oooooh, je comprends maintenant pourquoi les siens n'allaient plus à l'école !

– Comment se fait-il que personne ne s'en soit rendu compte plus tôt ?

– ???

– Et ça a duré longtemps ?

– Je dirais que ça remonte à novembre 1903, si vous voyez ce que je veux dire ! Il s'est assez vanté qu'il voulait se venger, hein, mais qui aurait pu imaginer que ce serait de cette façon.

– Ah oui, ça, qui aurait pu ?

– Mes gosses disent qu'il leur a enseigné que la Terre était ovale comme un œuf et qu'il y avait dedans un gros poussin de grue qui grossissait un peu plus chaque jour. Ils sont terrifiés !

– Le mien de fils y dit qu'il leur donnait une fois par semaine des cours de pets et de rots.

– Quoi, hein, comment ?

– Notre maire a consulté plusieurs livres de droit et il dit qu'il s'agit d'un délit sans précédent qui n'a pas été prévu par la loi !

– C'est un *pazzo*, voilà ce qu'il est, et les *pazzi*, on les enferme, voilà ce qu'on fait.

– Il faut prévenir les carabiniers !

– Surtout pas !

Si pareille mésaventure venait à s'ébruiter, la réputation du village et des enfants serait compromise sur plusieurs générations.

La porte de l'auberge-droguerie-bazar Castagna s'ouvrit et Niccolo le bedeau entra.

– Il est là, il vient d'arriver, il est en cabriolet de louage.

***

Maria se tordait les doigts en roulant des yeux ronds comme des billes.

– Comment as-tu pu t'en prendre à des enfants ?

Il haussa des épaules.

– Je n'ai fait que les désorienter mentalement… tout comme doivent l'être les grues depuis qu'elles ne se posent plus ici ! Sais-tu seulement que, depuis le massacre, plus une seule n'a été vue dans la région !

Il serra son poing droit et le lui montra.

– J'avais prévenu que je les vengerais, je n'ai fait que prendre mon temps pour tenir ma promesse. Avoue qu'ils ne s'y attendaient pas !

– Mais enfin, Marcello, ce n'étaient que des oiseaux !

– QUE des oiseaux, dis-tu ! D'où te vient cette fatuité de croire que nous valons mieux qu'eux ? Parce que nous réfléchissons, parce que nous avons la parole, parce que nous mangeons avec une fourchette ou peut-être parce que nous nous essuyons le cul après avoir chié ? Observe une seule fois dans ta vie un oiseau en train de faire son nid et ose me dire qu'il ne pense pas ! Et que crois-tu qu'ils fassent lorsqu'ils sifflent, de la musique ? Eh bien non, ils se parlent ! Et en plus, EUX, ils volent, et ça, aucun spécimen de notre espèce est capable d'en faire autant. Alors, je te le redemande, les yeux dans les yeux, Maria, qu'est-ce qui t'autorise à penser que tu vaux mieux qu'une grue cendrée ?

Inquiète à cause du ton emporté de cet inconnu qu'était devenu son mari, Maria fit un pas en direction de la porte.

– Tu me fais presque peur, Marcello.

Marcello se cura le nez avec son index, regarda pensivement le résultat de sa quête, y goûta et annonça :

– C'est un peu salé.

Renonçant à s'agenouiller sur le parquet, Maria fit mine de se déchirer les joues avec ses ongles.

– Dis-leur au moins que tu regrettes ce que tu as fait à ces pauvres petits !

– Je regretterai tout ce que tu voudras le jour où les grues reviendront se poser sur la Table.

Il terminait d'articuler *Table*, lorsque la fenêtre du bureau vola en éclats et qu'une grosse pierre roula sur le parquet en échardant les lattes.

Il regardait avec effarement l'arme la plus ancienne de l'humanité, lorsqu'une deuxième pierre, tout aussi grosse que la précédente, traversa la fenêtre brisée et heurta l'une des sphinges ailées du bureau retour d'Égypte, écrasant les fières mamelles, ployant l'une des ailes de griffon, défigurant la tête humaine.

– *Abbasso il farabutto !*

– *Canaglia indegna !*

– *Ti pigli un accidente*, Marcello !

La porte-fenêtre de la grande chambre s'ouvrit ; Marcello apparut, M. Henry aussi.

Silence puis protestations.

– Nous aussi on peut aller les prendre nos fusils !

Marcello épaula et tira. La balle siffla au-dessus des têtes et alla faire un gros trou dans la terre battue du *cardo*, projetant poussière et éclats de pierre.

Braquant le Henry sur son beau-frère, fermant l'œil gauche pour montrer sa détermination, il gueula du haut de son balcon :

– La prochaine est pour toi Rodolfo, j'ai marqué ton nom dessus… tu verras, tu ne sentiras rien !

– Cette fois c'est sûr, il est complètement *pazzo* !

– Complètement !

***

La police turinoise n'ayant pas la capacité judiciaire d'intervenir *extra-muros*, ce fut la brigade des carabiniers de Riccolezzo qui reçut la mission d'aller arrêter un furibond répondant au patronyme de Marcello Tricotin, résidant au village de San Coucoumelo dans la vallée de la Gelosia. Suite à une crise de *delirium* paranoïaque, l'individu avait agressé sans raison l'éminent Pr Pompeo Di Calcagno avec une arme à feu.

– Je le connais, c'est le maître d'école. Il n'a rien d'un fou… un original, peut-être, avec son canotier qu'il porte été comme hiver, mais on n'est pas un fou dangereux pour si peu…

Et puis les Tricotin étaient encore considérés comme la famille la plus fortunée de la vallée ; même à Riccolezzo on savait cela.

– Moi, j'ai plutôt souvenir de son père ; il a été le premier médecin de San Coucoumelo et il en a même été le *Sindaco* quelques années.

***

Le 22 août au matin, un brigadier-chef et deux brigadiers des carabiniers à cheval se présentèrent au bac. Sans répondre aux questions pressantes du passeur, les trois cavaliers remontèrent la voie romaine au petit trot jusqu'à la place du Martyre.

Connaissant le village, le brigadier-chef Guido Ghiri dirigea son cheval vers l'auberge-droguerie-bazar Castagna qui faisait office de *Municipio*.

– Salutations, monsieur le maire. J'ai ici un mandat d'amener au nom de Marcello Tricotin.

– Que lui reproche-t-on ?

– Il a commis une agression à Turin, et il nous est signalé comme un *pazzo pericoloso*.

Gastaldi explosa.

– Ah çà c'est vrai, et si vous saviez ce qu'il a fait à nos enfants, c'est *molto pericoloso* qu'il faudrait dire.

Attilio montra des signes de nervosité ; agitant ses mains en guise de diversion, il assassina du regard son adjoint.

– Tais-toi, Gastaldi, cuve ton absinthe et tais-toi.

Le brigadier-chef Ghiri insista :

– Qu'a-t-il donc fait à ces enfants ?

– Tout ce que je peux dire, *signore carabiniere*, c'est que le maître d'école, c'est pas à l'école que vous le trouverez.

588

Attilio s'exclama :

– Il est chez lui, monsieur le carabinier, à la *villa* Benvenuti-Tricotin, venez, je vais vous montrer, c'est en haut du *cardo*.

– Il écrit le nom des gens sur ses balles, s'exclama Rodolfo derrière le comptoir.

Attilio entraîna les carabiniers au-dehors.

– Vous devez savoir que Marcello Tricotin est aussi mon gendre, autrement dit, je le connais et je peux vous garantir par écrit que c'est quelqu'un d'imprévisible, soyez sur vos gardes quand vous l'arrêterez… À propos, *signore carabiniere*, qui a-t-il agressé ?

– Le président de l'Académie royale des sciences naturelles de Turin.

– Quelle drôle d'idée !

***

Son mouchoir brodé à la main, Maria pleurait tandis que Marcello, en complet Gadj, empaquetait une partie du matériel médical de son père : microscope, balance trébuchet, trousse chirurgicale…

– On me lapide, on m'interdit d'enseigner, on me menace tous les jours, eh bien moi, je m'en vais. Je vais à Turin me présenter au concours de l'Académie de médecine.

Prise au dépourvu, Maria en oublia de pleurer.

– Tu veux reprendre tes études de médecine, à ton âge ?

– Oui, c'est ce que je veux, et c'est ce que je vais faire.

– Mais tu n'es pas sérieux ! Tu sais bien que même si tu obtiens ton diplôme, jamais tu ne pourras faire le docteur ici.

– Pourquoi ?

– Pourquoi !!! Mais qui voudra se faire soigner par toi, après ce que tu as fait endurer à ces malheureux *bambini* ! Tout ce que tu as réussi, ici, c'est à te faire détester par tous, voilà ce que tu as réussi ! Tu t'en rends compte, hein, tu t'en rends compte au moins ?

Ricanements saccadés mais sincères.

– Pratiquer n'a aucun intérêt à mes yeux. Je fais ça pour la science. Mon but est de chercher et de découvrir des faits nouveaux afin d'ajouter ma contribution à la somme des connaissances déjà acquises… Après tout, mon père n'a rien fait d'autre de son existence…

La cloche de la porte d'entrée résonna dans le vestibule et, quelques instants plus tard, Eva Tetti entra dans la pièce pour annoncer gravement la présence sur le perron d'un trio de carabiniers en armes.

– Qu'ils entrent.

– Ils veulent pas, ils demandent que vous alliez les retrouver dehors.

Marcello accusa le coup.

– Voilà qui n'annonce rien de bon.

Sur le perron, planté dans ses bottes poussiéreuses, le brigadier-chef Guido Ghiri tripotait une paire de menottes métalliques ; en retrait, ses subalternes tenaient leurs carabines à deux mains, l'index sur la queue de détente. Derrière, dans le décor, les villageois s'agglutinaient en murmurant.

– J'ai ici un mandat qui m'ordonne de vous arrêter, *signore* Tricotin. Je vais devoir vous passer les menottes.

– Tiens donc, et qu'ai-je fait pour mériter un tel traitement de faveur ?

Le carabinier s'offusqua :

– Ce n'est pas un traitement de faveur *signore* Tricotin, c'est une précaution.

– Que me reproche-t-on ?

– Vous êtes accusé par la police turinoise d'avoir agressé un notable en faisant usage d'une arme à feu.

– Et ce notable, c'est Pompeo Di Calcagno, n'est-ce pas ?

– *Davvero*, c'est lui.

Quel infernal toupet ! Quel aplomb ! Les joues et le front de Marcello se colorièrent en rouge brique.

– Au lieu de cartouches au gros sel, *signore carabiniere*, c'est du plomb pour sanglier que j'aurais dû utiliser… J'aurais dû viser la nuque et forer un gros trou profond dedans.

Les villageois trépignèrent dans leurs sabots. Des poings se levèrent.

– Débarrassez-nous-en !

– Nous, ici, on n'en veut plus !

– Oui, oui, oui, emportez-le et gardez-le, surtout !

– *Abbasso il farabutto !*

Marcello les ignora comme on ignore les mouches en été.

– M'autorisez-vous à prendre mon sac et à mettre dedans quelques affaires, *signore carabiniere* ?

– Oui, mais nous devons vous accompagner, *signore* Tricotin.

– *Va bene.*

Marcello entra dans le vestibule, suivi de près par le brigadier-chef et ses hommes. Celui-là s'intéressa à la panoplie d'armes.

– Les plus anciennes appartenaient à mon grand-père, les autres appartenaient à mon père.

Il entra dans le bureau et prit dans l'un des tiroirs du bas une cassette contenant cinquante mille lires en or, en argent, en papier-monnaie. Il ouvrit la cassette et montra son contenu.

– Là où nous allons, je vais sans doute en avoir l'usage.

Le brigadier-chef approuva du bicorne.

Marcello désigna la bibliothèque vitrée.

– Puis-je emporter un livre ?

– S'il n'est pas à l'Index et si rien d'interdit n'est caché dedans, je suppose que oui.

Marcello prit un gros livre à la couverture pourpre et le présenta au carabinier.

– J'aimerais le terminer. J'en suis au moment de la troisième campagne de fouilles, celle durant laquelle il découvre le trésor de Priam.

Le brigadier-chef ouvrit le livre, le soupesa, examina la reliure, feuilleta les pages, lut le titre : *Ilios, ville et pays des Troyens. Fouilles de 1871 à 1882. Heinrich Schliemann*, rendit l'ouvrage à son propriétaire.

Ils allèrent dans la grande chambre et Marcello rangea dans son sac de nuit Hermès, deux chemises, une paire de caleçons, deux paires de chaussettes, ses Knickerbockers et son veston d'alpaga.

Tout en bouclant le sac, il demanda d'une voix faussement légère :

– Où m'emmenez-vous ?

– D'abord à Riccolezzo, ensuite à Turin.

– À pied ?

– Jusqu'à Riccolezzo seulement… pour Turin nous prendrons le train.

– Vous voulez me faire marcher vingt kilomètres ! C'est long vingt kilomètres… Pourquoi ne pas me menotter et me laisser voyager dans mon cabriolet. Alfredo le conduira et le rapportera.

Moins d'une heure plus tard, encadré par les carabiniers à cheval, le cabriolet des Tricotin traversa le village et prit la direction du bac. Marcello était assis sur la banquette, à côté d'Alfredo Tetti qui tenait les guides et évitait les regards.

À la vue des villageois qui se pressaient le long du *cardo* – il reconnaissait les Carnolo, les Pignoli, les Ferraro, les Baffini, les Tornatore, les Gastaldi –, Marcello montra ses mains menottées et maudit l'assistance façon grand maître templier.

– PUISSIEZ-VOUS TOUS ATTRAPER LES OREILLONS !

***

Le cabriolet et les carabiniers arrivèrent (*takada takada takada*) en fin d'après-midi au dépôt des carabiniers de Riccolezzo.

– Va chez mon parrain et raconte-lui ce qu'il m'arrive, dit Marcello à Alfredo Tetti qui gardait les yeux baissés sur ses sabots.

– Bien, *padrone*, je le ferai.

Tandis que les carabiniers s'occupaient des chevaux fatigués, le brigadier-chef Ghiri déverrouilla les menottes de Marcello : après trois heures et demie de frottement, la fine peau de ses poignets était à vif.

Il suivit le carabinier dans l'escalier menant aux cellules.

– *Aiuto !* Vous voulez vraiment me mettre là-dedans ?

– Juste pour une nuit, *signore* Tricotin.

La cellule vide proposée par le sous-officier était d'une saleté exemplaire ; il s'en dégageait une odeur âcre de vieille urine. Un gros anneau scellé au mur pendait au-dessus d'un bat-flanc de planches ; le sol de terre battue était couvert de vieille paille devenue noire ; un seau hygiénique, sans couvercle, attendait dans un coin.

– Il ne manque que quelques rats.

– Oh il y en a, mais ils préfèrent sortir la nuit.

En regardant mieux, Marcello aperçut une superbe blatte noire d'une longueur d'auriculaire.

Il agita la cassette en direction du brigadier-chef.

– Il doit bien exister un moyen d'améliorer ma triste condition, qu'en dites-vous, *signore carabiniere* ?

– En effet, *signore* Tricotin, il en existe, de quoi avez-vous besoin ?

– Une lampe, un matelas, deux couvertures, une litière fraîche, une chaise, une table… et plus tard, un souper fin avec une ou deux bouteilles de vin Mariani… Naturellement, vous y êtes convié, *signore carabiniere*.

Pour sa première nuit passée en prison, il lui en coûta

soixante-cinq lires, l'équivalent de trois nuits au *Grand Hôtel de Turin et Trombetta*, en pension complète.

***

Turin
Le jour d'après.

Menotté au centre de la salle du *Commissariato centrale*, point de mire de tous les fonctionnaires présents (une dizaine), Marcello dans son élégant complet Gadj, observait le brigadier-chef Ghiri contresigner le reçu attestant qu'il livrait son prisonnier intact.

Le reçu glissé dans sa poche administrative, le carabinier récupéra sa paire de menottes et souhaita une *buona fortuna* à Marcello.

– *Mille grazie*, et bon retour *signore carabiniere*.

Deux policiers en civil conduisirent le prisonnier dans le bureau du commissaire Pietro Fatti, au premier étage.

– Les carabiniers viennent de nous l'amener, monsieur le commissaire. C'est l'affaire Di Calcagno-Tricotin ; vous savez, le furibond qui a fusillé l'arrière-train du professeur d'Académie.

Le commissaire Fatti décrocha le combiné de son téléphone et tourna frénétiquement la manivelle intégrée.

– Connectez-moi au 55, *pronto* ! lâcha-t-il à la standardiste invisible quelque part là-bas on ne savait où.

Marcello échangea un long regard avec le portrait du roi suspendu au mur.

Au-dessus de la photographie, on avait accroché à un clou, un gibet et son supplicié, la tête inclinée, couronnée d'épines, les yeux clos. Était-il mort, ou seulement agonisant ? Plissant les yeux pour mieux voir, Marcello aperçut la trace du coup de lance sous le sein droit. Décidément, le symbole numéro un des chrétiens (un cadavre crucifié) était d'un mauvais goût affligeant.

– Mais oui, monsieur le professeur, il est devant moi, dans mon bureau... ah oui, assurément, monsieur le professeur, je vous entends parfaitement... ah çà, mais comme c'est étonnant, je n'y aurais jamais songé... permettez-moi, monsieur le professeur, de louer la qualité de vos recommandations, oui, c'est ce que je voulais dire, de vos ordres... cependant, monsieur le professeur, je suis infiniment contrit d'avoir à vous l'avouer, mais nous ne disposons d'aucune camisole de rétention, mais après tout, nous ne sommes qu'un commissariat central... fort bien, fort bien... je ne sais trop quoi ajouter pour exprimer ma reconnaissance, monsieur le professeur... très bien, très bien, nous les attendons impatiemment.

Marcello se rua sur le commissaire pour lui arracher le combiné et hurler dedans :

– Plagiaire, voleur ! J'irai rouler en brougham sur les bords de ton chapeau, escroc mondain !

Un horion sur l'oreille droite lui coupa la parole et l'étourdit, une main lui plia le poignet et le força à lâcher le téléphone. Il allait pour protester lorsqu'un nouveau coup de poing atteignit son nez et le fit saigner des deux narines.

**

Au nombre de quatre, coiffés de casquettes de cuir, revêtus de longues blouses blanches qui tombaient sur des godillots bien cirés, les gardiens-infirmiers de l'*Instituto Perché non ?* arrivèrent en ambulance hippomobile à quatre roues. Ignorant les mensurations de l'aliéné, ils avaient emporté les trois tailles de camisole de force disponibles à l'institut : grande, moyenne, petite.

Ils trouvèrent Marcello menotté aux mains et aux pieds sur une chaise.

– Pour lui, ce sera la moyenne, décida Ugo Piedicavallo, l'infirmier-chef, identifiable à son absence de casquette.

– Mais je proteste haut et très fort ! Je ne suis pas fou ! Je suis le plagié, pas le plagiaire ! Où est la folie dans tout ça ? Je vous en prie, messieurs, arrière toute avec votre camisole !

De toile forte, la camisole se composait d'une chemise ouverte en arrière, à longues manches s'entrecroisant par-devant dans une solide anse de tissu et s'assujettissant dans le dos. Ainsi les bras étaient immobilisés, pas les jambes.

Le commissaire Fatti se permit d'intervenir :

– C'est une exigence du Pr Di Calcagno. Il a beaucoup insisté pour que vous soyez traité en dangereux agité.

Il ajouta en levant les yeux vers le plafond :

– Vous ne pouvez ignorer que l'entregent de l'estimé professeur remonte jusqu'au ministère.

– Et depuis quand dans ce pays une double décharge de gros sel dans le cul d'un voleur est-il un acte de folie ? Un acte de vengeance, sans aucun doute, mais de folie, certes pas !

Les infirmiers approchèrent ; l'infirmier-chef se pencha pour être à la hauteur du visage tuméfié du prisonnier.

– Voici la situation, monsieur l'agité, avant de vous camisoler je dois m'assurer de votre pleine coopération. Votre réponse ?

– Ne me touchez pas ! Je ne suis pas fou, je suis maître d'école ! Et je peux le prouver ! Demandez-moi n'importe quoi, je sais tout ! J'ai même lu tout Schopenhauer, c'est pour dire !

L'un des policiers ne put résister.

– Quelle est la hauteur du mont Viso ?

Marcello ricana.

– En été ou en hiver ?

596

– Quelle différence ?

– En été la neige fond et le mont perd ainsi un bon mètre de hauteur.

À bout de patience, le *capo* des infirmiers aliénistes s'interposa.

– Ça suffit ! Il parle trop, masquez-le.

Deux mains puissantes immobilisèrent la tête de Marcello et, simultanément, quelqu'un lui appliqua sur le visage une sorte de muselière de cuir rigide qui bloqua sa mâchoire inférieure ; à part rouler des yeux et frémir des narines, il ne pouvait plus manifester son mécontentement ; par défaut, il se mit à gronder (*grrrrrrrrrrrrrr-rrrrrrrrrrrrrrrrrrrrrrrrrrrrrrrrrrrrrrrrr*) jusqu'à l'étourdissement.

On lui ôta sa veste, on lui passa de force la camisole ; une horreur. Comme il refusait de coopérer, les hommes en blouse blanche le soulevèrent et le portèrent à travers le commissariat, sur le trottoir, à l'intérieur de leur ambulance.

Allongé sur une civière, muselé, camisolé, entravé aux deux pieds à une barre métallique transversale, le pouls arythmique, Marcello se posait des questions telles que : le pire est-il d'être immobilisé, ou le pire est-il de ne pas pouvoir s'exprimer ? Il aurait aimé rappeler à ses kidnappeurs qu'il était à la merci d'une nausée capable de l'étouffer dans son vomi.

Douze minutes plus tard, l'ambulance franchissait la porte cochère de l'institut psychiatrique *Pourquoi pas ?* et remontait à petite vitesse l'allée centrale qui menait à une ancienne folie néoclassique construite en 1822 par le roi Charles-Félix dans le but de satisfaire sa passion pour la zoophilie expérimentale. La folie, désormais, abritait l'administration et les logements du directeur et de ses médecins.

32

Instituto Perché non ?
Strada di Nizza.
Torino.

Le Dr Scipione Di Calcagno, propriétaire et directeur de l'institut, suivait dans son bureau du premier étage la lente progression de l'ambulance qui remontait l'allée centrale. Lorsqu'elle s'immobilisa devant le perron en demi-lune, il s'approcha de la fenêtre et vit les gardiens-infirmiers sortir le nouveau pensionnaire du véhicule.

Scipione Di Calcagno avait peu d'informations sur ce nouveau patient, si ce n'était qu'il le devait à son frère aîné, Pompeo. Ce dernier lui avait téléphoné qu'un forcené avait traîtreusement dévasté son arrière-train à l'aide d'un fusil de chasse chargé de gros sel marin. *Cet individu est un maniaque du type dément délirant. Enferme-le jusqu'à son procès et fais en sorte qu'il ne parle* à personne. *Sa richesse est opulente, il peut donc s'offrir un très long traitement moral.*

L'idée de devenir un médecin spécialisé dans le traitement moral des aliénés datait, chez Scipione Di Calcagno, de ce jour d'été où sa mère s'était suicidée ; nue comme un ver, la malheureuse s'était donné la mort en renversant plusieurs ruches et en excitant les abeilles avec des gestes désordonnés. Scipione (sept ans) avait été impressionné par l'esprit de sacrifice de toutes ces abeilles qui, le ventre arraché, mouraient après avoir aiguillonné leur ennemi. Plus de sept cents dards barbelés comme des harpons et encore coiffés de leurs glandes à venin, avaient été retrouvés dans le joli corps potelé de sa démente de mère.

Son frère aîné avait opté pour des études scientifiques, tandis que son second frère, Octavien, avait préféré des études de droit. Lui, Scipione, avait choisi la carrière médicale, se découvrant une forte inclinaison pour la neuropathologie et tout ce qui concernait le cerveau. Un choix audacieux pour un jeune homme d'une intelligence moyenne, pour ne pas dire médiocre.

Après deux échecs successifs, Scipione avait ravalé son amour-propre pour s'acheter son doctorat en échange d'une somme fort peu modique.

Le nouveau docteur diplômé Scipione Di Calcagno, alors âgé de vingt-six ans, avait sacrifié au rituel de la spécialisation qui exigeait un séjour dans un hôpital étranger. Il s'était rendu à Paris, à l'hôpital de la Salpêtrière, là même où le plus grand neuropathologiste de l'époque, le Pr Jean Martin Charcot, menait ses recherches sur la folie et donnait des leçons à qui voulait les entendre. Scipione avait vu ses premiers fous de près, des folles en l'occurrence, des hystériques dépoitraillées qui, par leurs crises gesticulatoires, lui évoquèrent sa mère.

La méthode par hypnose préconisée par le Pr Charcot le satisfit peu ; d'abord, il n'y comprenait pas grand-chose, ensuite, l'hypnose était un remède qui ne *tenait pas* ; les symptômes chassés revenaient toujours, renforcés par l'expérience ; il fallait trouver mieux.

Avant de quitter Paris, Scipione avait visité *Au spectacle de la Nature*, une boutique de la rue Saint-Jacques spécialisée dans l'étrangeté scientifique. Dans une vitrine poussiéreuse au fond du magasin, entre un fossile de moustique préhistorique et un portrait achiropoète de Dieu (attribué à l'un des trois archanges), il découvrit la première pierre-de-tête qui devait initialiser sa future collection.

– Qu'est-ce donc ?

– Une pierre-de-tête ou, si vous préférez, une pierre de folie. Autrement dit, ce que vous avez devant vos deux yeux ébahis, monsieur l'Italien, n'est autre qu'un authentique morceau de folie matérialisée.

L'objet, vendu cent cinquante francs, avait l'apparence d'un gravier vaguement osseux de la grosseur d'un pois.

– À la fin du XVIe siècle, certains chirurgiens hollandais avaient localisé le siège de la folie au milieu du front aussi, chaque fois qu'on leur en faisait la demande, ils n'hésitaient pas à l'extraire. C'est l'une de ces pierres que vous avez aujourd'hui la possibilité d'acquérir… Comment ? Que dites-vous ? Qu'entends-je ? C'est cher ! Ah mais pas du tout ! Ce qui est unique n'a pas de prix, et si je demande cent cinquante francs c'est parce qu'il faut bien fixer un prix, mais je pourrais tout aussi bien en réclamer cinq cents.

– Ou cent ?

– Cent francs pour une pierre de folie en aussi bon état, jamais, monsieur l'Italien, je préfère l'avaler sur-le-champ.

Scipione avait payé le prix demandé, puis, avec un supplément de quarante francs, il s'était payé une authentique pince extractrice de pierre-de-tête qui avait appartenu à un authentique arracheur de pierres-de-tête hollandais ; une pince qui serait avantageuse sur le présentoir que Scipione comptait offrir à son morceau de matière folle.

En janvier 1890, leur père décéda d'une inattention momentanée de la vie ; l'aîné des Di Calcagno hérita du *palazzo* éponyme, le second hérita de l'hôtel particulier face au *Giardino reale*, et le cadet, Scipione, hérita de l'ancienne folie de Charles-Félix, située en bout de la *strada di Nizza*, au centre d'un parc jonché de hêtres, de chênes, de marronniers, de peupliers, d'un cèdre du Liban, d'une mare aux canards, d'une écurie-étable, d'une animalerie, d'une chapelle circulaire avec, à l'intérieur, en hommage aux penchants du roi, une fresque circulaire qui montrait le défilé des animaux embarquant dans l'Arche. Le peintre avait représenté les animaux de dos, l'appendice caudal en majesté pour ceux qui en possédaient un ; autrement dit, il y avait autant de trous du cul peints sur cette fresque qu'il y avait de bestioles.

Scipione était retourné à Paris étudier l'organisation du bel asile d'aliénés de Sainte-Anne, et l'administration de la maison de santé du Dr Blanche.

Durant son séjour de trois mois, il eut l'occasion de visiter à nouveau *Au spectacle de la Nature* et, à cette occasion, il s'offrit une nouvelle pierre-de-tête que venait de recevoir le marchand de l'un de ses correspondants flamands. Il avait acheté aussi une intéressante gravure de Nicolas Weydmans qui montrait un arracheur de pierres-de-tête, vêtu à la Turc, pratiquant une incision verticale au milieu du front d'une femme que maintenait fermement un assistant coiffé d'un chapeau à plumes ; au premier plan, afin, sans doute, d'attester de la dextérité de l'opérateur, un assortiment de pierres-de-tête était disposé à côté des instruments chirurgicaux, dont un marteau et un burin.

Revenu à Turin, Scipione avait fait appel à un architecte qui lui avait dessiné les plans d'un institut psychiatrique capable d'accueillir confortablement un cent de malades mentaux.

Huit bâtiments – partagés en deux divisions, la division des hommes, la division des femmes – furent construits autour de la folie de Charles-Félix, elle-même aménagée en bâtiment administratif regroupant la réception, le bureau des admissions, la pharmacie, les logements privés du directeur et, dans l'attique, les logements des médecins.

Le bâtiment des services généraux – comprenant les cuisines et leurs dépendances, la buanderie, les réserves et le dortoir du personnel – fut construit à l'arrière de la folie, à courte distance de l'animalerie – modifiée en salle d'hydrothérapie – et de la chapelle du roi – sa constante fraîcheur la destinait à faire office de morgue lorsque le besoin se ferait sentir.

Un bâtiment destiné à l'électrothérapie s'éleva au fond du parc, et non loin se construisit une grande remise qui abrita la génératrice à turbine Parsons chargée d'approvisionner l'institut en électricité. À cette époque (1892), Turin ne disposait pas de station centrale, aussi l'électricité devait être produite sur le lieu de la consommation ; pour ce faire, il existait des génératrices d'électricité actionnées par des machines à vapeur qu'il fallait importer des États-Unis d'Amérique.

Les travaux durèrent seize mois, durant lesquels Scipione Di Calcagno recruta son personnel et conçut un emploi du temps qui ne laissait au hasard *aucun instant* de l'existence de ses aliénés. Concevant la folie comme un élément exogène qui s'introduisait dans l'organe céphalique, le plus souvent par effraction, Scipione di Calcagno avait opté pour la fine tactique qui consistait à occuper *en permanence* la totalité du champ de conscience du maboul ; l'idée était de priver la folie de toute initiative, afin qu'elle s'éloignât à jamais, et bon débarras. Pour ce faire, sitôt la folie diagnostiquée, Scipione Di Calcagno comptait essayer tous les traitements existants, les uns après les autres, méthodiquement et ainsi de suite jusqu'à la guérison, ou jusqu'au constat d'incurabilité.

***

Après avoir déverrouillé les chaînes qui emprisonnaient ses chevilles, les gardiens-infirmiers soulevèrent l'aliéné à bout de bras et le sortirent de l'ambulance.

Marcello fut agréablement surpris devant l'aspect cossu de l'établissement ; il reconnut les armoiries sur le fronton et la célèbre devise du roi Charles-Félix : *Je ne suis pas roi pour être tourmenté*, qui faisait immanquablement ricaner ses élèves.

Le *capo infermiere* Ugo Piedicavallo se plaça devant lui, bouchant sa vue.

– Allez-vous marcher cette fois, ou on doit encore vous porter ?

Ne pouvant faire mieux, Marcello cligna des yeux en opinant du chef.

– *Huuuunnn huuuunnn.*

– Bien, monsieur l'aliéné, je prends votre mimique comme une réponse positive… Suivez-nous et prenez garde au perron, il y a cinq marches.

Encadré par les autres gardiens-infirmiers, Marcello suivit le *capo infermiere* et entra dans le hall de l'institut psychiatrique *Perché non ?*

Au mur, un tableau rectangulaire montrait le devin Melampous versant aux filles devenues folles du roi Poetos, du lait de ses chèvres qui avaient brouté de l'ellébore ; l'ellébore étant la plus ancienne médication de la folie. Sur la droite, un grand escalier à rampe montait à l'étage.

Scipione Di Calcagno apparut sur le palier ; d'une voix douce il ordonna à ses infirmiers :

– Amenez-le-moi.

***

Marcello entra dans une pièce ensoleillée qui prenait sa lumière par trois grandes fenêtres. Derrière un joli bureau Renaissance, un individu d'une quarantaine d'années, cheveux bruns plaqués en arrière, grande barbe taillée au carré, col cassé, nœud papillon à fines rayures, blouse blanche amidonnée, bottines à seize boutons, le regarda avec bienveillance.

– Bienvenu au *Pourquoi pas ? Signore* Tricotin, un bon voyage, j'espère, vous avez fait.

– *Hunnn hunnn.*

Le sourire de Scipione s'élargit.

– Ugo, démasquez notre nouveau patient.

– *Subito, signore professore.*

La muselière ôtée, Marcello agita sa mâchoire inférieure pour lui redonner de la souplesse.

– C'était superflu de me museler, *idem* pour la camisole ; je ne suis pas fou et je ne mérite pas un tel traitement.

L'infirmier-chef se justifia :

– Quand nous sommes arrivés au commissariat, *signore professore*, il était déjà agité au point que les policiers l'avaient cogné et menotté… Et comme il n'arrêtait pas de délirer à voix très forte et que vous nous aviez dit qu'il ne devait pas parler, nous lui avons posé l'Autenrieth.

Autenrieth était l'inventeur du masque de traitement moral qui faisait fureur dans les établissements à la mode dédiés à la folie.

Scipione Di Calcagno griffonna quelques notes. Chaque fois qu'il se trouvait en présence d'un nouvel aliéné, il dressait un diagnostic dit *pittoresque*. Les réactions du malade, son attitude, sa morphologie, son élocution, étaient notées ainsi que les réflexions qu'elles suscitaient.

– Ce masque n'est pas une punition, ce masque fait partie du traitement.

– Traitement, mon œil ! Je n'ai pas besoin de traitement, et comme je n'appartiens à personne, je ne peux pas être un aliéné ; je suis un maître d'école absolument diplômé ; en revanche, une forte dose d'acide acétylsalicylique ne serait pas de refus ; ces brutes du commissariat m'ont donné la migraine avec leurs brimades.

Nouveaux griffonnages saccadés.

– Et sans vous commander, débarrassez-moi de cet instrument de torture. C'est épuisant de s'auto-étreindre aussi étroitement, en plus, ça étouffe, sans mentionner l'humiliation de la position.

Griffonnages, griffonnages.

– Aucun bagage avec vous, monsieur le maître d'école ?

– J'avais un sac de nuit, mais dans la précipitation il a été oublié au commissariat, et si cela peut capter votre attention, il y a dedans une cassette contenant de l'argent.

– De combien d'argent parlons-nous, monsieur Tricotin ?

– Presque cinquante mille lires.

– Presque ?

– Hier au soir, à Riccolezzo, j'ai dépensé soixante-cinq lires ; je retire soixante-cinq de cinquante mille et j'obtiens quarante-neuf mille neuf cent trente-cinq.

Regard appuyé du directeur vers le *capo* des infirmiers.

– Ugo, récupérez ce sac, vérifiez son contenu, rapportez-le.

– N'oubliez pas ma veste et mon canotier.

Scipione Di Calcagno reprit ses griffonnages en disant :

– Je ne veux pas vous ôter votre camisole, monsieur Tricotin, pas encore, car avant, je dois diagnostiquer l'état exact de votre esprit dérangé.

– Mon esprit n'est pas plus dérangé que le vôtre, et si vous étiez un honnête homme, il me serait facile de vous le démontrer.

La plume de Scipione Di Calcagno courut sur le papier, puis il s'adressa à l'un des infirmiers :

– Alberto, dans la pharmacie deux sachets d'aspirine, ensuite, dans la cuisine, une carafe d'eau et un verre.

– *Subito, signore professore.*

Marcello se permit d'intervenir :

– Si ce sont des sachets de vingt-cinq centigrammes, doublez la dose, je connais personnellement mes migraines et elles ne céderont pas à moins de cent.

– Seriez-vous également médecin, monsieur le maître d'école ?

– Mon père l'était ; moi-même, deux années durant, j'ai étudié la médecine.

Tel un pêcheur à la ligne qui a une touche, Scipione Di Calcagno griffonna quelques mots de plus.

Marcello regarda autour de lui. Sous un petit tableau du XVIIe – David jouant de la lyre pour guérir le roi Saül de sa mélancolie –, il vit une vitrine dans laquelle des pierres-de-tête étaient disposées sur un présentoir de velours vert ; plusieurs instruments chirurgicaux venaient rehausser la crédibilité de la collection.

Au mur, à côté d'un daguerréotype dédicacé du Pr Charcot, il y avait un diplôme dans un cadre en acajou.

Soudain, le capricant de Marcello tressaillit dans sa cage thoracique. Le nom inscrit sur le doctorat de médecine encadré était le *laurea in medecina Scipione Di Calcagno !*

Di Calcagno !

Toisant le directeur et faisant abstraction de sa barbe, il lui trouva plusieurs points de ressemblance avec Pompeo Di Calcagno : le même nez fuyant, le même front rectangulaire, le même teint bistre, le même regard empreint de morgue.

– Seriez-vous, par le plus grand des hasards, apparenté au fameux plagiaire Pompeo di Calcagno ?

– En effet, Pompeo est mon frère aîné, mais à ma connaissance il n'est pas plagiaire.

– Oh mais il l'est, j'ai des preuves irréfutables !

Nouveaux griffonnages.

– Savez-vous pourquoi vous êtes ici, monsieur Tricotin ?

Marcello poussa un soupir artificiel.

– *Pffffeuuu !* Il m'a fallu des années pour terminer mon étude sur les *Tegenaria*, et il a fallu quelques heures seulement à votre frère pour me recopier mot à mot ! S'imaginait-il que je ne m'en apercevrais pas ? Il savait pourtant que notre famille est abonnée au *Bulletin* depuis le numéro un !

Critche critche critche sur la feuille de papier vélin grand format.

Marcello prit les deux infirmiers à témoin.

– Il n'est donc pas déraisonnable de vouloir se venger d'une telle indélicatesse ! Même une colombe deviendrait belliqueuse après un tel mauvais coup !

Les infirmiers se regardèrent mutuellement sans répondre.

Agacé par l'absence de réaction du médecin, Marcello ébranla d'un petit coup de pied le bureau Renaissance. Scipione le regarda avec sévérité.

– Je vous déconseille cette attitude, monsieur Tricotin, en cas de récidive vous expérimenterez notre entraveur de mollets. Il n'y a pas mieux pour vous ôter l'envie de donner des coups de pied.

Sur les trente-huit stratagèmes que proposait Arthur Schopenhauer dans *L'Art d'avoir toujours raison*, Marcello opta pour le huitième (*Mettre l'adversaire en colère ; car dans sa fureur, il est incapable de porter un jugement exact et de s'apercevoir de son avantage. On l'agace en étant ouvertement injuste à son égard, en le harcelant en étalant d'une manière générale son impudence*). Il eut un coup de menton en direction de la vitrine aux pierres-de-tête.

– Il y a de cela quelques années, mon père a écrit un mémoire sur les arracheurs de pierres-de-tête du XVe ; je me souviens qu'il les qualifiait de *charlatans émérites* ; émérites parce qu'ils avaient trompé leur monde près de cent cinquante années durant sans jamais se faire prendre... mais je suppose que je ne vous apprends rien, vous savez déjà tout cela, évidemment.

Face à une telle matoiserie, Scipione Di Calcagno ne put cacher son désarroi, et, comme à chaque fois, ses yeux s'arrondirent, sa mâchoire inférieure se déboîta, dévoilant une langue chargée et des dents plus jaunes que blanches.

– Vous devriez vous laver les dents plus souvent, monsieur le professeur.

Après un laps de temps égal à celui d'une limace visitant une feuille de salade, Scipione Di Calcagno se gratta le haut du cou.

– Et vous, monsieur Tricotin, je vous invite à surveiller vos propos. Les moyens dont nous disposons pour vous les faire regretter sont innombrables.

– Vous n'avez aucun droit de me retenir ainsi, et vous n'avez pas le droit de me passer cette cochonnerie qui m'étouffe à petit feu. Ce sera un jeu d'enfant pour mon avocat de démontrer au tribunal qu'un acte de vengeance n'est pas assimilable à un acte de démence. C'est à titre de représailles que j'ai fusillé l'arrière-train de votre misérable frère. Compte tenu de l'énormité du préjudice que j'ai subi, j'estime avoir été pondéré ; après tout, j'aurais pu utiliser du plomb de douze et viser le bulbe rachidien.

Cela dit et à bout d'arguments, Marcello commit l'irréparable.

***

Sachets d'aspirine dans une main, carafe d'eau et gobelet dans l'autre, Alberto Pipo montait l'escalier lorsqu'un bruit de verre brisé retentit. Il entra dans le bureau du directeur à l'instant ou ses collègues muselaient à nouveau l'aliéné qui se débattait en glapissant des horreurs en allemand. La vitrine aux pierres-de-tête du professeur était renversée, brisée, son contenu éparpillé sur le plancher. Accroupi, lèvres pincées, souffle court, regard de foudre, poils de barbe en ordre de bataille, Scipione Di Calcagno ramassait ses précieux morceaux de folie, prenant garde à ne pas se couper sur les débris de verre.

Notant le retour du gardien-infirmier avec l'aspirine, il le renvoya sèchement.

– Va plutôt chercher un entraveur de Nelson.

– Et l'aspirine qu'est-ce que j'en fais, maintenant, *signore professore* ?

– Que veux-tu en faire ? Remets-la où tu l'as trouvée.

À l'exception de trois ou quatre qui savaient lire et écrire et qui possédaient quelques vagues notions médicales, les gardiens-infirmiers de l'institut étaient recrutés sans qualification et sans instruction ; tous étaient formés sur place et le déchet était important ; cependant, après quinze années de sélection opiniâtre, Scipione était parvenu à former une équipe convenable de trente-cinq gardiens-infirmiers et de seize gardiennes-infirmières.

– *HUNNNN HUNNNN HUNNNN HUNNNN*, grondait Marcello la mâchoire bloquée.

En le muselant, ses dents s'étaient refermées sur sa langue ; la douleur était vive et dans l'impossibilité de s'exprimer, Marcello roulait des yeux exorbités en poussant des *hunnnn hunnnn hunnnn* assourdis.

Scipione Di Calcagno était désolé ; il lui manquait une

pierre-de-tête ; il s'agenouilla et s'abaissa au ras du plancher pour inspecter dessous les meubles.

Un craquement lui rappelant le bruit d'un gravier éclatant sous la roue d'un fiacre lui fit relever la tête. C'était le gardien-infirmier, Alberto Pipo, de retour avec une entrave à deux boucles, qui venait de marcher sur *quelque chose*.

– *Scusi, signore professore.*

Les larmes aux yeux, Scipione ne put que constater le désastre ; même avec de la très bonne glu il serait scientifiquement impossible de reconstituer sa pierre-de-tête.

– *HUNNNN HUNNNN HUNNNN HUNNNN*, protesta Marcello pendant qu'on lui entravait les membres inférieurs.

Il vivait un cauchemar éveillé ; il ne pouvait libérer sa langue sans en arracher un morceau, elle semblait avoir doublé de volume, peut-être triplé ; et que penser du sang qui lui envahissait la bouche.

Scipione Di Calcagno retourna derrière son bureau, prit une ordonnance à l'en-tête de l'institut et écrivit dessus : *Bâtiment Y, quartier A, traitement SP*.

Il tendit l'ordonnance à Alberto.

– Notre nouveau pensionnaire étant particulièrement échauffé, il est charitable de débuter son traitement sur-le-champ.

Consultant la pendule qui piquait la demie de onze heures, il se leva.

– Allons lui administrer son premier BDS.

– *HUNNNN HUNNNN HUNNNN HUNNNN*, protesta Marcello lorsque les gardiens-infirmiers le soulevèrent – à la une, à la deux, à la trois – et l'entraînèrent tête la première hors du bureau, dans l'escalier, à travers le hall, sur le perron et sur l'allée qui menait à l'ancienne animalerie transformée en salle d'hydrothérapie.

L'ancien aquarium qui avait accueilli à l'époque de

Charles-Félix toutes sortes de gros poissons était occupé depuis par plusieurs anguilles tremblantes (*Electrophorus electricus*). Une piscine d'une capacité de trois aliénés avait été percée au centre de la salle ; six douches à pomme d'arrosoir équipées d'une barre de fer horizontale destinée à y enchaîner les récalcitrants, s'alignaient le long du mur. À l'opposé, deux lances à incendie enroulées à la façon des serpents najas attendaient d'être utilisées.

– Vous verrez, monsieur Tricotin, rien de tel qu'un bon bain pour calmer vos ardeurs pathogènes, expliqua Scipione Di Calcagno qui avait retrouvé son air de gravité affectée.

Les joues gonflées, les yeux larmoyants, Marcello recracha autant de sang qu'il put sans ouvrir la bouche, aspergeant la blouse du médecin de mille petits postillons rouges.

– *HUNNNNNNNNNNN !*

Les infirmiers le regardant avec des yeux interrogateurs, Scipione approuva de la tête et on débarrassa Marcello de l'Autenrieth.

– C'est trois fois rien, monsieur Tricotin, la prochaine fois laissez-vous faire et cela ne se renouvellera plus, conseilla le médecin après que Marcello eut ouvert sa bouche pour exhiber sa langue gonflée et ensanglantée.

De tels incidents arrivaient lorsque le malade se montrait rétif.

On le transporta dans une pièce rectangulaire où s'alignaient huit baignoires en fonte émaillée posées sur un plancher fait de lattes en bois imputrescible. Près d'une espèce de chaudière, deux gardiens-baigneurs faisaient une partie d'osselets sur un seau retourné.

– Préparez-le pour un BDS, dit le *signore professore*.

Les osselets et les piécettes disparurent.

– *Subito, signore professore !*

On assit Marcello sur un tabouret et l'un des gardiens-baigneurs lui rasa le crâne, aux ciseaux d'abord, puis au rasoir.

– La moustache aussi, *signore professore* ?

– *Si.*

Marcello avait fermé les yeux et retrouvait la douleur comme une vieille connaissance. Sa langue à vif le torturait et il devait par instants déglutir le sang qui persistait à couler.

Il se souvenait qu'il y avait dix-sept muscles dans une langue et qu'elle était irriguée par des veines, peut-être même par une ou deux artères… alors pourquoi, au lieu de le soigner, ses tortionnaires lui rasaient-ils le crâne et la moustache ? Il ouvrit les yeux lorsqu'il sentit qu'on lui enlevait ses bottines de chevreau et ses chaussettes.

– Nous allons vous dévêtir, monsieur Tricotin, ce qui veut dire que nous allons vous désentraver et vous décamisoler. Je vous encourage vivement à rester pacifique, sinon…

– Ma place n'est pas ici, parvint-il à articuler avec sa langue gonflée, et en plus je dois uriner, ou sinon…

– Exonérez-vous dans votre bain, monsieur Tricotin, tous nos aliénés font ça.

– Je ne suis pas un aliéné.

– Tous nos aliénés tiennent à peu près le même discours.

Entièrement dévêtu, Marcello les laissa l'entraîner vers une baignoire que finissait de remplir d'eau chaude le second gardien-baigneur. L'eau chaude était fournie par une chaudière fonctionnant au bois ; un seau contenait dix litres et dix seaux étaient nécessaires pour remplir la baignoire.

Marcello examinait l'eau fumante avec inquiétude lorsqu'il fut immobilisé aux quatre membres, soulevé et immergé dans cent litres d'eau chauffée à soixante degrés. Croyant mourir ébouillanté vif, il eut une pensée fraternelle envers les homards, les langoustes et même les écrevisses.

Le temps pour le gardien-baigneur de réciter le *Miserere* et on le ramenait à la surface pour respirer. Ouvrant les yeux, il vit plusieurs têtes rieuses penchées au-dessus de lui.

– Alors ? Ça fait du bien, n'est-ce pas ?

– Vous comprenez maintenant pourquoi nous vous avons rasé ?

Les deux gardiens-baigneurs recouvrirent la baignoire d'une toile de marine bistre à l'extrémité de laquelle était percé un trou assez grand pour passer la tête.

Engourdi par l'effet sédatif de l'eau chaude, Marcello ferma les yeux et libéra sa vessie avec délice, oubliant sa triste condition. Le contenu d'un seau d'eau glacée (dix litrcs) chuta sur son crânc surchauffé.

– *AAAAAHHHHHHHH !*

Il ouvrit les yeux et trouva devant lui le visage attentif (et concerné) de Scipione.

– Bienvenu parmi nous, monsieur Tricotin, comment allez-vous ?

– Je me sentais bien jusqu'à ce que je vous rencontre, charlatan à turban !

Scipione se redressa en mordillant sa lèvre inférieure. À turban !?

Il prit quelques notes mentales, puis il donna le signal qui déclencha la chute de dix litres d'eau glacée supplémentaires sur le crâne rasé du très infortuné Marcello.

Le but d'un *bain de surprise* consistait à provoquer un double saisissement physique et psychologique supposé se substituer à la folie, et redonner ainsi à l'esprit de l'aliéné quelques bribes de lucidité.

– Comment voulez-vous me guérir puisque que je ne suis PAS malade !

Un troisième seau d'eau glacée lui dégringola sur la

tête. Marcello ferma les yeux comme on tire un rideau, et opta pour un strict mutisme.

La cloche des cuisines sonnant dans le lointain eut pour effet secondaire d'accélérer l'activité des gardiens-baigneurs et des gardiens-infirmiers. Ils débâchèrent la baignoire et sortirent Marcello qui se laissa faire sans daigner ouvrir les yeux. Sans l'essuyer, on lui passa sa chemise, son caleçon, son pantalon et enfin ses chaussettes et ses bottines.

– Je ne vous sens pas encore mûr pour sociabiliser avec nos autres patients, monsieur Tricotin, vous déjeunerez donc dans votre chambre. Nous nous verrons plus tard pour la suite de votre traitement.

***

La priorité comptable d'une clinique privée était de n'accepter que des patients solvables. Le tarif de l'institut *Pourquoi pas ?* était de cent vingt lires par jour ; les soins et les fournitures médicaux, les frais en eau chaude et en électricité étaient en supplément.

La division des hommes comptait trois bâtiments espacés les uns des autres par une allée de gravier bordée de jeunes platanes.

Le bâtiment X, un réfectoire et un dortoir, était réservé aux gâteux bavoteurs, aux hébétés de naissance, aux mélancoliques évaporés.

Le bâtiment Y, un réfectoire et douze cellules individuelles, recevait indifféremment les insensés difficiles, les lunatiques cyclothymiques, les maniaques agités.

Le bâtiment Z, pas de réfectoire, dix cellules capitonnées, accueillait les épileptiques, les déments tertiaires, les incurables et tous leurs semblables.

Après un détour par le magasin de l'équipement où ils déposèrent la camisole tachée de sang, les gardiens-infirmiers enfermèrent Marcello dans le bâtiment Y, cellule 4, quartier A, le quartier des maniaques agités.

Huit mètres carrés, plafond haut de trois mètres, privée de fenêtre, la cellule était en permanence éclairée par une ampoule incandescente Edison de cinquante watts qui diffusait une lumière pisseuse avant-gardiste. Les murs étaient capitonnés d'un tissu épais et brillant qui avait l'avantage de se nettoyer facilement. Deux tuyaux de belle taille traversaient le haut de la cellule ; en hiver, irrigués d'eau bouillante, ils avaient la capacité de porter à vingt-trois degrés la température de n'importe quelle cellule de huit mètres carrés. Le mobilier se limitait à un lit de cuivre, une table, une chaise, un seau hygiénique en émail blanc, et rien d'autre. Percé dans la porte, un mouchard à loquet permettait aux gardiens de surveiller.

– Votre déjeuner va vous être apporté, dit Alberto d'une voix relativement aimable.

Chaque nouveau gardien-infirmier recevait une formation de plusieurs semaines durant lesquelles on leur enseignait l'attitude à adopter vis-à-vis des fous : l'usage d'un ton de *bienveillance affectueuse* était recommandé en toutes circonstances, mais parfois c'était difficile.

– Et ma valise ?

– Pas d'objets personnels tant que vous êtes en cellule. Si vous êtes calme, et surtout si vous le restez, le professeur vous mettra dans le bâtiment X, et là-bas vous avez droit aux objets personnels.

La cellule était d'une propreté écœurante, sans doute d'inspiration autrichienne ; il n'y avait aucune trace d'insecte ou de rongeur, rien de vivant ici. Il s'intéressa au plafond, mais comme celui-ci était impeccable, sans tache ni rien sur quoi rêvasser, il fixa la grosse ampoule à vis qui brillait au bout de son fil, et comme rien ne se passait, il voulut s'asseoir et s'aperçut que la chaise, la table et même le lit étaient fixés au plancher.

La porte capitonnée s'ouvrit sans bruit et deux gardiens-infirmiers se glissèrent à l'intérieur. L'un tenait un trousseau de clés, l'autre un plateau de nourritures terrestres.

– Il va se calmer et il va s'asseoir gentiment, après il va manger pareillement, dit le gardien-infirmier en déposant le plateau sur la table.

Marcello desserra ses poings et se composa un air plus détendu. Il obéit au gardien-infirmier et s'attabla devant une assiette de nouilles à la sauce tomate, une assiette contenant six cœurs de salade en vinaigrette, une assiette de compote de pommes reinettes, un morceau de pain blanc, et, divine surprise, une carafe de vin de Barolo accompagnée d'un gobelet métallique plaqué argent. Pas de fourchette ni de couteau, mais une cuiller en bois.

Son récent bain brûlant-glacé ne lui ayant pas spécialement ouvert l'appétit, il picora dans les assiettes en buvant sa ration de vin, regrettant que ce ne fût pas du Mariani.

– C'est tout ce qu'il mange ? demanda le gardien-infirmier sur un ton voisin de la menace.

Marcello ouvrit la bouche et lui montra sa langue déchirée. Le gardien-infirmier sifflota en hochant la tête.

– Ça arrive quand on place un Autenrieth à quelqu'un qui se débat. Il s'est débattu, hein ?

– Oui.

– *Va bene*, il sait maintenant qu'il fallait pas. On est ici pour le soigner, alors, tout ce qu'on lui fait c'est pour son bien, c'est pour qu'il retrouve ses esprits et retourne chez lui un de ces jours.

Un de ces jours.

Marcello s'allongea sur le dos et fixa l'ampoule électrique jusqu'à l'endormissement.

***

Marcello rêve qu'il marche pieds nus sur du gravier à la Table-aux-Grues. Le ciel est bleu, sans nuages, ensoleillé, quand tout à coup une trentaine de grues cendrées lui cache le soleil. Malgré la distance, il reconnaît les mêmes grues qui l'ont déjà accueilli à deux occasions, mais cette fois, il a beau leur faire des signes, il reste à terre et son cœur se serre lorsqu'il les voit passer et disparaître à l'horizon (*KRUUUUUUU kruuuuuuu kruuuuuuu kruuuuuuuuuuuuuuuuuu*).

***

Sans bruit, Scipione Di Calcagno fit coulisser le mouchard et se pencha ; son nouveau pensionnaire dormait allongé sur le dos, sans avoir ôté ses bottines, comme terrassé.

– Il a mangé ?

– Pas beaucoup, *signore professore*, il dit que sa langue le gêne ; en tout cas, elle l'a pas beaucoup gêné pour finir sa bouteille.

Marcello s'éveilla, la cellule était pleine de gens et Scipione Di Calcagno secouait son épaule droite.

– Levez-vous, *signore* Tricotin, c'est l'heure de votre traitement.

Il vit derrière Scipione Di Calcagno, Ugo Piedicavallo et Alberto Pipo qui le dévisageaient, impassibles. Le *capo* tenait une camisole de force, le second un masque d'Autenrieth et un entraveur de Nelson.

– Vous allez à nouveau me jeter dans un bain brûlant ?

– Non, cette fois, vous allez bénéficier d'une méthode qui n'a plus rien à voir avec l'hydrothérapie.

En moins de trois minutes, Marcello fut parfaitement immobilisé dans une camisole propre et parce qu'il se

617

laissait faire, on lui épargna le port de l'Autenrieth comme celui de l'entraveur de Nelson.

***

Fardée à la fois des vertus de la science et des mystères de la magie, l'électricité fascinait son époque. La posséder était une marque de modernisme et de bon goût. Aussi, lorsqu'on apprit que l'*Instituto Perché non ?* de Turin venait d'installer une génératrice à turbines de Parsons, l'excellent Pr Niccolo Stizzosi avait été parmi les premiers à poser sa candidature au poste de médecin-chef.

Soutenue vingt ans plus tôt, sa thèse de doctorat avait pour sujet le soulagement des douleurs rhumatismales dans l'Antiquité à l'aide d'application médicale de poisson *Torpedo* et d'anguilles *Electrophorus electricus.*

– L'*électron,* cher collègue, vous permettez que je vous appelle cher collègue, est l'avenir lumineux de la folie.

Caressé dans le bon sens du poil, Scipione Di Calcagno l'avait autorisé à poursuivre ses recherches sur l'usage thérapeutique de l'électricité dans le traitement moral, mettant à sa disposition le bâtiment de la bergerie jadis réservé aux brebis et aux biquettes favorites du roi Charles-Félix.

Les lieux avaient été transformés en *laboratoire expérimental d'électrisation voltaïque de la tête.* En l'espace d'une année (1894), l'inventif et talentueux Niccolo Stizzosi avait conçu et fabriqué un prototype d'appareil baptisé Astrapios I.

En ce début de siècle, la carte du cerveau était comparable à la carte de l'Afrique ; truffée de zones inexplorées, constellée de points d'interrogation, émaillée d'épais mystères.

Pour accéder à ces régions inconnues, l'Astrapios I se

prolongeait de deux électrodes pouvant être appliquées indifféremment sur les tempes, le front, les joues, le crâne, la nuque, les oreilles et, si nécessaire, les chevilles.

Dépourvu de tout sectarisme, l'illustre Pr Stizzosi s'était fait le serment d'expérimenter sans limites, n'importe quoi, n'importe comment, au hasard, dans toutes les directions, et vive l'empirisme.

Le prototype de Stizzosi fonctionnait grâce à huit piles de Daniell qui se rechargeaient au courant alternatif produit en quantité par la génératrice Parsons installée au fond du parc.

Par le truchement de ses deux électrodes, l'Astrapios avait la capacité de provoquer de brèves décharges électriques de quinze à trente volts... et advienne que pourra.

Le premier aliéné de l'institut à être électrocuté pour son bien fut le vicomte Nestor von Kievneski.

Ce jeune psychopathe de vingt-sept ans était avant tout la triste victime d'un arbre généalogique aux branches alourdies par trop d'unions consanguines. Nestor souffrait de troubles de l'idéation qui provoquaient chez lui, soit des hallucinations, soit des illusions, parfois les deux conjointement ; un phénomène déconcertant pour ceux qui savaient que l'illusion est à l'hallucination ce que la médisance est à la calomnie. L'illusion brodait sur la réalité et n'était que la fausse perception d'une perception réelle, alors que l'hallucination inventait de toutes pièces et ne disait pas un mot de vrai.

Nestor von Kievneski était aussi le plus ancien des pensionnaires ; sa famille l'avait déposé trois jours après l'inauguration de l'institut (décembre 1892). Comprenant qu'il n'était pas en visite chez un lointain cousin comme on le lui avait fait accroire, il s'était jeté sur la comtesse de Carafina, sa mère, et avait tenté de l'étrangler. Il y serait facilement parvenu sans l'intervention de quatre gardiens-infirmiers qui l'avaient camisolé dans une chemise de contention flambant neuve.

– L'électricité que je vais vous administrer par le truchement de ces électrodes, monsieur le vicomte, va provoquer une commotion suffisamment puissante pour détruire l'obstacle qui retient présentement votre esprit et vos sens emberlificotés, lui avait expliqué le Pr Stizzosi en appliquant les deux électrodes de l'Astrapios sur les tempes humidifiées de son noble cobaye.

Le professeur avait identifié le siège principal de la folie après avoir noté que le bon sens populaire, pour désigner quelqu'un de fou, pointait son index sur la tempe droite ; certains tapotaient, d'autres faisaient de petits cercles rapides.

Un premier passage de trente volts durant une seconde provoqua chez Nestor un subit claquement des mâchoires qui blessa cruellement sa langue.

Pragmatique, le Pr Stizzosi suspendit provisoirement l'expérience et prit des notes en prévision de la fabrication d'un embout de bois qui empêcherait la reproduction d'une telle fausse note.

***

Un gardien-infirmier de chaque côté, un troisième dans son dos qui lui respirait dans le cou, Marcello marchait sur un chemin couvert de graviers identiques à ceux de son rêve. Le chemin ombragé menait vers un bâtiment en moellons surmonté d'un paratonnerre de belle taille ; là aussi, les armoiries et la devise de Charles-Félix ornaient le fronton ; l'entrée était encadrée de deux médaillons ovales montrant une séduisante brebis suffolk et une affriolante chèvre toggenbourg.

L'ancienne bergerie était violemment éclairée par une

série d'ampoules électriques grosses comme des phares d'automobile. Des relents d'acide sulfurique et de sulfate de cuivre flottaient dans l'air et chatouillaient les narines.

Sur des étagères, s'alignait une collection craniologique de têtes de mort à l'occipital savamment étiqueté de trente-sept petits drapeaux coloriés ; à côté de chaque crâne, dans un bocal transparent rempli de formol, flottait le cerveau correspondant, également truffé de trente-sept petits drapeaux qui indiquaient les trente-sept zones découvertes par Franz Joseph Gall, l'inventeur du diagnostic par palpation digitale du crâne, appelé cranioscopie, et plus récemment, phrénologie.

– Il ne manquait plus que ça, soupira Marcello, accablé, découragé, vidé.

Là où avaient été les mangeoires des caprins, siégeait désormais une volumineuse machine rutilante au tableau de bord pourvu de compteurs, de voyants lumineux, d'interrupteurs. Des fils de cuivre gainés serpentaient dans toutes les directions ; certains se terminaient en prises à deux fiches, d'autres étaient reliés à des électrodes au manche de bois isolateur ; au-dessus d'une rangée de cinq cadrans KWH, une plaquette en laiton portait une inscription ; ASTRAPIOS IV.

Au centre du laboratoire, placée sous la plus grosse des ampoules électriques, une très belle table d'opération à coulisse et à manivelle du dernier cri.

Près d'un grand bureau en désordre, un barbu quinquagénaire en blouse blanche et chaussures vernies tapotait sur un ampèremètre à l'aiguille réticente. Un téléphone, identique à celui du directeur, attendait l'ordre de sonner.

L'arrivée des gardiens-infirmiers et du nouvel aliéné suscita chez le Pr Stizzosi un sourire bienveillant de circonstance. Chevelure dégarnie, regard pétillant derrière des lunettes rondes, lèvres gourmandes, voix doucereuse, visage ovale corrigé par une barbe pointue qui le faisait ressembler à un elfe noir de Morrowind.

Le Pr Stizzosi consulta brièvement un dossier avant de dire.

– *Buongiorno, signore* Tricotin, je suis le Pr Stizzosi ; bienvenu dans mon laboratoire.

Marcello eut un mouvement du menton en direction de l'Astrapios IV.

– Qu'allez-vous me faire, professeur, me *foudroyer* quatre fois de suite ?

Avec un sourire indulgent – il n'était pas si fréquent de rencontrer un aliéné connaissant le grec –, le professeur prit des notes en se servant d'un stylo Waterman en écaille bleu modèle *dernière génération*. Une nouvelle consultation du dossier lui apprit la profession du sujet.

– Je vais vous électrocuter, monsieur Tricotin, mais rassurez-vous, cela sera fait avec parcimonie et circonspection. Mon objectif est d'attaquer votre folie par surprise et de la persuader de vider les lieux.

On le décamisola et on l'allongea sur la table d'opération où il dut poser sa nuque contre un appuie-tête de cuir. Malgré son pouls qui s'accélérait, il put dire d'une voix posée :

– Que va-t-il se passer si votre électricité ne rencontre aucune folie à déloger, monsieur le professeur ?

En guise de réponse on lui ôta ses chaussures et ses chaussettes, et on sangla ses chevilles et ses poignets.

– Comprenez-moi, je suis la victime d'une vengeance exercée par le frère du Pr Di Calcagno. Il me fait interner pour qu'il n'y ait pas de procès et que je ne puisse pas exposer au jour sa turpitude ! Vous me suivez ?

– Bien sûr, où voulez-vous que j'aille, répondit le professeur sans interrompre ses écritures.

L'un des symptômes caractéristiques des maniaques agités étaient la négation articulée, élaborée, détaillée, de leur aliénation. Le professeur ôta ses lunettes et pointa les branches vers le dossier médical à la couverture couleur matière grise posé sur le bureau.

– J'ai entendu vos objections, monsieur Tricotin, mais j'ai ici le diagnostic pittoresque de mon confrère qui les dément.

Le professeur rechaussa ses lunettes.

La voix de Marcello s'échauffa.

– Par confrère vous entendez le collectionneur de pierres-de-tête qui m'a vu dix minutes ce matin !?

– À ce que je sache, monsieur Tricotin, il n'y a rien d'anormal à être un collectionneur.

– Mais vous ne comprenez donc rien ! Ce n'est pas le fait de collectionner des pierres-de-tête qui est pathologique, c'est le fait qu'il pense qu'elles sont authentiques ! Et puis n'oubliez pas qu'il est le complice de son frère ! Sans lui, Di Calcagno n'aurait pas pu me faire interner. Comment pouvez-vous faire confiance au diagnostic d'un pareil hurluberlu ?

On lui sangla horizontalement la poitrine sans trop serrer afin qu'il puisse respirer librement.

Le Pr Stizzosi lui présenta un épais morceau de bois d'une vingtaine de centimètres marqué par de nombreuses empreintes de dents ; deux cordons qui se nouaient sur la nuque empêchaient qu'il fût recraché.

– Tenez, cela évitera de vous mordre accidentellement la langue.

– N'oubliez pas, *Primun non nocere*, ah oui, et puis aussi *Natura medicatrix*, eut le temps de lancer Marcello avant que le mors de bois fût placé dans sa bouche.

Avant tout ne pas nuire était la première devise enseignée en première année de médecine et *C'est dans la nature que se trouvent les ressources de la guérison* était la deuxième. Niccolo Stizzosi ôta ses lunettes, les regarda pensivement, les remit à leur place.

Il décrocha le téléphone, tourna la manivelle et, après quelques secondes, parla au combiné.

– L'Astrapios et moi-même sommes fin prêts, professeur.

Muni d'une loupe au manche d'ébène, il phrénologiqua chaque millimètre carré du crâne rasé de son nouveau cobaye. Selon le système élaboré par Franz Joseph Gall, les instincts, les penchants, les talents, les dispositions morales comme intellectuelles étaient innés et avaient leur siège anatomique dans les bosses et les creux de la calotte crânienne. Le Pr Gall avait eu sa première intuition de la phrénologie le jour où il avait été frappé par la proéminence des yeux chez ses étudiants qui avaient le plus de mémoire ; il en avait conclu à la présence de l'organe de la mémoire en arrière des yeux. Suite à cette surprenante découverte (on pensait encore que le cerveau fonctionnait comme un tout), Franz Joseph Gall avait répertorié trente-sept fonctions psychologiques auxquelles il avait assigné, soit une bosse, soit un creux, soit un sillon.

Marcello ne pouvait pas le voir, mais il sentait les doigts du professeur glisser sur la peau sensible de son crâne fraîchement rasé ; parfois ils s'attardaient sur une protubérance et passaient et repassaient dessus. Après un court silence, Marcello entendait *scritch scritch*, indiquant que le professeur notait quelques détails sûrement concluants.

– *Hooooonnnnn hooooonnnnn hooooonnnnn !*

– Oui, monsieur Tricotin, je me doute que vous avez des objections à formuler, mais le moment est mal choisi, vous voyez bien que je suis très occupé.

– *Hon hon !*

Un léger courant d'air sur les mains et le visage lui signala que la porte du laboratoire venait de s'ouvrir.

Scipione Di Calcagno apparut dans son champ de vision pour lui palper le pouls du poignet gauche.

– Détendez-vous, monsieur Tricotin, vous êtes entre d'excellentes mains, et je vous assure que votre déplorable état mental actuel va dramatiquement s'améliorer. Et n'en doutez pas, mon brave homme, le jour viendra où vous nous remercierez de ce que nous vous avons fait.

Le Pr Stizzosi prit la place du Pr Di Calcagno et humidifia délicatement les lobes temporaux de Marcello, lui murmurant d'une voix douce :

– Dans un premier temps, je vais faire passer d'une tempe à l'autre un courant alternatif sinusoïdal de trente volts, puis de soixante, puis de quatre-vingts, et ainsi de suite jusqu'à cent trente volts.

Se tordant le cou, Marcello le vit régler un bouton crénelé, actionner une manivelle, puis se saisir des électrodes reliés à l'Astrapios IV.

Scipione Di Calcagno décapuchonna son stylo et se tint prêt. Le Pr Stizzosi appliqua simultanément les électrodes sur les tempes de son patient.

Les ampoules au plafond clignotèrent un dixième de seconde. Marcello se tétanisa de la tête aux orteils en poussant un *HUUUUUMMMMMMPH* étouffé par le bout de bois et par sa langue tuméfiée.

– *Hic hic hic hic !*

Les deux professeurs échangèrent un regard dubitatif ; rémission passagère ou aggravation définitive ?

– Il rit ?

– Vous pensez ? Ce n'est peut-être qu'un réflexe nerveux ?

– Non, je vous assure, il rit.

– Peut-être votre électricité a-t-elle voltaïqué son organe de l'humour ?

– *Hac hac hac hac !*

Le Pr Stizzosi glissa ses doigts sous la nuque de Marcello et délaça les cordons de l'embout.

– Pour sûr, voilà qui dégage les fosses nasales et les

trompes d'Eustache… mais ce traitement peut-il faire mieux que la foudre ?

– Plaît-il ?

– Votre machine peut-elle atteindre le voltage d'un éclair ?

– Non, évidemment, nous voulons vous guérir et non griller votre esprit ; pourquoi une telle question ?

– Sachez que j'ai déjà été foudroyé ; alors si vous ne pouvez pas faire mieux qu'un éclair, renoncez, car votre mesquine électrocution est vouée à l'échec.

– Vous dites avoir été foudroyé ?

– Parfaitement, foudroyé, et pas qu'un petit peu. Mon système pileux en a été instantanément grillé et je suis resté glabre un mois durant.

– Quand cela vous est-il arrivé, monsieur Tricotin ?

– C'était à Vienne en 1902, un matin d'été, pendant un orage.

– Avez-vous perdu connaissance ?

– Oui et quand je l'ai retrouvée, mes vêtements étaient en lambeaux et je n'avais plus mes chaussures.

Scritch scritch scritch, entendit-il sur sa droite et derrière lui ; puis le Pr Stizzosi réapparut dans son champ de vision et présenta l'embout qu'il accepta en soupirant.

Agacé par le terme *mesquine électrocution*, Stizzosi tourna un bouton crénelé qui déplaça l'aiguille du cadran de l'Astrapios sur le chiffre 130.

Marcello se raidit lorsqu'on humidifia à nouveau ses deux lobes temporaux, puis, voyant le Pr Stizzosi approcher avec une électrode dans chaque main, il ferma les yeux et mordit préventivement l'embout.

Une formidable secousse lui traversa la tête et précipita brutalement son organe céphalique contre les parois de la boîte crânienne, court-cicuitant la totalité du système nerveux, le plongeant dans un coma ultradépassé.

– *Accidenti*, professeur ! Cette fois vous nous l'avez occis !

33

Le bon sens de Marcello est mis à rude épreuve ; chaque seconde qui passe ne le devrait pas.

Il flotte sur le dos, le nez à quelques centimètres du plafond du laboratoire. Son acuité visuelle relève du microscope : il peut identifier jusqu'à trois sortes de chiures de mouches ; les plus répandues appartenant aux *Musca domestica*, les autres aux *Chrysomyia albiceps* et aux *Phormia regina*.

Il se sent comme immergé à l'intérieur d'un édredon en plumes de soie, ce qui lui donne une sensation de bien-être inconnue jusqu'alors. Il ne respire plus, il flotte dans les airs et pourtant il *sait* que cette fois il ne rêve pas. Il évite de bouger car il appréhende la chute, au cas où il reposerait sur *quelque chose*.

Avec d'infinies précautions, il se tord le cou et jette un œil par-dessus son épaule gauche. Le mouvement le fait basculer. Marcello se retrouve flottant sur le ventre.

Il voit la table d'opération, il voit le corps sanglé dessus, il voit des personnages en blouse blanche qui s'agitent nerveusement ; il voit l'Astrapios ; il voit le bureau et le téléphone, il voit les rangées de crânes sur les étagères, bref, il voit tout, il entend tout, et malgré cela, il ne respire pas et il flotte en apesanteur à trois mètres du carrelage, dos au plafond.

– *Accidenti*, professeur, cette fois vous nous l'avez cassé !

– Certes non, c'est à peine une syncope.

– Je ne sens plus son pouls.

– Il ne respire plus !

D'abord Marcello ne comprend pas, ensuite il n'y croit pas.

– C'est moi ! s'exclame-t-il sans qu'un son ne sorte de sa bouche. Cette fois ça y est, ils ont réussi, je suis fou !

Il voit le Pr Stizzosi retirer l'embout de sa bouche, saisir la langue avec deux doigts et tenter de rétablir la respiration en tirant dessus comme pour l'arracher.

Les mains sur les hanches, l'air dubitatif, le Pr Scipione Di Calcagno observe les efforts de réanimation de son médecin-chef ; en retrait, les trois gardiens-infirmiers font de même.

Marcello entend Alberto Pipo souffler à son voisin :

– Deux lires qu'il le ramène pas.

Beppe Tozzi opine de la casquette.

– Tenu.

Les tractions de langue n'ayant pas l'effet escompté, Stizzosi essaie les fortes pressions rythmées sur le thorax.

La dernière fois qu'un tel incident est arrivé, il a pu ramener à la respiration Violeta de X, une hystérique de dix-huit printemps, syphilitique héréditaire, belle à damner un archange mais qui avait très mauvais caractère ; avec elle, le traitement thérapeutique prenait souvent l'apparence d'une punition.

Scipione Di Calcagno hausse les épaules et opte pour un ton réconfortant :

– Ce n'est que le troisième cette année, professeur, vous avez encore de la marge. Au fait, quand voulez-vous l'autopsier ?

– Mais pas du tout ! Je ne suis pas mort ! Je suis en haut, au plafond ! s'égosille Marcello.

Il découvre que si l'on ne respire plus, on ne produit

aucun son. Allons bon. *Je ne peux pas être mort et en avoir conscience, donc je ne le suis pas.*

Il ne respire plus, il flotte dans les airs, il ne peut émettre de sons, et maintenant il se découvre invisible aux autres… Comment expliquer qu'il se voie sur la table d'opération, les yeux révulsés, la bouche ensanglantée, on ne peut plus mort !

– J'ai peur que vous n'ayez raison, cher collègue ; vous m'en voyez navré.

Marcello voit Stizzosi abaisser les paupières du mort à l'aide du pouce et du médium.

Alberto Pipo et Beppe Tozzi dessanglant le corps.

L'attention de Marcello est alors attirée par un point lumineux qui se développe rapidement au fond du laboratoire.

En bas, les gardiens-infirmiers soulèvent puis déposent le mort sur une civière.

Dans le fond du laboratoire, un halo noir tournoie autour du point lumineux qui a pris la taille d'une entrée de tunnel.

D'un mouvement de brasse, Marcello s'approche du halo noir qui s'agrandit : la luminosité augmente.

Il se trouve maintenant à l'entrée du tunnel ; un curieux tunnel sans parois (il ne voit que du noir) au sol de pavés luisants identiques à ceux de la voie romaine de San Coucoumelo : il comprend que c'est la lumière au fond du tunnel qui fait briller ainsi la pierre. Sans appréhension, toujours flottant sur le ventre, il nage dans le tunnel et voit quelques brins d'herbe poussant entre les gros pavés ; il voit aussi une feuille de chêne, et plus loin quelque chose qui ressemble à une fourmi suivant une autre fourmi.

Il a des difficultés à trouver les mots pour décrire la vive lumière au fond du tunnel, une lumière attirante qui n'éblouit pas.

Sans prendre conscience qu'il a quitté le laboratoire

et qu'il nage désormais à l'intérieur du tunnel, il subit ce que l'on qualifierait aujourd'hui d'un défilement accéléré de la totalité de son passé ; du plus récent au plus archaïque.

Il revoit des souvenirs qui ne se sont jamais manifestés depuis leur enregistrement. Il revoit les circonstances de sa tragique naissance ; il sent le frottement rêche des poils pubiens sur son visage ; il se souvient du goût de la première tétée au sein de sa nourrice ; il se souvient du matin où il a mangé sa première crotte de nez ; il revoit Filomena soulevant la casserole accrochée au mur et qui dissimule le crucifix ; il entend de nouveau le bref craquement de la glace sur la Gelosia et, de nouveau, il ressent la peur lorsqu'il coule dans l'eau glacée…

Pendant cette rétrocognition, Marcello continue d'avancer dans le tunnel sans pour autant s'approcher de la sortie ; et puis, quelque chose d'irrésistible avec un énorme bruit de locomotive l'aspire vers la lumière.

Il réapparaît dans un paysage de verdure qui rappelle à s'y méprendre la Table-aux-Grues au printemps.

Des marguerites, des pâquerettes, des coquelicots, des mauves, des pissenlits se font butiner par des ouvrières. Il entend leur bourdonnement, comme il entend les clapotis de la Sorella qui coule entre les châtaigniers.

Son champ de vision de trois cent soixante degrés lui signale un mouvement derrière le taillis au sommet de la butte. Ce même taillis derrière lequel il s'installait au temps où il attendait le passage des grues.

Une silhouette apparaît et s'approche sans marcher ni toucher terre.

Marcello n'en croit pas ses globes oculaires.

Son père est vêtu du costume dans lequel il a été enterré ; il est rasé, sa moustache est brossée, ses traits sont reposés.

Marcello va à sa rencontre lorsque l'apparition le lui interdit.

– Ne va pas plus loin. Fais demi-tour ! Tu es déjà trop en avant !

– C'est toi, papa ?

– Qui veux-tu que ce soit, *du Dummkopf* ! Décidément, toujours le même… Reste où tu es, n'approche pas.

– Je te vois, papa, cela signifie-t-il que je suis mort, moi aussi ?

– Retourne d'où tu viens, ce n'est pas l'heure.

Marcello fait demi-tour ; son esprit toupille dans tous les sens, soudain il tombe à grande vitesse dans un trou particulièrement sombre.

***

Il était allongé sur quelque chose de dur et de froid ; quelqu'un tout proche respirait difficilement.

Sa langue enflammée encombrait sa bouche, ses mâchoires étaient sensibles à la pression, il transpirait en abondance et sa poitrine n'était qu'une seule douleur ; son cœur s'était meurtri à force de cogner trop fort contre la cage thoracique ; plus curieux, son gros orteil droit irradiait de la douleur comme un poêle à charbon bien ramoné irradie de la chaleur.

Il ouvrit les yeux ; demi-pénombre, voûte ogivale, lampes électriques à abat-jour, vitraux à motifs religieux éclairés par la lune, fresques circulaires aux curieux motifs animaliers.

Le temps de compter jusqu'à huit mille huit cent quatre-vingt-huit, et il avait réuni assez d'énergie pour se redresser et descendre de la table de marbre sur laquelle on l'avait déposé.

Ses jambes flageolèrent et il ne put que se laisser glisser sur le carrelage. Sans perdre une once de lucidité, il vomit des choses innommables avec des gargouillis d'évier bouché se débouchant.

Il compta jusqu'à six mille six cent soixante-six avant de pouvoir prendre appui sur la table et se hisser sur ses deux pieds.

La table de marbre lui rappela ses cours pratiques d'anatomie ; toutes les tables de dissection de l'amphithéâtre avaient le même réseau de rigoles et de trous évacuateurs.

Il s'approcha d'une table à instruments qui brillaient faiblement dans la demi-pénombre. Il y avait des bistouris, des ciseaux, des scies, des daviers et même un lugubre trépan qui semblait avoir beaucoup servi.

Il choisit le plus imposant des bistouris et l'empoigna comme une arme, se remémorant les dernières paroles prononcées à l'instant où il entrait dans le tunnel (*Au fait, quand voulez-vous l'autopsier ?*).

Un évier surmonté d'une fontaine de cuivre décorée d'une oasis à trois palmiers occupait la petite absidiole qui avait abrité le confessionnal de la chapelle de Charles-Félix. Là, le roi confessait régulièrement ses péchés zoophiliques, recevait l'absolution, revenait le lendemain.

Il se rinça plusieurs fois la bouche, but le contenu de trois mains pleines, et finit par placer son crâne sous le jet du robinet jusqu'à ce qu'il n'y ait plus d'eau dans la fontaine.

Il sécha ses mains sur sa chemise et, à tâtons le long du mur, il trouva l'interrupteur : la lumière fut et la fresque circulaire où les couples d'animaux défilaient à la queue leu leu en direction de l'arche de Noé apparut dans toutes ses couleurs vives.

L'endroit était ce qu'il paraissait être : une chapelle recyclée en morgue.

Il souleva sa chemise et inspecta sa poitrine douloureuse. Il blêmit en découvrant un hématome géant couleur lie de vin ; conséquences des tentatives de réanimation du Pr Stizzosi ; un miracle qu'il n'ait aucune côtelette brisée.

Il fit quelques pas incertains, les yeux dans le vague, et marcha dans son vomi, se rendant compte qu'il était pieds nus.

Il désactiva l'interrupteur et ouvrit la porte qui n'était pas verrouillée. Une brise de nuit d'été circulait entre les arbres du parc. L'air sentait bon, et les seuls bruits notables venaient de la génératrice de Parsons au fond du parc ; celle du *Tutti Frutti* faisait pratiquement le même vacarme.

Il marcha sur les graviers pointus en grimaçant ; à gauche, à une cinquantaine de pas, le bâtiment réservé à l'hydrothérapie, à droite, à une trentaine de pas, reconnaissable à son paratonnerre, le bâtiment dans lequel il était mort et en face, à une vingtaine de mètres, l'ancienne folie de Charles-Félix vue de l'arrière. Il se décida pour le laboratoire et prit soin de marcher sur le côté herbeux du chemin, plus doux aux voûtes plantaires.

À l'instar de la morgue, le laboratoire n'était pas fermé à clé. Il entra, referma la porte et tâtonna jusqu'à l'interrupteur. *Clic !*

Son regard se porta d'autorité vers le plafond au-dessus de la table d'opération, puis il regarda l'endroit où étaient apparus la claire lumière et le tunnel pavé ; maintenant, bien sûr, il n'y avait plus rien ; en revanche, ses bottines et ses chaussettes étaient près de la porte, là où Alberto Pipo les avait déposées après les lui avoir enlevées.

Il se rechaussait lorsque son œil accrocha un objet tombé au pied de la table d'opération ; c'était l'embout de bois marqué de taches brunes.

Après une fouille du bureau infructueuse à la recherche du dossier couleur matière grise, il butina le

Waterman dernier modèle posé à côté d'un cendrier qui avait la forme de l'étoile Sirius. Puis il s'intéressa à la collection craniologique et aux cerveaux qui baignaient dans du formol. De petits drapeaux identifiaient le *lobe pariétal*, le *lobe occipital*, la *scissure de Sylvius*, la *troisième occipitale*, la *scissure de Rolando*.

Avant de sortir, il se mit debout sur la table d'opération et vérifia la présence effective de trois sortes de chiures de mouches sur le plafond, un détail invisible vu du plancher.

Bistouri en main, il sortit du laboratoire et retrouva la brise nocturne.

Guidé par les *teuf teuf teuf*, il se dirigea vers la génératrice de Parsons au fond du parc.

Le bâtiment était éclairé ; mais des bruits de voix venant de l'intérieur le persuadèrent de faire demi-tour et d'essayer une autre poudre d'escampette.

Il dépassa le bâtiment où il avait été torturé à l'eau chaude et à l'eau froide, il longea la folie, la dépassa, se retourna et se figea des quatre membres à la vue des trois fenêtres éclairées du premier étage. *Tagada tagada tagada*, fit son pouls en bondissant de soixante à cent dix pulsations par minute.

Il entra dans la folie silencieuse, monta l'escalier sur la pointe des pieds et s'octroya une pause respiratoire devant la porte du bureau du directeur ; de la lumière filtrait par les interstices et même par le trou de la serrure, preuve que la clé n'était pas à l'intérieur ; il tourna la poignée et entra.

Assis derrière son bureau Renaissance, Scipione Di Calcagno tentait de restaurer sa pierre-de-tête en recollant les débris.

La porte s'ouvrit ; il leva la tête et éprouva la plus grande frayeur de son existence.

Marcello referma la porte. Il agita le bistouri qu'il tenait dans sa main droite.

– Vous avez participé à mon assassinat, professeur, il est donc naturel que je vienne me venger !

En tant que directeur d'un institut psychiatrique, Scipione Di Calcagno vivait un cauchemar éveillé. Non seulement il était agressé par l'un de ses aliénés, mais cet aliéné était un ressuscité de l'au-delà ; pourtant il l'avait vu mourir sur la table d'opération du Pr Stizzosi. Vu de ses deux yeux vu !

Le visage de Marcello s'éclaira en découvrant son sac de nuit Hermès posé sur le parquet, à côté de la corbeille à papier.

Sans quitter Scipione Di Calcagno des yeux, il s'approcha et récupéra son bien. Le poids l'alarma.

– Où est ma cassette ?

– *Ma... Ma... non è possibile !*

– Où est ma cassette ?

Di Calcagno ôta ses lunettes, puis les remit.

– Mon infirmier en chef affirme que les policiers lui ont assuré qu'il n'y en avait pas.

– Vous m'avez pris pour un fou, vous m'avez pris pour un mort et maintenant vous me prenez pour un *coglione* ?

L'œil au beurre noir, les marques brunes sur les tempes, cette touchante sollicitude pour les biens de ce monde, forçaient le Pr Di Calcagno à réviser le certificat de décès qu'il avait rempli et signé quelques heures plus tôt.

– Restez assis et ne tentez rien. Je suis dans une telle colère qu'au moindre prétexte je vous découpe en centaines de petits morceaux.

Il fit quelques ridicules moulinets dans l'air avec le bistouri, puis il ouvrit son sac et le vida afin d'en vérifier le contenu ; à l'exception de la cassette, rien ne manquait.

– Et maintenant, professeur, je veux mon dossier médical et je veux les notes que vous avez prises. Je veux également les dossiers concernant les trois décès de cette année.

Scipione Di Calcagno déglutit péniblement.

– *Ma, non è possibile !*

Marcello hocha la tête.

– J'étais peut-être mort, mais j'ai tout entendu.

– *Ma, non è possibile !*

– Et pourtant…

Il pointa le bistouri vers Di Calcagno.

– À quelle heure comptiez-vous m'autopsier ?

– Je ne pratique jamais d'autopsie, c'est toujours le Pr Stizzosi qui s'en charge.

– À quelle heure ?

– À sept heures.

Le cartel au mur annonçait onze heures et demie.

– *Va bene*, maintenant voudriez-vous m'expliquer comment le Pr Stizzosi s'y prend pour retirer le cerveau sans endommager le crâne ? Car il conserve les deux dans sa collection, n'est-ce pas ?

– C'est-à-dire que, oui, en fait, oui.

– Il détache la tête du corps ?

– Eh bien, oui, je présume.

– Vous m'auriez donc enterré sans tête ni cerveau ?

– … en quelque sorte.

Marcello eut un geste impatient.

– Mes dossiers, professeur, le temps presse.

Scipione Di Calcagno se leva et alla ouvrir à contre-cœur l'armoire où étaient rangés les dossiers médicaux de ses aliénés.

– Que vous preniez le vôtre, passe encore, mais que voulez-vous faire des autres ?

Marcello prit les quatre dossiers, lut les noms sur les couvertures, *Marcello Tricotin, Leopoldo Di Lanfredi, Cesar Rigagnolo, Anabella Di Mombarone*, et les fourra dans son sac.

– Je peux désormais rendre votre existence misérable.

Votre existence et celle de l'autre assassin adorateur de l'électricité !

Marcello cracha un peu de sang sur le parquet ; trop parler ravivait ses blessures linguales.

– Imaginez la réaction des familles si elles apprenaient que leurs fous ont été électriquement trucidés puis enterrés sans la tête et sans la cervelle ?

Il vit alors le pot de colle et les morceaux de pierre-de-tête sur le bureau.

– Vous ne me croyez donc pas quand je vous dis que c'est une supercherie notoire ? Vous avez tort.

Le professeur rejoignit son fauteuil sans mot dire. Ne jamais contrarier un fou qui a le dessus.

– N'oubliez pas vos notes.

Les six feuilles manuscrites du diagnostic pittoresque jointes aux dossiers dans le sac, Marcello dévisagea Scipione di Calcagno d'un air spéculatif.

– Qu'allez-vous me faire ? demanda celui-ci.

– Je vais vous ligoter et vous bâillonner.

– N'en faites rien, et je vous jure sur la tête de mon diplôme de doctorat que je ne donnerai pas l'alarme.

Marcello arracha d'un coup sec le fil téléphonique qui reliait le combiné à la prise dans la plinthe. Aidé du bistouri, il trancha difficilement le fil en quatre parties et les utilisa pour ligoter les bras et les pieds de Di Calcagno.

Poussant une chaise contre la fenêtre, il monta dessus et trancha au plus haut les cordons du rideau. Une fois noués entre eux, il obtint un solide cordon de cinq mètres avec lesquels il saucissonna Scipione Di Calcagno au dossier du fauteuil ; le plus gratifiant, bien sûr, eût été de le camisoler, de lui passer une muselière d'Autenrieth et un entraveur de Nelson, mais il n'y en avait pas à disposition dans le bureau.

Son tourmenteur neutralisé, Marcello se changea. Il se plaça devant lui pour montrer son torse violacé.

– C'est un miracle que cette brute ne m'ait pas cassé une côte.

– Mais je vous assure, vous étiez mort. Vous ne respiriez plus, vous n'aviez plus de pouls, vous ne réagissiez à aucun des tests, vous étiez mort.

– Je n'étais pas mort, puisque je voyais ce que vous faisiez et j'entendais ce que vous disiez, protesta Marcello en gigotant pour rentrer les pans de sa chemise dans ses Knickerbockers à damier.

– Avant de vous bâillonner, je voudrais savoir si vous gardez le souvenir d'avoir dit : *Ce n'est que le troisième cette année, professeur, vous avez encore de la marge* ?

Scipione Di Calcagno déglutit plusieurs fois avant de bafouiller.

– … oui, oui, c'est inconcevable, mais oui, je m'en souviens, oui, oui, mais je ne comprends pas comment vous pouvez en avoir connaissance ! Vous étiez mort, archimort, plus de pouls, plus de souffle, même quand on vous a fait le test de l'orteil, aucune réaction, aucune sensation, plus de vie, plus rien.

– Quel test de l'orteil ?

– C'est un test appliqué par les professionnels des pompes funèbres, d'où leur surnom de croque-mort.

– Vous m'avez mordu le gros orteil ?

– Pas moi, c'est mon infirmier en chef qui s'en charge.

Je devais être dans le tunnel, songea Marcello qui n'avait aucun souvenir du test.

– De combien est cette marge ?

– Nous mettons un point d'honneur scientifique à ne pas outrepasser la demi-douzaine par an.

Marcello déchaussa Scipione Di Calcagno, dégrafa ses supporte-chaussettes, et pela les pieds de leurs chaussettes de soie noire.

– Pourquoi volez-vous mes chaussettes ?

– Au fait, professeur, pourquoi votre institut s'appelle-t-il *Pourquoi pas ?*

Malgré sa situation désastreuse, Di Calcagno eut un sourire suffisant, à peine discernable sous sa grande barbe carrée.

– C'est à la fois la devise et le programme des empiriques.

Marcello roula en boule les chaussettes et approcha le bistouri du visage emperlé de transpiration de Scipione Di Calcagno.

– Je vais maintenant vous bâillonner. Ouvrez grande votre cavité buccale et ne protestez pas, sinon j'énuclée votre œil gauche.

Il sacrifia ensuite la manche de sa chemise sale et l'utilisa pour le bâillonner, de façon qu'il ne puisse pas recracher les chaussettes.

Il prit dans le sac son veston d'alpaga à grandes poches et l'enfila ; il ne lui manquait plus qu'un couvre-chef.

Il revint auprès de Scipione, dénoua le bâillon, retira les deux chaussettes dc sa bouchc.

– Où sommes-nous ? Quelle est l'adresse de l'institut ?

– Nous sommes en bas de la rue de Nice, répondit l'intéressé de très mauvaise grâce.

– Pour retrouver la gare centrale, par où dois-je passer ?

– C'est tout droit jusqu'au *cardo Vittorio Emmanuele.*

– Un établissement aussi moderne que le vôtre doit posséder une échelle, n'est-ce pas ?

– Euh, oui, je suppose, une échelle, bien sûr, nous en avons, peut-être même deux.

– Où sont-elles ?

– Comment voulez-vous que je le sache ? Je suis le directeur !

Marcello désigna une porte discrète au fond du bureau.

– Où mène cette porte ?

– Quelle porte ?

Une petite claque sèche sur le crâne rappela à Scipione qu'il n'était pas en position de finasser.

– Où donne cette porte ?

– Ce sont mes quartiers privés.

Marcello montra les chaussettes brillantes de bave.

– Ouvrez la bouche.

– Une seule suffirait ? tenta de plaider Scipione.

Les deux chaussettes retournèrent dans la bouche, et la manche de chemise paracheva le bâillon.

Sous le regard indigné de son prisonnier, Marcello ouvrit la porte, entra, trouva l'interrupteur, l'activa avec délice ; apparut alors en pleine lumière ce qui avait été la chambre à coucher du roi Charles-Félix. Le lit d'époque était assez grand pour y accueillir une jument et son poulain.

– Ah, le fourbe !

Sa cassette était posée sur une console près d'un canapé.

Le contenu vérifié, il manquait dix mille lires correspondant à la totalité des pièces d'or.

Un chapeau suspendu à la patère d'un portemanteau l'intéressa ; il l'essaya. Trop petit de deux tailles, il y renonça.

Il ouvrit tous les tiroirs et les portes d'armoire et ne trouva rien d'intéressant.

Remarquant une porte tapissée qui se confondait dans le mur, il entra dans une salle de bains qui sentait l'eau de Cologne et le savon à l'huile d'olive.

Lavabo en forme de coquille Saint-Jacques surmonté d'un miroir ovale ; baignoire-sabot aux pattes de griffon ; petit meuble vitré contenant de la pâte dentifrice, un assortiment de brosses à dents, plusieurs savonnettes neuves, de l'élixir parégorique, de l'éther, de l'alcool, des flacons de cocaïne, une boîte métallique renfermant une seringue et ses trois aiguilles sur un matelas de coton hydrophile. À mi-hauteur, fixée à la cloison sur un support en acier, une grande bouteille métallique prolongée d'un tuyau et d'un masque à oxygène en caoutchouc noir. Il se rappela avoir vu des bouteilles semblables à l'*Allgemeines Krankenhaus* de Vienne. Ainsi, croyant inhaler une ravigotante bouffée d'oxygène pur, il inhala une hilarante bouffée de protoxyde d'azote : l'effet ne se fit pas attendre.

– Ah ah ah ah ah !

Depuis 1830, le protoxyde d'azote, aussi appelé *gaz hilarant*, était employé par les dentistes lors des avulsions dentaires. Fidèle à la devise de son institut, Scipione Di Calcagno avait expérimenté ce gaz sur ses patients diagnostiqués neurasthéniques. Les périodes de rémission étaient éphémères et ne laissaient aucune trace positive dans l'esprit de l'aliéné. Pour des raisons évidemment très différentes, Scipione Di Calcagno avait pris l'habitude d'en respirer chaque matin, après le petit-déjeuner, d'où la présence de la bouteille dans sa salle de bains.

Marcello retourna dans le bureau en brandissant sa cassette d'un air joyeux.

– Vous êtes bien digne de votre frère, Pr Di Calcagno. Menteur, voleur, et certainement plagiaire. Ah ah ah ah ah !

Avant de s'en aller, tel l'artiste signant son œuvre, il prit la corbeille en osier et la coiffa sur la tête bâillonnée de Scipione qui protesta (*hooonn hooonn hooonn*). Seul un peu de barbe dépassait de la corbeille.

Bistouri dans la poche droite de son veston, sac de nuit dans la main gauche, cassette dans le sac, ricanant toutes les dix respirations, Marcello abaissa l'interrupteur, plongeant le bureau dans l'obscurité.

***

Long de mille neuf cents mètres, haut de deux mètres cinquante, le mur d'enceinte de l'institut était infranchissable sans une échelle ou sans une bonne paire de chaussures munie de ressorts de matelas. Choisissant le plus facile, Marcello suivit l'allée centrale menant droit au portail d'entrée, à cent trente pas.

Il ralentit en apercevant la maisonnette qui servait de logement de fonction au portier de l'institut, Innocente Pilla, et à son chien Cerbère, un molosse victime de la maladie des vieux chiens qui lui raidissait les pattes arrière.

Cerbère était couché sur le flanc, au pied du lit dans lequel dormait son maître. L'unique lampe électrique de la pièce s'alluma. Innocente Pilla ouvrit les yeux et vit un homme chauve à l'œil au beurre noir, porteur d'un élégant sac de nuit, qui le menaçait d'un bistouri en ricanant, tel un dément. Il lança un regard plein de reproches à son chien qui se contenta de relever la tête en frémissant de la truffe.

– Je suis un fou dangereux en train de s'évader.

– *Va bene, va bene*.

– Le portail est fermé à clé. Il faut l'ouvrir.

– Bien sûr, monsieur, bien sûr, mais pour ouvrir le portail, il me faut l'autorisation du directeur professeur.

Marcello dessina des huit dans les airs avec son bistouri.

– Eh eh eh eh !

– *Va bene*, je comprends, je vais vous l'ouvrir, le portail.

En quinze années c'était la toute première fois que Pilla approchait un aliéné d'aussi près.

La porte cochère déverrouillée, Marcello confisqua le trousseau de clés et ramena le portier dans sa loge pour le ligoter et le bâillonner sous le regard placide du vieux chien.

Il franchit le seuil de l'institut et referma la porte à clé, en ricanant.

La *strada di Nizza* était éclairée par des réverbères à gaz plantés tous les cinquante pas. C'était la première fois qu'il se trouvait dans cette partie de Turin. Suivant les rails sur sa gauche, il marcha vers ce qui devait être la *piazza di Nizza*.

Il venait de parcourir une quinzaine de pas lorsque arriva ce qui n'arrive jamais dans de pareilles circonstances, un brougham à deux chevaux apparut dans le lointain.

Comme le cocher ne semblait pas disposé à répondre à ses signaux sémaphoriques, Marcello cria au passage du véhicule :

– CENT LIRES POUR LA COURSE !

Le brougham ralentit et finit par s'immobiliser presque devant l'institut. Sans se hâter, Marcello le rejoignit en ricanant nerveusement.

Le cocher se pencha sur sa banquette pour le dévisager ; ce qu'il vit n'était pas encourageant ; œil tuméfié, crâne en pain de sucre chauve, tempes meurtries. D'un autre côté ; vêtements de bonne coupe, sac Hermès, bottines de qualité.

– Vous avez dit cent lires ?

– Oui, je l'ai même crié.

– Et où voulez-vous aller, monsieur ?

– *Via* Fra Angelico.

Le cocher remonta son chapeau melon jusqu'à la lisière de ses cheveux.

– Sauf votre respect, *signore*, ce serait tellement plus motivant pour moi de les voir ces cent lires.

– Pour sûr, mon ami, vous allez même pouvoir les toucher.

Marcello ouvrit sa valise, ouvrit sa cassette, sélectionna quatre *Biglieti di Stato* de vingt-cinq lires et les remit au cocher, instantanément conquis.

Son client installé, le brougham fit demi-tour et remonta à petite vitesse la *strada di Nizza* déserte, dépassa la *piazza di Nizza*, s'engagea dans ce qui, en rétrécissant, devenait la *via di Nizza*, passa devant la façade de l'hôtel de Perdide et roula jusqu'à la *piazza Carlo-Felice* qui faisait face à la *Stazione centrale.*

Dix minutes plus tard, le brougham roulait dans la *via* Fra Angelico encombrée de nombreux fiacres. En petits groupes sur le trottoir, les cochers discutaient gravement sur les élections municipales qui venaient d'avoir lieu ; la logique électorale avait été respectée ; les nouveaux élus étaient bien ceux qui avaient distribué les plus gros pourboires.

Le brougham s'arrêta en double file à la hauteur du numéro 13.

– Y a du monde ce soir, dit le cocher en descendant de sa banquette pour ouvrir la portière.

– Je peux vous le dire maintenant, *stimate cliente*, mais comme vous étiez tout près du *Perché non ?* j'ai cru un moment que vous étiez un de ces mabouls de l'institut.

– Eh eh eh, qui sait ? dit Marcello en descendant le marchepied et en sautant sur le trottoir.

***

– C'est vous, *padrone* ?

– Oui, c'est moi, et je ne veux pas être vu, alors je vais emprunter la porte de service, mais je n'ai pas mes clés.

– J'envoie Giuseppe vous ouvrir, dit la sous-maîtresse. Mais qu'est-ce qu'on vous a fait à l'œil ? Et où y sont vos cheveux et votre belle moustache ?

– Plus tard, Alberta.

Marcello retourna sur le trottoir et se dirigea vers la porte de service.

Pensant qu'il s'agissait d'un provincial qui venait de se faire refouler, les cochers se crurent obligés de rigoler ouvertement ; aucun d'entre eux n'avait les moyens de s'offrir le *Tutti Frutti*.

– Alors, alors, alors, on pète plus haut que son cul !

Ils se turent en voyant Marcello se poster devant l'entrée de service et ricaner *Eh eh eh eh !*

– Y croit que c'était un hôtel, ou quoi ! dit l'un d'eux.

La porte s'ouvrit. Les cochers reconnurent l'ange gardien et, surprise, les deux hommes se donnèrent l'accolade.

– J'vous aurais pas remis de suite, avoua Giuseppe Bolido en s'effaçant pour laisser entrer Marcello.

– Tout va bien, *padrone* ?

– Tout allait mal, mais maintenant tout va mieux !

Après la porte de service, ils prirent l'escalier de service.

Tout en montant, Marcello expliqua d'une voix de plus en plus essoufflée comment Pompeo di Calcagno, grâce à ses relations, l'avait désigné à la police comme l'agresseur.

– Et avant-hier matin, les carabiniers sont venus à mon domicile pour m'arrêter.

– *Accidenti !* Avec les menottes ?

– Oui. J'ai encore les marques aux poignets.

Profitant d'une halte sur le palier du deuxième étage, il ajouta :

– Ce misérable a fait en sorte que je sois enfermé dans un asile d'aliénés !

– Chez les fous ?

– Exactement ! Et tout ça pour que je ne puisse pas assister à mon procès.

– C'est pas beau, *padrone*.

– Et devine qui est le propriétaire de cet asile de fous ?

– *Scusi padrone*, mais j'en sais *niente* !

Marcello brandit son poing serré.

– C'est un Di Calcagno ! Le frère de l'autre.

– *Accidenti !*

Arrivé sur le palier du troisième étage, Marcello dit en reprenant son souffle :

– Un concours de circonstances tout à fait sidérant a fait que j'ai pu m'évader.

– Vous évader, *padrone* ?

– Parfaitement. C'est là-bas qu'ils m'ont rasé le crâne et la moustache.

Giuseppe Bolido prit un air déterminé.

– Je ferai ce que vous me direz de faire, *stimate padrone*.

La sonnerie assourdie du téléphone retentit dans l'appartement de Divina Haider à l'étage supérieur. Sans doute Alberta qui prévenait la mère maquerelle de son arrivée.

Ils reprirent la montée des marches.

– Mais, *padrone*, ce que je comprends pas, c'est pourquoi chez les fous ils vous ont enfermé.

Marcello arrêta son ascension mais garda sa main sur la rampe.

– Tu ne m'écoutes donc pas ? Ils m'ont enfermé pour que je ne puisse pas me défendre à mon procès ! Pour que je ne puisse pas exposer la malhonnêteté de qui tu sais !

Il baissa la voix.

– En fait, j'ai découvert qu'ils avaient l'intention de me rendre fou pour de bon ! De cette façon, ils étaient tranquilles.

– *Porca misera !* C'est pas beau.

Ils atteignaient le quatrième palier quand la porte

s'ouvrit sur Divina Haider en robe du soir de chez *MorningLightMountain*.

– *Himmel !* Que fous est-il encore arrifé ? Alberta me dit que fos clés fous afez berdues ?

– Elles ne sont pas perdues. Je les ai laissées chez moi au village. Je ne pensais pas en avoir besoin.

Il embrassa Divina sur les deux joues et l'odeur de son parfum lui remémora la nuit où elle l'avait rejoint.

Divina se recula pour mieux l'observer.

– Une ponne idée ce n'était bas de fous rassez autant. Afec fotre nez cassé et fotre coquard, un boxeur anglais on dirait !

– Si vous saviez tout ce qui m'est arrivé ces dernières vingt-quatre heures, vous n'en reviendriez pas. Mais pour l'instant, j'ai une faim de loup.

***

Au même instant – 0 heure 15, mardi 24 août – à une vingtaine de rues à vol d'oiseau de la *via* Fra Angelico, allongé sur le ventre dans sa chambre à coucher du palais Di Calcagno, Pompeo Di Calcagno agonisait en souffrant misérablement. L'un des grains de gros sel de la seconde décharge avait déchiré l'orifice anal et le côlon ; des germes telluriques issus de la matière fécale s'étaient répandus dans les déchirures, s'étaient mêlés au sang et avaient muté en septicémie galopante.

34

Vendredi 24 août 1906
Le *Tutti Frutti*.

Après une nuit d'insomnie à ruminer ceci et cela, après un matinal *Frühstück* avalé en compagnie de Divina Haider en robe de chambre, Marcello rédigea une lettre à l'intention de son parrain, utilisant pour ce faire le Waterman en écaille du Pr Stizzosi. Il décrivait sa présente et triste condition d'évadé d'asile, sans toutefois mentionner l'expérience de décorporation qui avait rendu possible son évasion.

Personne ne voudrait croire qu'il avait revu son père et que celui-ci lui avait adressé la parole. Qui croirait à ce tunnel pavé et à cette luminosité angélique ? Pourtant, il *savait* qu'il n'avait ni rêvé ni halluciné ; il était mort et il s'était *vu* mort, bien que ce fût impossible, invraisemblable et par-dessus tout inexplicable. Pourtant, il était mort et son esprit avait survécu *en dehors* de son cadavre. Que s'était-il passé ? Faute d'une meilleure explication, il soupçonnait les électrons du Pr Stizzosi d'y être pour quelque chose. Était-ce la décharge voltaïque qui avait séparé l'esprit du cerveau, tels des ciseaux de sage-femme sectionnant un cordon ombilical ? Et, tout aussi extravagant, comment son esprit avait-il pu réintégrer son enveloppe charnelle sans séquelles apparentes ?

Il confia sa lettre à Giuseppe Bolido.

– Va à Riccolezzo, remets cette lettre en main propre à mon parrain, attends sa réponse, et porte-la-moi.

Parti par le train de huit heures quinze, Giuseppe Bolido revint par celui de dix-neuf heures dix. Il tendit une lettre à Marcello.

– Votre parrain ne peut pas venir, *padrone*, il est toujours au lit, il tousse beaucoup et il boit de l'absinthe comme si c'était un médicament.

La lettre de Vittorio Tempestino débutait par des réprimandes et se terminait par les coordonnées de Me Guglielmo Del Marenostro, l'un des meilleurs avocats turinois du moment, cousin de l'épouse de Giuseppe Giolitti, l'actuel Premier ministre (*Si quelqu'un ici-bas peut te sortir du pétrin dans lequel tu t'es mis, c'est lui*).

La *signora* Divina eut un sourire entendu.

– Che le connais, ch'est un client... d'ailleurs fous le connaissez fous aussi.

– Vraiment ?

– C'est *Herr Kui-Kui-Kui*. Fous fous soufenez ?

***

Samedi 25 août.
Rue du Prince-Amédée.

Le cabriolet du *Tutti Frutti* mené par Giuseppe Bolido entra dans la cour, s'engagea sur les pavés bossus et se gara derrière un camion Fiat frappé du sigle vert de la *Compagnia di telefono di Torino*. Des rouleaux de câbles alignés attendaient sur le perron d'être déroulés ; des ouvriers aux mines affairées entraient et sortaient de l'hôtel particulier.

Marcello suivit un laquais dans le vestibule qui le mena dans une pièce dégageant une forte odeur de tabac.

– Puis-je vous débarrasser de votre couvre-chef, monsieur ?

Marcello lui remit son canotier neuf et se passa la main sur le crâne où rien ne semblait repousser.

Affichant un sourire poli, Me Guglielmo Del Mare-nostro vint lui emprisonner la main dans les siennes pour la secouer chaleureusement.

– Heureux de vous rencontrer, monsieur Tricotin, que pouvez-vous faire pour moi ?

– *Prego ?*

– Une boutade, juste une boutade. Installez-vous sur ce divan et racontez-moi pourquoi vous avez besoin de moi.

Marcello s'assit sur un divan confortable entièrement en cuir de vache, tandis que l'avocat retournait derrière son bureau en teck et allumait une cigarette de marque Néfertiti.

Rien dans ce que Marcello voyait rappelait M. Cui-Cui-Cui et le spectacle auquel il avait assisté quatre ans auparavant derrière la glace sans tain du *Tutti Frutti*.

– C'est mon parrain, Vittorio Tempestino, qui vous a recommandé.

– Il a bien fait.

– Avant de vous révéler ma sinistre condition, je dois être certain que vous accepterez d'être mon défenseur.

– N'ayez crainte, quelle que puisse être ma décision, ce que vous me direz restera confidentiel.

Marcello se frotta le crâne avant de pointer son index sur son coquard.

– Hier, je me suis évadé de l'institut *Pourquoi pas ?*

– Vous devriez d'abord m'expliquer ce que vous faisiez dans un tel endroit.

Marcello parla, sans être interrompu, sept minutes durant, le temps pour Me Guglielmo Del Marenostro de terminer sa Néfertiti et d'en allumer une autre.

– Avez-vous des preuves de l'existence de ce manuscrit ? Vos notes de travail, un brouillon, peut-être une copie ?

– J'ai conservé mes notes d'observations, mais je n'ai pas fait de brouillon, et compte tenu des deux mille trente-deux pages et des cent dix planches hors texte, j'ai renoncé à faire une copie.

– Où est ce manuscrit ?

– Quand j'ai voulu le récupérer, on m'a dit que les manuscrits refusés étaient détruits passé un délai de trois mois.

– Quel pourcentage de texte a-t-il été plagié ?

– Oh… environ… les deux cinquièmes.

– Dans ce cas, votre manuscrit est probablement intact.

Marcello se donna une tape sur le front, comme pour le punir ; évidemment, si Pompeo Di Calcagno avait conservé son manuscrit, c'était parce qu'il comptait exploiter les trois cinquièmes restants.

Il sourit modestement à l'avocat qui écrasa sa cigarette et en alluma une autre.

– Comment avez-vous su que votre manuscrit était rejeté ?

– Je ne recevais aucune nouvelle, alors je me suis impatienté et j'ai écrit.

– Oui ?

– J'ai reçu une lettre de refus par retour de courrier.

– Excellent, voilà la preuve qu'ils ont bien reçu votre manuscrit. Ils pourront difficilement nier son existence.

Mal à l'aise, Marcello s'agita sur le divan, faisant crisser le cuir.

– Je ne l'ai plus.

– Qu'en avez-vous fait ?

– Je l'ai fumé dans ma pipe !

Me Guglielmo Del Marenostro parut amusé pour la première fois de l'année (et on était en août).

– Décidément, vous êtes un drôle d'oiseau !

– Qui, moi ?

***

– Si mon manuscrit se trouve quelque part dans l'académie, je le trouverai dans le bureau de Di Calcagno. Mais nous y rendre la nuit pose trois problèmes ; je ne connais pas les lieux, j'ignore où se trouve le bureau, j'ignore où le manuscrit est rangé.

Giuseppe Bolido accepta avec gratitude le verre de vin Mariani que lui offrait son *padrone*. Il était de ces hommes de main qui lorsqu'on leur ordonne de sauter ne demande jamais si c'est haut.

– Le secrétaire m'a menti en m'assurant que mon manuscrit avait été détruit ; lui doit savoir où il se trouve. Voici mon plan.

***

Le secrétaire-assistant du Pr Di Calcagno était sur le point de rentrer chez lui, lorsque deux individus firent irruption dans son bureau. L'un d'eux, complètement chauve, trimballait un bagage ; l'autre, plus corpulent, avait une moustache en guidon et tenait à la main un flacon métallique.

– Je m'en allais messieurs, revenez demain.

– Vous ne me reconnaissez pas ? C'est normal, sans les cheveux et la moustache…

Graduant son irritation d'un degré supplémentaire, le secrétaire-assistant raidit son index droit et désigna la sortie aux intrus.

Mais, ô surprise, le corpulent moustachu approcha, déboucha son flacon et versa quelques gouttes qui rongèrent le plancher en produisant une mousse active dégageant une fumée piquante.

– C'est de l'acide chlorhydrique ; imaginez ce que cela peut faire sur de l'épiderme, dit Marcello d'une voix bonhomme.

– Que me voulez-vous ?

Le secrétaire-assistant était fasciné par le spectacle de l'acide corrodant les lattes de chêne.

– Je veux mon manuscrit, et si vous me répondez *quel manuscrit ?* je lui dis de vous baptiser.

– Mais… Mais qui êtes-vous ? De quel manuscrit me parlez-vous ?

– Il l'a dit.

Giuseppe Bolido aspergea les bottines du secrétaire-assistant qui couina d'horreur en reculant, renversant une chaise. Quelques gouttes atteignirent le bas de son pantalon qui fuma en grésillant.

– Jésus, Jésus, Jésus, oh Jésus, Jésus, psalmodia-t-il en s'efforçant de se déchausser sans entrer en contact avec l'acide.

– Vous allez devoir ôter votre pantalon et vous servir dc l'cau des fleurs pour neutraliser l'acide.

Marcello lui désigna le vase près de la fenêtre qui accueillait un bouquet de glaïeuls mourants.

Une fois en chaussettes sales et en caleçon médiocrement propre (jaune devant marron derrière), le secrétaire-assistant garda les yeux baissés, se montra coopératif et tout se déroula à merveille. Le manuscrit et les planches hors texte étaient posés en évidence sur le bureau du Pr Pompeo Di Calcagno. Marcello les rangea soigneusement à l'intérieur du sac de nuit.

– Je récupère mon bien.

– *Si signore*, je comprends.

Il rafla au passage un joli stylo à encre au capuchon noir frappé d'une étoile blanche ; il avait vu le même entre les doigts du Pr Freud.

– Simple dédommagement.

– *Si signore*, je comprends.

Marcello tenta de croiser le regard du secrétaire.

– Et comment va Di Calcagno ces derniers temps ? Je parie qu'il mange debout et qu'il dort sur le ventre.

– Je prends des nouvelles du professeur chaque soir, répondit le secrétaire-assistant en retournant dans son pantalon détrempé et ses bottines bonnes à jeter.

Marcello brandit son sac.

– Dites-lui que nous sommes passés et que j'ai repris mon manuscrit. Vous verrez, il ira beaucoup mieux après.

***

Le Pr Pompeo Di Calcagno agonisait en poussant des cris de rage qui s'entendaient jusque dans la *via Giardino Reale*.

Encore un riche qui meurt à reculons, marmonnaient les passants en accélérant le pas.

Pompeo expira dans la nuit du dimanche 26 au lundi 27.

Deux jours plus tard, accompagné de Giuseppe Bolido et d'une flasque de vin Mariani, Marcello assistait aux funérailles quasi nationales de son pire ennemi.

Perdu dans le public, dressé sur la pointe des pieds, il entrevit le Pr Scipione Di Calcagno vêtu de noir et quand les fossoyeurs descendirent le cercueil dans la fosse, il se fit violence pour ne pas hurler : C'EST BIEN FAIT !

35

Lundi 22 avril 1907.
San Coucoumelo.

On déjeunait chez les Zippi.
Doing doing, doing doing, doing doing !
Alberto et Rico étaient attablés tandis que Rita, la femme Zippi, mangeait debout, près de la cheminée.
– *Porca Madonna !* Va voir qui c'est.
La bouche pleine de *polenta*, l'apprenti Rico Sarpi quitta la table et sortit en traînant des sabots.
Doing doing, doing doing, doing doing !
Alberto Zippi continua son repas. Quiconque se présentait à l'heure sacrée du *pasto* (midi et demi) ne pouvait être qu'un emmerdeur !
Pouet pouet, pouet pouet, pouet pouet !
Ce bruit inconnu figea Zippi.
– Allons bon, c'est quoi, maintenant ?
Il posa sa cuiller et allait lancer une obscénité lorsque son apprenti revint dans un état de surexcitation inhabituelle.
– Je crois que c'est une *macchina* !
Stoïque, la femme Zippi posa des couvercles sur les plats et les assiettes pour ralentir leur refroidissement, tandis que Zippi suivait Rico au-dehors.
Des *pouet pouet pouet pouet* saluèrent l'apparition du passeur et de son apprenti.

Il avait plu la veille, le ciel était dégagé, la vue portait loin. Alberto Zippi vit distinctement sur l'autre rive une *macchina* rouge, bleue et noire.

– C'en est une.

Le bac était à mi-fleuve lorsque le passeur distingua les passagers de l'automobile : un homme au volant en compagnie d'une femme en chapeau.

Rico sauta à terre et amarra le bac, tandis qu'Alberto abaissait le parapet, coulant des regards intrigués vers le véhicule. Emmitouflé dans un manteau de voyage au col de fourrure, les mains gantées, le conducteur était un barbu coiffé d'un serre-tête de cuir ; d'imposantes lunettes noires recouvraient le haut de son visage. La femme protégeait son chapeau par un grand voile noué sous le menton, et ses vêtements par un joli cache-poussière en tussor beige. Le passeur entrevit un visage enfantin, des yeux bleus, une grande bouche rouge cerise.

Il aidait son apprenti à placer les planches d'accès lorsque le conducteur descendit de son véhicule et, *pouet pouet pouet*, pressa l'avertisseur à poire.

Alberto Zippi ne sut que dire tant sa surprise était grande.

– *Porca Madonna !* C'est TOI ?

Marcello remonta ses lunettes sur son serre-tête et s'adressa à son ancien élève qui le regardait les yeux ronds.

– Bonjour Rico, alors tu travailles maintenant ? Tu ne devrais pas plutôt être en classe ?

Rico Sarpi était le fils de Raffaello Sarpi, un charbonnier qui vivait dans les bois avec sa famille nombreuse. Il faisait un enfant par an à sa femme et lorsque la cabane avait atteint les limites de sa capacité d'accueil, il expédiait l'enfant surnuméraire à San Coucoumelo. Les Sarpi étaient réputés pour accepter n'importe quel emploi dès lors que le gîte et le couvert leur étaient assurés.

– L'école elle est fermée depuis que M. le curé y la fait plus.

– Et pourquoi cela ?

– C'est M. le maire qui s'est pas entendu avec M. le curé sur les leçons qu'il nous donnait. Il nous faisait apprendre la Bible par cœur.

Rico ne tenait pas en place.

– C'est une Fiat, hein, monsieur ?

– Oui, Rico, avec un moteur en deux blocs de six cylindres.

– Et vous pouvez aller vite ?

– Si j'en crois le compteur je peux atteindre les cent kilomètres à l'heure ; mais je n'ai pas été au-delà de quarante. *Exempli gratia*, il m'a fallu quatre heures et demie pour aller de Turin à Riccolezzo.

– *Vanitoso e millantatore*, marmonna Alberto en évaluant l'écart entre les roues pour placer ses planches.

Marcello empoigna la manivelle – fixée entre la plaque d'immatriculation (X 666) et l'essieu avant – et dut s'y reprendre à trois fois pour redémarrer le moteur, *teuf teuf teuf teuf*.

La fillette applaudit des deux mains.

– Bravo Marcello, bravo !

Rico Sarpi ne cacha pas son admiration.

– Il est encore un peu dur au démarrage, lui confia Marcello, mais c'est parce qu'il est neuf. Il ne sera rodé qu'après avoir roulé cinq mille kilomètres.

– Alors comme ça y t'ont déjà laissé sortir ? dit Alberto en lançant des regards en biais vers la passagère.

– Je vais te décevoir, Alberto, je n'ai jamais été en prison.

Huit mois plus tôt, tout le village avait vu les carabiniers lui passer les menottes et l'emporter on ne savait trop où. Et le voilà de retour, barbu, en automobile, accompagné d'une fille en bas âge.

Marcello retourna derrière le volant, rabattit le pare-brise escamotable, desserra le frein à main, enclencha le levier de vitesse et, *teuf teuf teuf*, engagea la Fiat sur le bac.

Deux mois auparavant, il avait appris à conduire sur le circuit intérieur des usines Fiat. Il avait aussi pris des leçons de mécanique et d'entretien ; comment changer un pneu, comment démonter et remonter le carburateur, comment changer les patins des freins, où et comment graisser les parties du châssis et celles du moteur.

– Si t'étais pas en prison, t'étais où ?

– J'étais au *Tutti Frutti*.

Incertain sur ce qu'il pouvait faire d'une telle information, Zippi regarda la fillette avec insistance.

– Le *Tutti Frutti* ! C'est pas un bordel à Turin, ça ?

– Le meilleur.

L'autre rive atteinte, l'automobile quitta le bac en roulant doucement sur les planches et s'arrêta devant les premiers pavés de l'ancienne voie romaine. Marcello serra le levier du frein à main, quitta son siège et les examina comme s'il y avait perdu quelque chose.

La femme Zippi apparut sur le pas de la porte et, malgré la barbe, elle reconnut Marcello ; elle se tourna vers son mari qui haussa les épaules.

– *Santa Maria !* C'est LUI !

Marcello retourna dans la Fiat qui vibrait agréablement au rythme des *teuf teuf teuf* saccadés du moteur.

L'arrimage du bac terminé, Rico vint supplier son ancien maître d'école.

– Je peux monter avec vous, monsieur ? Juste pour voir comment ça fait ?

– Monte sur le marchepied du côté d'Ada, et tiens-toi à la poignée.

– *Grazie mille, signore.*

Les trois kilomètres de vieux pavés romains furent une épreuve pour les pneus Dunlop Cord, pour les ressorts à lames de la suspension comme pour tout ce qui était vissé ou boulonné. Marcello devait négocier chaque pavé, sous peine de démantibulation. La voiture secouait, grinçait, couinait, craquait de toutes ses composantes, mais avançait et tenait bon. Rico renonça après qu'un cahot particulièrement vicieux manqua de l'expulser du marchepied.

– Merci quand même, monsieur ! lança le gamin en retournant vers la maison du passeur où son assiette de *polenta* terminait de refroidir.

Marcello ralentit à la hauteur du cimetière, s'immobilisa, coupa le contact, serra le frein à main.

– Je vais te présenter mon père et mon grand-père, et comme je te l'ai expliqué en venant, tu vas même pouvoir les voir.

Il contourna la voiture et aida Ada Cavallotti à descendre du marchepied.

La jeune fille leva sa main potelée en direction de la plaque de marbre scellée au fronton du cimetière. Âgée de quatorze ans, Ada était illettrée.

– C'est quoi écrit, là-haut ?

Il fallait oublier sa syntaxe pour pleinement apprécier sa voix fluette qui évoquait le charmant gazouillis d'un oiseau nocturne.

– *Oggi a me*.

– Aujourd'hui à moi, quoi ?

Ils franchirent l'entrée et Marcello lui montra l'autre côté du fronton sur lequel on lisait *Domani a te*.

– Elles ont été placées là par un ancien curé qui n'aimait pas ses ouailles.

Ils suivaient l'allée menant au tertre du mausolée Tricotin lorsque Ada demanda :

– Et ça, c'est quoi ?

Elle désignait la stèle de granit qui commandait aux croix du carré des autrichiens.

– C'est un monument à la mémoire des militaires autrichiens qui ont perdu la vie dans la vallée.

659

– Y sont beaucoup.

– Quatre-vingt-six.

– Quatre-vingt-six, c'est plus que cent, ou c'est moins ?

– C'est moins.

Face à la porte du mausolée, Marcello se rappela qu'il n'avait pas la clé. À tout hasard, il tourna la poignée et fut désagréablement surpris de voir la porte s'ouvrir. La lumière du jour éclaira la mosaïque et le cercueil aux parois de verre obscurcies par une couche de poussière vieille de plusieurs mois.

Il utilisa son mouchoir pour faire apparaître la momie de Charlemagne.

– Je te présente mon grand-père le général-baron Charlemagne Tricotin de Racleterre.

– Eh bé ! C'est un vrai ?

– Que veux-tu dire ?

– C'est un vrai mort ?

– Mon grand-père a bénéficié d'une excellente technique d'embaumement.

Ada sourit à Charlemagne en disant :

– On dirait qu'il va bouger. Et ça c'est quoi ?

Elle montrait les trois plombs de trente dans la coupe de cristal.

– Ce sont les plombs qui l'ont tué.

– Eh bé !

Marcello se pencha vers la dalle qui fermait l'entrée de la crypte et la souleva en tirant à deux mains sur le gros anneau de fer ; huit marches étroites apparurent en même temps qu'une odeur douceâtre de viande faisandée. Il détacha un morceau de cierge sur l'un des chandeliers, l'enflamma et descendit les huit marches à pas prudents. La crypte sentait la mort pourrissante, le bois de cercueil moisi et la vieille toile d'araignée. Encore aujourd'hui, Marcello s'interrogeait sur ces araignées qui vivaient dans l'obscurité totale et dans un univers dépourvu de mouches ; de quoi se nourrissaient-elles ?

Il aida Ada à descendre l'étroit escalier, puis, avec son bout de cierge, éclaira la salle circulaire qui contenait cinq cercueils.

– Ça pue, dit-elle de sa voix de rossignol.

La puanteur semblait venir d'un cercueil posé à même le sol au fond de la crypte ; un cercueil que Marcello n'avait jamais vu et qui était celui de Filomena.

Il s'approcha en retenant sa respiration. Le cercueil était fait de fines planches de sapin, qui, en séchant, s'étaient racornies jusqu'à se désajuster, ouvrant des fentes assez larges pour que Marcello reconnût la robe noire et le tablier du dimanche de Filomena. À moins de le fabriquer soi-même, il était impossible de trouver un cercueil plus économique.

– C'est qui dans le tout petit, Marcello ?

– C'est mon frère mort en bas âge.

– Le pauvre.

– À côté, c'est le cercueil de ma mère, et voilà celui de mon père.

Ada toucha la clochette qui tintinnabula ; elle rit de bon cœur en claquant dans ses mains.

– Ih ih ih ! *E buontempone*, Marcello !

Elle cessa de rire en découvrant la lucarne vitrée sur le couvercle du cercueil de Carolus.

– Un cercueil avec une fenêtre ! C'est rigolo, Marcello.

Usant à nouveau de son mouchoir, il nettoya six années de poussière sur la lucarne. Apparut alors un visage aux trois quarts dévoré. Seuls la moustache et les cheveux étaient intacts ; les quelques portions de peau restantes avaient noirci.

Ada grimaça en se reculant.

– Pouah !

– Tu ferais mieux de retourner à l'automobile. Je n'en ai pas pour longtemps.

– *Mille grazie*, Marcello, dit la jeune fille en quittant la crypte.

Quelques gouttes de cire tombèrent sur la vitre sans que Marcello y prêtât attention. Il ne savait que penser du spectacle que lui offrait son père, ni comment le rattacher à sa dernière vision, là-bas, au-delà du tunnel pavé.

Il sortit du mausolée sans replacer la dalle, afin que puissent s'échapper de la crypte les émanations putrescentes des restes de Filomena.

Avant de retourner à son automobile, il eut un regard panoramique sur le cimetière, constatant l'absence de nouvelles tombes ; ainsi, personne dans la vallée n'était mort durant ces derniers sept mois… *che peccato*.

Du haut du tertre le regard passait au-dessus du mur d'enceinte et portait jusqu'aux premières maisons, à quelque trois cents mètres. Marcello voyait un bout de la place, la couronne du vieux chêne et le clocher de l'église, sans toutefois pouvoir lire l'heure sur le cadran de l'horloge.

Cette fois, au premier coup de manivelle, la Fiat démarra. Ada frappa dans ses deux mains en sautant sur son siège capitonné cuir.

– Bravo, Marcello !

Desserrage du levier de frein à main, enclenchement du levier de vitesse, légère pression sur la pédale d'accélération et en avant toute !

La place du Martyre était vide. Marcello fit le tour en actionnant sa poire d'avertissement, puis il positionna le levier de vitesse au point mort, freina en douceur, immobilisa l'auto à la hauteur de l'auberge-droguerie-bazar Poirini et fils.

Sans couper le contact, il serra le frein à main et descendit du véhicule.

– J'ai deux mots à dire à Agostino.

– Je peux faire *pouet pouet* moi aussi ? demanda poliment la jeune fille.

– Je t'en prie, Ada, fais comme chez toi.

La jeune fille applaudit en gloussant façon mésange qui a fait son œuf.

Si jeune et déjà si gourde, songeait Marcello, ravi, en se dirigeant vers la porte des Poirini au rythme des *pouet pouet pouet* enthousiastes de sa jeune maîtresse.

***

La salle de l'ancienne ferme des Poirini était dédiée au petit commerce ; comptoir en sapin verni, longue table à tréteaux, bancs, tabourets, étagères garnies de marchandises bon marché. Contrairement à ce qu'offrait la concurrence de l'autre côté de la place, Poirini ne proposait que du vin de la vallée, une seule marque de vermouth (Cinzano), une seule marque de cigarettes (Contadina). Après quatre années d'existence, l'auberge-droguerie-bazar Poirini avait acquis la clientèle des pauvres de la vallée, ainsi que celle des opposants à l'actuelle municipalité.

Une dizaine de pensionnaires mangeait une *Minestra di riso con piselli* en argumentant, la bouche pleine, sur le vacarme venant du dehors lorsque la clochette au-dessus de la porte retentit. Marcello entra. D'abord personne ne le reconnut, puis il y eut un silence contraint, et enfin, Agostino Poirini se décida.

– C'est toi ?

– C'est moi.

– Alors, ils t'ont déjà libéré.

Marcello haussa les épaules.

Le gendre d'Agostino, Gian Battista Mureno, s'approcha pour écarter les rideaux de la fenêtre.

– *Accidenti !* C'est une *macchina* dehors qui fait tout ce boucan !

Plusieurs pensionnaires abandonnèrent leur soupe aux petits pois. Seuls, ceux qui avaient voyagé jusqu'à Riccolezzo avaient déjà vu des automobiles ; les autres qui n'avaient jamais quitté la vallée en avaient seulement entendu parler.

– C'est une Fiat six cylindres, leur dit Marcello en l'invitant à venir l'admirer.

– Tu as besoin de quoi ? voulut savoir Agostino.

– Demain, la diligence va me livrer deux fûts de cinquante litres d'essence, j'ai demandé à ce qu'ils soient entreposés chez toi.

– M. le maire ne va pas apprécier.

– Tant mieux.

Des villageois sortaient de chez eux pour identifier la source de tous ces *teuf teuf teuf pouet pouet pouet*.

– *Corbezzoli ! È una macchina !*

Marcello vit Attilio, puis Rodolfo, Panchi et Odoroso, sortir de l'auberge Castagna. Il vit aussi, de l'autre côté, le boulanger meunier Baffini et son fils, puis, venant du presbytère, le père Cesario plus boudiné que jamais dans sa soutane élimée.

Ada continuait ses *pouet pouet* lorsque Marcello retourna derrière le volant, desserra le frein à main, passa la première et s'engagea à dix à l'heure sur le *cardo*.

L'automobile passa sous le porche et s'immobilisa devant le perron de la *villa* Tricotin.

Marcello coupa le contact.

– Nous y sommes.

– Chez toi, c'est ici ?

– Oui, et désormais, chez toi c'est aussi.

– Ah mais c'est une belle maison, Marcello.

– C'est la plus belle du village et de la vallée.

Il descendit du véhicule, ouvrit la porte de la villa et, sans entrer, cria dans le vestibule :

– Alfonso, j'ai besoin de toi !

Laissant la porte ouverte, il alla délacer la bâche qui protégeait les malles arrimées sur le porte-bagages.

Alfonso apparut, terminant de mastiquer une bouchée de *gnocchi* ; ses yeux incrédules firent la navette entre la barbe de Marcello, la rutilante carrosserie, la jeune fille au grand chapeau et cache-poussière.

– *Dio mio*, c'est toi, *padrone* ?

– Bonjour, Alfonso, me revoilà. Je te présente Ada… Ada, je te présente Alfonso. Et maintenant, aide-moi à descendre tous ces bagages et à les monter dans la grande chambre.

La fenêtre de la salle à manger s'ouvrit ; Maria se pencha et faillit perdre l'équilibre en découvrant l'automobile et surtout le conducteur barbu… puis elle vit la fille fardée et vêtue pareille à une *donna di mal affare*.

Sans daigner regarder ce qui avait été *sa chère Maria*, Marcello dit d'une voix désagréable :

– Comme je présume que tu as profité de mon absence pour réoccuper ma chambre, libère-la de suite !

Il ajouta en se pinçant le nez avec le pouce et l'index :

– Et n'oublie pas d'aérer et de changer les draps.

– Mais Marcello…

Maria regarda sur sa droite, sur sa gauche, puis encore sur sa droite et encore sur sa gauche, sans trouver la bonne contenance. Son mari s'adressa à la jeune fille et lui dit en forçant sa voix :

– Tu vois cette grosse dondon à la fenêtre, c'est ma femme. Méfie-t'en, car elle ne te voudra *jamais* du bien.

Toute contenance dissoute, Maria disparut de la fenêtre.

Aldo, Carlo et Gianello firent diversion en surgissant sur le perron.

Marcello les embrassa sur les deux joues en commençant par l'aîné.

– Tu piques, dit Gianello avec un mouvement de recul.

– Et maintenant, les enfants, dites bonjour à Ada votre... disons... petite cousine et n'en parlons plus. Ada, je te présente mes trois fils, Aldo, Carlo et Gianello.

Ada sourit aimablement aux trois garçons.

– Elle est à toi ? demanda Aldo.

– Qui, Ada ?

– Non, l'automobile.

– Oui, elle est à moi. Je l'ai commandée en décembre l'année dernière et elle m'a été livrée en février.

– Elle coûte cher ?

– Oui.

– Et elle va vite ?

– Le compteur indique qu'elle peut atteindre les cent kilomètres à l'heure.

Aldo gonfla ses joues et tapota dessus en signe d'admiration.

Les gamins semblaient fascinés par les deux phares à acétylène de cuivre et par l'essieu courbe au-dessous du radiateur qui dessinait une bouche souriante.

– On dirait qu'elle rigole, dit Gianello.

Puis ils s'intéressèrent au volant en noyer qu'Aldo toucha respectueusement du bout des doigts.

– Demain, vous monterez dedans, et si le gué n'est pas trop haut nous irons jusqu'aux mines.

Eva Tetti, Adamo et Gloria se profilèrent dans le vestibule.

– Eva, aide Maria à déménager ses affaires de la grande chambre, et toi, Adamo, aide ton père avec les bagages.

Bianca Castagna apparut à son tour dans le vestibule. De la main, Marcello lui fit signe d'approcher.

Elle obéit en se martyrisant les doigts comme aimait le faire sa sœur.

– Que fais-tu chez moi ? Tu sais que tu n'es pas la bienvenue !

– On pensait que tu reviendrais plus jamais, nous.

Les événements se précipitèrent. Des voix hostiles l'interpellèrent.

– Qu'est-ce que tout ça veut dire ?

– Le culot inouï ! Revenir après tout ce qu'il nous a fait, ce *farabutto* !

– Et en plus, il a la barbe !

Marcello fit face à la petite foule regroupée devant le portail ; seuls Attilio et Cesario s'approchèrent. Marcello ôta son serre-tête de cuir et délivra une chevelure bouclée longue de plus de sept mois.

– Pourquoi es-tu revenu ?

– Tu t'es évadé ou ils t'ont déjà relâché ?

Les doigts en râteau, Marcello passa sa main plusieurs fois dans ses cheveux, puis dans sa barbe.

– Je suis revenu pour me présenter aux prochaines élections.

– Quoi ?

– Tu n'es pas sérieux ?

– C'était donc vrai quand on disait qu'ils t'avaient enfermé chez les fous. Tu l'es encore plus !

– On peut venir voir l'automobile, monsieur ?

Marcello reconnut deux de ses anciens élèves, Giuseppe Paoleti et Filipo Gastaldi, qui se donnaient du mal pour approcher jusqu'au premier rang.

– Oui, mais n'y touchez qu'avec les yeux.

La voix essoufflée du gros et vieux curé l'interrompit.

– Rassure-nous, Marcello, qui est cette jeune enfant ?

– C'est Ada, ma demoiselle de compagnie. Ada, je te présente le père Cesario Zampieri ; il a soixante-dix ans, il n'est plus en bonne santé, et c'est lui qui m'a baptisé clandestinement.

Faute d'entraînement, Ada rata sa révérence. Elle éclata de rire en se cachant derrière sa main droite.

Pouet! Pouet!

Aldo, radieux, venait de presser la poire d'avertisseur.

– Aldo, va chercher Badolfi et dis-lui que je suis revenu avec une automobile.

Aldo secoua la tête.

– Il est mort l'année dernière.

Toute gaieté disparut chez Marcello.

– De quoi est-il mort?

– Il s'est suicidé.

– Impossible!

– Il s'est jeté dans le puits.

– Tu l'as vu se jeter dans le puits?

– Non, *babbo*, personne ne l'a vu; il a fait ça durant la nuit.

– Qui l'a trouvé?

– C'est l'oncle Rodolfo.

– Rodolfo! Que faisait-il ici?

Aldo haussa les épaules.

– Tout le monde disait que tu ne reviendrais pas. On a même dit que tu étais chez les fous. C'est vrai, ça?

Marcello balaya la question d'un revers de main.

– Pourquoi se serait-il suicidé?

– Grand-père a dit qu'il s'est tué à cause de toi.

Attilio intervint.

– Il t'aimait beaucoup, Marcello, il n'a pas supporté ton départ. Il pensait comme nous tous que tu ne reviendrais jamais.

– Ce sont des âneries! Badolfi ne s'est pas suicidé! Où est-il enterré?

– Au fond du jardin, près du rucher.

– Il n'y avait donc plus de place au cimetière?

– C'est un suicidé en état de péché mortel, expliqua Cesario avec un petit haussement des épaules qui poussa Marcello hors de lui.

– Pauvre imbécile ! Pauvre ignorant ! Badolfi n'a pas pu se suicider ! Ce n'était PAS dans sa nature. Et maintenant disparaissez de chez moi, minable cul-bénit, obscurantiste de malheur, névrosé de première !

Le silence fut tel qu'on entendit les bruits d'eau de la fontaine sur la place et le cri aigre des tourterelles. Puis il y eut des OH, des AH, des *ACCIDENTI*, des *MALEDIZIONE*, des *SANTA MARIA* et même un *PORCA MADONNA* bien sonné.

Pâle et gris comme un ciel pluvieux, Cesario serra les poings.

– Ce que tu viens de me dire Marcello, même ton père ne me l'aurait pas dit.

– Taisez-vous et disparaissez ! Je ne vous le répéterai pas.

– Et si je ne disparais pas, tu fais quoi ?

Comme dans un rêve et à toute vitesse, Marcello s'empara de la calotte de Cesario, cracha dedans et la remit là où il l'avait prise.

– C'est à cause de rétrogrades de votre espèce que la science a mille ans de retard !

Cette fois, le silence fut tel qu'on entendit le bruit des fourmis se déplaçant entre les herbes.

– Il a pas fait ce que j'ai vu qu'il a fait ? dit la voix pointue d'une femme.

Désorienté, l'esprit en vrac, Cesario saisit la première idée qui passait dans son champ de conscience.

– Tu es devenu fou, Marcello ; tu dois te faire soigner.

Ignorant le gros curé aux poings serrés, Marcello s'en prit à son beau-père.

– Badolfi ne s'est pas suicidé ! *On* l'a jeté dans le puits, voilà ce que je pense ! Et croyez-moi sur parole, beau-papa, les représailles ne se feront pas trop attendre ; alors, on verra qui grince des dents le plus.

En rajouter aurait été contre-productif.

Il fit mine d'épauler un fusil.

– Disparaissez, tous autant que vous êtes !

Le passif entre Marcello et les Coucouméliens était tel qu'on le crut sur parole. Panchi, Odoroso, Baffini, Gastaldi, Pignoli et les autres se retirèrent en faisant le dos rond et en grommelant des *Ça ne se passera pas comme ça !*

Les mains en porte-voix, Marcello leur cria :

– Et n'oubliez pas de voter pour moi !

***

Quinze heures trente.

Deux heures et demie seulement après le retour motorisé de son mari, Maria quittait le domicile conjugal emportant ses trois enfants et sa sœur Bianca, direction la *casa* Castagna.

Bien sûr la présence d'Ada était pour quelque chose dans sa décision, mais c'était avant tout la façon dont Marcello s'était conduit envers le père Cesario. Il l'avait insulté, il avait craché dans sa sainte calotte, il l'avait publiquement rabaissé ! Seul un *pazzo* pouvait se livrer à autant de péchés mortels les uns après les autres ! L'excommunication était inéluctable, une question de jours, or, vivre aux côtés d'un excommunié était un péché mortel.

***

Dix-sept heures.

La salle de l'auberge-droguerie-bazar Castagna était aussi bondée qu'enfumée.

– Pourquoi qu'il est revenu *quella canaglia indegna* ?

– Il n'a plus sa place parmi nous. Pas après tout ce qu'il nous a fait.

– Oh Attilio, c'est toi qui disais qu'il reviendrait plus jamais.

– C'est le brigadier-chef Ghiri qui m'a dit qu'il avait vu des infirmiers l'emporter dans une camisole de force.

– Il faut aller à Riccolezzo et vérifier si on le recherche ou pas. C'est peut-être un évadé !

– À moi, sur le bac, il m'a dit qu'il avait habité dans un bordel.

– *Corbezzoli* !

– Et puis qui c'est cette gamine qu'il a ramenée ?

– Ah ça ???

***

Dix-sept heures trente.

La Fiat franchit le porche de la *villa* Tricotin et roula en première sur le *cardo*.

Un attroupement devant le presbytère commentait l'état de M. le curé qui venait de s'aliter, foudroyé par une fièvre de cheval. Il y avait un autre attroupement à l'intérieur et au-dehors de l'auberge-droguerie-bazar Poirini. Des volées de gosses surexcités par le changement de routine faisaient des va-et-vient entre les groupes et la fontaine. L'irruption de la bruyante automobile les ravit.

Les adultes notèrent l'échelle attachée sur le porte-bagages et la présence d'Alfonso Tetti crispé sur le siège voisin du conducteur.

Le chien des Tomasi et celui des Ferraro se précipitèrent sur les roues pour essayer de les mordre. Les gamins coururent après la voiture en criant des

671

macchina macchina qui rappelèrent à Marcello les *cavallo cavallo* de l'infortuné Badolfi.

Il freina devant l'entrée du cimetière ; les chiens et la demi-douzaine de gamins firent de même. Il descendit de la voiture, un gros marteau à la main ; Alfonso s'occupa de l'échelle.

— Vous pouvez la regarder, dit Marcello aux enfants, mais n'y touchez pas !

— On peut faire *pouet pouet, signore maestro* ?

— Oui, mais rien d'autre.

— *Grazie, signore maestro !*

Marcello entra dans le cimetière.

Juché sur l'échelle qu'Alfonso maintenait fermement, il brisa à grands coups de marteau vengeurs la croix neuve surmontant le mausolée.

***

Vingt-trois heures cinquante-cinq.

Après qu'on eut glissé sous le châssis trois bottes de foin enflammées, le réservoir d'essence de la Fiat explosa dans une formidable déflagration, brisant les vitres du rez-de-chaussée qui n'étaient pas protégées par des volets.

Des flammes s'élevèrent et dansèrent sur les fenêtres du premier étage. Marcello, vêtu d'un pyjama de soie mauve semé d'étoiles noires, se montra sur le balcon, Ada nue derrière lui.

Ce qu'il vit le désola mais le surprit à moitié.

— Tu vois, Ada, s'ils soupçonnaient le tiers de ce que je leur réserve, c'est la *villa* qu'ils auraient incendiée, et nous dedans.

36

Mardi 23 avril 1907.
Villa Tricotin.

Alfonso Tetti donnait des coups de pioche dans le sol meuble du verger, pendant que Marcello et Adamo maniaient la pelle avec plus ou moins de bonheur. Sous une ombrelle japonaise de papier huilé, la belle Ada en robe rouge et jaune fumait une cigarette à bout doré en les regardant. Marcello ne décolérait pas.

– Qui a creusé ?

– C'est Rodolfo et Benito. Il y avait aussi Attilio, mais il n'a fait que regarder.

– Que penses-tu de ce prétendu suicide ?

Alfonso s'arrêta de piocher.

– Je ne sais pas trop, Marcello, comment savoir ce qui se passe dans la tête d'un fada ?

– Badolfi était une heureuse nature, il n'aurait jamais abandonné ses abeilles.

Alfonso reprit ses coups de pioche et ce qui devait arriver arriva. La pioche s'enfonça dans quelque chose de mou.

– *Accidenti !* Ils l'ont pas creusé profond leur trou !

Le cadavre de Badolfi était enveloppé dans une couverture cousue en linceul.

Ada se recula lorsque Marcello et Alfonso soulevèrent Badolfi et le déposèrent sur le haquet à bras ;

ses pieds nus décharnés et sa tignasse terreuse dépassaient de la couverture trop courte. Alfonso sortit son couteau à lame pliante et l'approcha des coutures.

– Tu veux le voir ?

Marcello secoua la tête.

– Amenons-le plutôt sur la place ; que tout le monde admire ce qu'on lui a fait.

Poussé par Alfonso et Adamo, le haquet chargé du cadavre quitta la *villa*. Des gamins tournicotaient autour de l'automobile calcinée. L'un d'eux, à l'aide d'un bâton, essayait de détacher un morceau de caoutchouc qui avait fondu et dégageait encore une odeur âcre.

Alfonso s'adressa à Marcello :

– Comme elle n'est pas réparable, on pourrait s'en débarrasser dans le Pô ?

– Elle restera là où elle a été assassinée !

– Ah bon.

Chaque jour à la même heure, les femmes qui n'avaient pas la fortune d'avoir un puits dans leur cour faisaient la queue autour de la fontaine. Ce matin, les cancanages étaient animés ; il était question de la santé déclinante du père Cesario et de l'immédiate punition divine qui avait détruit l'automobile de son agresseur.

L'arrivée du haquet mortuaire poussé par les Tetti suivis de Marcello et d'une ribambelle de gosses surexcités, modifia sévèrement l'atmosphère de la place.

– Venez ici, approchez-vous et venez voir ce qu'ils lui ont fait. Regardez, il est pieds nus ! Ils lui ont volé ses chaussures, et pire, ceux-là mêmes qui l'ont jeté dans mon puits sont ceux qui le traitent aujourd'hui de suicidé !

Prévenues par l'odeur alléchée, des mouches arrivaient de toutes parts.

Marcello pointa un index autoritaire sur la bonne des Bartoli qui se trouvait parmi les porteuses d'eau.

– Va dire à ton *padrone* que Badolfi restera exposé

674

ici jusqu'à ce qu'il lui ait fabriqué un cercueil à sa taille et de bonne qualité. Ah oui, et pour la facture, qu'il s'adresse à M. le maire et à son trou du cul de fiston… ils comprendront.

***

Le 28 avril 1907, le père Cesario Zampieri décédait.

En mourant, il reléguait sa sœur Pia Zampieri, La Guêpe, au seul statut de la femme la plus détestée de la vallée.

Le lendemain de l'enterrement, et sans ménagement, M. le maire l'avait prévenue :

– Tu peux rester dans le presbytère le temps qu'arrive un nouveau curé. Mais s'il a déjà sa bonne, alors tu devras retourner chez toi, à Roncaglia, car ici, personne ne voudra te loger, ni t'employer, d'ailleurs.

***

Le 7 août 1907, sur ordre de son évêque, le père Cosimo Coriandolo, vingt-six ans, prenait possession de sa première paroisse. Cosimo était de cette joyeuse génération de séminaristes à qui l'on avait fait croire que leur tonsure était une auréole.

Un vin d'honneur servi dans la salle de l'auberge-droguerie-bazar Castagna l'accueillit à sa descente de diligence. Son air de grande jeunesse déçut bon nombre de ses nouvelles ouailles (*J'ai pas envie d'aller à confesse avec un gamin, moi*).

Dès son premier soir, le père Coriandolo se discrédita pour toujours en se laissant apitoyer par le sort de Pia Zampieri et en acceptant qu'elle devienne sa bonne.

Pour exprimer sa reconnaissance, La Guêpe lui avait préparé un demi-litre de *bicerin* ; puis elle avait consacré le reste de la soirée à lui enseigner qui était qui à San

675

Coucoumelo, qui faisait quoi à qui, qui disait quoi sur qui… et puis sa vraie nature était revenue.

– Vous avez dû drôlement leur déplaire à l'évêché, pour qu'ils vous nomment ici.

– Pourquoi dites-vous ça, ma fille ?

– Dans tout le Piémont, c'est le seul village qui abrite un sans-Dieu en pleine activité : oui, oui, je sais ce que je dis, c'est à cause de lui que mon pauvre frère est mort.

– Mais de qui parlez-vous, ma fille ?

– De Marcello Tricotin, monsieur le curé ! Avant qu'il fasse ce qu'il a fait à ses élèves, c'était le maître d'école, ici.

Cosimo Coriandolo haïssait les maîtres d'école. Quand ils n'étaient pas athées, ils étaient anarchistes.

– Qu'a-t-il fait à ces enfants ?

La Guêpe tapota son index sur sa tempe droite.

– Il a essayé de les rendre idiots en leur apprenant tout de travers. D'ailleurs vous verrez bien par vous-même quand vous leur ferez le catéchisme… mais buvez, monsieur le curé, buvez tant que c'est bien chaud.

Les yeux dans le vague, le curé lui obéit et se brûla toutes les dents.

– Et aujourd'hui, que fait-il ?

– Après que les carabiniers l'ont arrêté l'année dernière, on l'a plus vu pendant huit mois au moins, et puis, y a trois mois, le revoilà qui revient en automobile, qui chasse sa femme et ses trois enfants et qui s'installe avec une fillette qu'a peut-être même pas encore eu ses règles !

– Gulp !

– Exactement comme vous dites, monsieur le curé. Remarquez, son père était pareil, mais *lui*, il est pire ! Jamais le *stimate dottore* n'aurait touché à mon frère, tandis que *lui*, non seulement il a craché dans sa sainte calotte, mais il l'a traité de tous les noms devant tout le monde… et pour l'achever, vous savez ce qu'il lui a fait ?

– Comment voulez-vous que je le sache ?

– Moi, je vais vous le dire ce qu'il a fait. Il a déterré un suicidé et il l'a enterré au cimetière ! Ah oui, j'oubliais, il a aussi cassé avec un marteau la croix que mon pauvre frère avait eu tant de mal à faire remettre.

Le père Coriandolo ayant terminé son *bicerin*, La Guêpe lui remplit à nouveau son bol malgré ses protestations.

– Buvez, buvez, monsieur le curé, le *bicerin* c'est un grand reconstituant, et, croyez-moi, à vivre ici, vous allez en avoir besoin.

Elle reposa la casserole sur la cuisinière et dit d'une voix accablée :

– Depuis quelque temps, il s'est mis dans la tête de voler comme un oiseau. Le mois d'avant c'était maire qu'il voulait être.

– Un oiseau !

– Tous les jours que Dieu fait, il s'entraîne sur une plateforme qu'il a fait construire sur la Table-aux-Grues.

– Doux Petit Jésus en espadrilles de moine, cet homme est donc fou à lier !

– Vous verrez par vous-même. Allez-y demain, je vous montrerai où c'est.

Cette nuit-là, avant de se coucher dans un lit inconnu où flottait encore l'odeur fétide de l'ancien occupant, le père Cosimo Coriandolo, atterré par sa triste situation, récita avec ferveur son 5, 7, 12, 10, 7, trois fois d'affilée.

– Ô Seigneur, obtenez-moi le don de cette grâce divine qui sera la protectrice et la maîtresse de mes cinq sens, qui me fera travailler aux sept œuvres de la miséricorde, croire aux douze articles de la foi et pratiquer les dix commandements de la loi, et qui, enfin, me délivrera des sept péchés capitaux jusqu'au dernier jour de ma vie. *Amen.*

37

Mon père, mon père, je suis entraîné...
Dernières paroles d'Icare à Dédale.

Marcello dressait l'inventaire des archives scientifiques d'Anton Hartmann von Edelsbach lorsqu'il avait
ouvert une chemise bleu ciel contenant un essai intitulé : *Mais le ciel me reste ouvert*, mots de Dédale
ruminant son plan d'évasion.

L'essai commençait par une phrase accrocheuse :
*Parce qu'il nous arrive parfois de rêver que nous volons,
nous pouvons plausiblement croire que l'homme antédi-
luvien volait.*

D'une belle écriture gothique, Anton étayait ses propos en joignant à son texte des gravures de Dürer,
Brueghel, Rubens, Lebrun, David ; certaines montraient
Dédale et Icare affublés de grandes ailes retenues aux
épaules par un baudrier fait de sangles de cuir transversales ; sur d'autres, on voyait Dédale utiliser de la cire
fondue pour attacher les plumes aux ailes, tandis que
sur la reproduction d'un bas-relief, le même fixait les
ailes de son fils à l'aide d'un marteau et d'une enclume,
laissant supposer l'emploi de métal dans son système
volant. Mais surtout, Anton affirmait que le mythe
d'Icare n'en était pas un et que l'envolée avait bien eu
lieu :

Ne trouvez-vous pas singulier que l'Humanité persiste à se souvenir de l'échec de ce jeune imbécile heureux d'Icare, alors qu'elle continue d'ignorer avec une admirable constance la réussite du père, le génial Dédale, l'inventeur des ailes à baudrier, qui, bien qu'alourdi par le chagrin infini d'avoir vu son enfant s'engloutir dans les flots, avait poursuivi son vol pour atterrir quelque temps plus tard sur une plage de Cumes, en Italie, à un millier de kilomètres de son point de départ, l'île de Crète ?

Marcello avait relu l'exemplaire d'Ovide datant de son séjour en pension. De tous les poètes qui avaient relaté le mythe d'Icare (Apollodore, Virgile, Eschyle, Diodore de Sicile), Ovide était de loin le plus documenté. On eût dit qu'il avait été présent sur l'île et qu'il avait assisté, à moins de dix mètres, aux préparatifs des protagonistes.

Dédale dispose en ordre régulier, des plumes, en commençant par les plus petites, une plus courte se trouvant à la suite d'une longue, si bien qu'on les eût dites poussées par ordre décroissant de taille. Alors il attache celles du milieu avec du lin, celles des extrémités avec de la cire, et, une fois disposées ainsi, les incurve légèrement, pour imiter les ailes d'oiseaux véritables. Quand il eut mis la dernière main à son œuvre, l'artisan, à l'aide de sa paire d'ailes, équilibra lui-même son corps dans l'air où il resta suspendu en les agitant. Tout en lui enseignant à voler, Dédale ajuste les ailes aux bras de son fils : « Je te conseille, dit-il, Icare, de te tenir à mi-distance des ondes, de crainte que, si tu vas trop bas, elles n'alourdissent tes ailes, et du soleil, pour n'être pas, si tu vas trop haut, brûlé par ses feux ; vole entre les deux. » Non loin de là était une colline qui, ne s'élevant pas tout à fait à la hauteur d'une montagne, dominait cependant la plaine. C'est de là que le père et le fils s'élancèrent pour commencer leur dangereux voyage, qui était aussi une magistrale évasion.

Marcello était convaincu de la bonne foi d'Ovide. Il existait des précédents. Durant des siècles et des siècles, l'*Iliade* et l'*Odyssée* avaient été considérées comme des contes poétiques et farfelus ne relevant d'aucune réalité, jusqu'au jour (1870) où un richissime archéologue amateur, Heinrich Schliemann – avec pour *unique* documentation son exemplaire fatigué de l'*Iliade* –, avait localisé la légendaire cité de Troie à Hissarlik, en Turquie. Les fouilles avaient confirmé sa pertinence d'analyse et avaient triomphalement confirmé la vérité historique du texte de Homère.

***

Accompagné d'Ada qui refusait de rester seule au village, Marcello prit la diligence pour Riccolezzo.

Il visita son parrain qu'il trouva encore alité.

– Quoi qu'en dise le docteur, je n'en ai plus pour très longtemps. Sache que j'ai donné des instructions pour que tu récupères les documents concernant la succession de ton père et la comptabilité du *Tutti Frutti*. Tu devras t'en occuper toi-même, ou bien te choisir un autre notaire, mais je te le déconseille : bien peu sont fidèles, et pratiquement tous sont malhonnêtes.

– Même toi, parrain ?

– Oui, bien sûr, même moi. Pourquoi serais-je différent ? C'est la charge qui s'y prête. Mais entends-moi bien, Marcello *mio*, ton père était un ami avant d'être un client, et toi, toi, tu es mon filleul, tu es de la famille.

Sa seconde visite fut pour l'atelier du *maestro* Marco Amperla, un maître charpentier réputé pour la qualité de ses constructions. Il lui commanda un perchoir haut de six mètres, large de trois, coiffé d'un auvent aux côtés se rabattant en cas d'intempéries.

– Ne lésinez sur rien et n'utilisez que votre meilleur bois et vos meilleurs clous, *maestro carpentiere*.

L'artisan eut un haut-le-corps indigné.

– Jamais de clous, monsieur, seulement des chevilles. Quant au bois, j'ai du chêne de marine pour les piliers, j'ai un stock d'ébène pour le plancher, et pour l'auvent et les rabats, j'ai du noyer.

Le maître charpentier réclama un délai d'une semaine pour organiser son équipe et préparer le transport des outils et du bois à San Coucoumelo.

Alors, Marcello et Ada embarquèrent dans l'omnibus pour Turin, puis montèrent dans un brougham qui les roula bruyamment jusqu'au *Tutti Frutti*.

***

À l'heure où la mouche cède sa place au moustique, Marcello se rendit au numéro 3 de la *via dei Mille* où logeait le Pr de zoologie au museum, Leonardo Pietraligure, spécialiste de l'oiseau à plumes et de la chauve-souris à poils. Le professeur figurait à la lettre P dans le carnet d'adresses du Dr Carolus Tricotin. Il était l'auteur de plusieurs ouvrages ornithologiques, dont un *Traité de natation aérienne* qui avait intrigué Marcello.

Le vieil érudit vivait seul dans un appartement au premier étage d'un immeuble ancien. Il reçut le visiteur dans son cabinet de travail qui, à l'instar du bureau de la *villa* Tricotin, était peuplé d'oiseaux taxidermisés.

– J'appréciais votre père, monsieur Tricotin, et je considère sa disparition comme une grande perte pour la science, mais vous, que me voulez-vous ?

Marcello avait une douzaine d'années lorsque l'éminent ornithologiste avait fait le voyage à San Coucoumelo. Il avait séjourné deux semaines dans la *villa* afin d'étudier la collection d'oiseaux rares taxidermisés du Dr Tricotin.

Marcello ouvrit son sac et sortit l'essai *Mais le ciel me reste ouvert* dans sa chemise bleu ciel.

– Mon père a hérité des archives de son beau-père, Anton Hartmann von Edelsbach. Je faisais l'inventaire de ces archives lorsque j'ai trouvé ce manuscrit. Vous lisez l'allemand je présume ?

Le Pr Leonardo Pietraligure prit le manuscrit, lut le titre, hocha la tête et récita d'un ton théâtral :

– *Minos peut bien me fermer les chemins de la terre et des ondes, mais, du moins*, le ciel me reste ouvert. *C'est la route que je prendrai.*

Il feuilleta l'essai, le referma et le déposa sur son bureau.

– Je connais cet essai. Votre père me l'a communiqué lorsque je suis venu en 83, ou peut-être était ce en 84 ?

– C'était en 84.

– J'ai souvenir d'une magnifique *Harpia harpyja*.

– Elle est toujours sur son perchoir dans le bureau, monsieur le professeur.

– Bon, et alors ?

– Quelle est votre opinion sur cet essai ?

– Mais encore ?

– Pensez-vous que Dédale ait put voler jusqu'en Italie avec une réplique d'ailes plus ou moins bien attachées ?

– Que me voulez-vous à la fin ?

– Je veux apprendre à voler.

– Ah c'est donc ça ! Vous avez une case en moins, vous aussi.

682

Tous ceux qui voulaient voler étaient du même acabit que les chercheurs du mouvement perpétuel, de la pierre philosophale, de la casserole carrée pour empêcher le lait de tourner, du sexe des anges…

– Je proteste, monsieur le professeur, en ce qui me concerne, c'est une case en plus.

– Quelle est votre formation, déjà ?

– Je suis enseignant, ou plutôt je l'étais, et présentement, je suis chercheur expérimental.

– Et que cherchez-vous, monsieur le chercheur expérimental ?

– Vous ne m'écoutez donc pas ! Je viens de vous le dire, je veux voler.

Il se mordit la langue pour ne pas dire qu'il avait déjà volé, et pas seulement en rêve.

– Après toutes ces années de recherches, vous devez bien avoir une opinion sur la question ? Est-il vraisemblable que Dédale ait pu voler sur une aussi longue distance ?

Le Pr Pietraligure soupira.

– L'idée de s'attacher des ailes aux bras pour voler n'est pas bonne, pour une raison très simple : chez l'oiseau, les muscles pectoraux représentent les deux tiers de la puissance musculaire totale, tandis que, chez l'homme, les muscles qui pourraient agir sur des ailes attachées n'excèdent pas la dixième partie de la masse totale.

Imperturbable, Marcello tira deux feuillets noircis de notes de son sac.

– Chacun possède sur l'omoplate une apophyse coracoïde ; or, chez l'oiseau, l'apophyse coracoïde sert à l'articulation de l'aile, tandis que, chez nous, ce n'est plus qu'une protubérance sans utilité… Il en est de même avec notre coccyx qui, vous me l'accorderez, n'est autre que le vestige d'une queue. Alors, monsieur le professeur, cela signifie-t-il qu'à une certaine époque de notre évolution nous ayons été oiseaux ?

Le professeur fit la moue en agitant sa main.

– Une autre question, peut-être ?

Marcello prit un nouveau feuillet.

– Nous marchons sur la terre, nous voguons sur l'eau, nous nageons sur l'eau, nous nageons même dedans, alors pourquoi la route des airs nous est-elle interdite ? Après tout, l'air n'est qu'un élément comme les autres.

– Après tout ?

– L'air et l'eau ont ensemble une parfaite analogie. Tous deux sont transparents, tous deux sont fluides, tous deux sont habités, mais…

– Mais ?

Marcello fit la grimace.

– Mais nous respirons dans l'air et nous nous étouffons dans l'eau, et puis il y a aussi la gravitation qui est sensiblement différente.

– Ah ! maintenant, je suppose, vous allez prononcer des obscénités comme *télékinésie* et *autolévitation* ?

Les traits figés, Marcello reprit *Mais le ciel me reste ouvert*, le rangea avec ses feuillets dans son sac de nuit, coiffa son canotier jaune paille et, sans oublier de faucher au passage avec sa canne un bronze du dieu Mercure posé sur une console, sortit en claquant la porte derrière lui.

***

La boutique des frères Mario et Guido Mollassana – à l'enseigne de La Mygale et la Fourmi – se trouvait dans la *via* Pallamaglio, non loin du *giardino pubblico*. Depuis plus d'un siècle, le collectionneur averti, l'amateur éclairé, l'honnête scientifique, s'y fournissaient en oiseaux, en reptiles, en insectes.

Carolus y avait trouvé certains de ses oiseaux rares et Marcello y avait acheté toutes ses araignées.

Quelle que fût la bestiole demandée, si elle existait,

les frères Mollassana la trouvaient. Le secret de leur réussite venait du réseau de correspondants que leur père, Cesare Mollassana, avait tressé dès 1830 ; les deux frères l'avaient considérablement élargi en trouvant des gens compétents sur les cinq continents.

Guido s'exclama à la vue de Marcello entrant dans sa boutique.

– Quelle heureuse coïncidence, *signore* Tricotin, je m'apprêtais à vous écrire. Votre dernière commande est arrivée ce matin. Vous allez être satisfait, c'est un superbe spécimen.

***

Marcello rentra à San Coucoumelo et, trois jours plus tard, il accueillait à la descente du bac Marco Amperla, cinq ouvriers et deux fardiers chargés des éléments nécessaires à la construction d'une superbe plateforme de luxe.

– Vos ouvriers prendront leurs quartiers dans l'auberge Poirini, quant à vous, *maestro*, vous logerez chez moi. Pour les fardiers et les chevaux, utilisez l'écurie de la *villa*.

***

– *Accidenti !* mais qu'est-ce qu'il nous traficote encore ! rouspétait Attilio en écoutant le rapport du passeur Zippi.

– Qu'est-ce qu'il y a dans ces fardiers ?

– J'en sais rien, y sont bâchés ; mais ce que je sais c'est qu'ils sont si lourds que j'ai dû faire deux voyages sans les chevaux.

La clochette de la porte retentit ; entra Luigi Paoleti le vieux facteur-garde champêtre.

– Je viens de les voir passer sur le *cardo*, Marcello les emmène à la Table-aux-Grues.

– *Santa Madonna*, mais pour y faire quoi ?

– Forcément quelque chose de pas catholique !

– Peut-être que, la Table, il leur a vendue ?

Attilio blêmit ; ses taches de rousseur ressortirent. Il s'adressa à sa fille :

– Tu l'en crois capable ?

Maria éclata en sanglots.

– C'est qu'il est devenu capable de tout.

– C'est vrai, ça ! Rappelez-vous, il a même dit qu'il voulait être le maire !

***

La Table-aux-Grues était en beauté en cette fin d'été.

– Voilà, nous y sommes.

Ému, Marcello pointa sa canne sur le taillis de noisetiers qui coiffait le sommet de la colline ; c'était derrière ce taillis que son père lui était apparu.

– Vous la voulez en place du taillis, ou vous la voulez sur le devant ?

– Sur le devant, je vous prie. J'ai d'excellentes relations avec ce taillis. Ne lui faites aucun mal.

– *Va bene, signore.*

Marcello contempla le maître charpentier en passant sa main dans sa barbe.

– Allez-vous me demander un jour ce que je compte faire sur cette aire ?

– Surtout pas, *signore* Tricotin.

***

Les travaux durèrent dix-sept jours.

De six heures à onze heures du matin, nu dans sa chambre aux fenêtres ouvertes, s'exhortant au cri de

Plus le corps est faible, plus il commande. Plus il est fort, plus il obéit, Marcello se livrait à des exercices physiques visant à améliorer le souffle et à développer les muscles : avec une attention particulière pour les pectoraux, les grands dorsaux, les petits et les grands rhomboïdes, les petits et les grands ronds, le sus-épineux et le sous-épineux, et d'autres encore.

Après le *pasto*, Marcello lisait les vieux ouvrages sur l'ornithologie et la zoologie qui pullulaient dans les huit bibliothèques de la *villa*. Tous ces livres étaient annotés, soulignés, corrigés, raturés par Carolus, qui, comme son père, n'avait pas été un lecteur passif ; l'exemplaire de *The Origin of Species by Means of Natural Selection* (l'édition définitive de 1876) était pratiquement réécrit dans les marges, les entre-lignes ainsi que la deuxième et la troisième de couverture ; et il en était de même avec la première édition de la *Philosophie zoologique* du transformiste chevalier de Lamarck.

En fin d'après-midi, muni de sa longue-vue, d'un calepin, d'un crayon et de sa flasque de vin Mariani, Marcello marchait jusqu'à la Table-aux-Grues. Passant devant le lavoir, il soulevait son canotier et disait poliment :

– N'oubliez pas, mesdames, de convaincre vos maris de voter pour moi en octobre.

– Y en a qui manquent pas d'air, alors !

– Y en a !

Après avoir félicité le *maestro* et ses apprentis pour les progrès accomplis, il s'installait près de la rivière et observait les oiseaux en notant les différentes techniques de vol et les formes d'ailes qu'elles exigeaient.

Il existait plusieurs façon de voler : le *vol battu* au cours duquel les ailes battaient régulièrement, le *vol plané* au cours duquel les ailes étaient immobiles, le *vol ramé* au cours duquel les ailes devaient produire à la fois une force portante égale au poids de l'oiseau et une poussée équivalente à sa résistance, et il y avait le *vol à voile* qu'affectionnaient les grands planeurs tels que les albatros, les cigognes, les grues cendrées… À l'évocation de ces dernières, les yeux de Marcello s'embuaient et il se forçait à songer au *vol en suspension* de l'admirable colibri qui imitait celui des insectes avec sa capacité unique de voler à reculons et latéralement.

– Ça ne va pas être simple, mais j'y arriverai ! Je brûlerai les étapes de l'évolution et je ferai triompher l'esprit sur la matière ! Je ne suis pas plus bête qu'un dipneuste !

Darwin affirmait qu'au début du Dévonien, les dipneustes avaient été capables de résister à l'assèchement des lagunes en utilisant leur vessie natatoire pour s'en faire un poumon ! Alors, hein !

Le soleil se couchait derrière le taillis de noisetiers, quand Marcello rentrait à la *villa*, suivi du maître charpentier et des cinq apprentis qui chantaient en chemin, fiers de leur journée bien remplie.

38

Octobre 1907.

À dix-neuf heures, le scrutin fut déclaré clos.

Trois candidats : le maire sortant, Attilio Castagna, et deux prétendants, Agostino Poirini et Marcello Tricotin.

Sur cent quarante-neuf inscrits, cent quarante-huit avaient voté.

Le dépouillement de l'unique urne et le décompte des bulletins commença sous les regards des électeurs qui se pressaient dans la salle de l'auberge-droguerie-bazar Castagna. Les plus éloignés étaient montés sur des chaises pour mieux voir.

À vingt heures dix, Attilio Castagna était déclaré vainqueur par une mortifiante majorité de deux voix (2).

À la demande de Poirini, un second comptage eut lieu et produisit un résultat identique au premier.

– Si j'ai perdu, on peut pas dire que tu as gagné, dit Poirini en quittant la salle, mauvais perdant, suivi de ses soixante-douze partisans.

– Vous ne restez pas pour le vin d'honneur ? leur lança Attilio d'une voix plus lasse que goguenarde.

Cette fois, le vent du boulet lui avait frôlé la joue ; et la grotesque candidature de son *pazzo* de beau-fils n'était en rien responsable. Personne n'avait voté pour Marcello, même pas lui, puisqu'il avait préféré se rendre sur sa plateforme à trente mille lires et faire l'oiseau toute la journée.

On déboucha cinquante bouteilles de *spumante* et tous les Castagna durent participer au service ; même Maria qui aida à la plonge en prenant des mines de reine mère fourvoyée.

Ses yeux et son nez étaient rouge chagrin, et pas un jour ne passait sans que Lucia, sa mère, lui reprochât d'avoir abandonné la *villa*.

– C'était point à toi de partir, c'était à la petite *puttana* ! Et maintenant, hein, qu'est-ce que tu vas devenir ? Il te reste plus qu'à attendre qu'il crève pour retourner chez toi ! Et les enfants, tu penses aux enfants ? Mais non, bien sûr, tu penses qu'à manger et à moucher tes larmes !

– C'est pas juste, maman, rappelle-toi, il allait être excommunié !

– Ce que je vois, moi, ta mère, c'est que tu nous as beaucoup déçus.

Maria avait sangloté de plus belle ; Lucia avait soupiré en regardant le ciel.

***

Alitée, les paupières à demi baissées, bâillant fréquemment, la mère d'Attilio, Ada Castagna (soixante-dix-neuf ans et huit mois), ne s'intéressait plus à ce qui l'entourait, et lorsqu'on la questionnait elle répondait avec lenteur, par monosyllabes, toujours à côté.

– Comment allez-vous ce matin ?

– *Michelaccia !* T'as encore trouvé un moyen de rien faire !

Bientôt, elle cessa de se réveiller et prit l'habitude de se vider en dormant. On pouvait encore la ranimer, mais elle se rendormait.

– Demain, j'irai chercher le docteur.

Attilio partit en phaéton pour Riccolezzo ; il revint en fin d'après-midi accompagné du Dr Enrico Prisma.

– *Acta est fabula* et *Diem perdidi*, marmonna-t-il après un rapide examen de la mourante.

– Ce qui veut dire ?

– Il n'y a plus rien à faire, monsieur le maire, son coma est profond.

– Elle souffre, docteur ? demanda Lucia d'une voix pleine d'espoir.

– Non. Elle ne ressent plus rien. Son esprit est comme éteint. Mais elle respire toujours.

– Quand je pense qu'elle s'est même pas confessée !

La nouvelle de la présence du médecin s'étant propagée, une trentaine de mal-en-point se traînèrent jusque dans la salle de l'auberge-droguerie-bazar et attendirent. La plupart avaient apporté des œufs, du fromage, de la charcuterie, du beurre, du miel, pour payer leur consultation ; les parents des cas les plus graves avaient amené des poules vivantes et entravées.

Le jour suivant, Attilio reconduisit le médecin à Riccolezzo puis il télégraphia à Paula, sa fille aînée qui vivait à Gênes (*grand-mère mourante – stop*), et il télégraphia à Raffaello, son petit frère, installé à Nice depuis trente ans (*maman mourante – stop*).

Paula et son mari, Camillo Ambrogioni, un fonctionnaire de l'état civil (*doucement le matin et pas trop vite le soir*), furent les premiers à répondre physiquement au télégramme d'Attilio.

– Nous avons pris le train jusqu'à Turin, puis jusqu'à Riccolezzo, et nous avons loué ce cabriolet, dit Camillo Ambrogioni en regardant autour de lui, découvrant le lieu de naissance de sa chère épouse.

Tandis que Paula pleurait à chaudes larmes en tripotant la main osseuse de sa *nonna* mourante, Camillo Ambrogioni prit Attilio à part.

– Combien de temps lui reste-t-il ?

– Même le médecin n'a pu le dire. Un jour, une semaine, qui sait ?

– Je vous pose cette question, monsieur mon beau-père, parce que mon congé administratif est valide cinq jours. Je veux dire que si votre mère n'est pas décédée dans les deux jours qui suivent, au plus tard mercredi minuit, hélas, hélas, hélas, nous devrons rentrer, monsieur mon beau-père.

– *Certo*, c'est bien naturel. L'État avant tout !

Le surlendemain, Raffaello Castagna et sa femme Paulette (née Usignolo) arrivèrent dans un cabriolet loué à Riccolezzo.

La présence de sa nièce et de ses trois enfants intrigua Raffaello.

– Où est ton mari ?

Maria baissa la tête, se leva, sanglota, quitta la table. Gianello la suivit ; Aldo et Carlo continuèrent de manger.

– Qu'est-ce que j'ai dit ?

Paula le rassura.

– Elle a fait pareil, hier, quand je lui ai demandé la même chose.

– Son mari est mort !

– C'est bien plus grave, il est devenu FOU !

Paula illustra son propos en faisant faire à son index des cercles en direction de la tempe droite.

– Il paraît qu'il se prend pour un oiseau et qu'il fait tout ce qu'il peut pour que des plumes lui poussent !

***

La comateuse n'en finissant plus d'agoniser, Camillo Ambrogioni annonça son départ.

– Je dois regagner mon poste, monsieur mon beau-père, aussi, demain matin, à la première heure, nous partirons.

– *Certo*, Camillo *mio*, Rodolfo prendra le phaéton et vous conduira à Riccolezzo.

Plus tard, Raffaello et Camillo suivirent Aldo et Carlo qui les guidèrent jusqu'à la Table-aux-Grues.

Ils passaient devant la *villa* Tricotin lorsqu'ils remarquèrent la carcasse rouillée de la Fiat, toujours là où elle avait brûlé.

– Mon père refuse qu'on l'enlève, dit Aldo sans s'arrêter.

– Il la garde en souvenir, dit Carlo.

Ils dépassèrent le lavoir qui était vide à cette heure de l'après-midi et arrivèrent à proximité de la Table-aux-Grues.

– C'est de la belle ouvrage, dit Raffaello en découvrant la superbe plateforme mi-chêne, mi-ébène, exclusivement chevillée.

Menuisier de formation, il prospérait dans la fabrication de cercueils pour enterrement de première, deuxième et troisième classe. Depuis trois décennies, il travaillait pour son beau-père, l'ordonnateur Silvio Usignolo ; ce dernier avait le monopole des pompes funèbres de la ville de Nice et croulait sous les commandes ; il avait su persuader Raffaello de renoncer à l'ébénisterie et de se consacrer à la confection de cercueils. L'ordonnateur aimait se définir comme une espèce différente d'agent immobilier qui logerait ses clients pour l'éternité.

– Elle a coûté trente mille lires, dit Aldo.

– Et c'est du vrai bois d'ébène qui vient du Congo, précisa Carlo.

Camillo Ambrogioni fit mine de s'approcher mais Aldo le lui déconseilla.

– Ne vous faites pas voir, sinon ça le déconcentre et après il n'est pas content, l'avertit Aldo.

Déconcerté, le fonctionnaire obéit et s'accroupit derrière un buisson, comme pour y poser une pêche.

– Mais qu'est-ce qu'il fabrique à gigoter comme ça ?

Aldo agita ses deux mains devant lui.

– Il s'entraîne à voler.

– C'est donc bien un fou !

– Mon père n'est pas fou ! C'est un savant qui fait des expériences d'autolévitation.

En parlant, Aldo grattait les bourrelets de la cicatrice qui déparait le dos de sa main droite.

– La preuve qu'il étudie, c'est qu'il prend des notes sans arrêt, ajouta Carlo.

– Il dit qu'il veut d'abord comprendre comment les oiseaux s'y prennent pour voler, et après il choisira la meilleure façon.

– Votre père a fait des études, il sait donc que c'est impossible de voler !

– Lui, il dit que c'est possible.

– Il dit que c'est déjà arrivé dans le passé.

Raffaello s'étonna.

– Vous lui parlez toujours ?

– Oui, il nous donne nos devoirs tous les matins, dit Aldo.

– Et il nous les corrige tous les soirs, sauf le dimanche, dit Carlo.

Des *croook croook croook* retentirent, venant de la plateforme ; il s'agissait d'une imitation passable d'un croassement de corbeau freux.

– C'est lui qui fait ça ? s'ébaudit le fonctionnaire génois en soulevant ses sourcils et en ouvrant sa bouche en O majuscule.

Aldo désigna les gros corbeaux noirs qui évoluaient à trente mètres au-dessus de la rivière. Ils venaient des colonies qui nichaient dans les houppiers des peupliers bordant le Pô.

– Il les a vus et il essaie d'entrer en contact avec eux.

– Qu'est-ce qu'il leur dit ?

Aldo trouva la question du grand-oncle pertinente.

– Il nous a dit qu'il était comme un perroquet qui imite sans comprendre ce qu'il dit.

***

Au lever du jour, conduits par Rodolfo, Paula et Camillo Ambrogioni quittèrent San Coucoumelo.

Quatre heures plus tard, Lucia découvrait sa belle-mère morte la bouche ouverte sur des gencives édentées. Après s'être assurée que personne ne pouvait la voir, Lucia se pencha au-dessus de la morte pour lui dire :

– Vieille mouche ! T'en as mis du temps !

Puis, se composant un masque de douleur, elle prévint son mari et les autres.

Bianca courut chercher le nouveau curé, Attilio se rendit chez les Tomasi commander un cercueil, Lucia s'occupa de la toilette mortuaire : Paulette gagna sa sympathie en proposant son assistance ; mettant en avant son expérience.

– J'ai déjà fait la toilette de ma mère et de ma grand-mère.

Après la mise en terre – célébrée par le nouveau curé – les Castagna se réunirent pour boire et manger en se remémorant les bons moments de la défunte, les répétant plusieurs fois car ils étaient rares.

Raffaello s'était levé et avait attiré l'attention en tapant son verre avec sa petite cuiller (*tingt tingt tingt*).

– Ma bonne Maria, voilà cinq jours que nous sommes ici, et chaque fois que je te vois, tu pleures. Pourquoi ne viens-tu pas quelque temps chez nous ? Avec les enfants bien sûr. Notre maison est grande et ce n'est pas la place qui manque.

Aucun enfant n'avait germé de son union de vingt-cinq ans avec Paulette ; trois fausses couches et puis plus rien. Depuis, il en voulait à son beau-père de lui avoir cédé une femme incapable de lui donner une progéniture.

Après avoir abondamment pleuré, Maria s'était mouchée et avait accepté.

39

La salle royale d'Amanda la Première et de son roi était au plus profond du Nid. Pour y accéder, le visiteur (en l'occurrence un *Symphile* écornifleur) devait suivre une interminable galerie tubulaire formée de débris de cellulose malaxés avec de la matière fécale d'une extraordinaire résistance. Dans une obscurité perpétuelle, la circulation à deux voies était réglementée par de petits soldats postés à chaque carrefour. Asexués, incorruptibles, aveugles, les petits soldats avaient pour mission de vérifier l'identité des étrangers. Sur les centaines de visiteurs qui entraient et sortaient quotidiennement du Nid, tous n'étaient pas les bienvenus.

Les *Symphiles* étaient amicalement traités, les *Synoecetes* n'étaient que tolérés, tandis que les *Synechtres* et les ectoparasites étaient pourchassés, tués, dévorés sur place.

Çà et là, des équipes de grands laborieux travaillaient à la réfection des parois en les polissant d'un vernis exclusivement stercoral.

Le Nid était d'une impeccable propreté ; rien n'y traînait, tout y était dans l'instant ingéré, digéré, redistribué.

Le *Symphile* déboucha dans une grande salle à l'atmosphère humide à forte teneur de gaz carbonique. Le spectacle était mirobolant, même pour un écornifleur.

Sous un plafond cintré, la tête noire et le minuscule corselet de la reine termite émergeaient d'une colossale masse blanchâtre (gonflée d'œufs à craquer) de quelque cent millimètres de longueur sur soixante-dix-sept millimètres de circonférence. À demi dissimulé sous les plis graisseux de sa reine, le roi se faisait discret avec ses misérables vingt millimètres de long pour quatorze millimètres de circonférence.

Surveillés par des cohortes de petits soldats zélés, des laborieux par milliers (sept millimètres de long sur trois millimètres de tour) venaient caresser et lécher l'abdomen hypertrophié avec plus d'appétit que de dévotion ; les petits soldats n'intervenaient que lorsque quelques-uns essayaient d'emporter un morceau de peau ; les innombrables rapiéçages sur l'abdomen de la reine attestaient que certains y parvenaient.

Dans une frénésie perpétuelle, des centaines de petits laborieux se relayaient à la bouche d'Amanda et la nourrissaient, sans interruption, heure après heure, jour après jour, année après année. À l'autre extrémité, d'autres centaines de petits laborieux guettaient près de l'orifice de l'oviducte ; dès qu'un œuf apparaissait, il était recueilli, léché et transporté dans les couvains de la maternité.

Depuis ce jour fondateur (jeudi 6 juin 1907) où Marcello avait introduit la reine termite dans la cheminée de l'école (choisie pour sa position topographique dans le village), Amanda la Première pondait un œuf par seconde, quatre-vingt-six mille par vingt-quatre heures, trente millions par année. Le jour où les œufs apparaîtraient toutes les deux secondes, puis toutes les trois secondes, l'esprit du Nid enverrait l'ordre aux laborieux de cesser de nourrir leur reine et de préparer la succession. Sitôt Amanda morte (de faim), elle serait intégralement consommée par la colonie selon les termes du *premier arrivé, premier servi*.

Rangés en ordre de bataille, tournant le dos à leur souveraine, face à l'ennemi possible, long de douze millimètres sur sept millimètres de circonférence, des grands soldats formaient une garde immobile et menaçante. Leurs têtes cuirassées de chitine étaient armées d'une paire d'énormes mandibules qui les empêchait de se nourrir ; quand ils avaient faim, ils le signalaient aux petits laborieux qui aussitôt venaient leur donner la becquée.

Bien que tenté lui aussi d'aller lécher la reine, le *Symphile* s'abstint ; il savait que les grands soldats ne le laisseraient pas passer. Ici s'arrêtait la crédulité termite.

De la salle royale, plusieurs galeries partaient en étoile.

Le *Symphile* emprunta celle de droite et bientôt découvrit une enfilade de vastes salles soutenues par des piliers. Des cellules abritant des larves et des nymphes à divers stades de leur évolution se superposaient ; des laborieux allaient et venaient dans un trafic intense où chacun faisait quelque chose, où chacun allait faire quelque chose.

Continuant sa visite, le *Symphile* arriva devant des greniers-entrepôts remplis de bois mâché et d'herbe coupée en minuscules morceaux ; en fermentant, ces amas végétaux humides produisaient de la chaleur que ventilaient des millions de minuscules ouvertures percées dans les murs, maintenant ainsi l'atmosphère du Nid à la température idéale de trente-six degrés. En dessous de vingt degrés le termite mourait de froid, au-dessus de trente-six degrés, les protozoaires qui digéraient pour lui la cellulose dans son estomac périssaient, alors il mourait d'inanition.

Mis en appétit devant ces montagnes de nourriture, le *Symphile* agita ses antennes en direction d'un petit laborieux qui passait.

Les *Symphiles* avaient poussé l'art du parasitisme à son extrême ; ayant décidé de vivre aux dépens des termites, ils avaient chimiquement élaboré une odeur capable d'abuser les termites.

Après avoir identifié le quémandeur comme un adulte, le termite se tourna tête-bêche et céda à l'écornifleur l'entier contenu de son intestin : l'eût-il identifié comme un termite en bas âge, et il lui aurait cédé le contenu infiniment plus raffiné de son estomac.

**

Une fois descellée la trentaine de briques qui recouvrait le sol de la cheminée, Marcello avait creusé un trou spacieux au fond duquel il avait déposé la reine termite, son roi et la petite centaine de grands et de petits laborieux que lui avaient vendus les frères Mollassana.

La particularité de ces *Reticulitermes lucifugus* était de savoir construire des nids mixtes, de bois comme de terre, et, ainsi, de pouvoir établir des colonies pratiquement partout.

Il finissait tout juste de replacer les briques sur le trou, que déjà, Amanda pondait ses premiers œufs ; au même moment les grands laborieux recevaient l'ordre de creuser leurs premières maternités.

Chimistes de génie, les termites avaient mis au point un polymorphisme tel qu'ils pouvaient produire trois castes à volonté à partir d'un œuf identique ; la laborieuse, la guerrière, la reproductrice. Selon les soins et l'alimentation qui lui étaient prodigués, un œuf devenait un laborieux, un soldat, une reine, un roi, un remplaçant, au choix…

Pour l'instant, le nid en gestation d'Amanda avait surtout besoin de grands et de petits laborieux.

Les grands naissaient dotés de fortes mandibules aux lames croisées comme des ciseaux, avec lesquelles ils perçaient des galeries, creusaient des chambres, dépeçaient du bois, même très dur, ravitaillaient les greniers-entrepôts ; les petits, pourvus seulement d'antennes, se consacraient aux soins des œufs, des larves, des nymphes et, bien sûr, de la grosse reine et du petit roi.

Au fil des jours, les termites d'Amanda se déployèrent

à l'intérieur de tout ce qui contenait de la cellulose dans l'école ; lattes du plancher, piliers, poutres de la charpente, pupitres poussiéreux, chaises empilées, tableau noir, manuels scolaires, bibliothèque contenant les manuels scolaires…

Avant le stade de surpopulation, les grands laborieux reçurent l'injonction d'ouvrir des galeries exploratrices dans toutes les directions de la rose des vents.

Les équipes qui creusèrent la galerie de l'ouest furent les premières à trouver un endroit colonisable, en l'occurrence, les racines du vieux chêne sur la place du Martyre.

Le moment venu, l'esprit du Nid expédia un million de grands et de petits laborieux établir une colonie permanente et il ordonna à l'équipe exploratrice de poursuivre les excavations en direction de l'église et du presbytère. Il ordonna ensuite aux petits laborieux en poste à l'oviducte royal de transporter, désormais, les œufs vers les nouvelles maternités du vieux chêne, à cinquante-six mètres de là.

Le ravitaillement quotidien de la nouvelle colonie était assuré par les équipes de grands laborieux qui grignotaient le vieil arbre en remontant à l'intérieur de l'énorme tronc tricentenaire ; sans jamais approcher les dix anneaux constituant les parties vivantes où circulait la sève.

Entre-temps, les équipes de la galerie de l'est exploraient les fondations de la grange Poirini. Un million de laborieux reçurent l'ordre d'aller y établir une colonie.

De leur côté, les équipes des galeries du nord et du nord-est atteignaient les écuries Castagna et, de là, investissaient la cave de l'auberge-droguerie-bazar du même nom.

Les équipes de la galerie du sud, qui creusaient en direction de la *villa* Tricotin, perçurent très tôt la présence en grand nombre de l'ennemi de toujours, la fourmi *Pheidologeton diversus*.

Aussitôt, l'esprit du Nid ordonna l'augmentation de la production de grands soldats, puis donna l'ordre aux équipes de modifier leur trajectoire de quarante degrés, les amenant en trois lunes sous la réserve de bois pour l'hiver de la ferme Gastaldi.

Perfectionniste dans l'âme, Marcello avait acheté aux frères Mollassana une colonie de redoutables *Calotermae flavicollis*, à cou jaune, qui avaient pour nourriture de prédilection les ceps de la vigne. Une nuit sans lune, il les avait introduits dans les coteaux Castagna (anciennement Benvenuti-Tricotin).

Désireux de parfaire sa vengeance en chef-d'œuvre, il avait acclimaté dans la terre du cimetière une colonie d'*Eutermes monoceros* à seringue qui, en moins de deux ans, avait digéré la totalité des cercueils du *camposanto*, à l'exception de ceux qui reposaient dans la crypte du mausolée Tricotin ; mausolée placé sous la haute surveillance d'une seconde fourmilière de *Pheidologeton diversus*, que Marcello approvisionnait en céréales afin qu'elles ne s'en prennent pas aux termites. Régulièrement, et à contrecœur, il détruisait une partie des couvains, régulant ainsi la trépidante démographie de ses fourmis.

– Elles sont terribles, *signore* Tricotin. Les indigènes de Madras les utilisent pour faire la guerre aux termites dans leurs entrepôts de marchandises, et nous faisons de même dans nos entrepôts de Gênes et de Venise car elles ont toujours le dessus, lui avait certifié un des frères Mollassana en lui vendant les deux colonies de *Pheidologeton diversus* (huit cents lires pièce).

***

Certaines nuits chaudes, Marcello s'accoudait au balcon de sa chambre et, parfois, il lui semblait entendre l'effarante symphonie des milliards de termites dévorant secrètement San Coucoumelo.

40

Dimanche 22 juillet 1913.
San Coucoumelo.

Vers les quatre heures du matin, les animaux s'agitèrent dans les étables, les écuries, les poulaillers, les porcheries, les clapiers, les ruchers, les termitières ; jusqu'aux vers de terre qui remontèrent en hâte vers la surface, comme si le danger venait d'*en bas*.

Les vaches beuglèrent à fendre l'âme, les chevaux sabotèrent en encensant, les chiens sortirent de leurs niches, poils dressés, truffes frémissantes, oreilles tendues, les chats des coconnières dressaient leurs queues en les agitant, tels des duellistes en train de s'échauffer.

Vingt minutes plus tard, un séisme de petite magnitude sur l'échelle de Richter secoua le nord du Piémont. L'onde de choc traversa d'est en ouest la vallée de la Gelosia, détruisant en cinq secondes plus des trois quarts des habitations.

Durant ces cinq secondes, les murs de la *villa* Tricotin tremblèrent à peine ; les vitrines vibrèrent ; le tableau de Charlemagne et de Giulietta dans le salon-bibliothèque tomba et déchira sa toile contre le dossier d'un fauteuil ; le *général-baron* se décrocha de la panoplie et chuta sur le dallage du vestibule.

La première seconde éveilla Marcello (le lit bougea), la deuxième lui ouvrit les yeux, les narines et les oreilles (nuit noire, odeur picotante, tapage intensif, pareil à un train défilant à grande vitesse sur le *cardo*), la troisième, quatrième et cinquième seconde le dressèrent sur son séant malgré les trépidations du lit (poussières tombant du plafond, craquements des charpentes, bruits d'objets chutant au rez-de-chaussée). La sixième et septième seconde apportèrent le calme et le soulagement.

Posant ses pieds nus sur le tapis de prière mahométan – il l'avait sauvé de l'exil du grenier avec le pot de chambre (*Je te vois petit coquin*) et les bestioles taxidermisées, dont la belette en costume tyrolien et le lapereau en uniforme d'étudiant viennois – Marcello ouvrit la porte-fenêtre et avança sur le balcon.

Son cœur s'emballa.

L'aurore se levait sur un spectacle inattendu et inoubliable. Partout où son regard se posait, il voyait des nuages de poussière retombant au ralenti sur des ruines fumantes.

– Je n'en demandais pas tant !

Surexcité, il retourna dans la chambre, prit ses jumelles à prisme et les braqua sur la place, choqué de ne plus voir le vieux chêne. La vue ainsi dégagée, il vit que la maison du meunier-boulanger Baffini était en flammes.

Un balayage panoramique lui montra l'étendue de la catastrophe : le clocher de l'église paraissait intact, de même que son horloge ; mais le toit de la nef et celui du presbytère s'étaient affaissés jusqu'à la dernière tuile. L'école, l'auberge Poirini, la ferme Gastaldi, l'auberge et les écuries Castagna, la forge des Pignoli, la maison des Tornatore, l'atelier des Tomasi, les coconnières, la ferme de Ferraro le boucher-équarrisseur et celle voisine de Pietro Zippi, le tonnelier, étaient détruits à quatre-vingt-cinq pour cent.

Marcello mit ses mains en porte-voix.

– *KRRROOOUUUU KRRROOOUUUU KRRROO-OUUUU.*

– Mais qu'est-ce tu fais, *padrone !*

Marcello vit les Tetti sur le perron de la *villa*. Il y avait Alfonso, sa femme Eva et leur fille, Gloria, qui venait de fêter ses dix-huit ans.

Ayant refusé d'être racheté, comme le lui proposait son père, Adamo Tetti était parti faire son service militaire ; après trois ans passés dans un régiment d'infanterie, il s'était engagé avec le grade de sergent pour cinq années supplémentaires. L'armée lui convenait, disait-il.

– Vous n'avez rien ? s'enquit Marcello en se penchant au balcon.

– Non, Dieu soit loué, mais qu'est-ce qui se passe ? Tout s'est mis à trembler d'un seul coup, même le plancher !

– C'est un petit tremblement de terre.

Marcello leur montra ses jumelles.

– Je vois tout d'ici et le village est entièrement démoli. C'est extraordinaire !

Il lui était difficile de cacher son allégresse. Même dans ses plus fines élucubrations vengeresses, il n'avait imaginé un dénouement aussi accompli, aussi radical, aussi frôlant la Justice divine. S'ils existaient, Marcello avait la preuve scientifique que les dieux étaient dans son camp.

Quelque part, une vache poussa des beuglements déchirants.

– Allez voir s'il y a des survivants, moi je m'habille et je vous rejoins, et tant pis pour la plateforme.

Il passa une chemise blanche à col ouvert, un veston demi-saison, un pantalon de golf prince-de-galles, des chaussures de marche qui soutenaient fermement ses chevilles et, au moment de sortir, il ne résista pas à une gorgée de vin Mariani qui eut un effet immédiat dans son estomac à jeun.

Il dévala quatre à quatre les escaliers en regrettant de ne pas avoir d'appareil photographique.

705

Il ramassait le sabre qui s'était décroché de la panoplie dans le vestibule, lorsque le bourdon de l'église
sonna gravement le tocsin : *doooong doooong doooong
doooong doooong doooong doooong...* puis il y eut un
sinistre *KRRAAAAAAACK* signalant que l'empoutrerie
de la cloche venait de céder.

Marcello sortit de la *villa* et salua au passage l'épave
de la Fiat envahie par les herbes. Elle aussi, désormais,
était pleinement vengée.

Il passa le porche en même temps qu'Eva qui manqua de le bousculer.

– C'est horrible, *padrone*, tous les miens sont morts,
tous ! C'est le toit qui leur est tombé dessus ! Oh que
c'est horrible !

Les parents et les grands-parents d'Eva vivaient à huit
dans une maison à jardinet derrière l'auberge Poirini.

– Où est Alfonso ?

– Il est avec Gloria à essayer de faire quelque chose
pour la *casa* Baffini qui brûle. Mais le vieux chêne est
tombé sur la fontaine !

Eva sanglota en tremblant des épaules.

– Tout le monde est mort ! On dirait qu'il y a que
nous qui sommes encore en vie !

Marcello lui tourna le dos en lançant :

– Calme-toi et prépare le déjeuner. Nous aurons
faim quand nous reviendrons.

Désorientés (ils ne reconnaissaient plus leur territoire), des chiens erraient sur un *cardo* qui avait perdu
les trois quarts de ses mûriers ; seuls ceux qui poussaient autour de la *villa* Tricotin semblaient intacts.

Sur la place du Martyre, Alfonso et Gloria essayaient
de se frayer un accès à l'eau. En s'écroulant, le vieux
chêne avait emporté la statue du saint et recouvert la
fontaine de ses longues branches feuillues.

– C'est inutile, il est trop tard, lui lança Marcello en
désignant l'incendie du four à pain Baffini, et puis nous

ne sommes que trois, ce n'est pas assez pour faire une chaîne.

– Je ne comprends pas ce qui est arrivé au vieux chêne. Regarde un peu, *padrone*, il a toujours des feuilles vertes et pourtant l'intérieur est en sciure.

– Et là, ça grouille de petites fourmis toutes blanches, dit Gloria en montrant le tronc brisé.

Marcello s'approcha, se pencha, cassa quelques branches et les déposa en parasol sur les termites.

– Pourquoi vous faites ça, *padrone* ?

– Je leur fais de l'ombre. La lumière du jour est cruelle pour les termites.

– Comme pour les vampires, alors ?

L'horloge du clocher carillonna six heures du matin ; cela faisait une heure trente-cinq minutes que le tremblement de terre avait eu lieu.

– Au moins il y a encore quelque chose qui fonctionne ici !

– Quand la cloche à sonné le tocsin tout à l'heure, il y a eu un gros bruit, comme si elle était tombée. Allons voir, peut-être que Niccolo a besoin d'aide.

Après s'être assurés que le clocher tenait bon, Marcello et Alfonso passèrent par le mur à demi effondré de la sacristie.

– Et moi, qu'est-ce que je fais ? cria Gloria sans obtenir de réponse.

Le toit du presbytère s'était entièrement écroulé ; aucun son ne venait de l'endroit où se trouvait la chambre du curé et la chambrette de Pia La Guêpe.

– Sainte Marie mère de Dieu ! jura Alfonso après avoir escaladé les gravats et découvert l'intérieur du clocher.

– La charpente et le mouton ont cédé, dit Marcello en reconnaissant les débris jonchant le sol.

Après une chute de vingt-neuf mètres, les mille deux cents kilos de cuivre et d'étain s'étaient enfoncés de plusieurs centimètres dans le carrelage. Une paire de sabots avec les pieds toujours dedans traînait par terre ; des pieds sectionnés à la hauteur des chevilles. À côté de la demi-roue tordue, il y avait un bras avec la main serrant encore la corde ; le reste du bedeau devait être sous la panse du bourdon.

– Pauvre Niccolo. Au moins il n'a pas eu le temps de souffrir.

Pâle comme un linge de table, Alfonso détacha un morceau de bois du mouton.

– Regarde, *padrone*, c'est pareil que pour le vieux chêne, tout pourri c'est à l'intérieur.

Marcello l'ignora.

– Cette cloche est trop lourde pour que nous puissions la soulever. Nous allons donc laisser Niccolo là où il est. En attendant, emporte les membres, sinon ce seront les rats qui s'en chargeront.

Sur la place, Gloria bavardait avec Rita Zippi et le nouvel apprenti Vincenzo Sarpi, quatorze ans, le petit frère de Rico Sarpi devenu soldat dans un régiment de *bersaglieri* en garnison à Turin. Alberto Zippi, lui, examinait les restes du vieux chêne, le front ridé de perplexité. Le passeur n'en revenait pas de l'énormité des destructions. De fait, si sa vue était bonne, la *villa* Tricotin était la seule du village à avoir conservé son toit.

La femme Zippi se signa.

– Chez nous aussi on a presque rien senti.

– À part une casserole qu'est tombée de son clou, précisa le jeune apprenti.

Marcello et Alfonso sortirent des ruines de la sacristie. Gloria poussa un cri à la vue de ce que tenait son père dans le creux de ses coudes et la femme Zippi se signa trois fois de suite dont une fois à l'envers.

N'ayant pu desserrer les doigts, Alberto avait dû faire usage de son couteau de poche, aussi la main du bedeau tenait encore un morceau de corde.

– Va me chercher un drap à la maison, lança Alfonso à sa fille qui détala.

Alberto Zippi prit la direction qui menait à la maison de son frère Pietro Zippi, le tonnelier. Il passait à la hauteur de ce qui avait été l'auberge Poirini lorsqu'il s'arrêta et tendit l'oreille ; de faibles gémissements perçaient à travers les décombres.

Il agita ses bras pour attirer l'attention des autres près de la fontaine.

– Venez par ici, y en a un d'encore vif chez les Poirini !

Quand il sut qu'il avait été entendu, il continua son chemin.

Les murs de la maison de son frère étaient encore debout ; seule la charpente avait cédé et entraîné avec elle le toit qui avait alors écrasé tout ce qui pouvait l'être : Alberta leur vieille mère, Pietro son jeune frère, Giorgia sa femme (née Gastaldi), leurs quatre enfants, Lelio, Enrico, Marco et Anna, la petite dernière, sans oublier Vittorio Sarpi et Beppe Barrabari, les apprentis tonneliers qui gîtaient dans la grange-atelier entièrement détruite. La fatalité avait voulu que l'an passé, leur mère, ne supportant plus l'humidité de la *casa* du bord du fleuve, s'était installée au village chez son second fils.

Refusant l'évidence, le passeur fit le tour des ruines sans trouver de passage parmi les poutres brisées et les amoncellements de tuiles.

– Mamma ! Pietro ! Giorgio ! Vous m'entendez ?

Un chien approcha en remuant la queue. Alberto reconnut le chien de chasse de son frère, Pegaso. À l'exception des chats, les chiens n'étaient pas autorisés à dormir dans les habitations ; les plus chanceux avaient une niche, les autres dormaient à la belle étoile.

On sut, plus tard, qu'une majorité d'animaux avait survécu au séisme ; à l'exception des bêtes enfermées dans les étables ou dans les écuries qui n'avaient pu s'enfuir. Plusieurs villageois, dont Pietro Zippi, alertés par le vacarme des bêtes apeurées, avaient été retrouvés dans leurs écuries, ou leurs étables, écrasés au milieu de leurs animaux.

Les gémissements perçus par le passeur dans l'auberge Poirini montaient d'une montagne de débris d'où pointaient des chicots de poutres maîtresses.

Alfonso Tetti s'approcha aussi près que possible sans provoquer d'éboulement.

– Qui c'est ? cria-t-il aux décombres.

– C'est moi, Valentina !

– C'est la petite Valentina, dit Alfonso en se tournant vers Marcello.

Valentina Trepe, treize ans, comme toutes les domestiques de petite condition, couchait sur une paillasse dans la cage de l'escalier ; ce qui lui avait sans doute sauvé la vie.

– Oh, Valentina, tu es blessée ?

– Oui… j'ai mal aux jambes, je peux pas les bouger.

– Ne parle plus, ne te fatigue pas, on va te sortir de là.

Marcello ôta son veston, retroussa ses manches et s'attaqua à la montagne de débris qui recouvrait la gamine, imité par Alfonso et le jeune Vincenzo.

Au bout d'un long moment d'intense activité, Marcello s'arrêta pour dire :

– En fait, c'est la troisième fois !

– C'est la troisième fois quoi, *padrone ?*

– La première fois, en 402, ce sont les Wisigoths d'Alaric qui ont tout démoli et tué tout le monde. La deuxième fois, c'est la peste bubonique de 1702 qui a occis plus des trois quarts des villageois, et la troisième fois, c'est aujourd'hui…

***

710

L'eau courante lui étant indispensable, la tannerie Carnolo était construite sur la rive ouest de la Gelosia, à deux kilomètres de la place du Martyre, aussi loin que possible des narines délicates.

Alessandro Carnolo était dans l'écurie à tenter de calmer les chevaux et les mulets inexplicablement agités depuis une demi-heure lorsque la secousse eut lieu ; les tuiles vibrèrent, les murs tremblèrent, de la poussière tomba du plafond.

Il vérifiait l'étanchéité des cuves en bois installées le long de la rivière, lorsque son apprenti, Silvio Sarpi, cria en pointant son doigt vers la colonne de fumée qui s'élevait au-dessus du petit bois.

– Y a le feu au village !

– Allons déjeuner. On ira voir après.

Les hommes attablés mangeaient leur *polenta* dans la cuisine lorsque Antonia, qui se trouvait près de la fenêtre ouverte, entendit les premiers *doooong doooong doooong* du tocsin, subitement interrompus par un bruit discordant.

Antonia se signa.

– *Santa Madonna*, c'est le tocsin !

– Moi, j'ai rien entendu, dit Alessandro en continuant de mastiquer.

Comme on était dimanche, chacun s'endimancha.

Un peu plus tard, la carriole attelée à un seul cheval transportant Alessandro Carnolo, ses trois fils serrés sur la banquette, sa femme Antonia et leurs deux filles entassées à l'arrière, s'ébranla péniblement sur le chemin.

Ses sabots neufs à la main pour ne pas les user, l'apprenti Silvio Sarpi marchait derrière, prenant garde aux projections de cailloux qui éclataient sous les roues ferrées de la voiture trop chargée.

La première habitation sinistrée qu'ils croisèrent fut

la fermette des Panchi, avec tous les mûriers effondrés autour.

– C'est pourtant pas un tremblement de rien du tout qu'a pu faire tant de dégâts !

Le tanneur eut beau encourager son cheval à coups de lanière sur la croupe, celui-ci n'avança pas plus vite ; les trois fils Carnolo sautèrent de la carriole pour l'alléger.

– *Mamma mia* ! Y a plus d'église, y a plus d'école, y a plus de four, y a plus de mairie, y a plus rien du tout ! Y a même plus de vieux chêne ! *O Dio mio*, mais qu'est-ce qu'on a fait pour mériter *ça* ?

– Y a toujours la *villa* Tricotin !

***

Assis côte à côte sur la banquette du cabriolet, Silvio et Vincenzo Sarpi écoutaient attentivement les instructions de Marcello.

– En arrivant à Riccolezzo, allez en priorité à la mairie et décrivez-leur la catastrophe inouïe qui vient de nous frapper. Dites-leur qu'à l'exception de ma *villa*, absolument tout dans le village a été sinistré, et dites-leur aussi qu'il y a plusieurs centaines de morts à délivrer des décombres avant qu'ils ne pourrissent.

Conscients de l'importance de leur mission, les deux jeunes frères opinèrent du chef.

Marcello flatta l'encolure de Rougeole.

– Et surtout, ne poussez pas les juments, elles sont vieilles et elles manquent d'exercice.

Silvio, qui tenait les rênes, approuva :

– *Certo, padrone !*

– Et si là-bas c'est pareil qu'ici ? demanda Vincenzo, le plus jeune des deux.

– Ce serait fâcheux, admit Marcello.

ÉPILOGUE
(en quatre morceaux)

Samedi 1er août 1914.
Schleissheimerstrasse 34/III
Munich. Royaume de Bavière.

Assis près de la fenêtre, Adolf peignait une version *été* de la façade de l'office des registres ; là, se mariaient les gens de petite condition ; un couple sur dix acceptait de lui acheter une aquarelle en souvenir (de quinze à trente marks selon le format).

Peindre un tableau lui était facile, le vendre beaucoup moins ; il était trop orgueilleux pour être un bon vendeur ; un refus le vexait outrageusement. À Vienne, Reinhold Hanisch et Josef Neumann avaient écoulé sa production, mais à Munich, en treize mois, il n'avait trouvé personne et devait se débrouiller seul. Alors il se rendait dans les brasseries et proposait ses peintures de table en table ; en cas de refus, il s'éloignait, tel un pet, sans jamais insister.

Josef lui manquait. Josef avait présenté ses peintures à des marchands qui les avaient alors acceptées en dépôt-vente et c'était Josef qui lui avait enseigné comment passer sa toile près du feu afin que, sous l'action d'un séchage trop rapide, elle se craquelle et prenne un bel aspect d'ancien ; c'était Josef, encore, qui lui avait montré comment allonger ou raccourcir les ombres pour que deux sujets identiques cessent de

713

l'être ; grâce à cette dernière astuce, Adolf avait doublé sa production et, pour la première fois depuis long-temps, il avait vu l'hiver approcher sans appréhension.

Les yeux dans le vague, mordillant sa moustache, il assourdissait un rouge trop chaud par une pointe d'ocre jaune, lorsque, de la *Schleissheimerstrasse*, monta une rumeur grandissante qui lui rappela celle du 28 juin dernier, jour où il avait vu l'affiche annonçant l'assassinat par un terroriste serbe de l'archiduc François-Ferdinand et de sa femme Sophie.

Adolf se pencha par la fenêtre et vit au bout de la *Schleissheimerstrasse* une foule importante d'étudiants survoltés qui défilaient au milieu de la rue, chantant à tue-tête *Die Wacht am Rhein*, expédiant leurs casquettes en l'air ; certains, avisant les nombreux curieux aux fenêtres, leur criaient :

– C'EST LA GUERRE ! VENEZ, VENEZ !

Le cœur battant la charge (cent vingt), le jeune homme posa son pinceau, enfila sa veste et dévala l'escalier à toute vitesse. Sur le trottoir, il se joignit à la marée humaine et se laissa emporter, chantant lui aussi à tue-tête.

> *Nous autres Allemands craignons Dieu*
> *Mais rien d'autre sur cette terre !*

Après s'être engagée dans la *Gabelsbergstrasse*, la foule prit la direction du centre, grossissant, empêchant toute circulation, débordant sur les trottoirs, ne tardant pas à se déverser sur l'*Odeonplatz* au bout de laquelle s'élevait le *Feldherrenhalle*, un grand monument édifié en 1844 à la gloire de l'armée bavaroise et de ses maréchaux.

Adolf l'avait souvent dessiné, ainsi que les deux lions de pierre qui flanquaient l'escalier central. Il s'en était désintéressé le jour où il avait appris que l'architecte Gärtner avait platement copié la *Loggia dei Lanzi* de Florence.

Un étudiant escalada le socle du lion de gauche et, tout en se retenant d'une main à la crinière de pierre, il brandit sa canne et harangua la foule mouvante :

– Nous devons grouper tous les hommes de langue allemande en un seul *Reich* et en un seul peuple ! Aujourd'hui, nous sommes tous frères ! *HEIL DER KAISER ! HEIL DAS HEER !*

Une immense ovation lui répondit, des milliers de chapeaux s'agitèrent dans sa direction. Les yeux brillants, l'orateur improvisé entonna alors la première strophe de l'hymne national.

Au garde-à-vous, les joues empourprées, les intestins en ébullition, Adolf chanta plus fort que les autres *Oh ma patrie bien-aimée*. Il aurait volontiers imité l'étudiant, mais il était incertain de pouvoir trouver ses mots. En revanche, il avait conscience de vivre un événement de première importance.

À Vienne, lorsqu'il vivait au foyer pour hommes du *Männerheim*, il avait eu l'occasion de lire une traduction de *Psychologie des foules* du Français Gustave Le Bon ; il en avait retenu des paragraphes entiers.

> *L'individu en foule acquiert par le fait seul du nombre, un sentiment de puissance invincible lui permettant de céder à des instincts que, seul, il eût forcément refrénés. Il y cédera d'autant plus volontiers que, la foule étant anonyme, et par conséquent irresponsable, le sentiment de la responsabilité, qui retient toujours les individus, disparaît entièrement...*

Ah oui, et aussi :

La masse est un troupeau docile qui ne saurait jamais vivre sans maître. Elle a une telle soif d'obéir qu'elle se subordonne instinctivement à quiconque se désigne comme son maître.

Il y eut un remous dans la foule quand une voix enjouée lança :

– *Entschuldigen Sie !* Faites place, c'est pour la postérité.

Adolf vit un homme d'une trentaine d'années, en vêtements de sport, qui jouait des coudes en montant les marches du *Feldherrenhalle*. Il portait un lourd trépied à deux mains et, en bandoulière, un gros étui de cuir.

Son trépied placé en avant de la statue de bronze du maréchal Tilly, Heinrich Hoffmann sortit de son étui de cuir un bel appareil photo (un Triplex-Klapp) qu'il fixa soigneusement sur le trépied. Une fois prêt, il évalua la luminosité et la profondeur de champ, il colla son œil droit contre le viseur, il cadra, régla l'objectif de trente-cinq millimètres (diaphragme 16, vitesse 125) et appuya sur le déclencheur.

De nombreuses têtes se tournèrent vers lui, des rires fusèrent. Il réarma, puis il agita ses mains en l'air en criant : *NACH MOSKAU ! NACH PARIS !*

Adolf rit tandis que la foule reprenait les cris du photographe, agitant leurs chapeaux vers l'objectif.

Satisfait, Heinrich appuya de nouveau sur le déclencheur qui fit *click* (l'appareil n'étant pas reflex il n'y eut pas de *clack*).

***

Infiniment reconnaissant de pouvoir échanger un conflit intime (*Que faire de mon existence ?*) contre un conflit affectant l'ensemble de la nation (*La Patrie est en danger !*), Adolf consacra son dimanche à rédiger une supplique dans laquelle il sollicitait l'autorisation de s'engager *au plus vite dans n'importe quel régiment de* Seine Majestät.

Contre toute attente, dès le lendemain, la chancellerie lui répondait ; son offre était acceptée et il avait ordre de se présenter à l'Elizabeth-Schule, au 6ᵉ bataillon de dépot du 2ᵉ régiment d'infanterie bavarois numéro 16.

Ce qu'il fit.

***

Dimanche 2 août 1914.
Place Garibaldi.
Nice. République française.

Des employés municipaux collaient sur les arcades des affiches ornées d'une paire de drapeaux tricolores entrecroisés.

> *ARMÉE de TERRE et ARMÉE de MER*
> *ORDRE DE MOBILISATION GÉNÉRALE.*
> *Par décret du Président de la République, la mobilisation des armées de terre et de mer est ordonnée, ainsi que la réquisition des animaux, voitures et harnais nécessaires au complément de ces armées.*
> *LE PREMIER JOUR DE LA MOBILISATION EST LE Dimanche Deux Août 1914.*
> *Tout Français soumis aux obligations militaires doit, sous peine d'être puni avec toute la rigueur des lois, obéir aux prescriptions du FASCICULE DE MOBILISATION (pages coloriées placées dans son livret).*
> *Sont visés par le présent ordre TOUS LES*

HOMMES non présents sous les Drapeaux et appartenant :

1° à l'ARMÉE DE TERRE y compris les TROUPES COLONIALES et les hommes des SERVICES AUXILIAIRES ;

2° à l'ARMÉE DE MER y compris les INS-CRITS MARITIMES et les ARMURIERS de la MARINE.

Les Autorités civiles et militaires sont respon-sables de l'exécution du présent décret.

Le Ministre de la Guerre
Le Ministre de la Marine.

– *È la guerra !* s'exclama une grosse femme en se cachant les yeux avec la main pour ne plus voir l'affiche.

– La guerre, mais contre qui ?

– Qu'est-ce que j'en sais moi, c'est pas écrit.

Aldo (dix-neuf ans) soupira comme le faisait son père quand il était confronté à un cancre.

– C'est contre l'Allemagne, désolants ignares.

Sans tenir compte des grommellements menaçants, il entraîna Carlo (dix-sept ans) par le bras et retourna à la terrasse du *Café de Turin*.

Chaque dimanche matin, Raffaello Castagna (soixante-cinq ans) lisait *Le Petit Niçois* en buvant une absinthe ; à ses côtés, revenant de la grand-messe, Maria (quarante-deux ans), toujours en deuil, buvait un verre de vin cuit à petites gorgées, tandis que Gianello (quinze ans) sirotait une menthe à l'eau.

Contrairement à ses deux frères, il aimait son oncle au point d'être devenu sa touchante copie ; il parlait et marchait comme lui ; et comme lui ses cheveux bouclés fleuraient bon la sciure. Il était le seul à avoir accepté d'apprendre le travail du bois, mais, n'étant pas doué, il compensait par des sourires désarmants et une bonne

718

volonté inépuisable (un mois pour apprendre à clouer un clou, trois mois pour apprendre à le clouer droit) ; contrairement à ses frères, Gianello accompagnait sa mère à confesse le samedi et à la grand-messe le dimanche. Était-il éloigné d'elle de plus de cinq mètres et il perdait le sourire ; cinq mètres, l'exacte longueur de son cordon ombilical. Contrairement à ses frères qui disaient pis que pendre des Niçois et mettaient un point d'honneur à parler un français sans accent, Gianello avait appris le patois niçois avant le français.

– Les *Nissartes* sont des traîtres infiniment hypocrites ! Ils ont voté pour la France, et cinquante ans après, ils nous traitent de *macaronis* !

Carlo récitait alors les chiffres du plébiscite du 15 avril 1860.

– Vingt-cinq mille neuf cent trente-trois oui, cent soixante non, cinq mille abstentions.

Les deux frères reprirent leurs chaises et retrouvèrent leurs verres de limonade, désormais éventée.

– Alors ? demanda Raffaello sans lever la tête de sa lecture.

– C'est la mobilisation.

– Oui, c'est la mobilisation générale.

Sans lâcher son exemplaire du *Petit Niçois*, Raffaello alla vérifier ; il n'avait pas confiance en Aldo ; ce dernier le haïssait et ne s'en cachait jamais. Ce n'était pas sa faute si leur mère avait aussi mal pris le décès de tous les Castagna de San Coucoumelo.

– Qu'est-ce que c'est la mobilisation ? demanda Gianello.

– Ça veut dire que c'est la guerre, gros nigaud, et que tout le monde est mobilisé pour aller la faire.

Gianello tressaillit.

– Tout le monde ! Alors nous aussi ?

– Bien sûr que non, mon chéri, ne t'inquiète pas, tu es

719

trop jeune, et puis ce sont les Français qui sont mobilisables ; nous, nous sommes piémontais.

– C'est pour *ça* que je vais m'engager, dit Aldo en buvant une gorgée de limonade.

– Alors moi aussi ! dit Carlo.

Maria baissa les yeux ; ses mains tremblaient.

Des trois, Aldo était celui qui ressemblait le plus à son géniteur ; surtout depuis que son nez avait été brisé et, comme par hasard, mal réduit par le vieux médecin presque aveugle de la rue Bonaparte.

Maria et ses trois enfants étaient arrivés à Nice le 11 novembre 1907. Raffaello les attendait sur le quai numéro 1 en compagnie de deux apprentis qui se chargèrent de leurs bagages.

– Paulette est souffrante depuis deux jours. Elle s'excuse de ne pas être là, mais elle vous souhaite la bienvenue.

La façon dont tonton Raffaello avait serré dans ses bras sa filleule, l'embrassant quatre fois au lieu de deux, parcourant ses épaules de ses grandes mains poilues, avait éveillé toutes sortes de soupçons chez Aldo. Mais le pire était l'attitude de sa mère ; ses joues étaient enflammées et elle riait haut perché en battant des cils comme pour s'éventer.

Dix mois après leur installation dans la grande maison de la rue Gambarélou (quartier de Riquier), Paulette Castagna (née Usignolo) expirait suite à une trop forte concentration d'urée dans son sang. La malheureuse fut inhumée au cimetière du Château, dans le caveau à huit places des Usignolo. Elle eut droit à un enterrement de première classe : capitonnage de soie, chêne imputrescible, poignées de bronze, poêle violet à dix cordons, abondance de gerbes et de couronnes, le tout dans un corbillard à baldaquin tirés par deux chevaux évidemment noirs.

Le soir, dans leur chambre, Aldo, Carlo et Gianello

entendirent tonton Raffaello marcher sur le palier, entrer dans la chambre de leur mère et n'en ressortir qu'après les premiers chants du coq.

Six ans plus tard, Raffaello découvrait la photo des ruines de San Coucoumelo à la une du *Petit Niçois*, avec, à côté, la photo de la *villa* miraculée et de ses occupants radieux.

– Je dois y aller, dit Raffaello, mais puisque ton mari a survécu, tu dois rester ici avec les enfants. Ils me détestent. Tu imagines ce qu'ils pourraient inventer pour nous nuire ?

***

Raffaello retrouva sa chaise et son absinthe ; il perçut la tension entre Maria et ses deux vauriens de fils.

– Tu te rends compte, ils veulent s'engager ! s'écria Maria d'une voix fausse qui picota la nuque d'Aldo.

Il se pencha vers son frère et lui dit à l'oreille : *Elle est contente ! Regarde-la, elle ne peut même pas le cacher !*

Raffaello hocha la tête pour gagner du temps et tenter de dissimuler sa satisfaction.

– Si vous faites une chose pareille, vous deviendrez automatiquement citoyens français.

– Cela me convient, rétorqua Aldo, après tout, nous portons un nom français, nous !

– Et notre arrière-grand-père était général de Napoléon et baron d'Empire !

La première église à sonner le tocsin fut la cathédrale Sainte-Réparate, bientôt imitée par les vingt-quatre autres clochers. Le vacarme fut tel qu'il inquiéta les pigeons de la place et les mouettes du port.

– Vive la guerre ! gueula un homme en agitant sa casquette.

***

Dimanche 2 août 1914.

Bellerocaille, chef-lieu de canton du département de l'Aveyron.

Ceint de son écharpe tricolore, M. le maire Barthélemy Boutefeux – ci-devant baron – était proche de l'apoplexie. Le conseil municipal, le juge et son assesseur, les instituteurs, les gendarmes, tous le regardaient.

– C'est intolérable et ça ne sera pas toléré ! Je veux la peau de ce cul-bénit, c'est du sabotage, rien d'autre !

Adrien Boutonnet était le postier de Bellerocaille ; il était de ces fonctionnaires qui voulaient que l'État reconnût à ses salariés le droit de constituer des syndicats, pareil aux salariés des entreprises privées.

Le commandant de gendarmerie Calmejane protesta.

– Boutonnet n'est pas impliqué, monsieur le maire. Le chef de train n'a rien trouvé pour nous ! Et pourtant, Boutonnet a vu des affiches pour Racleterre, Roumégoux, Séverac, Millau, mais rien pour nous.

– Vous voulez dire que Bellerocaille aurait sciemment été oublié dans la distribution !

– Pas sciemment, monsieur le maire, mais on peut subodorer que les affiches qui nous étaient destinées ont été égarées, ou déplacées par inadvertance, ou peut-être incorrectement étiquetées.

Barthélemy Boutefeux se pencha au-dessus du bureau et prit le télégramme daté d'hier au soir qui annonçait la mobilisation générale et ordonnait aux autorités civiles et militaires de veiller à sa stricte exécution.

– C'est tout ce que j'ai, c'est maigre.

– Il faut convoquer la population et le lui lire. Ce sera toujours ça qu'on ne pourra pas nous reprocher, proposa Guy Calzins le notaire adjoint au maire.

– Tu as raison.

Bartélemy Boutefeux pointa son doigt sur le portier Lévezou en retrait près de la porte entrouverte.

– Sonne la générale jusqu'à ce que je te dise d'arrêter.

– Tout de suite, monsieur le maire, dit l'employé municipal en se recoiffant du *copel bourrut* qu'il tenait à la main.

Les maîtres du sanctuaire du savoir et de l'école communale conversaient gravement en lissant leur barbe.

– Monsieur le maire, permettez-nous d'apporter notre contribution en allant d'un pas martial sonner les cloches de nos écoles respectives.

Faire donner les cloches était strictement réglementé ; chaque sonnerie répondait à un code auditif connu de tous. La générale, en l'occurrence, signifiait : *C'est grave, venez tous ! Vite vite vite !*

Neuf conditions réglementaient les sonneries du beffroi de Bellerocaille.

1) Pour appeler les enfants à l'école.

2) Pour assurer l'heure normale de clôture des cabarets.

3) Pour annoncer les heures des repas et celle de la reprise des travaux aux ouvriers des champs.

4) Pour annoncer l'ouverture des séances du conseil municipal.

5) Pour annoncer l'heure de l'ouverture et celle de la fermeture du scrutin, les jours d'élections.

6) Pour annoncer l'arrivée du percepteur des contributions directes.

7) Pour le ban des vendanges.

8) Toutes les fois qu'un péril commun intéressant les habitants de la commune est annoncé ; incendie, émeute…

9) Pour annoncer le passage du président de la République.
Tout autre emploi des cloches est illégal.

Les églises gardaient le monopole des sonneries relatives à leurs cérémonies religieuses, mais rien de plus. Sonner le tocsin pour un incendie ne pouvait être fait qu'après avoir reçu l'autorisation de la mairie (*Dura lex sed lex*).

Tous ceux qui entendirent la cloche du beffroi interrompirent leurs activités. Les gens sortirent sur le pas de leur porte pour regarder le ciel à la recherche d'une fumée suspecte ; d'autres se penchèrent à leur fenêtre et s'interpellèrent de maison à maison.

Comme chaque dimanche, l'église Saint-Laurent était bondée ; faute de chaises suffisantes, de nombreux fidèles se tenaient debout dans les travées.

– Qu'est-ce qui lui prend encore ! maugréa l'abbé Lauriol en reconnaissant la cloche du beffroi.

Il interrompit son geste et laissa Margot Trouvé bouche ouverte, langue pendante à moins de dix centimètres de l'hostie.

Dans l'assistance agenouillée, on s'interrogeait à voix basse ; le tocsin insistant, certains ne résistèrent plus et se levèrent.

L'abbé Lauriol déposa en hâte l'hostie sur la langue rose de la fille du boulanger-pâtissier de la rue du Dragon ; il allait donner la communion à Béatrice Trouvé, la sœur de la précédente, lorsque retentirent les cloches des écoles.

– Ah non, alors, là, c'est assez ! gronda l'abbé en donnant son calice à l'enfant de chœur le plus proche.

La dernière fois que la mairie et les écoles avaient été à l'unisson datait d'avant-hier ; ils avaient mis leur torchon tricolore en berne pour célébrer la mort du sans-Dieu Jaurès !

***

Bartélemy Boutefeux ouvrit l'une des portes-fenêtres et s'avança sur le balcon. Les jours d'exécution, il n'y avait pas de meilleur vue sur la place du Trou.

Le blason de pierre des Boutefeux (*Ça arde !*), cohabitait avec le drapeau tricolore sur le fronton de l'hôtel de ville. Après tout, c'était un Boutefeux qui avait fondé Bellerocaille et construit le Pont-Vieux, et c'était un Boutefeux qui avait construit le château et l'hôtel de ville – ci-devant hôtel de la Prévôté.

Au grand désespoir des *blancs*, le baron Barthélemy Boutefeux, descendant direct du baron Azémard Boutefeux, était un *rouge*, fier de posséder un buste de Robespierre sur son bureau.

Le nombre des Beaucailloussins sur la place du Trou grossissait. Tous regardaient le maire sur le balcon encadré de son conseil municipal et du commandant de gendarmerie.

Bartélemy Boutefeux sourit en coin en voyant la Saint-Laurent se vider de ses ouailles à la vitesse d'un gros trou dans la coque.

– On a gâché la messe du pétrisseur de cerveaux, ironisa Guy Calzins, qui ne paraissait jamais en public sans un exemplaire de *La Libre Parole* dépassant de la poche de sa veste.

Venant de la rue Magne, le photographe Alphonse Puech apparut sur la place, armé d'un Klapp de reportage 13x18 flambant neuf.

À ses côtés, monté sur un percheron d'un mètre soixante-dix au garrot, Saturnin Pibrac l'accompagnait. Il était vêtu d'une veste de chasse de velours noir, d'une chemise blanche à jabot, d'une culotte de daim, d'une paire de bottes sans étriers, et, contrairement à tous, il était tête nue, ses longs cheveux bruns serrés dans un catogan en argent finement ciselé d'une scène de la bataille des Thermopyles.

– Alors, monsieur Puech, de quoi s'agit-il ?

– Je n'en sais fichtre rien, monsieur Pibrac. Je développais dans mon laboratoire quand ça c'est mis à sonner à tout-va.

Tous ceux qui reconnaissaient Saturnin détournaient leurs regards et hâtaient le pas dans la direction opposée ; quelques femmes se signèrent à la vue du bourrel ; ensuite, elles en parleraient toute la matinée.

Alphonse Puech était l'un des rares Beaucailloussins à ne pas être embarrassés de s'afficher en compagnie d'un Pibrac. Il notait que depuis l'arrivée de Saturnin, on ne répondait plus à ses saluts.

Comme tout un chacun, Bartélemy Boutefeux vit arriver Pibrac perché sur son percheron de bataille, dépassant tout le monde d'un bon mètre. En voilà un qui n'était pas préoccupé par le préjugé.

Le maire s'offrit un aparté avec le commandant Calmejane.

– À propos, commandant, quel est le statut des Pibrac dans cette mobilisation ?

Bien qu'aucune loi n'ait codifié ce privilège, depuis toujours la tradition dispensait les fils d'exécuteur de tout service militaire. Désormais, depuis le décret du 1er janvier 1871 qui avait condamné au chômage perpétuel toutes les familles d'exécuteurs (à l'exception d'une seule), les descendants des ex-exécuteurs étaient mobilisables.

– Il y a droit, comme son cousin Parfait. Mais le septième ne va pas apprécier.

Le maire s'approcha de la balustrade et évalua la foule qui convergeait vers l'hôtel de ville.

– Que voulez-vous, depuis le décret Crémieux, ce sont des citoyens comme tout le monde.

– Sauf votre respect, monsieur le maire, j'ai bien peur que les Pibrac ne soient jamais comme tout le monde.

***

Lundi 3 août 1914.
San Coucoumelo.

– … et pour déterminer si l'endroit choisi pour construire la cité était salubre, un prêtre examinait le foie d'un lapin et d'un faisan capturés le matin même dans la région, expliqua l'ingénieur architecte Umberto Verbonia en frottant la terre qui souillait la stèle découverte la veille par les ouvriers.

Un mètre cinquante de haut, un mètre de large, quarante centimètres d'épaisseur, endommagée en plusieurs endroits, la stèle portait le plan d'*Aquavivæ* gravé dans le marbre ; soixante *insulæ* partagées en croix par le *cardo* et le *decumanus* : malgré les dégâts causés par les Vandales, on lisait encore dessous :

AUGUSTA AQUAVIVÆ
CCCXXVIII

Umberto Verbonia montra l'emplacement où la stèle avait été excavée.

– Voyez par vous-même, *signore* Tricotin, lorsqu'on franchissait le pont, l'œil se posait automatiquement dessus. Il suffisait de la consulter pour trouver son chemin dans la cité.

L'ingénieur-architecte suggéra d'une voix faussement bonhomme :

– Que diriez-vous de l'offrir à notre département d'archéologie, *signore* Tricotin ?

– Certainement pas, monsieur l'ingénieur, quand le pont sera terminé, nous la replacerons au même endroit et j'écrirai aux gens du Baedeker pour qu'ils la signalent dans leur édition suivante. Ce sera un atout de plus pour attirer les touristes.

Marcello s'offrit alors un regard panoramique sur l'ensemble des chantiers ; débutés au printemps, les progrès étaient spectaculaires. Un va-et-vient constant régnait autour des entrepôts neufs qui s'élevaient sur les deux rives. Certains accueillaient les équipes de volontaires, dortoirs et cuisines, d'autres abritaient les matériaux nécessaires à la reconstruction *à l'identique* du pont romain vandalisé quinze siècles plus tôt par les hordes d'Alaric.

L'entrepôt construit face à la maison du passeur Zippi était réservé aux tailleurs de pierre ; présentement occupés à recevoir leur première cargaison de la matinée venant de la carrière : cette même carrière qui avait servi à l'édification d'*Aquaviæ* et de son pont. Umberto Verbonia avait montré son enthousiasme.

– Fabuleux ! Formidable ! Inespéré ! Avec cette pierre, *signore* Tricotin, impossible de faire plus *à l'identique* !

Né trente ans plus tôt au sein d'une famille de la haute bourgeoisie turinoise, ingénieur géomètre à vingt-deux ans, diplômé d'architecture à vingt-cinq, passionné d'archéologie, Umberto Verbonia avait déjà participé à deux campagnes de fouilles ; la première dans la Vallée des Rois, la seconde à Troie (Hissarlik), où le fantôme de Schliemann rôdait derrière chaque ruine.

Comme tout un chacun dans le royaume, Umberto Verbonia s'était ému en apprenant par les journaux le martyre du village de San Coucoumelo ; les chiffres donnaient le tournis.

Selon le recensement de 1912, la vallée de la Gelosia comptait cent six habitations (quatre-vingt-quatorze dans le village, douze dispersées dans la vallée) pour neuf cent deux habitants (huit cent dix-neuf dans le village, quatre-vingt-trois dans la vallée) : huit cent quinze avaient péri durant leur sommeil, traîtreusement écrabouillés par leur propre maison.

Au lendemain de la catastrophe, les journaux turinois envoyèrent sur place des journalistes et des photographes.

Il Giornale fut le premier à publier trois photos. La première, la plus grande, prise par un photographe qui s'était hissé en haut du clocher, montrait une impressionnante vue générale du village détruit à quatre-vingt-dix-neuf pour cent. Sur la deuxième photographie, on voyait l'église et son presbytère en ruine, avec, au centre, phallique en diable, le clocher intact. L'unique habitation qui avait échappé *par miracle* au tremblement de terre constituait le sujet de la troisième photo. Les habitants, au nombre de quatre, posaient sur le perron entre deux colonnes d'inspiration égyptienne. Tous ceux qui connaissaient Marcello le reconnurent, les cheveux longs et frisés, rasé de près, moustachu, souriant à l'objectif, les bras ballants.

La photo était légendée : *La villa miraculée et ses quatre miraculés.*

Les jours suivants, les journaux relayèrent l'appel à l'aide du porte-parole des quatre-vingt-sept survivants, le *maestro* et *stimate padrone* Marcello Tricotin, et publièrent des photos des cercueils alignés sur la place du Martyre.

Dans les villes et villages du Piémont qui recevaient la presse de la capitale, des quêtes spontanées s'organisèrent et des maîtres artisans, suivis de leurs apprentis, quittèrent leurs ateliers pour aider au déblaiement et à la reconstruction de San Coucoumelo. Le flux des volontaires fut quotidien et, à tout instant de la journée comme de la nuit, la cloche du bac annonçait l'arrivée d'un nouveau groupe. Ainsi purent se faire les moissons et les vendanges de 1913.

Lorsque le produit des collectes arriva dans les rédactions des principaux journaux, l'énormité des sommes les obligèrent à embaucher du personnel comptable. Fatalement, ce spectaculaire élan de solidarité dépassa les frontières du Piémont et se répandit dans l'Italie fraîchement unifiée ; à nouveau, l'argent afflua de Lombardie, de Romagne, de Toscane, d'Ombrie, des Pouilles et même de Calabre et de Sicile. Seul, le Vatican semblait rester en retrait.

Pourtant, dès la publication du cliché montrant l'église détruite et la mention du prêtre mort écrasé par le toit de son presbytère, l'évêché avait dépêché ses gens évaluer la situation et s'occuper des cérémonies pour les défunts.

Après avoir enquêté auprès des survivants, après leur unique rencontre avec Marcello, les gens de l'évêché furent convaincus que *quelque chose* d'infiniment louche surnageait dans cette catastrophe.

***

Depuis le séisme, Marcello n'avait pas remis les pieds à la Table-aux-Grues.

Depuis le séisme, Marcello ne faisait plus l'oiseau.

Depuis le séisme, Marcello était guéri ; même si sa *maladie* restait à définir.

Depuis le séisme, Marcello s'était rasé la barbe mais avait conservé sa moustache.

Depuis le séisme, à San Coucoumelo, Marcello s'occupait de TOUT.

Il accueillait chaque bénévole, les embrassait sur les deux joues, les enregistrait sur un registre de mairie (récupéré dans les décombres de l'auberge Castagna), il organisait les équipes et distribuait les tâches selon les capacités de chacun ; la priorité étant le déblaiement, la récupération des morts, la fabrication des cercueils, le creusage de tombes. Il fallait aussi s'occuper de l'entretien des volontaires, les nourrir, les loger, voire les distraire. Pour ce faire, Marcello avait obtenu des autorités militaires de Turin qu'elles donnent l'ordre à la garnison d'infanterie de Riccolezzo de fournir au village martyre une centaine de tentes et deux cuisinières roulantes de campagne. Un peu plus tard, il fit venir plusieurs pensionnaires du *Tutti Frutti*, dont Ada qu'il logea dans la *villa*.

Si le presbytère et l'auberge-droguerie-bazar Castagna furent déblayés en priorité, c'était qu'il fallait retrouver au plus vite les registres paroissiaux et les cadastres, indispensables pour un règlement heureux des nombreux dossiers de succession en cours.

Au lendemain de la catastrophe, les Gastaldi, Ferraro, Poirini, Baffini et autres parents vivants à Riccolezzo, faisaient déjà valoir leurs droits.

Paula et son mari Camillo Ambrogioni arrivèrent beaucoup plus tard, prévenus des événements en lisant les journaux.

– Vous auriez pu nous télégraphier ! reprocha Paula à Marcello qui les accueillit à la descente du bac.

– Je n'y ai pas songé.

– Vous avez au moins prévenu Maria et Raffaello ?

– Qui ?

Avec les volontaires, arrivèrent des scientifiques, géologues pour la plupart, désireux de comprendre comment un séisme aussi minuscule avait pu perpétrer de si gros dégâts.

Marcello leur épargna la tente en les logeant dans la *villa*.

D'emblée, le Pr Marcus Balestra vit que *quelque chose* ne collait pas dans ce cataclysme.

Comme l'avait fait avant lui le photographe d'*Il Giornale*, il grimpa à ses risques et périls au sommet du clocher et, une fois là-haut, il comprit ce qui ne collait pas.

À une ou deux exceptions près, *tous* les murs des habitations étaient debout ; seuls les toits avaient cédé.

Il allait pour redescendre lorsqu'il vit ce qui restait de l'empoutrerie du bourdon ; quelques coups de piolet dans l'un des chicots l'édifièrent ; *quelque chose* s'illumina dans sa cervelle bien faite.

– J'ai une mauvaise nouvelle, *signore* Tricotin.

– Allons bon.

– Les termites ont infesté votre vallée ! En fait tout me laisse à croire que ce sont eux les vrais responsables de l'effondrement des toits.

Le géologue s'étonna du demi-sourire de son hôte qui l'invita à poursuivre.

– Entendez-moi bien, *signore* Tricotin, la mauvaise nouvelle est qu'il serait futile de reconstruire sans les éradiquer avant !

Marcello avait approuvé.

– J'ai trois équipes qui ne font que ça.

– Alors vous saviez ?

– Oui. Et nous avons déjà trouvé et détruit deux nids de *Reticulitermes lucifugus*.

Marcus Balestra désigna le plafond du salon-bibliothèque :

– Avez-vous vérifié votre charpente ?

– À quoi bon ; vous ne lisez donc pas les journaux ? Cette maison et ses occupants sont des miraculés. Voyez-vous, professeur, j'ai moi-même survécu au baptême de la foudre.

À ce stade de la conversation, Marcello faisait apparaître son bloc de pièces fondues et son cheveu talisman ; et si cela ne suffisait pas, il produisait les coupures de presse.

– Que voulez-vous qu'il m'arrive ?

Retrouvez les aventures de la lignée Tricotin chez Points !

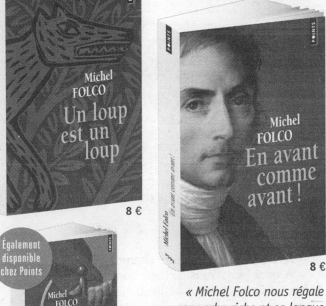

Michel FOLCO

Un loup est un loup

8 €

Michel FOLCO

En avant comme avant !

8 €

Également disponible chez Points

Michel FOLCO

Dieu et nous seuls pouvons

7 €

« Michel Folco nous régale avec son verbe riche et sa langue réjouissante. Une chronique dense et pleine de rebondissements que l'on dévore avec gourmandise. »
Lire

RÉALISATION : IGS-CP À L'ISLE-D'ESPAGNAC
IMPRESSION : CPI BRODARD ET TAUPIN À LA FLÈCHE
DÉPÔT LÉGAL : FÉVRIER 2009. N° 98315 (50713)
IMPRIMÉ EN FRANCE